D1930701

Kari Köster-Lösche
Die Reeder

Kari Köster-Lösche

Die Reeder

Roman

Ehrenwirth

Die Deutsche Bibliothek – CIP-Einheitsaufnahme

Köster-Lösche, Kari:
Die Reeder : Roman / Kari Köster-Lösche. – München :
Ehrenwirth, 1991
ISBN 3-431-03188-9

ISBN 3-431-03188-9
© 1991 by Ehrenwirth Verlag GmbH, München
Schutzumschlag: Bernd und Christel Kaselow, München
Satz: Fotosatz-Service Weihrauch, Würzburg
Druck und Bindung: Wiener Verlag, Himberg
Printed in Austria 1991

Inhalt

Teil I: Der Lehrling Brinkmann

Teil II: Die Werft und Reederei

Teil III: Die Söhne

Teil I

Der Lehrling Brinkmann

1. Kapitel (1822/23)

Friedrich Wilhelm schäumte vor Wut. Erstens hatte sein Vater ihn schon wieder ausgescholten, obwohl er nicht schuld hatte, und zweitens sah er im Vorübergehen, wie sein kleiner Bruder Johann sich schon wieder an der Puppe von Catharina zu schaffen machte. Johann, mit nacktem Hinterteil, kniete auf dem Boden, vor sich das nur noch dürftig angezogene Püppchen von Catharina, stemmte mit der einen Hand den Hals nach hinten und bohrte mit dem Daumen der anderen Hand im groben Stoff, der das Bäuchlein bedeckte. Mit leisem Ratschen zerriß es, und Stroh quoll heraus.

Friedrich Wilhelm trat zu, von hinten, ohne Vorwarnung, mit Genuß und ohne sich zu schämen, denn er war erst sechs Jahre alt. Wenn es um solche Dinge ging, stand er selten auf der Seite von Johann, einem der Zwillinge. Johann, gerade vier Jahre, flog nach vorne. Verblüfft rieb er sich die Stirn, dann sah er sich um, wußte wohl nicht, was seinen Sturzflug verursacht hatte. Erst jetzt erblickte er seinen Bruder.

»Mutter! Mutter!« brüllte er aus Leibeskräften.

»Halt's Maul!« fauchte Friedrich Wilhelm und gab ihm eine Maulschelle.

Aber es war bereits zu spät. Die Mutter, noch blasser als sonst, stand bereits hinter ihm, schob ihn unsanft beiseite und hob den kleinen Jungen auf. Johann, sicher in ihrem Arm, streckte seinem Bruder über die Schulter der Mutter die Zunge heraus.

»Mußt du denn immer Streit machen?« seufzte Abigael Brinkmann und sah ihren ältesten Sohn anklagend an. »Ich weiß ja, daß du es gut meinst, aber in letzter Zeit häuft es sich so. Bitte Friedrich Wilhelm, um meinetwillen ...« Sie strich ihm über das Haar. Er schüttelte die Hand seiner Mutter mit einer wilden Bewegung ab.

»Ich mache keinen Streit«, fauchte er. »Merkst du denn nicht, daß Johann das mit Absicht macht? Nicht nur heute. Jedesmal!«

»Nein, gewiß nicht«, versuchte seine Mutter ihn zu beruhigen. »Und du machst mir das Leben so schwer, selbst wenn es gut gemeint ist.« Ohne Friedrich Wilhelm weiter zu beachten, verließ sie das Zimmer und ging wieder in die Küche, wo der Zwillingsbruder von Johann, Christian, auf dem Boden zu Füßen von Catharina mit zwei vertrockneten Kastanien spielte. Die beiden wenigstens waren friedlich. Abigael seufzte unhörbar. Ihre so verschiedenen Kinder vertrugen sich manchmal schlecht. Catharina, die Kartoffeln schälte, sah zur Mutter auf, sagte jedoch nichts.
»Fein«, sagte Abigael und lächelte sie an. Catharina trug die Schalen hauchdünn ab, wie sie es ihr gesagt hatte. Sie machte immer, was man ihr sagte. Pauline dagegen war dafür nicht geeignet. Großzügig in allem, in der Kleiderordnung wie im Handeln, wanderten bei ihr die halben Kartoffeln in den Abfall, wenn nur ein schwarzes Stippchen an der Schale war. Sie vor allem war es, die sich nicht an die seit zwei Jahren verschlechterten wirtschaftlichen Verhältnisse im Land gewöhnen konnte.
Abigael Brinkmann hockte sich vor den Herd, wich wie gewohnt dem herausquellenden Rauch aus und schob einige Scheite Holz nach, damit das Wasser im großen Topf endlich kochen konnte. An Riga, Petersburg und Turku hatte sie früher gedacht, an die Orte, von denen ihr Vater erzählte, wenn er zwischen seinen Seereisen nach Hause kam und zwei, drei Tage blieb. Am liebsten wäre sie von seinem Schoß überhaupt nicht gewichen, und ihr Vater hatte sie nach Meinung der Mutter über Gebühr lange dort oben behalten. »Setz dem Kind keine Flöhe ins Ohr«, hatte sie gefordert, »ein Mädchen geht nicht zur See, also laß sie in Ruhe.« Abigael aber war in seiner schützenden Umarmung zum Kapitän geworden, war durch die runden buckeligen Schären nach Stockholm gesegelt, hatte von dort den Weg um Schonen in nur zwei langen Schlägen geschafft, war mit Lotsenhilfe durch den quirlenden Sund gebraust und hatte schließlich in Gotenhafen Ladung übernommen, Holz natürlich, das dringend in Rostock gebraucht wurde. Und weil sie den Mut eines Walfängers und die List eines Seeräuberkapitäns mit der Tollkühnheit eines Wikingers vereinte, war sie gegen

den Sturm nach Hause zurückgeflogen und hatte die höchsten Preise erzielt.

Ein Funke knallte aus dem Feuerloch und traf ihre Wange; sie schlug die Tür zu und erhob sich. Sie, die einst in ihrer Jugend so hochfahrend geträumt hatte, träumte nun schon lange nicht mehr. Sie hatte sich ans Bücken gewöhnen müssen. Dann lauschte sie in den kurzen Flur zwischen Zimmer und Küche. »Friedrich Wilhelm?« fragte sie. »Bist du schon gegangen?«

Ihr Ältester stapfte in die Küche, mit trotzigem Gesicht. Er starrte auf seine Stiefel.

»Bitte«, sagte Abigael, und er ging endlich. Sie sah ihm nach, ihrem unendlich geliebten Sohn, der ihr in vielem so ähnlich war. Nicht besonders groß, aber sein gedrungener Körper wirkte bereits jetzt so verläßlich, daß sie ihn manchmal schon über seine Jahre hinaus forderte. Auch jetzt überforderte sie sein Verständnis. Ihr war durchaus klar, daß er Johann gegenüber recht hatte. Ihr Mann nannte es Starrsinn, wenn der Junge seine eigenen Wege ging und nicht bereit war, die Meinung anderer ohne Nachdenken zu übernehmen, besonders die von seinem Vater nicht. Und auch nur manchmal war er willens, überhaupt darüber nachzudenken. Einmal hatte Abigael ihn wie einen Hund knurren hören, als Friedrich darauf hinwies, daß seine, des Schmieds, Erfahrung alles Erproben und Versuchen seines Sohnes überflüssig mache. Das Verhältnis zwischen ihm und seinem Vater bekümmerte sie. Aber sie gab Friedrich Wilhelm recht. Wann hätten jemals die Erfahrungen der Alten den Jungen einen Schmerz erspart?

Friedrich Wilhelm, in der kurzen Hose des noch nicht konfirmierten Jungen und mit langen braunen Strümpfen, weil es bitterkalt war, klapperte auf Holzschuhen hinaus in den Hof, wo der Vater ein Pferd beschlug, selbst genauso dampfend wie das Pferd. Nur dessen Besitzer dampfte nicht; mit energischer Hand ruckte er von Zeit zu Zeit am Zügel und stemmte dabei seine ganze Masse Lebendgewicht in das schon längst harte Maul des Kaltbluts. Das Pferd zerrte zurück.

»Was ist nun, Brinkmann?« knurrte Dedow. Seine dröhnende Stim-

me veranlaßte das Pferd, ein Ohr nach vorne zu stellen, das andere immer noch fast flach nach hinten gelegt. In den Augen sah man das Weiße. »Geht's nun, oder geht's nicht?«
Brinkmann schwieg, hielt das heiße Hufeisen in das Schmiedefeuer, betrachtete es prüfend und schwenkte es endlich, warmrot, aus dem Feuer hinüber zum Pferd, wo es sich schmurgelnd seinen Platz suchte. »Geht«, bestätigte er bedächtig.
Friedrich Wilhelm drehte sich hastig weg. Dieser scheußliche Gestank von brennendem Horn brachte ihn jedesmal fast zum Erbrechen. Aber der Vater durfte es nicht sehen. Es machte ihn genauso weißglühend wie seine Hufeisen. Heute hatte der Junge kein Glück.
»Dein Ältester wird dir noch Freude machen«, spottete der dicke Dedow, Braumeister im nahen Rostock, und beobachtete den Jungen voll hämischer Freude. »Der kotzt den Gäulen vor die Füße. Wird eine schöne Schweinerei geben ...«
Der Schmied ließ sich nicht provozieren. Er ließ den Fuß des schweren Arbeitspferdes nach dem letzten Hammerschlag sinken und beobachtete, wie dieses den Huf tastend auf den gefrorenen Lehmboden setzte, zuerst mit der Vorderkante, dann mit der ganzen Sohle. »Führ ihn mal durch den Hof.«
»Stinken wird es gottserbärmlich«, stichelte Dedow weiter und setzte sich in Bewegung. »Wie auf einem Passagierschiff bei Sturm.«
Friedrich Wilhelm fuhr herum und beobachtete den Mann gespannt. Was wußte der von Schiffen?
Der Vater zuckte gleichgültig mit den Schultern. »Lieber mit einer alten Mähre über Land als mit einem neuen Schiff auf See«, antwortete er. »Auf ein Schiff setze ich meinen Fuß nicht.« Außerdem war es so undenkbar wie Schnee im Juli, daß der Sohn eines Kavalleristen aus der 8. schwedischen Brigade beim Anblick eines Pferdes kotzte. Er war sicher, daß Friedrich Wilhelm ihm diese Schande nicht ein weiteres Mal antun würde.
»Ich möchte wohl«, sagte der Junge sehnsüchtig, und sein Blick fand die Lücke zwischen dem Wohnhaus, der Schmiede und dem Stall für eingestellte Pferde, dort, wo er das Meer riechen und seinen

Schimmer ahnen konnte, wenn der Tag sonnig, die Sicht gut war und die Sonne in seinem Rücken stand.
Der Vater lächelte grimmig. »Solange ich und der Graf etwas zu sagen haben, wird das wohl nichts werden.« Er räumte sein Handwerkszeug beiseite. »Mach sauber.«
Dedow ging, ohne sich umzusehen, den Kutschergaul am kurzen Zügel. Friedrich Wilhelm griff sich den Reisigbesen und begann die Hornspäne zusammenzukehren. Er sah verbissen zur Wetterfahne auf dem Dachfirst hoch – ein Pferd, das von einem Jungen gehalten und gerade beschlagen wird –, um nicht an die Schnipsel denken zu müssen, die wie erfrorene Finger auf dem Hof lagen, grau oder rötlich, gekrümmt, als habe es ihnen weh getan, abgeschnitten zu werden. Ob der eiserne Junge besser durchgehalten hatte? Der Geruch verbrannten Fleisches lag dick und träge im Hofraum, der neblige Frost drückte ihn hinunter. Friedrich Wilhelm stürzte zum Dunghaufen und übergab sich.

Zum Mittagessen waren sie alle beisammen: Vater Friedrich, Mutter Abigael, Pauline, die älteste Tochter, die in der Nähstube von Fräulein Gollnow das Nähen lernte und die bereits zehn Jahre war, die achtjährige Catharina, Friedrich Wilhelm und die beiden Zwillinge Christian und Johann. Hans Elias, der Fünfjährige, war nicht am Tisch. Die Mutter hatte ihn in das Ehebett gelegt und alle Dekken über ihn gepackt. Trotzdem fröstelte ihn, daß er mit den Zähnen klapperte. Wenn Abigael dachte, daß er nun endlich eingeschlafen sei, schrie er wieder auf, und sie strich ihm mit der Hand über die heiße Stirn. Mehr konnte man nicht tun.
Weil der Vater in den letzten zwei Tagen Kundschaft gehabt hatte, gab es Kartoffeln mit Quark.
»Wir danken dem Herrn für seine Gnade. Amen«, sagte der Schmied unbeholfen, jedoch mit fester, christlicher Stimme.
»Amen«, wiederholte Catharina inbrünstig, mit gefalteten Händen und in die Ferne gerichtetem Blick. Die Aufmerksamkeit der Familie konzentrierte sich für einen Moment erneut auf Catharina. Der Vater betete mechanisch, sie aber war fromm, seit einiger Zeit zu-

mindest. Catharina kehrte sofort mit schuldbewußtem Ausdruck in die Wirklichkeit zurück und suchte mit Blicken die Zustimmung des Vaters. Er wandte die Augen ab; er wollte nicht von seiner Tochter um Liebe angebettelt werden.
»Iß«, forderte er den Ältesten auf. Was die anderen Söhne werden würden, entzog sich seiner Vorstellungskraft, Friedrich Wilhelm aber als zukünftiger Schmied hatte seine Muskeln zu kräftigen. Friedrich dachte vorausschauend wie sein eigener Vater. Der hatte ihm die Schmiede vermacht; er war der Älteste gewesen. Genauso wollte er es handhaben. Er schob seinem Sohn eine Kartoffel zu. Friedrich Wilhelm aß heißhungrig aber gleichgültig.
Johann nahm gleich nach dem Vater, obwohl ihm das nicht zukam. Als der Vater wegsah, stibitzte er aus der Kartoffelschüssel. Um seine Mutter kümmerte er sich nicht, und sie sah weg.
Abigael versorgte stillschweigend Christian, der wie üblich träumte. Die Gabel in der Faust neben dem Teller, stand er am Tisch, geschubst und bedrängt von beiden Seiten durch die Geschwister, ohne es überhaupt zu bemerken. Seine tiefliegenden dunkelblauen Augen suchten außerhalb des Hauses nach einem Ziel, trafen aber nur die gegenüberliegende schmutzigweiße Hauswand. Da blickte er endlich auf seinen Teller.
»Mutter, sieht die Welt wie eine Kartoffel aus?« wollte er wissen.
»Kann angehn, vielleicht etwas bunter«, antwortete Abigael, und nach einem kurzen Seitenblick auf ihren strengen Mann tupfte sie etwas Molke auf die Kartoffel. »Hier«, sagte sie, »ist der große Ozean zwischen Europa und Amerika. Und hier der andere bei Australien. Und dieser winzige Klecks ist unsere Ostsee, im Vergleich zu den Weltmeeren nichts anderes als Fliegendreck – und doch so groß, wenn man drin ist.«
»Bist du schon mal auf einem Schiff gewesen, Mutter?« fragte Friedrich Wilhelm atemlos, während Christian verzückt die Kartoffel anstarrte, die jetzt Weltkugel war.
Abigael nickte glücklich. »Manchmal«, sagte sie. »Manchmal. Ich habe in Gotenhafen Baumstämme aus-, in London Kohle eingeladen, genauso wie in Riga Getreide ...«

»Wirklich?« Friedrich Wilhelm blickte die Mutter an, als wäre es zum ersten Mal, und er sah weder die Strähnen, die ihr wie ungestriegeltes Pferdehaar ins Gesicht fielen, noch die dunklen Ringe unter ihren übergroßen blauen Augen, sondern seine wunderschöne Mutter, die sich in einen Seefahrer verwandelt hatte.
»Hör mit dem Unsinn auf!« forderte Friedrich laut, wie immer tief gekränkt, wenn die Kinder mit offenem Mund an seiner Frau hingen. Er sorgte für das Brot; sie hatte die Liebe der Kinder und er allenfalls Respekt. »Märchen! Lügen, wenn man's genau nimmt. Wann wärst du schon in Gotenhafen gewesen? Du sollst nicht lügen, spricht der Herr!«
Abigael und Friedrich Wilhelm sahen sich erschrocken an, und beide bekamen wieder ihr Alltagsgesicht. »Unser Leben ist schwer genug«, widersprach die Hausfrau leise. »Man muß ein bißchen träumen, um es erträglich zu machen. Ich glaube nicht, daß unser Herr Träume als Lügen ansieht.«
»Die Entscheidung, was Lügen und was Träume sind, wollen wir IHM überlassen. Wir können froh sein, daß wir es so gut haben«, sagte Friedrich mit schneidender Stimme. »Jeden Tag sollen wir Gott auf den Knien danken, daß wir zu essen haben, ein Haus und mehrere gesunde Söhne.«
»Amen«, sagte Catharina laut und fromm.
Abigael neigte zustimmend den Kopf, aber Friedrich Wilhelm erkannte zum ersten Mal mit unkindlicher Schärfe, daß sie zwar nachgab, sich jedoch nicht fügte. Ein harter Zug blieb um ihren Mund stehen.
Christian, der die ganze Zeit geschwiegen hatte, nahm vorsichtig seinen Holzteller zwischen beide Hände, drehte sich um und balancierte ihn fort.
»Wo willst du hin? Du hast noch nichts gegessen!« sagte der Schmied, grollend wegen seiner widerspenstigen Familie.
»Ich muß sie in Sicherheit bringen«, antwortete Christian versonnen. »Ich will immer sehen können, wie es aussieht, wo ich hinwill. Sie kommt auf mein Bett.«
»Haben wir Kartoffeln zu vergeuden?« schrie Friedrich erbittert. Er

ergriff seinen Sohn am Ärmel, zerrte ihn zu sich heran, daß er über seine Füße stolperte, und stopfte ihm die weißbesprenkelte Erdkugel in den Mund. »Du mit deinen fixen Ideen, Abigael. Wenn du ihm einredest, der Dreck auf dem Boden wäre Goldstaub, sammelt er den noch auf.«

Christian aber dachte nicht an dergleichen. Zutiefst verstört stand er stocksteif und würgte an seiner Weltkugel. Man kann die Welt doch nicht essen, dachte er verzweifelt. Sie ist viel zu schön! Tränen tropften auf seine Hand, und der Vater wandte sich angewidert ab.

»Gib ihm noch etwas Meer«, sagte Friedrich Wilhelm zu seiner Mutter, »dann rutscht die Welt besser.«

Christian sah seinen Bruder mit tränennassen Augen dankbar an. Der verstand ihn wenigstens. Dann schaffte er es endlich, sich von dem Kloß im Hals zu befreien.

So unerfreulich ging es nicht bei allen Mahlzeiten im Hause Brinkmann am Küterbruch zu. Hin und wieder fühlte Abigael auch Dankbarkeit ihrem Mann gegenüber, dank dessen fleißiger Arbeit sie fast nie Not zu leiden hatten. Auch jetzt noch nicht, obwohl seit dem Erlaß des neuen Gesetzes die Verhältnisse nicht gerade rosig waren. Überall begehrten aus der Leibeigenschaft Entlassene Arbeit und Brot.

Manchmal aber ..., da platzte sie fast vor Zorn, daß sie nicht herauskonnte aus ihrer Haut, in die sie sich wie eingenäht fühlte wie eine Leiche auf See. Oh, wäre sie doch nur ein Mann gewesen! Heute aber fühlte sie weder Dankbarkeit noch Zorn, sondern nur eine große Schwäche und Leere. Sie mußte kämpfen, um nach dem Essen aufstehen und den kleinen Hans Elias versorgen zu können. Es war selbstverständlich, daß Catharina ihr zur Hand ging beim Geschirrabwaschen und Tischdecken, beim Kochen und Saubermachen, und Pauline auch, soweit sie im Hause war, aber ein krankes Kind brauchte die Mutter.

Hans Elias schrie wieder, und benommen von Müdigkeit und Sorge schleppte Abigael sich ins Nebenzimmer.

Der kleine Junge hatte einen Arm über die Augen gelegt und wimmerte nun. Seine Mutter bemerkte er gar nicht, bis sie ihn sanft berührte. Da schrie er wieder laut auf und bog sich nach hinten durch, als habe seine Mutter die Sehne gespannt. Abigael strich in ihrer Ratlosigkeit die Bettdecke glatt, sie wagte ihren Sohn nicht mehr anzufassen.

»Au, au!« klagte Hans Elias. Dann erbrach er lange und heftig.

Als es vorbei war und er mit schweißglänzendem Gesicht wieder zurückgesunken war, fiel auch Abigael in sich zusammen und konnte nur noch den einen Gedanken fassen, daß es bald aufhören möge. Nach einer Weile verließ sie auf Zehenspitzen das Zimmer und ging in den Hof, in dem erneut rhythmische Hammerschläge dröhnten.

»Du mußt den Arzt holen«, verlangte sie.

»Meinst du wirklich?« fragte Friedrich mißtrauisch. »Ja, wenn es um die Hebamme ginge, da würde ich nichts sagen, rein gar nichts. Aber einen Arzt? Es schickt sich nicht.« Er sah zornig auf den Boden, und seine Hände am Hammer wurden weiß. »Du und deine Allüren! Wahrscheinlich ist es sowieso nur eine Erkältung!«

»Du gefühlloser Stier!« schrie Abigael ihren Mann an. »Ich werde Dr. Stein rufen!«

Friedrich ergriff hart das Handgelenk seiner Frau. »Das«, sagte er rauh, »das ist das einzige, was du nicht tun wirst.«

Abigael war zwar außer sich vor Angst, aber dennoch hatte ihr Verstand nicht ausgesetzt, im Gegenteil, er konzentrierte sich auf das Notwendige. Sie zwang sich zur Ruhe. »Du kannst mir meine Herkunft vorwerfen, wann du willst«, sagte sie, »zu oft tust du es ja auch, aber jetzt – jetzt nicht. Jetzt hole einen Arzt! Meinetwegen nicht Doktor Stein.« Und obwohl sie ein wenig kleiner als ihr Mann war, schien sie auf ihn hinunterzublicken.

»Ja«, sagte Friedrich zu seinem eigenen Erstaunen und stapfte los. Er wandte noch nicht einmal ein, daß sie ihn nicht bezahlen konnten. Während Abigael am Bett ihres Sohnes wachte, halb in Kummer versunken, halb im Schlaf, wanderte ihr Mann, der einfache Dorfschmied, zum ersten Mal in seinem Leben nach Rostock, um einen Arzt zu suchen. Weder kannte er einen, noch wußte er, wie man sich einer solchen Respektsperson gegenüber verhält, noch, ob der Arzt überhaupt kommen würde, wenn er ihm sagte, wohin. Die ärmlichen Häuser im Küterbruch von Liesenhagen waren gewöhnlich nicht der Ort, auf den studierte Personen ihren Fuß setzen. Und was Graf Poggenow dazu sagen würde, wußte er überhaupt nicht. Zwar hatte der über ihn als freien Handwerker nicht soviel zu sagen wie über seine Bauern, mochten sie nun leibeigen sein oder nicht mehr – trotzdem wußte Friedrich nicht recht, ob die Sache gemeldet oder gar genehmigt werden mußte. Zum ersten Mal verfluchte er die Ordnung, in die er hineingeboren worden war.

»Es ist«, sagte der Arzt, der am nächsten Morgen mit angewidertem Gesicht den kleinen Raum betrat, in dem sich außer dem kranken Kind und der immer noch wachenden Abigael auch Catharina befand, »nicht meine Gewohnheit, Hilferufe zu ignorieren. Allerdings bin ich noch nie in ein Dorf eines Rittergutes gerufen worden. Man bedenke: ein Dorf!« murmelte er vor sich hin, schüttelte den Kopf über sich selber und führte das Schnupftuch an die Nase, das er zufällig in der Hand hielt. Er beugte sich über das Kind. »Pflegt das Kind immer einen solchen stupiden Gesichtsausdruck zu zeigen?« wollte er von Abigael wissen.
Sie beobachtete den Arzt unablässig. »Einen stupiden Ausdruck?« fragte sie hilflos.
»Blöde, gute Frau, blöde.«
Abigael schnellte zu ihrem Sohn herum und zwang sich, ihn zu betrachten, wie der Arzt ihn angesehen hatte. Es war nicht zu verkennen: Hans Elias hatte sich über Nacht verändert. Seine Augen waren zusammengeschrumpft, die Nase flach und breiter, und die wenigen Erfahrungen, die sich in seinem kurzen Leben in sein Gesicht eingeprägt hatten, waren verschwunden. Er war nicht mehr derjenige, dem sie gestern das Erbrochene vom Kittelchen gewischt hatte.
»Ein Wechselbalg«, flüsterte Catharina laut.
»Das junge Mädchen geht wohl besser hinaus«, verlangte der Arzt mit verärgerter Stimme und schob sie mit dem Stöckchen in seiner Hand auf die Türöffnung zu. »Hier ist nicht der Pfingstmarkt. Demnächst werden wohl noch die Ochsen aufmarschieren.« Vorwurfs-

voll sah er die Mutter an. Abigael aber antwortete nicht. Angstgeschüttelt blickte sie zu ihm hoch.

Der Arzt legte sein Taschentuch über den schmalen, etwas gefleckten Arm des Jungen und fühlte seinen Puls. Dann seufzte er. »Wie ich mir dachte«, sagte er. »Ihr Sohn hat die neue Krankheit, die Lähme.« Mit eleganter Bewegung hob er sein Lorgnon ans Auge und beugte sich interessiert noch etwas tiefer über den Jungen, der fast so schnell atmete, wie ein Libellenflügel schwirrt. »Er wird sterben. Ich kann nichts machen.« Nach einer winzigen, dem Zustand des Patienten angemessenen Pause fügte er hinzu: »Ihr Mann soll mir mein Honorar in die Wohnung bringen.«

Danach verließ der Arzt das Haus und kehrte zu seinen Kranken nach Rostock zurück, zurück zu den Villen der aufstrebenden Hafenstadt, wo ihm während einer Konsultation Dienerschaft zur Verfügung stand, was er nicht nur beanspruchen konnte, sondern für ihn so selbstverständlich war, daß er normalerweise nicht darauf hinzuweisen brauchte. Er schmunzelte ein wenig, als er an das soeben überstandene Abenteuer dachte. Die Kollegen würden es kaum glauben wollen. Aber die unbeholfene Aufforderung des Schmiedes hatte ihm eine gewisse Bewunderung eingeflößt; außerdem hatte ihn vorübergehend Neugier erfüllt für das Leben des einfachen Volkes da draußen, aus dem sich jemand für berechtigt hielt, einen Arzt zu konsultieren, als sei er Bürger der ehemaligen Hansestadt Rostock. Abrupt unterbrach er seine Überlegungen mit einem erlösenden Rülpser.

Er war enttäuscht worden. An diesen Leuten war nichts Besonderes. Es gab keine Urkraft im einfachen Volk. Aber, immerhin, er hatte erstmals die Symptome dieser neuartigen Erkrankung gesehen und konnte nun noch besser als vorher unter Kollegen darüber diskutieren. In der Freimaurervereinigung hatte er mit großem Erfolg einen Vortrag zum Thema: »Die Meningitis cerebro-spinalis, vom historisch-geographischen und pathologisch-therapeutischen Standpunkt bearbeitet« gehalten. Nun konnte er an eine Erweiterung der Thematik denken.

Hans Elias starb nach vier Tagen. Scheu stand der Schmied mehrmals in diesen unwirklichen Tagen und Nächten hinter seiner Frau, legte ihr vorsichtig eine seiner schweren Hände auf die Schulter, fühlte, wie sich noch immer das Fleisch unter seiner Hand fest und prall wölbte, und atmete laut und hilflos. Nur einmal drehte sie sich um, und da sah sie in seinen Augen Liebe. Sie fing haltlos zu weinen an. Es gab keine Hoffnung mehr.

Während der darauffolgenden Trauertage, in denen Abigael sich nicht von ihrem Stuhl rührte, erkrankte auch Johann.

»Eine Erkältung«, sagte Friedrich und kümmerte sich nicht um ihn. Der Junge verkroch sich im Bett und wurde von den hilfreichen Nachbarn und den Schwestern mit den notdürftigsten Handreichungen versorgt sowie mit Essen, als er endlich wieder schlucken konnte. Erst einige Zeit nach dem Begräbnis bemerkte man, daß Johann von der Erkältung ein starkes Hinken seines linken Beines zurückbehalten hatte.

»Was es nicht alles gibt«, staunten die Nachbarn. Das Staunen verging ihnen aber bald, denn in diesem kältesten Winter seit Menschengedenken gab es noch mehr Kinder, die an der Lähme starben, und auch andere Fälle von Erkältung mit nachfolgendem steifem Gang kamen vor. Dennoch aber blieb Johann das einzige Hinkebein unter den vielen Johanns dieser Jahrgänge, und zur Unterscheidung von den anderen hieß er ab diesem Winter Johann Hinkepoot.

Im Spätsommer, kurz nach der Geburt des siebten, also sechsten lebenden Brinkmannschen Kindes, begann für Friedrich Wilhelm die Schulzeit. Dieser Tag machte auf ihn einen sehr viel größeren Eindruck als das plötzliche Auftauchen von Carl Brinkmann.

»Säugling Corl«, hieß er bei der Hebamme von der Stunde seiner Geburt an und bald auch unter den anderen Familienmitgliedern, damit man ihn nicht mit dem Onkel Karl in einen Topf warf, aber entgegen dieser hoffnungsvollen Bezeichnung wollte er nicht saugen. Statt dessen zeichnete er sich durch anhaltendes Geschrei aus, das später von jedem in der Familie, im Rückblick betrachtet, als Musikalität erklärt wurde. Einstweilen aber machte er seiner Mutter große Probleme, so daß sie sich genötigt sah, für ihn Ziegenmilch zu

besorgen, die er jedoch nicht vertrug. Daher war und blieb er klein, und nur Abigael wußte, daß der erste Keim zu diesem Mickern bereits gelegt worden war, bevor sie den Schock um Hans Elias' Krankheit zu erleiden gehabt hatte.
Da die Mutter wegen Säugling Corl verhindert war, begleitete Pauline ihren Bruder zur Schule. Nun kam er selbstverständlich täglich mindestens einmal am Schulgebäude vorbei und kannte auch den Lehrer und dieser Friedrich Wilhelm. Die Eskorte hatte also nichts damit zu tun, daß er womöglich sich nicht traute oder nicht allein hingefunden hätte. Das alles war es nicht: Am ersten Schultag mußte der Erstkläßler begleitet werden, das gehörte sich einfach.
Pauline, das große schlanke Mädchen mit den grauen Augen, war fast schon eine Schönheit. Ihre blonden Zöpfe, nie ganz zu bändigen, weil die lockigen Haare sich nicht in Reih und Glied fügen wollten, sahen immer etwas unordentlich aus. Pauline war auch das einzige von den Kindern mit dichten Sommersprossen über der Nase, und diese hielt besonders Catharina für häßlich und gewöhnlich, was sie auch laut sagte. Pauline, die sich zuweilen heimlich in einer Pfütze spiegelte, mußte ihr recht geben, ausnahmsweise, denn das vermied sie sonst nach Kräften. Die Mutter war die einzige, die Pauline zärtlich mit der Fingerspitze über den Nasenrücken fuhr und sie dann anlächelte.
Friedrich Wilhelm, heute ohne seine gewöhnliche neugierige Quirlichkeit mit kerzengeradem Rücken und steifem Hals, damit der ungewohnte Tornister ihm nicht vom Rücken rutschte, wanderte ernst und nachdenklich neben seiner Schwester einher, erst den Küterbruch bis zum Ende, dann links um die Ecke am Kaufmann Fecht vorbei, der ausgerechnet heute nicht in der Tür stand. Was hätte er ihm heute wohl auf den Weg mitgegeben? Sicher nicht: ›Wer langsam geht, kommt auch vorwärts.‹ Vielleicht: ›Durch Fragen wird man klug.‹ Er nahm sich vor, viel zu fragen. Dann aber fiel ihm wieder Pauline ein. Sollte er sich nun über Paulines Begleitung ärgern, oder sollte er sich freuen, daß sie wegen der feierlichen Angelegenheit einen Arbeitstag geopfert hatte?
In der Schröpfgrube blieb Friedrich Wilhelm abrupt stehen, genau

in einer Pfütze, über die er eigentlich hätte hinüberspringen wollen.
»Wann bist du in die Schule gegangen?« fragte er. »Ich kann mich überhaupt nicht erinnern.«
Pauline schüttelte traurig den Kopf. »Ich durfte nicht hin. Geh aus der Pfütze, bitte.«
»Was?«
»Geh aus der Pfütze«, wiederholte die große Schwester ungeduldig. »Wenn Vater deine Schuhe sieht, schlägt er mich.«
»Was ist mit der Schule?«
»Ich durfte nicht, weil ich ein Mädchen bin. Wäre ich doch nur ein Junge geworden!« wünschte Pauline voll Inbrunst.
»Meinst du, daß ich auch nicht gehen dürfte...«
»... wenn du Friederike Wilhelmine wärst?« ergänzte Pauline und lachte laut über seine abweisende Grimasse. »Nein, dann nicht.«
»Hat Mutter das verboten?« fragte der Junge.
Pauline war rasch mit Denken und rasch mit Antworten. »Bestimmt nicht. Eher Vater. Dem traue ich das zu. Oder es war der Graf.«
Friedrich Wilhelm sah sie an, dann rasch zu Boden. Ganz klar war ihm nicht, was seine Schwester meinte. Aber sein Mitleid und sein Gerechtigkeitssinn waren groß. »Weißt du was, Pauline?« sagte er begeistert. »Ich werde für uns beide lernen. Ich werde dir abends alles erzählen, was Lehrer Knagge am Morgen gesagt hat. Du und ich werden gemeinsam lernen. Dadurch wird der Unterricht auch billiger«, fügte er vernünftig hinzu, weil er dachte, seine Schwester benötige vielleicht doch noch einen letzten Anstoß, um überzeugt zu werden.
Aber Pauline benötigte keinen. »Würdest du das wirklich tun?« fragte sie begeistert. »Oh, Fritzi, du bist ein Schatz!« Sie nahm ihren Bruder an den Schultern und gab ihm ganz unbekümmert mitten auf den Mund einen schmatzenden Kuß.
»Laß das, Pauline«, wehrte Friedrich Wilhelm verlegen ab. »Was sollen denn die Leute denken?«
»Das hätte auch die fromme Catharina gesagt haben können«, sang Pauline in selbsterfundener Melodie, faßte ihren Bruder an den Händen und tanzte mit ihm wie wild um die Pfütze herum, neben der sie

immer noch standen. Ihr langes graues Kleid schwärzte sich vor Nässe, aber das war Pauline ganz egal. Ein Mann mit einem hochbeladenen Karren wartete mürrisch.
»Wer sollte eigentlich wen begleiten?« fragte Friedrich Wilhelm grinsend und zog seine Schwester beiseite. »Komm, wir müssen gehen.«
Zwei Frauen, die die Kinder beobachtet hatten, schüttelten entrüstet die Köpfe. »Nicht jeder, der klug schnacken kann, hat auch kluge Kinder«, sagte die eine bissig.
»Schändlich«, bestätigte die andere und ließ die zwei Brinkmann-Kinder nicht aus den Augen. »Man müßte es mal dem Friedrich sagen.«
Die Frau nickte. »Müßte man. Aber das kommt von ihr! Die mit ihren Allüren! Zu und zu hochnäsig!«
Das Schulgebäude, in dem Lehrer Knagge mit fünf Kindern, seiner dürren Frau und einem fetten Schwein wohnte, war schon lange nicht mehr geweißt worden. Schmutzig waren die Wände, und im Reetdach wuchsen dicke grüne Moospolster, aus denen bei Regenwetter die Nässe troff. Friedrich Wilhelm blieb vor dem Haus stehen; mit offenem Mund ließ er seine Augen wandern, von der Schornsteinöffnung, aus der sich ein kaum sichtbares Rauchfähnchen löste, bis zum winzigen Gemüsegarten, den gerade das energische Schwein sich zu erobern anschickte. Ab heute war dieses Haus nicht einfach eine Schule, sondern der Beginn seines Erwachsenwerdens. Deshalb sah das Gebäude heute auch ganz anders aus als sonst. Außer fünf Kindern mit Tornistern war niemand zu sehen. Und diese schauten erwartungsvoll mal zur Haustür, mal auf das Schwein.
»Schneller!« feuerte ein großer Junge, von dem Friedrich Wilhelm wußte, daß er Otto hieß, die Sau an. Die Sau kümmerte sich nicht um ihn, aber sie stemmte unverdrossen die unterste Holzplanke.
Einer von den kleineren Jungen kam heran. »Meinst du, daß sie es schafft?« fragte er Pauline zutraulich. »Wir haben gewettet. Möchtest du auch?«
Pauline starrte ihn verdutzt an.
»Um was?« fragte Friedrich Wilhelm lässig.

Der andere wies nach rückwärts mit dem Daumen. »Um ein Vogelgerippe. Mit Schnabel. Berting hat es.«
Friedrich Wilhelm war unbeeindruckt. »Was für eins?«
»Große Möwe. So einen Schnabel hat die! So einen.« Und der Junge maß mit beiden Händen eine Schnabelgröße ab, die wohl zu einem Reiher gehören mochte.
»Du spinnst wohl«, erklärte Friedrich Wilhelm verächtlich. »Außerdem: Möwe brauche ich nicht. Wenn du gesagt hättest Storch, ja dann vielleicht ... Worum geht's denn eigentlich?«
»Darum«, sagte der andere wichtigtuerisch und beobachtete Pauline, ob sie auch genau zuhörte, »ob der Pekfinger entdeckt, daß seine Sau im Kohl ist oder nicht. Oder seine Frau, das zählt auch. Ich jedenfalls habe gewettet, daß sie drin ist, bevor sie es spitzkriegen.«
»Ich halte dagegen«, schrie ein anderer Junge, dürr und mit hängenden Schultern. Seine Oberlippe war gespalten, weswegen er Spaltmuul genannt wurde. Friedrich Wilhelm kannte ihn nicht näher, wußte aber, daß er gerne zuschlug.
Friedrich Wilhelm beobachtete die Sau und versuchte die Lage abzuschätzen. Die Schule müßte eigentlich schon begonnen haben, denn die Kirchturmuhr hatte gerade zehn geschlagen. Und die Planke war an einer Seite schon lose.
»Beeil dich, wenn's gelten soll«, drängte der Kleine.
»Gut, sie schafft's«, entschied Friedrich Wilhelm entschlossen.
Spaltmuul, der Kleine und Friedrich Wilhelm beobachteten schweigend das Schwein. Berting, als Halter des Schnabels, hatte nicht mitgewettet. Drinnen im Haus ertönte das Klingeln.
»Gewonnen!« jubelte der Kleine fröhlich und griff nach der Trophäe, als die Sau die Vorderfüße in den Grünkohl schob und ihre Klauen eine junge Pflanze umlegten.
»Noch nicht, du Aas!« schrie Spaltmuul, und nicht nur die oberen Schneidezähne wurden sichtbar, sondern auch der zerklüftete Gaumen. »Frau Lehrer, passen S' up Sei Ehr Söög up! Se fret de'rn Kohl!« brüllte er und hielt den wütenden Kleinen mit seinen langen Armen fest. »Frau Lehrer, Frau Lehrer!«
Auf seinen Ruf hin eilte nicht nur die Lehrersfrau aus dem Garten

herbei, sondern Lehrer Knagge selbst trat majestätisch in die Haustür, die Klingel noch in der Hand.

»Wer ruft?« dröhnte seine Stimme. »Wer ruft in dieser entsetzlichen Sprache, von der man behauptet, sie sei eine Sprache, während sie in Wahrheit nur eine Mißgeburt des niederen Volkes ist?« Wie ein Feldherr sah der Lehrer sich um.

»Päule!« rief seine Frau klagend, »du hast die Bohle nicht angenagelt, jetzt ist die Sau im Gemüse. Mußtest du das denn vergessen?«

»Ich habe es nicht vergessen, Ilsing, ich hatte den Globus zu betreuen«, erklärte der Lehrer mit Würde. »Dem Unterrichtsmaterial ist größere Wichtigkeit beizumessen als unseren persönlichen Belangen.« Dann fiel sein Blick auf das Spaltmuul. »Ach Achim, ach Achim! Wie oft habe ich dir erklärt, daß man nicht ›Sei Ehr‹ sagen darf.«

»Ich wollte doch nur höflich sein, Herr Knagge«, verteidigte das Spaltmuul sich. »Und außerdem war Sei Ehr Garten wirklich in Gefahr. Da ist es doch pottegal, wie ich ihm rette!«

So ein hinterlistiges Stück, dachte Friedrich Wilhelm wütend. Den Schnabel hatte er zwar nicht haben wollen, aber dem Spaltmuul gönnte er ihn auch nicht. Betrug war das, nichts anderes als Betrug. Sachte stieß er den Kleinen mit dem Ellenbogen an und zog die Augenbrauen hoch. Der Kleine nickte.

Friedrich Wilhelm trat kurzentschlossen mit dem Schuh dem langen Jungen das Bein weg, und der Kleine stürzte sich von hinten auf ihn. Im Nu lagen sie im Dreck, rollten über die Straße, während der Lehrer voll Staunen zusah. Seine Frau kümmerte sich gar nicht um die Jungs, sie packte die Sau am Schwanz, drehte ihn ein, und das Schwein, an einem der empfindlichsten Körperteile gequält, fing an, erbärmlich zu quieken, schnurrte herum und biß der Lehrersgattin ins Bein. »O Chott, o Chott!« schrie sie.

Lehrer Knagge, hin- und hergerissen zwischen Beruf und Familie, wußte nicht, was tun. Hilflos sah er mal hierhin, mal dorthin. »Ilsing, so lauf doch!«

Ilsing humpelte, immer noch schreiend, los und die Sau mit ihr, verbissen im umfangreichen Stoff des Kleides und nicht bereit, den Feind loszulassen.

»Friedrich Wilhelm, hilf ihr!« gellte der Ruf von Pauline.
Niemand bekam so recht mit, woher es kam, daß Friedrich Wilhelm mitten im Kampf die Situation erfaßt hatte, aber plötzlich saß er rittlings auf der Sau, die die Lehrersfrau losließ und sich sofort dem neuen Feind widmete. Um ihren Bruder zu entsetzen, drosch Pauline nun ihrerseits auf das Spaltmuul ein, und die Kämpfe gingen unter Getöse, Geschrei und Gequieke weiter.
»So tu doch was!« rief die händeringende Lehrersgattin.
»Was denn?«
Aber es war nicht nötig. So schnell, wie der Kampf angefangen hatte, hörte er auch auf. Pauline stand mit dunkelrotem Kopf auf, klopfte sich das Kleid verzweifelt hinten und vorne sauber, und Friedrich Wilhelm sprang von der Sau ab, die mit wackelndem Gesäuge eilig hinter das Haus stakte. Nur Spaltmuul bekam das Ende der Kampfhandlungen so schnell nicht mit. Er lag immer noch im Staub und glotzte um sich, die Fäuste schlagbereit in der Luft.
Der Lehrer räusperte sich erleichtert. »Wie ein Ritter hast du dich gehalten, mein Junge. Wie heißt du?«
»Sie kennen mich doch«, sagte Friedrich Wilhelm erstaunt. »Ich bin Friedrich Wilhelm von Schmiedemeister Friedrich Brinkmann.«
»Ganz recht«, erwiderte Lehrer Knagge. »Aber am ersten Schultag muß man seinen Namen sagen. Das ist so üblich. Ich werde dich Ritter Friedrich nennen.«
»Fiete Ritter!« schrie der Kleine und lachte unbändig los. Selbst das Spaltmuul grinste schief.
Lehrer Knagge schwenkte erneut die Glocke und sagte: »Nun wollen wir aber doch mit der Schule beginnen. Eltern und andere Angehörige können nach Hause gehen.«
Pauline sah sich um. Sie war die einzige Person, die unter Eltern und Angehörige fiel. Also knickste sie höflich zur Lehrersgattin hinüber, dann zu Herrn Knagge, winkte ihrem Bruder zu und ging.
Friedrich Wilhelm ärgerte sich jetzt doch, daß man ihm eine Aufsichtsperson mitgegeben hatte. Er blickte nicht hoch und winkte auch nicht zurück.
Der Schulraum war klein, wie die ganze Schule. Dafür besaß das Rit-

tergut noch eine weitere. Vier Schulbänke für je zwei Jungen und vorne ein Tisch für Herrn Knagge. Der Kanonenofen an der Längsseite paßte schon fast nicht mehr hinein; dem nächstsitzenden Schüler versengte es im Winter fast die Beine, dafür mußte er aber auch die Asche hinaustragen.

Sie waren sechs Kinder zuzüglich der drei von Lehrer Knagge, die im schulfähigen Alter waren. Friedrich Wilhelm kam mit dem Kleinen, der eigentlich Willi hieß, und einem Knaggeschen Sohn, dem Hansi, in die vorderste Bank.

Kaum saßen sie in den Bänken, waren das Wohlwollen und die Unbeholfenheit, die Lehrer Knagge draußen im Garten gezeigt hatte, wie weggewischt. Er machte ein strenges Gesicht und hieß alle Jungen die Hände auf das schräge Pult vor sich legen. Dann ging er umher und besah sich das Ergebnis. »Sauberkeit ist das erste Lernziel«, sagte er. »Du und du und du, ihr geht raus und wascht euch.« Auch Friedrich Wilhelm war dabei.

Die älteren Jungs flogen gewissermaßen nach draußen. »Warum?« fragte Friedrich Wilhelm, bekam aber keine Antwort. Auch Willi wußte es nicht. Drinnen begriffen sie es beide. »Heute nur zwei«, sagte Lehrer Knagge und wies mit seinem knochigen Zeigefinger auf Willi und Friedrich Wilhelm, »weil ihr neu seid. Ihr werdet es schon lernen.« Mit einem breiten braunen Lineal schlug er den beiden Neuen zweimal über die präsentierten Hände. Sie waren in der Tat nicht so sauber wie die von den anderen Jungs. Hinter Friedrich Wilhelm kicherte das Spaltmuul. Warte, dir werde ich's zeigen, schwor sich Friedrich Wilhelm.

»Das zweite Lernziel ist das Lesen«, verkündete Lehrer Knagge, und alle Kinder lasen, die älteren von ihren Schiefertafeln, die sie selber beschrieben, die neuen von der großen Wandtafel. Kurz vor Mittag las der Lehrer aus dem Katechismus vor. »Damit wir uns nicht gegen die Schulordnung vergehen«, sagte er und machte, mit Behagen zur Tür schnuppernd, Schluß.

Am Nachmittag lernten alle das kleine Abc zu schreiben. Eine Stunde lang bekamen Friedrich Wilhelm und Willi Buchstaben auf die Tafel gemalt, auf die eigene Schiefertafel sogar vorgeschrieben, und dann hatten sie zu üben, zu üben und nochmals zu üben, wie Herr Knagge sagte.

Friedrich Wilhelm hatte es nach wenigen Tagen bereits begriffen, sowohl den Benimm als auch das Lesen und das Abc, übte er doch abends wie versprochen heimlich mit Pauline weiter. Aber Willi tat sich schwerer.

»Herr Pekfinger«, rief Willi am Ende der ersten Woche verzweifelt, »es geht nicht, die Buchstaben wollen mir nicht in den Griffel.«

»Dann leg den Griffel auf den Tisch«, befahl Lehrer Knagge, »und deine Hände daneben.« Dann schlug er zu, erst auf das Schreibwerkzeug, dann auf die Hände. »Für den Griffel, weil er obsternatsch ist, für dich, weil du ihn nicht im Griff hast.« Willi heulte erbärmlich auf, und der Griffel sprang in zwei Teilen auf den Boden. Nun weinte Willi noch viel mehr. Griffel kosteten Geld, und davon besaß im Dorf kaum jemand zuviel. »Merke dir«, sagte Herr Knagge, »jeder ist für seine Sachen verantwortlich und muß für sie geradestehen. Entgegen deiner Vermutung erhältst du für den Spitznamen keine Schläge.«

Willi sah ihn verständnislos aus seinen verheulten Augen an.

»Sei still, Willi«, sagte Friedrich Wilhelm, nun öfter Fiete Ritter genannt, »das ist gerecht, das gilt sogar für die Frau Lehrer Knagge.« Lehrer Knagge wollte aufbrausen, dann besann er sich. Aufmerksam und etwas nachdenklich betrachtete er Friedrich Wilhelm. »Ich glaube, ich weiß, was du meinst«, sagte er. »Würdest du es mir trotzdem erklären?«

»Bei uns ist meine Mutter für das Schwein zuständig«, erklärte Fiete nach kurzem Nachdenken, »bestimmt ist das bei Ihnen auch so.«

»Das ist richtig«, entgegnete Herr Knagge, »aber Frau Knagge wurde nicht zur Rechenschaft gezogen. Ich selber auch nicht. Woraus du entnehmen mögest, daß es in der Welt nicht immer gerecht zugeht.«

Friedrich Wilhelm antwortete darauf nichts mehr, obwohl es sehr ungerecht war, daß Willi und der Griffel bestraft worden waren, die Sau aber und Frau Knagge nicht, von Herrn Lehrer Knagge ganz zu schweigen. Er sah ihn wütend an. Dabei hätte er drauf schwören mögen, daß Pekfinger mit gewissem Wohlwollen zurückblickte.

Der kleine Willi hatte von dem ganzen Wortwechsel nichts verstanden, aber ab da hing er mit Bewunderung an seinem großen Freund Fiete, der nicht nur ihn, Willi, sondern auch Griffel und Schweine verteidigte. Und jetzt wußte er auch ungefähr, was er sich unter einem Ritter vorzustellen hatte. Friedrich Wilhelm aber befreundete sich noch mehr mit Berting, denn dieser wußte nicht nur Möwenskelette zu besorgen, sondern tatsächlich einen Storchschnabel.
Eine Hand auf dem Rücken, hielt er Fiete eines Morgens mit der anderen ein kleines Blümchen vor die Nase. »Willst einen Storchschnabel?« fragte er und grinste dabei. Als Fiete nur empört guckte, zog er hinter dem Rücken einen langen gelben Schnabel hervor. »Kannst beide haben«, sagte er gutmütig. Friedrich Wilhelm hütete den einen wie einen Schatz, den anderen schenkte er Pauline.
Nach einigen Wochen buchstabierte sich Fiete bereits durch die Bibel und durch das großherzoglich-mecklenburgische Gesangbuch durch. Pauline und er saßen, solange das Licht es zuließ, im Innenhof und lasen. Abigael duldete stillschweigend, daß Pauline ihr weniger als gewohnt half, und zog vermehrt Catharina hinzu, und dennoch – manchmal schaffte sie es einfach nicht ohne die große Tochter, denn Säugling Carl blieb unruhig und schrie häufig.
»Warum braucht Pauline nicht mehr zu arbeiten?« maulte Catharina eines späten Abends und schmiegte sich an die Knie ihres Vaters.
»Dummes Zeug!« sagte Friedrich und zog einen Weidenzweig aus dem Bündel. Er warf einen Blick aus dem Fenster. Lange würde es nicht mehr dauern, dann mußte er mit dem Flechten aufhören. Die ersten Sterne standen bereits sichtbar am Himmel.
»Nein, wirklich!« beharrte Catharina.
»Könntest du mal den Stein für Körling holen?« bat Abigael hastig. »Er ist schon vorgewärmt. Liegt auf der Herdplatte. Brauchst ihn nur noch einzuschlagen.«
»Warum geht Pauline nicht? Sie muß wohl nachholen, was sie versäumt hat«, sagte Catharina gehässig und trottete widerwillig hinaus.
»Was hat sie denn?« knurrte Friedrich und flocht, so hastig er konnte, drüber, drunter, nächste Rute.

»Ach, sie ist wohl etwas unzufrieden mit allem«, sagte Abigael verschwommen. »Es ist das Alter.«
»Ich habe kein Alter!« widersprach Catharina, und sie wußte noch nicht, daß das tatsächlich zutraf. »Aber ich muß mich abrackern, und Line kann mit Fiete in der Ecke sitzen und faulenzen! Dabei ist denen Gottes Wort sowieso egal.«
»Sag bitte nicht Fiete, Line auch nicht«, mahnte Abigael. »Und sei nicht so aufsässig.«
»In Anstand leben, in Anstand handeln, in Anstand sterben, sage ich! Gefaulenzt wird nicht!« Friedrich ließ seine Arbeit auf die Knie sinken. »Ihr werdet mir jetzt beide sagen, worum es eigentlich geht!«
Abigael schwieg mit verkniffenem Mund, mit um so mehr Freude berichtete Catharina, mit gefalteten Händen, laut und aufgeregt.
Ab da durfte Pauline nicht mehr mit Friedrich Wilhelm lernen. Aber sie hatte von ihrer Mutter viel Willen und Einfallsreichtum mitbekommen. Sie müßte nun täglich eine Stunde länger in der Nähstube arbeiten, sagte sie laut und trotzig; sie hätten jetzt gerade besonders viel zu tun. Und nur Fiete wußte, was sie da wirklich machte.

2. Kapitel (1825)

Mit neun Jahren war Fiete Ritter immer noch nicht besonders groß, aber er war breit in den Schultern, dank der Arbeit, die er in der Schmiede leistete, und bereits ausreichend gewitzt. »Halt dich an das elfte Gebot und laß dich nicht verblüffen«, hämmerte ihm sein Freund, Kaufmann Fecht, mehrmals pro Woche in seinen Schädel, so lange, bis Fiete sich endlich daran hielt. Als er begriffen hatte, daß 50 Schilling nicht weniger, sondern mehr sind als ein Taler, hatte der Kaufmann ihn freigesprochen. »Eine Bauersfrau will nie einen Taler zahlen«, erklärte er, »die ziehen leichter siebzig Schillinge aus dem Sparstrumpf als einen einzigen Blanken. Also laß dir die siebzig geben und erkläre, es handele sich um einen Gefallen.«

Das einzige, das ihn an der Arbeit freute, war das Vertrauen, das er bei seinem Vater genoß, wenn es galt, die beschlagenen Pferde zu ihren Besitzern zurückzubringen, wenn diese – was häufig vorkam – keine Zeit hatten dabeizubleiben. Ja, es bürgerte sich allmählich sogar ein, daß der Vater für sich warb, indem er in den Dörfern, die zu Gut Liesenack gehörten, bekanntmachen ließ, daß er ein Pferd, das beschlagen werden sollte, holen und bringen lassen würde. Irgendwann erfuhr es auch der Graf, und das paßte ihm gut, hielt es doch seine Leute von der Kneipe ab. Ab da bevorzugte er die Dienste von Friedrich Brinkmann und seinem zuverlässigen Sohn.

Fiete Ritter aber, wenn er das Pferd pünktlich abgegeben hatte, auf Gut Liesenack und innerhalb Rostocks sogar mit Verbeugung, nahm sich Zeit mit seiner Rückkehr: Er trödelte nicht, aber er nutzte die Minuten auf seine Weise, vor allem in Rostock oder Warnemünde. Er witterte in die Luft, und dann stürmte er geradewegs an das Wasser: an die See oder an das Ufer der Warnow oder in den Hafen. Dort stand er dann mit sehnsüchtigem Blick und fliegender Jacke, ließ den Wind unter die Schöße und in die Ärmel pusten und träumte sich fort.

Noch lieber aber strolchte er in den Strandwerften herum, zwischen Fischertor und Badstübertor. Er kannte schon bald alle Bauplätze, wußte, welcher Schiffbaumeister dort baute, und wußte auch, welche Bauzeit für jeden einzelnen der aufliegenden Neubauten geplant war. »Da kommt der Pferdeknecht, der ist mit einem Huf geboren«, juxten die jungen Burschen und »was verstehst du Kurzbüx schon von Schiffen«. Deswegen, und weil er so klein war, hielt er sich immer aus dem Weg, wenn sie arbeiteten. Eines Mittags aber, während die Handwerker Pause machten und in der Hitze des Tages hinter Holzstapeln ihr Brot aßen und das vom Lehrling gerade geholte Bier tranken, stahl er sich vor zu einer dampfenden Maschinerie, die ihn schon lange interessierte, zu der er sich jedoch noch nie hingetraut hatte.

Momentan aber war niemand auf dem Platz. Er huschte zwischen den zum Trocknen aufgelegten Stämmen durch und stand endlich vor der großen Blechkiste, aus deren oberen Nähten Dampf quoll. Am zur Warnow gewandten kurzen Ende brannte ein Feuer. Vorn und hinten hatte der Kasten Öffnungen, die mit großen Lederschürzen verschlossen waren. Als er sie ein wenig zur Seite zerrte, entwich noch mehr Dampf, aber er ließ ihn sich heiß ins Gesicht wehen und spähte trotzdem hinein. Wie er es sich gedacht hatte: darinnen lagen zwei dicke Holzbohlen.

»Na, mein Junge?« fragte eine freundliche Stimme hinter Fiete, aber er sprang vor Schreck trotzdem in die Höhe, ließ die Lederbekleidung los und nahm die Beine in die Hand. Zumindest wollte er das, aber die Hand zu der Stimme hielt ihn am Kragen fest.

»Ich habe dich schon öfter auf der Werft gesehen. Was suchst du eigentlich hier?«

Fiete starrte den Boden an. »Ich sehe mich um.«

»So blöde, daß ich das nicht begreife, bin ich nicht. Warum, will ich wissen. In letzter Zeit treibt sich soviel Gesindel herum, da muß man vorsichtig sein. Du siehst allerdings nicht wie ein Strolch aus. Also?«

»Ach so«, sagte Fiete erleichtert, sah endlich auf und erkannte, wer vor ihm stand. Er verbeugte sich. »Moin, Herr Aldag.«

»Du kennst mich sogar.«

»Ich kenne hier alles«, stellte Friedrich Wilhelm richtig. »Nur diese Maschine eben nicht.«
Schiffbaumeister Aldag, Eigner der Werft, ein älterer Mann schon, sah Fiete prüfend an. »Wer ist dein Vater?«
»Hufschmied Friedrich Brinkmann aus Liesenhagen.«
»So, so, zu Graf Poggenow gehörst du also.«
»Nein!« widersprach Friedrich Wilhelm heftig. »Mein Vater ist ein freier Schmied.«
»Schon gut«, sagte Aldag. »Ist dir das so wichtig?«
Friedrich Wilhelm nickte, hatte dabei aber nur Augen für die Maschine.
»Soll ich dir die Dampfkiste erklären?« fragte der Schiffbauer und konnte nicht verhindern, daß Stolz aus ihm sprach.
»Ich hab's schon begriffen. Hinten schiebt man die Planken hinein, sie werden in den Dampf gelegt, werden warm und feucht und lassen sich dann leichter biegen als beim Brennen. Vermutlich brauchen Sie dafür nur einen einzigen Mann und sparen viel Lohn. Und das Schiff kommt schneller ins Wasser.«
»Du bist ja ein ganz Fixer«, staunte der Schiffbaumeister. »Und dein Vater ist wirklich nur Schmied?«
Fiete nickte. »Dampf«, sagte er träumerisch, »Dampf ist so mächtig wie ..., wie, wahrscheinlich viel mächtiger, als wenn man alle beschlagenen Pferde eines Jahres zusammenspannte. Nicht?«
Aldag nickte belustigt zu dem eifrigen Jungen hinunter.
»Haben Sie das Dampfschiff gesehen, als es in Rostock festmachte?«
Der Schiffbaumeister nickte wieder.
»Ich wäre so gerne hier gewesen«, sagte Fiete, »aber ich mußte den Hof kehren. Sie verboten mir außerdem, allein nach Rostock zu gehen. Das war am 3. August 1819.«
»Mein Gott, das weißt du so genau? Wie alt warst du denn da? Vier oder fünf oder gar drei Jahre? Nein, unmöglich!«
»Fast vier«, antwortete Fiete. »Fast.« Dann dankte er höflich, verabschiedete sich und ging.
Der Schiffbaumeister sah ihm nach und nahm dann seinen Inspektionsgang wieder auf, jetzt jedoch sehr nachdenklich. Der Junge mußte sich die ganze Geschichte erträumt haben.

An einem anderen Tag, als Friedrich Wilhelm wieder in Rostock zu tun hatte, wurde er aus dem Stall, in dem er das Pferd abgeliefert hatte, nach vorne in das Kaufmannshaus geschickt, um seinen Botenlohn zu holen. In der weitläufigen Diele des ehrwürdigen Hauses sah er sich nach dem Kontor um.

»Entschuldige bitte«, sagte er höflich und trat zu einem Jungen, etwa in seinem eigenen Alter, der auf dem Boden hockte, »ich möchte zu Herrn Tesslow.«

»Da«, antwortete dieser und zeigte auf eine Tür. »Kannst du Zinnsoldaten reparieren?«

»Bestimmt«, sagte Fiete und trat rasch näher, um doch wenigstens einmal in seinem Leben einen Zinnsoldaten zu sehen.

»Hier. Die Trommel ist ihm aus der Hand gefallen.« Der Junge händigte Fiete das Spielzeug aus. Auf dem Boden lag eine ganze Kompanie, mit Pferden und Reitern, mit Flaggen und Kanonen. Und dahinter ein Kriegsschiff.

»Führst du einen Seekrieg?« fragte Fiete mit funkelnden Augen und erkannte mit einem Blick, daß er den Schaden leicht beheben konnte.

»Nelson gegen die Dänen.«

»Ist Nelson der auf der Fregatte?«

»Ja«, bestätigte der Junge stolz. »Guck mal, sogar richtige Epauletten hat er, in Blau mit goldenem Rand.«

»Sehe ich. Und wer gewinnt die Schlacht?«

»Du weißt nicht, wer gewinnt?« fragte der andere und starrte Fiete erstaunt an.

»Na ja«, murmelte Fiete verlegen. Er kannte Nelson nicht einmal. Hastig kniete er sich auf den Boden, kramte in seiner Hosentasche, fand aber nichts, deshalb packte er den Inhalt auf den Fußboden. Vogelfedern kamen da zum Vorschein, Muscheln, eiserne Hufnägel, ein paar Lehmmurmeln und schließlich auch das Stück Draht, das er suchte.

Der Junge sah begehrlich auf das Sammelsurium, dann konnte er es nicht mehr lassen: er wühlte selbst in dem Haufen, drehte jedes Stück um. »Hast du das alles selbst gesammelt?«

»Klar«, sagte Fiete, ohne aufzusehen, und fädelte den Draht durch das kleine Öhr der Trommlerhand.
Der artige Junge mit dem Matrosenkragen und den sauber gescheitelten Haaren seufzte laut. »Meine Stine läßt mich nie dahin, wo so was rumliegt.«
»Fertig«, sagte Fiete. »Es liegt doch überall! Brauchst dich nur zu bücken. Oder noch besser: du müßtest mal zu den Werften gehen. Mittags oder wenn es dunkel ist. Holz gibt es da, sag ich dir, breite Planken, auch Abfallstücke, sogar gebogene, wenn du Glück hast. Mußt natürlich schnell rennen.«
»Mann«, sagte der kleine Junge und sah Fiete neidisch und bewundernd an. »Sag mal, tauschst du auch?«
»Wie tauschen?« Fiete überblickte seinen Kram auf dem Boden. Keine einzige besonders gute Sache dabei.
»Drei Nägel gegen einen Soldaten, zum Beispiel.« Fiete war so verblüfft, daß er nicht antwortete. »Gut, also zwei Soldaten«, erhöhte der andere.
Fiete schob ihm wortlos vier Nägel hin, drei zum Tausch und einen aus Mitleid. Er bekam die Soldaten in die Hand gedrückt, sogar einen mit einer Fahne. »Darf ich mir das Schiff noch mal ansehen?« fragte er.

An Michaelis kamen auch die Zwillinge Johann und Christian in die Schule. Endlich saß Fiete als einer der Älteren auf der hintersten Bank, neben sich Spaltmuul, der zu seinem großen Ärger den gleichen Unterricht wie Fiete erhielt, obwohl er zwei Jahre früher mit der Schule begonnen hatte.
Johann hatte den Schulhof – eigentlich nur das Gelände, das sich außerhalb des Gemüsegartens befand – noch nicht betreten, als er schon in eine Rauferei verwickelt war, und das trotz Paulines Anwesenheit. Pauline schrapte mit dem Fuß im Sand. Abgeliefert hatte sie ihn ja.
»Bei allen Brinkmanns das gleiche«, sagte Lehrer Knagge verärgert. »Im Staub müssen sie sich ins Klassenzimmer rollen, sonst sind sie nicht glücklich. Oder bist du vielleicht anders?« Zweifelnd musterte

er Christian, der im Gegensatz zu Johann weder Schrammen im Gesicht noch Risse in den Kleidern hatte. »He, du, ich rede mit dir!« Christian wandte sich seinem Lehrer erschrocken zu und legte sofort die Hände auf sein Pult. Zu viel hatte Fiete ihm erzählt, als daß er nicht gewußt hätte, was die Glocke schlug, wenn Lehrer Knagge ärgerlich war. Johann wußte es auch: er versteckte sie auf dem Rücken.

Lehrer Knagge, der all dieses sah und auch verstand, lächelte insgeheim. Auch war er allmählich etwas milder geworden, vor allem weil er bisher mit der Familie Brinkmann im großen und ganzen gute Erfahrungen gemacht hatte.

Christian starrte den Lehrer mit hochroten Ohren an und spannte sich gegen den kommenden Schmerz an. Nichts geschah.

»Wo warst du eben?« fragte Lehrer Knagge freundlich.

Christian antwortete nicht, er schämte sich so, erwischt worden zu sein. Statt dessen ergriff Johann das Wort. »Sicher in Amerika!« rief er hämisch.

Fiete, der genau wußte, was sein Bruder bezweckt hatte, rutschte aus seinem Pult, beugte sich vor und langte ihm eine. Dann streckte auch er die Handflächen vor, bekam seine Strafe und setzte sich wieder hin. Der Schlag war nicht hart.

»Ich werde froh sein, wenn ich keine Brinkmanns mehr in meiner Schule haben werde«, stellte Lehrer Knagge fest. »Wann wird das sein?«

»In acht Jahren, Herr Knagge«, antwortete Fiete, denn er fühlte sich angesprochen. »Säugling Corl kommt noch.«

Herr Knagge staunte. »Soll der denn nur zwei Jahre in die Schule?«

Christian war am schnellsten mit der Antwort. »Der ist kein Säugling, er heißt nur so. Im übernächsten Jahr beginnt er mit der Schule, sechs Jahre dazu, macht acht.« Lehrer Knagge würde noch lernen, daß es, was das Rechnen anging, immer so sein würde – unter der Voraussetzung, Christians Gedanken waren nicht auf Wanderfahrt.

»Aha«, sagte Pekfinger, »du kannst ja schon rechnen!« Danach war er der Brinkmanns anscheinend überdrüssig. Er zeigte auf Spaltmuul. »Was hast du in den großen Ferien gelernt?«

»Nichts, Herr Lehrer«, sagte dieser mit fester Stimme, denn er fühlte sich im Recht.
»Und du?«
»Auch nichts«, antwortete Berting unbehaglich, denn er fühlte sich nicht im Recht.
»Fiete Ritter?«
»Ich habe zum ersten Mal ein Kleinpferd allein beschlagen, und ich kenne jetzt die Takelage sämtlicher Schiffe im Hafen von Rostock und Warnemünde dazu.«
»Das ist etwas Ordentliches!« lobte der Lehrer. »Wenigstens einer, der nicht gefaulenzt hat.«
Spaltmuul sprang auf. »Ja, so was«, schrie er. »Das kann ja jeder. Davon haben Sie aber nichts gesagt.«
»Nicht für die Schule, sondern für das Leben lernen wir, Achim«, tadelte Pekfinger milde.
Spaltmuul setzte sich grollend. Nicht, daß er auf die Schule großen Wert legte, aber er ärgerte sich, daß der Brinkmann-Fiete ihm immer voraus war. Und nun gab es noch mehr Brinkmanns hier. Das war ja ganz und gar unausstehlich. Nach der ersten Pause versuchte er, Fiete eine Stecknadel unter den Po zu praktizieren, als der sich setzen wollte. Aber das ging ihm schief aus, und darüber wurde er so wütend, daß er nicht einmal zehn durch zwei rechnen konnte. Deswegen verprügelte er am Nachmittag seinen kleinen Bruder nach Strich und Faden. Da wurde ihm besser, und er tröstete sich. Aufgeschoben ist nicht aufgehoben.
Verglichen mit Friedrich Wilhelm, dem alles in der Schule leichtfiel, tat Christian sich schwerer. Besonders mit dem Schönschreiben stand er auf Kriegsfuß. Er biß seinen Griffel kaputt, drehte und wendete ihn und brachte bestenfalls soeben leserliche Buchstaben zustande. Die aber waren Lehrer Knagge nicht gut genug. Schließlich gab er es mit Christian in dieser Hinsicht auf. Nicht aber im Rechnen. Im Rechnen war der kleine Junge so gut, daß er bald auch die größeren Jungen überflügelte. Nebenher, wenn er sein Pensum erledigt, Lehrer Knagge aber noch keine Zeit für ihn hatte, betrieb er Zahlenspielereien. Auch in der Geographie kannte er sich aus; er

kannte die fernsten Länder, allerdings hatte er nur eine vage Vorstellung von ihrer Lage, denn noch gab es keine größeren Kartoffeln, auf die man sie hätte klecksen können. Aber jedesmal durfte er sie auf dem kostbaren Globus von Lehrer Knagge suchen, was dieser mit Wohlwollen zur Kenntnis nahm, nur unerheblich getrübt durch die Aussicht, am Nachmittag wieder Fingerabdrücke abwaschen zu müssen. Seltsamerweise wußte Christian in der Geographie von Mecklenburg weniger Bescheid, ebensowenig wie Fiete, der auch nur die schiffbaren Wasserstraßen kannte, und die Orte ohne Hafen kannte er gar nicht.

Dennoch waren immerhin zwei Drittel der Brinkmann-Kinder für Lehrer Knagge eine richtige Freude, denn er liebte insgeheim seine Schulkinder und versuchte sie mit dem Besten auszustatten, was er vergeben konnte, mit Kenntnissen; und dabei wußte er sich mit seinem Gutsherrn einig. Gott sei Dank, denn es gab auch andere Gutsherren. Leider sträubten sich seiner Meinung nach zu viele Kinder dagegen und insbesondere Johann Brinkmann. Nicht, daß er den Kopf zum Lernen nicht ebenfalls gehabt hätte, aber er wollte partout nicht.

Er legte es im Gegenteil ständig darauf an, seinen Lehrer zu ärgern, und bezog dafür immer wieder Prügel, was ihn nur um so mehr anfeuerte. Er erwarb sich mit seiner Art jedoch große Bewunderung bei den kleineren Schülern.

Noch größere Schwierigkeiten als im Unterricht hatte Lehrer Knagge mit Johann Hinkepoot in den Pausen. Meistens spielten die Jungen Nachlaufen, wobei sie um den großen Kastanienbaum herumrannten. Johann konnte zu seinem Ärger nicht mitlaufen, statt dessen unterhielt er sich damit, den anderen, wenn sie mitten in der größten Fahrt waren, ein Bein zu stellen, so daß sie auf ihren nackten Knien erhebliche Schürfwunden davontrugen. Zuweilen aber verschwand er hinter das Haus, und erst wenn nach einiger Zeit wieder einmal der aufgebrachte Schrei von Frau Lehrer Knagge gellte und sie unbeholfen versuchte, die Sau in ihren Verschlag zurückzutreiben, wußte man, was er dort zu tun gehabt hatte. Oder er bearbeitete den Pumpenschwengel derart, daß die Kinder und auch die Frau

Lehrer, wenn sie sich Wasser holen wollten, den Schwengel ohne sichtbare Ursache blockiert fanden. Manchmal mußte dann Lehrer Knagge den Unterricht unterbrechen, um die Reparatur durchzuführen. Ja, Johann brachte nichts als Ärger ein.

Eine Sache, die nie aufgeklärt werden konnte, geschah an einem Sonntag, dem 15. Oktober. Da fand Frau Lehrer Knagge ihre große Muttersau abends in ihrem eigenen Blute schwimmend im Koben. Zwischen den Vorderfüßen war ein großes Loch in das Fleisch geschnitten, da hatte jemand mit einem breiten Messer herumgefuhrwerkt, das konnte man deutlich sehen. Mit diesem Loch in der Brust hatte sich die Sau durch ihren ganzen Verschlag geschleppt, von einer Ecke in die andere. Die rote Flüssigkeit tränkte den Lehmboden, und sie war bis in Kniehöhe an den geweißten Wänden verspritzt. Frau Lehrer Knagge rannte mit gellendem Schrei aus dem Stall, zur vorderen Tür hinein bis in die Küche, wo Lehrer Knagge Pfeife rauchend las. Er sprang auf, die Pfeife fiel auf den Boden und zerbrach, auch seine Frau fiel hin, zerbrach aber nicht, jedoch preßte sie dabei ihren letzten Schrei wie einen Seufzer aus sich heraus, und danach war sie still. Still blieb sie auch, als Lehrer Knagge sie schüttelte und »Ilsing, so wach doch auf!« rief, und schließlich ging er nachsehen, was gewesen war.

»O Gott, o Gott, Johann, was hast du getan!« rief er, ohne nachzudenken, aus, als er den Mord entdeckte. Später aber besann er sich und sprach den Verdacht nicht aus. So wanderte der Polizist mit großen Augen und Pickelhaube vom Schweineverschlag zum Gemüsegarten, von dort zur Haustür und wieder hinter das Haus, um die unfaßbare Angelegenheit zu untersuchen, aber ohne jemals dem Täter näher auf die Spur zu kommen als eine Gewehrkugel einem Windstoß.

Am Fünfzehnten begannen in der ganzen Gegend immer die Hausschlachtungen für den Winter, das war das einzige, was man an der Angelegenheit verstehen konnte, sonst aber auch nichts. Und trotzdem – da der Fünfzehnte auf den Sonntag fiel, hatte natürlich noch niemand geschlachtet. So wußte man nicht, ob das Datum nicht letzten Endes doch Zufall gewesen war.

Weil nun nichts mehr zu retten war, stellte die Frau Lehrer, die sich am späten Abend endlich erholt hatte, weinend Brühtrog, Abschrapglocken und Wursthörner zurecht und fing noch in der Nacht mit dem Auseinandernehmen der Sau an. Am frühen Morgen waren von der ganzen Angelegenheit nur noch die Pökelfässer, die frischen Würste, die schmutzigen Gerätschaften und sechs mutterlose Ferkel übrig.
»Das schöne Blut«, seufzte Lehrer Knagge und dachte an das Schwarzsauer, das er nun nicht bekommen konnte. Sehnsüchtig schmatzte er ein wenig, aber dann besann er sich auf seine gastgeberlichen Pflichten und nötigte den Pastor zuzugreifen, der sich zufällig eingefunden hatte.
»Wer Gott vertraut, wird keinen Mangel leiden«, sagte der Pastor, der das gut verstehen konnte, aber auch seinen Glauben verteidigen mußte. Den Bouletten sprach er herzhaft zu.
Aber auch die geistliche Hilfe brachte den Lehrer der Lösung nicht näher, und so wurde zur Untersuchung der Angelegenheit in Vertretung des Grafen der Verwalter gerufen, danach, weil dieser nichts ausrichten konnte, die Gendarmerie des Bezirks Rostock.
Der Polizist ging im ganzen Dorf herum, um die Leute zu befragen. Am größten war das Rätsel um das Geschrei der Sau beim Abschlachten, das ohne Zweifel mörderisch gewesen sein mußte. Niemand hatte etwas gehört, und das konnte doch wohl nicht angehen. Wer das Fleisch ißt, ißt den Teufel mit, raunten sich die alten Frauen zu. Sie wußten über die Umstände der Schlachtung alles – nur nicht, wer es gewesen war. Aber auch die Grübeleien der Alten konnten der Gendarmerie nicht helfen. Die Suche verlief im Sande.
Im Hause Brinkmann, wo über die mysteriöse Angelegenheit genausoviel gesprochen wurde wie in allen anderen Häusern von Liesenhagen, war man sich uneins.
»Mörder«, grummelte der Schmied beim Abendessen und spießte herzhaft seine Kartoffel. »Jetzt gehen hier nachts schon die Mörder um! Kommt nur von dem neuen Gesetz. Bauern, die streunen!«
»Sicher nur dumme Jungen«, widersprach Abigael und zitterte ein

bißchen. »Bloß keine Mörder. Dann wären wir unseres Lebens ja nicht mehr sicher.«
»Genauso schlimm. Und dann ist Lehrer Knagge selber schuld, das sage ich dir! Keine Zucht und Ordnung in der Schule, überhaupt keine. Wenn ich an der Schule vorbeikomme, stürzt er sich auf mich und beschwert sich über Johann. Wie kann das nur angehn? Der Junge ist doch seine Sache, solange er in der Schule ist. Ich würde mich nicht einmal beschweren, wenn er ihn halb totprügelt. Der Filou wird's verdient haben.«
Abigael versteifte sich. »Friedrich!« sagte sie entsetzt. »Doch nicht in Gegenwart der Kinder!«
»Ach was!« sagte der Schmied und pellte die Kartoffelschalen mit seinem Arbeitsmesser ab. »Er ist einfach kein Vorbild für unsere Kinder. Geht er nicht sogar öfter zum Grafen Poggenow nach Liesenack? Verstehe auch nicht, daß der das duldet! Wer erst die Finger in einer Sache hat, kriegt bald die ganze Hand rein. Ich sehe den Grafen höchstens einmal im Jahr. Und das reicht, sag ich dir. Der Graf muß wissen, daß man Respekt vor ihm hat! Was die anderen Ritter wohl dazu sagen, daß der Herr Graf sich so unstandesgemäß verhält? Was ist?« fragte er irritiert, an Fiete gewandt.
Fiete schluckte mühsam und sah auf seinen Teller. Ihn ekelte es schrecklich, wenn der Vater mit diesem selben Messer Hornsplitter vom Huf schnitt, seine Fingernägel säuberte und damit aß. »Nichts«, murmelte er.
»Gibt das etwa jemandem ein Recht, sein Schwein abzuschlachten?« fragte Abigael Brinkmann, die sich daran über Jahre hatte gewöhnen müssen.
»Sicher nicht«, antwortete Friedrich, schob sich die Kartoffel endlich in den Mund und fuhr undeutlich fort: »Aber ist es dann ein Wunder, wenn er zum Anziehungspunkt für das Gesocks auf der Straße wird?«
»Das ist die Strafe Gottes, Vater«, schlug Catharina vor und versuchte, älter und klüger auszusehen. »Ach was«, sagte dieser ungehalten, und Catharina gab die Pose auf. Wütend trat sie Christian, der neben ihr stand, kräftig ans Schienbein. Christian sah verwirrt unter sich.

»Bauern, Friedrich«, widersprach Abigael ohne großen Nachdruck, »Landsleute, Knechte und Mägde, Handwerker wie wir. Kein Gesocks.«

»Gesocks! Wer umherzieht, ist Gesocks, und wer mordet, ist Gesocks.« Nach einer Pause fuhr der Schmied fort: »Die Ritter wissen, warum sie die gelehrte Schulmeisterei ablehnen. Recht haben sie. Die untertänigen Kinder brauchen nicht schreiben und rechnen können.«

»Es gibt keine untertänigen Kinder mehr, Friedrich. Und ich bin froh, daß unser Graf anders ist.«

»Ja, ja«, sagte Friedrich mürrisch. »Unser Graf ist anders, und unser Schullehrer hat zu freie Ansichten. Das eine kommt vom anderen.«

»Was sind zu freie Ansichten, Vater?«

»Das bedeutet, daß er redet, wo er hinlangen müßte. Und sein Unterricht! Katechismus und Lesen, so war's früher. Danach Konfirmation. Und was macht er? Schreiben, Rechnen, Geographie! Das muß ja zu Mißgunst und Aufruhr führen. Ja, ja, ›wer den Hund narrt, muß das Beißen in Kauf nehmen‹. Die Ritter wissen das und richten sich danach. Nur der Großherzog wohl nicht. Sonst würden sie es auf den Domänen ja auch so halten ...« Friedrich Brinkmann verfiel in nachdenkliches Schweigen.

Fiete sah den Vater stumm an. Woher wußte der Vater das alles? Er selber hütete sich, ihm auch nur ein Wörtchen über die Schule zu erzählen. Sein Blick fiel auf Johann Hinkepoot.

Johann kümmerte sich nicht um das, was am Tisch gesprochen wurde, ebensowenig wie Christian. Johann fraß in sich hinein, was ihm in die Hände kam. Ich schlage nach der Mutter, pflegte er zu sagen, ich brauche das. Die Mutter paßte wie üblich auf den Träumer auf, der ganz im Gegensatz zu seinem Zwillingsbruder dürr wie eine vertrocknete Bohnenschote war. Auf ihrem Schoß saß jetzt schon Säugling Carl, immer noch klein, aber sehr munter. Mit seinen kleinen Händen versuchte er in den Brei zu greifen. Als Fietes Blick den ihren suchte, spürte die Mutter es und sah auf, dann nickte sie ihm zu. Nur Mut, hieß das.

Mut wozu? »Ich würde gerne alles von allem wissen«, sagte Friedrich

Wilhelm laut und trotzig. »Aus der Bibel höre ich am Sonntag, dafür brauche ich die Schule nicht. Ich möchte wissen, wer Nelson ist. Ich würde auch gerne Latein lernen.«
»›Aus einem Holzapfel wird nie ein Renettenapfel‹, sagte der Gärtner.« Der Vater lachte dröhnend und schob den Teller von sich. »Was willst du? Auf die Lateinschule? Du bist wohl nicht ganz gescheit!« Und Fiete, der Schläge erwartet hatte und Wut, erschrak bei seines Vaters Gelächter viel mehr, als wenn er ihn tatsächlich geschlagen hätte. Zorn vergeht, Lächerlichkeit bleibt.
»Nelson ist ein Admiral. Und nun geht, Kinder«, befahl Abigael, und Fiete rannte hinaus, gefolgt von Christian, der ihn an der Jacke festhielt, und dem langsam und mit vollgestopftem Mund hinterdreinschlendernden Johann.
»Willst du das tatsächlich?« fragte Christian seinen Bruder atemlos vor Spannung.
»Klar«, erklärte Fiete grimmig und bohrte mit der Spitze seines Holzschuhs in der Lehmdiele. »Ich weiß nur noch nicht, wie.«
»Muß man schreiben, wenn man Latein lernen will?« fragte sein jüngerer Bruder.
»Keine Ahnung.«
»Wenn nämlich nicht«, fuhr Christian mit leuchtenden Augen fort, »dann mache ich mit. Wir reißen aus und gehen auf eine Lateinschule! Wollen wir nicht nach Amerika gehen?«
»Du bist noch viel zu klein, und außerdem brauchen wir dafür Geld. Die Lateinschule kostet mehr als die Dorfschule. So geht es nicht.« Ratlosigkeit stand auf Fietes Gesicht. Plötzlich hatte er das Gefühl, daß er sich diese Lateinschule mehr wünschte als alles auf der Welt. Er wußte, was der Vater von ihm erwartete: Hufeisen schmieden, anpassen, annageln, Spezialschuhe für besondere Hufe, Pferde wegbringen, über die letzte Gersten- und Roggenernte schwatzen, über die vergangene Hopfenernte und über die kommende . . ., alles Dinge, die Bauern und Schmiede interessieren mochten, aber was gingen sie ihn an? Das einzige Getreide, für das er sich begeistern konnte, war Weizen: der war Exportgut. Da war es ungeheuer wichtig, ob er feucht oder trocken verladen wurde, denn davon hing es ab, ob er

rutschte oder nicht, und das wiederum bestimmte die Sicherheit des Schiffes. Also: immerhin war er bereit, sich mit den Kunden seines Vaters zu unterhalten, solange sie beim Weizen blieben. Darüber hinaus aber mochte er sich mit bäuerlichem Kleinkram nicht befassen.

Fiete fuhr hoch, als Christian ihn am Ärmel berührte. »Wie ist es, hast du's dir überlegt?« fragte er hoffnungsvoll.

Fiete seufzte tief auf und schüttelte den Kopf. Dann ging er in den Hof.

Johann, der sich die ganze Zeit an die Wand geschmiegt und das Gespräch mit brennenden Augen verfolgt hatte, flüsterte seinem Zwillingsbruder zu: »Laß doch den Angeber. Komm, ich zeig dir was.«

Christian wollte zuerst nicht, dann aber folgte er dem Hinkepoot auf das Feld, wo sie für lange Zeit in den zusammengesunkenen Resten eines Hünengrabes verschwanden.

Ab diesem Tag wachte Vater Friedrich sorgfältig darüber, daß Fiete jede Minute des Tages, die er nicht in der Schule und nicht mit dem Ausliefern von Pferden beschäftigt war, innerhalb des eigenen Hofes zu tun hatte. »Paß du auch auf. Und setz dem Jungen nicht noch mehr Flausen in den Kopf!« sagte er barsch, und Abigael wußte endlich, was sie bereits seit langem vermutete: Friedrich gab ihr Mitschuld für des Jungen Verhalten.

Eines Tages, als Fiete Ritter besonders lange ausblieb, während ihr Mann glücklicherweise nicht auf dem Hof war, sah Abigael sich genötigt, Brennholz zu holen, vor allem auch Anzündholz, das erst gespänt werden mußte. Christian und Johann waren nicht aufzutreiben, Carl noch zu klein. Widerwillig ging Abigael in den Schuppen, der ans Haus angebaut war, brauchte nicht lange, um das Beil zu finden, denn es steckte im Holzklotz, und fing an, Kleinholz zu machen. Während sie hackte, fiel die Dämmerung, im Schuppen schneller als draußen, so daß sie kaum noch etwas sehen konnte. Sie entschloß sich aufzuhören und kontrollierte mit einem Blick auf den Korb, ob es reichen mochte. Und dabei passierte es, daß sie sich selbst in die Hand traf, denn natürlich wollte sie keine Sekunde versäumen.

Während der gewaltige Schmerz ihr bis zum Hals und in den Nakken schoß, tropfte das Blut aus einem langen Hautschnitt; als sie aber auf dem Boden ein Stück Haut gewahr wurde, an dem noch Knochen und Splitter hingen, sank sie in Ohnmacht.
So fand Friedrich Brinkmann sie, auf dem Lehmboden zwischen Kleinholz, das Kleid naß von Blut.
Friedrich brüllte der Reihe nach die Namen von seinen Söhnen, aber keiner zeigte sich. Da schleppte er seine Frau ins Haus, suchte saubere Tücher, fand kein einziges, worauf er an die Truhe stürzte und das neugewebte, noch nicht genähte Leinen vorzerrte – es folgte seinem harten Griff aus dem Ballen heraus, und gelblich blieb es in unordentlichen Falten auf dem Boden liegen wie ein im Eis erstarrter Fluß. Er schnitt ein großes Stück davon ab, in seinem Schrecken viel mehr, als er wirklich benötigte, und damit die Hand nicht zu einem großen Klumpen geriet, mußte er nochmals schneiden. Dann hüllte er die ganze verstümmelte Hand ein, nur um die Blutklumpen verschwinden zu machen, und ließ sich anschließend auf einen Stuhl sinken. Ihm war ganz schwach in den Knien vor Angst.
Eine Tür ging. Catharina stand auf der Schwelle. Sie sah auf ihren Vater, dann auf die Mutter im Bett, dann auf den Boden.
»Mein Aussteuerlinnen!«
Während der Vater sprachlos zusah, warf sich Catharina auf den Boden neben den Stoff, drückte ihn zwischen beiden Händen, preßte ihn an die Brust, verbarg ihr Gesicht darin und wimmerte wie ein kleines Kind.
»Deine Mutter ist schwer verletzt«, murmelte Friedrich untätig.
»Oh?« sagte Catharina, aufmerksam geworden, und ging auf Zehenspitzen ans Bett. Abigael lag dort, leichenblaß, Schweißperlen rannen von der Nase und den Augenbrauen über die Wangen, die gesunde Hand war verkrampft, die verstümmelte zuckte im Schmerz.
»Die Mutter braucht mich«, sagte das Mädchen befriedigt.
Friedrich war froh, daß sie sich der Sache annahm. Sie schien so gelassen und vernünftig, daß er ihr auch die Versorgung der Wunde überließ.
Die erste Nacht durfte niemand anders am Bett der Mutter wachen;

Catharina übernahm die Aufgabe ganz allein. Nur Fiete wurde abends zugelassen zum Vorlesen der Bibel; die Mutter nahm die Lesung allerdings kaum wahr.
»Gottes Wort trägt zur Heilung bei«, bestimmte Catharina, »da ist es egal, ob sie es hört oder nicht.«
»Des andern Tages aber nahm er die Bettdecke und tauchte sie in Wasser und breitete sie über sein Angesicht; da starb er«, las Friedrich Wilhelm wahllos aus Könige 8, dann starrte er entsetzt auf die Bibel und schleuderte sie in die Ecke.
»Mein Gott«, flüsterte Pauline, die in diesem Augenblick über die Schwelle trat und Rückschlüsse zog aus dem, was sie sah und hörte. »Mutter!«
Catharina stellte sich mit ausgebreiteten Armen vor dem Bett auf und hinderte ihre Schwester, an das Bett der Mutter zu laufen. »Nicht näher«, verlangte sie kategorisch, »Mutter braucht Ruhe.«
»Ist Mutter …?«
»Sie ist nicht tot, aber sie braucht Ruhe! Vor jedem.«
»Aber …«
Catharina wehrte eifersüchtig ihre Schwester ab; es gelang ihr auch durchzusetzen, daß sie sie allein pflegen konnte. »Laß sie mal«, sagte Friedrich Brinkmann dankbar. »Und wenn sie's so haben will, dann kümmert euch nicht drum! Ihr anderen sorgt mal für Brennholz und für Säugling Corl.«
Sie taten, was der Vater verlangte. Catharina strahlte. Pauline war tief verletzt. Fiete holte halb zornig, halb beschämt die Bibel aus der Ecke und staubte sie sorgfältig ab.
Nach drei Wochen war die Mutter dank Catharinas Kräuteraufgüssen, die sie sich besorgt hatte, dank dem von ihr organisierten Vorlesen aus der Bibel und dank ihrer lauten und für die Familie öffentlichen Gebete zu Gott wiederhergestellt. Nur der abgeschnittene Hautlappen mit dem zerschmetterten Fingerknöchlein fehlte – den hatte Friedrich Wilhelm unter heftigem Erbrechen draußen auf der Flur vergraben. Er hütete den Ort wie ein Geheimnis, vor allem weil Johann mehrmals neugierig danach fragte.

Catharina begann sich für die Ordensritter zu interessieren, niemand wußte, wo sie das Wort zum ersten Mal gehört hatte, und sie selber sprach nicht davon. Den Pastor fragte sie selbst aus, zum Lehrer sandte sie Friedrich Wilhelm.

»Aber die sind doch kathol'sch!« rief Pastor Köster entsetzt. »Noch schlimmer als Pietisten und Reformierte! Du weißt doch wohl, daß die als Ketzer gelten?«

Das wußte Catharina, aber ihre Augen leuchteten trotzdem so schwärmerisch wie zu der Zeit, als sie ihre Mutter allein gepflegt hatte. »Die sind aber Christen wie wir«, entgegnete sie verstockt.

Dagegen konnte wiederum Pastor Köster keinen vernünftigen Einwand finden. Zögernd ließ er sie gehen und hoffte darauf, sie bessern zu können, wenn erst sie einmal den Katechismus lernte.

Immer häufiger geschah es, daß Catharina während der Arbeit im Hause plötzlich ins Gebet versank, und wenn Abigael dann rasch hinzutrat, um sie zu erinnern, daß noch dieses und jenes zu erledigen sei, wurde das Gebet lauter. Abigael hörte mit zwiespältigen Gefühlen, wie Catharina Gott für ihre, Abigaels, wundersame Heilung dankte. Dann traute sie sich nicht mehr, ihre Tochter zu ermahnen. Wenn sie sich schweigend entfernte, lächelte Catharina hinter ihrer Mutter her. Zuweilen auch betete Catharina gleich und überließ ihrer Mutter die ganze Arbeit.

Wenn Pauline dann abends mit zerstochenen Händen und verkrampftem Nacken nach Hause zurückkehrte, mußte sie erneut zur Nadel greifen und weiter stopfen und nähen, denn das ging ihr bedeutend schneller von der Hand als der Mutter.

»Wie kommt es nur, daß die Arbeit sich ständig vermehrt?« fragte Pauline, weil der Stapel mit Stopfwäsche mit jedem Monat höher wurde.

Die Mutter wich ihrem Blick aus. »Säugling Corl braucht jetzt auch mehr.«

Pauline dachte bei sich, daß die Mutter längst nicht mehr so blühend aussah wie früher; und daß sie viele ihrer runden Pfunde Fleisch verloren hatte, konnte sie mit ihrem durch Anproben geschulten Blick leicht erkennen: der Saum der Röcke rutschte um eine Handbreit

nach unten, weil die Mutter mittlerweile um die Mitte so dünn wie eine Sanduhr war.
Friedrich Wilhelm bemerkte es auch, und er blickte die Mutter scheu an, wenn er sich unbeobachtet glaubte. Nur Christian sah nichts: der konstruierte in Gedanken Geräte und Apparaturen, Schiffe und Flugmaschinen, rollende und schwimmende Zweiräder. Wenn man ihn ansprach, antwortete er mit der Frage, ob man dieses oder jenes für möglich halte.
»Es ist keine Rede davon, daß wir schwimmen oder fliegen sollen«, fauchte Catharina und fuhr mit fromm gefalteten Händen fort: »›Und Gott schuf große Walfische und allerlei Getier, das da lebt und webt, davon das Wasser sich errege, ein jegliches nach seiner Art, und allerlei gefiedertes Gevögel, ein jegliches nach seiner Art. Und Gott sah, daß es gut war.‹ Glaubst du etwa, du kannst es besser?« So machte sie ihn mit Absicht mutlos, denn wie sollte er gegen Gott konkurrieren können?
Daher hörte Christian auf zu fragen und ging allen aus dem Weg außer Friedrich Wilhelm. Sein ältester Bruder aber antwortete bereitwillig und ging mit Christian sogar dessen Berechnungen durch. Es erwies sich allerdings, daß zwei, die nicht rechnen können, nicht weiter kommen als einer, der es nicht kann.
»Ich lern's noch, das schwöre ich dir«, sagte Christian. »Das muß man ausrechnen können!«
Aber trotz seiner herrlichen Pläne war Christian nicht so fröhlich, wie er hätte sein müssen. Friedrich Wilhelm betrachtete seinen Bruder und fand, daß er scheu geworden war und sich manchmal zu ducken schien, obwohl das natürlich nicht stimmte. Trotzdem – Fiete nahm sich vor, seinen kleinen Bruder, der unter seinem besonderen Schutz stand, im Auge zu behalten.
Eines Tages fragte er seinen Bruder. Christian errötete und wollte nicht mit der Sprache heraus.
»Doch, Christian, ich seh dir's an«, beharrte Fiete. »Da ist was. Ich kann dir helfen, wenn du willst. Fühl mal meine Muskeln.«
Der kleine Bruder griff sofort zu. Während Fiete den Arm winkelte und eine Faust machte, ließ er seine schmale Hand voll Bewunde-

rung über die kräftigen Muskelpakete wandern. »Toll!« Und nach einer Weile sagte er: »Ich würde ja gerne, aber ich darf nicht.«
»Warum?« schnappte Fiete zu.
Christian lächelte ein bißchen. »Ein Geheimnis.«
Was hast du wohl für ein Geheimnis, fragte sich Fiete. Einer, der davon so ein Duckmäuser wird und dazu noch dünner als die Mutter, kann kein gutes Geheimnis haben.
Nach einer Weile sah er die beiden Zwillinge zusammen davonschleichen. Auch gut. Dann konnte er in Ruhe an seinem neuen Schiff arbeiten. Er hatte lange genug Material zusammengetragen: Kiefernhölzer von den Werften für den Rumpf und die Decksaufbauten, junge Ulme für die Masten und Spieren, Linde für Beiboote und Ruder. Ein Stück Leinen vom Verbandsstoff hatte Catharina ihm zornig vor die Füße geworfen, als er sie darum gebeten hatte; und ein wenig Zwirn war bei den gutmütigen Schiffsausrüstern abgefallen.

»Es ist nicht rechtens«, schmetterte Friedrich Brinkmann die Worte wie einen Schmiedehammer auf einen Mann in bäuerlicher Tracht hinunter. »Es gehört sich nicht, und es schickt sich nicht, daß der Bauer wie ein Herr arbeitet: mal – mal nicht. Diese neumodischen Veränderungen! Deshalb ist es ganz recht, daß unser Großherzog Friedrich Franz den Karlsbader Beschlüssen beigetreten ist.«
»Halt nicht wieder politische Reden, Friedrich«, sagte der Mann, der ein zierliches Reitpferd am Halfter hielt, »ich muß mich sputen. Wenn du ins Politisieren kommst, wirst du mit der Beschlagerei heute nicht mehr fertig.«
»Dann halt die Stute fest«, befahl der Schmied knapp und zog den ersten Nagel des alten Eisens heraus.
»›Kommandier du deinen Hund und belle selbst‹«, sagte der Landarbeiter verärgert, hielt aber doch fest. Schon lange war ihm die Nörgelei des Schmiedes ein Dorn im Auge. Er selbst war seit kurzem frei geworden. Nun ging's ihm schlechter als vorher. Einmal betrunken, und schon gekündigt. Na ja. Aber eher hätte er sich die Zunge abgebissen, als denen recht zu geben, die schon die ganze Zeit recht ha-

ben wollten. Und der Schmied war einer von denen. Die Frau aber, wenn er an die Frau dachte, wurde ihm ganz anders. Die war so drall und schier, die mochte er gerne.

Abigael betrat den Innenhof, ohne die Männer zu beachten, und ging zum Brunnen.

»Was frißt denn an dir, Abigael?« rief der Landarbeiter und riß den Mund weit auf vor Staunen. »Du bist ja wohl nur noch die Hälfte!«

Die Hausfrau sah nur knapp auf. »Halt du dich man an Pferde«, sagte sie. »Von Frauen verstehst du nichts. Hast du nicht die kleine Stine in ihr Unglück laufen lassen?« Dann stellte sie den Eimer an den Brunnenrand, löste die Kette und ließ den Brunneneimer rasselnd hinunter.

Der junge Landarbeiter errötete. »Ich konnte sie doch nicht ernähren«, verteidigte er sich lahm. »Jetzt, wo ich nicht einmal mehr in Stellung bin.«

Abigael jedoch wollte solche Ausrede nicht gelten lassen. »Aber Kinder machen!« sagte sie scharf. »Das konntest du, auch ohne an deine Stellung zu denken. Wenigstens betrinken hättest du dich nicht sollen.«

»Du weißt wohl alles«, sagte der junge Mann unglücklich.

»Ja. Stine war vorher bei mir. Versündige dich nicht, Kind, habe ich ihr gesagt.« Abigael nickte traurig. »Aber es hat nicht sein sollen.«

»Amen«, fügte Friedrich hinzu, nahm die Mütze ab, strich die kurzen blonden Haare nach hinten und warf die Mütze wieder hin, wo sie sein sollte. »Und nun wollen wir weitermachen.«

Nachdem Abigael den Eimer Wasser umgefüllt hatte, ging sie schweigend ins Haus zurück, mit schwerem und verläßlichem Schritt. So mancher Frau des Rittergutes hatte sie schon mit Rat und Tat beigestanden. Nur selten kam beides zu spät.

3. Kapitel (1826 bis 1828)

Nach einigen Wochen war Fiete fertig mit seinem ersten richtigen Modellschiff. Die anderen waren ja nur Kinderkram gewesen, das wußte er jetzt selbst. Schweigend, aber mit strahlendem Gesicht, präsentierte er seiner Mutter eines Mittags, als alle anderen außer Haus waren, sein Werk.

»Nein, wie ist das schön!« rief Abigael aus. »Ein richtiges Zeesboot! Ausfahren könnte man mit ihm, so, wie es da ist!«

»Du kennst es, Mutter?« Fiete staunte sich bald die Augen aus dem Gesicht. Wie konnte das nur angehen? Da lebte man jahrelang in Liesenhagen und hatte keine Ahnung davon, daß der einzige Mensch im Dorf, der einen Schoner nicht für eine Fußmatte halten würde, ausgerechnet die eigene Mutter war! Er stellte das Fischerboot vorsichtig auf dem Küchentisch ab. Zusammen bückten sie sich, und Friedrich Wilhelm zeigte und erklärte: »Großmast und Besan, hier hinten das Mannloch zum Steuern und hier das Logis; die können sogar kochen und heizen, siehst du das Ofenrohr? Meine Leute sollen es bequem und warm haben! Sie heißt ›Drei Sterne‹.«

»Nein, wie schön!« rief Abigael immer und immer wieder aus. »Echte kleine Blöcke und Jungfern. Ich würde mich nicht wundern, wenn du die Flagge sogar vorheißen könntest!«

»Nein, das denn doch nicht«, gab Fiete verlegen zu. »Die ist fest. Und der Baum ist vielleicht ein bißchen kurz geworden. Flieger und Klüver überlappen zu sehr. Möglicherweise ist sie dadurch ein wenig leegierig.«

»Das macht nichts«, tröstete seine Mutter ihn, »dann öffnet sich das Netz beim Treiben eben etwas weniger. Ganz vor den Wind geht sie ja sowieso nicht, deswegen ist das nicht schlimm.«

»Und was sagst du zu der Bemalung?« erkundigte sich Fiete. Erwartungsvoll blickte er seine Mutter an.

Sie wußte sofort, was er meinte. Sie beugte sich vor und roch an dem kleinen Modell. Fiete begann zu strahlen. »Echte Harpüse?« fragte Abigael ehrfurchtsvoll.

Fiete nickte überwältigt. Dann schluckte er und konnte endlich wieder sprechen. »Das ganze Unterwasserschiff, überall, wo sie schwarz ist! Ich hab sie direkt dort in der Werft mit dem heißen Zeug bemalt, stell dir vor! Mein kleines Schiff neben einem richtigen Toppsegelschoner auf der Helling. Und alle standen sie neben mir und sahen zu. Sogar der Herr Aldag! Und er hat es bewundert.«

»Sogar der Herr Aldag«, wiederholte Abigael flüsternd, und nun war sie tatsächlich so überwältigt, wie sie vorher ihrem kleinen Jungen vorgespielt hatte. »Du hast mit Herrn Aldag geredet. Mein Friedrich Wilhelm redet mit Herrn Aldag persönlich!«

»Ja«, bestätigte Fiete, etwas unsicher geworden. »Ich kenne ihn seit langem.«

Abigael schlug die Hände über dem Kopf zusammen. »Er kennt Herrn Aldag seit langem, sagt er. Einfach so. Seit langem!«

Während sie noch staunte, kam Friedrich Schmied ins Haus. Er stapfte zur Tür herein, die krachend an die Wand schlug und wieder zurück ins Schloß fiel. Mutter und Sohn sahen ihm stumm entgegen, wußten sofort, daß es Ärger gegeben hatte.

»Haltet ihr hier Maulaffen feil?« fragte Friedrich. »Fiete, geh an die Arbeit!« Er warf sich auf die Bank am Tisch, wischte das Schiffsmodell mit dem Arm über die Holzplatte, ohne darauf zu achten, und stützte den Kopf in die Hand. Die speckige schwarze Mütze verrutschte. »Pack, verbrecherisches«, knurrte er. »Will jetzt nicht mehr zahlen! Vor zwei Monaten konnte er noch ein gutes Pferd beschlagen lassen, jetzt hat er weder Pferd noch Geld – sagt er.«

»Wer, Friedrich?« fragte Abigael geduldig und schob mit den Fingerspitzen lockere Haarsträhnen unter die Haube.

»Töpfer Voß.«

»Aber der ist doch im Landarbeitshaus«, rief Abigael aus. Gegen ihren Willen wurde sie schon wieder gezwungen, Stellung zu nehmen. »Mit seiner ganzen Familie, schon seit vier Wochen. Ach, Schindluder treiben sie heute mit den armen Leuten. Wie soll er denn zahlen können!«

»Mir egal«, schrie Friedrich. »Ich habe für ihn gearbeitet, also zahlt er. Wie – das ist nicht meine Sache, sondern seine. Schließlich hat er die Stute ja auch teurer verkauft, weil sie gut und neu besohlt war.«
»Nichts hat er verkauft«, verbesserte Abigael. »Man hat ihm zur Deckung der Schulden alles weggenommen und ihn obendrein auch noch ausgewiesen. Kurz bevor er das Heimatrecht erwerben konnte. Beantragt hatte er schon.« Sie war so erbittert; am liebsten hätte sie ihren schwerfälligen Mann an den Schultern gepackt und geschüttelt, damit er endlich aufwachte. Warum nur war er nicht imstande zu sehen, was im Lande vor sich ging?
»Das ist seine Sache ganz allein.« Friedrich hatte mit dem Thema abgeschlossen, das merkte Abigael. Sie wandte sich ab. »Was ist das?« fragte Friedrich argwöhnisch, als er das Schiff neben seinem Ellenbogen bemerkte. »Wer hat das hergebracht?«
Fiete trat stolz vor. »Ich, Vater«, sagte er. »Gebaut auch.«
Abigael stand hinter ihrem Mann; sie signalisierte ihrem Sohn ganz vergebens, daß er still sein sollte. Unversehens packte sie Angst um ihren Sohn. Wo wollte er mit seinen Neigungen hin? Aber Fiete merkte nichts: er blickte zärtlich auf sein Schiff und schien es mit den Augen zu streicheln.
Friedrich erhob sich. Dann stützte er sich mit beiden Händen auf die Tischplatte und starrte Fiete ins Gesicht. Dem Jungen verschlug es die Sprache, noch bevor er angefangen hatte zu erzählen, was es damit auf sich hatte.
»Willst du etwa«, fragte Friedrich mit donnernder Stimme, »behaupten, daß du Zeit hast für diesen unnützen Kram, während deine Mutter sich schindet und halb zu Schanden schlägt, weil sie mit dem Beil nicht ordentlich umgehen kann, während ihr Jungs euch die Zeit vertreibt, wie ihr wollt?« Er holte gewaltig mit der Hand aus, schmetterte dabei das Zeesboot vom Tisch, daß es an die Wand flog, und dann gab er Fiete eine so mächtige Ohrfeige, daß es den Jungen von den Beinen riß und er hinstürzte. Friedrich marschierte wortlos hinaus und warf die Tür hinter sich zu.
»Mein Gott, Friedrich, du versündigst dich an deinem Kind!« Abigael preßte die Finger vor ihren Mund, zu entsetzt, um etwas zu

tun. Nach endlosen Sekunden erst, in denen Fiete auf dem Boden sich nicht rührte, nur ganz leise ächzte, wie aus seinem Inneren heraus, warf sie sich neben ihren Sohn und stützte vorsichtig seinen Kopf in die Höhe. Er wurde plötzlich noch blasser, als er bereits war, wälzte sich seitwärts und brach sein Mittagessen aus.
»Mein armer Junge«, flüsterte Abigael verstört. »Nicht noch einer, Gott«, flehte sie leise und beobachtete Fiete angespannt. Jäh war ihr zum Bewußtsein gekommen, daß so ähnlich der Todeskampf von ihrem kleinen Hans Elias begonnen hatte.
An Fietes Zustand änderte sich in den nächsten Minuten nichts. Er lag still, die Hände seitwärts an den Hosen, die Augen an die Decke gerichtet, sprach nicht und fragte nicht. Nach einer ganzen Stunde wagte sie, ihn ins Bett zu bringen. Er fror erbärmlich; sie hüllte ihn mit Decken ein, packte ihm einen erwärmten Stein an die Füße, flößte ihm heißen Fliedertee ein und wartete mit seiner Hand in der ihren, bis er eingeschlafen war.
Dann sah sie nach, was aus dem Schiffsmodell geworden war: es sah hoffnungslos aus. Der Rumpf war zerschmettert: die Planken wie Streichhölzer gebrochen. Die Takelage war im Fluge von einem Nagel abgebremst worden: da hingen nun die Masten und Gaffeln an der weißen Wand, in geteerte Fäden verwickelt wie in klebrige Spinnennetze, und zuunterst baumelte die so liebevoll ausgemalte blaue Flagge mit den drei goldenen Sternen an der weißen Stenge des Großtopps. Der Rostocker Greif war gar nicht mehr aufzufinden.
Abigaels Mund wurde zu einem schmalen Strich des Zorns, während sie eine alte Spanschachtel holte und die Trümmer sanft hineinbettete, alles, was sie finden konnte, sogar einzelne Splitter. Diese packte sie zuunterst in ihre Kleidertruhe und schichtete sorgfältig alle Röcke, Blusen und Kopftücher wieder obenauf.

Fiete erholte sich zu Abigaels Erleichterung in den nächsten Tagen schnell, und wie seine Mutter richtig vorausgesehen hatte, fragte er nie wieder nach den Resten seines Fischerbootes. Abigael fand jetzt Ruhe genug, um einen stillen, mächtigen Zorn gegen ihren Mann zu entwickeln.

Als erstes, nachdem Fiete wieder aufgestanden war, stakste er, noch sehr wackelig auf den Beinen, zu seinem Freund, dem Kaufmann Fecht. Mit grüner, frisch gestärkter Schürze, die wie ein Reifrock um seinen beleibten Bauch stand, kam dieser ihm bereits in der Straße entgegen und konnte die Besorgnis, die ihm ins Gesicht geschrieben stand, nicht verbergen. »›Mit der Zeit gewöhnt man sich an alles‹, sagte die Köchin, als sie dem Aal die Haut abzog«, brummte Kaufmann Fecht trotzdem und klopfte Fiete mit seiner erdigen Hand ermunternd auf den Rücken. Forschend sah er ihn an, aber der Junge hatte zu seiner Erleichterung wohl nicht sehr gelitten. Ein bißchen blaß schien er, sonst nichts. So groß war das Dorf nicht, daß sich nicht schnell haarklein herumgesprochen hätte, wie Friedrich seinen Sohn fast zuschanden geschlagen hatte.

»Nein, das tu ich nicht«, widersprach Fiete. »Ich bin kein Aal. Und es wird immer schlimmer mit ihm.«

»Laß man, mein Junge, dein Vater ist nur ein bißchen jähzornig. Sonst ist er in Ordnung. Und daß du so hingeschlagen bist, hat er selber nicht gewollt, da bin ich sicher. Dein Brägenklöttern kam ja nicht von der Backpfeife, sondern vom Fall.«

»Meinst du?« fragte Fiete, nun doch nicht mehr so entschlossen feindlich wie vorher. Dann ließ er sich vom Kaufmann in dessen Laden ziehen. Der wußte schon lange, wie er Fiete aufmuntern konnte. Heute gab er sich besondere Mühe.

»Sieh hier«, sagte er und kramte aus dem untersten Regalbrett, dort, wo er seine Schätze aufbewahrte, eine buntbedruckte Blechschachtel hervor, »die ist aus China angereist gekommen, die ganze Strecke über See, wohl mehrere Monate lang, stell dir vor, mal ist sie in Luv gereist, mal in Lee. Wie viele Schläge sie wohl mitmachen mußte? Na?« Mit geneigtem Kopf sah er auf Fiete hinunter, wartete, daß der endlich aus seinem Schneckenhaus herausgekrochen kam.

»Tausend?« antwortete Fiete denn auch endlich. »Oder nur hundert?«

»Ich weiß es nicht«, gab Kaufmann Fecht lächelnd zu. »Du bist der Fachmann für Seefahrt.«

Endlich hellte sich Fietes Gesicht etwas auf.

»Da ist Tee drin.«
Fiete staunte, dann durfte er die Dose in die Hand nehmen, riechen, fühlen, drehen und wenden und die Bilder betrachten. »Die sehen aber komisch aus«, fand er.
»Wenn du auf See gehen willst, Fiete«, sagte der Kaufmann, »dann wirst du noch viele komische Sachen sehen, aber das sollst du nicht laut sagen. Wer nämlich in Wahrheit komisch ist, ist der Fremde, nicht der, der dort zu Hause ist.«
Fiete überlegte sich das gründlich. »Du hast recht«, sagte er schließlich. »In Rostock halten manche Jungs mich auch für fremd. Das liegt an der Kleidung. Und an der Sprache.«
»Ganz genau«, bestätigte der Kaufmann. »Und wenn du noch um eine weitere Ecke gehst und noch eine und noch eine, dann ist auf einmal auch deine Hautfarbe fremd. So kommt das. Du wirst fremder und fremder, je weiter du von zu Hause wegfährst.«
Fiete verstand und nickte. Sein Freund war klug. Er wußte mehr als alle, die er sonst kannte. Mit Ausnahme vielleicht von Lehrer Knagge.

Nach diesem Tag war Friedrich seinem ältesten Sohn gegenüber noch kürzer angebunden. Er bellte ihm hier und da Befehle zu und kümmerte sich dann nicht mehr um ihn. Abigael beobachtete ihren Mann argwöhnisch und war erleichtert, als dieser anfing, Johann anzulernen. Aber Johann war störrisch wie ein Maulesel. Was sein Vater an ihm in den letzten Jahren versäumt hatte, war nun nicht mehr aufzuholen. Er verweigerte sich. Wenn er ein Pferd fortbringen sollte, so kam zwar das Pferd an seinem Bestimmungsort an, aber Johann anschließend nicht mehr zurück bis spätabends. Die Tracht Prügel ertrug Johann, ohne einen Laut von sich zu geben, und machte beim nächsten Mal alles wie vorher.
»Diese Bengels«, grollte Friedrich seiner Frau gegenüber, als der Damm bei ihm endlich brach. »Zu nichts taugen sie!«
»Und wenn du sie tothaust, taugen sie zu gar nichts mehr«, antwortete Abigael sachlich, da ihr Liebling nicht betroffen war und die anderen Brüder in Friedrichs Zorn überhaupt nicht einbezogen waren.

Christian hatte ihr Mann beizeiten aufgegeben, das wußte Abigael, und sie war nicht böse darum.
»Frau, wer soll denn die Schmiede übernehmen?« rief Friedrich, noch zornig, aber er fragte doch endlich seine Frau um Rat. »Ist denn keiner dafür geeignet? Was ist das nur für eine Welt!«
Das konnte Abigael auch nicht beantworten.

Es dauerte ein halbes Jahr, bis Fiete seinem Bruder auf die Schliche kam, oder vielmehr den Zwillingen. Bei der Rückkehr von einem Auftrag sah er sie zufällig: Johann, der an seinem Hinken von weitem zu erkennen war, und dicht hinter ihm Christian. Die etwas geduckte, verstohlene Haltung von Christian schreckte Fiete erneut auf. Zu Hause, da mochte das angehen. Jeder duckte sich ein bißchen, wenn der Vater kam. Aber hier draußen? Was für Heimlichkeiten hatten denn die Bengels? Neugierig war er natürlich auch. Fiete warf sich in den Graben, der den Weg von der Weide trennte, und beobachtete die beiden. Seine Vorsicht war angebracht. Johann sicherte nach allen Seiten, dann verschwanden die Brüder plötzlich, wie von der Erde verschluckt.
Als sich nichts mehr tat, tauchte Fiete wieder auf, krabbelte auf das Weideland und lief den beiden geduckt nach. Auf der anderen Seite der Weide schlüpfte er wieder in den Graben hinunter und patschte im ausgetrockneten Schlick entlang. Weit und breit war von den Jungen nichts zu sehen. In weiter Ferne erst der Tannenwald des Grafen, davor Weiden, ein Acker mit Rüben, der nichts verbergen konnte, und das alte Hünengrab. Fiete beschloß, als erstes dort nachzusehen. Langsam robbte er sich näher.
Mit einem Schlag wußte er, daß er recht gehabt hatte. Eintöniges Murmeln kam aus dem Spalt zwischen den beiden großen Blöcken, die den Eingang bildeten, und er erkannte die Stimme von Johann.

»Entendreck und Mäusescheiß,
ich bin froh, daß niemand weiß,
garstig Hund und Hexenwarze,
rotes Messer, schwarze Parze.«

Nach einer kleinen Pause zischte Johann in seiner normalen Stimme: »Jetzt du!«
Fiete wurde noch neugieriger. Er schob sich vor, bis er durch den Spalt hindurch in das Innere sehen konnte, und was er sah, ließ ihm die Haare zu Berge stehen. Christian hatte begonnen, den Teil, der offenbar ihm zukam, mit brüchiger und etwas piepsiger Stimme aufzusagen:

»Mit dieser meiner Schwerthand hier
schwör ich dir,
und bei meinem Augenlicht,
solang's nicht bricht,
ich werd immer Treue tragen,
niemandem davon was sagen,
das schwöre ich bei Gott
und Herrn Zebaoth.«

Den letzten Reim sprachen beide Jungen auf Knien gemeinsam, Johann voll Andacht, Christian zitternd. Die Körper wandten sie dem in tiefer Dunkelheit liegenden Ende der Höhle zu. Kaum hatten sie das Schlußwort gesprochen, warf sich Johann mit einer blitzartigen Drehung seines Körpers über seinen Bruder und setzte sich rittlings auf ihn. Christian lag wie erstarrt; Tränen flossen lautlos über seine Wangen.
»Jetzt das Opfer«, murmelte Johann und verbeugte sich vor einem unsichtbaren Gott.
Und bevor Fiete auch nur ahnte, was er vorhatte, zog er ein schmales Messer glatt durch die Oberarme seines Bruders, erst durch den linken, dann durch den rechten. Um das Blut zum Strömen zu bringen, brauchte er noch nicht einmal nachzuschneiden. Er war geübt.
»Schon vorbei«, sagte er leicht, als ob es sich um das Ziehen eines Milchzahns handelte, und schwang gemächlich sein Bein über Christian. Dann kroch er in eine Ecke, wo er sich mit etwas befaßte, was Fiete nicht erkennen konnte.
Christian blieb weinend und doch erlöst liegen. Fiete hatte den Eindruck, daß die Prozedur vorbei sein mußte. Er seufzte laut auf. Sie

hatte ihn selbst so gefangengenommen, daß auch er vergessen hatte, was er hier gewollt hatte. Endlich raffte er sich auf und kroch ganz nach drinnen.
Christian schrie gellend auf, Johann fuhr mit verzerrtem Gesicht herum, das blutige Messer wie zum Zustechen bereit. »Nicht, Johann! Das ist Fiete.«
Johann, der schwer atmete, senkte das Messer zögernd. Unter seinem braunen Haarschopf blickte er seinen älteren Bruder wild an, die Lippen wie ein jagender Wolf über die Zähne zurückgezogen. »Hau ab!« fauchte er.
Fiete fand allmählich seine Sprache wieder. »Was für einen Zauber treibt ihr hier?« zischelte er, und der kleine Raum warf seine Frage mit solcher Wucht zurück, daß die Flamme der Kerze flackerte. Nun sah Fiete erst, was ihm die Dunkelheit am Kopfende des Innenraums bisher verborgen hatte.
In der flachen Kuhle eines alten Mahlsteins glänzten im unsteten Kerzenschein rote, krustige Brocken; vermengt mit ihnen waren eingetrocknete Mäuseköttel und eine schwarze Schmiere. Drei Eichelhäherfedern steckten darin, eine mit dem Kiel nach oben. Darüber summten zwei grünschillernde Schmeißfliegen, die Johann wohl aufgestört hatte. Fiete wurde beinahe schlecht.
»Komm, Christian«, befahl Johann nach einem kurzen Seitenblick auf Fiete, »die Hauptsache.«
Sofort kroch Christian gehorsam zum Opferstein, streckte seinen Arm aus und ließ das Blut auf das Gemenge tropfen.
»Christian«, rief Fiete entsetzt, »hör auf. Hör damit auf, sage ich!«
Sein jüngerer Bruder nickte erleichtert, warf einen entsetzten Blick zurück auf den Opferstein und kauerte sich neben Fiete hin, als ob er bei ihm Schutz suchte.
»Raus jetzt«, sagte Fiete und kroch, Christian vor sich herschiebend, hinaus. Ihm war unbehaglich zumute, hauptsächlich, weil er den jähzornigen Johann in seinem Rücken hatte. Aber dieser rührte sich nicht, und sie kamen unbehelligt hinaus ins Sonnenlicht. Trotz der Wärme schauderte Christian: sein Oberkörper war immer noch nackt. Unterhemd und Jacke lagen in der Finsternis des Opferplatzes.

Fiete zog Christian mit sich. Hinter einem dicht belaubten Holunderbeerbusch kauerten sie sich nieder. »Wir warten«, erklärte er. Viel später kam endlich Johann heraus, wieder wie ein Kaninchen nach allen Seiten sichernd. Aber hüpfen tut er wie der Teufel persönlich, dachte Fiete in unaussprechlichem Zorn, als Johann davonlief. Erst als er außer Sicht war, brach Fiete den Bann. »So, den wären wir los«, sagte er munterer, als ihm zumute war. Er setzte sich mit gekreuzten Beinen auf das Gras. »Was habt ihr eigentlich gemacht?« Christian wollte nicht mit der Sprache heraus, aber nach einiger Zeit fing er doch an zu erzählen. Johann hätte ihn anfangs hierhergelockt, er hätte ein Geheimnis. Das Geheimnis war ein blutiges Messer gewesen. Gestohlen sei es, hätte Johann gesagt, aber er dürfe es niemandem verraten, sonst sei er mit drin in der Sache. Niemand wird dir glauben, daß du nicht beteiligt warst, hatte er gesagt, und Christian hatte ihm aufs Wort geglaubt, ohne zuzugeben, daß er nicht verstand, worum es ging. Nach einiger Zeit dann hatte Johann die Idee gehabt, sie sollten einen Geheimbund gründen, sie beide nur, dessen Besonderheit darin liege, daß sie Zwillinge seien. Zwillinge, Blutsbrüder und Geheimbündler, das gebe es auf der ganzen Welt nicht, hatte er gelockt. Auch in Amerika nicht, hatte Christian gefragt. Nein, da auch nicht. Das hatte den Ausschlag gegeben. Blutsbrüder aber mußten sie erst werden. Das war das einzige Mal gewesen, bei dem Johann sich selber auch einen Schnitt beigebracht hatte, danach hatte er nur noch Christian Blut abgezapft. Als Opfer für die Göttin des Geheimbundes.

»Und wer war das?« fragte Fiete.

»Göttin Nebu-Kadne-Zarin«, antwortete Christian und fing erneut an zu weinen. »Sie wurde immer durstiger.«

Fiete streichelte seinen Bruder unbeholfen, dann boxte er ihm zärtlich auf die Brust. »Hast du denn gar nicht bemerkt, daß er dich zum Narren hielt?«

»Doch, wohl«, bekannte Christian, »aber ich hatte geschworen, und Schwüre muß man halten.«

»Ja, das stimmt«, gab Fiete zu, »das muß man. Paß auf, ich gehe jetzt hinein und mache den Opferstein kaputt und den ganzen Krempel der Göttin, und wenn es die nicht mehr gibt, dann ist dein Schwur auch nicht mehr gültig. Stimmt's?«

»Ja, stimmt«, sagte Christian erleichtert. »Aber wenn sie sich nun rächt?«

Fiete zeigte seinem Bruder wortlos einen Vogel, dann kroch er aufs neue in die Höhlung hinein, nun etwas beklommen, seitdem er wußte, daß sie als Opferhöhle gedient hatte. Jetzt roch er auch den süßlichen Geruch des frischen Blutes und den Verwesungsgeruch des geronnenen. Es war dunkel; die Kerze war gelöscht. Schon wieder krampfte sich sein Magen zusammen, und er hörte seine eigenen Zähne klappern. Er biß sie aufeinander und atmete tief ein. Dann warf er sich mit einem wagemutigen Satz nach vorne, auf das, was als das Allerheiligste gedient hatte und irgendwo im Dunklen verborgen war, und fetzte es auseinander. Den Opferstein schleppte er nach draußen in den nächsten Graben, der noch etwas Wasser führte, und buddelte ihn im Schlick ein. Im Vorübergehen winkte er Christian fröhlich zu, der immer noch dasaß, als ob er die Rache der Göttin erwartete. Zögernd hob Christian seine Hand, dann schwenkte er sie plötzlich.

Als Fiete ein zweites Mal hineinkroch, um das scheußliche Messer zu suchen, war er schon fast gefeit gegen die Einflüsse der Göttin. Er fing an zu pfeifen.

Fiete pfiff, ohne es zu bemerken, dasselbe Lied dreimal, immer schneller. Wo mochte das verdammte Messer sein? Dann kam er auf die Idee, statt auf dem Boden an den Wänden zu tasten. Und richtig! Auf einem Sims lag es, naß, kalt und klebrig. Gegen das Würgen in seiner Kehle ansingend, kroch er hinaus, so schnell er konnte, das Messer in der Hand.

Er tat einen tiefen, erleichterten Seufzer, als er den Eingang erreicht hatte. Dann lehnte er sich an den besonnten Stein des Hünengrabes, den Kopf bei geschlossenen Augen an der warmen Wand. Ach, tat das gut. Auch, daß die Lerchen sangen, neben ihm im Gras eine Eidechse raschelte und weit weg ein Kuckuck schlug, waren so gewohnte, aber meistens so überhörte Geräusche, daß er den Drang verspürte, sie in sich aufzusaugen. Hatte er einem entfernten Kukkuck überhaupt schon einmal richtig zugehört? Und da, noch einer, der antwortete.

Endlich hatte er sich wieder genügend mit Alltagsgeräuschen vollgesogen, um sich gestärkt dem Messer zuwenden zu können. Was sollte er überhaupt mit dem machen? Den Eltern übergeben? Fast widerwillig öffnete er die Augen, um es zu betrachten. Jäh ließ er es fallen, zu Tode erschrocken. Er kannte das Messer, hatte er es doch selber einmal zum Vater nach Hause zur Reparatur getragen und danach wieder zurück. Es gehörte Lehrer Knagge. Und er wußte auch genau, seit wann Frau Lehrer Knagge es vermißte: seit dem Mord an ihrer Sau.

Ungläubig erhob Fiete sich, unfähig, die Augen von dem scharfen Mordinstrument im Gras abzuwenden.

Dann drehte er sich um und jagte davon, quer über die Weide, über den Graben auf den Weg.

»Fiete, Fiete«, rief Christian weiter hinter ihm, und nun erst merkte er, daß er seinen Bruder ganz vergessen hatte. Fiete wartete schnaufend. »Was ist denn, Fiete?« rief Christian ängstlich, aber er bekam keine Antwort.

»Wir gehen nach Hause«, sagte Fiete kurz angebunden, und er schwieg, bis sie den Hof betreten hatten. »Kein Wort zu Mutter«, zischte er und sah seinen jüngeren Bruder drohend an. Christian erschrak. Dann mußte es schlimm stehen. Er nickte.

Abigael Brinkmann sprach nie wieder ein Wort über Hans Elias, und wenn jemand aus der Familie ihn erwähnte, so schwieg sie so lange, bis alle gemerkt hatten, daß sie über den Gestorbenen nicht zu reden wünschte. »Ein totes Kind hat ein lebendiges am Bein«, sagte sie eines Tages still, und da wußten sie endlich den Grund.

Deshalb wunderte sich auch niemand, daß Abigael den Jüngsten, den Säugling Corl, der nun auch schon vier Jahre alt war, ständig am Rockzipfel hängen hatte. Sie nahm ihn mit, wohin sie ging, ob auf den Hof, in den Stall oder zu den Nachbarinnen.

Ein lautes, schwieriges Kind war er immer gewesen. Allmählich aber ging sein Geschrei in eine Art Singsang über und, wenn er friedlich auf dem Boden saß, in ein Summen. Irgendeinen Lumpen in der Hand, den die Geschwister zum Spielzeug erklärt hatten und der nun lange verbraucht war, saß er und starrte vor sich. Und dabei sang er mit, was er, Gott weiß wo, in seinem Inneren hören mochte oder was ihm die Geräusche von draußen eingaben. Und je besser er singen konnte, desto ruhiger wurde er. So kam es, daß Abigael anfing, ihm die alten Lieder vorzutragen, die sie noch von früher aufbewahrt hatte und die die Geschwister in der Hektik des mütterlichen Arbeitstages noch nie zu hören bekommen hatten. Auf einmal, so schien es, tauchten sie nun bei Abigael aus ihrer verschütteten Kinderzeit wieder auf.

Fiete war derjenige, der von allen Geschwistern am liebsten zuhörte, und manchmal ließ er seine Forke sinken und stellte sich draußen ans Fenster – wenn der Vater es nicht sah. Nur bei dieser Gelegenheit sang Abigael von der Englischmiß und vom Fritz auf der Universität – sonst nie. Fiete war zu scheu, seine Mutter zu fragen, was sich dahinter verbarg.

Eines Morgens bekam Fiete den Befehl, den Hof so sauber zu kehren, als käme der Großherzog zu Besuch. Wie üblich erklärte Friedrich Brinkmann nichts zu seinem Befehl, und Fiete fragte nicht, wie denn überhaupt das Zusammensein mit seinem Vater schon ein ganzes Jahr lang aus lauter Schweigen bestand.

Ausnahmsweise war Fiete willig: er fegte und schrubbte, grenzte den Dunghaufen sauber ein, fettete die Lederhalfter, flocht das Ende eines Stallhalfters wie eine seemännische Platting zusammen – dabei grinste er spitzbübisch –, er verwahrte das Hufmesser im Fettopf, sortierte Hämmer, Zangen und Klopfschlegel, und er holte Kohle für das Schmiedefeuer.

Dann hörte er auf der Straße vor dem Haus die Stimme seines Vaters. Plötzlich stand der Graf von Poggenow im Hof. Fiete verbeugte sich tief und bemerkte erst, als er wieder auftauchte, daß hinter dem Grafen noch jemand gekommen war, ein Mädchen auf einer braunen Stute. Hingerissen starrte er sie an: ein Mädchen im Herrensitz auf einem Pferd hatte er noch nie gesehen. Wie ein Junge saß sie da, und dabei war sie doch zart und schlank. Trotzdem hatte sie ihre

Stute gut in der Hand, die von ganz anderem Schlag schien als alle Pferde, die sein Vater zu beschlagen hatte. Er konnte sich an beiden kaum satt sehen, aber sie beachtete ihn nicht. Sie schien sich überhaupt um nichts zu kümmern, was im Hof vor sich ging.
»Dann zeige er mir mal seine Erfindung«, forderte der Graf den Schmied freundlich auf.
»Mit Verlaub, Herr Graf«, sagte Friedrich Brinkmann, vor Aufregung ganz heiser, »Erfindung ist vielleicht zuviel gesagt. Aber ich habe mir Gedanken gemacht. Erinnern der Herr Graf vielleicht, daß bei unseren Regimentern vor Jülich viele Pferde liegenblieben? Zu viele.« Etwas ängstlich blickte der Schmied seinen obersten Herrn an, war ihm doch nicht ganz klar, ob es genehm war, diese Sache zu erwähnen.
»Ja«, stimmte Herr von Poggenow nach kurzem Überlegen zu. »Die Strecke war nicht weit, und trotzdem ...«
»Ja«, unterbrach ihn Friedrich eifrig, »und trotzdem versagten sie, ohne daß große Anforderungen an sie gestellt wurden. Dabei sind die Pferde gut, an denen lag es nicht.«
»Nein?« fragte der Graf erstaunt und etwas erleichtert.
Fiete kam näher. Auch er wunderte sich, vor allem über seinen Vater. Wie aus dem Nichts war auch Johann aufgetaucht.
»Nein!« sagte Friedrich, und dann, fast triumphierend: »Sie waren falsch beschlagen!«
Der Graf trat neugierig näher, weil Friedrich Brinkmann ihm winkte und in seinem Eifer sogar vorausging, als sie nun die Schmiede betraten. In einem Seitenraum befand sich eine ganze Sammlung verschiedener Hufeisen, die der Graf mit Interesse musterte. Die beiden Jungen folgten leise wie die Mäuse. Das Mädchen blieb zurück und stieg auch nicht vom Pferd.
Friedrich langte ein Hufeisen von der Wand und hielt es dem Grafen hin. »Seht, mit solchen Eisen waren unsere Pferde beschlagen.« Der Graf griff zu, drehte und wendete das Eisen, das breite Schenkel und eine nach innen abfallende Tragefläche hatte.
»Schwer«, fand der Graf. »Weiter.«
Friedrich räusperte sich. Seine sonstige Wortgewandtheit war wie

weggeblasen, er war linkisch und wußte schon wieder nicht, wie er es anfangen sollte.
»Es gibt bessere, schmale«, sagte Johann und trat vor. »Breit ist ungünstig.«
Die anderen drei starrten ihn an. Woher hat der plötzlich den Mut, den Grafen anzureden, fragte Fiete sich verblüfft.
»Tatsächlich. Weißt du auch schon mit diesen Dingen Bescheid?« fragte der Graf amüsiert.
»Nein«, sagte Friedrich Brinkmann.
»Ja«, beharrte Johann Brinkmann.
»Nun einigt euch«, sagte der Graf. »Um dieses Eisen also geht es.«
Bei Friedrich war der Bann endlich gebrochen. »Ja«, sagte er erleichtert. »Das Eisen ist zu schwer und zu glatt. Unsere Eisen werden geschmiedet für den leichten mecklenburgischen Sand, breit, damit sie viel Halt haben, glatt, damit die Sandkörner sich nicht zwischen Horn und Eisen hineinarbeiten oder am Strahl scheuern. In den heftigen Regenfällen des Frühjahrs – damals am Rhein, wissen Herr Graf, – . . .«
»Ich war doch dabei«, unterbrach der Graf energisch und sehr interessiert. »Weiter.«
»Ja. In dem Matsch also sind die Pferde ständig gerutscht, das beanspruchte Fesseln und Sehnen, und auf die Dauer waren sie den Belastungen nicht gewachsen.«
»Ja, ja, ich verstehe«, sagte der Graf ungeduldig. »Weiter.«
Fiete dachte sich, daß Herr von Poggenow zu Recht insgeheim Graf Weiter genannt wurde.
»Ich habe mich auch mit den Schweden unterhalten, damals schon. Deren Pferde nahmen nämlich weniger Schaden.«
Der Graf nickte, das war auch ihm aufgefallen. Er hatte sich ebenfalls mit einem schwedischen Obersten darüber unterhalten, und der hatte gesagt, die schwedischen Pferde seien eben besser. Das hatte er selber nicht gelten lassen mögen, und darüber hatten sie sich dann auseinandergestritten. Aber die ganze Zeit hatten sie nur über das Pferd geredet, nie über das Eisen.

»Die waren alle mit einem schmalen Eisen beschlagen, sie nannten es das englische Eisen. Im Lehm kamen sie wesentlich besser vorwärts.« Friedrich vergewisserte sich durch einen Blick, daß er immer noch das Wohlwollen des Grafen hatte. Er hatte. Herr von Poggenow war selten so gefesselt, außer wenn es um seine Zuchthengste und -stuten ging. »Und ich meine nun«, begann Friedrich Brinkmann, und schon sein Tonfall kennzeichnete, daß jetzt das Wesentliche kam, »daß man diese schmalen Eisen noch verbessern könnte, wenn man die Bodenfläche noch aushaut und außerdem einen Falz anbringt. So etwa«, sagte er und drückte dem Grafen ein anderes Eisen in die Hand.

Der Graf eilte mit dem Musterstück zur Tür und in den Hof. Dort drehte und wendete er es, besah es von allen Seiten, von der Vorderkante und von hinten. »Tatsächlich«, sagte er. »Er sollte das mal meinem Gestütsmeister vorlegen.«

»Darf ich?« fragte Friedrich freudestrahlend.

»Das muß erprobt werden. Vielleicht ist es eine kriegswichtige Neuerung. Wenn Meister Ohlsen davon etwas hält, werde ich Ihm Geld für weitere Versuche zur Verfügung stellen lassen.«

»Darf ich noch etwas sagen?« fragte Johann mitten in die ehrfürchtige Stille hinein, die entstanden war, weil Friedrich Brinkmann wie gelähmt war vom großzügigen Angebot des Grafen. Hatte man von so einem Angebot schon mal etwas gehört? Er, ein einfacher Dorfschmied, durfte experimentieren! Deswegen schmetterte er auch seinen Sohn nicht mit einem Schlag seiner kräftigen Hand zu Boden, obwohl es von diesem eine bodenlose Unverschämtheit war, sich einfach in das Gespräch der Männer zu mischen.

Der Graf gestattete es gnädig.

»Ich glaube«, sagte Johann mit piepsiger Stimme umständlich, weniger aus Ehrfurcht als aus fehlender Redegewandtheit, »daß es wohl einen Unterschied machen möchte, ob ein Fuß steil oder flach fußt.«

»Du meinst, sie brauchen unterschiedliche Eisen?« fragte der Graf nach. »Nicht mehr alle über einen Kamm scheren?«

Johann nickte. Dem hatte er nichts hinzuzufügen.

»Da hast du sicher recht«, hatte der Graf die Freundlichkeit zu antworten. »Das müßte er auch erproben«, schlug er dem Meister vor. Dann wandte er sich wieder an Johann. »Du wirst sicher Hufschmied werden wie dein Vater?«
Zu des Grafen großem Erstaunen schüttelte Johann den Kopf. »Nein, ich möchte auf die Tierarzneischule von Rostock«, sagte er mit fester Stimme.
»Was es nicht alles gibt!« brach es aus dem Schmied heraus, respektlos in des Grafen Gegenwart, aber diesen hatte er ganz vergessen.
Der Graf musterte den kleinen Jungen mit Wohlwollen. »Es freut mich, daß sein Sohn sich hochdienen will«, sagte er zu Friedrich. »Nur ist die Tierarzneischule leider schon seit vier Jahren nach Schwerin verlegt. Das tut mir herzlich leid.«
Johann schwammen alle Felle davon. Trotzdem wäre es ihm nie eingefallen, vor Enttäuschung zu weinen. Er biß die Zähne zusammen und starrte stoisch auf seine Holzschuhe.
Fiete war immer noch verblüfft. Was fiel denn dem Johann plötzlich ein, so mir nichts, dir nichts, lernen zu wollen und damit auch noch dem Grafen aufzufallen. Ein wenig ärgerte er sich darüber.
»Ich werde mal mit deinem Schulmeister sprechen«, sagte der Graf, »ob es sich lohnt, dich nach Schwerin zu schicken. Wenn ja, werde ich das auf meine Kosten tun.«
»Oh«, stotterte Johann und krampfte verzweifelt die Hände zusammen. Wußte doch niemand besser als er, was bei einer Nachfrage herauskommen würde.
Auch Fiete wußte es. Trotzdem bekam er vor Staunen ganz runde Augen. Gab es denn so ein Glück überhaupt?
Neben ihm scharrte die Stute des jungen Mädchens. Automatisch griff er hinzu, um das Pferd zu beruhigen und das junge Mädchen auch. »Danke«, sagte sie leise und blinzelte ihm zu, während sie die Zügel aufnahm. Fiete blickte verstohlen um sich. Niemand hatte etwas bemerkt; als Fiete später die aufregende Geschichte um und um gedreht hatte, wußte er selbst nicht mehr, ob sie wahr oder er sie erträumt hatte. Aber das handelte er mit sich selber aus, viele Nächte hintereinander. Womit er nicht allein fertig wurde, war die Unge-

rechtigkeit. Über sie beklagte er sich bei der Mutter, als er sie für einige Minuten für sich allein hatte, abgesehen vom kleinen Corl.
»Sieh mal«, sagte Abigael zögernd, »es geht in der Welt fast nie gerecht zu. Und Johann hat bisher so viel Pech gehabt; wenn es auch zum Teil selbstverschuldet war, gönn es ihm. Einer in der Familie ist besser als keiner. Und bedenke: Blut ist dicker als Wasser; wenn Johann etwas erreicht, kann er dir vielleicht auch einmal helfen.«
Aber Fiete grollte und wollte es nicht einsehen. »Helfen wird der mir nie«, sagte er gehässig, und Abigael seufzte ratlos.
Ab diesem Tag war das Verhältnis zwischen den beiden Brüdern Fiete und Johann noch gespannter. Christian aber konnte aufatmen. Johann hatte kein Interesse mehr an Jungenheimlichkeiten. Er fing an zu lernen, in der Hoffnung, daß der Graf so bald keine Zeit finden würde, Lehrer Knagge zu fragen, und daß er bis dahin alles bisher Versäumte aufgeholt hätte. Es fiel ihm schwer, weil er keine Hilfe hatte. Fiete dachte gar nicht daran, obwohl der Vater ihn um diesen Preis von seinen Aufgaben auf dem Hof entbunden hätte. Fiete aber weigerte sich. So zog der Vater ihn noch mehr zu den Arbeiten hinzu, die dem Jungen am schwersten fielen. »Wer nicht lehren will, soll riechen«, sagte er höhnisch, weil er genau wußte, was seinen Sohn so übermäßig plagte, und Fiete spuckte niemals soviel wie in dieser Zeit nach dem Besuch des Grafen.
Friedrich aber war maßlos stolz auf seinen Sohn, der die Aufmerksamkeit des Grafen persönlich gewonnen hatte, und wußte gar nicht, daß dieser das Versprechen hauptsächlich um seines tüchtigen und einfallsreichen Schmiedes willen getan hatte. Während er Fiete auf dem Hof knechten ließ, ging er wie befohlen zum Gestütsmeister des Grafen Poggenow, und Johann nahm er mit. Danach platzte Johann zwei Tage fast vor Stolz.
»Du plusterst dich auf wie ein Petermännchen«, sagte Fiete und spuckte seinem Bruder verächtlich zwischen die Füße.
»Ätsch«, stichelte Johann, weil er annahm, daß Fiete einen Schuh hatte treffen wollen, was aber gar nicht stimmte, und es gelang ihm zu verbergen, daß er das Petermännchen überhaupt nicht kannte und es für einen Frosch hielt.

Und Fiete, der das trotzdem sehr wohl wußte, lachte laut und etwas traurig.

Es dauerte einige Zeit, bis der Graf den Lehrer Knagge nach seinem Schüler befragte, eben bis er bei einem seiner halbjährlichen Inspektionsritte durch die gutsherrlichen Dörfer auch auf den Lehrer traf. Zwischen der Frage nach der fälligen Neudeckung des Schulhauses mit Reet und derjenigen, ob die Entlohnung seitens der Bauern in Naturalien auch pünktlich angeliefert werde, fand er Zeit, sich auch nach Johann Brinkmann zu erkundigen.

»Tja, Herr Graf«, sagte Lehrer Knagge nachdenklich, »mit dem ist etwas Merkwürdiges vor sich gegangen. Der lernt seit einem Vierteljahr wie besessen; wie ein Ochs läuft er in der Spur, ich brauche ihn nicht anzufeuern und nicht zu lenken, habe höchstens Mühe, über seine Fragen die anderen Kinder nicht zu vernachlässigen.«

»So?« fragte der Graf überrascht. »Taugt er denn etwas?«

Lehrer Knagge wiegte unentschlossen seinen Kopf. »Vor einem Vierteljahr hätte ich ein glattes Nein gesagt, jetzt bin ich nicht mehr sicher. Vielleicht ist er doch wie Fiete Ritter, vielleicht aber ist es nur schöner Schein. Man wird sehen müssen.«

Der Graf ließ sich erklären, wer Fiete Ritter war. Aha, der stille Junge, den die Pferde nicht interessierten. Aber Schiffahrt interessierte nun wiederum den Grafen nicht, deswegen ließ er die Sache auf sich beruhen. »Weiter«, sagte er und wandte sich dem nächsten wichtigen Thema zu, das er mit dem Lehrer sowie dem Herrn Pastor zu besprechen hatte: der neueingeführten Pockenimpfung.

»Ich kann es mir nicht leisten, so viele Leute zu verlieren«, erklärte Herr von Poggenow. »Eingeborene sind doch bessere Arbeiter als Zugewanderte.«

»Da haben Herr Graf ganz recht«, bestätigte Lehrer Knagge und ließ seinen Rücken mit einem Seufzer der Erleichterung wieder zusammensinken, als der Graf ihm huldvoll zuwinkte und davonritt. Dann dachte er bei sich, daß Fiete eine solche gräfliche Belohnung viel eher würde verdient haben als ein Sauenmörder. Er nahm sich vor, Fiete kostenlos auf die Lateinschule vorzubereiten. Aber da war Fiete schon weg.

4. Kapitel (1829–1831)

Friedrich Wilhelm Brinkmann, gebürtig in Liesenhagen, ausgerüstet mit sämtlichen in der Dorfschule von Liesenhagen zu erhaltenden Kenntnissen, fast berstend vor Zorn gegenüber seinem Vater, hatte sich nach Wismar aufgemacht. Niemandem hatte er etwas davon gesagt, sogar Kaufmann Fecht nicht, denn der hätte versucht, ihn zurückzuhalten.

Fiete wollte sich ein Boot suchen und auf See gehen. Wismar war zwar kleiner als Rostock, hatte auch nicht so viele Boote, aber der Hafen war besser, weil tiefer. Nicht so sehr auf Menge, sondern auf Güte kam es an, hatte ihm Kaufmann Fecht ans Herz gelegt. Und Fiete wollte in Zukunft das Beste haben.

Der Weg war weit, weiter, als er sich vorgestellt hatte. Morgens wanderte er mit der Sonne, immer nach Westen oder ein wenig mehr nach Süden, mittags gegen die Sonne und abends auch; durch Doberan, Kröpelin und Neubukow, hügelauf, hügelab. Angst, eingeholt zu werden, hatte er nicht. Wer sollte ihn wohl hier vermuten? Im großen Wald um Gut Panzow wurde ihm ganz elend zumute. Was, wenn hier plötzlich Seeräuber aus dem Gebüsch stürmten? Sollte er sich ihnen anschließen? Dann käme er schneller zur See, als ihm vielleicht lieb war. Ihm fiel das Lied von der Englischmiß ein, und er schmetterte es, so laut er konnte, um die Düsterkeit des Eichenwaldes, die sich auch auf seine Seele gelegt hatte, zu vertreiben. Das gelang ihm; außerdem vertrieb er zwei Wildschweine. Im gestreckten Galopp polterten sie durch das Unterholz davon. Ab da schwieg er wieder und wünschte sich nur leise nach England oder auf See.

Am vierten Tag sah er endlich die Stadt unter sich liegen, mit ihrer Mauer und ihren Toren; weit in der Ferne blinkte die See. Verschwunden war seine Sorge, daß womöglich noch etwas schiefgehen könnte, und er rannte mit seinem kleinen Bündel das letzte

Stück über den saubergehaltenen Steindamm zum Mecklenburger Tor.

»Fides civium robur principis«, buchstabierte er sich im Stadtwappen des weiß getünchten Stadttors entlang. Wenn du hier wieder rausgehst, schwor er sich, weißt du, was das bedeutet.

Der Torwächter betrachtete ihn abschätzend, wunderte sich über sein Interesse am Wappen, aber dann ließ er ihn passieren. Das sah er wohl sofort, daß Fiete keine zollpflichtige Ware in die Stadt hineinbrachte.

Fiete stand zum ersten Mal in einer ganz fremden Stadt, noch dazu fast Ausland, weil hier so vieles immer noch schwedisch war. Das erfüllte ihn vorübergehend mit einer Art Andacht, aber dann hatte er anderes zu tun. Seiner Nase folgend, marschierte er die schnurgerade Mecklenburger Straße bis zum Marktplatz mit dem nagelneuen Rathaus – das erkannte Fiete ja sofort – und immer noch der Nase nach weiter an den Hafen. Ein Kochhaus sah er dort, das Teermagazin, die Wirtshaus- und Assekuranzenschilder – alles wie in Rostock. Er atmete auf. Hier würde er sich zu Hause fühlen.

Und doch war es anders: Dies hier war schon der erste Zipfel der weiten Welt. Keine Ufer der Warnow grenzten hier den Stadthafen ein, die Wellen der Ostsee schwappten ja von Schonen her direkt an die Hafenmauer oder zumindest fast, denn da kam erst der Walfisch, die kleine Insel vor dem Hafen, und dann im Hintergrund die große Insel Poel. Aber wenn er sich nun auf die Zehenspitzen stellte...

Im innersten Winkel des Hafens lagen die Fischerboote, weiter außen die großen Handelssegler.

»Halt kein Maulaffen feil«, bellte ihn von hinten einer an, und Fiete landete plötzlich auf seinem Hintern im Dreck. Knapp neben seinen Füßen rollten die Eisenräder eines Karrens dahin, der mit Tonnen voll beladen war.

»Mußt selber auf dich aufpassen, Jung«, rief der Mann über die Schulter zurück und hatte es augenscheinlich schwer, den Wagen richtig zu lenken. Fiete sah ihm nach, stellte fest, daß der Karren bis ganz vorne an die Mole rumpelte, wo er sich zwischen die anderen Wagen schob. Dort wurde ein großer Segler, dessen blau-gelbe Flag-

ge ihn als Schweden auswies, in hektischem Getriebe beladen. Fiete folgte ihm. Er war zwar ungeduldig, auf See zu kommen, diesen einen Tag aber wollte er nutzen, um sich umzusehen.
»Ich gehe auch zur See, morgen schon«, erzählte er gleich darauf einem Seemann, der müßig neben einem Schiff stand und der Vorleine nachzusinnen schien: vom Poller auf der Pier bis zum Vordeck folgte er dem Tampen mit den Augen. Den Kopf legte er schief, als wolle er selber mit durch die Klüse; dann griff er an das Tau und rüttelte kräftig.
»So?« sagte der Seemann und sah kurz zu Fiete hinüber. »›Da gehn wir miteinander hin‹, sagte der Granat zum Butt.«
Das hatte Fiete noch nie gehört. Aber ihm dämmerte, daß der Seemann ihn auslachte. »Gehörst du zum Schiff?« fragte er dümmlich.
Der Mann nickte. »Bin der Schiffer.«
Da zog Fiete sich beschämt mit dem Packsack in der Hand zwischen die Karren zurück und verkrümelte sich unauffällig an den Häusern entlang. Schiffsausrüster wechselten mit Kneipen und Spelunken, aus denen Lärm und Bierdunst quoll; einmal wurde er von einer zudringlichen Dame in einen Hauseingang gezerrt. Noch bevor er höflich ablehnen konnte, nahm sie ihm vorsorglich das Bündel aus der Hand, worauf er ohne jegliche Höflichkeit floh. Ihr Gelächter perlte hinter ihm her. Danach hielt er einen lebenserhaltenden Abstand zur Fahrbahn und einen wertsachenerhaltenden zur Häuserzeile ein.
Am nächsten Morgen machte er sich auf, sein erstes Schiff zu suchen: Groß und neu sollte es möglichst sein, kräftige Segel haben – und eine Galionsfigur! Mit seiner Galionsfigur wollte er Ehre einlegen können. Es gab daher eine Menge Schiffe, die nicht in Frage kamen, das bemerkte er bald. Er lief die Hafenanlagen auf und ab: zu klein, Seelenverkäufer, zu groß, da hatte er keine Chance, bald Steuermann zu werden, nicht die Spur einer Galionsfigur, dann wieder gefiel ihm die Bemalung nicht, dann schied das Schiff aus, weil es schwedisch und also vollständig bemannt war. Nach langem Suchen ließ er endlich die Galionsfigur in den Wind schießen und entschied sich für eine Galeasse, die den Wismaraner halben Ochsenkopf am Besan führte.

Überzeugt von sich und seiner Wahl, kletterte er an Bord, fragte sich zum Steuermann durch und wurde zum Kapitän weitergeschickt.
»Tja«, sagte der Schiffer, der sich in nichts von seinen drei Mann unterschied, »bist du denn schon mal gefahren?«
»Nein, aber die Segel kenne ich alle.«
»Und die Leinen dazu?«
Fiete schüttelte den Kopf.
»Das lernt sich.« Der Kapitän schien ganz wohlwollend zu sein. Fiete faßte wieder Mut, der ihm vorübergehend abhanden gekommen war. »Kannst du denn vielleicht kochen?«
»Das hat Mutter immer getan«, gab Fiete verlegen zu.
Der Schiffer schwieg und wechselte mit dem Bootsmann, der daneben ein Tau aufschoß, einen Blick.
»›Was sind wir doch nüdlich‹, sagte der Junge, als er die Ferkel fütterte.« Der Bootsmann hängte den Bunsch mit einer so endgültigen Bewegung an einem Coffeynagel auf, daß Fiete Bescheid wußte.
»Hast recht«, stimmte der Schiffer zu. »Hör mal«, sagte er, gar nicht mal unfreundlich, zu Fiete. »Wir können dich nicht gebrauchen. Vielleicht im nächsten Jahr. Wenn du schon ein bißchen was taugst.«
Fiete wurde brandrot. Alles, was er konnte, galt hier wohl nichts. Mit Tränen in den Augen stürmte er blindlings über Deck und auf den Kai.
Eines wußte er nun: Die Wismaraner hatten auf einen Schmiedejungen aus dem Umland von Rostock ganz gewiß nicht gewartet. Hier waren sie selber Kerle. Ihm wurde plötzlich ganz bange.
Nachmittags hatte er mehr Glück. Ein finsterer Kerl auf einem Küstenboot, das so vernachlässigt aussah wie sein Schiffer, nickte kurzangebunden. »Kannst morgen früh als Junge anfangen. Meiner hat gestern das Bein gebrochen.«
Fiete atmete tief durch. Endlich! Das schmierige Deck, die blutigen Fischreste übersah er absichtlich. Nach seinem Lohn wagte er gar nicht zu fragen.
Er wanderte davon, als habe er noch Geschäfte zu erledigen. Dann versteckte er sich blitzschnell hinter dem Hafenkran, um sein zu-

künftiges Schiff in aller Ruhe zu betrachten. Aus der Ferne sah es besser aus als von nahem. Ein bißchen klein war es ja, aber für den Anfang doch sicher auch genug: es mochte neun oder zehn Meter sein, den Bugspriet, der auf dem Vorschiff angelascht lag, natürlich nicht mitgerechnet.

Am nächsten Morgen stieg Fiete mit überlegenem Lächeln an Bord, hatte er doch endlich, was er schon immer gewollt hatte: ein Boot. Jetzt hätte Mutter Abigael ihn sehen sollen. Und Pauline. Vor allem aber galt das Lächeln seinem Bruder Johann. Er brauchte keinen Grafen, um eine Heuer zu bekommen, er nicht.

»Hast du keinen Seesack, Junge?« fragte der Schiffer mürrisch und zuckte gleichgültig die Achseln, als Fiete, der die Zähne kaum auseinanderbekam, schüchtern auf sein Bündel wies. Vergessen waren die Mutter und die Geschwister.

Fiete sah sich um, während der Schiffer auf dem Vordeck ein Luk verschalkte. Unversehens wurde er wieder zum Seemann; wißbegierig kam er näher. »Was haben wir denn geladen?«

»Bist du hier Junge oder bist du Passagier?«

Fiete zog sich vorsichtshalber ans Schanzkleid zurück. »Man wird doch mal fragen dürfen«, sagte er.

»Du hast hier nichts zu sagen und nicht zu fragen, nur zu parieren!«

Jetzt nickte Fiete nur noch.

»Fertig«, knurrte Schiffer Schmerbüx. »Geh an Land und wirf die Leinen los, erst vorne, und wenn ich dir's sage, achtern.«

Fiete sprang sofort auf den Kai, würgte die Leinen vom Poller, machte einen Satz übers freie Hafenwasser und bekam die Bordwand gerade noch zu fassen, bevor die Schute weggetrieben war.

»Bist du dusselig oder was? Warum bleibst du denn so lange an Land stehen?«

Und Fiete dachte doch, er hätte es gut gemacht. Aber der Schiffer dachte darüber anders, das merkte er schon. Er nahm sich vor, gut aufzupassen, um alles beizeiten abzugucken. Die Hände auf dem Rücken, blieb er neben seinem Skipper stehen und wartete.

»Auf den Walfisch zusteuern und kurz vorher anluven«, sagte der Schiffer, winkte Fiete mit dem Kopf heran und drückte ihm die Pinne in die Hand. Fiete nahm sie verwirrt, während der Schiffer mit einem Satz am Mast stand, eine der vielen Leinen loswarf und schwungvoll den Gaffelbaum hochzog. Knarrend rutschte die Klaue nach oben, das Segel folgte widerwillig, bis es plötzlich den Wind fing, sich mit einem wilden Schlagen entfaltete und den Baum mit sich nach vorne riß.

In diesem Moment luvte die Schute so heftig an, daß Fiete das Ruder aus seinem Griff verlor.

»Aufpassen, du Dämellack!« schrie der Schiffer, warf Fiete beiseite, riß die Pinne mit gewaltigem Schwung zu sich herüber und stieß sie wieder mitschiffs.

Trotzdem bekam der Bugspriet das Backstag einer Schlup zu fassen, die auf der Kreuz hereinkam. Einen Augenblick lang schien alles stillzustehen, die Schlup, die Schute, die Wolken und die Welt.

Der Mast schüttelte sich, und das Backstag vibrierte, und Fiete starrte, zu Tode erschrocken, zu dem anderen Segler hinüber – dann glitt endlich der Bugspriet ab, und beide Schiffe kamen klar voneinander. Die Schute fand ihren Kurs wieder.

»Schläfst du?« rief der Skipper der Schlup erbost herüber und fuhr sich mit der hohlen Hand an den Kopf. Das Horn des Mecklenburger Ochsen sollte das bedeuten; die Hamburger hatten nur Verachtung übrig für die Hinterwäldler von Mecklenburg.

»Putz dir den Nors im Schiethuus, bevor du na Mekelbörg seilst«, brüllte Schiffer Schmerbüx zurück und gleich darauf zu Fiete: »Über Bord schmeißen sollte ich dich!« Was ihn hinderte, dies auch zu tun, war vermutlich nur die Tatsache, daß er nun am Ruder blieb, um den Walfisch zu umfahren, und daß er die Gaffelschot noch lose aus der Hand fuhr. Und dafür brauchte er alle Hände. »So einen Jungen wie dich hatte ich noch nie!« schrie er wieder, weil er anders seinem Zorn gar keine Luft machen konnte.

Fiete aber stand hilflos in Lee neben dem Schiffer und dachte bei sich unaufhörlich und immer wieder von vorn: Wismar ist eine schietige Stadt, und das Boot ist ein schietiges Boot, und der Schiffer ist ein schietiger Schiffer. Und nach einer Weile spuckte er inbrünstig über Bord, wie ein richtiger Seemann das tut, das hatte er im Hafen gesehen.

Da aber war das Maß voll. Der Schiffer ließ Schot Schot sein und versetzte ihm eine so gewaltige Ohrfeige, daß er mit dem Rücken im Segel landete und mit den Beinen über dem Wasser strampelte, das rauschend unter ihm hinwegzog. »Seit wann spucken Jungen an Steuerbord!«

Fiete hörte den Schiffer kaum, hatte er doch genug zu tun, sich an den Wanten binnenbords zu ziehen. Mit zitternden Knien landete er wieder auf dem Deck.

Der Schiffer beachtete ihn nicht mehr. Er setzte das Ruder fest; sie waren jetzt klar vom Walfisch und von der Küste, hatten den Wind von raumschots, und nun konnte er die Schute auch allein fahren. Fiete kauerte sich frierend am Mast zusammen: solange der Schiffer keine Befehle gab, wußte er nicht, was er tun sollte. Nur mit den Augen folgte er Kapitän Schmerbüx. Der setzte das Gaffelsegel ordentlich durch, schoß das Tau auf und befestigte es an seiner Klampe, dann kamen nacheinander Flieger und Klüver hoch. Der Wind wurde frischer, je mehr sie von Land und aus dem Schutz der Küste herauskamen, und die Segel zogen gut.

Als sie in den offenen Teil der Wismarer Bucht einsegelten, ging der Skipper auf den anderen Bug. Fiete sah wohl, wie der Skipper die Schot des Gaffelsegels loswarf, platt vor den Wind ging und dann das Segel dichtholte, aber er dachte sich trotzdem nichts dabei. Erschrocken duckte er sich erst, als der Baum haarscharf über ihn hinwegging, und kroch dichter an den Mast heran. Mehr denn je fror ihn, hatte er doch nur das dünne Leinenzeug an, mit dem er von zu Hause losgewandert war.

Trotzdem erfüllte ihn der sehnlichste Wunsch, nun endlich anzufassen. Während sie langsam dichter an den Wind gingen, faßte er wieder Mut: »Kapitän Schmerbüx«, rief er vernehmlich, um das Rauschen des Wassers und das Knattern des Segels zu übertönen, »wo soll ich anfangen?«

»Wag dich nicht noch einmal, mich bei dem Namen zu nennen!« brüllte der Skipper voll Wut, duckte sich nach einem Tampen an

Deck und schlug auf Fiete ein. Das Ende traf ihn im Gesicht, und die Haut brannte sofort höllisch.

»Ich hab's nicht so gemeint!« Fiete schützte sein Gesicht mit dem Arm.

»Verschwinde mir von Deck!« schrie der Skipper, und eine solch teuflische Wut leuchtete aus seinen Augen, daß Fiete voller Angst auf das Vorschiff kroch und von dort durch eine Luke unter Deck. Er landete zwischen zwei schmalen Bretterverschlägen, in denen verfilzte Wolldecken lagen. Kojen also, sagte sich Fiete und sah sich um. Viel gab es nicht zu sehen: ein essenverkrusteter Kochtopf in einem Blechkasten mit Asche und zwei Löffel.

Schaudernd hockte er sich auf die eine Koje, und als er saß, hätte ein zweiter seine Beine nicht mehr zwischen die Kojen stellen können. Nun erst merkte Fiete, daß der Wellenschlag draußen härter geworden war; sie liefen am Wind und lagen schräg im Wasser. Er verkeilte sich, so gut es ging, zwischen der Außenwand und der Leekoje, versuchte die Schiffsbewegungen aufzufangen. Immer wenn er nach unten abtauchte, tauchte sein Magen noch tiefer, und wenn er und das Schiff schon oben waren, kam der Magen verspätet nach. Das konnte auf die Dauer nicht gutgehen. Fiete spürte, wie ihm schlecht wurde, und er fror erbärmlich.

Mühsam dachte er an zu Hause, um nicht an die Wellen denken zu müssen, an Mutter Abigael, an Pauline, an Lehrer Knagge, umging mit Sorgfalt Blut und abgeschnittene Finger, mied auch jeglichen Gedanken an Hornschnipsel, Hufe, verbranntes Blut, Horn, blutige Messer, Horn ... Er konnte nicht mehr. Gewaltsam wallte es in ihm hoch – er riß den Kochtopf an sich und spuckte, wie er noch nie gespuckt hatte.

Viel später merkte er, daß der Skipper wieder über Stag ging. Schon längst war er ausgebrannt, er hatte kaum mehr die Kraft, sich auf die neue Leekoje zu wälzen. Sein Leinenzeug war voll mit gelben, schaumigen Flecken, ebenso die notdürftig über die Bilge gelegten Planken. Wenn er das Wasser zwischen den Fußbodenbrettern hochschwappen sah und der faulige Geruch ihm in die Nase stieg, würgte es ihn erneut.

Einmal hörte er Schritte über sich. Der Skipper sah herein. Mit angewidertem Gesicht fragte er: »Bist du tot?«
»Ja«, stöhnte Fiete und konnte vor Schwäche kaum den Kopf heben.
»Nur wer tot ist, läßt sein Kieken«, antwortete Schmerbüx. »Du kiekst noch. Komm rauf!«
Fiete versuchte es. Ein neuer Anfall von Würgen warf ihn zurück.
»Du bist wirklich halb tot. Pfui Teufel«, sagte der Skipper und verschwand.
Es wurde dunkel, und es wurde wieder hell, und sie segelten immer noch. Selbst zum Würgen war Fiete nun zu schwach. Er merkte auch nicht, daß der Skipper Segel wegnahm, daß die Schiffsbewegungen ruhiger wurden und daß sie anlegten. Dann wurde er brutal hochgezerrt, die Jacke riß, sein Kopf stauchte an den Decksplanken und kam knapp frei, dann hörte er das Sausen eines Lederriemens und spürte Schläge. Schließlich wurde er in die Luft gehoben und landete auf hartem Boden, der unter ihm dröhnte. Immer noch hörte er die See von weitem, in der Nähe plätscherten Wellen, und der Wind strich über seine eisige Haut. Er blieb liegen, wo er war, und tauchte allmählich ab in eine Dunkelheit, die ihn weder erschreckte noch erlöste.

»Faß mal an«, hörte Fiete eine unbekannte Männerstimme sagen. »Dem haben sie aber das Fell vollgehauen, oha, oha.«
Ohne daß er Kraft gehabt hätte, sich zu wehren, wuchtete der Mann sich den Jungen über die Schulter und trug ihn davon. Dabei wurde Fiete wieder schwarz vor Augen.
Ein wenig mehr kam er auf einer Bank in einer winzigen Küche zu sich. Ein schwarzes Kopftuch und eine Schirmmütze beugten sich über ihn. »Was haben sie denn mit dir gemacht, mein Junge?« fragte das Kopftuch.
Die Schirmmütze grinste, aber nicht bösartig, und entblößte einige schwarze Zahnstummel dabei. Fiete machte erleichtert die Augen wieder zu. »Der ist als blinder Passagier erwischt worden«, mutmaßte der Mann.
»Ach was«, sagte die Frau resolut. »Er sieht nicht aus wie ein Ausrei-

ßer. Der ist ordentlich. Guck mal, sein dünnes Zeug, und ganz naß!« Ohne sich wehren zu können, wurde er herumgerollt, jemand zerrte ihm die Hose von der schmerzenden Haut, Hemd und Jacke auch, und dann wurde er in eine dicke kratzende Decke eingewickelt. »So«, sagte die Frauenstimme, »jetzt aber hoch mit ihm.« Und, immer noch wehrlos, wurde Fiete hochgestützt und spürte einen Becher mit etwas Heißem an seinen Lippen. Er trank, zunächst vorsichtig, aber dann gierig, als er merkte, daß das Würgen nicht wiederkam. Dann endlich bekam er die Augen auf. »Danke«, sagte er.
»Siehst du, was sage ich?« Die alte Frau nickte Fiete freundlich zu, und ihre Augen verschwanden ganz im runzeligen Gesicht.
Fiete fühlte sich sofort heimisch. Er ruckte sich erleichtert zurecht. »Ich hatte als Junge auf einer Schute angemustert«, erklärte er. »Wo ist sie?«
»Weiß nicht«, sagte der Mann verblüfft. »Da kommen viele Schuten durch, den ganzen Tag lang.«
»Wo bin ich denn?« fragte Fiete.
»In Warnemünde. Wir haben unser Häuschen direkt neben der Einfahrt in die Warnow. Und da hat dich dein Schiffer auch rausgeschmissen, auf das Bollwerk.«
Fiete nickte. Allmählich wurde ihm klar, was passiert war. Der Schiffer hatte Ladung für Rostock oder irgendeinen der Orte an der Warnow – und ihn hatte er abgemustert. Besser gesagt: als untauglich ausgemustert.
»Wie hieß dein Schiffer?« fragte der Mann neugierig.
»Ich dachte«, erklärte Fiete vorsichtig, »der Name wäre Kapitän Schmerbüx . . . !«
»Ach Gott!« Der alte Mann kicherte. »Den Namen kann das Aas nicht leiden. Man darf ihn nicht laut sagen! Das hast du wohl getan. Und ausgerechnet auf dem ›Elend‹ bist du gefahren.«
»›Das Elend‹, ja, so hieß sie«, sagte Fiete erstaunt. »Kennst du die Schute?«
»Berüchtigt sind sie und ihr Schiffer von Memel bis Lübeck«, glukkerte der Alte. »Da mußt du aber wirklich gräsig neu sein, daß du bei dem angemustert hast. Ein Schweinekerl.«

Fiete nickte unglücklich.
»Sei froh, daß du so davongekommen bist. Der Alte schlägt seine Jungen oft halb tot. Such dir ein besseres Schiff!«
Fiete wurde starr wie eine Statue.
»Du hast ihn erschreckt«, sagte die alte Frau vorwurfsvoll. »Dabei ist er doch nur eine Handvoll.«
»Ich kann nicht mehr auf See«, sagte Fiete und schien seinen eigenen Worten hinterherzulauschen. »Ich kann nicht.«
»Warum?«
»Ich habe meine ganzen Innereien ausgespuckt. Ich vertrage die Wellen nicht.«
Das Gesicht des alten Mannes verzog sich ungläubig. »Doch nicht!« meinte er.
Fiete nickte.
Der Mann versuchte, Fiete zu bereden. »Du mußt dich irren«, sagte er, »bei dem Küselwind kannst du nicht gespuckt haben! Und dicht unter der Küste! Es gibt seit Tagen keinen ordentlichen Wind und Wellen erst recht nicht.«
»Ich hab aber«, beharrte Fiete.
Der Alte schlenkerte seinen Kopf auf dem faltigen Hals hin und her. »Ts, ts, ts«, machte er. »Dann taugst du tatsächlich nicht für die See. Solche gibt es. Die wirft die See zurück, und wenn sie gar nicht hören wollen, schmeißt sie sie eines Tages tot an Land.«
»Mach doch dem Jungen keine Angst«, befahl die alte Frau und trug einen weiteren Becher mit heißer Suppe heran. »Die läuft ihm noch nach, wenn er schon Bootsmann ist.«
Aber ihr Mann und der Junge waren sich einig. Sie wußten, das gibt es: Menschen, die für die See nicht taugen.
Am nächsten Morgen bedankte sich Fiete bei den beiden alten Leuten. Er hätte gerne für sie Holz gehackt oder etwas anderes gemacht, aber noch war ihm etwas zitterig. »Laß man«, sagte die Frau milde. »Geh du nur und geh mit Gott.«
»Aber an Land«, sagte der alte Mann. »Du bist ein Landmensch. Da kann aus dir noch was werden. Das sehe ich dir an.«
So wanderte Fiete los, vom seeseitigen Ende der Vorderreihe an der

Warnow entlang flußaufwärts. Das Dorf war unscheinbar: auf einer ebenen Sandfläche gebaut, gab es nur die Vorderreihe und die Hinterreihe von lauter kleinen Häusern und dann noch die Kirche. Mehrere Schiffe lagen an den Kaianlagen vertäut, ein Däne im Strom auf Reede. Er war froh, als er das Dorf hinter sich hatte; die Warnow verbreiterte sich zum Breitling, und er folgte dem Treidelpfad. Sein Taum vom Seemannsdasein war ausgeträumt.

Nach Liesenhagen wollte er nicht. Als Gescheiterter geht man nicht nach Hause. Da hat man kein Zuhause mehr.

Also nach Rostock. Dort kannte er sich gut genug aus, um nicht noch einmal ein Opfer unbekannter Umstände zu werden; andererseits war die Stadt so groß, daß eine Begegnung mit seinem Vater unwahrscheinlich war.

Er griff munter aus. Vollgestopft mit Brei, mit beiden Beinen auf fester Erde und in der Morgensonne, hatte er sich schnell erholt, wie jeder Junge in seinem Alter; mit zwei Heringen in der Tasche würde er den Tag über keine Not leiden. Und war er erst in Rostock, würde sich etwas finden.

Ein wenig auf der Hut war er nur vor Schmerbüx. Der treidelte irgendwo vor ihm. Und mit sehr viel weniger Sehnsucht als früher sah er den entgegenkommenden Schiffen zu. Der Wind blies immer noch aus Süden, die Segler machten gute Fahrt trotz weniger Segel. Denn die Warnow war wie viele Flüsse stellenweise seicht und wegen der Sandbänke voller Tücken – ein kleines Segel bei achterlichem Wind war da allemal genug. Das wußte er genau: Aus dem Kopf konnte er diese Schiffe alle allein segeln; da wußte er, wie das Steuer zu legen war, er spürte den Wind, wenn er unter dem rechten Ohrläppchen durchfächelte, und er fühlte ihn hinten an den Haaren entlangstreichen wie eine Daunenfeder, und wenn die Feder am linken Ohr kitzelte, dann lag er auf dem anderen Bug richtig. Wie konnte ein Kopf nur in solchem Widerstreit mit dem Magen liegen! Es war nicht zu verstehen.

Am Kröpeliner Tor mochte er die Stadt nicht betreten. Es sah viel zu vornehm aus, so als sollten hier die Rostocker Bürger mit ihren Kutschen durchfahren. Ihn dagegen wies es ab: für Seeleute war das Tor nicht gedacht. Er gehörte zu den Strandtoren, zum Fischertor, zum Grapengießertor, zum Badstübertor und wie sie alle hießen; zu den kleinen verläßlichen Pforten, die nicht viel hermachten. Es zog ihn deshalb zur Warnow hinunter und zum Strand. Am großen Holzlagerplatz zwischen Grapengießer- und Fischertor suchte er sich für die Nacht ein windgeschütztes Plätzchen und verzehrte beim schwindenden Tageslicht seinen letzten geräucherten Hering mit Haut und Haar. Morgen würde seine Zukunft beginnen. Er war zuversichtlich.

Zwischen zwei Stapeln Langholz legte er sich hin, den Geruch des Kiefernharzes in der Nase. Wind brauste weit über ihm, der Boden war so hart wie das Schiffsdeck, aber er schwankte nicht. Erleichtert schloß Fiete die Augen.

Später wachte er wieder auf und setzte sich hin. Der Wind blies wie durch einen Windkanal zwischen den Stämmen entlang, kleine Steine und Holzstücke, Sand und Tang mit sich hochschleudernd, die ihm in die Augen flogen. Der Wind hatte gedreht. Im Halbschlaf kroch er ein Stückchen weiter, die dicke Wolldecke, die ihm die zwei alten Leute geliehen hatten, hinter sich herziehend, und ging im neuen Lee vor Anker.

»Hej!« grüßte eine Stimme, deren Besitzer er nicht sehen konnte. Der Himmel war schwarz, die Sterne vom Abend nicht sichtbar.

Fiete erschrak. Er hatte nicht gewußt, daß hier noch mehr Leute waren. Räuber? »Ja?« fragte er vorsichtig.

»Fy fan!« sagte der andere, und Fiete verstand ihn zwar nicht, aber er hörte, daß der andere fluchte.

»Ich geh schon«, sagte Fiete und versuchte, das Zittern in seiner Stimme zu verbergen.

»Bleib! Wer keine Hütte hat, soll wenigstens zusammenhalten.«

Der Mann sang. Sein Plattdeutsch war verständlich, aber er sprach nicht, er sang. »Wo kommst du her?« fragte Fiete, der auf einmal seine Furcht verloren hatte. Wer singt, kann nicht gefährlich sein.

»Von Visby. Das ist ...«

»Ich weiß, wo das ist«, sagte Fiete knapp. Ihn mußte man nicht belehren. Nicht schon wieder.
Plötzlich flackerte eine Kerze zwischen den Stämmen auf. Der Mann hielt seine Hand schützend über die Flamme und blickte nach Fiete. »Ein Junge«, staunte der Fremde. »Solltest du nicht zu Hause sein? Oder hast du kein Heim mehr? Seemann bist du nicht. Du nicht.«
Fiete wunderte sich nicht mehr, daß jetzt schon jeder Fremde an seinem Gesicht erkennen konnte, daß er kein Seemann war. Ihm schoß durch den Kopf, daß wohl nur er allein das Gegenteil geglaubt hatte.
»Na laß mal. Du mußt darüber nicht sprechen.«
Das hatte Fiete auch nicht vor. »Wer bist du denn selber?« fragte er.
»Nils. Nils, der letzte Wikinger, der letzte Überlebende des Röde Orm.« Spöttisch grinsend sah der Mann zu Fiete hinüber. Tatsächlich, wie ein alter Nordmann sah er auch aus, das stimmte. Ein roter Vollbart, kraus und unregelmäßig gestutzt, machte sein langes Gesicht gefällig, rundete es nach den Seiten hin ab. Die Kerze warf Irrlichter in seine Augen, die mal schwarz, mal dunkelblau schienen. Er trug Seemannskleidung, sogar Lederstiefel.
»Ich bin Fiete, der Schmied«, stellte er sich selber vor, obwohl er das gar nicht gewollt hatte. Fiete hätte genügt. Aber die Nacht, die plötzlich vom Brausen des Windes erfüllt war, versetzte ihn in eine märchenhafte Stimmung, zurück zu dem, wovon die Mutter manchmal erzählt hatte: zurück in die alten nordischen Sagen. Und da kamen immer Schmiede vor, die Geheimnisse besaßen, die mit urgewaltigen Kräften Wundertaten vollbrachten. Vielleicht war der Wikinger von den Nornen geschickt worden, um ihm zur Seite zu stehen ...
Nils, der Wikinger, verstand ihn. Er nickte ganz ernst. »Kein Wunder, daß wir uns hier treffen.« Und: »Dann wollen wir jetzt Kräfte sammeln«, sagte er, löschte die Kerze und warf sich auf sein Lager, ohne Fiete zu beachten. Fiete legte sich still neben ihn. Kräfte sammeln.
Am nächsten Morgen war es wieder windstill. Fiete erwachte davon, daß der Mann neben ihm räumte; er räumte sein Lager beiseite, verwahrte die Kerze sorgfältig in einer Ölhaut, glättete den Boden mit

der flachen Hand und schnitt Brot von einem Laib ab. Fiete blieb still beobachtend an seinem Platz.

»So«, sagte Nils, »greif zu. Mehr ist leider nicht da.«

Fiete, dem der Magen knurrte, schämte sich, daß er nichts beitragen konnte. Hastig faltete er die Decke zu einem langen Paket zusammen und legte sie einladend als Sitzbank für sie beide hin. »Setz dich«, sagte er, »länger kann ich sie leider nicht machen.«

»In Ordnung«, sagte Nils, und Fiete war dankbar. Nun konnte er zugreifen.

Beide schätzten sie einander ab, ohne es den anderen allzu deutlich merken zu lassen. Seelenverwandtschaft war zwar gut, aber der andere konnte ja trotzdem ein Gauner sein. In der Stadt hinter ihnen gingen Kirchenglocken.

»Das Klosterglöckchen«, sagte Fiete und lauschte. »Die tieferen, die sind von der Marienkirche.«

»Solltest du vielleicht dort sein?« fragte der Wikinger.

»Nein, ich sollte nirgends sein«, antwortete Fiete hochfahrend. »Ich bin mein eigener Herr.«

»Gut«, sagte Nils. »Sieh zu, daß du dein Herr auch bleibst.« Er sprang auf, packte die restlichen Dinge zusammen, stopfte sie in einen Sack und blickte auf Fiete hinunter. »Vielleicht sehen wir uns wieder. Die Ostsee ist klein.« Dann winkte er ihm zu und verschwand hinter den Hölzern. Fiete hörte nur noch das Knarren seiner Stiefel auf den Borken- und Holzstückchen, die den Boden bedeckten.

Fiete blickte ihm enttäuscht nach. Irgendwie hatte er sich vorgestellt, Nils könnte sein Freund werden. So sang- und klanglos einfach zu verschwinden ... Aber er zog wohl auch vor, sein eigener Herr zu bleiben.

Am nächsten Tag, dem Montagmorgen, brach Fiete früh auf: die Arbeiter würden bald kommen.

Er fragte auf den Werften nach Arbeit, und er fragte bei den Fischern. Überall schüttelten sie die Köpfe, nein, gebrauchen konnten sie in diesen Zeiten niemanden, die Verhältnisse waren nicht rosig und das Angebot größer als benötigt. Und wer Leute brauchte, hatte

sie schon: lange vor der Konfirmation ihrer Söhne machten umsichtige Väter Verträge mit den Lehrherren.
Schließlich bekam er den Tip, daß dem Ankerschmied hinten beim Fischerbruch der Lehrjunge weggelaufen sei. Nichts warnte ihn oder machte ihn vorsichtig, und so nahm er die Stelle an.

Sein Lehrherr war ein jähzorniger, ungerechter Mann, so grob von Art wie seine Arbeit. Fietes Arbeit war schwer und dauerte vom Morgengrauen bis abends, wenn sie am Schmiedefeuer nichts mehr erkennen konnten. Im Winter war früher Schluß, aber das half Fiete auch nichts. Sonntags hatte er frei, außer, wenn es eine Arbeit gab, die keinen Lärm machte.
Diesmal blieb Fiete dabei, so sauer ihm die Sache auch wurde. Nach einem Jahr durfte er Nägel schmieden, und als die Kastanien blühten, hatte er sich mit Erfolg an seinen ersten Ankern für Jollen und Warnowkähne versucht. Es war ein gleichmäßig, langsam verlaufendes Leben. In seiner kleinen Bude auf dem Hinterhof des Schmiedegeländes hatte er sich notdürftig eingerichtet. Zur einen Seite des abschüssigen Grundstücks befand sich ein Seitenarm der Warnow, das Gelände war sumpfig und bot weder Möglichkeit, mit einem Boot zu landen, noch, im Sommer zu baden. Zur anderen Seite war es durch die Schmiede abgeriegelt. So kam er selten nach draußen, nur hin und wieder am Sonntag, wenn die Ehefrau des Schmieds außer Haus war.
An einem dieser Sonntage fielen ihm die jungen Leute auf, die ein kleineres Gebäude hinter dem Kuhtor besuchten. Sie strebten dort hinein, als ob sie ein bestimmtes Anliegen dorthin führe. Am nächsten Sonntag lag er auf der Lauer und beobachtete sie wieder. Am dritten faßte er sich ein Herz und fragte einen der Jungen, der allein zu kommen und zu gehen pflegte.
»Das ist die Sonntagsschule für Lehrlinge und Gesellen.«
So, jetzt wußte Fiete Bescheid. In den nächsten Wochen wurde es zu seiner Lieblingsbeschäftigung, sich während der Arbeit auszumalen, was dort gelehrt wurde, ob jeder hingehen durfte und wieviel es kosten mochte.

Dann aber hielt er die Ungewißheit nicht mehr aus. Er wusch seine Hände an einem Sonntagmorgen besonders sauber, legte sich wieder auf die Lauer, sah die Jungen hineingehen und nach drei Stunden wieder herauskommen und endlich auch einen Mann, der kaum ein Lehrling sein konnte. Er schnellte sich aus seinem Versteck heraus und baute sich breitbeinig vor dem Lehrer, denn er mußte wohl einer sein, auf.

»Unterrichten Sie nur Religion?« fragte er kurz und bündig, wie es seine Art war, ohne Vor- oder Nachrede.

Der Mann war nicht besonders erstaunt. Er betrachtete den Jungen eine Weile forschend, stellte fest, daß er ihn noch nie gesehen hatte, registrierte die dürftige Bekleidung, dann gab er ihm Auskunft. »Religion unterrichte ich überhaupt nicht. Jeder lernt, was er zu seinem Handwerk benötigt.«

»Sie meinen«, sagte Fiete beglückt und verwirrt, »man darf nützliche Dinge in dieser Schule lernen?«

»Nur Nützliches. Die meisten brauchen Kenntnisse in Rechnen, in Maßen und Gewichten, in Münzen, manche in Geographie, die künftigen Kaufleute zum Beispiel, andere in Geometrie, noch andere ...«

Fiete wurde ungeduldig. Das war genau das, was er brauchte, das merkte er schon. »Was kostet das?«

»Für euch nichts«, sagte der Lehrer. »Die Stadt Rostock bezahlt die Sonntagsschulen.«

Fiete strahlte. »Können Sie mich aufnehmen?«

»Wenn deine Eltern Bürger der Stadt Rostock sind und dein Handwerksmeister ordentliches Mitglied in seiner Zunft ist, ja.«

»Oh«, sagte Fiete. Er fiel zusammen wie ein Mehlsack, der ausläuft. Nie hätte er in Zweifel gezogen, was ein Lehrer ihm sagte.

»Man muß so lange kriechen, bis man gehen lernt«, sagte der Lehrer aufmerksam. »Woran fehlt es dir denn?«

»Am Bürgerrecht«, bekannte Fiete.

»Das ist schlecht. Du kannst nicht acht Jahre mit dem Unterricht warten, das ist klar.«

Fiete schüttelte stumm den Kopf und wandte sich zum Gehen. Sogar den Dank vergaß er.
»Warte«, rief der Mann hinter ihm her. Als Fiete sich umgedreht hatte, nahm er ihn beim Arm und führte ihn ein wenig beiseite. »Wieviel kannst du denn bezahlen?« fragte er leise.
Fiete war so verblüfft, daß er ihm alles nannte, was er hatte.
»Gut«, sagte der Lehrer, »dafür bin ich bereit, dich zu unterrichten.«
»Abgemacht«, sagte Fiete und vergaß ganz, daß er überhaupt keinen regelmäßigen Lohn bezog. Arbeit gegen Lernen, so war der Brauch. Nur durch Zufall hatte er bisher eine geringe Summe sparen können. Aber auch später, als er sich wieder beruhigt hatte und kühl über das finanzielle Problem nachdenken konnte, blieb er bei seinem Vorsatz. Irgendwie würde er es schaffen.

Bei den Brinkmanns in Liesenhagen hatte nach Fietes Weggang eine Art Steinzeit eingesetzt. Friedrich Brinkmann tobte anfänglich, ließ überall nach seinem Sohn suchen und gab dann von einer Minute zur anderen auf. Ab da war Fiete für ihn tot, er sprach nicht über ihn und fragte auch niemanden. Auf Johann setzte er jetzt seine ganze Hoffnung.
Abigael war anders. Ihr Zorn ihrem Mann gegenüber, der das Kind mehr oder minder aus dem Haus gejagt hatte, hielt ihrer Erleichterung über dessen Freiheit die Waage. Sie hatte immer schon gewußt, daß Fiete sich nicht für das Schmiedehandwerk eignete, er war für die See geboren wie sie. Sie hoffte, er würde sich durchbeißen, was immer er machte, gleichzeitig aber war sie unglücklich, daß er sich ihrer mütterlichen Fürsorge entzogen hatte. Sie wurde stiller denn je und konzentrierte sich auf den zarten Christian.
Nur Pauline wollte nicht aufgeben. »Kann man ihn denn nicht suchen lassen?« fragte sie. »Vielleicht von der Gendarmerie?«
Abigael schrak zusammen. »Wie einen Verbrecher, Pauline? Nein, nur Verbrecher läßt man suchen. Wenn wir ihn nicht selbst finden, kann uns keiner helfen.«
»Dann gehe ich«, sagte die entschlossene Pauline.
Abigael schüttelte müde den Kopf. »Laß ihn«, sagte sie. »Unser Fiete

ist stark genug, um zu wissen, was er will. Vor allem, was er nicht will.«
»Vielleicht ist es Gottes Wille so«, fügte Catharina altklug hinzu, und Abigael zweifelte nicht daran, daß sie alles, was geschah, als Gottes Willen bezeichnen würde, vor allem dann, wenn sich jemand anders darüber grämte und sie nicht.
»Ich glaube nicht«, sagte Pauline zornschnaubend, »daß mir in diesem Fall Gottes Wille gefallen kann. Ich glaube auch nicht, daß es seiner, sondern deiner ist.«
»Pauline«, sagte Abigael zurechtweisend, nicht weil sie Pauline unrecht gab, sondern weil daraus leicht eine der endlosen Streitereien zwischen den beiden Schwestern entstehen konnte, die meist nur deshalb endeten, weil Pauline floh, während Catharina ihr die frommen Argumente nachschleuderte. Die Mutter schüttelte den Kopf. Sie wußte nicht mehr, was sie mit Catharina noch anstellen sollte. Stets versuchte sie zu gewinnen, bei allem, was sie machte.
Johann war der einzige, der sich offen über Fietes Flucht freute, vor allem deshalb, weil er endlich des Vaters uneingeschränkte Aufmerksamkeit besaß. Jetzt war er es, dessen Muskelwachstum für den Vater wichtig war und der die Kartoffeln vorgelegt bekam.
Christian träumte mehr denn je. Seine Pläne wurden zunehmend weltferner und phantastischer, je mehr die Einwirkung seines vernünftigen Bruders verblaßte. In den letzten Wochen trug er sich sogar mit dem Gedanken, zum Mond zu fliegen, obwohl es ihm für die Entfernung und den Zeitaufwand an jeglicher rechnerischen Grundlage mangelte. Aber jetzt fehlte es ihm eben auch an einem Menschen, der mit beiden Beinen auf der Erde stand und ihn nicht einfach als Spinner abtat wie die Geschwister. Seine Mutter Abigael tat dies zwar auch nicht, im Gegenteil, sie flog sogar mit ihm zu den Sternen, aber Christian merkte nur zu genau, daß es für sie eine Hoffnung, kein Plan war. Anstatt also mit ihr zu überlegen, wie das Luftschiff aussehen sollte, behauptete er nur kühn, er würde sie mitnehmen, denn fliegen sei ähnlich wie zur See fahren, und damit begnügten sie sich beide.
Säugling Corl war nun auch schon sieben Jahre alt. Er sprach wenig

für sein Alter, er stotterte sogar. Wenn er einmal gar nicht vorwärts kam mit seinem Reden, sagte Abigael: »Sing's«, und dann ging's. Zart und zierlich war er geblieben. Abigael hatte Schuldgefühle, wenn sie ihn sah, denn gewollt hatte sie ihn nicht und sich auch nicht besonders viel um ihn gekümmert, jedenfalls weniger als um Christian. Friedrich Brinkmann nahm diesen jüngsten Sohn am wenigsten zur Kenntnis, vielleicht schämte er sich insgeheim. Nur dieses eine Mal hatte er sich mit trunkenem Kopf auf Abigael gestürzt und sie gezwungen. Sonst war er immer ein rücksichtsvoller Liebhaber gewesen. Aber gegen seine stählerne Kraft hatte Abigael nichts ausrichten können, und so hatte sie das hinnehmen müssen, was sie als eine der tiefsten Demütigungen ihres Lebens empfunden hatte. Säugling Corl aber schien die eingeschränkte Fürsorge nicht übelzunehmen: er sang und summte und beschäftigte sich mit den Dingen, die ihm am liebsten waren. Meistens machten sie Geräusche irgendwelcher Art: er schnitzte sich Flöten aus Holunder, er hackte Holzklötze so lange in Form, bis sie den reinen Ton besaßen, den er ihnen beim Aufeinanderschlagen hatte entlocken wollen, er bespannte Faßdauben mit Schweinehaut und trommelte dann gewaltig darauf herum, und wenn er gar kein Material zum Bauen zur Verfügung hatte, legte er seine Hände zusammen und entlockte ihnen zwischen beiden Daumen einen Kuckucksruf, so naturgetreu, daß Friedrich eines Tages im Haus auftauchte und sagte: »Da kommt Unglück! Der Kuckuck am Tag vor Weihnachten: das kann nichts Gutes bedeuten.« Da lachte Säugling Corl verschmitzt und so ansteckend, daß sein Vater schließlich ebenfalls in lautes Gelächter ausbrach. So trug der Jüngste dazu bei, daß das Haus weiterhin von Leben erfüllt war, obwohl Fiete nicht mehr da war, die beiden Mädchen ganztägig außer Haus, Christian von Natur aus und Abigael durch die Ereignisse still.

5. Kapitel (1832–1834)

Friedrich Wilhelm war mit seinen fünfzehn Jahren ausdauernd wie ein Arbeitsochse, verläßlich und einfallsreich, einer, den sein Meister nicht gerne würde gehen lassen. Deswegen hieß es auch immer, wenn Fiete ungeduldig wurde: Du mußt dieses oder jenes noch lernen, ohne das dritte kannst du nicht Geselle werden, außerdem fehlt das vierte und fünfte. Aber das durchschaute er nicht.

Bei seinem Lehrer hatte er nach einem Jahr ausgelernt: das war zufällig just zu dem Zeitpunkt, als sich herausstellte, daß Fiete für den Unterricht bei seinem Lehrer keinen blanken Pfennig mehr besaß. Aber immer noch kannte er kein lateinisches Wort.

Der junge Ankerschmied hatte bei seinem Meister durchgesetzt, daß er zu besonderen Anlässen freibekam: zu Schiffstaufen. Niemand, auch der Meister nicht, hatte erreichen können, daß Fiete an solchen Tagen zu Hause blieb. Anfänglich hatte der Meister versucht, Fietes Gehorsam mit Prügeln zu erzwingen, aber das hatte nicht funktioniert. Die Meisterin, die wesentlich schlauer als ihr Mann war, sagte: »Laß ihm das Vergnügen. Wenn du es ihm abschlägst, verschwindet er vielleicht. Und das wäre ganz schön dumm für dich.«

»Für uns«, brummte der Meister und ließ Fiete an der langen Leine laufen. Fiete vergalt ihm das Vertrauen mit ungeheurer Treue.

Stapelläufe von Schiffen waren festliche Ereignisse für die ganze Stadt: für die Werft, für den Reeder, für die Namenspatronin des Schiffes oder für den Namenreeder, je nachdem, für die Werftarbeiter, für die beteiligten Handwerker und für die Schuljugend. Die Kinder bekamen bei der Taufe eines großen Schiffes sogar schulfrei, kein Wunder, hatten sie doch auch ihre Aufgabe bei solch einem Stapellauf zu erfüllen.

Als die »Großherzogin Marie« vom Stapel laufen sollte, war die ganze Stadt auf den Beinen. Gebaut bei Wilcken im Auftrag der Reederei Brockelmann, sollte das Schiff am ersten Juni von seiner Namenspatronin getauft werden. Das Fürstenehepaar wurde erwartet, der Bürgermeister repetierte seine Begrüßungsrede immer und immer wieder, die kleinsten Kinder hatten ein Lied eingeübt, genau wie das Fähnchenschwenken – da wurde der Besuch des erlauchten Paares wegen unvorhergesehener Ereignisse abgesagt.

In der Stadt war die Enttäuschung groß, bei den Honoratioren machte sich sogar Verärgerung breit, vor allem bei den Damen, die allesamt mit neuen Kleidern aufwarten wollten. In den Wochen vor der Schiffstaufe war nicht nur die Arbeitsgeschwindigkeit der Schiffsausrüster um das Dreifache beschleunigt worden, sondern auch die der Schneiderinnen, und die Tuchhändler mußten unaufhörlich Sonderaufträge und Nachbestellungen wahrnehmen: Hatte eine Dame unvorsichtigerweise mit einer winzigen Neuartigkeit geprunkt oder mit Absicht bei ihrer Freundin in Aussicht gestellt, es könnte sein, daß sie etwas Neues ... – schon mußten die anderen Damen unbedingt erfahren, worum es sich handelte, sie schickten die Zofen aus, und sie bestachen das Personal der Händler und die Näherinnen bei den Schneidern.

Die Verärgerung war also groß, als der Herzog absagte. Die Frauen sahen die Sache als Affront gegen die Rostocker Bürgerschaft und schickten ein Kärtchen zur Reederei: Man bedauere und hoffe auf das Verständnis ... Die Ehemänner ärgerten sich, weil ihre Teilnahme ohne Frau unmöglich war.

Den Kindern und Lehrlingen, die zum Helfen angetreten waren, war das gleichgültig. Sie hatten ihre Arbeit, und sie würden zur Belohnung am Fest teilnehmen; und wenn viele der Geladenen ausblieben, blieb für die Anwesenden mehr übrig.

Wie es sich gehörte, lag der Täufling am ersten Juni bei schönstem Sommerwetter auf der Werft der Gebrüder Albert und Ernst Wilcken, mit dem Heck zur Warnow und dem Bug zur Stadt. Wunschgemäß herrschte Nordwestwind; der war günstig, denn er drückte das Wasser stromaufwärts, erhöhte den Wasserstand und machte das Bett der Warnow breiter. Kleine Sommerwolken zogen in großer Höhe dahin, und Albert Wilcken, der den Himmel schon seit dem Morgengrauen immer wieder besorgt betrachtet hatte, nickte zufrieden. Das Risiko des Stapellaufs würde heute denkbar gering sein, wenn man da überhaupt eine Rechnung aufmachen konnte. Passieren konnte immer etwas.

Das Schiff war mit seinen 32 Meter Länge nicht das größte, aber gewiß das schönste der Neubauten von Rostock in den letzten zehn Jahren. Aufsehen erregte vor allem die Galionsfigur; anderswo gab es sie längst, aber in Rostock war die »Großherzogin Marie« das erste Schiff mit einem solchen Schmuck. Nun hatte sich der Künstler, Elieser Grotermund aus Berlin, große Mühe gegeben, der Büste die Gesichtszüge der Herzogin zu geben, damit sie als Taufpatin eine Freude hatte; für die Seeleute, die sich auch an etwas freuen sollten, hatte er der Figur einen überaus üppigen fleischfarbenen Busen verpaßt. Gehörte der nun mehr zum Schiff oder zur Herzogin? Man rätselte. Die anwesenden Damen wandten ihre Augen nach anfänglicher Verblüffung verschämt vom Gegenstand des allgemeinen Zischelns und Tuschelns ab, während ihre Ehegatten sich an dem gold- und silberfarbenen Kunststück nicht satt sehen konnten.

Fiete Brinkmann, der zufällig für eine Weile neben Ernst Wilcken zu stehen kam, sah die Galionsfigur nur als Teil des Ganzen, der Werftbesitzer aber als wichtige Ganzheit; zusammen standen sie neben der hölzernen Taufkanzel mit der schmalen, steilen Treppe. Beide aber betrachteten sie die schmucke Schonerbrigg mit dem gleichen Wohlgefallen. Fiete hatte zu diesen Bauten, wenn sie hier auf Land lagen, ein ganz anderes Verhältnis als zu den Schiffen unter Segeln. Jene fand er immer noch schön – aber was er liebte, waren die sauber gestrichenen Schiffe, gerade aufgetakelt, nach Farbe und Harpüse, nach eben geschlagenem und geteertem Tauwerk duftend, mit dem erwartungsvollen Knarren des noch jungfräulichen stehenden und laufenden Guts. Jedenfalls strahlte aus seinen Augen sowohl die Begeisterung des Schiffbauers, wenn das Werk wohlgelungen scheint, als auch die des Reeders, der sich schnelle Fahrten ausrechnet, wenn er den sauberen Rumpf sieht: Fiete vereinte in sich die Zuneigung beider, und daher war sie viel größer als in einem von ihnen. Er aber wußte das nicht. Er spürte nur, wie ihm ein dicker Kloß die Kehle

hochrollen wollte, und sein grenzenloses Glück stieg zusammen mit der neugeborenen Seele des Schiffes in die Höhe und verschwand mit den letzten Dunstfähnchen des Sommermorgens.
An die Taufkanzel hatten die Werftarbeiter noch im Morgengrauen letzte Hand angelegt, jetzt aber war sie fertig und ragte vor dem Bug des Schiffes wie ein kleiner Turm in die Höhe. Während es vor der Kanzel unruhig wurde, fiel es Fiete endlich ein, daß er wie die übrige Jugend auch auf das Deck hinaufsollte, und er jagte wie eine abgeschossene Kugel zum Heck hin und dort die Leiter hoch und kam auch gerade noch rechtzeitig an.
Unten sammelte sich immer noch an der Kanzel die Gesellschaft, die sich extra zur Taufe des Schiffes hier eingefunden hatte. Aus ihrer Mitte löste sich eine Dame im langen Kleid, bemühte sich, gestützt von der Hand eines fürsorglichen Herrn in Schwarz, die Treppe hoch, um auf der rechten Seite des Kiels auf der Plattform zu erscheinen. Reeder Brockelmann, ebenso feierlich angezogen, trat an die Seite der Dame, zog seinen Zylinder und begann seine Rede, unauffällig von einem kleinen Zettel in seiner Hand unterstützt.

»Seid mir gegrüßt«, fing er an, »die Ihr in buntem Kreise
Auf diesem Platze hier versammelt seid,
Mit mir vereint in froher Weise
Ein Fest zu feiern. – Seid gegrüßt mir heut!«

Während der zukünftige – jetzt bereits zu Dreiviertel – Besitzer sprach und sprach, wanderten Fietes Gedanken in die Runde. Wieder hatte der Mensch etwas mehr an Boden gewonnen, wieder gab es ein Stückchen Meer weniger. Irgendwann würde wahrscheinlich das ganze Meer von Schiffen aufgesaugt sein. Er grübelte, ob das sein konnte. Plötzlich wünschte er sich Christian an seine Seite, Christian mit dem mathematischen Verstand, der vielleicht die Menge von Meer und die Menge von Schiffslasten gegeneinandersetzen und ihm hätte sagen können, ob das Meer nun am Rande überfließen würde oder nicht.

Der in wohlgesetzten Worten deklamierende Eigner kam zum Schluß. Er gab der jungen Dame, eher noch ein Mädchen, an seiner Seite ein Zeichen mit der Hand, was gleichzeitig ein Zeichen für die Werftarbeiter war, die Flasche, die von Deck herabhing, geschmückt mit den schönsten Ritterspornen und Fliederblüten, an die Plattform mit Hilfe eines Seils heranzulenken. Die Flasche schwankte herbei, die Dame ergriff sie zielsicher, was ein gutes Omen war, und schleuderte sie an die Schiffswand.

»Mit den besten Wünschen«, rief das Mädchen mit heller, weittragender Stimme, »gleite hinab und sei getauft auf den Namen ›Großherzogin Marie‹!«

Die Flasche zerbrach am Schiff, und der ausgezeichnete Wein rann dunkel am Holz herunter, er spritzte auf die Nächststehenden, was die Gäste mit amüsiertem Gelächter und akrobatischem Beiseitespringen quittierten, die Werftarbeiter aber verdrossen hinnahmen, weil nun ihre Arbeitskleider noch ein wenig mehr klebten. Fiete aber sah nur das Schiff, spürte das Holzdeck unter seinen Füßen und wartete auf das Vibrieren, wenn es sich zum ersten Mal in Bewegung setzt, zum ersten Mal ein Lebewesen. Da! Nein, doch noch nicht. Jetzt aber!

Albert Wilcken, immer noch neben dem Schiff stehend, zuweilen auf die Uhr schauend, dann wieder in den Himmel, als ob er plötzlich schweren Sturm erwarte, gab ein Zeichen mit dem Arm, Hammerschläge ertönten, die ersten Holzstützen brachen, und das Schiff fing an zu gleiten. Immer schneller wurde die abschüssige Fahrt, dann tauchte das Heck ein, wobei das Wasser hoch an den Spiegel spritzte, dann die größte Breite, schließlich auch der Bug.

Die Zuschauer, die bei den letzten Metern hörbar den Atem angehalten hatten, entspannten sich, als die »Großherzogin« zwar ihre Fangleinen am Heck zerriß, aber dann durch die Bugleinen gehalten wurde; heftig schaukelnd und an den Tauen ruckend blieb sie endlich liegen, ohne das andere Ufer der Warnow mit dem Heck berührt zu haben, ohne auf dem Flußgrund festgekommen und ohne gekentert zu sein. Das Publikum klatschte begeistert in die Hände, die Jungen an Deck johlten, die Werftarbeiter schrien hurra, und Böller-

schüsse am Strandufer verkündeten der ganzen Stadt, daß wieder ein Schiff glücklich ins Wasser gelangt war.
Die beiden Werftbesitzer waren die Glücklichsten unter den vielen Menschen am Platz: in diesem Moment übernahm der Reeder die Verantwortung – Beschädigung oder Versenkung der »Großherzogin« ging finanziell nicht mehr zu ihren Lasten. Angesichts der Summen, die dabei auf dem Spiel standen, waren die Ausgaben für die Feier eine Kleinigkeit.
Die Zuschauer hatten sich noch nicht zerstreut, da wurden bereits Waschkörbe voller Butterbrote und Semmeln von den Lehrlingen herbeigeschleppt und die Bierfässer herangerollt. Die »Großherzogin« aber wurde von vier Ruderbooten in den Stadthafen geschleppt. Handwerker und Arbeiter hatten bereits angefangen zu feiern, als die Jungen, die am Heck hin- und hergelaufen waren, um das Schiff beim Ablaufen auf der Gleitbahn zu trimmen, aus dem Stadthafen heranrannten und sich unter die übrigen mischten, unter lautem Gejohle, um den Rostockern zu zeigen, daß sie dabeigewesen waren. Die Gäste aber zogen ins Hôtel de Russie und feierten dort nach einem Diner mit anschließendem Ball bis spät in die Nacht.
Fiete kam mit den übrigen Jungen. Ausnahmsweise durften auch die noch nicht Konfirmierten Bier trinken. Turbulent nahm das Fest für die Leute seinen Anfang. Und als Fiete inmitten des Trubels Zeit fand, sich einen Moment zu besinnen, fiel im endlich ein, woher er die junge Taufpatin gekannt hatte. Als er sie zuletzt gesehen hatte, war sie in Begleitung des Grafen Poggenow gewesen.
In dieser Nacht träumte er erstmals, daß er selber eine Galionsfigur sei; nach einer wilden, stürmischen Fahrt lief er seinem Schiff voran in einen Hafen mit einer furchterregenden Wehranlage. Und dort, unterhalb des Wachtturms, begegnete er einer anderen Galionsfigur mit langen braunen Haaren und zarten Sommersprossen über der kurzen Nase, und er verliebte sich sofort in sie. Noch lächelnd wachte er am Morgen auf, und das Glücksgefühl hielt den ganzen Tag an, bis ihm aufging, daß Schmiedelehrlinge genausoviel Aussichten haben, die Nichte eines adeligen Gutsbesitzers kennenzulernen, wie Galionsfiguren.

Kaum zwei Monate später fand schon der nächste Stapellauf statt, diesmal auf der Werft von Emanuel Aldag. Da der Meister von Fiete, anders als bei der »Großherzogin Marie« diesmal die meisten Schmiedearbeiten durchgeführt hatte, gehörten selbstverständlich er und sein Lehrling zu den geladenen Handwerkern. Fiete hatte also die Ehre, nicht wie die Knaben oben an Deck rennen zu müssen, sondern unten in der Gruppe der beteiligten Handwerker zu stehen. Mit langem Hals sah er sich um, ob er Herrn Aldag erspähen konnte. Und er konnte, denn Aldag befand sich inmitten der persönlichen Gäste des Reeders unterhalb der mit Flaggen geschmückten Taufkanzel.

Da dieses Schiff für einen Schoner sehr lang war, hatte man es andersherum als normal aufgelegt: mit dem Bug zum Wasser, damit der sehr völlige, runde Schiffsteil zuerst ins Wasser kam und mit seinem hohen Auftrieb ein zu tiefes Abtauchen verhinderte. Dort also war die Kanzel. Um Gewicht zu sparen, war der Schoner außerdem noch nicht fertig geriggt.

Aldag nahm seinen Hut ab und sah erwartungsvoll zum Reeder hoch, der noch ein recht junger Mann war und mit leichtem Griff eine Dame am Ellenbogen zur Balustrade der Kanzel geleitete. Mit der anderen Hand hielt der Werftbesitzer den kleinen Jungen fest, der zusammen mit dem Reeder und seiner Frau gekommen war, offensichtlich deren Sohn.

Die Dame schien eher fröhlich als vornehm und ihr Mann ebenso; aber dann zitterte die Stimme der jungen Frau doch, als sie ihren Spruch aufsagte. »Georgine Zerbst« sollte der Schoner heißen. Beim ersten Mal traf die Flasche den Bug nicht; sie schoß knapp an ihm vorbei und schlenkerte in weitem Bogen am Tau zurück. Ein Arbeiter fing sie mit unbewegtem Gesicht wieder ein. Die Zuschauer summten vor Enttäuschung. Beim zweiten Mal aber klappte es, und die Dame klatschte vor Entzücken in ihre Hände. Ihr Sohn, der etwa fünf Jahre alt sein mochte, löste sich von Herrn Aldag und hüpfte auf und ab; dabei schrie er mit dünnem Stimmchen »hurra, hurra«. Die Damen und Herren in seiner Nähe lachten, und die Spannung, die fühlbar über dem Platz lag, löste sich.

Fiete, der den Versuch nicht lassen konnte, unter Herrn Aldags Augen zu kommen, schob sich immer näher an die Ehrenkanzel. Zu gerne hätte er gewußt, ob Herr Aldag den Jungen von ehemals noch erkennen würde. Aber der Werftbesitzer hatte an diesem Tag etwas anderes zu tun. Mit kritischem Blick verfolgte er, wie der Sekt endlich an seinem Bestimmungsort landete, und gab dann seinem Vorarbeiter das Zeichen.
Ein Hammerschlag: die ersten Stützen krachten, und das Schiff glitt von der Helling. Das erste Dutzend Meter ging alles gut; aber dann bohrte sich der Bug plötzlich mit einem schmatzenden Geräusch im Schlick der Warnow fest, und die Jungenschar, die oben an Deck in Bereitschaft stand, stürzte und polterte umeinander. Noch waren die Zuschauer gefesselt von den Ereignissen an Deck – daß niemand dort zu Schaden kam –, da schwankte der Schiffskörper auf der Helling, und die Menschen merkten, daß sie selber in großer Gefahr waren, denn der Schoner drohte umzustürzen. Warnrufe und Hilfeschreie wurden laut, die zuvorderst Stehenden blickten nach oben auf die über ihnen hängende Schiffswand; in Panik drückten sie nach hinten; aber die dort staunten, statt fortzurennen, und währenddessen sackte das Schiff endgültig auf seine Steuerbordseite und begrub einige Menschen unter sich.
Das Krachen und Splittern von Holz mischte sich mit den Schreien der Verletzten; Fiete neben Herrn Aldag hörte den kleinen Jungen aufheulen, der wie gebannt nach oben blickte, und sah selbst das Ankerspill auf sich zukommen, losgelöst vom Schiffsdeck.
Auch Aldag sah es. Mit einem gequälten Stöhnen riß er den Jungen von den Füßen und drückte ihn Fiete in den Arm.
»Lauf!« schrie er.
Fiete griff zu, drängte mit seinen urgewaltigen Kräften fort von dem herabsausenden Ungetüm und fühlte hinter sich einen Luftzug, mehr nicht. Dann war er durch; fort von den stürzenden Schiffsteilen, fort vom fliegenden Spill und befreit von panischen Zuschauern. Tröstend drückte er die glatte Wange seines Schützlings an seine eigene stoppelige. »Ist ja gut«, sagte er und spürte, daß der Junge am ganzen Körper flog.

Während die Verletzten schrien und die Unverletzten nach ihren Angehörigen riefen, setzte Fiete den Jungen auf einen Stapel Holz, zog seine Feiertagsjoppe aus und hüllte den Kleinen darin ein. Dann sang er ihm Abigaels Lieder vor; mit Verzweiflung in den Augen angesichts der Katastrophe schmetterte er sie alle bis hin zur Englischmiß durch. »Wir suchen jetzt Mama und Papa«, sagte er schließlich, und der Junge nickte, abgelenkt und halbwegs beruhigt.
Als Fiete auf die Reste der zerbrochenen Taufkanzel hinsteuerte, hörte er jemanden »Friedrich Wilhelm« rufen, immer wieder.
»Meine Mama«, sagte der Kleine aufgeregt und reckte sich aus Fietes Armen empor. »Sie sucht mich.« Er winkte.
Frau Georgine Zerbst lief ihnen schon entgegen. »Mein Friedrich Wilhelm«, flüsterte sie, immer noch mehr aufgeregt als erleichtert, und drehte sich dann zu ihrem Mann um, der gewaltig hinkte, aber sonst unverletzt schien. »Mein Gott, er lebt!«
Herr Zerbst fuhr wie wild mit der Hand durch die Haare seines Sohnes, er zauste ihn ordentlich, dann wandte er sich Fiete zu. »Hast du ihn gerettet, Junge?«
»Herr Aldag«, antwortete Fiete bescheiden.
»Trotzdem danke ich dir«, sagte Reeder Zerbst, während seine Frau ihre ungeteilte Aufmerksamkeit ihrem Sohn zuwandte und gar nicht merkte, was um sie herum vorging. »Georgine, bringe ihn ins Hotel, ich bleibe hier.«
Frau Zerbst stand gehorsam auf und eilte mit ihrem Sohn vom Platz.
»Ich muß sehen, was zu tun ist«, sagte Zerbst flüchtig zu Fiete und ging davon, ohne sich sonderlich um sein verletztes Bein zu kümmern.
Am Rande der Arbeitsfläche hatten die Arbeiter inzwischen einen notdürftigen Verbandsplatz eingerichtet, indem sie zugesägte Planken auf dem Boden ausgelegt hatten. Aus den nächsten Häusern hinter der Stadtmauer wurden Decken und Verbandszeug herangeschafft. Dorthin ging Zerbst. Er bückte sich und zog die Decke von einem Männerkörper, dessen Gesicht bedeckt war, die Füße aber bloßlagen. Fiete verfolgte erstarrt, wie Zerbst einen Moment nach unten blickte und die Decke dann sorgfältig zurücklegte. Er schien

sie sogar glattzustreichen. Dann sah der Reeder sich um. Weitere Tote lagen nicht dort, aber mehrere Verletzte saßen auf den Hölzern, den Kopf apathisch in die Hand gestützt; einer drückte ein Tuch gegen sein Bein, ohne das Sickern des Blutes aufhalten zu können.
Fiete fiel Herr Aldag ein. Wo mochte der sein? Er hatte direkt neben ihm gestanden, und dort war das Spill herabgestürzt. Plötzliche Angst erfaßte ihn. Der Tote sollte doch wohl nicht Herr Aldag sein? Er wühlte sich rücksichtslos durch die aufgeregten Leute hindurch und sah ohne viel Federlesens nach, wer der Mann war. Zu seiner Erleichterung kannte er ihn gar nicht, und jetzt fiel ihm auch auf, daß der Werftbesitzer wohl keine Holzpantinen trug.
»Friedrich Wilhelm Brinkmann!« rief hinter ihm eine Stimme gebieterisch. »Wo hast du den kleinen Friedrich Wilhelm gelassen? Ist er unverletzt?«
Fiete schnurrte um die eigene Achse. Aldag kam auf ihn zu, mit fragendem Gesicht, die Hände wie im Entsetzen nach oben werfend.
»Doch, doch!« sagte Fiete und konnte vor Staunen darüber, daß Herr Aldag sogar seinen Namen noch wußte, gar keine Erklärungen abgeben. »Er ist gerettet.«
»Gott sei Dank!« stieß Aldag aus, ließ sich auf einen hölzernen Kasten sinken und trocknete sich mit einem großen Tuch den Schweiß aus dem Gesicht. »Es wäre gar zu entsetzlich gewesen, wenn zu dem ganzen Unglück auch noch der Sohn des Besitzers zu Schaden gekommen wäre. Es ist so schon schlimm genug«, fügte er leise hinzu und ließ seinen Blick über den Platz mit dem zerstörten Schiff und den verstörten Menschen schweifen.
Fiete nickte, immer noch stumm.
»Wie konnte das bloß kommen?« fragte Aldag, ohne Fiete zu meinen und ohne eine Antwort zu erwarten. Er vergrub sein Gesicht in den Händen. Auf solches Unglück gab es keine Antwort.
»Mein Bruder Christian hat einmal etwas erfunden«, sagte Fiete und starrte blicklos auf den Lehmboden zu seinen Füßen, »einen Kasten, der im Wasser steht und in dem das Schiff gebaut wird. Das Wasser wird ausgesperrt. Wenn das Schiff fertig ist, läßt man das Wasser herein, und das Schiff schwimmt auf.«

»Kann dein Bruder etwa zaubern?« fragte Aldag tonlos.
»Es muß gehen, es muß!« beharrte Fiete und vergaß ganz das Unglück um sich herum. »So etwas«, sagte er dann anklagend und wies auf die Trümmer, »kann dann nicht mehr passieren.«
Aldag hob fasziniert den Kopf. »Ihr müßt eine merkwürdige Familie sein. Der Schmied von Liesenhagen mit seinen merkwürdigen Kindern«, wiederholte er, stand auf und klopfte seine Hose flüchtig sauber. Dann ging er ohne ein weiteres Wort davon, und Fiete sah ihm nach wie vor einer Weile Herrn Zerbst.
»Man müßte versuchen, so etwas zu bauen«, sagte Fiete leise, viel zu leise für den Mann, der mit hängenden Schultern davonging, niedergedrückt durch die Katastrophe und nur ein wenig erleichtert durch die Tatsache, daß er nicht noch einen Mord an dem kleinen Reedersjungen auf sich geladen hatte.
Am nächsten Tag war die Rostocker Zeitung voll von Nachrichten über das Unglück. Drei Tote hatte man zu beklagen, einen, der sofort erschlagen worden war, und einen, der nachträglich an seinen Verletzungen gestorben war. Beide waren Werftarbeiter. Der dritte war einer der Jungen auf dem Vordeck gewesen, der es nicht geschafft hatte abzuspringen. Wie durch ein Wunder waren die übrigen mit dem Leben davongekommen, manche waren einfach abgesprungen, zwei ins Wasser. Fünfzehn Verletzte hatte es gegeben, die meisten von ihnen durch fliegende Hölzer und Splitter.
Im nachhinein gesehen, war es ein Glück, daß das Schiff noch nicht geriggt gewesen war, denn vor dem stürzenden Gewirr von Wanten, Rahen und Masten hätte sich wohl kaum einer retten können. Im Gegenteil, die Menschen wären vermutlich wie von einem riesigen Käfig eingefangen gewesen und dann in den Hölzern aufgespießt worden.
Das Unglück war das größte, das jemals auf einer Rostocker Werft vorgekommen war. Die meisten Rostocker gaben dem Werftbesitzer die Schuld. Und sie sagten: Der Schiffbauer zieht Unglück an. Trotzdem rechnete man es ihm hoch an, daß er nicht nur zur Beerdigung der beiden Männer, sondern sogar zu der des Jungen kam. Und es hieß, alle Familien hätten eine Entschädigung erhalten.

Das Ereignis warf, wie so manchen, auch Fiete völlig aus der Bahn, die für ihn bestimmt schien.
In der Woche nach dem Unglück stand kurz vor Mittag ein so langer Mann im kleinen Flur der Schmiedewohnung, daß er sich bükken mußte. Die Mütze hatte er höflich abgenommen, aber sonst war er nicht sonderlich höflich. »Ich soll von Herrn Aldag ausrichten«, sagte er, »daß Friedrich Wilhelm Brinkmann morgen im Werftkontor erscheinen soll.« Mißtrauisch sah er den Schmied an.
Aber der wagte weder zu fragen noch Widerspruch zu erheben, so entschieden hatte die Nachricht geklungen. Was heißt Nachricht – ein Befehl war es gewesen. Und Befehle eines Werftbesitzers diskutiert man nicht, wenn man von ihm Brot und Lohn erwartet. Der Schmied wischte sich nachdenklich mit der Hand den Rotz von der Nase und beobachtete dabei den langen Mann scharf. Aber der Besucher war nicht gekommen, um Erklärungen abzugeben. Ohne ein weiteres Wort setzte er die Mütze wieder auf und verschwand.
»Du wirst wohl gehen müssen«, sagte der Schmiedemeister widerwillig. »Du bist doch nicht etwa frech gewesen zum Reeder oder zu den anwesenden Damen?«
Fiete schüttelte den Kopf und wartete auf den kommenden Tag.
Am nächsten Morgen erschien er pünktlich im Kontor und stand bescheiden an der Tür, bis der Angestellte am Stehpult geruhte, ihn zu bemerken.
»Ich soll zu Herrn Aldag kommen«, sagte er.
»Du?« fragte der junge Mann mit den schwarzen Ärmelschonern und grinste herablassend. Dann legte er den Federhalter nachdrücklich auf den grünen Filz. »Ich werde mich mal erkundigen.« Er schlenderte in den angrenzenden Raum und sprach dort mit jemandem, den Fiete nicht sehen konnte. Dann kam der Junge, der sicher nicht älter war als Fiete, zurück mit einem schmächtigen Herrn.
»Aha«, sagte dieser und betrachtete Fiete aus so kurzsichtigen Augen, als ob das dämmerige Kontorlicht und das viele Schreiben ihn fast blind gemacht hätten. »Tja. Wer hat das gesagt?«
»Ein langer Kerl.«
»Ach so«, sagte der Ältere. »Dann bring ihn mal hinein, August.«

»Wenn Sie meinen«, sagte August langgedehnt, als ob er es zuviel der Ehre fände für einen Handwerkerlehrling. »Dann komm.«
Fiete wurde durch einen langen, düsteren Flur geführt, dann ein Treppchen hoch, auf dessen oberster Stufe der Lehrling stehenblieb, das Ohr dicht an die Tür gepreßt. Er klopfte. Fiete hörte zwar nichts, aber August öffnete und schob Fiete in den Raum hinein.
An der hintersten Wand des Raums, unterhalb eines großen Ölbildes, saß Herr Aldag, Werftbesitzer in der dritten Generation, Chef eines Hauses, dessen Schiffbaukunst von Lübeck bis Danzig bekannt war und gelobt wurde. »Dann komm mal her, mein Junge«, sagte er und war überhaupt nicht so furchteinflößend, wie er im ersten Moment gewirkt hatte. Zuerst hatte Fiete sich sogar gefragt, ob dieser Mann womöglich ein ganz anderer war als der, den er kannte. Aber er war einwandfrei der Herr Aldag vom Werftgelände, der mit den Leuten sprach wie mit seinesgleichen. Fiete trat an den Schreibtisch heran, der die Grundfläche einer Kapitänskajüte besaß, wenn er auch aus edlerem Holz gebaut war.
Schüchtern grüßte Fiete und stand dann steif vor Erwartung.
»Du fragst dich, warum du hier bist, natürlich fragst du dich das«, meinte Herr Aldag und knipste dabei die Spitze einer Zigarre ab. »Kannst du es dir denken?«
Fiete schüttelte den Kopf. »Vielleicht wegen des Kastens«, schlug er zögernd vor.
»Nein. Wegen des kleinen Friedrich Wilhelm, für den du ja so eine Art Schutzengel geworden bist. Herr Zerbst möchte als Dank deine Ausbildung bezahlen. Ich kann mir schon denken, daß du als Schmied nicht ganz zufrieden bist. Und ich bin der Meinung, daß du wahrscheinlich am liebsten auf der Werft wärst, z.B. als Lehrling bei den Schiffbauern. Du selber darfst wählen, was du tun möchtest.«
Fiete war überwältigt. Er schwieg so lange, daß Aldag sich erkundigte, ob er es nicht verstanden hätte. Doch, das hatte er.
»Aber?«
»Dürfte ich vielleicht auch zur Schule gehen?« fragte Fiete zögernd und fürchtete, daß Herr Aldag schallend lachen und es rundweg abschlagen würde. Aber das tat er keineswegs. Er nahm die Zigarre

mitten im Anrauchen aus dem Mund und sah den Jungen ernst an. »Zur Schule und als Lehrling oder nur zur Schule?«
»Nur zur Schule«, antwortete Fiete bescheiden.
»Bist du dir klar, was das bedeutet?« fragte Herr Aldag. »Mit Jungen, die jünger sind als du. Und mit mehr Kenntnissen. Auslachen werden sie dich, verspotten und hinter dir herrufen.«
Fiete war es ganz gleich. »Es können auch Kleinkinder sein«, entschied er mit fester Stimme. »Hauptsache, Lateinschule.«
»Wie du willst. Du kannst in meinem Hause wohnen, morgens gehst du zur Schule, nachmittags darfst du auf der Werft tun, was du möchtest, mithelfen, arbeiten, zugucken.«
Während Aldag noch auf eine Antwort wartete, drehte Fiete sich um und ging wie ein Schlafwandler zur Tür, ohne Dank und ohne Gruß. Der Werftbesitzer lächelte leise hinter ihm her. Er konnte sich denken, wie dem Jungen zumute sein mußte.
»Den sind wir los«, sagte der Schmied mürrisch zu seiner Frau. »Werftbesitzer und Reeder haben immer recht.« Er wußte sehr wohl, daß er ihn wegen des fehlenden Bürgerrechts nicht hätte annehmen dürfen, daß er Fiete der Zunft nie zur Prüfung vorgestellt hätte und daß er Fiete nur als kostenlose Arbeitskraft ausgenutzt hatte. Und jetzt stand der Junge offensichtlich unter dem Schutz eines mächtigen Mannes... So ließ er Fiete stillschweigend gehen, und Fiete schätzte sich glücklich dabei.
Fiete hatte nicht die geringste Mühe, mit seinen wenigen Sachen umzuziehen, denn seit seinem Auszug von zu Hause war kaum etwas dazugekommen. Das einzige, was sich wirklich vermehrt hatte, trug er im Kopf bei sich.

Mit achtzehn Jahren war Friedrich Wilhelm Brinkmann zu einem kräftigen jungen Mann geworden, immer noch nur mittelgroß, und das würde sich auch nicht ändern, wie er sich mit einem wehmütigen Seufzen selber eingestand, aber im übrigen war er glücklich. Die Schule hatte er erfolgreich abgeschlossen, besaß nun endlich seine Lateinkenntnisse, die ihm mehr oder minder unnütz vorkamen – aber seinen Willen hatte er durchgesetzt, und das war ihm unendlich

wichtig gewesen. Darüber hinaus hatte er sich eine Menge Kenntnisse im Schiffbau angeeignet, denn die Werft war zu seiner Heimat geworden.
Im Hause Aldag lebte er bescheiden vor sich hin: seine Kammer im hintersten Gebäude des Anwesens machte er selber sauber, das Gelände verließ er durch den Hofeingang, und das Herrschaftshaus vorne betrat er nur, wenn er gerufen wurde. So überraschte es ihn nicht wenig, als er eines Tages von Herrn Aldag im engen Hof zwischen dem Stall und dem Lagergebäude angesprochen wurde.
»Friedrich Wilhelm«, sagte Aldag, »du bist nun fertig mit der Schule und fortgeschritten in deinen Baukenntnissen.«
Er machte eine Pause, und Fiete sank das Herz in die Hose. War jetzt der Moment gekommen, an dem der Dank für die Rettung des kleinen Jungen abgezahlt war? Würde er aus dem Haus müssen?
»Reeder Zerbst und ich«, fuhr Aldag fort, »haben deinen Werdegang im Auge behalten; du hast erfreuliche Fortschritte gemacht. Es wird Zeit, dich weiter fortzubilden.«
Fiete sah ihn überwältigt an. Daß die beiden Herren sich aus der Ferne die ganze Zeit um ihn gekümmert hatten, hatte er nicht gewußt. Er war sich manchmal etwas einsam vorgekommen, auch in den Dienstbotenräumen. Wie früher auch war er dem Geschwätz über Pferde aus dem Weg gegangen.
»Jetzt kommst du ins Kontor«, sagte der Werftbesitzer.
Fiete errötete. »Wann?«
»Sofort. Morgen fängst du an.«
Aldag sinnierte dem Jungen wieder hinterher, als dieser sich abwandte und wortlos fortging, wie immer, wenn Entscheidungen gefällt wurden, die für ihn wichtig waren.
Ab diesem Tag also arbeitete Fiete schon in aller Frühe im Kontor. Ihm, der die frische Luft gewöhnt war und Regen, Schnee und Wind, fiel das stundenlange Stehen vor dem Pult in düsterem Licht und verbrauchter Luft schwer. Aber nie hätte er aufgemuckt, aus Dankbarkeit nicht und nicht aus Pflichtbewußtsein. Aber er hatte überschüssige Kraft und wußte nicht, wohin mit ihr. Aus lauter Tatendrang erledigte er seine Botengänge im Rennen: er rannte wie ein

durchgehendes Pferd durch Rostocks Straßen, von einem Adressaten zum anderen. Weder kümmerten ihn die verwunderten Blicke älterer Herren noch die ängstlichen Gesten, mit denen die Damen ihre kleinen Töchter aus dem Gefahrenbereich zogen.
»Wie? Bist du schon zurück?« fragte der Büroleiter erschrocken, und Fiete mußte ihn davon überzeugen, daß er alle Briefe, nicht nur einen, ausgetragen hatte.
Ab da durfte er sogar vertrauliche Botengänge übernehmen. Was anfänglich nur eine Angelegenheit der Schnelligkeit gewesen war, wurde nun zur Frage der Zuverlässigkeit und Verschwiegenheit.
Außer rennen lernte er jedoch auch, die Bücher zu führen, die Rechnungen zu prüfen – wenn auch weniger, denn diese Aufgabe war August übertragen worden – und Briefe zu schreiben an Geschäftspartner, Lieferanten und Kunden des Werftbesitzers. Herr Aldag war ein angenehmer Vorgesetzter. Selten einmal sah er sich genötigt, einen von seinen Mitarbeitern wegen eines gravierenden Fehlers zur Rede zu stellen, und auch das immer nur in sehr leisem, vornehmem Ton. Laut wurde er nur, wenn es um Belange der Zunft ging, das merkte Fiete bald. Die regten Herrn Aldag grundsätzlich auf, denn immer schien es Ärger damit zu geben.
An einem Mittwochmorgen, nachdem Fiete die Post zum Meister hineingebracht hatte, unter anderem auch einen Brief vom Gesellenamt, blieb es eine Weile totenstill. Dann brauste Aldag aus dem Zimmer, knallte den Brief des Amtes auf Fietes Schreibpult und befahl ihm zu lesen. Fiete las, verstand nichts, begann von vorne und las wieder. Schließlich war es ihm gelungen, den verschlungenen Formulierungen des Textes zu folgen, und er begriff endlich, daß es um ihn selbst ging.
Das Gesellenamt, hieß es da, verwahre sich aufs innigste gegen die Einstellung von Arbeitern, die nicht Mitglied in der Zunft seien. Dem Amt sei zu Ohren gekommen, daß auf der Aldagschen Werft seit einiger Zeit ein gewisser Brinkmann, Friedrich Wilhelm, arbeite, weder Bürger noch Geselle. Herr Aldag möge sich um Einhaltung der Statuten bemühen, andernfalls . . ., und so weiter.
Aldag bemerkte, daß Fiete zu Ende gelesen hatte. »Was mache ich

nun mit denen?« fragte er düster. »Die wollen nur Ärger, genauer Ernst Pentz. Geborener Querulant. Dabei ist er weder Altgeselle noch Lademeister, noch Deputierter. Aber immer muß er das Wort führen. Dieser dummerhaftige Mensch!«

»Ist er nicht der Sohn von Schiffbaumeister Johann Peter Pentz?« fragte Fiete.

»Das ist ja das Pikante. Er ist bei den Gesellen der Quertreiber, sein Vater bei den Meistern. Und meistens um nichts und wieder nichts!«

»Muß ich jetzt gehen?« fragte Fiete, dem nicht ganz klar war, warum der Meister die Sache mit ihm überhaupt besprach.

»Ach was«, knurrte Aldag. »Das Ganze ist ein Schuß vor den Bug, weiter nichts. Ich werde zurückschießen.«

Und das tat er auch, aber Fiete hörte von alldem nichts mehr.

Eines Tages stellte er fest, daß ihm die Arbeit im Kontor ganz lieb geworden war: mehrmals täglich ging die Tochter von Herrn Aldag an ihm vorbei, was heißt ging: sie schwebte. Kaum wagte er den Kopf zu heben und den süßen Duft, den sie verbreitete, einzuschnuppern, aus Sorge, daß sie es bemerken und daraufhin ihre Gänge einstellen würde.

Sie war die jüngste Tochter des Werftbesitzers, etwas älter als Fiete, und die einzige von seinen Töchtern, die noch nicht aus dem Haus war. Neunzehn Jahre sei sie alt, hieß es, und Kollege August grinste wieder hämisch, als Fiete nach ihr fragte.

»Nichts für dich«, sagte er.

Überhaupt hatte Buchhalterlehrling August das Grinsen noch nie aufgegeben, seit Fiete das Kontor betreten hatte, und erst ganz allmählich fand Fiete heraus, daß dies das einzige war, wodurch der junge Mann sich von anderen unterschied: er grinste, wenn ein anderer gelacht hätte, und er grinste aus Angst und Verlegenheit. Dafür war er miserabel im Schreiben; im Geschäft durfte er bleiben, weil er ein schneller Rechner war.

»Laß die Finger von ihr«, warnte August, der älter und auch besonders sachkundig im Umgang mit Werftbesitzerstöchtern war, »die ist nichts für dich.«

»Natürlich nicht«, beschwichtigte Fiete ihn, »ich frage nur mal so.

Was soll ich mit einer höheren Tochter?« Trotzdem konnte er seine Neugier nicht beherrschen. »Was ist denn mit ihr?« fragte er weiter. »Warum ist sie nicht verheiratet?«

»Ach, der Verlobte starb vor einigen Jahren«, sagte August gleichmütig. »Warte, ich glaube, das war in dem Jahr, als du zu uns kamst.« Vor drei Jahren also. Fiete nickte. In dem Jahr waren viele Menschen in Rostock an der Cholera gestorben, an der neuen Seuche. Vielleicht auch der Verlobte. »Hat sie es sehr schwer genommen?« wollte er wissen.

»Mensch, glaubst du, ich kümmere mich darum?« fuhr August ihn an. »Die Herrschaften haben dich überhaupt nicht zu interessieren und mich auch nicht. Die sind oben, und wir sind unten.«

Fiete schwieg. Seine Meinung war das nicht. Er kannte kein oben und unten, darin war er unempfindlich. Aber er erinnerte sich noch genau, wie seine Mutter von Herrn Aldag gesprochen hatte: wie von einem Kaiser. Oder dem Großherzog.

Louise Aldag schien den jungen Kontorlehrling überhaupt nicht zu bemerken. Und dieser, anders als August, schien sie ebenfalls nicht zur Kenntnis zu nehmen. Die Nase hob er weiterhin kaum merkbar, nur die Nasenflügel weiteten sich, und er atmete tief ein. August aber, der klapperdürre Junge, der seinem langen Vater – Diener bei Aldags – wie aus dem Gesicht geschnitten war, hatte von seinem Vater noch mehr als nur das Gesicht geerbt. Er rannte sofort zur Tür, wenn Fräulein Louise sich den Anschein gab hindurchzuwollen, kratzte sich nervös an einem seiner vielen rotblühenden Pickel und wartete auf Dank.

»Ich sag's dir ja«, sagte er nachher düster, »sie wissen gar nicht, daß es uns gibt.«

O doch, dachte Fiete, sie weiß es wohl. Sie. Sie kommt mit jeder Woche öfter hier durch, obwohl es auch andere Wege durch das Haus gibt. Aber er sagte nichts und senkte seine Augenlider, weil er Angst hatte, daß seine Augen ihn trotz des Dämmerlichtes verraten würden.

Einmal hörte er, daß Herr Aldag hinter seiner gepolsterten Tür die Stimme ungewöhnlich erhob, und das ohne amtliche Post: er stritt mit seiner Tochter. Trotzdem stellte sie ihre Kontorbesuche nicht ein.

Dann kam die Zeit, in der Fiete nach hinten zur Tür lauschte, statt zu schreiben; die Feder hing über dem Journal, die Tinte trocknete ein, und er lauschte immer noch auf das Klappen der Wohnungstür, auf die Schritte im Flur, dann auf das rasche Aufstoßen der Kontortür. Manchmal wartete er vergebens. Er schämte sich zutiefst, als August eines Morgens bemerkte: »Fiete hat wieder seine Schreckstarre. Ob er da wohl dran stirbt? Fällt um und ist tot?«

Und der alte Kontorist, Herr Kliefoth, der immer mehr einschrumpfte und dessen Ärmelschoner immer größer wurden, genau wie seine Buchstaben, griff zitternd an die Brille und blickte dorthin, wo er Fiete vermuten mußte. »Laß den Jungen in Ruh, August«, tadelte er, »er schreibt besser und schneller als du.«

»Aber während seiner Schreckstarre schreibt er noch nicht einmal so langsam wie ich, dann schreibt er nämlich überhaupt nicht«, meldete August und streckte seinem Mitlehrling die Zunge heraus.

Fiete bekam erst jetzt mit, worum es überhaupt ging. Er schwor sich, nicht mehr auf Louise zu warten, biß heroisch die Kinnbacken zusammen und arbeitete.

Aber am nächsten Tag war es auch nicht besser. »Stinkt's hier?« fragte August beziehungsvoll, als das Mädchen den Raum verlassen hatte und er wieder hinter seinem Pult stand.

Fiete war gewarnt. Er schrieb jetzt eifrig, wenn sein Engel kam, und er schnupperte nicht mehr, er atmete nur tief ein, so langsam und so lautlos, als ob er auf Jagd wäre. Aber leider war er nicht der Jäger, sondern das Wild.

Louise war es leid, darauf zu warten, daß Fiete sie anhimmelte wie ein Mädchen den Pastor beim Konfirmandenunterricht.

Durch den Tod ihres Verlobten hatte sie sich eher betrogen als beraubt gefühlt. Schmächtig, mit bereits schütterem Haar, war er das Gegenteil vom Helden ihrer Träume gewesen. Pflichtschuldig hatte sie sich ein halbes Jahr in Trauer begeben, das dazu passende leidende Gesicht gemacht, wenn sie von den ältlichen Besucherinnen ihrer

Eltern laut bedauert wurde, aber insgeheim längst nach einem Nachfolger Ausschau gehalten. Nur war leider weit und breit keiner in Sicht. Vater und Mutter hatten ihr auch nicht geholfen, denn sie fanden es nicht schicklich, so offensichtlich nach einem Ehemann zu suchen, noch dazu einem, der nur Nachfolger werden sollte.

Louise fand großen Gefallen an dem jungen Lehrling mit dem Stiernacken und dem willensstarken Gesicht. Schön war er nicht, aber er strahlte eine solche Lebendigkeit aus, daß sie meinte, sie müßte in Ohnmacht sinken, wenn sie an ihm vorbeischritt: in seiner Nähe waberte die Luft vor Energie, und sie roch den starken Duft von Pferd. Hufschmied sei er gewesen, hatte sie im Hause erzählen hören.

Eines Morgens schritt sie wieder an ihm vorbei, streifte mit ihrem Kleid seine Knöchel, dann drehte sie sich mit der Plötzlichkeit dessen um, der etwas Wichtiges vergessen hat und der sich nun erinnert.

»Oh, Herr Brinkmann«, sagte sie mit schüchterner Stimme, »ich sollte meinem Vater einen Brief mitbringen. Statt dessen habe ich ihn in mein Zimmer mitgenommen und dort liegengelassen. Wären Sie wohl so nett ...«

Sie stockte, aber Friedrich Wilhelm kam ihr nicht entgegen, wie sie zornig registrierte. Statt dessen sprang August hinzu. »Soll ich?« rief er. »In einer Minute bin ich wieder da.«

Louise, mit durchgedrücktem Kreuz und vorgerecktem Busen, antwortete unfreundlich: »Bitte«, aber für den Stift August war es eine Offenbarung, daß sie überhaupt mit ihm sprach. Er flog aus der Tür, die mit einem Knall hinter ihm zufiel.

Friedrich Wilhelms Herz klopfte, die parfümgeschwängerte Luft bannte ihn mit gesenktem Kopf an sein Pult, er konnte weder lesen noch schreiben. Louises Kleid fächelte im Rhythmus ihrer unruhigen Schritte an seinen Beinen entlang.

»Sie sind nicht sehr gesprächig, Herr Brinkmann«, sagte Louise und unterdrückte mit Mühe das Vibrieren ihrer Stimme.

Friedrich Wilhelm spürte, daß sie wie ein Kessel unter Dampf stand. Halb fürchtete, halb hoffte er, daß die Ventile sich öffnen würden. Atemlos nickte er.

»Mögen Sie mich nicht?«
»Es steht mir nicht zu, Sie zu mögen, Fräulein Louise.«
»Ihnen steht alles zu«, sagte Louise, und jetzt war die Angst in ihrer Stimme nicht zu überhören, daß August wiederkommen würde, daß ihr Vater kommen könnte, daß das Haus zusammenbräche.
»Alles?« fragte Friedrich Wilhelm Brinkmann dumpf und meinte es so.
Louise nickte, schloß die Augen und erwartete den Kuß, der jetzt kommen mußte. Und er kam. Fiete drängte an das Mädchen heran, preßte seine Arme um sie und küßte sie tollpatschig wie ein Schimpanse.
So fand August die beiden. Als er, ohne besonders leise zu sein, die Tür geöffnet hatte, den Brief in der emporgereckten Hand, wußten weder Louise noch Friedrich Wilhelm, daß sie einen Zuschauer hatten. August, mit seiner angeborenen Höflichkeit Herrschaften gegenüber, errötete zutiefst und räusperte sich.
Louise erwachte als erste aus der Versunkenheit. »Gib her«, sagte sie und streckte den Arm nach dem Papier aus, noch bevor sie sich von Fiete gelöst hatte. Fiete erschrak und trat zurück, mit versteinertem Gesicht und verklemmten Kinnbacken, aber ohne Reue.
Louise strich ihren langen Rock glatt und ging zu ihrem Vater hinein, ohne sich nach Friedrich Wilhelm umzusehen. Fiete hob langsam die Faust und fixierte August scharf mit den Augen.
»Wenn du einen Ton sagst«, drohte er, »mache ich Mus aus dir.«
August, dessen fleckiges Gesicht verriet, wie erregt er war, schüttelte den Kopf. »Ich sage nichts«, preßte er hervor, »kein Wort, ich schwör's dir.«
Ab diesem Tag war das Verhältnis zwischen Fiete und August verändert. Was anfangs Herablassung, später widerwilliges Dulden, jedoch nie Kollegialität zwischen zwei Kontorlehrlingen gewesen war, ging abrupt in eine fast untertänige Haltung von August über. Fiete machte sich jedoch darüber kaum Gedanken, ihn interessierte August nicht, er war nur froh, daß dieser seine Sticheleien eingestellt hatte.
Um so mehr dachte er an Louise.

6. Kapitel (1835)

Ja, Abigael war schmal geworden, äußerlich schmal und innerlich verhärtet. In ihrer Sorge um Fiete, über den sie nie wieder etwas gehört hatte, verschloß sie sich für alles andere. Sie sorgte zwar noch für die Familie, kochte, wusch, machte sauber, alles wie früher, jedoch mit einem großen Unterschied: das Ergebnis war ihr gleichgültig. Hauptsache, sie hatte es erledigt. Wenn eines von ihren Kindern sagte: »Der Fleck ist aber nicht weg«, antwortete sie in aller Ruhe: »Aber ich habe die Bluse gekocht wie immer.« Und ihr Tonfall besagte, daß man mehr von ihr nicht verlangen konnte.

Die Kinder gaben es bald auf, mit der Mutter darüber zu reden. Säugling Corl, jetzt bereits zwölf Jahre alt, sprach sowieso kaum; er spürte, fühlte und lauschte. Alles, was er tat, war von seinem Empfinden bestimmt, und für die Mutter, die er über alles liebte, riß er sich die Beine aus. Seitdem ihre düstere Stimmung nicht mehr weichen wollte, umsorgte er sie ständig.

Im Dorf würde sich niemand bereit finden, Carl als Lehrling anzunehmen – »einen Dummerjan?« hieß es –, und so stand fest, daß er auf dem Hof bleiben würde, mehr oder minder nur als Handlanger seines Vaters, lieber jedoch als Helfer seiner Mutter. Er spaltete und holte Holz, feuerte den Küchenherd und den Stubenofen, fütterte die Milchkuh und das Schwein, sang aus voller Kehle und ging bei allen seinen Arbeiten dem Vater und den Pferden sorgsam aus dem Weg. Vor beiden hatte er Angst.

Abigael bestärkte ihn darin nicht; aber wenn Friedrich kam und Abigaels Schultern hart wurden wie die Äste des alten Apfelbaums und sie das Schultertuch fester zuzog, spürte es der Junge. Er rückte näher, und Friedrich, dem unbehaglich wurde, ging wieder.

Zum ersten Mal ließ Abigael ihren Mann in dieser Zeit auch fühlen, daß sie nicht auf das Dorf gehörte.

»Abigael, was ist denn?« fragte Friedrich, weich und behutsam wie immer, wenn er mit seiner Frau sprach, genauso sanft, wie er ein Pferd anredete. »Jetzt will ich es genau wissen! Du behandelst mich wie einen Fremden.«

»Nein«, wich Abigael aus und wandte sich schnell dem Kochfeuer zu. »Du tünst!«

»Ich weiß es genau«, beharrte Friedrich und blieb fest in seiner Meinung. »Du warst doch mal ganz anders zu mir, weißt du noch?« Und wie früher, als seine Frau noch die ansehnliche, gutgenährte Person war, die das kleine Haus allein durch ihre Gegenwart füllte, griff er nach ihrem Oberarm und versuchte, sie zu sich heranzuziehen. Er erschrak, als ihm die dünnen Knochen in die Hand kamen, und zum ersten Mal seit langem betrachtete er seine Frau richtig.

»Ich bin kein Pferd!« sagte Abigael und verließ das Zimmer.

»Abigael«, bat Friedrich und ging ihr nach. In der Waschküche neben dem eingemauerten Kochkessel stellte er sie. Zwischen dem Kessel und der Hopfendarre war nur ein winziger freier Platz, und vor der Tür stand er.

Abigael sah sich wie gehetzt um. »Komm mir nicht zu nahe!«

»Ich verstehe gar nicht, was los ist! Du, sag doch mal!«

Und wie Friedrich nun so vor ihr stand, wie ein Hengst, der eine Stute wittert, war es Abigael, als ob sie in der Enge des Raums keine Luft mehr bekäme. Sie hob die geballten Hände und preßte sie lautlos an den Mund; ihre Augen waren in Panik aufgerissen.

Friedrich, in seiner Überraschung, stand ganz still, er überflog ihr immer noch schönes Gesicht, sah ihre großen blauen Augen, die von keinem Wimpernschlag verborgen wurden, und hörte nicht die verstohlenen Schritte hinter seinem Rücken.

Erst jetzt fand Abigael in die Wirklichkeit der Waschküche zurück. Sie rang sich einen kleinen Schrei ab, der fast eher ein Seufzer war. »Nicht!«

Friedrich fuhr herum und fand genug Zeit, um Carls Faust mit dem Beil abzuwehren, die gegen ihn erhoben war, schwächlich und mit halber Kraft wie bei allem, was er tat. Er sang jetzt nicht mehr, und seine Miene war bösartig. Über den Angriff des Jungen lachte Friedrich nur, aber als er seinem Sohn ins Gesicht sah, gefror sein Lachen.

»Stellst du mir jetzt nach?« knurrte er ihn an. »Was willst du? Ich tue deiner Mutter nichts.«
»Darauf werde ich auch aufpassen«, sagte Carl und wartete, bis sein Vater an ihm vorbeigegangen war.
Abigael folgte den Männern langsam. Sie staunte und schöpfte mitten im Unglück Hoffnung. Carl hatte gesprochen, zum ersten Mal. Gleichzeitig bekam sie große Angst um ihn, mit zärtlichen, mütterlichen Gefühlen. Und voll Inbrunst wünschte sie, daß ihr Fiete nach Hause käme, oder sie wenigstens wüßte, daß es ihm gut ginge.
Friedrich stampfte wieder hinaus zu Pferden, Gestank und Gehämmer, das Abigael alles zusammen mehr denn je haßte. Sie blickte ihm aus dem Waschkücheneingang nach und überzeugte sich, daß er in die Schmiede ging. Dann erst wandte sie sich ihrem Sohn zu, der mit unglücklichem Gesicht und hängenden Armen wartete. Sein Atem ging heftig. Abigael strich ihm die langen Haarsträhnen aus der Stirn, nahm ihn an die Hand, und zusammen gingen sie über den Hof in die Küche. Das Dong und das Ping hinter ihnen verstummten, und Abigael wußte, daß Friedrich ihnen nachsah.
Sie setzte sich zum Gemüseputzen und summte leise ein Wiegenlied. Und noch immer übten ihre Lieder den alten Zauber auf Carl aus. Er wurde wieder ruhig. Als er sie voll Vertrauen und kindlich anstrahlte, fragte Abigael sanft: »Holst du ein bißchen Holz?«
Carlchen stand sofort gehorsam auf, holte sich den Holzkorb neben dem Herd und verließ das Zimmer. Nach einer Weile hörte Abigael die Axtschläge im Schuppen, kurz und dünn wie immer, wenn nur Anmachholz gespalten wurde.
Abends kam Pauline mit ihren beiden Kindern herüber, der einzigen Freude, die Abigael in der Familie hatte. Mit Catharina wußte sie rein gar nichts mehr anzufangen, und Johann war fort, vom Grafen auf die Tierarzneischule nach Schwerin geschickt.
Pauline war noch größer geworden, mit achtzehn Jahren waren ihre Beine deutlich geschossen, wofür sie sich zuerst sehr geschämt hatte. Aber zugleich hatte sich ihr Gesicht gestreckt, das Pummelige war daraus verschwunden, und plötzlich stellte man fest, daß sie sich zu einer Schönheit gemausert hatte.

»Wirf dich nicht weg, Pauline!« hatte Abigael fast händeringend gebeten. »Mädchen, du bist viel zu gut für dieses Dorf.«
»Aber Mutter«, wandte Pauline mit dem überlegenen Lächeln einer jungen begehrten Frau ein, »was hast du gegen das Dorf? Ich stamme doch selbst von hier.«
Abigael mußte die Lippen fest aufeinanderpressen, um nicht der Versuchung nachzugeben, ihrer Tochter zu widersprechen. »Aber deine Mutter nicht«, sagte sie zögernd und hoffte, damit nicht zuviel zu enthüllen, »und du bist wie ich.«
»Aber du bist deinem Mann freiwillig nach Liesenhagen gefolgt, und ich bin Liesenhagenerin«, sagte Pauline provokativ. Sie spürte feinfühlig, daß da etwas Unbekanntes war.
Abigael sagte nichts. Sie schüttelte nur den Kopf. »Mach, was du willst, Kind. Du tust ja doch nicht, was ich sage.«
Das tat Pauline auch nicht. Im Gegensatz zu ihrer Mutter freute sich der Vater unbändig, als sie eines Tages verkündete, sie sei sich mit Joachim Tegelow einig; im nächsten Jahr würden sie heiraten.
»Der ist ein ordentlicher Mann«, sagte Friedrich zufrieden.
»Der ist dumm wie Bohnenstroh«, rief Abigael.
»Aber sein Auskommen hat er«, wandte Friedrich ein. »Und das ist die Hauptsache. Abgeordneter oder Gutsbesitzer braucht einer gar nicht zu sein, um meine Pauline zu bekommen. Chausseebau hat Zukunft. Die bauen jetzt überall.«
Und dabei blieb es. Abigael sollte nie herausbekommen, warum ihre Tochter ausgerechnet den Straßenarbeiter Tegelow heiratete.
Nun hatte Pauline bereits zwei Kinder und erwartete in den nächsten Tagen das dritte. Sie war herübergekommen, um ihrer Mutter einzuschärfen, stets in Rufweite zu bleiben. Ihrem Gefühl nach konnte es sogar etwas früher losgehen.
»Nein, die alte Stine will ich nicht«, sagte sie. »Die hat schmutzige Hände. Hast du mal ihre Klauen gesehen? Igitt!«
Abigael lächelte. Für diese alte Dreckschleuder war noch nicht einmal Pauline großzügig genug. Ihr war es genauso gegangen. Nur hatte sie keine Mutter als Hebamme zur Verfügung gehabt. Sie hatte darauf bestanden, die Hebamme aus dem Nachbarbezirk zu ru-

fen, was ihr große Feindschaft bei einigen Frauen eingetragen hatte.
Am nächsten Abend schlenderte Joachim ins Haus, als Friedrich, Abigael, Carl und Catharina beim Abendbrot saßen.
»Na, Jöching«, sagte der Schmied freundlich und rückte beiseite, um ihm Platz am Tisch zu machen.
»Line meint, es kommt jetzt«, sagte Joachim später, als sei es ihm eben eingefallen.
Abigael sprang auf, eine Schnitte Brot in der Hand. »Und das sagst du erst jetzt«, fuhr sie ihren Schwiegersohn an, stopfte den letzten Bissen in den Mund und band hastig ein Kopftuch um die nicht gerade repräsentablen Haare.
»Mein Gott!« sagte Tegelow träge, »so eilig wird es nicht sein. Sie hat es nie eilig. Sie ist kein eiliger Mensch. Und ich auch nicht.«
»Von dir wissen wir das«, entgegnete Abigael schärfer, als sie eigentlich gewollt hatte. »Aber eine Geburt fängt schneller an, als man denkt. Du hast sie doch nicht allein gelassen?«
Tegelow zögerte ein wenig. »Die Kinder sind ja bei ihr.«
Abigael stürmte aus dem Haus und die Straße entlang, erbittert und böse. Pauline, den hättest du mir ersparen können, dachte sie.
Der Straßenarbeiter hatte nicht unrecht gehabt. Pauline ging in ihrer Küche umher, zügig, als hätte sie ein bestimmtes Ziel in dem kleinen Raum, hin und her und dabei nach innen lauschend. »Ach, du bist's«, sagte sie erleichtert.
Gegen Morgen war der Junge da, mit runzeligem Gesicht und riesigen Augen darin, die noch keinen bestimmten Punkt festhalten konnten. Auch die Augenfarbe war noch unbestimmt: zwischen Graugrün und Blau konnte noch alles daraus werden. Seine Haare waren rotblond und rollten sich in vielen winzigen nassen Löckchen auf seiner Stirn, die hoch und schmal war.
Als Abigael ihn fertiggewaschen und seiner Mutter in den Arm gelegt hatte, ließ sie sich auf einen Stuhl neben Paulines Bett fallen. Dann konnte sie die Tränen nicht mehr zurückhalten.
»Sieh ihn dir nur an«, sagte sie heftig, aufgeregt fast, »er ähnelt seinem Großvater auf das I-Tüpfelchen. Oh, solch eine Ähnlichkeit! Was hätte ich um solch einen Jungen gegeben!«

Pauline, die erschöpft auf das Kopfkissen gesunken war, hob ihren Kopf und sah erst ihren neugeborenen Sohn, dann die Mutter an. »Du mußt dich irren«, sagte sie irritiert, »er ähnelt keinem von uns. Es muß das Tegelowsche in ihm sein.«
Abigael atmete tief ein. »Kein bißchen Tegelow«, sagte sie mit fester Stimme und trocknete ihre Tränen. »Glaubst du, ein Stoffel von Tegelow könnte jemals so feingliedrige Kinder haben? Ein Mecklenburger dickschädeliger, stiernackiger Straßenarbeiter ohne einen Funken von Gedanken hinter seiner Stirn?« Sie lehnte sich zurück und lachte.
Pauline hörte die Verachtung und Verzweiflung und sah ihre Mutter ängstlich an.
»Wie soll er heißen? Bitte, nenne ihn Hugo!«
Pauline, erleichtert, daß der Gefühlsüberschwang vorbei war – im selben Augenblick schien ihr schon, sie habe sich geirrt –, setzte sich hoch, den Jungen dicht an die Brust gedrückt. »Was meinst du, Mutter? Woher weißt du, daß er nicht wie die Tegelows aussieht? Und wie kommst du auf Hugo?«
Abigael lächelte, wie im Triumph und endlich sicher, was sie zu tun hatte. Die Vergangenheit holte sie ein. »Er ist seinem Großvater Nils Hugo af Ehrenswärdt wie aus dem Gesicht geschnitten. Ich habe so gern mit seinen Locken gespielt«, sagte sie versonnen und achtete nicht darauf, daß ihre Tochter bei dieser Eröffnung entgeistert zurückgesunken war. Als aber das Neugeborene anfing zu wimmern, griff sie hinzu und rettete es vor dem Sturz auf den Fußboden.
Pauline sagte nichts, aber wie im Fluge zog manches an ihr vorüber, was sie bisher nicht hatte erklären können. Dann legte sie ihren Jungen mit zärtlicher Gebärde vor sich und betrachtete ihn intensiver als jemals ihre anderen Kinder. Die anderen waren ja nur Mischungen von diesem und jenem, dieser Sohn aber ein ganzer Ehrenswärdt, sogar af Ehrenswärdt, ein Adeliger. Pauline flüsterte den Namen ihres Vaters andächtig vor sich hin.
»Ist er ein Schwede?« fragte sie, als sei dies eine Nebensache.
»Ein Schwede, ja«, bestätigte Abigael und schien noch glücklicher als Pauline.

»Wir werden ihn Hugo nennen«, beschloß Pauline.
»Hugo af Ehrenswärdt«, wiederholte Abigael leise, und die beiden Frauen sahen sich an. Keine von ihnen zweifelte daran, daß sie sich durchsetzen würden.
So trat Hugo Tegelow in die Familie Brinkmann ein und sorgte für Aufregung, kaum daß man ihn als neues Familienmitglied anerkannt hatte.
Seine Tante Catharina, jetzt einundzwanzig, unverheiratet und stets mit einem mürrischen Zug in ihrem runden Gesicht, kam den Jungen am dritten Tag besichtigen. Vorsichtig blickte sie in das Zimmer, ob wohl Pauline auch wirklich dort sei. Pauline lag tatsächlich noch zu Bett, die beiden älteren Kinder spielten vor der Haustür im Frühlingsmatsch. Sorgfältig ordnete Catharina die Falten ihres strengen Kleides, als sie sich setzte, nicht ohne vorher den Stuhl unauffällig auf Staub überprüft zu haben.
Sie fuhr mit einem Finger in den überaus dichten, rötlichen Schopf von Hugo, als habe sie sofort sein besonderes Kennzeichen erkannt. Der Junge schlug die Augen auf und fing an zu weinen, mit einem lauten unglücklichen Quäken.
»Er hat Hunger«, stellte Catharina sachkundig fest. »Hast du nicht genug Milch?«
»Er hat keinen Hunger«, entgegnete ihre Schwester kühl, »und Milch habe ich genug.«
»Warum schreit er denn so?«
»Ich weiß nicht. Vielleicht mag er dich nicht. So hat er noch nie geschrien.« Pauline war mit der Zeit zu einer mütterlichen jungen Frau geworden, warmherzig nicht nur zu ihren Kindern, sondern auch zu denen, die sie besonders liebte, aber Catharina gehörte nicht zu ihnen. Sie gab sich auch keine besondere Mühe, dies zu verbergen. Zwischen den Schwestern herrschte Klarheit seit jeher.
Hugo hörte nicht auf zu weinen, und Pauline nestelte an ihrem Nachthemd.
Catharinas Blick schwenkte hin und her zwischen der weißen prallen Brust von Pauline und dem rosigen Säugling, der sie mit schmatzenden Lippen suchte. »Ich ihn auch nicht. Er gehört nicht zu uns.«

Pauline fuhr hoch, empört; Hugo verlor die Brustwarze aus dem Mund und stemmte sein Fäustchen an die Brust der Mutter. Pauline hätte schwören können, daß er seine Tante verstanden hatte.
»Sieh ihn dir doch an«, fuhr Catharina gehässig fort. »Hat einer bei uns schon mal so ausgesehen? Auch deine anderen Kinder nicht. Entweder sie haben Brinkmannsches oder Tegelowsches Blut in den Adern. Aber dieser hier? Nichts davon! Oder ist er etwa ein Bankert?«
»Raus hier«, sagte Pauline mit zornbebender Stimme und wies zur Tür. »Und ich will dich hier nie mehr sehen.«
Catharina lächelte verstohlen und zog sich zur Tür zurück, ohne den Jungen aus den Augen zu lassen. Pauline schien sehr empfindlich zu sein ... Sie hatte einen Verdacht, und dem würde sie nachgehen, das war ihre christliche Pflicht dem Ehemann gegenüber.

In diesen Tagen kam auch Johann nach Hause, natürlich ohne daß er von seinem neuen Neffen gewußt hätte. Abigael umarmte ihren großen Sohn und begrub in ihrer Freude alle Furcht und Zweifel, die sie manchmal wegen seines schwierigen Wesens befallen hatten. Jetzt war er da, der Älteste gewissermaßen; in aller Ruhe, mit Stolz sogar ließ er sich von der Familie besichtigen wie ein gutes Zuchttier, Bulle eher als Pferd. Ein wenig hatte auch er sich noch gestreckt, besonders groß war er nicht, aber kräftig, Friedrich Wilhelm ähnlicher als seinem Zwillingsbruder. Seine Schmiedekenntnisse waren ihm in der Tierarzneischule gut zupaß gekommen, erzählte er, während Friedrich um ihn herumging. Das erste Jahr hatte er mit Erfolg hinter sich gebracht, daher die achttägigen Ferien.
»Nein, wie schön!« rief Abigael und schlug die Hände zusammen. Sie hätte so stolz auf ihn sein können, wenn nicht die Sorge um Fiete manchmal übermächtig an ihr genagt hätte.
Friedrich legte den Arm um ihre Schultern, was sie zum ersten Mal wieder duldete, und zusammen betrachteten sie glücklich ihren strebsamen Sohn.
»Na, Säugling Corl, bist du nun mein Nachfolger?« spottete Johann gutmütig, als sein Bruder mit dem Melkeimer den Hof betrat, ohne daß er bisher die Heimkehr seines Bruders bemerkt hatte.

»Jo«, nickte Carl und trat wieder zurück in die Stalltür, wo er vertraute Geräusche und Gerüche um sich hatte.

»Komm, Carl«, lockte Abigael ihn, die sofort erkannte, daß der Jüngste wieder von seinen Ahnungen überfallen wurde. »Dein Bruder Johann ist da.«

Aber Carl weigerte sich, und es dauerte bis zum Abend, bis er bereit war, mit seinem Bruder in einer Stube zu sein. Abigael, die sich um ihn mehr sorgte als um Johann, zog den Jungen dicht zu sich heran, als sie abends zusammensaßen; und als sie Carls Nacken zwischen Zeigefinger, Mittelfinger und Daumen rieb, verflüchtigten sich seine irrenden Gedanken, und er konnte die Hände im Schoß ruhen lassen.

Fast wie früher erzählten sie und sangen, das heißt, hauptsächlich berichtete Johann: was er gelernt hatte, daß sogar der Graf einmal dagewesen war, um sich nach seinen Fortschritten zu erkundigen, daß er auch am Schweriner See gewesen war, daß die Schweriner ziemlich hochnäsig seien und daß sie die Vorbereitungen für das fünfzigjährige Regentenjubiläum von Friedrich Franz I. in der Stadt betrieben, als ob er ihr Herzog allein sei. Dann fiel ihm noch etwas ein.

»Ich habe auch von Fiete gehört«, sagte er, und alle wurden still. Abigael stoppte das Spinnrad, daß die Spindel sich überschlug. »Er soll in einer Werft in Rostock sein.«

»Nein!« sagte Abigael. »Der ist zur See!«

»Ist er nicht. Der Mann wußte genau, daß da ein Friedrich Wilhelm Brinkmann, genannt Fiete, aus Liesenhagen bei Aldags im Kontor arbeitet.«

»Im Kontor?« rief Abigael streitsüchtig. »Dann kann er es nicht sein! Mein Fiete im Kontor! Als Stift vielleicht!«

Johann zuckte die Schultern. Die Mutter sollte ruhig mal darüber nachdenken, fand er. Nie hatte sie viel von ihm, Johann, gehalten. Aber jetzt war er derjenige, der die Zukunftsaussichten hatte. Geschah ihr recht, daß sie endlich merkte, daß ihr Liebling weder als Kapitän die weiten Weltmeere befuhr noch als Professor für Latein berühmt geworden war. Laufbursche im Kontor, was war das schon! Er schnaubte leise, und Abigael sah endlich auf.

»Ich werde hingehen«, sagte sie, entschlossen und grimmig. Sie hatte Mut genug, um sich Gewißheit zu verschaffen.
»Ich komme mit«, beschloß Christian. Er freute sich auf seinen Bruder, und er war ganz sicher, daß die Nachricht stimmte.
»Aber Abigael ...«, fing Friedrich mit einem seiner Einwände an, den Abigael bereits erwartet hatte.
»Nein, Friedrich, versuche nicht, es mir auszureden«, sagte Abigael, und Friedrich verstummte. Wenn seine Frau diesen kämpferischen Blick hatte, gab es nichts zu diskutieren. So war es gewesen, als sie ihn wegen Hans Elias zum Arzt geschickt hatte; und Gott mochte wissen, was jetzt wieder los war ...
Er stand auf und ging nach draußen in den Pferdestall. Manchmal hielt er es nicht aus mit seiner Frau.

»Ich möchte nur wissen«, sagte Abigael am nächsten Morgen, als sie und Christian schon in aller Frühe auf der Landstraße unterwegs waren, »warum er nichts hat von sich hören lassen. Wenn er es wirklich ist. Könnte ja auch ein anderer sein.«
»Bestimmt nicht, Mutter.«
Das war jedoch kein Trost für Abigael. War Fiete in Rostock, war er gescheitert mit allen seinen Plänen. Und war es dann richtig, ihn zu besuchen? War er es nicht, fiel das ganze Gebilde aus Hoffnung in sich zusammen. Sie hatte eine sehr unruhige Nacht gehabt, in Wahrheit hatte sie kaum geschlafen. Und immer noch nahm ihr Grübeln kein Ende. Sie stapfte durch die Pfützen, ohne sie zu bemerken. Auch Christian hing seinen Gedanken nach, aber die waren viel aufregender. Würde er doch endlich eine Werft von innen sehen!
In Sichtweite des Stadttors riß die Wolkendecke auf, die ersten Sonnenstrahlen stahlen sich hindurch und umspielten die Kirchturmspitzen. Abigael wußte plötzlich, daß alles gut werden würde. Sie schüttelte die letzten Regentropfen aus den Haaren und ihrem Umhang und sah sich nach Christian um, als ob sie jetzt erst bemerke, daß er auch da war. Nebeneinander betraten sie die Stadt.
In Rostock wußte Abigael gut Bescheid; manches hatte sich geändert: hier und dort ein neues Haus, eine junge Grünanlage oder ein

fehlendes Tor. Trotz ihrer plötzlichen Eile zeigte Abigael da- und dorthin, und Christian folgte ihrem Finger bereitwillig.
»Du bist ja wie ein Fremdenführer, Mutter«, sagte er erstaunt, und Abigael verstummte vorübergehend. Dann lächelte sie verstohlen und ordnete ihre angegrauten Haare unter der Haube.
»Ich bin früher oft genug hiergewesen«, sagte sie, und eine winzige Spur ihres früheren hochfahrenden Wesens blitzte durch. »Schade, ein Jubiläum vom Großherzog habe ich nie mitgemacht . . .«
Christian aber war viel zu hingerissen von der Stadt, um sich über seine Mutter zu wundern. So folgte er ihr widerspruchslos an den Strand bis zur Werft von Aldags.
»So«, sagte Abigael vor dem herrschaftlichen Eingang des Hauses, und nun zitterte ihre Stimme doch etwas. Nervös strich sie an der Haube und am Kleid entlang, gab es aber auf, weil der heftige Wind eine repräsentable Anordnung verhinderte. »Wir gehen hinein.«
In der Diele fragte Abigael bei einem erstaunten jungen Mädchen nach dem Kontor, und dieses wies ihr widerspruchslos die Tür. Sie trat, ohne lange zu zögern, ein, gefolgt von Christian.
Der Werftbesitzer erhob sich höflich. Er spähte wortlos durch den etwas düsteren, von der Öllampe nur am Schreibtisch erhellten Raum. »Ja?« fragte er.
»Herr Aldag«, sagte Abigael leise, und ihre Stimme besaß einen ganz anderen Klang als zu Hause.
Der Werftbesitzer starrte wortlos die Frau vor seinem Schreibtisch an. Zögernd umrundete er ihn und stellte sich dorthin, wo der Schein der Lampe ihr blasses Gesicht am besten ausleuchtete. »Abigael«, sagte er dann. »Abigael.«
»Viel ist nicht mehr an mir dran«, wehrte Abigael seine aufkommende Herzlichkeit und die körperliche Nähe seiner ausgestreckten Hände verlegen ab. »Bitte sehen Sie mich nicht so an.«
»Wo bist du gewesen?« fragte Aldag, ohne auf ihren Einspruch zu achten. Er faßte zart ihr Kinn und drückte ihren widerstrebenden Kopf dennoch unnachgiebig nach oben. »Dein Vater wollte nichts sagen. Verreist, dann verheiratet, hieß es. Im Süden irgendwo. Nur Doktor Stein meldete, er habe dich besucht, es ginge dir gut.«

Abigael schüttelte den Kopf.
»Nein?« fragte Aldag. Ein Anflug von Erstaunen schoß durch sein Gesicht, aber er drang nicht auf Antwort. »Gut. Und wer ist der junge Mann?«
»Mein Sohn Christian«, antwortete Abigael erleichtert und suchte ihn mit ihren Blicken.
Christian aber hatte sich neben einem Schiffsmodell hingekniet, hingerissen betrachtete er die scharfen Linien des Buges und fuhr sie dann selbstvergessen mit dem Finger nach.
»Schön?«
»Herrlich, Herr Aldag!« sagte Christian. »Aber man müßte den Steven noch schnittiger machen, wie ein scharfes Schwert muß er durch die Wellen schneiden!«
»Mein Gott!« rief Aldag, halb belustigt, halb pikiert aus. »Heutzutage glauben die jungen Männer alle, sie könnten die alten Hasen im Schiffbau belehren. Das gab es früher nicht, was, Abigael?« Er zwinkerte ihr zu, und sie errötete. »Vielleicht mußten sie früher schweigen, wie so viele schweigen mußten«, sagte sie leise.
Aldag wiegte den Kopf unentschlossen, ließ aber seine Augen nicht von dem Jungen. »Du magst recht haben«, sagte er nachdenklich, »auch ich schlug Änderungen vor, die mein Vater verwarf. Blödsinn, pflegte er zu sagen, und: das Schiff geht unter und Ähnliches mehr. Erst später konnte ich alle meine Verbesserungen durchsetzen. Dein Vater und ich zusammen. Da war meiner schon tot. Na ja. Ich wünschte, er hätte erlebt, daß wir recht hatten.«
»Ich meinte etwas anderes.«
»Ausrechnen müßte man das können«, sagte Christian, der das Gespräch der beiden überhaupt nicht beachtete. »Ausprobiert worden ist lange genug. Und das Ergebnis ist nicht gut, jedenfalls nicht gut genug.«
»Was willst du ausrechnen?« Aldag blickte vom Sohn zur Mutter und zurück. Er schüttelte leise den Kopf.
»Breite und Länge des Schiffes und Wellenlänge; bei einem bestimmten Verhältnis aller Maße zueinander läuft das Schiff am schnellsten, da bin ich sicher.«

Aldag seufzte. »Tünkram«, sagte er, »alles Tünkram. Das kann man nicht. Ein Junge in meinem Kontor hat auch so einen Bruder wie ihn.« Er deutete mit dem Kinn auf Christian und sprach nunmehr mit Abigael, die voll Verständnis zuhörte. »Ideen und Rechnen, nichts anderes. Erfahrung gilt nicht mehr. Tja, die Jungen heutzutage ...«

»... sind auch nicht anders als früher«, ergänzte Abigael in fester Überzeugung.

»Jetzt erkenne ich meine kleine Abigael wieder«, sagte Aldag und lächelte. »Ich glaub's aber nicht ganz. Na ja, das sind mehr meine eigenen Sorgen. Du aber wolltest etwas ganz anderes von mir, nachdem du dich endlich entschlossen hast, mich aufzusuchen.«

»Ich suche meinen Sohn«, erklärte Abigael ohne Umschweife und bemühte sich eisern, nicht zu erröten. »Friedrich Wilhelm Brinkmann.«

Aldag sperrte den Mund auf, was nicht zu seiner sonst zur Schau getragenen Würde paßte. Dann wies er mit dem Daumen auf Christian. »Ist er der Bruder?«

Abigael nickte.

»Kein Wunder«, knurrte der Werftbesitzer, ging zur Tür und rief hinaus. »Fiete, komm mal rein!«

Fiete kam und prallte zurück, als er Mutter und Bruder sah. Dann wurde er über und über rot.

»Ich wußte es doch. Irgend etwas an dem Bengel kam mir immer bekannt vor.« Aldag lachte schallend. »Weißt du noch, wie ich dich immer geärgert habe, wenn du als kleines Mädchen rot wurdest? Er hat es ja auch.«

»Alle haben es. Nur Pauline nicht.« Abigael sah aus, als ob sie sich ärgerte und ganz vergessen hätte, warum sie hier war. Aber überschwengliche Äußerungen vor Fremden waren ohnehin nicht ihre Art und Fietes auch nicht. Er sah nach unten und kratzte mit seinem Schuh auf der Diele herum.

Aldag sah nachdenklich die nicht mehr junge, aber immer noch schöne Frau an, in der er noch das einstige Kind erkannte. Müde und aufgeregt schien sie, trotz ihrer Wortkargheit. »Du hast mir einen guten Mann geschickt, Abigael. Dafür danke ich dir.«

Abigaels Gesicht entspannte sich etwas. Aber noch zerrte die Furcht an ihr wie ein Schiff an einem Tau. »Weggelaufen ist er«, bekannte sie. »Ich habe ihn nicht geschickt. Ist er wirklich ordentlich?«
»Er könnte gar nicht besser sein«, lobte Aldag. »Schnell von Begriff, zuverlässig, flink auf den Beinen, sogar Lateinkenntnisse hat er, mit denen wir allerdings nichts anfangen können.«
Fiete wurde verlegen. »Man muß auch mal etwas tun dürfen, was sich nicht auszahlt.«
»Nein, das muß man nicht. Ein strebsamer junger Mann sollte geradewegs auf sein Ziel hinsteuern, wie ein Schiff auf See«, sagte Aldag und ließ zum ersten Mal erkennen, daß er mit Fietes Beharren auf höhere Schule nicht einverstanden gewesen war. »Kein Umweg, keine Prachtentfaltung. Ein Kapitän, der Leesegel setzt, um zu imponieren, hat bei der Werft und Reederei Aldag nichts verloren.«
Fiete fühlte sich in seiner Ehre getroffen. Auch Lehrjungen haben eine Ehre. »Latein ist nicht wie ein Leesegel«, sagte er steif. »Latein ist ein Rojel.«
Abigael nickte zweifelnd, hin und her gerissen zwischen der Instanz, die es wissen mußte, und ihrem Verständnis für Fiete. »Du bist sonst doch brav, Fiete, nicht?«
Fiete wußte darauf nichts Rechtes zu antworten. Aldag erbarmte sich. »Du willst sicher mit deinem Bruder sprechen. Ich gebe dir den Nachmittag frei.« Er nickte freundlich, als Fiete ihn überrascht ansah; dann ging Fiete und zog Christian mit sich.
»Wie war es in Amerika?« fragte Christian sofort, als sie draußen waren. »Los, erzähl mal.«
»Ich bin nicht weit gekommen«, sagte Fiete mürrisch, aber dann fing er an zu berichten. Er erzählte wahrheitsgemäß und beschönigte nichts, aber Christian hörte trotzdem nur heraus, was er hören wollte. Zwischendurch wurde er außerdem noch abgelenkt durch die zwei Schiffe, die bei Aldags auf der Helling lagen.
»Viel zu dickbäuchig«, rief Christian aus und starrte am üppig geschwungenen Bug hoch. »Merkt das denn keiner? Oder soll es etwa ein Fischerkahn werden?«
»Nein, soll es nicht«, widersprach Fiete gekränkt. Aldags Schiffe wa-

ren schließlich ein bißchen auch seine Schiffe. »Er ist als Obstsegler geordert.«

»Obstsegler vom Mittelmeer nach hier?« fragte Christian aufgebracht. »Und dann baut ihr eine Schnecke, die vorne wie ein Faß auf den Wellen dümpelt? Durch die Wellen muß sie! Ach Mensch!« rief er. »Ich wüßte ganz genau, wie ein schnelles Schiff aussehen muß. Warum merkt es denn kein anderer?«

»Du, Christian«, sagte Fiete und sah zum ersten Mal seinen Bruder richtig an. Größer war er geworden, fast kein Junge mehr, eher schon ein Mann. »In Amerika bauen sie so. Du mußt da hinfahren, wenn du lernen willst ...«

»Meinst du wirklich?« fragte Christian freudig.

Fiete nickte. »Tu's. Kannst ja wiederkommen und später hier bauen.«

Christian starrte träumerisch in die Warnow. »Schon immer wollte ich nach Amerika ...«

»Herr Aldag kann dir vielleicht helfen, über Herrn Zerbst; er ist der Korrespondentenreeder für die meisten Schiffe, die wir bauen«, schlug Fiete vor. »Einen Platz auf einem Schiff nach Hamburg besorgen. Und von dort hilft dir sein Vermittler weiter. Oder das mecklenburgische Konsulat.«

»Fahr mit, Fiete«, drängte Christian wie schon früher. »Das wäre herrlich! Und du wolltest doch immer zur See.«

Fiete schüttelte den Kopf. »Mein Magen«, sagte er. »Der hält nicht durch. Ich kann nicht zur See. Ich bleibe hier und treibe Seehandel von Land aus. Ich möchte disponieren lernen. Reeder Zerbst sagt ...«

»Schade«, sagte Christian. »Ob ich morgen gleich fahren kann?«

»Du kannst nicht ohne Ausrüstung auf See«, entgegnete Fiete streng und mit der ganzen Erfahrung seiner zwanzig Jahre. Nie hätte er zugegeben, daß seine Flucht beinahe wegen der fehlenden seefesten Kleidung beendet gewesen wäre, abgesehen vom fehlenden robusten Magen natürlich. »Stiefel brauchst du unbedingt!«

»Ja?« fragte Christian und blickte überrascht auf seine Holzschuhe hinunter.

»Komm«, sagte Fiete und rannte los, Christian hinter ihm her. Unterwegs boxten sie aufeinander ein wie früher. »Mensch, ich freue mich, daß ihr hier seid.«

Dann trafen sie auf Herrn Aldag, der Abigael dies und jenes zeigte, erklärte und vorwies.

»Herr Aldag«, sagte Fiete und blieb stehen, »Christian möchte nach Amerika, um den Schiffbau zu lernen. Kann er nicht auf der ›Gloria‹ von Herrn Zerbst mitfahren? Ich meine, könnten Sie nicht ein gutes Wort bei ihm einlegen?«

»Christian!« rief Abigael entsetzt.

»Du bist doch der mit dem Kasten?« fragte Aldag.

Christian sah fragend Fiete an.

»Ach, du weißt doch, der Kasten, in dem man trocken Schiffe bauen kann.«

Das stimmte. Christian nickte.

»Gut, ich helfe dir«, versprach Aldag. »Aber du mußt versprechen, zurückzukommen und mir einen solchen Kasten zu bauen. Willst du?« Er bot Christian die Hand, und dieser schlug bedenkenlos ein.

Nur Abigael stand sprachlos neben den Männern, die gerade einen Pakt geschlossen hatten, an dem sie nicht nur nicht beteiligt, sondern zu dem sie nicht einmal gefragt worden war. Traurig wandte sie sich ab. In dieser Männerwelt zur See wurden Frauen überhaupt nicht gefragt. Und kaum hatte sie einen Sohn wiedergefunden, so war schon der andere verloren.

Aldag wippte auf seinen Füßen und musterte seinen jüngsten Schützling. Amerika. Nicht schlecht, jemanden dorthin zu schicken, der einem verpflichtet war. »Ich werde dir die Ausrüstung und die Reise bezahlen«, sagte er.

Christian strahlte. Seine Bedenken, die allerdings nicht groß gewesen waren, schienen bereits ausgeräumt. Man ebnete ihm den Weg. Auch Fiete freute sich mit ihm. Dies war anders als damals mit Johann.

»Warum ausgerechnet Christian und nicht Fiete?« fragte Abigael den Werftbesitzer, als er sie zurück ins Kontor begleitete.

»Fiete ist ein geborener Kaufmann. Vielleicht ist er auch ein brauch-

barer Schiffbauer, das könnte sein, aber noch besser wird er im Ordern und Disponieren sein.«
»Woher wissen Sie das?« fragte Abigael betroffen. »Er hat nie gehandelt.«
»Im kleinen vielleicht nicht, aber im großen. Er hat Reeder Zerbst sogar einmal einen Vorschlag gemacht, wohin dieser ein bestimmtes Schiff aus seiner Flotte schicken sollte. Und stell dir vor: seine Rechnung ging auf. Zerbst war ganz erstaunt, daß ein grüner Junge soviel Glück hatte. Aber ich sage dir, das war kein Glück, sondern Nase. Auf jeden Fall will Zerbst es mit deinem Fiete versuchen. Er soll später bei ihm weiterlernen.«
»Womit haben wir all dieses Glück verdient?« fragte Abigael verwirrt.
»Das mußt du anders betrachten«, widersprach Aldag. »Zerbst hofft auf einen begabten Mitarbeiter, und ich hoffe auf einen begnadeten Schiffbauer. Wir geben den Jungs, aber wir erwarten auch. Mein Niclas wird sich später glücklich schätzen, wenn er jemanden zur Hand hat, der nicht nur hier in Deutschland, sondern sogar in Übersee gelernt hat.«
»So habe ich das nicht gesehen«, gab Abigael zu.
»Die Welt hat sich ein bißchen verändert, seitdem du Rostock verlassen hast«, sagte der Werftbesitzer. »Sie scheint sich mit jedem Tag schneller zur drehen. Man soll junge Leute, die aufspringen wollen, nicht hindern!«
»Sie haben recht. Wenn es sich aber um die eigenen Kinder handelt, hat man immer Angst ...«
Aldag nickte. Auch er dachte bei den eigenen Kindern weniger an die Möglichkeiten, die die Welt bot, als an deren Gefahren. Man konnte kaum aus seiner Haut, wenn es um das eigene Fleisch und Blut ging. Deswegen war es auch besser, die Söhne nicht im eigenen Haus auszubilden. Und vor drei Jahren, als Niclas seine Gesellenzeit begonnen hatte, war an Amerika noch gar nicht zu denken gewesen. Zum Glück – er zweifelte wirklich, ob er seinem Sohn das erlaubt hätte. »Sei froh über deine begabten Jungen. Laß sie! Sie werden ihren Weg machen«, beschwor er Abigael. Sie nickte widerwillig.

Noch widerwilliger verließ sie am späten Nachmittag die Werft und die Stadt. Es hätte alles ganz anders kommen sollen ... Sie seufzte leise.
Friedrich Brinkmanns Jähzorn brach sich noch einmal Bahn, als Abigael ihm gestand, daß sie Christian in Rostock gelassen hatte. Aber er wandte sich nicht gegen seine Frau, sondern gegen Carl, der überhaupt nicht wußte, warum er Prügel bekam.
Erst hinterher sagte Friedrich sich, daß ihm Besseres gar nicht hatte passieren können, als diesen Taugenichts und Tagträumer loszuwerden. Ordentliche Arbeit hatte er auf dem Hof nicht geleistet; wenn man es genau nahm, so hatte er überhaupt nichts geleistet. Achselzuckend schürte er das Feuer in seiner Esse und sprach weder über Fiete noch über Christian. Sein Schwiegersohn Joachim Tegelow war ihm mehr ans Herz gewachsen als diese beiden Söhne. Mit dem konnte er stundenlang unwidersprochen über die Politik von Mecklenburg reden und was aus der Welt werden sollte.
Kurz nach der Geburt seines Stammhalters aber wollte Tegelow bei einem ihrer abendlichen Schnacks nicht zuhören. Bekümmert saß er vor seinem Schwiegervater.
»Friedrich«, sagte er plötzlich und mitten in eine langatmige Erklärung des Schmiedes hinein, »die Catharina, die war bei mir. Sieh dir deinen Sohn an, hat sie gesagt, der ist nicht von dir. Und nun frage ich dich: Ist er von mir oder ist er nicht?«
Friedrich sah aus, als hätte ihm jemand ins Gesicht geschlagen. »Jöching, ich kann das nicht wissen«, antwortete er nach langer Zeit. »Aber ich sage dir, bei einem Ackergaul kann auch mal ein Vollblut durchschlagen, und keiner weiß, warum.«
Tegelow seufzte tief auf und nickte. »Du weißt immer Rat«, sagte er getröstet, »und wenn's nur ein büschen ist.«

Ende des Jahres kam Niclas Aldag nach Hause. Seine Wanderjahre, die er peinlichst genau nach der Zunftrolle abgeleistet hatte, waren zu Ende.

7. Kapitel (1836/37)

Emanuel Aldags Geschäfte gingen schon seit einigen Jahren ausgezeichnet, in Wahrheit waren sie so gut, daß er mit dem Bauen von Schiffen den Aufträgen kaum nachkommen konnte. Er beschäftigte mittlerweile auf seinen drei Bauplätzen, die leider alle bunt gemischt mit denen der übrigen Schiffbauer am Strand entlang verteilt waren, dreiunddreißig Schiffszimmerleute. Seit dem letzten Jahr legte er sogar für eigene Rechnung und ohne Auftraggeber ein Schiff auf, weil er wußte, daß ihm das fertige Bauwerk sofort abgenommen würde. Siebenundzwanzig Meter Brigg brachten eben mehr Verdienstspanne als achtzehn Meter Schoner, selbst wenn er das Geld vorstrecken mußte. Der Handel florierte.

Aldag war aber der einzige der Rostocker Schiffbauer, der solche Geschäfte im großen tätigte. Er war, anders als die meisten, nicht von einem Geldgeber abhängig, benötigte also keinen Kompagnon. Und da er sogar Parten an verschiedenen Schiffen besaß, war er nicht nur Schiffbauer, sondern auch Reeder. Insbesondere wegen der Arbeitsüberlastung sehnte er dringend seinen Sohn zurück.

Reeder und Werftbesitzer Aldag war schon gegen Ende des Winters unruhig geworden. »Mein Niclas muß bald kommen«, sagte er immer wieder. »Die Zeit ist um. Kein Schreiben von ihm da?«

Fiete verneinte und wurde immer neugieriger auf den Schiffbauer, der in Wismar und in Kopenhagen gelernt hatte, wie der stolze Vater erzählte. August kannte ihn. »Och«, sagte er auf Fietes Frage hin, »wie jeder andere Mensch auch. Warum fragst du immer so viel?«

»Na«, sagte Fiete, »es ist doch auch für uns wichtig, wie der Junior ist. Schließlich wird er einmal das Geschäft führen.«

So weit im voraus mochte aber August nicht denken.

Und nun war er angekommen.

Lebhaft war es im Haus geworden an diesem Morgen. Sogar die Gattin von Herrn Aldag hatte sich ins Kontor bemüht, so vornehm und zurückhaltend, daß sie den scheuen Gruß der jungen Männer kaum erwiderte. Als aber der junge Niclas, den Arm um ihre Schulter gelegt, mit ihr zusammen aus des Reeders Allerheiligstem trat, war sie wie ausgewechselt. Sie scherzte mit ihm wie ein junges Mädchen, sie lachte laut und hatte nur noch Augen für ihn. Und August hing mit fleckigem Gesicht an Frau Reederin Aldag.

Emanuel Aldag kam eine Weile später heraus, mit Behagen an einer Zigarre paffend. Er strahlte Zufriedenheit aus. »Bald werden wir hier auf der Werft zwei Meister sein«, sagte er, an niemand Bestimmten gerichtet, aber er meinte doch die Kontormitarbeiter.

Aha, sagte sich Fiete, und sein Blick fiel jetzt nicht nur aus Neugier auf den Juniorchef. Man mußte ihn einschätzen lernen. Nicht lange, und er würde tatsächlich das Geschäft führen. Jetzt rauchte der Alte nur, wenn seine Zeit es zuließ, aber bald würde er sich einen großen Teil seiner Zeit an der Zigarre festhalten, während sein Sohn die Außenarbeit übernahm.

»Eins will ich dir sagen, Niclas«, erklärte Aldag und nahm den Faden wieder auf, »die Gesellen haben uns einen sehr ernst zu nehmenden Vorwurf übermittelt: Die Meister kümmerten sich nicht um die Schiffe, ließen Gesellen und Lehrlinge unbeaufsichtigt vor sich hin wirtschaften; die Lehrlinge lernten nichts dabei, die Schiffe würden miserabel, und die Kunden blieben fort. Ganz Rostock würde dadurch geschädigt, am Handelsnerv getroffen. Na, nun haben sie natürlich die Meisterrolle aufgescheucht, aber noch mehr den Stadtrat.« Er schwieg eine Weile, während der ihn alle Anwesenden überrascht anstarrten. Diese Sorgen, über die er kaum einmal sprach, schienen fast die Wiedersehensfreude ein wenig zu trüben. »Ich habe mich nach Kräften bemüht, auf der Werft zu sein, aber dieses hier ...«, er wies in die Runde und meinte die umfangreichen Geschäfte, die vom Kontor aus getätigt wurden, »hält mich mehr auf, als mir lieb ist. Und ist doch fast wichtiger als das, was ich draußen tun kann. Mein erster Geselle ist so gut wie ich und besser.«

Niclas ließ seine Mutter los. »Immer noch diese Querelen zwischen den Ämtern?« fragte er verärgert. »Ich sage dir, das gibt's sonst nirgends!«

Aldag wiegte zweifelnd seinen Kopf und widmete sich stumm seiner Zigarre, die wieder erloschen war.
»Nichts mehr von Ämtern!« bat Frau Aldag. Ihr Desinteresse würde sehr bald in Verärgerung umschlagen, das hörte man deutlich. Fiete betrachtete die Hausherrin neugierig, während sie mit leisen Schritten das Kontor verließ, gefolgt von beiden Aldags, Vater und Sohn, die sich widerwillig fügten.

Die Anfangsgründe des kaufmännischen Teils von Aldags Geschäften hatte Fiete im Kontor gelernt, und in diesem Frühjahr wurde erstmals davon gesprochen, daß Herr Aldag ihn an die Reederei Zerbst abtreten würde. Ein bißchen Schmiedehandwerk, ein wenig Schiffbaukunst und oberflächliche Reedereikenntnisse: damit war er ausgerüstet.
Hufschmied hatte er nicht werden wollen, Ankerschmied nicht werden können, und auch Schiffbauer konnte er nicht werden: die Zunft verlangte unter anderem, daß ein Schiffbauer ein ganzes Jahr zur See gefahren sein mußte, bevor er zunftmäßig zugelassen wurde. Herr Aldag hatte Fiete ordnungsgemäß über alle Anforderungen aufgeklärt, war jedoch zusammen mit Fiete der Meinung gewesen, daß das Schiffbauhandwerk – auch ohne Gesellenprüfung – eine hervorragende Voraussetzung für die kaufmännische Tätigkeit im Seehandel sein würde.
Dieses Jahr war nun also das letzte, das er auf der Aldagschen Werft und im Kontor verbrachte. Und just in dieser Zeit spitzte sich der Streit zwischen Meister und Gesellen in Rostock immer mehr zu.
»Ernst Pentz macht jetzt plötzlich ernst«, sagte Aldag im Vorübergehen zu seinem Sohn, der ihm ins Kontor folgte. »Wer hätte das gedacht: jahrelang Geselle, und nun auf einmal ...« Die Kontortür schloß sich, und Fiete konnte nichts mehr hören.
Aber Kontormitarbeiter Friedrich Wilhelm hob den Kopf. Ein Geruch von Harpüse und frischen Holzspänen war Niclas gefolgt. Ach, wenn er doch nur ... Dann fiel ihm ein, was Herr Aldag gesagt hatte: Womöglich war diese Sache viel wichtiger für die Werft, als sie alle ahnten. Er wünschte, er wüßte mehr darüber.

Im Kontor begann eine sehr ernst geführte Diskussion. Meister Aldag setzte sich an seinen Schreibtisch und nickte wie immer bei Beginn seiner Tagesarbeit dem Werftbegründer auf dem großen Ölbild ermunternd zu. Das Geschäft geht gut, hieß das. Heute fiel das Nicken weniger enthusiastisch aus.
»Das kann er doch nicht machen!« rief Niclas Aldag wütend. »Es ist geradezu, als täte er es nur, weil er weiß, daß ich mich bewerben werde. Dieser falsche Hund!« Er zog seine Jacke aus und schmetterte sie auf einen Stuhl. Die Wärme in den Kontors des Hauses war er immer noch nicht gewöhnt. Kühle Luft brauchte er zum Denken, keine Kachelofenhitze.
»Tja, man muß es fast so sehen«, entgegnete sein Vater, wesentlich gemäßigter in seinen Ansichten und stets sehr umsichtig im Bedenken des Für und Wider. Die Tatsache ließ sich leider nicht leugnen: Drei Jahre war Ernst Pentz nun zu Hause und hatte beim Amt nie erkennen lassen, daß er sich als Gernmeister bei der Meisterrolle bewerben wollte. Erst jetzt, wo auch Niclas Aldag wieder zurückgekehrt war...
»Und ihn nehmen sie natürlich zur Bewerbung eher an als mich, weil er länger da ist und sein Einfluß groß«, sagte Niclas erbittert. »Ade, Meisterbrief.«
»Bewirb dich, und laß uns abwarten«, sagte Aldag knapp.
Zwei Bewerbungen gleichzeitig kamen bei der Meisterrolle selten vor. Im allgemeinen sah das Amt auf Beschränkung der Zahl der Meister, damit die Konkurrenz nicht zu groß wurde. Gegenwärtig allerdings florierte das Geschäft, das wußten die Meister so gut wie die Gesellen. Neue Meister wurden deshalb benötigt, wenn die alten es auch nicht zugeben wollten.
Niclas sollte sich also bewerben. Die Bewerbung aber mußte erst geschrieben werden.
Niclas kam am nächsten Tag zu Fiete; er grinste etwas verlegen. »Du sollst mit Worten und mit der Feder gut umgehen können«, sagte er zögernd.
Fiete stand an seinem Pult, zurückhaltend und schweigend. Der Junior hatte bisher den künftigen Chef nicht herausgekehrt. Im Ge-

genteil, er benahm sich wie jeder andere Zimmermann draußen auf dem Gelände. Fiete nickte.

»Kannst du mir denn beim Aufsetzen eines Schreibens an den Rat helfen?« fragte Niclas. »Die Bitte um Rezeption.«

Fiete blies vorsichtig die angehaltene Luft aus. »Klar, kann ich«, sagte er. Sofort schob er das Journal, an dem er arbeitete, beiseite, holte frisches Papier, tauschte die Schreibfeder gegen eine neue aus, tunkte den Federhalter ein und sah den Juniorchef abwartend an.

»Fang an«, bat Niclas den jungen Kontorangestellten unruhig. »Ich kann mit dem Haubeil gut umgehen, auch mit der Zeichenfeder, aber nicht mit der Obrigkeit.«

Fiete hatte nur aufgefordert werden müssen. Er setzte einen hervorragend formulierten Brief auf, mit korrekter Anrede, mit klarer Darstellung, was er, Niclas, begehrte, mit äußerst höflichem, jedoch nicht untertänigem Schlußsatz, der die Bitte enthielt, alsbald zu entscheiden. Nach zwei Stunden war er fertig, Niclas unterschrieb und siegelte; Fiete trug das Schreiben gleich aus.

Niclas hatte sich nicht geäußert, dem Lehrjungen aber auf die Schulter geklopft. Danke, hieß das, und mehr als das.

In den nächsten Wochen arbeitete Niclas auf der Werft mit vollem Einsatz, und die Werftarbeiter lernten zum ersten Mal seit langem wieder kennen, was es hieß, wenn nicht nur der Altgeselle, sondern einer der Besitzer anwesend war. Das Tempo zog an; die Arbeiter spürten, daß unter Niclas' Händen ein Schiff mit Seele entstand; es lebte, es wollte ins Wasser und sich messen mit den Kräften der Natur. Nie war so fröhlich gehämmert und gebolzt worden, gesägt und geschliffen; die Lehrlinge pfiffen mit Niclas um die Wette und wichen ihm nicht von den Fersen. Hier konnte einer etwas lernen!

Und trotzdem war Niclas jeden Tag im Kontor, um sich zu erkundigen, ob schon ein Schreiben vom Rat angekommen sei. Schließlich gewöhnte er sich an, Fiete zu fragen, denn dem Vater wurde die Ungeduld seines Sohnes bald zum Ärgernis. Und Fiete wußte ja alles, was im Kontor vor sich ging.

Aber der Rat zögerte übermäßig lange mit seiner Antwort.

»Vater, du mußt zum Rat gehen«, bat Niclas endlich.

Es war bereits Mai, und laue Luft lag über der Stadt, als Emanuel Aldag sich aufmachte, mit Zylinder, schwarzem Anzug und Spazierstock, um den Rat von Rostock zur Rede zu stellen. Hatte er auch lange abgewartet, so doch nicht aus Angst oder Bescheidenheit, nur aus angeborener Höflichkeit. Aber es ging nicht an, einen Werftbesitzer und Reeder in dieser Art zu brüskieren.
Vor Wut schäumend kam er nach zwei Stunden zurück und ließ seinen Sohn sofort vom Neubau holen. Niclas hetzte herbei und stürmte in freudiger Erwartung in das Kontor seines Vaters.
»Tja«, sagte Aldag, steif in seinem Stuhl sitzend, ohne Zigarre, was ein schlechtes Zeichen war. Noch nicht einmal den Gehrock hatte er ausgezogen. »Das gibt Schwierigkeiten.«
»Wieso?« Niclas krampfte die Hände zusammen. Im gleichen Rhythmus rieselte Sägemehl aus seinen herabhängenden Ärmeln und verwehte gleichsam zu seinen Füßen.
»Ernst Pentz hat ebenfalls einen Antrag auf Rezeption gestellt. Nicht nur das, einen langen Brief hat er geschrieben, eine Begründung, weshalb er nur anderthalb Jahre auf Wanderschaft gewesen ist und überhaupt keine Seefahrt vorweisen kann.«
Niclas runzelte die Stirn. Plötzlich hellte sein rundes braungebranntes Gesicht sich wieder auf, und er breitete die Handflächen nach oben aus. »Ist doch gut«, sagte er, »wenn er die Bedingungen nicht erfüllt, kann er kein Gernmeister sein. Ganz einfach!«
Aldag sah kurz hoch. Tatsächlich, sein Sohn meinte es, wie er es sagte. Naiv. »So einfach ist es eben nicht«, erwiderte er. »Ernst weiß auch, daß er den Anforderungen nicht genügt. Er hat deshalb noch eine pedantische Darstellung seines Lebens in Riga und in Hamburg abgeliefert – als ob das die Lehrzeit ersetzen könnte – und dann mitgeteilt, wen er alles kennengelernt hat: Ratsherr soundso, Reeder soundso, die Gattin von diesem und jenem ...« Aldag hörte mitten im Satz auf zu sprechen, seufzte entmutigt und schüttelte verständnislos den Kopf.
»Was«, fragte Niclas plötzlich alarmiert, »hat das alles mit mir zu tun? Mein Antrag ist doch in Ordnung. Bis aufs Tüpfelchen entspricht er den Vorschriften. Warum geht es nicht vorwärts?«

»Tja«, sagte Emanuel Aldag wieder, und nun wurde sein Gesicht noch finsterer, »die Frage habe ich auch gestellt. Kurz gesagt, daran ist Ernst Pentz schuld. Er hat nämlich auch darauf hingewiesen, daß alle diese Vorbedingungen nur für die Lehrlinge gültig wären, die Gesellen, nicht für die Gesellen, die Meister werden wollen ... Und nun ist der Rat ratlos und hat alle Entscheidungen zurückgestellt, bis diese Frage geklärt ist. Alle.«
»Das ist ja eine Unverschämtheit«, polterte Niclas los, »egal, wie sie entscheiden, ich habe doch die Bedingungen in jedem Fall erfüllt!«
»Ja«, sagte der alte Aldag, »das ist auch meine Meinung. Finten sind es.«
Niclas lief im Zimmer umher wie ein eingesperrter Eisbär. »Verfluchte Enge hier in Rostock! Hinter dem Mond sind sie und engstirnig noch dazu. Der Schiffbau von Rostock wird daran zugrunde gehen, daß sie hier nicht nach vorne sehen können. Man müßte woanders bauen, in Hamburg oder Bremen!«
Aldag sah seinen Sohn erschrocken an. »Bloß nicht!« beschwichtigte er. »Es wird sich einrenken. Sie werden zur Vernunft kommen.«
Im Juni aber war der Rat von Rostock immer noch nicht zur Vernunft gekommen.
»Da ist auch noch ein Schreiben an den Großherzog gegangen«, erklärte Aldag nach seinem neuerlichen Vorstoß beim Rat, nun wesentlich weniger zuversichtlich als vor wenigen Wochen noch.
»Entscheidet jetzt auch schon der Großherzog, ob ich befähigt bin, ein Schiff zu bauen?« Niclas wartete die Antwort gar nicht erst ab. Er warf die Kontortür hinter sich zu und verließ das Haus.

Eine erfreuliche geschäftliche Entwicklung brachte in diesem Sommer die Senkung der Getreidezölle für ganz Mecklenburg. Das Geschäft wurde noch hitziger: auf allen Werften wurden die Schiffe wie mit dem heißen Faden genäht, um die Hellinge schleunigst für den nächsten Neubau freizugeben, und Emanuel Aldag kam aus seinem Kontor überhaupt nicht mehr heraus, weil auch der Reedereianteil seines Geschäftes sich entsprechend erweiterte.
Fiete war, trotz seiner Jugend und obwohl er das Geschäft nicht be-

herrschte, für den Werftbesitzer eine große Stütze. Denn der alte Kliefoth, der Prokurist, wurde zusehends weniger und vergaß auch manches. Der Altgehilfe, Jakob Hansen, tat, was man von ihm verlangte, mehr aber nicht. Und August konnte immer noch nichts weiter als rechnen, das allerdings gut. Mit einer Geschwindigkeit wie ein durchgehendes Pferd setzte er die Zahlen hinter- und übereinander, blinzelte kurz, und dann war das Ergebnis bereits da, das richtige, versteht sich.

So kam es, daß Fiete trotz aller Unzulänglichkeiten anfing, die notwendigen Arbeiten zu verteilen, er überwachte auch die ständigen und sich wiederholenden Vorgänge, zumindest drang er darauf, daß sie erledigt würden, aber dann überschritt doch die Vielfalt der Aufgaben seine Kenntnisse. Mutig bat er um eine Unterredung mit dem Werftbesitzer.

Herr Aldag saß an seinem Schreibtisch, den Kopf in die Hand gestützt, die Augen geschlossen.

»Oh, Entschuldigung«, flüsterte Fiete hastig und wollte sich wieder zurückziehen.

»Komm nur herein«, sagte Aldag, »ich denke nur nach. Du störst mich nicht.«

Fiete trat mit festen Schritten an den großen, wuchtigen Schreibtisch, aber als er dort angekommen war, kam er sich vermessen vor.

»Es läuft nicht so, wie es soll«, sagte er ungeschickt, weil er nun mal sprechen mußte, nachdem er da war.

Aldag hob den Kopf nicht, hörte aber aufmerksam zu. »Weiter.«

»Wir machen manches falsch im Kontor«, erklärte Fiete. »Ich meine...«

»Machst du etwas falsch?« fragte Aldag.

»Nein, glaube ich nicht.«

»Dann erkläre mal«, sagte Aldag und begann ein langes Gespräch mit seinem jüngsten Lehrling, der in keinem Beruf ausgelernt hatte und auch im Kontor nicht perfekt war, aber intuitiv erfaßte, was nicht stimmte, denn er war aufmerksam und machte sich unaufhörlich seine eigenen Gedanken. Und der größte Vorzug von Herrn Aldag erwies sich darin, daß er zwar älter war, aber noch lange nicht so starrsinnig, wie mancher in seinem Alter zu sein pflegt. So holte er al-

les aus Fiete heraus, was dieser sich überlegt hatte, und noch manches mehr, denn dieser war zu wenig gewitzt, um das zu verschweigen, was besser ungesagt blieb.
Das Ergebnis dieses Gesprächs war, daß Aldag noch größere Stücke als bisher schon von Fiete hielt und daß er sich auf die Suche nach einem jüngeren Kontoristen machte. Sein alter Kliefoth, der das Geschäft mit ihm aufgebaut hatte, konnte in Zukunft leichtere Aufgaben erledigen.
Emanuel Aldag besaß ein gutes Gedächtnis, aber seine Körperkräfte ließen rapide nach. Was seine Ehefrau aus dem Augenwinkel und gewissermaßen im Vorübergehen wahrnahm, ohne sich jedoch darum Gedanken zu machen, denn sie organisierte mit Vorliebe Kränzchen, bemerkte Fiete schneller und machte ihn noch besorgter.
Eines Tages im Hochsommer ging Fiete dem Junior nach und stellte ihn auf der Werft. »Ich muß Sie sprechen.« Niclas sah den jungen Mann erstaunt an. »Ihr Vater schafft's nicht mehr«, sagte Fiete schroff, »und im Kontor fehlt uns ein tüchtiger Buchhalter. Herr Kliefoth ist alt und weiß über die Getreidegeschäfte überhaupt nicht mehr Bescheid. Als er jung war, gab's die nicht, und jetzt ist er zu alt, um dazuzulernen. Wir gehen pleite, wenn es so weitergeht.«
»Du mußt mit meinem Vater darüber reden«, sagte Niclas verärgert, weil er dachte, daß Fiete ihn aufhetzen wollte.
»Habe ich«, sagte Fiete, »und Ihr Vater hat es verstanden und versprochen, einen guten Mann zu suchen. Aber jetzt sind fünf Wochen vergangen, ein Prokurist ist nicht in Sicht, ein Buchhalter auch nicht, das Geschäft wird immer umfangreicher und komplizierter. Und, ehrlich gesagt, die Abrechnungen von Reeder Zerbst werden ganz und gar unkontrolliert angenommen. Ich habe sogar das Gefühl, daß unsere Rendite schlechter ist, als sie sein dürfte ...«
»Jetzt halt mal ein«, unterbrach ihn der Junior erschrocken. »Stimmt das alles?«
»Ja, sicher stimmt es«, rief Fiete aus. »Glauben Sie, ich verstünde nicht allmählich genug vom Geschäft, um nicht zu sehen, daß es bergab geht?«
Niclas nagte nachdenklich an der Unterlippe, während er auf Fiete

hinunterblickte. Der Junge schien sein ehrliches Urteil abgegeben zu haben. Aber er konnte sich irren. Der Junior drehte sich um und eilte nach Hause.

Im Kontor fand er seinen Vater auf seinem gewichtigen Stuhl vor wie immer. Aber er rauchte nicht und schrieb auch nicht. Er sinnierte. Wer böswillig war, hätte gesagt, daß der Alte in die Luft stierte.

»Wir müßten«, sagte Niclas zögernd, »den Leuten ein bißchen mehr auf die Finger sehen.«

Emanuel Aldag hob die Augenbrauen, dann lächelte er ein wenig. »Was du meinst, ist etwas ganz anderes, stimmt's? Mir müßtest du ein bißchen auf die Finger sehen.« Er sagte es ohne Bitterkeit.

»Ja, Vater«, gab Niclas zu.

»Ich habe nicht mehr die Kraft«, sagte der Seniorchef leise, »ich werde bald diesen Stuhl räumen. Mach du weiter.«

»Aber ich beherrsche nur die Schiffbauerei«, sagte Niclas erschrokken, dem von einer Minute zur anderen klargeworden war, daß das Familienunternehmen in plötzlicher Gefahr war. Überaltert und ohne Fachleute, was den kaufmännischen Anteil betraf.

»Ich habe Vorsorge getroffen«, sagte Emanuel Aldag mit einem Anflug von Stolz. »Fiete wird die Reederei bei Zerbst von Grund auf lernen, und in wenigen Jahren kommt aus Amerika Christian Brinkmann zurück – mit den neuesten Schiffbaumethoden. Es kann eigentlich nichts passieren.«

Niclas sah seinen Vater sprachlos an. Fiete hatte recht. »Und der Prokurist?« fragte er. »Und ein erfahrener Buchhalter? Und wer kümmert sich verantwortlich um die Reederei? Und was machen wir, solange weder Fiete noch Christian bei uns arbeiten? Ganz abgesehen davon, daß keiner weiß, ob sie wirklich zurückkommen?«

Herr Aldag antwortete nicht. Er stützte sich schwer auf die Tischplatte, zog sich hoch und ging langsam zur Tür, fast schien er zu wanken. Niclas sah ihm stumm nach. Es sah aus, als räumte sein Vater in diesem Moment seinen Stuhl für den Nachfolger. In diesem Moment, wo es nicht ungünstiger hätte sein können. Mehr denn je wurde er, der gelernte Schiffbauer, auf den Bauplätzen benötigt.

An der Tür drehte sich der Seniorchef, der gerade den Chef abgelegt hatte, um nur noch Senior zu sein, um. »Das ist jetzt deine Sache«, sagte er.

Ab diesem Tag zeigte sich Emanuel Aldag im Kontor nicht mehr, und wie flüsternd durch das Personal zu hören war, saß er den ganzen Tag in seinem Stuhl am Schlafzimmerfenster. Ihn, der so rastlos, unermüdlich und einfallsreich tätig gewesen war, hatten von einem zum anderen Tag die Kräfte verlassen.

Niclas Aldag fand sich also plötzlich auf dem Chefsessel wieder und betrieb nun mit fast panischem Nachdruck beim Stadtrat von Rostock die Rezeption für die Meisterprüfung.

Und dann, Mitte Oktober, kam ohne Vorankündigung per Boten das Schreiben vom Stadtrat: er durfte sich nunmehr als Gernmeister beim Amt bewerben.

»Wenigstens die Hürde ist genommen«, sagte Niclas aufatmend zu Fiete. Diesmal hatte er den schriftgewandten jungen Mann zu sich ins Kontor hereingerufen, sehr zum Mißvergnügen des neuen Buchhalters, der darauf sah, daß die Verteilung sämtlicher Arbeiten ausschließlich durch seine Hände ging. »Jetzt brauche ich ein förmliches Gesuch an den Amtspatron.«

Fiete setzte wieder ein sauberes Schreiben auf und konnte es gleich am Vormittag zum Patron tragen. Noch schneller als sonst war er wieder zurück, derart ausgepumpt, daß er kaum sprechen konnte, als er vor Niclas Aldag stand. »Ernst Pentz ist auch zugelassen«, keuchte er. »Er hat seine Prüfungsaufgabe bekommen und bereits ausgeführt. Seine ersten Unterlagen sind schon da.«

Niclas erhob sich halb. »Ernst Pentz ist zugelassen?« fragte er tonlos. »Ohne die Vorschriften zu erfüllen?«

Fiete nickte. »Man hat sie ihm erlassen, weil er glaubhaft darstellen konnte, daß seine halbe Zeit auf Wanderschaft so gut gewesen sei wie die ganze von jemand anderem. Aber die Zulassung hat er erst seit gestern. Wie Sie.«

»Seit gestern. Und trotzdem sind die Unterlagen, für die er Wochen zur Ausführung benötigen sollte, schon da. Das gibt es ja gar nicht.« Niclas fiel auf seinen Stuhl zurück, fassungslos.

Fiete trug einen Stuhl an den Schreibtisch. Er holte aus dem Kontor

Papier und seine Feder und breitete alles auf der großen Holzplatte aus, geordnet und wohlübersichtlich. Dann setzte er sich.
»Was machst du?« fragte Niclas verständnislos.
»Wir können«, sagte Fiete mit Bestimmtheit, »schon anfangen, ohne die eigentliche Prüfungsaufgabe zu kennen. Bei den Rissen kann ich Ihnen nicht helfen, aber wir können die Materialliste ungefähr ausarbeiten, und ich kann August schon die ersten Rechnungen machen lassen. Wir müssen uns nämlich beeilen.«
Niclas lachte schallend. »Du bist gut«, sagte er, »du kannst so bleiben. Gut, fangen wir an. Aber so viel Bange habe ich nicht. Das geht nämlich nicht nach Geschwindigkeit, sondern nach Güte.«
»Nein«, widersprach Fiete ernst, »das tut es nicht, ich habe mich erkundigt.«
Niclas Unterkiefer sank nach unten. »Was?« stammelte er.
»Ich habe einen alten Meister beiseite genommen, der dort saß und auf Anstellung hoffte. Er sagte, er hätte es auch schon anders erlebt. Das Meisteramt hätte es fertiggebracht, wochenlang zu warten, bis der Wunschkandidat seine Prüfungsaufgabe eingereicht hätte, und umgekehrt hätten sie auch bereits entschieden, obwohl die Schriftstücke von den Mitbewerbern noch nicht dagewesen seien. Zum Schluß sagte er noch, daß die Meister ohnehin nur den nehmen, den sie haben wollen, ganz gleich, wie seine Prüfungsaufgabe ausfällt.«
»Ja, dann habe ich ja gar keine Chance«, sagte Niclas lahm.
»Das wollen wir aber doch mal sehen«, erwiderte Fiete verärgert. »So geht es jedenfalls nicht. Denen müssen wir auf die Finger klopfen! Auf alle Fälle haben Sie nur eine Möglichkeit zu widersprechen, wenn wenigstens die Probearbeit fertig ist.«
Das ließ sich nicht von der Hand weisen. Sie fingen an, konzentriert zu arbeiten, und als am Spätnachmittag die Prüfungsanforderungen überbracht wurden – von einem Boten, den Fiete selber organisiert hatte –, waren sie schon ein gutes Stück vorwärts gekommen.
In den nächsten Tagen mußten sie das Geschäft dem Buchhalter allein überlassen, der zwar murrte, aber nicht offen widersprechen konnte. Den Hauptriß und den Takelriß zeichnete Niclas Aldag al-

lein, beim Kostenvoranschlag half August, und die Formulierungen und die Schiffsbeschreibung übernahm Fiete.

Als sie fast fertig waren, öffnete sich die Tür, und Niclas' Mutter sank in das Kontor, zu entsetzt, um etwas zu sagen, und völlig außer sich.

»Kümmere dich um sie«, rief Niclas und stürmte aus dem Zimmer.

Fiete schleppte Frau Aldag auf einen Stuhl, schüttelte sie und rief ihren Namen. Dann holte er die Zofe.

»Herr Aldag hat einen Herzanfall«, flüsterte das verstörte Mädchen ihm zu und hielt dabei der Hausherrin ein stark riechendes Fläschchen vor die Nase.

»Ist er tot?«

»Ich glaube«, sagte das Mädchen.

In der sechsten Nacht verstarb Emanuel Aldag, Besitzer der größten Werft von Rostock in der dritten Generation, Gründer der Reederei Aldag, allseits geachteter und bekannter Bürger von Rostock.

»Diesmal hat es ihn selber erwischt und nicht eins seiner Schiffe«, munkelten die Leute auf der Straße und brachten Dinge in Zusammenhang, die überhaupt keinen Zusammenhang besaßen.

Im Kontor ruhte die Arbeit bis nach der Beerdigung, auf der Werft aber wurde sie nur am Tage der Beerdigung unterbrochen. Auf dem Amt der Schiffszimmerermeister und dem der Gesellen dagegen ging die Arbeit mit Nachdruck weiter. Schriftstücke wurden entworfen und ausgefeilt.

In der Woche nach der Beerdigung von Herrn Aldag sprach ein Bote des Amtspatrons im Kontor vor. Er übergab einen großen gesiegelten Brief und ließ sich dessen Abgabe von Buchhalter Pieplow quittieren. Als er wieder fort war, betrachtete Pieplow den Umschlag nachdenklich und trug ihn dann zu Niclas Aldag hinein.

Diesem schwante Böses. Hastig brach er das Siegel, entfaltete das Schriftstück und las. Danach rief er Fiete, der eine Art Vertrauter für ihn geworden war.

»Aus«, sagte er tonlos und schob ihm den Bogen hin.

Fiete drehte das Papier zu sich herum und las. »... machen wir darauf aufmerksam, daß das Berechnen, Aufsetzen und Bauen von neuen Schiffen nur den in Rostock zunftmäßig zugelassenen Schiff-

baumeistern gestattet ist. Einem zunftmäßigen Gesellen ist die Ausführung derartiger Tätigkeiten, selbst bei perfekter Beherrschung des Handwerks, nur unter Aufsicht eines von der Schiffbaumeisterrolle zugelassenen Meisters erlaubt. Dies betrifft auch die Fertigstellung bereits aufliegender Schiffe. Reparaturen und Überholungen von alten Schiffen unterliegen denselben Bedingungen, ebenso wie das Kielholen und Begutachten von Schäden, das Vorschlagen von Reparaturen und das Veranschlagen der dadurch entstehenden Kosten. Auf diese Bedingungen macht gehorsamst aufmerksam das Amt der Schiffszimmerermeister von ... und so weiter.«
»Sie haben mich geknebelt«, sagte Niclas, »geknebelt und mit gebundenen Händen in die Bünn geworfen. Ich habe es kommen sehen.«
Nachdem Fiete sich von seinem Entsetzen erholt hatte, begann er zu überlegen. »Auch früher muß schon mal ein Meister gestorben sein, ohne einen Nachfolger zu hinterlassen, ich meine, ohne einen, der auch Meister war«, sagte er. »Wir müssen uns erkundigen, was das Amt in solchen Fällen bisher gemacht hat.«
»Ganz egal, was man früher machte«, sagte Niclas, »jetzt sind sie offenbar entschlossen, die Werft zugrunde zu richten. Sie wollen, daß ich verkaufe ...« Er machte eine nachdenkliche Pause. »An wen wohl?«
»An Meister Ernst Pentz natürlich«, sagte Fiete wie aus der Pistole geschossen.
»Bestimmt nicht. Der darf sie ja auch nicht besitzen, solange er noch Geselle ist. Vielleicht sein Vater.«
»Nein«, widersprach Fiete, »es hat schon seine Richtigkeit. Ernst Pentz ist Meister, seit gestern.«
Niclas hob den Kopf und drehte sich langsam zum Bild des Firmengründers um. »Sollte das das Ende sein?« fragte er traurig. »Es scheint so.«
»Nein«, sagte Fiete plötzlich. »Er hat mir zugepliert. Er will nicht aufhören.«
»Unsinn!«
»Sie müssen widersprechen. Beim Amt. Und Sie müssen die Gesellen auf Ihre Seite bringen. Das dürfte vielleicht gar nicht so schwer

sein, denn der Ernst Pentz kann sie nicht mehr aufhetzen. Und wir müssen ein Gesuch auf Ausnahmegenehmigung beim Rat beantragen. Und ein Bittgesuch beim Großherzog um wohlwollende Befürwortung des Gesuchs.« Friedrich Wilhelm war eifrig geworden. In den letzten Monaten kam er sich immer wieder als Retter der Werft vor, als Held. Es machte ihm Spaß, an Fäden zu ziehen und zu verfolgen, wie alles nach Plan klappte, vor allem wenn er dabei solche Widersacher hatte wie das Meisteramt.

Niclas war leicht beeinflußbar in diesen Dingen, vor allem seitdem er sich überzeugt hatte, daß Fiete wirklich das Beste für die Werft wollte. Er schien sie zu lieben, als sei sie seine eigene. Seine eigene. Niclas lehnte sich zurück und dachte nach. Diesen Gedanken würde er verfolgen. Im Augenblick jedoch war es zu früh. Jetzt kam es darauf an, dem Amt die Stirn zu bieten. »Gut«, sagte er. »Wir werden das alles machen, immer hübsch der Reihe nach, und noch einiges dazu. Und dann wollen wir doch mal sehen, ob wir diese Brut von Pentz, Vater und Sohn, nicht ein wenig bremsen können. Die werden ja unerträglich.«

Fiete grinste. Die widerborstige Stimmung seines Chefs gefiel ihm schon besser. »Die Bewerbungsunterlagen für den Meister müssen noch vervollständigt werden«, erinnerte er ihn.

In den nächsten Tagen schrieb Fiete sich fast die Finger wund. Seine sonst so saubere Handschrift ließ allmählich die Buchstaben tanzen, aber endlich war es geschafft, alle Anträge, Ersuchen und Bitten an ihre jeweiligen Adressaten geschickt, meistens mit persönlichem Boten, sogar an den Großherzog nach Schwerin. Niclas Aldag wollte es nicht darauf ankommen lassen, daß eventuell der Postreiter von Räubern überfallen wurde und er ohne Nachricht blieb.

Bis kurz vor Weihnachten tat sich nichts.

In der Zwischenzeit aber arbeitete Niclas weiter, als habe er keine Anordnung vom Amt erhalten. Die Neubauten nahmen wie gewohnt ihren Fortgang. Ein Schiff lief sogar vom Stapel, jedoch ohne das gewohnte Fest und ohne daß jemand anders als der auswärtige Reeder und die Bauarbeiter teilnahmen. Vor allem hatte das Meisteramt natürlich niemanden geschickt, dafür aber kam der Altgeselle,

der die Gesellenrolle leitete. »Wir stehen auf deiner Seite«, sagte er. Niclas Aldag begründete die stille Feier mit der Trauerzeit, Fiete aber wußte, daß er das Meisteramt nicht noch mehr gegen sich aufbringen wollte. Schließlich bewarb er sich ja auch um Aufnahme. Die Antwort vom Meisteramt war wieder völlig überraschend in ihrer Art. Das Amt drohte mit der Klage auf Betrug.
In der Begründung hieß es, man habe erfahren, daß der Geselle Niclas Aldag seine Prüfungsarbeiten nicht allein und nach bestem Gewissen durchgeführt habe, sondern sich habe helfen lassen. Dieses sei ein Skandal, den man sich um der Qualität der in Rostock abgelieferten Meisterprüfungen willen nicht bieten lassen werde, und man sei dabei zu prüfen, ob gerichtlich Anklage erhoben werden solle.
»Das ist eine Schweinerei!« brüllte Niclas im Kontor herum und gestikulierte mit dem Schreiben. »Wer hat mich in dieser üblen Weise angezeigt? Verleumdet!«
Die Information mußte aus dem Kontor kommen, das war klar, aber von wem? Der Buchhalter, den sie immer noch den neuen nannten, ein unscheinbares Männchen, jedoch überaus penibel und korrekt, ließ sein Pult mit zitternder Hand los und trat in die Mitte des Kontors mit einem Gesicht, als betrete er das Schafott. »Ich weiß es nicht«, flüsterte er, »aber es könnte sein, daß ich ... ohne es zu wissen ... ohne es zu wollen.«
Niclas sah ihn an und hob dann den Blick verzweifelt nach oben. »Mein Gott«, sagte er, »Sie!«
»Herr Pieplow, erzählen Sie mal«, forderte Fiete den Buchhalter in beruhigendem Ton auf. Wahrscheinlich konnte dieser gar nichts dafür.
»Ich kam mit einem Mann ins Gespräch«, sagte Pieplow unsicher, den Blick zwischen seinem Chef und seinem Untergebenen aufteilend, als wisse er nicht, mit wem er es eigentlich zu tun habe. »Der sprach mich auf der Straße an, er fragte mich etwas. Und dann ergab es sich einfach: ich erzählte ihm, daß wir viel Arbeit hätten, daß sogar August und Fiete für mich zeitweilig ausfielen, und so ... Er war sehr mitleidig und sehr nett.«
Niclas schäumte. Fiete bohrte gedankenversunken mit dem Schuh

auf dem Fußboden herum und hatte plötzlich das Bedürfnis, das Kontor zu verlassen. Aber das ging ja nicht an.
»Ich entlasse Sie«, schrie Niclas. »Auf der Stelle.«
Fiete schüttelte verzweifelt den Kopf. Sie kamen ohne den Mann nicht aus. Überhaupt nicht und in der jetzigen Situation schon gar nicht.
Niclas sah es und zögerte. Er beruhigte sich allmählich. Nein? signalisierten seine hochgezogenen Augenbrauen zu Fiete.
»Herr Aldag«, sagte Fiete. »Irgend jemand hat Herrn Pieplow eine Falle gestellt. Wenn er nichts gesagt hätte, hätten sie Ihnen auf andere Weise einen Strick gedreht, da können Sie sicher sein. Vielleicht hätten sie sich an August oder mich herangemacht.«
August trat empört nach vorne. »Die sollen sich nur wagen!«
Der Werftbesitzer wurde nachdenklich. Den jungen Kontoristen beachtete er nicht. »Du hast wahrscheinlich recht.« Und dann zum Buchhalter: »Schreiben Sie es meinem ständigen Ärger zu. Natürlich sind Sie nicht entlassen.« Danach ging er in sein Kontor.
Pieplow nickte Fiete Brinkmann dankbar zu. »Das vergesse ich Ihnen nie«, sagte er.
Den Vorwurf des Amtes konnten sie entkräften. Jedem dort war klar gewesen, daß die eigentlichen Entwürfe und Berechnungen von Niclas selbst stammten. Einen Schreiber zu Hilfe zu nehmen war auch nicht verboten. Mitte Januar war also der Vorwurf endlich vom Tisch, da aber war Fiete bereits in seiner neuen Stellung, um nun endgültig auszulernen.

Fiete nahm seine neue Arbeit im Handelshaus Zerbst auf. Er durfte in seiner Stube auf Aldags Gelände wohnen bleiben. Niclas Aldag wußte nicht, daß seine Schwester Fiete schon lange an der Nase herumführte, sonst hätte er das nicht geduldet. Louise war immer noch hinter Fiete her.
Aber nicht nur Louise war schuld, Fiete hatte genauso daran Anteil. Louise sah aber auch niedlich aus, obwohl sie längst über das Alter hinaus war, in dem man besonders niedlich aussieht. Aber sie duftete nicht nur gut, sondern verstand es auch, ihre Trauerkleidung

durch winzige Tupfen violetter oder rosafarbener Zutaten aufzumuntern, gerade so viel, um aufzufallen, aber nicht genug, um Anstoß zu erregen. Leider hatte sie das Vorbeistreichen an Fietes Beinen aufgeben müssen, seitdem ihr Bruder Herr des Kontors war, denn er hätte ihr wohl kaum dieselbe Freiheit gestattet wie ihr Vater. Und nun, seitdem Fiete bei Zerbst angefangen hatte, war es ganz aus.

Aber mit instinktiver Sicherheit spürte Louise, daß jetzt nicht mehr so unmöglich schien, was vor anderthalb Jahren noch eine Mesalliance gewesen war, auch in ihren eigenen Augen. Fiete war anfänglich ja nur ein netter Zeitvertreib gewesen. Aber seit einigen Wochen ... Und ihr Bruder hielt große Stücke auf Friedrich Wilhelm. Seit einigen Tagen dachte sie an den jungen Mann nicht mehr als Fiete. Friedrich Wilhelm schien passender, war würdevoller, seiner Aufgabe als junger Kaufmann im Seefach wesentlich angemessener.

»Mutter«, sagte Louise eines Tages, als diese sehr gelöst schien und weder in Gedanken mit den Vorbereitungen eines Besuchsnachmittags für trauernde Freundinnen noch mit der Planung ihrer Garderobe für ein abendliches Fest befaßt war, »Vater wollte sich um eine neue Partie für mich bemühen. Glaubst du, daß er jemanden ins Auge gefaßt hatte?«

»Wie kannst du nur jetzt fragen?« antwortete die Mutter pikiert und verschüttete ein wenig Blumenwasser auf dem Parkettfußboden. Louise ärgerte sich. So war die Art ihrer Mutter. Wenn sie etwas nicht wollte, sorgte sie für ein Vorkommnis, das vorübergehend das Interesse des anderen ablenkte, etwa, daß sie ein Glas umstieß, möglichst mit Rotwein und möglichst so, daß das Kleid einer Danebenstehenden befleckt wurde, oder sie ließ sich andere Dinge einfallen.

»Siehst du, was du nun gemacht hast?« fragte Frau Aldag vorwurfsvoll und klingelte nach dem Mädchen.

Louise ging.

Am Spätnachmittag richtete sie es so ein, daß sie Fiete auf dem Hof begegnete. Sie hatte sich gemerkt, wann er zu kommen pflegte, und ein notwendiger Gang zum hintersten Gebäude des Geländes war für sie leicht zu arrangieren. Ihr Reitpferd benötigte dringend Zuspruch und der Knecht Aufsicht beim Anlegen des kühlenden Fesselverbandes.

»Herr Brinkmann«, sagte sie und blieb sinnend stehen, ohne ihn anzusehen, »waren Sie nicht erfahren im Umgang mit edlen Pferden?«

Mit Ackergäulen, mit Bierwagenpferden und mit Kutschpferden, wollte er richtigstellen, aber dann begriff er den Wink des Himmels.

»Doch, ja«, sagte er höflich. »Ist etwas nicht in Ordnung mit Ihrem Pferd?«

»Ich könnte Ihren Rat gebrauchen«, sagte Louise und ließ ein einladendes Lachen folgen. »Meine Stute hat sich gestern auf den Wällen einen Fuß vertreten.«

Der Stallknecht sah erstaunt auf, als das gnädige Fräulein in der Stalltür auftauchte, hinter ihr der Kontorlehrling. Allerdings sollte er ja gar nicht mehr bei Aldags sein. Er schlug die Klappe der Haferkiste mit einem Knall zu.

»Wie geht es ihr?« fragte Louise besorgt.

»Wie gewöhnlich«, antwortete der Knecht verdutzt, »nichts Besonderes. Die Fessel war nur ein bißchen warm. Ist schon wieder in Ordnung.«

Louise traute ihm aber wohl nicht ganz, denn sie trat zu ihrer Stute, die bereits neugierig den Kopf aus ihrem Verschlag heraussteckte. Die Ohren stellte sie nach vorne, zuerst zu ihrer Besitzerin, dann das eine zu Fiete, der sie leise lockte. Als die Stute merkte, daß Louise keinen Leckerbissen mitgebracht hatte, widmete sie sich ganz dem unbekannten freundlichen Mann. Sie schnaubte leise.

»Sie mag Sie«, stellte Louise fest, als ob sie überrascht sei.

»Ist das so erstaunlich?« fragte Friedrich Wilhelm. Längst nicht mehr verschlug ihr Anblick ihm den Atem. Er genoß ihre Gegenwart und war so locker, wie es nur einer sein kann, der sich ebenbürtig dünkt.

Louise kicherte verschämt. »Nein, und ich glaube, in diesem Haus gibt es mehrere, die Sie mögen«, antwortete sie doppeldeutig.

Nur ich nicht besonders, dachte der Knecht, der inzwischen einen Sattel einfettete. Er ist auch nichts Besseres als ich.

»Wollen Sie sich den Fuß mal ansehen?« fragte Louise, und Fiete, der nicht im geringsten vorgehabt hatte, dies zu tun, nickte.
Als er dann in der Box stand, den Körper eng an den warmen, atmenden Leib der Stute gedrückt, die mit ihrem Maul freundlich an seinem Rücken entlangschnob, den linken Vorderfuß in seiner Hand, stiegen ihm wieder sämtliche Gerüche der Schmiede in die Nase. Das verbrannte Horn, die Pferdehaare, der Vater: alles warf sich zugleich auf seinen zusammengekrampften Magen.
Hastig ließ Fiete die Fessel los und richtete sich auf. Während er der Stute noch auf den Widerrist klopfte, öffnete er mit der anderen Hand bereits die Verriegelung der Tür und schlüpfte hinaus.
Louise blickte ihn spöttisch an.
»Er hat Angst«, stellte der Knecht laut fest, öffnete die Boxentür nochmals probeweise, als ob dem jungen Mann in keiner Hinsicht zu trauen sei, und schloß sie wieder.
»Stimmt das?« fragte Louise zudringlich und folgte Friedrich Wilhelm auf dem Fuß, als dieser bleich aus dem Stall in die frische Luft trat. Er schüttelte den Kopf. »Erinnerungen«, sagte er. »Nein, Angst habe ich nicht.«
»Solche schweren Erinnerungen?« fragte Louise teilnahmsvoll, und Fiete ließ sie bei dem Gedanken. »Hätte ich das gewußt, hätte ich Sie nie zu meiner Stute gebeten. Reiten Sie deshalb nicht?«
Fiete betrachtete das junge Mädchen schweigend. Hatte sie vergessen, aus welchem Milieu er kam? Wohl kaum. Und daß ein Schmiedelehrling kein Reitpferd besaß, mußte sie wissen. Und ebensowenig ein Kontorlehrling. Dennoch gefiel ihm der Gedanke. Er und ein Reitpferd. Daran konnte er sich eher gewöhnen als an den Gedanken, daß er ein Pferd besohlen sollte. Friedrich Wilhelm im Sattel war etwas völlig anderes als Fiete mit einem Hufeisen in der Hand.
»Ich reite«, sagte er in aller Ruhe, »aber selten. Kutschen sind mir lieber. Man kann während der Fahrt Papiere durchsehen.«
Louise war verwirrt. »Ja, müssen Sie das denn?« fragte sie, und ihre Stimme enthielt soviel Hochachtung wie noch nie.
»Natürlich«, antwortete er leichthin, und nun war er es, der spöttisch blickte.

»Ich wußte das nicht«, fuhr die junge Dame fort. »Ich dachte, Sie seien Lehrling im Kontor.«
»Bin ich nicht etwas zu alt für einen gewöhnlichen Lehrling?« fragte Fiete und traf damit genau den Gedanken, der auch Louise schon gekommen war.
Und so flößte Friedrich Wilhelm der jungen Louise den Gedanken an etwas Geheimnisvolles ein, ohne dies eigentlich zu beabsichtigen, aber es floß ihm über die Lippen, weil es sich so plausibel anhörte, auch für ihn selbst.
Und Louise, die ihn so gerne zu ihrem Helden machen wollte, glaubte es nicht nur wider besseres Wissen, sondern umrankte Fiete in den nächsten Tagen in Gedanken mit allerhand Eingebungen und Schlußfolgerungen, so lange, bis sie den Traum nicht mehr von der Wirklichkeit trennen konnte. Als sie am anderen Ende des langen Tunnels, in dem sie sich vergraben hatte, wieder auftauchte, hatte sie beschlossen, Friedrich Wilhelm Brinkmann zu heiraten.
Sie informierte ihren Zukünftigen jedoch nicht über ihren Beschluß und ging auch nicht zu ihrer Mutter, sondern gleich zu ihrem Bruder.
»Ich will ihn haben«, sagte sie und stampfte energisch mit dem Fuß auf. »Vater hat mir keinen Bräutigam gesucht, ich habe es selbst in die Hand genommen und, voilà, da ist er.« Großzügig deutete sie mit der Hand in die Runde, als ob sie ihren zukünftigen Ehemann gleich mitgebracht hätte.
»Liebe Schwester«, sagte Niclas Aldag beschwichtigend zu seiner Schwester, die zur Hysterie neigte, wenn sie ihren Willen nicht bekam, »könntest du dir nicht einen Ehemann unter den Werftbesitzern oder Reedern suchen? Das wäre, hm, nicht nur passender für dich, sondern auch für mich.«
»Aber Niclas, mein lieber Niclas«, gab Louise im gleichen Ton zurück, »wer von uns hat denn mit den Arbeiterkindern wie mit seinesgleichen gespielt? Gegen den Widerstand von Mutter und Kinderfrau.«
»Es handelt sich jetzt aber nicht um Spiele, sondern um Besitztümer und um Ansehen«, erwiderte Niclas und gab durch ungeduldiges

Blättern in den Papieren seiner Schwester zu verstehen, daß er keine Zeit mehr hatte.
»Ist das dein Ernst?« fragte Louise erzürnt.
»Ich würde Friedrich Wilhelm Brinkmann als Kompagnon aufnehmen, das kannst du mir glauben«, sagte Niclas unnachgiebig, »aber als Schwager nicht.«
Louise betrachtete ihren Bruder wie ein giftiges Insekt. Auf seine Worte achtete sie nicht sonderlich, ihr blieb nur seine Weigerung im Gedächtnis haften. Dann eben nicht mit dir, sondern ohne dich, sagte sie sich und schritt wie eine Siegerin aus dem Kontor hinaus, vorbei an dem untertänig grüßenden August und an Herrn Pieplow, der sich tief verbeugte und dabei angestrengt nachdachte.

Sobald Louise das Kontor verlassen hatte, war sie ihrem Bruder bereits aus dem Sinn. Er hatte an Wichtigeres zu denken: seine Meisterprüfung. Das Amt hatte den Vorwurf des Betrugs fallenlassen – aber seine Prüfungsaufgabe sollte neu gestellt werden. Niclas mußte einwilligen.
Wieder kam einer der hellbraunen Umschläge vom Amt, die Niclas nun allmählich fürchtete. Bisher hatten sie ihm nichts als Ärger eingetragen. Er mußte sich überwinden, ihn zu öffnen, und dann starrte er nach den ersten Zeilen sprachlos in den Text.
Nunmehr bestand die Probearbeit nicht mehr aus Rissen nach einem Entwurf eigener Wahl, sondern aus der Anfertigung von Rissen für ein Schiff, das vom Amt in der Größe vorgegeben wurde. Außerdem gehörten dazu die vollständige Berechnung der Verdrängung, des Schiffsinhalts sowie der Zuladefähigkeit in Lasten und selbstverständlich die exakte Kostenberechnung. Was aber das schlimmste war: die Arbeiten mußten im Hause des Amtsmeisters angefertigt, das Zimmer für die Dauer der Arbeiten angemietet und der Schlüssel bei Verlassen des Zimmers abgeliefert werden.
Niclas erbleichte und ließ die Papiere auf den Boden fallen. Nicht wegen der gestellten Aufgaben – die beherrschte er –, sondern wegen der Infamie, wegen der gezielten Behinderung, die er erfuhr, we-

gen des Mißtrauens und wegen der säuberlich geplanten und erreichten Zeitverzögerung. Amtsmeister Pentz verhinderte nach Kräften, daß er, Niclas, seine eigene, ererbte Werft übernahm, und diese Kräfte waren gegenwärtig besonders mächtig. Liebend gerne hätte Niclas gewußt, wessen höchster Unterstützung sich der Mann erfreute. Er konnte sich nicht vorstellen, daß Pentz im Alleingang, gegen die übrigen Meister, sein Amt so mißbrauchte. Und alle zusammen? Er schüttelte den Kopf. Unmöglich.
Danach sandte er nach Fiete. Der Bote bekam ein ausführliches Entschuldigungsschreiben für Herrn Zerbst mit.

Fiete hetzte in seiner üblichen Weise herbei, unbekümmert darum, daß er sich den Anschein hatte geben wollen, nunmehr würdiger geworden zu sein. Niclas rief, und er lief. Vielleicht wegen der Hochzeit, dachte er hoffnungsfroh. Louise hatte ihn benachrichtigt, daß gegenwärtig noch nicht alles so laufe, wie sie sich das vorstelle, aber es würde schon werden ...
Vielleicht jetzt.
Als er durch das Kontor hindurchbrauste, sah Pieplow ihn. »Halt!« rief er. »Warte!«
Aber Fiete hatte keine Zeit. Solche Dinge konnten warten. Er winkte ab, klopfte an die Tür und trat ein. Wenn er gedacht hatte, Niclas würde nun mit ausgebreiteten Armen auf seinen zukünftigen Schwager zukommen, sah er sich getäuscht. Niclas Aldag saß mit grauem Gesicht am Schreibtisch, den Kopf in die Hand gestützt. Wie der Alte, fuhr es Fiete durch den Kopf, und jäh wußte er, daß die Hochzeitsvorbereitungen sicher nicht Gegenstand der Unterredung sein würden.
»Sie haben sich schon wieder einen neuen Kniff ausgedacht«, sagte Niclas ohne Einleitung. »Der alte Pentz hat gesagt: zur Verbesserung der Qualität, aber in Wirklichkeit ist es die Idee vom jungen, vom Ernst. Der war schon immer ein falscher Hund.«
»Sie werden wohl die Anforderungen des Amts erfüllen müssen«, rief Fiete nüchtern, »denn wenn die darauf aus Qualitätsgründen bestehen, kann der Rat nicht widersprechen.«

»Ja, der Meinung bin ich auch«, seufzte Niclas. »Und danach denken sie sich wieder etwas Neues aus.«

»Der Rat ist doch sehr besorgt darum, daß Rostock für auswärtige Reeder als Bauplatz attraktiv bleibt?« fragte Fiete, ohne eigentlich zu fragen, und Niclas hörte denn auch nur aufmerksam zu. »Sie sollten mit dem Rat also einen Handel abschließen: entweder der Rat beendet diese ärgerliche Sache mit dem Amt, und Sie werden Meister, oder Sie verlassen Rostock und gehen als Schiffbaumeister oder Reeder anderswohin.«

»Das ist aber eine ziemlich leere Drohung«, antwortete Niclas unzufrieden.

»Ist es nicht«, widersprach Fiete. »Wenn die altehrwürdige Werft Aldag mitsamt ihren langjährigen Kunden und der gut eingeführten Reederei Aldag verlegt werden muß, weil das Amt mißgünstigen alten Männern gestattet, sie zu vertreiben, würde das einen ziemlichen Skandal verursachen. Und es wäre ein empfindlicher Verlust für den Handel in Rostock. Selbst wenn Pentz dann die Bauplätze bekommt, hat er darum ja noch lange nicht Ihre Kunden und Ihre Verbindungen in der Welt.«

»Hm«, sagte Niclas. Fiete hatte recht wie immer. Schlau war er. »Beide Bauten auf Helling sind fast abgeschlossen, neue nicht aufgelegt, das neue Holz ist noch nicht angeliefert, man könnte vielleicht die Schuten sogar umdirigieren – vorübergehend, um sie während der Verhandlungen aus dem Hafen herauszuhalten.«

»Sehn Sie«, sagte Fiete. »Und Sie müssen natürlich woanders verhandeln – ich schlage Danzig vor.«

»Das ist so weit. Wismar wäre besser«, wandte Niclas ein, der sich allmählich mit dem Gedanken vertraut zu machen begann.

»Nein«, widersprach Fiete energisch. »Das glaubt Ihnen keiner. Wismar hat doppelt so hohen Zoll wie Rostock. Die haben immer noch den Seezoll, und nur ausländische Schiffe sind begünstigt, einheimische aber benachteiligt. Danzig ist besser: nur ein Achtel von hundert. Damit können Sie gut drohen.«

»Da steche ich ja in ein Wespennest!«

»Eben«, sagte Fiete, »eben.«

Friedrich Wilhelm war entlassen, wortlos, wie immer, wenn er für Niclas ein Problem gelöst hatte. Aber das machte nichts, Fiete wußte schon, daß Niclas dankbar war. Diesmal wartete er jedoch, in der Hoffnung, ein ermunterndes Wort bezüglich Louise zu hören. Aber es kam nichts. Deshalb nickte Fiete dem Firmengründer zu, der wie meistens streng aus dem Rahmen sah, und ging.
Draußen im Kontor fing ihn Pieplow ab. »Auf ein Wort, Herr Brinkmann«, flüsterte er und führte Fiete in eine Abstellkammer für alte Akten. »Ich habe neulich zufällig ein Gespräch zwischen Fräulein Louise und unserem Reeder mitgehört«, begann er, etwas verlegen und mit gerötetem Gesicht, »ich schludere ja nie, aber ich dachte, dies müßten Sie doch wissen ...«
»Ja?« fragte Fiete erstaunt.
»Ich glaube«, stotterte Pieplow, und sein Adamsapfel zuckte nach unten und wieder nach oben, »Sie und Fräulein Louise sind ein Paar, wie man so sagt. Ich weiß ja nun nicht, ob Sie förmlich um Fräulein Louises Hand angehalten haben. Vielleicht sollten Sie das tun, Herr Brinkmann, bevor sich Fräulein Louise in eine unmögliche Situation begibt ...«
Er stockte, und Fiete bekam fast Mitleid mit ihm, aber dennoch wußte er nicht, worauf der Buchhalter hinauswollte.
»Fräulein Louise hat nämlich neulich einen Streit mit ihrem Bruder gehabt ... Sie sagte, sie würde Sie, Herr Brinkmann, heiraten, und Herr Aldag, war der Meinung, daß, nun, daß er Sie gerne am Geschäft beteiligen würde ...«
» ... aber«, setzte Fiete ahnungsvoll fort und wartete.
» ... nicht überaus gerne als Schwager sehen.« Nun war es heraus. Pieplow richtete sich erleichtert auf, als sei eine Bürde von ihm abgefallen. »Herzlichen Glückwunsch übrigens.«
»Wozu?« fragte Fiete verdutzt. Eigentlich wäre herzliches Beileid eher angebracht gewesen.
»Zum künftigen Kompagnon.« Pieplow schien ein bißchen stolz darauf zu sein, daß er auf so vertrautem Fuß mit einem künftigen Reeder stand, daß er mit ihm zwischen Akten und Schrubbern reden durfte.

Fiete stand wie versteinert. Kompagnon. Es ging ihm jetzt erst auf, was das bedeuten würde. Aldag und Brinkmann, oder Nicolaus Aldag und Friedrich Wilhelm Brinkmann, Werft und Reederei in Rostock. Er drehte sich um und ging hinaus. Pieplow sah ihm verwundert nach.

Wie ein Traumwandler trat Fiete auf die Straße – durch die Vordertür, die er sonst nie benutzte. Aber es war für ihn ein feierlicher Moment, einer, den er mit niemandem teilen mochte. Er sog die kalte Winterluft ein und glaubte, bereits die Frühlingsluft zu wittern. In diesem Zustand hätte er alles geglaubt, was ihm seine Sinne vorgaukelten.

So dämpfte auch die Trauerbeflaggung seine Hochstimmung nicht. Die ganze innere Stadt zwischen den Toren zeigte schwarzen Flor, denn vor zwei Tagen war Großherzog Friedrich Franz I. gestorben. Man trauerte allgemein, wenn auch nicht übermäßig, denn der Herrscher war bereits achtzig Jahre alt gewesen. Ich aber nicht, dachte Fiete und wanderte beschwingt durch die Straßen, als ob sie in Kürze sein Eigentum sein würden. Ich bin jung, und fast bin ich schon Reeder. Mit Mühe hielt er sich zurück, um nicht zu rennen. Als Kontorbote, da ging das an, aber nicht als Reeder – oder doch zumindest als künftiger Reeder.

Zwei ganze Stunden fühlte er sich als Jungreeder und Werftbesitzer; dann wurde ihm kalt, und er war wieder der Lehrling Fiete. Genaugenommen hatte sich seine Stellung ja noch keineswegs geändert. Es handelte sich um eine Möglichkeit, die ihm offenstand – mehr aber auch nicht. Und er hatte ja auch nichts angeboten bekommen – Geld als Einlage besaß er nicht – ausgelernt hatte er ebenfalls nicht. Kurz, momentan war er kein attraktiver Partner, für wen auch immer. Höchstens für Louise, ja, die wollte ihn, mehr als er sie.

Sicherheitshalber verbannte er die Erinnerung an die junge Taufpatin, die ihn über die letzten Jahre nicht verlassen hatte, in den entlegensten Winkel seines Herzens.

Teil II

Die Werft und Reederei

8. Kapitel (1837–1841)

Christian war nun fast zwei Jahre in Amerika. Mit Hilfe von Reeder Zerbst, der seine Geschäftsverbindungen in der ganzen Welt hatte, war er nach New York gekommen.

Fröhlich und unbekümmert war er die Laufplanke vom Schiff hinunter auf den Kai gestiegen, voller Erwartung, daß jemand kommen und ihn auffordern würde, Schiffe zu bauen.

Das war natürlich ein großer Irrtum. Mit der Zeit – als sich erwies, daß die Amerikaner nicht auf einen weiteren Deutschen gewartet hatten, der gerne Schiffe bauen wollte – wurden seine Augen immer trüber und kleiner. Er verlor alle Illusionen, wenn auch nicht alle Träume.

Untergekommen war er in Manhattan, in weiter Entfernung vom Hafen, bei einer deutschen Witwe, die sich notdürftig mit dem Vermieten von zwei Zimmern über Wasser hielt. Aus Kassel war sie gebürtig, und sie sprach ein Deutsch, von dem Christian gar nicht gewußt hatte, daß seine eigene Sprache sich überhaupt so anhören konnte – aber es war immer noch verständlicher als alles andere, was ihm im Hafen begegnete.

Einen solchen Betrieb wie im Hafen von New York hatte er noch nirgends gesehen. Er zog ihn magisch an, und anfangs wanderte er stundenlang von Kai zu Kai, wo entladen und beladen wurde, alles in ungeheurer Geschwindigkeit, gar nicht zu vergleichen mit dem gemächlichen Handel und Wandel in Rostock.

Eines Tages wurde er von einem Mann grob angefahren, er solle aus dem Weg gehen oder mit zupacken. Er packte lieber zu, und weil der Vorarbeiter erkannte, daß er zuverlässig und umsichtig war, durfte er dabeibleiben. So wurde er Handlanger im Hafen und konnte das Geld, das Aldag ihm als Notgroschen mitgegeben hatte, etwas strekken. In dieser Zeit fing er auch an, das Englische zu lernen, von Woche zu Woche ein bißchen mehr.

Als er sich schon ganz gut verständigen konnte, sah er, wie durch das Gewühl von segelnden, geschleppten und festgemachten Booten ein seltsamer Zweimaster an seinen Löschplatz gerudert wurde.
»Du, was ist das für einer?« fragte er aufs Geratewohl einen der neben ihm stehenden Hafenarbeiter.
»Wer? Ach, der da. Das ist doch ein Baltimore-Klipper. Noch nie gesehen? Kein richtiges Schiff.«
Christian kümmerte sich nicht um den Mann, der sprach, und er kümmerte sich nicht um seine Arbeit. Er rannte sofort los, das merkwürdige Schiff immer im Auge behaltend. Wieso sollte das kein richtiges Schiff sein? Noch nie hatte er eines gesehen, das so sehr seinen eigenen Vorstellungen von einem Schiff entsprach, schlank, schmal und mit scharfem Bug.
Der Weg war weit. Was über das Wasser hinweg nur ein Katzensprung war, konnte zu Fuß viele Minuten dauern, von Kaianlage zu Kaianlage bis ins nächste Hafenbecken. Er kam an, als das letzte Tau belegt wurde.
Dann stand er stumm am Kai und ließ seine Augen schweifen, vom scharfen Bug bis zum platten Spiegel, vom niedrigen Freibord bis zur Spitze der beiden hohen Masten.
»Was ist das für eine?« rief er zu einem Mann hinüber, der müßig an Deck stand.
»Die ›Dotty McKim‹«, antwortete der Seemann, »aus Essex in der Chesapeake Bucht.«
»Ein Baltimore-Klipper?«
Der Mann nickte.
»Werden die dort gebaut, und fahren Sie dorthin zurück?« fragte Christian nervös.
Der Seemann nickte wieder. Gesprächig war er nicht gerade.
»Kann ich mitfahren?« fragte Christian, und der Mann nickte nochmals.
Christian Brinkmann zitterte vor Aufregung. Genau das war es, was ihm vorgeschwebt hatte. Und nun gab es solche Schiffe bereits.

An der Chesapeake-Bucht hatte man beim Schiffbau Verwendung für einen zuverlässigen Deutschen. Christian lernte bereits im ersten Jahr mehr, als er in Rostock in seiner ganzen Lehrzeit hätte lernen können. Trotzdem – obwohl er nun die handwerklichen Kniffe kannte, blieb er unruhig. Das konnte nicht alles sein. Im Grunde bauten sie hier nicht anders als in Rostock Schiffe – mit Erfahrung und übernommenen Formen. Er aber wollte keinen Schiffbau aus Erfahrung, er wollte einen, den er berechnen konnte. Eine andere Formel – ein anderes Schiff mit definierten Eigenschaften. So stellte er sich das vor. Christian kehrte wieder nach New York zurück, in der Tasche die Adresse von einem bekannten Konstruktionsbüro. Im ersten Moment erfaßte ihn ein Schrecken. Er stand auf einem weitläufigen Gelände am East River. Und war er nun auch schon an amerikanische Maßstäbe gewöhnt, so hatte er eine so große Werft doch noch nie gesehen. Riesige Holzstapel, überdachte offene Schuppen, in denen gesägt wurde, erst in einiger Entfernung Gebäude, die offenbar die Kontore enthielten, und in einer einsamen Ecke ein rauchender Schlot. Auf dem Platz allein befanden sich so viele Werftarbeiter, wie ganz Rostock beschäftigt haben mochte. Die Hölzer aus den großen Stapeln wurden auch nicht Stück für Stück von Männern zu den vier Neubauten hinübergetragen, sondern Wagen, denen Pferde vorgespannt waren, erledigten diese Transportaufgaben. Verblüfft sah er der Betriebsamkeit zu. Jetzt erst verstand er, warum der Mecklenburger Schiffbau nicht mithalten konnte. Das war ja kaum anders, als hätten die Rostocker Werften Ruderboote in die Konkurrenz mit diesen Schiffsriesen geschickt. Aber dann schüttelte er seine aufkeimende Beklommenheit ab. Er war auch jemand. Ein Rostocker, der amerikanische Boote zu bauen gelernt hatte.

»Was haben Sie bisher gebaut?« fragte ein Herr, der den langen, schlanken Deutschen interessiert musterte und dem er gesagt hatte, daß er Erfahrung habe.

»Baltimore-Klipper«, sagte Christian Brinkmann stolz. Keine Ostseeschuten, sondern richtige, amerikanische Schiffe.

»Ach so«, sagte der Herr im Büro enttäuscht und verlor sofort das Interesse. »Können wir nicht gebrauchen. Bei uns muß man rechnen und zeichnen können. Und be-rechnen.«
Christian fuhr hoch. »Aber das ist doch genau das, was ich will«, rief er freudig.
Der Herr zögerte. »Na ja«, sagte er, »vielleicht können wir es doch mit Ihnen versuchen. Vier Wochen lang. Wenn Sie nichts taugen, fliegen Sie!«
Christian, der sich längst an das zielstrebige und zweckgerichtete Leben in Amerika gewöhnt hatte, nickte. Was kümmerte ihn, was in vier Wochen war.
Als er langsam aus den Räumen von Smith & Dimon hinausschlenderte, – langsam, um in jeden Raum einen Blick hineinwerfen zu können, – blieb er plötzlich fasziniert stehen. Einen großen Raum nahm ein fast ebenso großes Becken aus Blech ein, das mit Wasser gefüllt war. An seiner langen Kante saß auf einem Hocker ein junger Mann, etwa in seinem eigenen Alter, und plätscherte gedankenverloren mit der Hand im Wasser. Ein kleines Schiffsmodell trieb vor den Wellen fort, aber auch noch andere Dinge schwammen herum. Sie sahen in Form und Gestalt ganz sinnlos aus, wie Treibgut, aber Christian wußte sofort, was der Jüngling bezweckte. Sie waren Rechengut, kein Treibgut.
Er trat ein, ohne eingeladen zu sein; aber keine zehn Pferde hätten ihn hier wieder herausgebracht, ohne daß er zuvor erfahren hätte, was hier vor sich ging.
»Der ist am schnellsten, stimmt's?« fragte er den jungen Mann und zeigte auf ein Gebilde, das wie ein verlorengegangener Pfeil auf der Oberfläche trieb.
»Woher weißt du?« fragte der andere. »Meine Chefs sind immer noch der Meinung, der da sei am schnellsten.« Er zeigte auf einen Gegenstand, dessen rundliches vorderes Ende wie ein Fischkopf aussah.
»Glaub ich nicht«, sagte Christian spontan. »Du etwa?«
Der junge Mann schüttelte den Kopf und sprang auf. »Ich heiße Ben«, sagte er. »Und du?«

»Chris«, antwortete er, und sie lächelten sich an. Dies war der Beginn einer langjährigen Freundschaft.
Von der vierwöchigen Probezeit war nicht mehr die Rede. Christian bemerkte es erst nach langer Zeit. Denn endlich bekam er die Möglichkeit, das zu tun, was ihm schon so lange vorschwebte. Die Chefs merkten schon nach wenigen Tagen, daß er immer mit Ben zusammensteckte, sogar abends nach Feierabend, und daß sie gemeinsam ihren Ideen nachgingen oder besser nachjagten.
Sie waren ein turbulentes Gespann. Ben war ein sehr cholerischer junger Mann. Er war bei der U.S. Navy beschäftigt gewesen, hatte sich dort weit mehr Vorkenntnisse als Christian erworben und war, im Gegensatz zu Christian, ein großer Experimentator. Es ergab sich nach kurzer Zeit, daß Chris theoretisch errechnete, was Ben durch Experimente feststellte.
Insbesondere Mister Smith, der für den technischen Bereich bei Smith & Dimon zuständig war, war dankbar, daß Ben durch einen – wenigstens meistens – ruhigen Mitarbeiter gebremst wurde. Warf Ben nach einem niederschmetternden Ergebnis das Modell an die Wand, so brachte Chris ihm einen Blechbecher Kaffee, hob das Schiff oder dessen Reste auf und setzte es wieder ins Wasser. Dann fing er an, den Riß des Modellkörpers aufzuzeichnen, und wußte nach kurzer Zeit, was daran nicht stimmte. Manchmal aber schmetterte auch Christian mit der Faust auf den Tisch, insbesondere wenn bei Ben eine Idee die andere jagte. Er mochte kein solches Durcheinander von Plänen und Versuchen. Dann verzog Ben das Gesicht, stellte sein neuestes kleines Versuchsobjekt in das Regal zurück und sagte widerwillig: »Also gut.«
»Du, Ben«, sagte Christian eines Tages nachdenklich, »hast du mal die ›Dotty McKim‹ gesehen?«
»Nein«, antwortete Ben, »aber von ihr gehört. Ich weiß, was du meinst. Aber ihr Unterwasserschiff ist meines Erachtens zu tief. Die Schärfe ist gut.«
»Ich bin noch nie so schnell gesegelt.«
»Und so naß«, ergänzte Ben nachdenklich, »aber das ist kein Fehler. Wer schnell sein will, muß vielleicht viel Wasser an Deck in Kauf

nehmen. Das macht ja auch nichts. Nur wer ganz trocken über den Atlantik dümpeln möchte, muß ein breites Boot mit hohem Schanzkleid nehmen, am besten einen viereckigen Kasten.«
Sie lachten.
»Und ich glaube auch nicht, daß sie zu scharf, sondern daß sie nicht scharf genug ist«, fuhr Christian fort.
»Komm, wir hauen ab«, sagte Ben und stand auf. »Ich brauche ausnahmsweise einen scharfen Schnaps, keinen scharfen Bug.«
In diesem Moment betrat Mister Dimon den Raum. Er warf ein schmales Büchlein vor Ben auf den Tisch. »Ich glaube, das interessiert euch«, sagte er und ging wieder.
Die Männer lasen wie aus einem Munde: »Die Abhängigkeit des Wasserwiderstandes verschiedener Gegenstände von unterschiedlichen Formen.«
In dieser Nacht kamen sie nicht in die Kneipe. Sie arbeiteten den gesamten Text durch, bis sie sich im klaren waren über die Theorien eines Colonel Mark Beaufoy aus England.
»V-förmig also«, sagte Ben zufrieden. »Siehst du, ich wußte doch, daß die Baltimore-Klipper zuviel Tiefgang für ihre Breite haben. Aber schmal müssen sie sein. Noch schmaler als die B-Klipper. Laß uns ausprobieren, wie der Rumpf sich verhält, wenn wir die Dinger schmaler und flacher machen.«
In den nächsten Wochen gewannen sie ein Bild von ihrem Zukunftsunterwasserschiff.
Ben trat an die große Wandtafel, die er sich ausbedungen hatte, und schrieb, während Chris zusah:

Länge läuft!
Schärfe schneidet!
Völligkeit trägt!
Völligkeit weist ab!
Viel Wand – viel Widerstand!

»Das ist das schönste Gedicht, das ich jemals geschrieben habe«, sagte Ben zu Christian, der wie immer auf dem Tisch saß, den Schreib-

block auf den Knien. »Da sieht man mal, daß es sogar Gedichte mit Nutzen gibt. Hast du auch gedichtet?«
»Ich? Nein, nie«, antwortete Christian, der sich noch gut erinnerte, daß er meistens überhaupt nichts getan hatte. Zumindest bezeichnete der Vater es so, wenn er nachdachte.
»Man sollte«, fuhr Ben fort, »es den Kindern in der Schule zum Lernen aufgeben.«
»Es gibt aber auch Kinder, die mit Seefahrt nichts zu tun haben wollen, glaube ich«, sagte Chris.
»Meinst du wirklich? Kann ich mir kaum denken. Ach was«, sagte Ben großzügig, »solche müssen ja nicht in die Schule.« Dann wandte er sich wieder seinen aktuellen Problemen zu. »Wir brauchen es jetzt nur noch zu bauen, das Schiff, das vorne schön scharf ist, damit es durch die Wellen schneidet, hinten breiter, damit das Wasser gut abläuft, und dann lang, vor allem lang. Und es darf nicht endlos viel Unterwasserschiff besitzen, denn dann wird der Widerstand zu groß. Das ist das schnelle Schiff!«
»Da haben wir ja unser Idealschiff«, sagte Christian vergnügt. »Bei uns zu Hause bauen sie umgekehrt. Vorne breit und hinten schmal. Eigentlich braucht man die Dinger nur umzudrehen, dann wären sie vielleicht Segler. Statt Dwarslöper.«
»Was ist das denn?« fragte Ben, der die plattdeutsche Bezeichnung nicht verstand.
»Ach«, sagte Christian lachend, »wir haben sogar Schiffe, die hauptsächlich quer fahren, nur bei besonders guter Laune kommen sie auch vorwärts. Wenn so eins in Mecklenburg lossegeln will, müssen sie es von Schweden mit dem Tau heranholen.«
»Was, so klein ist die Ostsee?« fragte Ben verblüfft. »Ach, du veräppelst mich ja. Aber bei uns gibt es die auch. Bei den Fischern heißt's: Vorn wie ein Dorsch und hinten wie eine Makrele. Mit dieser Fischmentalität ist auch noch keiner schnell über den Ozean gekommen. Höchstens trocken.«
»Das sind die Rennschachteln«, warf Christian ein, und sie kicherten beide bei diesem Gedanken.
»Nanu, so fröhlich?« fragte die tiefe Stimme von Mister Smith.

»Habt ihr eine Lösung gefunden? Wißt ihr jetzt als einzige auf der Welt, wie man ein Schiff baut?« Obwohl er die jungen Männer versöhnlich anlächelte, um seinen Worten die Schärfe zu nehmen, war Ben gekränkt.

»Jawohl, haben wir«, sagte er trotzig. »Ob Ozean oder Wanne, eine vorgegebene Form verhält sich im Verhältnis zur gleichen Wellenlänge immer gleich.« Er führte dem sehr skeptisch blickenden Smith ihre Ergebnisse vor. »Chris wird in den nächsten Tagen alle Risse ausarbeiten«, lockte er.

Nach einer Weile ging Smith, ohne sich viel geäußert zu haben.

»Abgelehnt hat er aber auch nicht«, stellte Ben fest, der fürs erste zufrieden war.

War es auch kein Mißerfolg gewesen, so war es aber auch kein Erfolg geworden. Ben und Chris lieferten nach einigen Wochen die kompletten Unterlagen für einen ganz neuen Schiffstyp ab, einen, den die Welt noch nie gesehen hatte. Und da erwies sich, daß die Chefs des Konstruktionsbüros doch nicht ganz so mutig waren, wie die jungen Konstrukteure erwartet hatten. Als Ben Mister Smith ansprach, was er denn nun meine, seufzte dieser, ließ auch Chris holen und lud die beiden jungen Männer zum Gespräch in sein Büro.

»Ich will euch eure theoretischen Überlegungen nicht absprechen«, sagte er, »aber die Kunden nehmen mir ein solches Ungetüm nicht ab. Sie glauben es einfach nicht.«

Chris und Ben sahen sich an. Das hatten sie nicht erwartet. Die Welt hätte doch sofort diese Revolution im Schiffbau erkennen und dankbar annehmen müssen.

»Um die Wahrheit zu sagen«, fuhr Mister Smith fort, »ich habe ein Gutachten einholen lassen. Man befürchtet, daß der Bug unterschneiden könnte, statt aufzutreiben . . .«

»Ja und?« fragte Ben patzig. »Das soll er doch auch. Durch die Welle durch! Die Energie muß in Vorwärtsbewegung umgesetzt werden, nicht in Auf und Ab.«

»Und was ist bei hohem Wellengang? Zum Beispiel am Kap Hoorn? Die Horniers fürchten sich alle vor den Kavenzmännern, das ist bekannt. Und laß so eine Welle mal auf euer Vorschiff herunterdon-

nern! Dann habt ihr kein Vorschiff mehr und der Reeder kein Schiff!«
Ben schwieg. Christian sagte: »Ich glaub's nicht.«
»Aber beweisen könnt ihr es auch nicht.«
»Wenn wir ein solches Schiff bauen würden, könnten wir es auch beweisen«, argumentierte Ben hoffnungsvoll.
Der Chef wiegte zweifelnd den Kopf. »Ich glaube kaum, daß jemand euch das Geld gibt... Das müßte dann ein reicher Verrückter sein.« Er ergänzte: »Und der Kapitän ein armer Verrückter.«
Ben sprang auf und warf die Kaffeetasse zu Boden, oder vielmehr schmetterte er sie. Dann rannte er hinaus.
»Was hat er denn?« fragte Mister Smith, ohne sich aus der Ruhe bringen zu lassen. »Habe ich etwas Besonderes gesagt?«
»Kaum«, antwortete Chris gleichmütig, »du hast nur unsere Arbeit von Monaten kaputtgemacht.« Er folgte Ben, und der Chef sah ihm nach. Man durfte nicht so empfindlich sein wie die beiden Jungen. Aber auch sie würden allmählich ruhiger werden.
Und das wurden sie. Ben und Chris fanden nirgendwo jemanden, der bereit war, mit solchem Risiko bauen zu lassen, wie sie ihm zumuten wollten, und so wandten sie sich wieder der alltäglichen Bauerei zu: große Dreimaster von vierzig und fünfundvierzig Metern Länge, bestimmt als Postschiffe für den Atlantikverkehr. Das Konstruktionsbüro kam Chris und Ben entgegen, indem diese Schiffe zwar in der Mitte noch füllig, insgesamt aber doch schon schlanker und vor allem länger als die bisherigen waren.
»Siehst du«, sagte Chris zufrieden, »wenigstens etwas.«
Aber Ben, der geradezu fanatisch seine Idee verteidigte, war nicht zufrieden, noch lange nicht. Immer noch suchte er jemanden, der seine Konstruktion finanzieren wollte.
Christian aber lernte jetzt den Schiffbau gründlich kennen, von den Linienrissen bis zum letzten Belegnagel.

Als Christian Brinkmann vier Jahre später nach Rostock zurückkehrte, hatte sich auch dort manches so sehr geändert, daß er es kaum glauben mochte. Staunend sah er, daß es sogar in Rostock einen Straßenverkehr gab, der sich so nennen konnte. Der Kutscher fuhr ihn zu einem langen, stattlichen Gebäude, das er nicht kannte. Aber die Adresse war richtig: Niclas Aldag und Friedrich Wilhelm Brinkmann, Werft und Reederei, stand da, und unter diesem Schild schloß er auf der imposanten Freitreppe seinen Bruder in die Arme, der ihn keineswegs mit der Kutsche, sondern mit dem Schiff erwartet hatte und darum völlig überrascht war.

»Fiete Ritter!« rief Christian überschwenglich und sah sich um. Neben dem Geschäftsgebäude war auf beiden Seiten die Stadtmauer abgetragen. Die Warnow blinkte durch das Gewirr von Holzstapeln und Schuppen hindurch.

»Wir haben vorne über die ganze Front unsere Kontore«, erklärte Fiete leise und lächelte in der Erinnerung an den Ritter, der er längst schon nicht mehr war, »und im linken Haus wohne ich mit meiner Frau und unserem Jacob.« Er war sich nicht ganz sicher, wie sein Bruder die veränderten Verhältnisse aufnehmen würde.

»Du bist verheiratet?« fragte Christian staunend. »Und hast schon einen Sohn.«

»Wie es sich gehört«, antwortete Fiete und zog schmunzelnd einen kleinen Jungen zwischen seinen weiten Hosenbeinen hervor. Der Knabe packte den Stoff mit festen Händen und weigerte sich, hochgenommen zu werden. Sein Gesicht wandte er ab und begann schließlich kläglich zu heulen, als der Vater ihn zwang, den fremden Mann anzusehen. »Komm, sei tapfer!«

Louise stand unvermittelt in der Tür. Während sie sich etwas schwerfällig zu Jacob niederkniete, konnte sie den Blick von Christian nicht lassen. Fremd sah er aus, Kleidung und Hut waren weder aus Mecklenburg noch überhaupt aus Deutschland. Aber stattlich war er, ganz das Gegenteil von ihrem Mann, groß und schlank.

Friedrich Wilhelm stellte sie einander vor, redegewandt und souverän. Auch er hat Schliff bekommen, dachte Christian erstaunt, der der Meinung war, daß einer seine Bildung nur in Amerika vervollständigen konnte. Unterhalb der Treppe blieben zwei Knirpse stehen, den Daumen im Mund, und starrten nach oben.

»Du bist gewachsen«, stellte Fiete verwundert fest. »Genau wie Pau-

line, als jeder dachte, daß sie längst ausgewachsen war. Ein richtiger Mann bist du.«
»Glaubst du vielleicht, du allein?« fragte Christian und blinzelte seiner Schwägerin zu.
Friedrich Wilhelm antwortete nicht, sondern sah seinen Bruder forschend an. Er war zufrieden.
Louise war angenehm überrascht von ihrem Schwager. Er war ja ganz anders als der ländliche Stoffel Johann, den sie einmal gesehen hatte und dann nie wieder zu sprechen wünschte. Und Schiffskonstrukteur sollte er sein. Sie hatte es in den letzten Wochen oft genug zu hören bekommen. Fiete war sehr, sehr stolz auf seinen kleinen Bruder, dessen berufliche Fortschritte er nur aus Briefen kannte. Aber – er hatte ihn schließlich dem alten Aldag ans Herz gelegt und fühlte sich deshalb verantwortlich. Und nun war er da, braungebrannt wie ein Neger.
»Werden Sie jetzt bei uns Schiffe bauen?« fragte sie höflich und um ein Gespräch in Gang zu bringen.
Christian lachte sie an. »Meinst du mich? Ich bin dein Schwager.« Er beugte sich vor und gab der widerstrebenden Louise einen intensiven Kuß auf die Wange.
Sie zuckte zurück und hielt dann inne. Er duftete nach einem ganz unbekannten Geruch. Was mochte das wohl sein? Jäh tauchten in ihr Erinnerungen und Sehnsüchte auf und spiegelten sich in ihren Augen wider.
»Ich hoffe doch«, antwortete er auf ihre Frage.
»Gibt es bei Ihnen wirklich Schwarze auf der Werft, ich meine, Neger?«
»Louise!« sagte Friedrich Wilhelm entsetzt und stand kerzengerade und steif wie ein Standbild.
»Du brauchst deine Frau nicht zu tadeln«, sagte Christian, schon wieder lachend, und es war so ansteckend, daß auch Louise lächelte.
»Ja, es gibt Schwarze«, erzählte er dann. »Die Werftbesitzer stellen dort gerne Schwarze ein. Je mehr Neger, desto preisgünstiger das Schiff. Aber irgendwo ist natürlich Schluß«, fügte er bedauernd hinzu. »Man braucht ja auch einige Fachleute.«

Louise achtete wenig auf seine Worte. Fasziniert betrachtete sie ihn. Man mußte diesen jungen Mann ja gerne haben. Er war so ganz anders als die Mecklenburger. Richtig amerikanisch!
»Sind die Männer in Amerika alle so wie du?« fragte Louise und mußte sich kaum mehr überwinden, ihren anziehenden Schwager so vertraut anzureden. Wenn er es so haben wollte: das konnte er.
Christian nahm seinen Hut ab und überlegte. »Glaube ich nicht. Ich bin ja ein typischer Mecklenburger. So sagten sie drüben immer.«
Louise schaute ihn ungläubig an, Fiete, der sich nur ungern an dem unschicklichen Gespräch beteiligte, blickte skeptisch.
»Doch!« beteuerte Christian. »Langweilig, langsam, humorlos, wenn auch zuverlässig.«
»Mein Gott«, sagte Fiete nun doch, »müssen die aber ein Tempo haben, wenn sie dich als langsam ansehen.«
»Ja«, sagte Christian, »das stimmt. Alles geht wahnsinnig schnell. Sie haben es so eilig, daß sie noch nicht einmal die Vornamen vollständig aussprechen. Sie kürzen ab, um Zeit zu sparen. Ich heiße drüben Chris.«
Fiete schüttelte verwundert den Kopf. So fortgeschritten er sich auch vorkam, das ging doch über alles hinaus, was er je vermutet hätte.
»Dich hätten sie wahrscheinlich Freewi genannt«, sagte Christian lächelnd und sah dabei Louise eindringlich an. »Oder nur Free.«
Sie blickte ihn schüchterner an, als sie sich sonst gab, und ließ das ungewohnte Wort langsam über die Lippen rollen. »Freewi«, wiederholte sie.
»Nein, so«, korrigierte Chris und übte mit seiner Schwägerin, während sie Arm in Arm die Diele betraten. Fiete folgte mit dem quengelnden Jacob an der Hand.

Wenige Wochen später hatte Christian sich wieder eingelebt. »Es ist nur so eng hier«, sagte er voll Unbehagen und sah sich auf dem Werftgelände um.
»Was? Dabei haben wir nun schon drei Bauplätze in einer Reihe«, sagte Fiete und fragte sich, was Christian wohl zu den drei am Strand

versprengten Plätzen gesagt hätte. Es war ihnen zum Glück in den letzten Jahren allmählich gelungen, die Plätze durch geschickten Tausch zusammenzulegen – was sie allerdings mit einer um einige Quadratmeter verringerten Fläche hatten erkaufen müssen.
»Mensch, wir in Amerika haben sieben Schiffe auf einmal gebaut, stell dir das vor!«
»Na ja, hier ist das anders«, sagte Fiete kurz. »Wir sind froh, daß zwei Schiffe bestellt sind.«
»Wir haben doch drei Bauplätze«, überlegte Christian laut, »da könnten wir doch eines nach meinen Berechnungen auflegen – ein wirkliches Schiff, meine ich, nicht so einen Warnowkahn.«
Fiete sah seinen Bruder wütend an. Dann hielt er sich aber doch im Zaum. Einer, der so lange außer Landes war, konnte kaum wissen, was hier möglich war und was nicht. »Das geht nicht. Wir haben die finanziellen Mittel nicht mehr.« Aber auch ohne das würde es nicht gehen, Christian, dachte er. So waghalsig kann nur einer sein, der keine Familie hat und keine Reederei ...
»Aber du hast mir doch geschrieben, es ginge der Werft gut«, wandte Christian verstockt ein.
»Das Meisteramt hat uns fast ausgehungert«, sagte Fiete bitter. »Niclas mußte zwei Jahre kämpfen, bis die Sache ausgestanden war. Das hat uns alle Reserven gekostet.«
»Dann werde ich jemanden suchen, der ein modernes Schiff bezahlen kann«, sagte Christian entschlossen. »Einen schnellen Segler, konkurrenzfähig mit allen anderen schnellen Seglern der Welt. Was mir allerdings Kummer macht, ist die Warnow. Ich meine, sie wäre früher breiter gewesen.«
»Das stimmt nicht. Die Warnow hat sich nicht verändert ...« Und wieder biß Fiete die Zähne zusammen. Er verstand seinen kleinen Bruder ja. Aber Christian mußte es einfach einsehen, daß er nicht alles aus Amerika nach Rostock übertragen konnte ... »Weißt du was, Christian, ich glaube, das weite Land da drüben läßt einen immer in die Ferne gucken. Die Mäuerchen vor den Füßen verschwinden da wohl.«
»Und du siehst anscheinend auch keine Mäuerchen«, sagte Chri-

stian verstimmt, »sondern Mauern. Was ist nur aus dir geworden!«
Sie trennten sich. Fiete sah Christian nach, der ans Wasser hinunterging, ans Wasser, das träge und ein wenig schmierig vorüberfloß, beladen mit Holzabfällen, toten Fischen, Teerklumpen, eben dem, was in allen Gewässern vor sich hin zu dümpeln pflegt. Der Geruch von fauligem Wasser stieg ihm in die Nase. Er schnaubte. Merkwürdig: Jahrelang war er ihm nicht aufgefallen. Christian hatte recht und hatte auch nicht recht. Eine solche Werft konnte Kunden kaum anlocken. Nachdenklich kehrte er in sein Kontor zurück.
Christian Brinkmann fuhr wieder fort. Er hatte nichts mehr von dem kleinen Jungen an sich, der tatenlos in eine Ecke starren konnte, dort stundenlang nach der weiten Welt suchend. Jetzt mußte er anscheinend wirklich in ihr unterwegs sein, um sie zu finden. Aber Friedrich Wilhelm war ganz froh darüber. Niclas auch.
»Dein Bruder hat mir einen Plan vorgelegt, in dem der Arbeitsablauf auf der Werft minutiös dargestellt ist«, hatte er gemurrt. »Er glaubt, beweisen zu müssen, daß die Arbeiter nicht konsequent genug arbeiten. Mal hier, mal da, mal überhaupt nicht, sagte er. Und dann hat er mir aufgemalt, wo sie zu sein haben. Lauter Linien, die sich kreuzen. Mein Gott! Linien sind doch keine Arbeiter. Am liebsten hätte er anscheinend, daß sie sich den ganzen Tag auf Kreidestrichen entlangbewegen. Um zwei Uhr mittags ist Schiffbauer Daselow an der Kreuzung zwischen Strich 19 Ost und Strich 5 West zu finden.« Niclas hatte gestöhnt und war dann wieder verschwunden.
Christian Brinkmann ging auf die Suche nach einem Interessenten. Bis nach Hamburg und Bremen fuhr er, um den Reedern seine Vorschläge zu unterbreiten. Mutlos kam er nach mehreren Wochen zurück. Fiete überwand sich, ihn zu fragen, als er ihn in der Diele seines Hauses traf, die Reisetasche noch in der Hand, die großen Koffer neben der Tür aufgestapelt. Christian schüttelte verärgert den Kopf und ging nach oben. Erst am Nachmittag kam er zu Fiete.
»In Hamburg sprach ich bei der Reederei Burmeister vor«, erzählte er. »Die waren sehr interessiert.«
»Und?« fragte Fiete ahnungsvoll.
»Na ja, sie wollten natürlich nicht in Rostock bauen lassen. Das

könnte ich besser in Hamburg, sagten sie. Aber das Geld müsse ich selber vorschießen. Sie müßten das Wunderschiff erst probesegeln, bevor sie es kauften. Sie wollten nicht einmal als Zeichen ihres guten Willens einen Part zeichnen.«
»Und die übrigen?« fragte Fiete mit steinernem Gesicht.
Christian zuckte gleichgültig die Schultern. »Alles Ignoranten.«
»Haben sie dich ausgelacht?«
»Mehr oder weniger«, murmelte Christian und zupfte fahrig an seinem Hemdsärmel. »Eher mehr. Einer verlangte Nachweise, daß ich überhaupt Meister bin.«
»Und?« fragte Fiete und atmete heftig ein. Diese Frage hatte natürlich kommen müssen.
»Ich bin so gut wie jeder Meister«, sagte Christian stolz. »Ich habe ›ja‹ gesagt.«
Friedrich Wilhelm schluckte. Dann blickte er hoch zum Gemälde seiner Frau, das hinter ihm an der Wand hing, in Ermangelung eines geeigneten männlichen Vorfahren. Jetzt wußte er, warum der alte Aldag den Firmengründer so oft angesehen hatte: heimlich um Beistand hatte er gefleht, so wie auch er jetzt. Wenn es bekannt wurde, daß ein Schiffbauer im Namen der Werft Aldag und Brinkmann ein falsches Spiel trieb, konnten sie ganz schnell am Ende sein.
»Sei bloß vorsichtig«, bat Fiete und rang sich gequält ein Lächeln ab, das Gleichmut vortäuschen sollte. »Du weißt, das Amt ...«
»Ach, ihr mit euren Ämtern in Deutschland«, sagte Christian. »In Amerika ...« Er ging.
»Ja, ja, aber wir sind hier nicht in Amerika!« Ausnahmsweise erzählte Friedrich Wilhelm seiner Frau am Abend, was Christian für Neuigkeiten mitgebracht hatte.
»Diese Langweiler«, sagte sie, ein bißchen atemlos, denn das Kind, das sie erwartete, strampelte wie besessen, als endlich das Mieder gelöst und sein Platz weiter geworden war. Louise meinte natürlich die Reeder von ganz Norddeutschland, das war Fiete schon klar. »Können wir denn nicht das Schiff selber finanzieren?« fragte Louise. »Stell dir nur den Ruhm vor, wenn wir, die Reederei Aldag und Brinkmann in Rostock, als erste ein solches sagenhaftes Schiff besit-

zen.« Sie klatschte vor Freude in die Hände wie ein Kind bei der Weihnachtsbescherung.
»Sieh mal ...«, fing Fiete bedächtig an, aber seine Frau unterbrach ihn.
»Fiete, bitte! Sei nicht immer so vorsichtig. Doch, doch, unterbrich mich nicht immer. Niclas sagt, daß du sehr vorsichtig wirtschaftest. Wofür denn? Doch um Rückhalt zu haben, wenn mal wirklich etwas Aufregendes geschehen könnte. Das wäre doch das Aufregendste der Welt, wenn ausgerechnet wir ein Schiff bauen, wie es die Amerikaner haben. Die Hamburger nicht, die Bremer nicht und schon gar nicht die Lübecker, die Krämerseelen.« Louise träumte einige Sekunden vor sich hin. Der Ruhm und das Ansehen ...
Fiete, der wußte, daß werdende Mütter sich zuweilen sonderbar verhalten, sagte nichts. Das Kind strampelte sicher.
»Und ich werde das Schiff taufen ... Ein großes, das allergrößte, das jemals in Rostock gebaut wurde. Es wird natürlich ›Louise Brinkmann‹ heißen.« Ein wenig schnaufend setzte Louise sich auf das bequeme Sofa in ihrem Schlafzimmer, und Fiete hatte nicht das Herz, ihr zu sagen, daß von Taufe nicht die Rede sein konnte. Er jedenfalls würde nicht gestatten, daß ein Schiff, das niemand brauchte, mit Mitteln gebaut wurde, die nicht vorhanden waren. Aber Louise kannte ihn gut. »Vergiß nicht«, fuhr sie mit leisem, fast drohendem Ton fort, »daß Vater vorgesorgt hat. Ich habe Stimmrecht.«
Friedrich Wilhelm wurde jäh an eine Klausel erinnert, die er am liebsten für immer vergessen hätte. Aber Niclas hatte sie ihm vorgelegt, als er in die Firma eintrat, lange bevor er Louise geehelicht hatte. »Mein Vater vertraute dir«, hatte Niclas damals gesagt, »aber Blut ist dicker als Wasser.«
Fiete, in seiner Freude, hatte allem zugestimmt.
»Niclas ist vernünftiger als ein Weibergehirn«, sagte Fiete zornig und schlüpfte in das schlohweiße, scharf gebügelte und gestärkte Nachthemd, bevor er Louise den Rücken zudrehte und die Unterhose auszog.
»Das wollen wir doch mal sehen«, erwiderte Louise, und Fiete wußte, daß es eine Kampfansage war.

Am nächsten Morgen, als die ersten Arbeiten eingeteilt waren und die Kontoristen und Lehrlinge ihre Tagesarbeiten kannten, suchte Fiete seinen Bruder auf.

»Dethloff hat vor zwei Jahren eine Bark gebaut«, erzählte er ihm. Christian saß mit gesenktem Kopf an seinem Zeichentisch und spielte mit dem Federhalter, mit dem er gerade eben noch gelangweilt Figuren gekritzelt hatte. »Ramm im vorigen Jahr. Mir scheint, die Bark ist das Schiff der Zukunft. Was meinst du?«

»Meine Meinung kennst du«, antwortete Christian. »Der Klipper ist das Schiff der Zukunft. Die Bark ist zu klein und zu langsam.«

»Nimm doch Vernunft an«, bat Fiete, »in Europa nützt die Schnelligkeit nichts, man könnte fast sagen, er ist zu schnell, und er trägt zuwenig Last. Und komm mir nicht mit dem Postschiff! Transatlantikverkehr haben wir nicht. Hier brauchen wir immer noch geräumige Schiffe, die wendig sind und mit wenig Mannschaft gesegelt werden. Die Brigg ist das richtige Frachtschiff für die Ostsee! Auch über eine Bark ließe ich mit mir reden. Eine gute Bark kann auch nicht jeder bauen! Niclas jedenfalls hat noch nie eine aufgelegt.«

»Dutzendware«, knurrte Christian uninteressiert.

»Wenn du sie schon zu Dutzenden gebaut hast, könntest du vielleicht schon mal die Risse für eine Bark zeichnen«, schlug Fiete geduldig vor.

»Ich werde es mir überlegen«, sagte Christian in einem Ton, der durchblicken ließ, daß sein Bruder ihn mit einem Hering abspeiste, wo er auf Kaviar Anspruch hatte.

Undankbarer Kerl, dachte Fiete und ging. Mit viel Mühe hatte er in noch eben zu verantwortender Weise einen Finanzierungsplan für ein drittes Schiff zurechtgelegt. Ganz wohl war ihm dabei nicht. Aber besser eine Bark als einen Klipper. Bisher hatte noch kein Mensch einen Klipper gesehen oder davon gehört, nur Christian. Es gab keine Möglichkeit, sich danach zu erkundigen. Oder lag die Zukunft möglicherweise in den Dampfschiffen? Viel Gutes hatte man bisher über sie nicht gehört – aber immerhin – es gab sie. Die alte »Rostock-Paket« war nach ihrem Umbau wieder da und lief jetzt als »Stadt Rostock« regelmäßig im Bäderdienst zwischen Warnemünde und Rostock. Doch Fiete kam bei all seinem Grübeln zu keinem Schluß: Dampfer, Bark, Klipper – sie alle hatten ihren Einsatzzweck – richtig vergleichbar waren sie nicht.

Nach einigen Wochen kam Fiete zufällig hinzu, als Niclas und Christian vor einem kleinen Modellschiff saßen und plauderten. Sie schienen nichts Bestimmtes im Sinn zu haben, sondern tranken Tee und rauchten ihre Zigarren.

»Nanu«, sagte Fiete, »gibt es etwas zu feiern?«

»Nein«, antwortete Niclas träge wie nach einem ausgiebigen Mahl, »Louise kam herüber und brachte uns eigenhändig Tee und Küchlein. Und dabei sind wir hängengeblieben.«

»Ach so«, sagte Fiete und wunderte sich. Weder wußte er etwas davon, noch hatte Louise ihn dazugebeten. »Dann habt ihr vielleicht noch etwas für mich übrig?«

»Tee ist wohl noch da«, sagte Niclas und hob probeweise eine zierliche Kanne an, »aber keine Tasse. Ich werde nach einer schicken.«

Der Lehrling wurde ausgesandt, und nach kurzem hatte auch Fiete seinen Tee vor sich. Jetzt erst sah er, daß die beiden sogar aus dem Brinkmannschen Geschirr tranken – die nachgelieferte Tasse war eine ganz andere.

»Was ist das denn?« fragte Fiete und machte Stielaugen, als ihm das Schiffsmodell nun richtig in die Augen fiel. Schwarz, mit rotem Unterwasserschiff, schlank und lang wie eine Salatgurke, mit drei nach hinten geneigten hohen Masten – höher, als das Modell lang war – und an Fockmast und Großmast vier Rahen übereinander. »So sieht doch keine Bark aus!« sagte er unsicher.

»Ein Klipper«, stellte Christian wortkarg vor und ließ das Modell für sich selber wirken.

»Das ist ein echter Klipper?« Fiete streckte begehrlich die Hand aus und ließ sie dann wieder sinken. Er wollte ja keinen Klipper haben ...

Christian ließ sich auf den Knien vor dem Tisch nieder. »Siehst du?« fragte er, und sein Finger ruhte auf dem sonderbar schnittigen Bug, fuhr den schmalen Rumpf entlang bis zum runden Heck. »Alles Merkmale, die du bei keinem anderen Schiffstyp findest. Was du nicht sehen kannst, sind die geteilten Marssegel.«

»Geteilt?«
»Ja. Die Segelflächen sind so groß, daß die Matrosen sie nur noch geteilt in den Griff kriegen. Das sind Dimensionen, sage ich dir ...«
»Ja, welche denn überhaupt?« fragte Fiete, dem endlich aufging, daß er den Maßstab des Modells ja gar nicht kannte.
»Oh, so sechzig Meter«, sagte Christian.
»Was?« sagte Fiete erschüttert, »das ist ja annähernd doppelt soviel wie bei unseren Schiffen.« Danach schwieg er, und die anderen beiden ließen die Erkenntnis auf ihn einwirken, ohne zu stören. Fiete sah in alter Gewohnheit hoch zum Firmengründer, der auch hier im neuen Haus an seinem alten Platz hing. Die Sonne warf vom Fenster aus einen hellen Reflex über dessen Gesicht. Die Augen des alten Aldag strahlten auf, als ob sie sich über die neuen Möglichkeiten der Schiffahrt freuten. Fiete wandte sich kopfschüttelnd ab. Unmöglich!
»Ich will euch mal etwas sagen!« Fiete wurde plötzlich so heftig, als ob er sich verteidigte. »Was sollen wir mit einem Klipper, frage ich euch? Vielleicht Auswanderer befördern? Die zahlen aber die Passagen nicht, die wir nehmen müßten, um die Kosten hereinzuholen. Obst? Daß ich nicht lache! Auch eine Birne wird nicht bereit sein, Passage zu zahlen.«
Die anderen beiden lachten, und Christian war sich sicher, daß er seinen Bruder noch herumkriegen würde. Seinen großen Bruder, der immer so vernünftig war und auch ein ganz klein wenig engstirnig. Amerika fehlte ihm eben. Aber Fiete würde schon noch einsehen, daß die Zukunft der Reederei und Werft auf dem Spiel stand. Die allergrößten würden sie werden. Christian hielt die Tasse träumerisch in der Hand.
Ein wenig unbehaglich war auch Niclas zumute. Anfänglich gegen seinen Willen war er von Christian mitgerissen worden und war nun selber begierig, so einen Klipper von Riesenausmaßen aufzulegen. Aber er mied den Blick des Firmengründers.
»Man muß die Zeichen der Zeit sehen«, sagte Christian laut. »Und die sind Schnelligkeit! Alles wird schneller.«
Ja, sagte sich Niclas erleichtert. Man muß mit der Zeit gehen, sonst geht sie mit einem. Und das war nie in deinem Sinn. Dem wider-

sprach der Firmengründer nicht, und Niclas fühlte sich gerechtfertigt.

»Und der Getreidehandel?« fuhr Fiete fort, und seine Stimme troff vor Sarkasmus. »Die Getreidehändler werden immer unverschämter. Mit Zerbst als Korrespondenzreeder werden wir den Kontrakt bald aufkündigen müssen. Er spekuliert mit dem aufgekauften Weizen und drückt die Frachtkosten so weit runter, wie er kann. Seine Schiffer klagen mächtig ...«

Niclas spürte, daß er etwas verpaßt hatte, aber er mochte nicht fragen. Er schwieg und Christian auch, der immer noch die Tasse betrachtete.

»Ich kam nicht zum Ende«, sagte Friedrich Wilhelm. »Für den Transport von Kohle, Bauholz, Kalk und Erbsen braucht man natürlich keine Klipper. Danke für den Tee.« Er erhob sich. »Ich muß noch einen Brief von Kapitän Warkentin beantworten. Er dürfte im Moment im englischen Kanal nach Süden unterwegs sein. Er wird über Winter im Mittelmeer bleiben.«

»Tüchtiger Kapitän«, sagte Niclas dankbar. »Wenn wir den nicht hätten ...«

»Ja, er ist ein geschickter Kaufmann und ein vorausblickender Seemann. Gehört nicht zu den Leuten, die grundsätzlich gerade dorthin müssen, wo der Wind herkommt. Er hat ihn immer im Rücken, merkwürdigerweise.«

»Das sind die Leute mit Nase«, sagte Niclas und erhob sich ebenfalls. »Ich muß auch wieder raus. Die ›Biene‹ ist bald fertig. Gott sei Dank. Ich brauche den Platz, vor allem wenn wir ein drittes Schiff auflegen wollen.«

Fiete sah seinen Kompagnon überrascht an. »Wir wollen ...?«

»Hab mich verplaudert«, sagte Niclas und lächelte entschuldigend. »Eigentlich hatte ich es dir noch nicht sagen wollen. Es ist der Wunsch deiner Frau.«

Fiete stellte die Teetasse, die er immer noch in der Hand hielt, mit einem Knall auf die Tischplatte zurück. Sie zerbrach, aber er kümmerte sich nicht darum, sondern zog während des Redens sein Taschentuch aus der Tasche und wickelte es um seine blutende Hand.

»Über meinen Kopf hinweg entscheidet hier niemand, ein Schiff zu bauen«, sagte er mit harter Stimme. »Zumal kein Geld dafür da ist. Wir begeben uns nicht in finanzielle Schwierigkeiten, solange ich für die Finanzen verantwortlich bin! Das kannst du meiner Frau sagen!«
Der Zorn von Fiete prallte an Niclas ab. »Louise wird«, sagte er, »das neue Schiff zur Hälfte selbst finanzieren. Aldag und Brinkmann wird für ihre Hälfte keinen Pfennig zuschießen müssen.«
»Und die andere Hälfte?«
»Wird sie als Parten aufnehmen.«
Fiete kochte. »Meine Frau wird nicht betteln gehen, solange ich das verhindern kann«, sagte er und stellte sich vor, wie Louise bei den Nachmittagskränzchen ihrer Freundinnen in das Büro des Ehemanns verschwand, um diesen zur Zeichnung eines Parts zu überreden. Einen nach dem anderen würde sie beschwatzen. »Die werden denken, Aldag und Brinkmann sei pleite.«
»Das werden sie nicht«, sagte Niclas ruhig, »aber zeichnen werden sie, weil es sie amüsieren wird, daß eine Frau Geschäfte macht.«
»Und das läßt dich kalt? Meine Frau, deine Schwester, mischt sich in Geschäfte, die sie nichts angehen!«
Christian, der den Streit der Geschäftspartner angehört hatte, ohne einzugreifen, schüttelte leise den Kopf. »Von dem Jungen, der seiner Schwester das Lesen beibringen wollte, hast du dich aber weit entfernt.«
Fiete fuhr herum. »Nein! Wenn Louise das aus Not täte, würde ich jederzeit zustimmen und ihr sogar noch dabei helfen. Sie hat aber andere Gründe. Wahrscheinlich will sie mir nur eins auswischen. Sie hat sich noch nie für Schiffe oder das Geschäft interessiert.«
»Darauf kommt es doch gar nicht an! Jetzt tut sie es offensichtlich. Und wenn sie das Geld besorgt, so ist das ihre Sache, meine ich«, sagte Niclas. »Sie bezahlt, Christian entwirft, und ich baue. Das ist ein Auftrag wie jeder andere auch.«
»Damit will ich nichts zu tun haben«, sagte Fiete und verließ das Kontor, ohne die Tür hinter sich zuzumachen. Die Kontoristen hoben die Köpfe und ließen die Federhalter sinken.

9. Kapitel (1842–1848)

Louise ging verbissen an ihr Vorhaben heran. Friedrich Wilhelm, der sich ansonsten nicht einmischte, sah mit Erstaunen, wie sie eine eigene kleine Korrespondenz aufbaute – mit Hilfe eines Kontoristen allerdings, den er ihr selber zur Verfügung stellte –, wie der Stapel an Zusagen zur Zeichnung wuchs und wie sie eines Tages glücklich verkündete, nun sei die Bausumme gesichert.
Inzwischen war ihr Sohn Gustav längst geboren, aber auch durch diese neue Aufgabe ließ Louise sich nur vorübergehend von ihren Pflichten als Reederin abhalten.
Friedrich Wilhelm, der sich vorgenommen hatte, das »Vorhaben Klipper« zu ignorieren, als ob es dieses nicht gäbe, sah deshalb auch keinen Anlaß, mit seiner Frau zu streiten. Abgesehen von der etwas verlagerten Tätigkeit von Louise und davon, daß er ihr in seinem Kontor begegnete, gab es keine häuslichen Veränderungen.
Nur einmal, als die Finanzierung fast sichergestellt und deshalb kein Problem mehr war, vertraute Louise sich ihrem Ehemann an: »Kennst du einen Kapitän«, fragte sie unglücklich, »der ein solches Schiff wie einen Klipper führen könnte?«
»Aha, du hast also noch keinen gefunden«, sagte Fiete mit einer Spur von Befriedigung in der Stimme, die er jedoch zu unterdrücken suchte. »Das dachte ich mir.«
»Ja, wenn ich nach Hamburg fahre, finde ich sofort einen«, entgegnete Louise schnell und versuchte den Eindruck, daß sie womöglich Hilfe benötigte, zu verschleiern. »Einfacher allerdings wäre es hier...«
»Nein, ich kenne keinen«, antwortete Fiete, »die zuverlässigen, erfahrenen Kapitäne haben sowieso ihre Heuer.«
Der Kontrakt zwischen Louise Brinkmann einerseits und der Werft Aldag und Brinkmann andererseits wurde im Juni bei strahlendem Sommerwetter geschlossen. Da Fiete als Miteigentümer der Firma

unterschreiben mußte, war er selbstverständlich beteiligt, jedoch mit großem innerem Widerstreben, ohne dieses allerdings nach außen zu zeigen.
Da das Schiff keiner der herkömmlichen Bauvorschriften entsprach, mußten sie alle Konstruktionselemente einzeln festlegen, und so wurde der Kontrakt ein Werk, das sich über viele Seiten erstreckte. Inhalt der Vereinbarungen war auch, daß die Werft das neue Schiff spätestens in anderthalb Jahren see- und segelfertig abzuliefern hatte, sowie, daß es Louise Brinkmann freistand, einen Sachverständigen heranzuziehen, der ihr als Eigentümerin in baulichen und in Rechtsfragen zur Seite stehen sollte. Dieser war alsbald der Werft namentlich zu benennen, sofern sie sich entschloß, sich in diesen Fragen unterstützen zu lassen.
Nach der Unterschrift übergab Louise ihrem Ehemann als Vertreter der Werft 4000 Mark und ließ sie sich auf der Stelle quittieren.
»Werften muß man sich sorgfältig aussuchen«, sagte sie, »und ihnen immer auf die Finger sehen.«
Fiete preßte zornig die Lippen zusammen, denn er wußte, sie meinte es so. In den letzten Wochen bereits hatte er zu seinem Erstaunen festgestellt, daß die Geschäftsfrau Louise eine ganz andere war als die Ehefrau Louise und zwischen beidem scharf zu trennen verstand. Fast erwartete er, daß sie ihn im Kontor als Kundin mit »Herr Brinkmann« anreden würde, aber zu seiner Erleichterung ersparte sie ihm diese Blamage. Deshalb schluckte er auch die Frage hinunter, woher sie um Himmels willen denn 130 000 Mark hernehmen wolle. Sie besaß zwar eigenes Vermögen – auch das hatte ihr umsichtiger Vater vor seinem Tod geordnet –, aber siebzigtausend? Schweigend ließ er Louise auch das Duplikat zur Unterschrift vorlegen, das im Besitz der Werft blieb.
Zwei Tage danach begannen die Schiffszimmerleute mit dem Bau. Als der halbe Kiel fertig war, entdeckte man, daß die Rechnung mit der Bauplatzlänge doch nicht aufging: das Heck würde in die Strand-Allee hineinragen und dort den Verkehr behindern. Unbedacht warf Fiete seiner Frau diese Komplikation vor.

»Tja«, sagte sie, »das ist eure Sache. Ihr habt unterschrieben, weil ihr glaubtet, dieses Schiff bauen zu können. Nun baut.«
Fiete schwor sich zornig, seiner Frau nie wieder ein Detail preiszugeben. Dann trat er seinen Bittgang zum Stadtrat an. Die Strand-Allee mußte an dieser Stelle um einige Meter stadteinwärts verlegt werden, die Werft selber hatte einen Schuppen abzureißen, und dann würde es gehen.
Die Stadtväter fielen aus allen Wolken. So etwas hatten sie noch nie erlebt. Die Beratungen dauerten vier Wochen.
»Alles unsere Kosten«, murrte Fiete und wartete eindringlichst auf den Bescheid.
Währenddessen schwebte Christian auf Wolken, feilte pfeifend am Takelplan herum, veränderte noch dieses und jenes, besprach hier und dort Einzelheiten auf der Werft, bei den Taklern, bei den Schmieden, auf der Reeperbahn, auf dem Segelboden, bei den Malern und Glasern und schließlich auch mit mehreren Bildhauern. Keiner der Entwürfe war ihm fein genug. Den Meister Elieser Grotermund aus Berlin lehnte er mit barschen Worten ab.
»Soll Louises Konterfei vielleicht einer Dirne gleichen?« fragte er, und Louise, die gar nichts dagegen gehabt hätte, daß ihr milchspendender Busen zum Symbol für ertragreiche Handelsfahrt wurde, stimmte ihrem Schwager errötend zu. Wenn sich dieses in Amerika nicht schickte, mußte sie sich eben dreinfügen; Christians galante Liebenswürdigkeit wollte sie sich nicht verscherzen. Aber vor dem Spiegel posierte sie heimlich, schob ihr Hemd vom Busenansatz weit nach unten und schließlich sogar unter die Brustwarzen. Wenn der Schwager sie nun so sähe ... Und sie stellte sich vor, daß er nicht prüde war, beileibe nicht, sondern sie nur hatte schützen wollen vor den neugierigen Blicken der Werftarbeiter.
Nach acht Wochen kam der Bescheid – positiv, denn schließlich war man wer. Friedrich Wilhelm hatte es nicht anders erwartet, dennoch war immerhin bereits jetzt ein finanzieller Verlust für die Werft zu verzeichnen, wie er unlustig feststellte. Hoffentlich würden sie ihn einholen können.
Wie so häufig war er eines Tages in der Mittagspause auf dem Werft-

gelände unterwegs – diese Gewohnheit hatte er von seinem verstorbenen Schwiegervater übernommen –, als er von weitem seine Frau im Gespräch mit einem Herrn neben dem Klipperrumpf sah. Von hinten kam ihm die Gestalt seltsam vertraut vor, und dennoch war er sicher, sie noch nie hier gesehen zu haben. Leise näherte er sich; Louise sah ihn aus dem Augenwinkel kommen, unterbrach ihr Gespräch mit dem Fremden jedoch nicht. Erst als er fast bei ihnen war, reagierte sie.

»Darf ich Ihnen einen der Eigentümer der Werft vorstellen«, sagte sie förmlich, »zugleich mein Ehemann Friedrich Wilhelm Brinkmann.«

Der Fremde drehte sich um. Seine Verblüffung wich einem zurückhaltenden Lächeln, das von dem krausen Vollbart fast verborgen wurde. »Nun, bist du immer noch dein eigener Herr, Schmied Fiete?« fragte er.

»Der letzte Wikinger vom Röde Orm«, sagte Fiete fassungslos. »Nils.«

Nils umarmte Fiete herzlich, und dieser stand wie vom Donner gerührt da, bis auch er endlich die Arme hob.

Louise hielt sich stocksteif wie eine verärgerte Gouvernante. Es paßte ihr nicht, daß sie einen Geschäftspartner ausgesucht hatte, der mit ihrem Ehemann auf vertrautem Fuß stand. Sie überlegte flüchtig, ob sie die sich anbahnende Partnerschaft wieder rückgängig machen sollte. Aber dann besann sie sich. Es war ungeheuer schwer gewesen, jemanden zu finden, der bereit war, dieses Ungetüm, so wurde es jedenfalls in Rostock genannt, als Kapitän zu übernehmen. Nicht wegen der Größe, das nicht, sondern weil jedermann bezweifelte, daß sich ein solches Schiff in der Trampfahrt einsetzen ließ. Sie aber zweifelte daran überhaupt nicht, und nun hatte sie endlich jemanden gefunden, der es ebenfalls nicht tat.

»Er ist weiß Gott kein Schmied«, sagte sie tadelnd, obwohl sie nichts weniger im Sinn hatte, als Friedrich Wilhelm just nun zu verteidigen. Das konnte er selbst tun. Aber hier ging es natürlich auch um sie selbst.

»Das weiß ich«, sagte der rotblonde Riese gutmütig und drückte Fiete immer noch kräftig.
»Ich lasse Sie gerne allein mit meinem Mann, Herr von Ehrenswärdt, damit Sie Jugenderinnerungen austauschen können«, sagte Louise schnippisch und stellte sich die beiden Männer als Wikinger in einem ranken Langboot vor. Kindsköpfe! Bevor noch irgend jemand protestieren konnte, rauschte sie davon, den schmalen grasfreien Steig zur Strand-Allee hoch. Fiete atmete tief ein und sah ihr nach, genau wie die Arbeiter, die in der Septembersonne vor dem Schuppen saßen und ihr Mittagsbrot aßen.
Fiete sah sie leise tuscheln und lachen. Frau Werftdirektor pflegten sie sie zu nennen.
»Du hast eine tüchtige Frau bekommen«, sagte Nils, und Fiete war sich nicht im klaren, ob er das lobend oder eher abwertend meinte. Er nickte. »Und du?« fragte er.
»Ach, ich war gerade auf der Suche nach einem Schiff, das mir paßt«, erzählte Nils Hugo af Ehrenswärdt, als sei es eine Nebensache. »Und nun habe ich eins gefunden. Und was für eins!«
»Was hältst du davon?« fragte Fiete.
»Großartig, großartig!« lobte Nils. »Schlank wie ein Wikingerlangboot. Damit werden wir der Welt das Heck zeigen.«
Friedrich Wilhelm, sehr viel vorsichtiger geworden, seitdem er Mitbesitzer der Werft war, sah ihn zweifelnd an. Er konnte immer noch nicht glauben, daß sie gut beraten waren. Aber seine Frau hatte anscheinend genau den Enthusiasten gefunden, den sie brauchte, um bestätigt zu werden.
Die Arbeiten nahmen ihren Fortgang. Als der Kiel gestreckt war, überreichte Louise der Werft weitere 6000 Mark. Dann wurde ein Spant nach dem anderen aufgesetzt, und die Umrisse des Schiffes nahmen allmählich Form an.
Am meisten begeistert waren Louise und ihr neuer Berater sowie Christian. Beim Aufrichten des Stevens war der Schiffskonstrukteur dabei und bestand darauf, Hand anzulegen. Fortan ließ er das Gerüst nicht mehr aus den Augen.
Die Arbeiter waren weniger begeistert. Als sie die hohlkehlartige

Einwölbung des Buges zu formen begannen, schüttelten sie die Köpfe und schickten eine Abordnung zu Herrn Aldag und Fiete Brinkmann.
»Meister«, sagte der älteste Arbeiter, die Mütze in der Hand, und trat sich vor dem Kontor des Chefs den Novemberdreck von den Stiefeln, »wir haben Ihrem Vater treu gedient, und wir dienen Ihnen. Der selige Herr Aldag hat immer auch für uns gebaut, nicht nur für den Käufer. Das Schiff wurde gut, das wußten wir, und das wußte der Besteller. Deshalb haben wir bei Aldag – und nun auch bei Aldag und Brinkmann – immer unser Auskommen gehabt. Die Kunden sind gerne zu uns gekommen. Darauf waren wir immer stolz.«
»Ja, ja«, sagte Niclas Aldag.
Fiete sagte nichts. Dieses war einer der wenigen Momente, an denen er sich ausgeschlossen fühlte. Für den alten Stamm von Aldags Arbeitern war er ein Emporkömmling. Sie hatten ihn nur aus Höflichkeit hinzugebeten.
»Jetzt aber glauben wir, daß der Ruf der Werft in Gefahr ist.«
»Aber das Schiff wird gut!« Niclas war auch kein Mann von vielen Worten, und jetzt war er hilflos.
Ein anderer Mann hinter dem Sprecher mischte sich ein. »›Gut ist es wohl, aber zuviel‹, sagte der Bauer, da fiel ihm ein Fuder Mist auf den Leib.«
»Otting, nu laß mal«, brummte der alte Schlichter verlegen, und zu Aldag: »Wir sind nun mal keine Politiker.«
Niclas begriff erstmals das Ausmaß des Widerstandes, der sich da draußen auf dem Werftplatz aufgebaut hatte. Er sah unwillkürlich zu Fiete hinüber, der aber die Leute, die sich vor der Tür scharten, nur grimmig anblickte und Niclas' stummen Hilferuf nicht bemerkte.
»Nichts für ungut«, fuhr der Arbeiter zögernd fort, weil Niclas nichts sagte, »aber wir wissen nicht einmal, ob das Amt diesen Neubau überhaupt genehmigt hat, denn es läßt sonst fremde Meister ja nicht in seinen Bereich hineinpfuschen. Dazu kommt: Es sind genügend Seeleute unter uns, das wissen Sie, Herr Aldag, und alle miteinander sind wir der Meinung, daß dieses Schiff nicht fahrtüchtig sein wird.

Es wird sich vorne festsaugen, unterschneiden und untergehen. Es ist ein gefährliches Schiff!«

»Genau das«, nickten die Leute.

Da hatten sie nun die Prognose für den Klipper.

Die Arbeiter waren fertig mit ihrer Rede. Ihr Sprecher setzte die Mütze wieder auf, was für die übrigen ein Zeichen war, sich umzudrehen und hinauszudrängen. »Nichts für ungut«, sagte er nochmals und verließ als letzter das Kontor. Hinter sich schloß er die Tür.

Sie schwiegen eine Weile. Niclas schlug nervös ein Journal auf und zu, so als vergleiche er zwei Textstellen. Aber er blickte nicht einmal hin. »Ach was«, sagte er endlich, »sie werden sich auch wieder beruhigen. Die Werft hat schon manchen Tumult überstanden.«

»Die größte Gefahr liegt in der Drohung mit dem Amt«, sagte Fiete, ohne auf Niclas überhaupt einzugehen. Niclas ließ sofort das Buch aus der Hand.

»Drohung?« fragte er.

»Natürlich«, sagte Fiete eiskalt, aber sein Zorn richtete sich nicht gegen Niclas. In ihm kochten die Erinnerungen hoch an die vielen Schwierigkeiten, die ihnen die beiden Pentzens in den Weg geworfen hatten.

»Du meinst, sie könnten sich einmischen?« fragte Niclas.

»Natürlich können sie. Und ich fürchte, sie werden. Für Ernst Pentz ist es doch ein gefundenes Fressen, wenn er uns nachweisen kann, daß wir einen Konstrukteur beschäftigen, der weder zur See gefahren noch nach Mecklenburger oder überhaupt irgendeinem Recht in einem deutschen Staat Schiffbaugeselle oder Meister ist.«

»Ja, ich muß die Konstruktion auf mich nehmen«, gab Niclas zu, »aber das wußte ich ja von vornherein.«

Fiete lächelte. »Das ist sehr ehrenwert, aber niemand wird es glauben. Wie solltest du, der du nie in Amerika gewesen bist, den Nachweis führen können, daß dieses Schiff seetüchtig ist. Das kann nur Christian auf seinen Eid nehmen.« Unwillkürlich blickte er hin zu dem Modell mit den hohen schrägen Masten, das als Blickfang mitten im Kontor auf eine Säule gestellt worden war. Er legte die Hände auf den Rücken und umkreiste nachdenklich das revolutionäre Ob-

jekt, während Niclas' Augen ihm folgten. »Ich hoffte immer, daß wenigstens du wirklich davon überzeugt warst.«
»Doch, ich war und ich bin«, entgegnete Niclas. »Du anscheinend nicht.«
»Ich kann mich nicht entscheiden«, sagte Fiete zweifelnd, »dazu bin ich zuwenig zur See gefahren. Aber ich kann die Arbeiter verstehen. Die kennen alle miteinander nur einheimische Fischerboote und Lastensegler. Auf großer Fahrt ist von denen noch keiner gewesen. Sie halten es nicht einmal für möglich, daß man auch anders vorwärtskommen kann als auf bewährte Art.«
»Woher weißt du es denn?« fragte Niclas überrascht.
»Mein Kaufmann Fecht und Christian haben immer dafür gesorgt, daß ich es für möglich hielt, zum Mond zu fliegen und unter Wasser zu schwimmen. Warum sollten dann geneigte Masten so unmöglich sein?«
»Dein Vertrauen ist also theoretisch«, schloß Niclas und nickte. »Das ist ein Grund, so verkehrt kann das nicht sein. Aber es gibt bessere: Früher hat es nämlich auch schon schnelle Segler gegeben – französische Fregatten und englische Schuner. Und auch die hatten schlanke Linien und erinnern mehr an Christians Entwurf als an unsere eigenen Apfel- und Weizenkähne. Manchmal befürchte ich, wir in Mecklenburg verlieren den Anschluß an die Welt«, sagte er düster. »Wir sind so abgeschieden, wir leben wie vor hundert Jahren – und so bauen wir auch Schiffe. Dabei bewegt die Welt sich doch.«
»Nur nicht in Mecklenburg, da hast du recht«, sagte Fiete. »Lassen wir es also auf sich beruhen und hoffen wir, daß wir durchkommen. Zurück können wir ohnehin nicht mehr.«
Das war also beschlossene Sache. Der Bau ging vorwärts. Allmählich entspannte sich Fiete wieder, als das Frühjahr kam und das Amt immer noch nicht widersprochen hatte.
Im März aber begegnete ihm auf der Freitreppe ein junger Handwerksgeselle. »Sie sind doch der Fiete Brinkmann«, sagte er unhöflich und drückte dem Reeder einen Umschlag in die Hand. Dann ging er grußlos fort. »Für Sie: Herr Brinkmann«, rief Fiete ihm aufbrausend nach und wappnete sich gegen das Kommende. Diese

braunen Umschläge kannte er, und als er wortlos in das Kontor eintrat, starrte auch Niclas voll stummer Erwartung darauf.
»Jetzt glauben sie schon, sie müßten uns kommen lassen! Das ist ja die Höhe!« rief Fiete, als er den Text gelesen hatte.
»Wenn wir es mit ihnen nicht verderben wollen, muß ich hingehen«, sagte Niclas.
Das tat er auch, aber er beeilte sich damit keineswegs, denn ein Rostocker Schiffbaumeister muß nicht springen, wenn der Amtsmeister ruft. Er geht nur mal eben vorbei.
Er kehrte zurück, als Fiete mit Christian und Nils die Fortschritte des Baus begutachtete.
»Sie sind oben auf Deck«, teilte ihm ein Arbeiter mit, und Niclas kletterte eine der Leitern nach oben. Mit dem Bau war er sehr zufrieden, der sah solide und gut aus, mit der Unterredung jedoch weniger.
Christian saß rittlings auf einem Decksbalken und beobachtete, wie die Zimmerleute das nächste Knie verkeilten und dann verbolzten. Fiete und Nils sahen sich auf dem bereits fertigen Teil des Decks um.
»Na, was ist?« fragte Fiete, ohne sich umzudrehen.
»Sie wollen Einsicht in die Baupläne haben«, erzählte Niclas.
»Können sie«, stimmte Fiete zu, gleichzeitig empörte sich Christian:
»Um dann meinen Riß zu klauen!« Er balancierte vom Decksbalken zurück an die Bordwand und sprang an Deck.
»Ich mußte zustimmen«, sagte Niclas, während er ihn beobachtete.
»Und ich mußte unter Eid aussagen, daß die ganze Konstruktion von mir nachgerechnet und nachgeprüft wurde und daß ich für den Bau geradestehe.« Er schleuderte gedankenlos ein Holzstück vom Deck hinunter auf das Gelände mit dem nassen, bereits gefrorenen Gras. Dann rieb er sich die kalten Hände. »Die Unterredung war sehr frostig. Weißt du, was ich glaube, Fiete? Der Ernst ist fuchsteufelswild, weil hier etwas vor sich geht, was er nicht versteht. Er ahnt, daß solche gewaltigen Bauten für ihn zu groß sein werden. Für seinen Kopf, meine ich, nicht nur finanziell.«
»Er wird nie Schiffe mit Zukunft bauen«, faßte Fiete zusammen, und darin waren sie sich alle einig.

Langsam gingen die vier zurück zur Leiter, jeder von ihnen gedankenvoll, und jeder sah eine andere Perspektive der Zukunft. Nils, der rotblonde Wikinger, dessen Barthaare jetzt stellenweise schon mehr rotgrau waren, sah sich konkurrenzlos durch die Weltmeere brausen. Er machte sich keine Gedanken um das Amt. Diese engstirnigen Leute waren für ihn keine Gesprächspartner. Um so mehr schlug Fiete sich mit ihnen gedanklich herum. In seinem Allerinnersten fürchtete er, daß Christian irgendwo ein Fehler unterlaufen war und daß das Amt schnell darauf stoßen könnte. Dem Amt konnte man ohne weiteres unterstellen, daß es nicht das geringste Wohlwollen haben würde. Eher würden sie in kleinlicher Weise nach Ungenauigkeiten oder nach Fehlern fahnden.

Das Deck und ein Teil der Einbauten waren fertig, als der Bescheid vom Amt kam. Fiete, dem es offenbar ständig zufiel, die Hiobsbotschaften vom Amt zu überbringen, suchte Niclas zuerst in dessen Haus, dann auf dem Werftgelände, gefolgt vom kleinen Jacob.
Es handele sich um notdürftige Zeichnungen, schrieb man, die Berechnungen seien in Kladde ausgeführt und blieben unverständlich. Außerdem habe die Werft Aldag in Rostock unbekannte amerikanische Formeln angewandt. Man habe zu den ganzen Unterlagen nicht eben viel Zutrauen, und man habe sie nach Hamburg weitergegeben zur Prüfung. Bis die Beurteilung aus Hamburg käme, möge man von einem Weiterbau absehen, um den Schaden, der durch den sogenannten Klipperbau dem Rostocker Amt entstehen könne, zu begrenzen.
»Das ist ja eine Unverschämtheit!« rief Niclas wütend. »Was bilden die sich eigentlich ein! Sie können doch nicht bestimmen, wann und was wir bauen.«
Jacob versteckte sich hinter seinem Vater, er war zwar kein ängstliches Kind, aber laute Töne mochte er nicht. Niclas, immer noch unverheiratet und ahnungslos, was kleine Kinder betraf, merkte es gar nicht. »Hör mal, Christian«, rief er von Deck nach unten, »die trauen uns nicht.«
Christian, der tief unter dem Schiff eine Verbindung zwischen Kiel

und Spant überprüfte, kam hervor, der Zimmermann aber blieb zurück und trieb einen Bolzen mit lauten Schlägen in das Holz hinein.
»Mach dir nichts draus, die verstehen sowieso nicht viel vom Schiffbau.« Christian hob den kleinen Jungen hoch und wirbelte ihn durch die Luft.
Jacob juchzte auf, schrie »mehr, mehr«, und der junge Schiffbauer wurde immer schneller.
Der Vater beobachtete ihn. Gott sei Dank, der kann Seefahrer werden, dem wird nicht schlecht wie mir, dachte er.
»Wir zwei fahren später zusammen nach Amerika, was, Jacob?« Christian nahm den Kleinen bei der Hand, und sie gingen zusammen fort. So war es stets: wo auch immer Jacob seinen Onkel traf, blieb er bei ihm, bis der ihn nicht mehr gebrauchen konnte. Dabei war Christian gar nicht übermäßig herzlich mit dem Jungen, aber Jacob fühlte sich ernst genommen und hatte viel Vertrauen zu ihm.
»Niclas«, sagte Fiete besorgt, »manchmal denke ich, Christian ist auch noch nicht erwachsen. Bis heute hat er nicht begriffen, warum ich so beunruhigt bin.«
»Ja, aber hat er nicht recht, Fiete? Diese Auswüchse der Zunft hat schon mein Vater bekämpft. Aber immer machen sich Leute wie die Pentzens über den Vorsitz her wie über eine Beute; haben müssen sie ihn um jeden Preis. Und was kommt dabei heraus? Wie einer sich dem Ältesten nähern darf und wie er ihn anreden muß. Hat das vielleicht etwas mit Schiffbau zu tun, Fiete? Ich bitte dich! Und im Gegensatz zu uns ignoriert Christian die Pentzens dieser Welt einfach.«
»Du weißt ganz genau, daß wir von der Zunft abhängig sind. Und daß sie selbst dem Freimeister ihren Willen aufzwingen.«
»Weiß Gott«, knurrte Niclas. »Diese Fachleute kümmern sich alle zuviel um Papier und zuwenig um das Bauen. Das Hafenwasser soll sie verschlingen! Aber ich habe die Konkurrenz nicht zu fürchten. Mach dir mal keine Sorgen!«
Aber Fiete Brinkmann nahm die Einsprüche der Zunft von Tag zu Tag schwerer und konnte den Befund aus Hamburg kaum erwarten. Er war der einzige, der die Gefahr sah, und das beunruhigte ihn noch

mehr. Als der Brief dann endlich da war, begann für ihn der dunkelste Tag seines Lebens.
Er rief Niclas und Christian sofort zu sich. »Lies!« forderte er seinen Bruder auf.
Christian las, eher neugierig als ahnungsvoll, und lächelte ein wenig, als er fertig war.
»Hast du dazu nichts zu sagen?« fragte Fiete.
Christian zuckte die Schultern.
»Was ist denn?« wollte Niclas wissen, der die anderen beiden beobachtete.
»Es gibt überhaupt keine Klipper!« donnerte Fiete, dessen Selbstbeherrschung am Ende war. »Er hat uns die ganze Zeit an der Nase herumgeführt. Dieser Schiffstyp ist völlig neu, ganz ungeprüft, und selbst in Amerika gibt es Leute, die über die ganzen Pläne lachen!«
Niclas sprang auf, und sein Blick fiel automatisch auf das Schiffsmodell, das auf der Säule prangte, für jeden Kunden der Werft ein Blickfang. »Es gibt keine Klipper? Aber da ist doch einer!«
»Natürlich gibt es sie«, sagte Christian eigensinnig, »sie sind völlig ausgereift im Entwurf, und es ist in Amerika, als ich fortging, nur eine Frage der Zeit gewesen, wann der erste gebaut wurde. Ben durfte sein Modell sogar beim American Institute in New York ausstellen, und das will was heißen!«
Niclas ließ sich entgeistert auf seinen Stuhl fallen. »Du meinst, du hast noch nie einen richtigen Klipper gebaut, nur das Modell? Und die Werft, bei der du angestellt warst, auch nicht? Und genaugenommen überhaupt noch niemand?«
Christian schüttelte den Kopf, ein wenig schuldbewußt, aber nicht sehr.
Das Blut stieg Niclas zu Kopf; Fiete, der den Schock bereits hinter sich hatte, starrte auf seine Füße und schien entschlossen, nie mehr aufzusehen.

Einige Tage danach ritt Friedrich Wilhelm in scharfem Tempo vor seinem Elternhaus in Liesenhagen vor. Der Hof war leer. Er warf den Zügel seines Pferdes über den Haken in der Wand und ging hinein.

Abigael saß am Tisch und nähte, nun schon fast ganz grau, aber immer noch schön. Sie erhob sich beim Anblick von Fiete, hastig und erschrocken.

»Was ist passiert?«

Ihr Sohn schüttelte eigensinnig den Kopf, und Abigael sank wieder zurück. »Erinnerst du dich noch an mein Modell vom Zeesboot, Mutter?« fragte er.

»Ja. Willst du es haben?« Abigael ließ ihr Nähzeug sinken. »Willst du es endlich wieder zusammenbauen?« fragte sie hoffnungsvoll und wußte doch, daß es kein solch harmloser Anlaß sein konnte, der ihren Sohn zu einem unangekündigten Besuch in aller Frühe veranlaßt hatte.

»Hol es mir bitte«, verlangte Fiete und lehnte den Stuhl ab.

Nach einer Weile kam Abigael mit einer Spanschachtel zurück, die klamm und kalt war und ein bißchen beschlagen, jedoch sauber abgestaubt, so sorgfältig und häufig, daß das fröhliche Hochzeiterpaar auf dem Deckel verblaßt war. Umschnürt war sie mit einem Samtband.

»Du brauchst nicht nachzusehen«, sagte Abigael und versuchte, die Feuchtigkeit mit ihrer Schürze abzuwischen, »es ist alles darin, von der Flagge bis zum kleinsten Splitter der Planken. Nur der Vogel Greif fehlt.«

Fiete nickte mit zusammengepreßten Lippen und verließ das Zimmer wieder. Draußen überrannte er seinen kleinen Neffen beinahe. »Holla, Hugo«, sagte er uninteressiert und wich dem Jungen aus. Sieben Jahre war er nun schon fast, und immer noch unterschied er sich von allen Vettern und Kusinen durch sein üppiges Lockenhaar.

»Onkel Fiete! Baut ihr wieder ein neues Schiff?« fragte Hugo hinter seinem Onkel her, aber er bekam keine Antwort. Fiete befestigte mit abwesender Miene die Schachtel mit einem Riemen hinter dem Sattel und schwang sich dann wieder auf sein Pferd.

Erst als er aus dem Hof hinausritt und seine Mutter mit dem Arm um des Jungen Schulter zurückbleiben sah, die Mutter forschend, Hugo eher wütend, bequemte er sich zu einer Antwort. »Nein, wir bauen kein neues.«

»Bitte, hol mich doch, wenn ihr wieder baut. Ich möchte so gerne eins sehen!« rief Hugo seinem Onkel nach, riß sich los und rannte auf der Straße neben dem Pferd her. »Holst du mich?«
»Ja«, sagte Fiete und galoppierte los, bevor Hugo ihm in die Zügel greifen konnte.
In Rostock mußte er nicht lange nach seinem Bruder suchen. Christian saß bei seiner Schwägerin und trank Tee, als ob nichts geschehen sei. Er lächelte Fiete hoffnungsvoll an, als dieser ins Zimmer trat. Louise dagegen lächelte nicht. Steif saß sie auf dem samtbezogenen Sofa mit der steilen Lehne, innerlich so unnahbar wie äußerlich. Daß sie Christian hier empfing, war eine Demonstration ihres geschäftlichen Willens, nicht ihrer verwandtschaftlichen Gefühle. Sie sah sich durch Christian betrogen – oder eher beleidigt –, aber den Neubau wollte sie trotzdem beenden. Hugo af Ehrenswärdt glaubte daran.
»Christian«, sagte Fiete streng, »komm mit mir. Wir segeln nach Warnemünde.«
Christian sprang auf und stellte die Tasse mit ein wenig Bedauern zurück auf den Tisch. »Wenn du meinst. Aber du segelst sonst doch nicht«, wandte er unsicher ein.
»Heute das letzte Mal. Komm.«
Christian drehte sich zu seiner Schwägerin um und zog die Schultern fragend hoch. Sie schüttelte stumm den Kopf.
Christian folgte seinem Bruder wie früher, munter plaudernd, während sie am Strand entlanggingen. Fiete sagte überhaupt nichts, beschleunigte nur sein Tempo. Schließlich gab Christian auf.
Im Hafen lag ein kleines Boot bereit, mit dem Bug im Wind und flatterndem Gaffelsegel. Die Fischereigerätschaften waren ausgeräumt, aber ein Fischerboot war es. Fiete sprang wortlos an Bord, Christian hinter sich. Der Schiffer legte sofort ab und steuerte in die Flußmitte hinaus.
Als das Boot nach Steuerbord krängte, wurde Fiete schon wieder blaß. Er biß die Zähne aufeinander, er mußte durchhalten diesmal, er mußte. Aber er sagte nichts, und der Schiffer merkte nichts. Wie hätte er auch ahnen können, daß einer der Mitbesitzer der größten

Werft Rostocks die Seefahrt nicht vertrug. Christian lümmelte sich in Lee, die Füße über der Luvkante. Fiete sah das Wasser kaum eine Handbreit neben dem Rücken seines Bruders vorüberrauschen. Er mußte sich abwenden.

Es wurde erst besser, als die Warnow ihre Richtung änderte und sie dem Flußlauf nach Norden folgten; vor dem Wind krängte das Boot nicht mehr, und Fiete nahm seine Hände von der Kiste, die er die ganze Zeit festgehalten hatte.

Christian sagte nichts. Er sah sich um, war er doch selten hiergewesen. Die Gesellschaftsfahrten mit dem Flußdampfer ließen ihm wenig Zeit, die Landschaft zu beobachten, und von diesem niedrigen Boot aus schienen die Weiden und die Sumpflandschaft sich viel weitläufiger neben dem Fluß zu erstrecken. Es war still, nur der Kuckuck rief irgendwo.

Fiete war noch seltener auf der Warnow, und auch jetzt hatte er keinen Blick für sie, sondern betrachtete krampfhaft einen grünen Punkt in der Ferne, ein Grün, das mit Sicherheit ein Wald war und ihm besonders intensiv suggerieren konnte, daß er an Land und nicht auf See sei. Er versuchte, das Rauschen des Wassers am Schiffsrumpf zu überhören. Was war doch der Kuckucksruf so vertraut! Dann fiel ihm ein, wie er schon einmal so begierig nach den Geräuschen der Natur gehorcht hatte. Und auch damals war Christian der Anlaß gewesen.

Der Wald wurde von Dünen abgelöst, am Horizont tauchte die Steilküste auf. Bis zur Außenmole von Warnemünde hielt Fiete durch; dort aber, wo die Wellen der Ostsee auf das ausströmende Flußwasser prallten, stand eine steile, kurze See, das Fischerboot tanzte auf und nieder, der Gaffelbaum ruckte an seiner Schot, und sie kamen kaum mehr vorwärts. Fiete beugte sich über den Bordrand und spuckte.

»Kabbelsee«, sagte der Fischer kurz und luvte ein wenig an, so daß der Wind raumschots einfiel. Sie näherten sich der Steinschüttung der Mole. »Soll ich umdrehen?«

»Nein«, sagte Fiete unwirsch und wischte sich den Mund.

»Was ist los?« wollte Christian wissen, erstaunt, daß sein Bruder eine

Lustfahrt unternahm, bei der ihm schlecht wurde. »Wohin willst du denn? Nach Schweden?«
»So weit würden wir wohl kaum kommen«, antwortete der Fischer statt Fiete spöttisch und ging auf den anderen Bug. Der Baum prallte auf die neue Leeseite, und Fiete versuchte vergebens, die aufkeimenden Erinnerungen zu unterdrücken.
»Du liebst doch Rituale so sehr«, sagte er hastig zu seinem Bruder, aber dieser sah ihn verständnislos an. Danach schwieg er, bis er den Molenkopf nur noch als dunklen Strich erkennen konnte. »Hier«, sagte er, und der Fischer drehte bei.
»Was soll das eigentlich?« fragte Christian beunruhigt und sah zu, wie Fiete ein blaues Band von einer Spanschachtel losband und sorgfältig zusammenrollte. »Wozu sind wir hier?«
»Wir sind hier zu einer Beerdigung«, antwortete Fiete und warf das Gemenge von Stengen, Segeln und Planken seines Zeesbootes ins Wasser. Ein faustgroßer Stein flog hinterher: die schwimmenden Wrackteile tauchten einer nach dem anderen unter; übrig blieben nur noch einige Hölzer, die im Schaum der Wellen auseinandertrieben und verschwanden. »Zu einer Beerdigung von Wracks, untauglichen Entwürfen und der Zukunft.«
Christian sah sprachlos zu; der Fischer schnitt sich einen Priem ab und schob ihn in den Mund.
Dann öffnete Fiete die große Kiste und hob wie in einer feierlichen Zeremonie das Klippermodell heraus.
»Nein!« schrie Christian.
Fiete schleuderte den Klipper, so weit er konnte, ins Wasser. Aufrecht stieß der Klipper mit dem Bug in eine Welle, aber als er hinter ihr wieder auftauchte, lag er flach auf dem Wasser, die Rahen geknickt und die Segel treibend. Während die drei Männer stumm zusahen, drehte der schnittige Rumpf sich träge um die schlaffe schwere Leinwand, dann sackte er weg.
Auch Christian war zusammengesackt. Er ballte die Fäuste und sah verzweifelt seinen Bruder an, als ob ihm jetzt erst klar würde, was dieser ihm angetan hatte.
»Ein Opfer«, sagte Fiete kalt, »und dieses ist nur naß, nicht blutig.«

»Aber die Narben werden tiefer sein als diese hier«, rief Christian, zerrte sich seine Jacke vom Körper und hielt seinem Bruder anklagend die Oberarme entgegen.
»Du brauchst nicht so theatralisch werden«, sagte Fiete, und zum Fischer: »Zurück jetzt.«
Dieser hatte zwar noch nie so merkwürdige Fahrgäste gehabt, aber er wurde gut entlohnt. Außerdem: Was ein Rostocker Reeder tat, konnte gar nicht verkehrt sein. »Woll, woll«, sagte er, schob den Priem auf die andere Seite, ließ das Vorsegel nach Lee auswehen, nahm die Schot wieder dicht und fiel ab.
Um das kurze Stück Weg bis querab von der Mole aufzukreuzen, brauchten sie nun gute drei Stunden, und Fiete, dem immer elender zumute wurde, verfluchte im stillen seine verrückte Idee. Er hätte die Modelle genausogut im Hafen versenken können, aber nein, er mußte ja hinaus, um es seinem Bruder zu zeigen ... Er verkroch sich im Bug, nahm die überkommenden Spritzer gleichgültig hin und war froh, daß ihm dort vorne der Wind tüchtig um die Nase wehte. Einmal hatte Fiete sich umgesehen, nur um den spöttischen Blick, den Christian dem Fischer zugeworfen hatte, und dessen Augenzwinkern mitzubekommen. Christian hatte in der Zwischenzeit sogar die Vorschot übernommen, da die Schläge kurz waren und die Schoten ständige Bedienung erforderten. Nur Fiete taugte nicht auf See. Er fragte sich, ob er mit der Demonstration wirklich erreicht hatte, was er wollte, oder ob sie ihm nicht ins Gegenteil umgeschlagen war.
Als sie im Hafen angelegt hatten, sprang Christian als erster an Land und ging mit seinen langen, eleganten Schritten fort.
Fiete sah ihn nicht wieder. Louise wußte nur zu berichten, daß das Mädchen ihm in aller Eile hatte helfen müssen, zwei Koffer zu pakken, und mit diesen hatte er eine Mietkutsche bestiegen. Fiete raufte sich die Haare. Louise betrachtete ihn wie ein unbekanntes Insekt. »Solltest du ihn fortgejagt haben«, sagte sie, »freu dich, daß er weg ist. Ein Träumer, ein Spinner – man kann ihn nicht brauchen.«
Fiete antwortete nicht. Ihm kam in den Sinn, was ihr Bruder zu ihm vor langer Zeit gesagt hatte: Blut ist dicker als Wasser.

»Was siehst du mich so an?« fragte Louise unbehaglich. »Er ist ein Taugenichts.«
»Nein«, antwortete Friedrich Wilhelm, »ich glaube, er ist seiner Zeit voraus. Aber das verstehst du nicht.«
»Aber du verstehst ihn, nicht wahr? Du hast mich ja widerspruchslos in meinen Ruin rennen lassen!« Louises Zorn wandte sich ungerechterweise gegen ihren Ehemann, aber es gelang ihr nur mit Mühe, ihre Enttäuschung zu verbergen. Und so heftig, wie sie sprach, zupfte sie nebenher einige braune Blätter von einer Pflanze ab und riß dabei ein zartes lila Glöckchen zu Boden. »Siehst du«, sagte sie heftig, »an allem bist du schuld!«
Fiete verließ stillschweigend das Zimmer. Louise war es von Kind auf gewohnt gewesen, recht zu bekommen – die Mutter war gleichgültig gewesen, das Kindermädchen gefügig –, und diese Gewohnheit hatte sie beibehalten. Und Fiete bestrafte sie seit einiger Zeit damit, daß er sie zwang, ihren Zorn für sich zu behalten: er kümmerte sich nicht um ihn.
Einige Tage später wurde Abigael Brinkmann zu Friedrich Wilhelm geführt, von einem neuen Mädchen widerstrebend vorgelassen wie eine Marktfrau. Abigael war außer sich und war trotz der langen Wanderung eher grau im Gesicht als gerötet von der Sonne. Hugo hatte sie mitgebracht. »Dein sonderbares Benehmen hat mir keine Ruhe gelassen«, sagte sie und sank auf den Kontorsessel, den man ihr eilends hinstellte, als man wußte, wer sie war.
»Es handelte sich um den Abschluß eines Schiffsneubaus, Mutter.«
Abigael betrachtete ihren Sohn und schüttelte den Kopf. »Ihr baut keins.«
Fiete errötete.
»Ich habe dich nie belogen, Fiete«, sagte Abigael streng. »Hugo hat dir geglaubt. Und was sieht er hier? Ein Schiff auf der Helling. Das ist doch euer Gelände?«
Hugo war sofort zu der Reihe von Halbmodellen gegangen, die an der Wand nebeneinanderhingen, für jedes von Aldag und Brinkmann gebaute Schiff eines. Dem Gespräch war er gefolgt. Er zeigte

mit dem Finger auf das letzte in der Reihe. »Das hier ist es. Es heißt ›Louise Brinkmann‹.«

»Mutter«, sagte Fiete gequält, »ich habe nicht gelogen. An dem Tag, an dem ich bei euch war, habe ich aufgehört, an diesem Schiff zu bauen. Es wird nicht vollendet. Wir wracken es ab, verkaufen oder verschenken es.« Danach wandte er sich an seinen Neffen. »Hugo, es tut mir leid, wenn du nicht alles verstehst. Aber eines mußt du mir glauben: Ich habe dich nicht belogen. Und das Modell der ›Louise Brinkmann‹ möchte ich dir schenken. Willst du?«

Der Junge fuhr sprachlos mit dem Finger an den weichen Rundungen des polierten Holzes entlang. Keine Holzfaser, kein Astknorren störte das zarte Tasten. Er nickte.

»Dann nimm es dir herunter«, sagte Fiete und wandte den Kopf zur Tür, an der energisch geklopft wurde. »Ja?«

Mit wütendem Gesicht trat Nils Hugo af Ehrenswärdt ein. »Ich dulde es nicht, daß die Arbeiten am Klipper ohne Rücksprache mit mir und Frau Brinkmann eingestellt werden!« sagte er heftig.

Abigael schlug die Hände vor ihr Gesicht. »Nils Hugo«, flüsterte sie kaum vernehmlich.

Aber ihr Enkel, der gute Ohren hatte, drehte sich um. Auch Fiete hörte es. »Hugo?« fragte er und blickte von Hugo zu Hugo.

Kapitän Ehrenswärdt wurde endlich gewahr, daß niemand sich um ihn kümmerte. »Oh, ich bitte um Entschuldigung«, sagte er automatisch, als er Abigael in ihrem Sessel bemerkte.

Während Fiete verständnislos die beiden Gesichter verglich, die einander so ähnlich waren wie ein Sohn seinem Vater, erkannte Kapitän Ehrenswärdt endlich die Frau. »Abigael«, sagte er freudig, »ich habe mich immer gefragt, wo du geblieben warst.«

»Ja, aber viel Mühe hast du dir nicht gemacht«, sagte Abigael bitter.

Nils zuckte lächelnd die Schulter. »Du weißt ja, wie das bei Seeleuten so ist. Ich nahm an, daß du mich längst vergessen hattest.«

»Das fiel mir schwerer als dir.«

Friedrich Wilhelm begriff. Pauline, sie war manchmal so anders als die Geschwister. Und dennoch hatte sie ihm immer am nächsten gestanden, außer Christian.

Nils aber begriff nicht. Er sank vor Abigael auf die Knie und griff nach ihren Händen. »Ich bin immer noch nicht verheiratet. Ich eigne mich nicht dazu. Dafür habe ich dir das Leben mit einem unsteten Seemann erspart, sei also froh. Ich hoffe, du verzeihst mir.«
»Heute, ja«, sagte Abigael still. »Damals nicht.«
»Nils!« rief Fiete, der es nicht mehr aushielt. »Sieh dir mal den Jungen hier an!«
Der kleine Hugo kam neugierig näher, das Modell in der Hand.
»Mein Gott«, flüsterte Nils Hugo af Ehrenswärdt.

Am selben Nachmittag griff das Amt nochmals ein. Der neue Einspruch hatte jedoch nichts mit dem Klipper zu tun, sondern mit einem alten Gesetz, das die Pentzens aus den Akten gekramt haben mußten, wie Fiete sich ausdrückte. Jedenfalls ging es darum, daß eine Werft keine Schiffsanteile besitzen, also nicht gleichzeitig Reederei sein durfte. Niclas hatte davon noch nichts gehört, Fiete aber wußte es vom alten Aldag, der ihm manches erzählt hatte. Angefangen hatte es damit, daß Aldag nach und nach einige freiwerdende Parten aufgekauft hatte, aber allmählich hatte sich die Praxis eingebürgert, daß er sofort beim Neubau des Schiffes für einen Part gezeichnet hatte.
»Ich habe nachgeforscht«, sagte Fiete erregt, »das ist ein Gesetz aus dem Jahre 1614, und kein Mensch kümmerte sich bisher darum.«
»Außer Pentz, Vater und Sohn«, ergänzte Niclas.
Das war der Auftakt zu einem wochenlangen Tauziehen zwischen der Zunft der Schiffbauer, dem Rat von Rostock und der Werft und Reederei Aldag und Brinkmann. Keiner gab nach. Das Gesetz gab der Zunft recht. Die Werft konnte geltend machen, daß es jeder so hielt. Tatsächlich gab es kaum eine Werft, die keine Schiffsanteile in den von ihnen gebauten Schiffen hatte, außer den Pentzens, deren Werft nur mäßig ging. Schließlich ließ man die Sache auf sich beruhen. Aber die Werften Aldag und Pentz waren endgültig zu Feinden geworden.
In dieser Zeit geschah auch das schreckliche Unglück, von dem noch jahrelang in Rostock gesprochen wurde: die Werft Aldag und Brinkmann brannte ab.

Als alles vorbei war, stand fest, daß das Feuer seinen Ausgang vom noch unfertigen Klipper genommen hatte, sei es, daß jemand beim Kalfatern mit dem heißen Teer unachtsam gewesen war oder daß jemand verbotenerweise auf dem Schiff geraucht hatte. Es wurde nie aufgeklärt.

Erhalten blieben von Aldag und Brinkmann nur das Wohnhaus und die anderen beiden Bauplätze mit den unfertigen Schiffsneubauten. Der Klipper, die Schuppen, der Dampfapparat und die Holzstapel aber waren verloren. Eine Brigg von Vater und Sohn Pentz, benachbart zu dem Klipper, brannte ebenfalls ab. Weiterer Schaden entstand nicht, aber ein Mann wurde bei den Löscharbeiten tödlich verletzt. Dieses Mal hatte die Werft kein Geld mehr zur Verfügung, um die Witwe zu entschädigen.

Die nächsten drei Jahre waren für die Werft eine besorgniserregende Zeit. Louise allerdings, nachdem gesichert war, daß nicht sie, sondern die Reederei den Verlust zu tragen hatte, hatte sich ihrem Mann wieder genähert. Und obwohl sie bald danach ihr nächstes Kind erwartete, wußte Friedrich Wilhelm, daß sie nicht seinetwegen, sondern wegen der Katastrophe um die »Louise« viel weinte. So unruhig wie die Schwangerschaft, so schwierig wurde Friedrich Daniel. Das erste Mädchen, das ihn betreute, sagte anfangs wohlwollend »dafür kann er nichts«, aber das nächste und die weiteren Kindermädchen wußten nichts von der Ursache seines Charakters. Sie beschwerten sich bei Frau Louise, und als das nichts nützte, bei Herrn Brinkmann.

»Das rüttelt sich alles zurecht«, sagte Friedrich Wilhelm und entschwand ins Kontor, bevor er noch mit der nächsten Unartigkeit seines Jüngsten konfrontiert wurde.

Louise aber sagte nichts; sie übersah mit Absicht und ein ganz klein wenig Stolz, daß der kleine Dreijährige das Kindermädchen quälte. Sie hatte keine Lust, sich in den Machtkampf des Jungreeders mit seiner Betreuung einzumischen. Ein Mädchen hatte sie bereits entlassen müssen, das dem Jungen kurzerhand eine Ohrfeige gab.

»Das wird mir nun doch zu doll, Frau Brinkmann«, sagte das Kinder-

mädchen offen nach einigen weiteren Versuchen der Erziehung. »Er denkt sich ja Schikanen aus, wo er nur kann.«
»Sie mißverstehen ihn«, hatte Louise kühl entgegnet, »er ist zu klug für Sie. Morgen um acht holen Sie Ihre Papiere.«
Friedrich Daniel hatte hinter dem Rücken seiner Mutter die Zunge herausgestreckt. Fiete aber hatte getobt, als er von der Entlassung erfuhr. Sie konnten sich das hochfahrende Benehmen aus alten Tagen nicht mehr leisten, ihm war das ganz klar, und es war ihm sogar lieb. Gegen Friedrich Daniel war der zweijährige Hans ein ruhiges, unauffälliges Kind, das sich still selbst beschäftigen konnte, das niemanden ärgerte und nicht viel sprach. Selbst wenn Friedrich Daniel ihn gepiesackt hatte, stand er ruhig da, mit dem Daumen im Mund, und betrachtete seinen Bruder wie von der Kuppe der Welt. Er erinnerte Fiete insgesamt an seinen eigenen Bruder Christian, aber dann gab es ihm einen Stich, und er bemühte sich, keine Vergleiche zu ziehen. Christian war und blieb verschollen für die Familie. Anna dagegen, die Jüngste, hatte noch kein Wesen und keinen Charakter. Mit Neugeborenen konnte Fiete wenig anfangen und überhaupt nichts mit neugeborenen Mädchen.
Kurz nachdem Friedrich Daniel geboren worden war, starb Abigael Brinkmann. Dankbar hatte sie zur Kenntnis genommen, daß der nächste Enkel wieder ein Junge war, und so schien der Fortbestand der Familie gesichert.
Auf den Rostocker Werftbauplätzen wurde inzwischen fieberhaft gebaut: immer noch benötigte man nach Aufhebung der Getreidezölle Schiffe, Schiffe, Schiffe. Alle Werftplätze waren besetzt. Auf dem Bauplatz hinter dem großen Aldag- und Brinkmannschen Kontor- und Wohnhaus standen eng beieinander eine Galeasse und ein Schoner.
Fiete betrat sein Haus grundsätzlich nicht mehr vom Werftgelände. Er weigerte sich, mit anzusehen, was ihr schärfster Konkurrent auf ihrem ehemaligen Platz baute. »Für die Kleinschiffahrt«, fauchte er, als die Dummheit von Pentz ihm noch jeden Tag in die Augen stach. »Wie kann der für die Kleinschiffahrt bauen, wo mindestens Briggs hermüssen! Er hat keinen Sinn für den Welthandel!«

Friedrich Wilhelm Brinkmann aber hatte ihn. Nur nutzte er der Werft und Reederei überhaupt nichts, denn nach Begleichung aller Schulden nach dem Brand war ihnen außer einem einzigen Segler und einem Bauplatz, dem kleinsten, nichts geblieben. Es gab die Werft und Reederei zwar noch, aber sie war zu einem kümmerlichen, zweitklassigen Unternehmen geworden. Der Rat von Rostock hatte die kurz nach dem Brand unbesetzten Bauplätze wieder zurückgenommen und an glücklichere Konkurrenten ausgegeben. Man konnte den Ratsherren keinen Vorwurf machen: die Bauplätze wurden dringend benötigt, die Stadt besaß zu wenige, und wer keine Kunden hatte, weil er kein Holz kaufen konnte, der brauchte auch keinen Bauplatz. Nun saßen Pentz Vater und Sohn breitärschig auf dem schönsten Bauplatz am ganzen Strand und legten Kleinschiffe auf...

Friedrich Wilhelm stand oben am Fenster seines Kontors und hatte Mühe, das kleinkarierte Pack auf seinem Bauplatz zu übersehen. Im Gegensatz zu früher hatte er jetzt Zeit genug, aus dem Fenster zu blicken. Für ihn gab es außer der Korrespondenz mit Kapitän Warkentin nichts zu tun. Es ließ sich nicht leugnen: man mied die Werft und Reederei Aldag und Brinkmann. In den Augen der meisten Leute war sie eine Unglückswerft. Man kramte auch die alte Geschichte vom mißglückten Stapellauf wieder hervor und sagte: siehste, als hätte man es schon immer gewußt. Und immer weniger wurde das Handelshaus Zerbst bei diesen Reden miteinbezogen, ja, eigentlich hatten die meisten bereits vergessen, daß sie anfangs der Reederei Zerbst die Mitschuld gegeben hatten. Vergessen waren auch die Entschädigungen, die über die betroffenen Familien ausgeschüttet worden waren, und kam die Sprache doch noch darauf, so hieß es: Ja der alte Aldag, der war eigentlich immer ordentlich. Aber seitdem der junge Aldag sich einen Kompagnon genommen hat, diesen hergelaufenen Schmied ... Und Fiete der Schmied war dann auch verantwortlich für seinen Bruder, den verkrachten Schiffbaulehrling, den Amerikaner, wie man sich mokierte, und nicht nur für den, sondern auch noch für den Schweden, der immer noch nichts anbrennen ließ.

Unten auf dem Gelände waren dumpfe Hammerschläge auf Holz zu hören, daneben ein viel helleres Ping-Ping eines Hammers auf Metall. Vielleicht zischelte auch schon eine Dampfkiste – Fiete wußte es nicht, aber er hielt es eher für unwahrscheinlich. Mit Sicherheit aber köchelte in einer Blechtonne Teer. Ihm stiegen sämtliche Gerüche von neuen Schiffen in die Nase, unwillkürlich blähte er die Nasenflügel. Als er seine eigene Sehnsucht bemerkte, wandte er sich vom Fenster ab.

Er fühlte sich mittlerweile ganz als Reeder, ohne daß er jemals seine Vergangenheit vergessen hätte, und immer noch unterschied er sich gewaltig von den übrigen Kaufleuten und Reedern der Stadt: seine Schulter- und Armmuskeln hatten sich nicht nennenswert zurückgebildet, und sein Schneider las immer noch bewundernd die Schulterbreite vom Maß ab.

Nun, die geselligen Nachmittage und Abende waren für ihn Vergangenheit. Er ging nur noch hin, wenn es unbedingt sein mußte. Darin allerdings unterschied er sich von Louise und ihrem Bruder. Louise insbesondere war der Meinung, daß sie die Pflicht hätten, Haltung zu zeigen, geschäftliche Haltung, versteht sich.

»Je näher am Abgrund, desto üppiger die Feste«, pflegte sie zu sagen und ließ sich darin auch nicht dreinreden. »Kaufmann Schulze schickt erst am Jahresende die Rechnung, wenn es das ist, was dich bekümmert.«

Fiete schüttelte den Kopf über seine Frau. Der Kaufmann interessierte ihn weniger als die mangelnde Anpassungsfähigkeit von Louise. Die Leute ließen sich sowieso keinen Sand in die Augen streuen: Aldag und Brinkmann waren fast am Ende.

Unstet und unzufrieden, wie er bei seiner Arbeit in den letzten Wochen geworden war, setzte er sich wieder an den Schreibtisch und nahm zum dritten Mal den letzten Brief von Kapitän Warkentin zur Hand. Großartiges Fahrgebiet, schrieb dieser, hier im Mittelmeer sehr großer Bedarf an Frachtkapazität; und seitdem die Franzosen sich endlich erfolgreich um die nordafrikanischen Piraten kümmerten, hätte es seine Gefahren weitgehend verloren. Er bedauere nur, daß sein Schiff so klein sei ... Und ob die 3000 niederlän-

dischen Gulden angekommen seien. Der Vermittler habe ihm nicht gefallen.
Friedrich Wilhelm verfiel wieder ins Grübeln. Die Konjunktur für Getreidefahrten konnte jederzeit zu Ende sein: Seiner Meinung nach war es falsch, ausschließlich im Hinblick auf Getreide zu bauen. Und vor allem: über Winter lagen die Schiffe still. Sie alterten, ob sie nun fuhren oder nicht, und die Reparaturen verschlangen hohe Gelder. Infolgedessen mußten sie auch über Winter wenigstens ihre Kosten einfahren. Das bedeutete aber eine Verlagerung des Fahrgebietes in den Süden – und damit es sich rentierte, mußten die Schiffe größer sein. Schneller nicht, wie Christian gemeint hatte, denn Schnelligkeit ging immer auf Kosten des Frachtraums, aber wesentlich größer. Der Mehrgewinn würde sogar eine größere Mannschaft mittragen können. Barken mußten her, da war Fiete sich ganz sicher, sie brauchten Barken, um für die Zukunft gerüstet zu sein.
Er stand auf und ging ins Nachbarhaus. Alle Türen standen weit auf, aber Niclas war nicht in seinem Kontor. Er fand ihn draußen auf der Werft, jetzt öfter als früher, denn es waren nur wenige Mann von ihren Arbeitern übriggeblieben.
Niclas kam herbei, als er Fiete sah. Der Kompagnon brachte entweder gute oder schlechte Nachrichten: um zuzusehen, kam er nicht.
»Niclas«, sagte Friedrich Wilhelm sorgenvoll, »wir müssen den Anschluß wiedergewinnen, unbedingt.«
Niclas nickte. »Ja, tun wir doch.«
»So nicht.« Fiete deutete mit dem Kinn auf das Boot auf der Helling, das kurz, rund und stämmig gebaut war. »Wir brauchen andere Schiffe, ganz andere, nicht noch eine Brigg und noch eine.«
»Fiete«, sagte Niclas energisch, »diese wird anders. Sieh dir den Bug an. Fällt dir etwas auf?«
»Sie sieht aus, als hättest du sie vorne mit Totholz beladen und anschließend kupferfest gemacht.«
»Habe ich, ja, sie ist kräftig wie hundert Pferde. Die kriegt das Eis nicht klein, und das nächste, das wir bauen, wird genauso. Ich überlege sogar, ob wir so einen Walfänger auf eigene Rechnung bauen sollen.«

Fiete zeigte mit dem Finger auf das Schiff, halb erstaunt, halb abwertend. »Einen Walfänger? Bloß nicht! Der ist eine Sackgasse. Bis du fertig bist, will ihn keiner mehr haben.«
»Ach Fiete! Sei doch nicht so stur! Der Walfang wird wieder modern, sage ich dir. Und wir sind vorne, wenn die alle einen Walfänger haben wollen.«
Fiete sah seinen Partner forschend an. Er wußte, Niclas baute gut, aber er neigte dazu, die falschen Schiffe gut zu bauen. Das Problem war, ihn in die richtige Richtung zu lenken, damit er nicht dasselbe tat wie die anderen Reeder Rostocks: rückwärts sehen und dann bauen. Nur was sich bewährt hat, kann gut sein. Kleinschiffe für die Ostsee, so wie die Pentzens sie bauten, die schon stolz waren, wenn eines von ihren Schiffen auch mal den Kanal queren sollte. Und nun wollte Niclas endlich für die Zukunft bauen und wußte nicht, daß er in einer Sackgasse war. »›Man mutt mit'n Fortschritt lewen – sä de Burr – as he up'n Hintern füll‹, hätte mein Vater gesagt«, stellte Fiete fest. »Aber ich kann es dir auch vernünftig erklären: Die Walgründe sind erschöpft, und Tran wird bald nicht mehr gebraucht werden. Gas ist der Treibstoff der Zukunft. Glaubst du, sie jagen noch Wale, wenn es nur noch um Barten für Krinolinen geht? Dafür lohnt es sich nicht.«
»Was geht's uns an«, erwiderte Niclas gelangweilt, »solange nur die Kaufleute das glauben ...«
Fiete sah ihn beschwörend an. »Niclas, dein Vater ...«
»Mein Vater war ein alter Mann«, unterbrach Niclas ihn, »er ging ausgetretene Wege.«
»Ich selbst bin der lebende Beweis, daß dein Vater sich einen Dreck um ausgetretene Wege kümmerte«, sagte Fiete böse. »Der alte Mann bist du!« Er ging. Die Aldags! Kurzsichtig waren sie, im Gegensatz zu ihrem Vater. Und obendrein stimmte seine Frau ständig ihrem Bruder zu, wenn es um geschäftliche Fragen ging. Das paßte ihm grundsätzlich nicht.

Ein halbes Jahr später lag ein neuer Walfänger auf der Helling, bezahlte Auftragsarbeit, und Niclas war sehr stolz. Er fing an, sich

einen Namen zu machen als guter Erbauer von Schiffen, die für das Eismeer geeignet waren.
Fiete war in letzter Zeit weniger im Kontor und kaum auf der Werft aufzufinden. Ihn trieb ein unruhiger Geist durch Rostock, und wie so häufig endete sein ungezielter Spaziergang beim Bahnhofsneubau. Eisen. Mit Eisen müßte man bauen. Die Eisenbahn war im Kommen – nicht lange, und auch Rostock würde endlich an das große deutsche Netz angeschlossen sein –, Dampfschiffe durchpflügten die Ostsee: es war nicht zu verkennen, daß das neue Eisenzeitalter mit Macht über sie eingebrochen war, vor allem im Transportwesen. Immer öfter begann er über eine Trennung von Aldag und Brinkmann nachzudenken.

10. Kapitel (1850)

Endlich wurde vollzogen, was schon lange Stadtgespräch war: Reederei und Werft Aldag und Brinkmann trennten sich. Nicht, daß die Rostocker sich sehr darum gekümmert hätten, denn seit dem Brand hatte man kaum mehr von der Reederei gesprochen, aber es war doch bemerkenswert, weil man daraus schließen konnte, daß sich die Kompagnons nicht mehr verstanden. Und wenn sich zwei Reeder nicht verstanden, konnten sie leicht zu Feinden werden – und das war immer eine Zeitungsnachricht wert. Am Tag der offiziellen Bekanntgabe jedenfalls waren die Zeitungen schneller vergriffen als sonst. Auch das niedrige Volk erhoffte sich über die Zeitungsnachricht einen Hinweis darüber, ob nun Leute entlassen oder womöglich mehr eingestellt werden würden.

Niclas und Fiete aber waren nicht zu Feinden geworden. Niclas war nur ganz froh, daß er den ewig drängenden, in letzter Zeit sogar nörgelnden Partner los wurde. Er selber sah keine Zukunft im Geschäft mit den Eisenschiffen – mit Genugtuung hatte er zugesehen, wie die »Rostock Paket« ihren Dienst wegen mangelnder Nachfrage einstellen mußte –, und er würde auch nie solche Kästen bauen. Er war Holzbauer und hätte sich eher an eine Geige gewagt als an ein Eisenschiff. Nicht auf den Zweck, sondern auf das Material kam es an. Fiete dagegen war Feuer und Flamme für die modernen Schiffe, von ihnen erwartete er die Wunder, auf die es ihm ankam – auch wenn er zugeben mußte, daß sie gegenwärtig nicht halb so schnell waren wie die Segler. »Die entwickeln sich noch«, sagte er. »Sie stehen erst am Anfang.«

Die Trennung wurde mit der Änderung der Schilder über den beiden Hausteilen vollzogen. Nunmehr hieß das eine Haus: »Werft Niclas Aldag«; das andere »Reederei Friedrich Wilhelm Brinkmann«. Weder Niclas noch Fiete waren dabei, als einer der Werftarbeiter die neuen großen Holzplatten annagelte. Sie waren äußerlich identisch, nicht nur in ihren Maßen, sondern auch in der Bemalung, und signalisierten sofort, daß die Trennung mehr finanztechnisch als inhaltlich sein würde. Das allerdings wäre ein Irrtum eines vorübergehenden Betrachters gewesen.

Louise sträubte sich lange gegen einen Ausstieg aus der alten Gemeinschaft. Aber endlich mußte auch sie einsehen, daß es ihr eigener Bruder war, der der Zukunft im Wege stand. Er war es, der verhinderte, daß sie sich der Gegenwart anpaßten, ganz zu schweigen von Neuentwicklungen. Fiete aber wollte die Zukunft von Rostock lenken: der Seehandel war seiner Meinung nach der wichtigste Faktor im Getriebe der Stadt – teilhaben sollte Rostock am Welthandel! Seine flammende Rede im Wohnzimmer seines Hauses machte Louise nachdenklich. Ohne es zu wollen, strichen ihre Hände an ihren Hüften entlang. Sie konnte sich gut vorstellen, wie das Kleid aussehen würde, mit dem sie wieder in den gesellschaftlichen Mittelpunkt Rostocks zurückkehren würde.

»Der Walfang ist ganz und gar ungeeignet, um Rostock groß zu machen«, fuhr Fiete fort und nahm seine nervöse Wanderung zwischen dem Fenster und dem Kachelofen wieder auf, als er mit einem Blick auf seine Frau erkannt hatte, daß sie anfing, die Möglichkeiten der Zukunft unter demselben Blickwinkel zu sehen wie er. »Noch nicht einmal eine Werft kann damit groß werden.«

Louise dachte an eiskalte und schmierige Decks, an Blut und Tran und an die stinkenden, faserigen Walbarten, die vor der Beinreißerei ausgeladen wurden, wenn die Walfänger heimgekehrt waren. Sie pflegte einen großen Bogen um das Haus zu machen. »Nein, weder die Werft noch der Reeder«, gab sie zu. »Das Renommee ist nicht größer als das eines Schiffbauers für Warnowkähne.«

»Eben«, meinte Fiete, »wir müssen andere Wege gehen, Eisenschiffe müssen wir haben. Oder sogar Dampfer ... Endlich unabhängig von der Windrichtung und der Windstärke sein.«

»Wir haben immer Holzschiffe gebaut«, meinte Louise zögernd. »Wir wissen mit Eisen nicht Bescheid.«

Fiete lächelte überlegen. »Glaubst du?« fragte er.

»Ach so«, sagte Louise lahm und ließ ihren Blick auf den breiten

Schultern ihres Mannes ruhen. Sie faszinierten sie schon lange nicht mehr, aber nun wurden sie zum Garanten für die Zukunft. Seine Herkunft, die sie lange verdrängt und im Gespräch mit Freundinnen geschickt umgangen hatte, konnte auf einmal von unschätzbarem Wert für eine neue Geschäftspolitik werden.
»Verstehst du nun?«

Friedrich Wilhelm Brinkmann fing also an, seine neue Werft auf der gesunden, wenn auch nicht ausreichenden Basis des Geldes seiner Frau aufzubauen, des Geldes, das sie aus dem Brand gerettet hatte. Er sah die Geldbeschaffung für das erste Schiff nicht als so ungeheuer schwierig an, jedenfalls lange nicht so schwierig, als wenn er, wie es üblich war, als fast mittelloser Kapitän auf die Suche gegangen wäre. Denn außer einem beträchtlichen Teil des Kapitals brachte er sich ja selbst ein mitsamt seiner stadtbekannten Nase für lukrative Geschäfte.
Friedrich Wilhelm Brinkmann nahm seine Planung in Angriff wie der Stier, der den Gegner aufs Horn nehmen will: mit gesenktem Kopf und unbeirrbar. Als erstes und Wichtigstes benötigte er den Kapitän, noch bevor das Schiff in Auftrag gegeben wurde. Er war sich durchaus im klaren, daß er mit der technischen Überwachung beim Bau überfordert war. Außerdem war eine Reederei ohne Kapitän als dem nautischen Geschäftsführer undenkbar. Kapitäns- und Kapitalsuche würden parallel zueinander ablaufen können.
Nils, der Wikinger, oder, wie Fiete ihn offiziell im Brief anredete: Nils Hugo af Ehrenswärdt sollte sein Schiff führen. Er besaß den Weitblick für das internationale Geschäft, und er hatte Erfahrungen innerhalb Europas sowie den Wagemut, der nötig war, das Schiff selbständig außerhalb der Reichweite des Reederarms zu führen. Fiete entwarf einen Brief, der von seinem Kontoristen zehnmal abgeschrieben und dann auf sämtliche im Hafen liegende Schiffe gebracht werden sollte, mit der freundlichen Bitte, im Ankunftshafen nach einem Kapitän Ehrenswärdt zu fahnden und bei Erfolglosigkeit bei dem größten örtlichen Maklerkontor zu deponieren. Mehr konnte man in dieser Angelegenheit nicht tun.

Als er dem Lehrling durch das Kontorfenster nachblickte, war ihm, als ob er selber dort auf der Straße renne. Die Jahre waren schnell vergangen.

Danach ließ er seine Stute striegeln; in Auftrag gab er: so gründlich wie schon lange nicht. Der Stallbursche wunderte sich, war fast etwas beleidigt, tat aber, wie er geheißen worden war. Friedrich Wilhelm Brinkmann prüfte anschließend das Tier mitsamt Zaum- und Sattelzeug genau, ließ die Steigbügelriemen nachpolieren und stieg dann auf. Er ritt nach Gut Liesenack, auf dem kürzesten Weg, ohne Umweg über Liesenhagen. Ungeduldig trieb er seine Stute vorwärts, und er ließ sie laufen, als sie über die Feldwege stürmte. Die kalte Frühlingsluft tat ihm gut, sie wehte auch die letzten sorgenvollen Gedanken aus ihm heraus, und schweißtriefend erreichten Pferd und Reiter die Gutsgrenze.

Wie Friedrich Wilhelm gehofft hatte, stand Graf von Poggenow draußen auf der Freitreppe. Bereits am Anfang der schnurgeraden Allee konnte er durch das spärliche Laub der Bäume erkennen, wie dem Grafen Pferde im langsamen und im schnellen Trab vorgeführt wurden. Sechs Beine liefen jeweils von rechts nach links und umgekehrt. Die Hosenbeine wirbelten doppelt so schnell wie die haarigen Beine. Wie ein Feldherr hob sich über ihnen der Graf von den braunen und schwarzen Pferdeleibern und den bunten Jacken seiner Bediensteten ab. Er winkte zackig mit der Hand, fast ärgerlich, wenn er ein Tier nicht mehr sehen wollte, und hob sie andächtig, wenn es ihn interessierte und er es aus der Nähe begutachten wollte. Mehrere Pferde paradierten vor den kritischen Blicken seines Besitzers, während der Reeder sich näherte und am Anfang des blumengeschmückten Rondells in Schritt fiel.

Als Brinkmann die Freitreppe erreicht hatte, sprang er ab und wartete auf den Stallburschen, der auf ihn zueilte, ohne daß ein Wink seines Herrn nötig gewesen wäre.

Der Graf war schon lange aufmerksam geworden, jedoch weniger auf den Besucher als auf die Stute. Er stieg die Treppe herunter, die Hände auf dem Rücken, den Kopf etwas vorgeneigt; seine leicht gebogene Nase schien Witterung aufzunehmen. »Wunderschönes

Tier«, lobte er und winkte dem Stallburschen ab, der sich mit einem schwarzen Hengst am Stallhalfter bereit hielt. Der Rappe wieherte und stieg.

»Stimmt«, bestätigte Brinkmann lächelnd und widerstand der Versuchung, sich nach dem Hengst umzusehen, »sie stammt ja auch von hier.«

Der Graf sah den jungen Mann überrascht an. »Ich erkenne es, auch ohne Brandzeichen. Aber Ihnen habe ich es nicht verkauft. Es ging nach Rostock, an ..., an ...«

»An Ministerialrat Kreglien, ja«, fiel Brinkmann ein. »Und von ihm habe ich die Stute. Sie war für ihn zu temperamentvoll.«

»Das ist richtig. Das habe ich ihm auch gesagt.« Der Graf unterbrach abrupt seinen Gedankengang um das Pferd und musterte seinen Besucher ebenfalls ungeniert. »Aber Sie kenne ich auch irgendwoher. Sie sind nicht gekommen, um das Pferd zu verkaufen.«

»Bestimmt nicht«, antwortete Brinkmann. »Die Pferde als Gewerbe habe ich meinem Vater und meinem Bruder überlassen, ich selber bin eher ein Schiffsnarr.« Und heute kann ich es mir auch leisten, das laut zu sagen, dachte er grimmig, ganz im Gegensatz zu früher.

»Ah, der Schiffs-Brinkmann. Jetzt weiß ich, wer Sie sind. Kommen Sie, wir gehen ins Haus.«

Der Graf wandte sich von den Pferden ab und strebte dem Herrenhaus zu. Friedrich Wilhelm blieb nichts übrig, als schnell an seine Seite zu eilen. Während sie die Treppe emporstiegen, öffnete sich die Tür, und eine Dame im langen Reitkleid und mit Reitgerte trat heraus.

»Nun, meine Liebe«, sagte der Graf, »willst du jetzt ausreiten? Es wird gleich Regen geben.« Er drehte sich um und betrachtete den Himmel über den Alleebäumen, der sich schwarz gefärbt hatte. Die Spitzen der Zweige bogen sich bereits unter den ersten Böen. »Ach so«, sagte er dann beiläufig, »darf ich dir Herrn Brinkmann von der ›Reederei Brinkmann und Aldag‹ vorstellen?«

Friedrich Wilhelm Brinkmann verbeugte sich höflich, und das war gut, denn sonst wäre der tiefe Atemzug, den er in seiner Überra-

schung tat, wohl bemerkt worden. Er wußte, wer vor ihm stand: die Nichte des Grafen, deren Namen er immer noch nicht kannte.
»Die Tochter meines jüngsten Bruders, Frau von Schröder«, sagte der Graf, als habe er Fietes Gedanken gehört.
Die Dame sah sehr jung aus, viel jünger, als er selber sich fühlte, obwohl er wußte, daß sie ungefähr gleichaltrig sein mußten. Und dennoch trug sie bereits den Witwenschleier, was sie allerdings nicht daran hinderte, den Besucher freundlich anzulächeln.
»Es freut mich sehr, Herr Brinkmann«, sagte Frau von Schröder mit klangvoller Stimme und reichte dem Reeder die Hand. »Wenn ich mich nicht irre, sind wir einander schon begegnet, obwohl wir uns noch nicht vorgestellt wurden.«
»Ich glaube nicht«, antwortete Friedrich Wilhelm verwirrt, denn sie konnte doch nicht bemerkt haben, wie er sie im Hof seines Vaters kindlich angehimmelt hatte. Und im Gewühl auf der Werft sicher auch nicht – ein Lehrling ist kein Objekt für das Auge einer Taufpatin. Oh, er wußte noch genau, wann er ihr begegnet war, vom ersten Augenblick an hatte er sie geliebt, auch schon als Junge. Schmerzhaft wurde er sich dessen bewußt.
»Herr Brinkmann«, sagte sie weich, »ich muß nun gehen. Aber ich hoffe, Sie bald einmal wiederzusehen. Dann können wir Jugenderinnerungen austauschen, nicht wahr?«
Sogar der Graf hatte die seltsame Stimmung seiner Nichte wahrgenommen. Mit hochgezogenen Augenbrauen sinnierte er ihr nach, als sie die Treppe hinuntereilte. Friedrich Wilhelm Brinkmann blickte ihr hingerissen hinterher.
»Kommen Sie«, sagte Graf von Poggenow fast barsch und drehte sich zur Haustür um. Brinkmann löste seine Augen widerwillig von der jungen Frau, die mit gesenktem Kopf dem wirbelnden Sand und den fliegenden Ästen entgegengaloppierte. »Sagen Sie, stimmt es, daß wir in Rostock zuwenig Schiffstonnage haben? Und daß sie zu unmodern ist? Man hört so allerlei – im Parlament und auch anderswo.« Die Stimme des Grafen klang verdrossen. Abgesehen davon, war Friedrich Wilhelm froh, daß der Graf umwegslos zur Sache kam. Schließlich war er, der Reeder, nicht gekommen, um über Pferde zu

reden und schon gar nicht über Nichten, die aus heiterem Himmel vor ihm auftauchten und ihn beunruhigten.
»Wir stehen gut da in der Welt«, sagte Brinkmann zurückhaltend, »aber die Welt erwartet von uns noch mehr. Sie scheint zu glauben, daß unsere Tonnage unerschöpflich ist ... In Wahrheit kommen wir natürlich mit dem Bauen kaum nach.«
»Es sieht also noch nicht nach Katastrophe aus«, sagte der Graf, nun anscheinend bereits beruhigt, während sie die weitläufige Halle betraten. Brinkmann sah sich verstohlen um. Wer hätte gedacht, daß er, der ehemalige Schmiedejunge, jemals hier in das Haus eingelassen werden würde.
Der Diener verbeugte sich respektvoll erst vor seinem Herrn und um einen Hauch weniger tief vor dem Gast, dessen Zylinder er in Empfang nahm. Dann öffnete er eine hohe Flügeltür, und sie traten in die Bibliothek mit deckenhohen Regalen und Tausenden von Büchern ein. Die Vorhänge waren zur Seite gezogen; durch eine Lücke in den Wolken warf die Sonne helles Licht in den Raum. Auf mehreren breiten Strahlen tanzten unzählige Staubkörnchen und verloren sich zwischen den ledernen Buchrücken. Brinkmann hielt sekundenlang den Atem an. Wenn er als Kind hier eingelassen worden wäre ...
Mehrere tiefe Fauteuils vor dem Kamin luden zum Sitzen ein, und die Herren nahmen Platz. Die Holzscheite knisterten beim Brennen, aber sonst war es still im Raum.
»Ständig werden wir im Parlament mit diesen Schiffahrtsproblemen belästigt«, murrte der Graf gedankenvoll nach einiger Zeit, »als ob es nichts anderes Wichtiges auf der Welt gäbe.«
Brinkmann nickte und betrachtete den alten Mann im Sessel teilnahmsvoll. Früher einmal – da hatte der Graf als Außenseiter gegolten, wenn nicht sogar als aus der Art geschlagen. Für die Rechte seiner Leibeigenen war er öffentlich eingetreten, dafür hatte er den Spott seiner Standesgenossen aushalten müssen. »Mecklenburgs Zukunft hängt in weit größerem Ausmaß von der Schiffahrt ab als von der Pferdezucht«, sagte er und war sich dessen bewußt, daß seine Behauptung undiplomatisch war. Der Graf runzelte denn auch

die Stirn. »In Mecklenburg gibt es nur eine einzige Zucht, die man außerhalb kennt – ein L mit Krone darüber«, fuhr Brinkmann fort, während der Graf sich lächelnd in seinem Sessel zurücklehnte und wohlwollend zuhörte, »während beim Schiffbau Hinz und Kunz bauen kann. Die Zunftältesten, die sich gezwungen sehen, neue Meister zuzulassen, tun das zähneknirschend – und je schlechter die Ausbildung, die ein Bewerber mitbringt, desto besser für sie. Sobald sich der schlechte Ruf von einem der neuen Meister herumspricht, hauen sie kräftig in dieselbe Kerbe. Und alles nur, damit ihr eigenes Geschäft blüht. Welch schlechten Dienst sie der Stadt Rostock damit erweisen, können sie gar nicht ermessen.«
Der Reeder ballte die Fäuste und schwieg. Unbewußt rückte er an dem Kognakglas herum, das der weiße Handschuh des Dieners vor ihm abgestellt hatte.
Der Graf schien versunken in seine eigenen Gedanken. Erst nach langer Zeit sah er seinen Besucher an. »Sie hatten es nicht nötig, daß ich mich um Ihre Ausbildung kümmerte«, sagte er. »Das ist heute meine einzige Entschuldigung.«
Brinkmann nickte gleichgültig. Das war seine Sorge schon lange nicht mehr. »Wir müssen deshalb neue Wege gehen, andere Schiffe bauen, bessere, am Amt vorbei, wenn es sein muß. Mecklenburg muß bekannt werden für seinen Schiffbau, für gute, schnelle, geräumige und zuverlässige Schiffe. Die Schiffe müssen so rassig sein wie meine Stute.«
»Ich habe«, sagte der Graf gutgelaunt und lehnte sich vor, um die Aufmerksamkeit seines Besuchers einzufangen, »Geld in Schiffsparten angelegt, das wissen Sie vielleicht. Ich wäre bereit, das noch einmal zu tun. Man hat von der Geschäftsführung bei Aldag und Brinkmann nur Gutes gehört.«
Brinkmann atmete tief ein. »Ich will Ihnen nicht verbergen, daß ich genau aus diesem Grund zu Ihnen gekommen bin. Ich werde ein großes Schiff auflegen lassen, größer als alles, was jemals in Rostock vom Stapel lief. Meine Sternenflagge wird der Welt zeigen, wer die Rostocker Schiffbauer sind!«
»Sie gefallen mir«, sagte der Graf. »Sie haben das, was Ihrem Bruder

fehlt: Weitblick und die Fähigkeit, von den ausgetretenen Pfaden abzuweichen. Aber zu große Risiken sollten Sie nicht eingehen.«
»Es ist kein Risiko dabei«, widersprach Friedrich Wilhelm siegesgewiß. »Die neue Bark wird das ganze Jahr über in Betrieb sein, im Sommer im Norden, im Winter im Süden; die Reparaturaufwendungen werden denkbar gering sein, kurz: Die Rendite wird enorm hoch werden. Das verspreche ich Ihnen.«
Der Graf schien verblüfft. »Das Fahren im Süden ist aber teurer, weil die Haltbarkeit des Schiffes geringer ist. Oder ist die Kupferung des Schiffsbodens heutzutage schon so weit fortgeschritten ...? Ich weiß nicht sehr gut darüber Bescheid«, gab er zu. »Kupferung bei Pferden ist selten. Die tragen nur Eisen. Wissen Sie noch?« Er lachte schallend.
Brinkmann fiel in das Lachen ein, jedoch sehr zurückhaltend. »Eisen, ja. Ich vergaß, Ihnen zu sagen, daß wir mit Bohrwürmern keine Probleme haben werden. Es wird ein Eisenschiff.«
Graf von Poggenow sah seinen Besucher entgeistert an. Dann wandte er seinen Blick einem goldenen Hufeisen zu, das einen prächtigen Schreibtisch zierte, der blankpoliert und unbenutzt vor den hohen Terrassenfenstern stand. »Eisen. Zu gewöhnlich. Nein, Eisen kommt nicht in Frage. Ich traue den Dingern auch nicht.«
»Aber sie sind Stand der Technik«, widersprach Brinkmann entgeistert. »Überall in der Welt segeln und dampfen Eisenschiffe, nur bei uns nicht.«
»Zu Recht. Irgendwann müssen sie untergehen. Ein so schweres Material kann nicht schwimmen.« Der Graf starrte immer noch auf das Hufeisen, während er seine altersaderigen Hände in der Luft zu wiegen schienen, und als die eine mit einem Ruck nach unten sackte, war es Friedrich Wilhelm, als ob damit alle seine Hoffnungen ins Wasser gefallen waren. Der Graf hatte entschieden.
Brinkmann, ein gestandener Mann in seinem Gewerbe, hatte noch nie mit jemandem diskutieren müssen, ob Holz besser schwamm als Eisen. Jeder kannte den Vergnügungsdampfer der Rostock-Warnemünde-Linie. Man konnte ihn einfach nicht anzweifeln! »Die ›Rostock Paket‹«, erinnerte er.

»Sie ist aus dem Verkehr gezogen. Die Betreiber wußten, warum.« Dem Reeder war klar, daß die Betreiber es gewußt haben mußten, der Graf jedoch wußte es nicht, und die Gründe waren völlig andere, als dieser glaubte. Er seufzte geschlagen.

»Wissen Sie was«, sagte Graf Poggenow versöhnlich und betrachtete seinen Gast wie einen Schüler, den er gerade mit sichtbarem Erfolg belehrt hatte, »wenn Sie sich umentschieden haben, dürfen Sie jederzeit bei mir wieder anklopfen. Für ein schönes Holzschiff zeichne ich einen Part, dabei bleibe ich. Je rassiger, desto besser.« Dann blinzelte er dem Reeder vertraulich zu. »Von rassigen Geschöpfen verstehen wir beide etwas, wie?« Er erhob sich schwerfällig.

Brinkmann kam sich übertölpelt vor, als er neben dem Grafen durch die Halle ging. Gegen diese spürbar vorhandene, über Generationen hochgezüchtete Überheblichkeit kam er nicht an, nicht mit seiner Erfahrung als Reeder und nicht mit seinem modernen Wissen. Er verabschiedete sich kurz und knapp und zornig auf der Treppe, wartete ungeduldig, daß der Knecht sein Pferd brachte und warf sich dann mit solcher Verärgerung auf seine Stute, daß sie verstört aus dem Stand angaloppierte. Friedrich Wilhelm bemerkte nicht einmal, daß der Graf auf der Freitreppe stehenblieb, um ihm nachzusehen, versunken in wehmütige Gedanken und mit einer leisen Ahnung davon, daß er selbst ein Überbleibsel aus alter Zeit sein und der junge Reeder den künftigen Typ von Geschäftsmann verkörpern mochte.

Die Stute beruhigte sich am Ende des Zufahrtsweges zum Herrenhaus und fiel an der Gutsgrenze in Schritt, ohne daß Fiete auf sie einwirkte. Rassig, dachte er erbost, sind alte Männer nur noch an Rassigem interessiert? Hängt das am Alter oder am Adelstitel? Was kann an Eisen gewöhnlich sein? Es ist ein Werkstoff, ein sehr, sehr nützlicher, geldbringender Werkstoff, unverwüstlich wie die Welt. Von Holz läßt sich das, weiß Gott, nicht sagen.

Tief in Gedanken ritt er weiter und bemerkte nach langer Zeit, daß er den Weg nach Liesenhagen eingeschlagen hatte. Aha, auch er also. Alte Wege sind die vertrautesten. Unvermutet gewann er seine gute Laune wieder und nahm die Zügel auf. Zügig galoppierte er seinem Elternhaus entgegen.

Der Hof war leer bis auf die ältere Frau, die seinem Vater den Haushalt führte. Nein, der Vater sei nicht da. Weg mit einem Pferd. Wo Johann war, wußte sie auch nicht. Im Hause lebte er jedenfalls nicht. Nachdenklich ritt Fiete weiter zu seiner Schwester Pauline.
Vor dem kleinen Straßenarbeiterhäuschen kam ihm ein junger Mann entgegen, viel größer, als er ihn in Erinnerung hatte, eben fast ein Mann schon. »Bist du denn schon konfirmiert, Hugo?« fragte er erstaunt.
»In vier Wochen, Onkel.«
Friedrich Wilhelm sah den Jungen von oben an. Ein unbändiger Kerl war er geworden, mit dem lockigen Haar, das ihn von den übrigen Brinkmanns unterschied, und lang, mit schlaksigen Armen und Beinen. Er konnte keine Minute stehenbleiben; offenbar wurde er von einer schier unerschöpflichen Energie angetrieben. Als ob er ständig unter Dampf stünde.
»Bitte, laß mich mit dir gehen«, sagte Hugo plötzlich. »Ich halte es hier nicht mehr aus. Ich bin nur wegen Mutter geblieben ...«
Fiete biß sich auf die Lippen. Er hatte es kommen sehen. Der Junge paßte nicht in diese bäuerliche Umgebung, es zog ihn zur See, wie alle, die mehr nach Abigael schlugen als nach der väterlichen Linie. Und alles wiederholte sich. Auch Tegelow hing an der Erde, die nicht einmal seine eigene war, und sein Horizont war hinter den Chausseebäumen zu Ende. »Soll ich noch einmal mit deinem Vater sprechen, Hugo?«
Der Junge wehrte mit dem kurzen energischen Schnicken des Kopfes ab, das für ihn typisch war und das Fiete auch bei Nils kannte. »Es hat keinen Sinn. Der Alte will's nicht!«
»Wer?« fragte Fiete in der ersten Überraschung, aber Hugo antwortete nicht, und es erübrigte sich auch. Hugo hielt nichts von seinem Vater.
In diesem Moment trat Pauline aus dem Haus. Sie blickte ungläubig zu dem Reiter vor ihrer Haustür hoch, dann verzog sich ihr Gesicht

zu einem strahlenden Lächeln. »Fiete Ritter!« rief sie, und dieser beugte sich hinunter, um sie zu umarmen. »Daß du uns besuchen kommst!«

Friedrich Wilhelm sah schuldbewußt drein. Es stimmte: zu selten war er zu Hause bei seinen Verwandten. Nicht, daß die Entfernung für ein Pferd oder eine Kutsche zu weit gewesen wäre, aber es verband ihn wenig mit ihnen, seitdem die Mutter tot war. Nur mit Pauline und ihrem Sohn war die Verbindung nie abgerissen. Er sprang ab und übergab seinem Neffen das Pferd. Während Hugo mit dem Tier forttrottete, die Zügel über der Schulter und ohne sich um die hinter ihm hertänzelnde Stute zu kümmern, sahen ihm Pauline und Fiete nach.

»Wie einer, der die Festmacherleinen über den Kai zieht. Der Junge gehört zur See. Mit Pferden hat er nichts im Sinn.«

»Nein«, stimmte Pauline wortkarg zu, aber für Fiete waren darin alle Streitereien, die seit Jahren zwischen ihr und ihrem Mann über den Jungen vorausgegangen waren, enthalten. Er wußte, daß seine Schwester schon immer vorbehaltlos auf Hugos Seite stand. Seitdem sie erfahren hatte, daß Hugo das Ebenbild und der Enkel eines Ehrenswärdt war, verkörperte er für Pauline all das, was ihr einst vorgeschwebt haben mochte, ihre Träume und Wünsche, die sie weit über das Leben auf dem flachen Land als Frau eines Straßenarbeiters heraushoben. Auch für Pauline begann die Freiheit auf See, genau wie früher für ihre Mutter Abigael.

Fiete sah seine immer noch schöne und kluge Schwester an. Sie wäre wie geschaffen gewesen für das Leben in der Stadt. Jetzt, wo er den Zusammenhang kannte, sah er mühelos die Eleganz und den Charme, die sie so überreich besaß und die nur etwas hätten geschult werden müssen. Allmählich konnte er ihre merkwürdige Heirat fast verstehen. Pauline mußte gespürt haben, daß sie hier auf dem Land niemals einen ihr ebenbürtigen Ehemann gefunden hätte. Da hatte sie es vermutlich vorgezogen, noch unter ihrem eigenen Stand zu heiraten, um um so sichtbarer dokumentieren zu können, daß sie etwas Besseres war.

»Was siehst du mich so an?« fragte Pauline unruhig. »Irgend etwas in

Unordnung?« Sie schob mit vertrauter Geste die lockigen Haare aus der Stirn unter die Haube.
Fiete lachte. »Dasselbe hast du schon als Kind gemacht. Laß man. Seit dreißig Jahren wirbeln die Haare um dein Gesicht herum wie deine widerspenstigen Gedanken.« Er gab ihr einen brüderlichen Kuß auf die Nase, den sie verschämt wegwischte.
Hugo bog im Galopp um die Ecke. Im Laufen riß er einen Huflattich von einem schmalen Mauersims ab und steckte ihn quer in den Mund. »Da bin ich wieder«, sagte er, als er mit einem Sprung neben Mutter und Onkel landete, etwas undeutlich, weil die Blume zwischen den Lippen klemmte. Auch in seiner Sorglosigkeit erinnerte er Fiete sehr an Nils Hugo, ja, die Ähnlichkeit war geradezu beklemmend. Für einen Moment erschien vor Fiete der Wikinger, wie er neben dem Holzstapel stand, frei und ungebunden, ein König der Nordmeere. Auch den Enkel würde niemand mit Alleebäumen zufriedenstellen können.
Pauline sah ihrem Sohn zu und konnte ein flüchtiges stolzes Lächeln nicht verbergen. Fiete legte seine Hand über ihre Schulter und drückte sie sanft.
»Ich habe jetzt eine eigene Reederei«, erzählte er seiner Schwester, »ich habe mich von Aldag getrennt. Aber ich muß sie erst aufbauen. Noch habe ich keine Schiffe.«
»Was?« rief Hugo empört und griff heftig nach Fietes Jackenaufschlag. Fiete runzelte die Stirn. Er verstand den Jungen nicht. »Ich wollte doch auf euren Schiffen anheuern.« Hugo sah seinen Onkel anklagend an. Jetzt waren seine ganzen Zukunftspläne durchkreuzt.
»So ernst ist es dir«, stellte Fiete fest und war überhaupt nicht überrascht. Eher hätte es ihn gewundert, wenn Hugo sich gegen seinen Vater nicht zur Wehr gesetzt hätte. »Dann will ich dir einen Vorschlag machen. Ich suche in ganz Europa nach deinem Großvater, um ihm mein erstes Schiff als Kapitän zu übergeben. Sobald ich ihn gefunden habe und sobald das Schiff fertig ist, werde ich dich benachrichtigen. Ich glaube, in anderthalb Jahren sind wir soweit.«
»In anderthalb Jahren? Nein!« schrie Hugo. »Dann verdinge ich

mich als Schiffsjunge woanders. Glaubst du, ich buddele noch so lange im Straßendreck?«
»Wenn du Nils Hugo af Ehrenswärdt suchst«, sagte Pauline ruhig, »so ist er in Hamburg. Er ist über die Maklerei Bendixen zu erreichen.«
»Mein Gott, Pauline«, sagte Fiete überwältigt, »du weißt die ganze Zeit, wo er ist, und sagst nichts.«
»Warum fragst du mich nicht? Er steht mir näher als dir.«
Das war richtig. Nils und Fiete waren nicht gerade freundschaftlich auseinandergegangen. Nils hatte der Werft mangelnde Vorsicht mit offenem Feuer und mangelnde Aufsicht beim Bau vorgeworfen. Es hatte eine erregte Debatte gegeben, in der sie schließlich festgestellt hatten, daß das Feuer unerklärlich blieb und daß die Schuld der Werft zumindest nicht nachgewiesen werden konnte, zumal sie sämtliche Sicherheitsmaßnahmen stets genau zu erfüllen pflegten. Das war insbesondere Niclas' Verdienst gewesen. Danach war Ehrenswärdt verschwunden, genau wie Christian.
»Am liebsten würde ich mit der Eisenbahn hinfahren«, murmelte Fiete vor sich hin.
»Mit der neuen?« fragte Hugo, der seinen Zorn schon wieder vergessen hatte. »Da will ich mit!«
»Dein Junge ist aber auch nicht bange«, stellte Fiete fest und überlegte bereits, ob er es tatsächlich tun sollte. Es wäre keine schlechte Einführung bei Nils Hugo, wenn er dessen Enkel mitbrachte. »Gut, aber dein Vetter Jacob kommt mit.«
»Ist mir egal«, sagte Hugo wahrheitsgemäß.
»Abgemacht, Hugo«, versprach Fiete, »aber nun muß ich noch etwas mit deiner Mutter besprechen. Laß uns bitte allein.«
Während Hugo seinen Onkel neugierig, seine Mutter aber beunruhigt ansah, nahm Fiete den Arm von Pauline und führte sie ins Haus.
»Ich möchte wissen, was mit Johann ist«, sagte er. »Stine war so wortkarg, und ich mochte sie nicht ausfragen. Sie druckste so herum.«
Auch Pauline wurde verlegen. »Wir wissen es nicht genau«, bekannte sie. »Johann war auf Gut Liesenhagen Pferdearzt und Schmied. Aber jetzt ist er weg.«

»Wohin?«
»Niemand weiß es. Er verschwand vor vier Wochen.«
»Einfach so?« fragte Fiete ungläubig. »Ohne etwas zu sagen? Oder ... fehlt vielleicht etwas?«
Pauline schüttelte stumm den Kopf und schien noch gedrückter und unglücklicher.
Jäh kam Fiete zu Bewußtsein, daß sein Bruder bereits als Kind merkwürdige Sachen getan hatte. »Was denn?«
»Ein Pferd des Grafen starb«, sagte Pauline leise. »In seinem eigenen Blut. Ich glaube, er hat es geschlachtet. Aber niemand weiß Genaues.«
»Arme Pauline.« Fiete drückte seine Schwester sanft an sich. Sie mußte gelitten haben. Jeder kannte Johann, jeder kannte die Familie. Kein Wunder, daß Hugo so hartnäckig fortwollte. Er ersparte ihr die Gewißheit. Ihm war klar, daß Johann seine unselige Neigung, seine Gier nach Blut nicht länger hatte unterdrücken können. »Merkwürdig, daß der Graf mir nichts gesagt hat«, fiel ihm plötzlich ein.
»Vielleicht möchte auch der das Ganze vergessen. Es war wochenlang das Gespräch hier bei uns.«
»Warum hast du mich nicht benachrichtigt?«
»Ach Fiete«, sagte Pauline und bekam wieder wie als Kind ihren Beschützerblick, »wozu? Du hättest Johann nicht helfen können und uns auch nicht. Sei froh, daß es sich nicht bis nach Rostock durchgesprochen hat.«
Fiete nickte und nahm wie früher die Hilfe seiner Schwester an. »Was hört ihr von Catharina?«
»Gar nichts mehr«, antwortete Pauline, wesentlich weniger bekümmert. »Sie ist jetzt als Nonne ordiniert. Das letzte, was sie uns schrieb, war: Endlich! Stell dir vor, den ganzen langen Weg von Bayern nur für das eine Wort: endlich! Na ja, etwas eigenartig war sie schon immer.«
Fiete nickte und verkniff sich die Bemerkung, daß sie nicht die einzige in der Familie war. Statt dessen beredete er mit seiner Schwester noch weitere Einzelheiten für die kommende Reise seines

Neffen, danach verabschiedete er sich und kehrte nach Rostock zurück.

In den nächsten Tagen setzte Friedrich Wilhelm Brinkmann seine Suche nach Mitreedern innerhalb der Stadt fort: Ratsmitglieder, Beamte, Geschäftsleute, Handwerker und Gelehrte sprach er an. Die allermeisten hatten bereits von der Trennung von Aldag und Brinkmann gehört. Viele waren interessiert: der Name Brinkmann versprach zuverlässigen Ertrag. Wenn er aber andeutete, daß das Schiff das erste Eisenschiff Rostocks werden würde, zogen die Angesprochenen ihre Zusage mehr oder minder hastig zurück. Die verschiedensten Vorwände wurden vorgebracht: Der Hafen sei nicht groß genug, das Fahrwasser der Warnow zu flach, man sei Eisen nicht gewohnt, was wäre mit dem Schiff bei Gewitter, und so weiter. Die allermeisten aber meinten, das Schiff müßte aufgrund der hohen Überwasseranteile sofort kentern. Fiete war es bald leid, immer wieder dieselben Erklärungen abzugeben. Außerdem begann er einzusehen, daß in Rostock trotz der Eisenbahn, mit der viele schon aus Neugier mitgefahren waren, der neue Werkstoff noch keine Liebhaber gefunden hatte. »Ich ziehe doch die Kutsche vor, wenn ich an den Lärm und den Rauch denke«, bekam er zu hören. »Sogar Funken habe ich mir in den Gehrock brennen lassen müssen. Ohne Entschädigung, stellen Sie sich das vor! Die Bahn zahlt dafür keinen Pfennig.« So kam es, daß Brinkmann, der gedacht hatte, daß die Eisenbahn ihm bei seinen Plänen helfen würde, statt dessen noch die mangelnde Entschädigungspraxis der Eisenbahnverwaltung zu verteidigen hatte.

Nachdem er also hinreichend festgestellt hatte, wie neuheitenfeindlich die Mecklenburger Stadtbevölkerung war, versuchte er es auf dem Land.

Nach den letzten regenreichen Wochen war die Erde abgetrocknet, die Bauern waren fieberhaft bei der Arbeit. Überall sah er sie mit ihren schweren Ackergäulen beim Pflügen und Eggen, andere säten bereits ein. Sein Interesse an der Landwirtschaft beschränkte sich immer noch auf ihr Dasein als Lieferant von Frachtgut. Deshalb hatte er auch nicht bedacht, daß jetzt keine gute Zeit war, um Bauern anzusprechen. Der Winter wäre besser gewesen. Da saßen sie noch auf ihren Geldsäcken und machten sich Sorgen, wie sie das Geld anlegen sollten. Nun, er hatte keine Wahl. Im Winter waren seine Pläne noch nicht ausgereift gewesen.

Sein Ziel waren die Schwarzen Bauern zwischen Doberan und Rostock, die gerne ihr Geld in Schiffsanteilen anlegten; als ersten beabsichtigte er Ernst Hansen zu fragen, der in Wilsen den größten Hof besaß und der in Schiffahrtskreisen bereits bekannt war.

Der Altbauer saß in der großen Stube und rauchte gemächlich seine Pfeife. »Du bist etwas zu spät dran«, entgegnete er. »Die Schiffer pflegen im Winter zu ernten, was wir im Frühjahr gesät haben.«

Seine Frau, den Strickstrumpf auf dem Schoß, hörte untätig zu, während der Besucher mit dem Hausherrn höfliche Worte wechselte. Sie nickte fortwährend, immer wieder, so, als wolle sie einen Entschluß in die richtige Bahn stoßen. »Nun nicht so hastig, Mann«, sprach sie dazwischen, als er sich abweisend erwies. »Vielleicht ist ja noch etwas da.«

»Ist oder ist nicht?« fragte Friedrich Wilhelm, und sein Blick ging zwischen der Altbäuerin und ihrem Mann hin und her.

Der Bauer schwieg. Die Altbäuerin sagte listig: »Vielleicht.«

»Und wovon hängt das ab?« fragte Fiete geradeheraus.

»Das hängt nicht ab. Das hängt an. Nich, Erning?«

Der Reeder war geduldig. »Und woran hängt es?«

»An der Galionspopp.«

»Die versteht sich von selbst«, versicherte Fiete. »Ein schönes Porträt deiner Frau. Oder ihr beide. Berühmt werdet ihr werden in den Häfen der Welt.«

»Das ist zuwenig«, widersprach die Altbäuerin, die die Verhandlung übernommen hatte.

Fiete war verblüfft. »Mehr gibt es nicht«, wandte er zögernd ein.

»An der ganzen Ostseeküste soll man uns kennen«, verlangte die alte Frau. »Von Petersburg bis Oslo.« Der Bauer nickte dazu.

»Das sollt ihr bekommen«, bestätigte Fiete, »das verspreche ich euch mit meinem Namen Friedrich Wilhelm Brinkmann.«

Die beiden alten Leute waren beruhigt. Alles andere war Nebensache. Die Frau nahm ihre Strickarbeit auf und überließ ihrem Mann wieder die Verhandlungen.
»Ein Namensreeder gibt nicht weniger als ein Dreißigstel«, sagte Fiete, für den jetzt die Hauptsache erst begann.
»Woll, woll«, stimmte der Bauer zu. »›Swatte Ernst und Emma‹ ist ein guter Name für ein Schiff.«
Fiete nickte. Seinetwegen. Das Schiff würde ohnehin schwarz sein.
»Zur Taufe müßt ihr dann wohl nach Hamburg fahren«, erzählte er beiläufig, während er schrieb. »Ihr werdet aufregende Zeiten erleben.«
Die Bäuerin hörte erneut mit ihrer Arbeit auf und schüttelte entschieden den Kopf. »Das geht nicht. Dort kennt uns niemand. Es muß Rostock sein.«
»Rostock ist unmöglich. Zuwenig Tiefgang für ein so großes Schiff«, betonte der Reeder und hoffte, daß sein nächster Satz im Voraufgegangenen verschwinden würde. »Eisenschiffe kann in Rostock außerdem niemand bauen.«
Bauer und Bäuerin hoben zugleich alarmiert den Kopf. Sie sahen sich an und verständigten sich wortlos wie alle miteinander alt gewordenen Ehepaare. Noch ehe Fiete in seinem Hinterkopf registrieren konnte, wie ähnlich sie einander in ihrer schwarzen Tracht waren, wußte er, daß die Verhandlungen ihr Ende erreicht hatten.
»Unsere ›Swatte Ernst und Emma‹«, sagte der Bauer würdevoll, »wird eine hübsche, rundliche Galiot sein, die zwischen Rostock und Kopenhagen und Trälleborg und Danzig zweimal im Jahr hin- und hersegelt und dabei ein ordentliches Sümmchen Geld einbringt. Wenn sie zum Laden oder zum Ballastfassen oder zur Überholung im Hafen liegt, möchten wir sie sehen und uns überzeugen, daß sie uns Ehre macht. Mehr wollen wir nicht.«
Was so bescheiden klang, war unmöglich zu erfüllen. Brinkmann brachte es nicht übers Herz, den alten Leuten zu erklären, daß diese Schiffahrt nach der Väter Art auf Dauer für Rostock den Tod als Handelsstadt bringen würde. Und was bedeutete ihnen schließlich

auch Rostock? Er erhob sich. »Ich bin nicht der richtige Partenreeder für euch«, sagte er.
Die beiden Leute sahen ihm nach, als er das Haus verließ, mit gebeugtem Nacken, um den Kopf nicht am niedrigen Türrahmen zu stoßen. Sie hatten schon andere Enttäuschungen in ihrem Leben überwunden, sie würden einen Schiffer nach ihrem Geschmack finden.
Friedrich Wilhelm Brinkmann aber begrub endgültig seine Hoffnungen, einen Eisensegler zu reeden.

Einige Tage später war er bereits mit seinen neuen Plänen befaßt. Ein Holzschiff mußte also her. Er brauchte sich nach einer Werft nicht lange umzusehen, seine Wahl traf er schnell: die Schiffbauer kannte er alle. Auf den Strandwerften von Rostock standen in diesem Jahr zehn Schiffe im Bau, alle Plätze waren belegt. Aber er hatte sowieso nicht vorgehabt, sich an diese traditionellen alten Schiffbauer zu wenden. Auch Niclas schied in diesem Fall aus.
Statt dessen suchte er den jungen Rickmann auf, der dem Vernehmen nach zu kämpfen hatte, um sich über Wasser zu halten. Vor nicht langer Zeit hatten ihm auf seinen Antrag hin die Kaufleute der Stadt ein Grundstück in der Nähe des Petritors überlassen, dort, wo die kleine Warnow in die untere Warnow mündete. Nun stand ein Schiff dort auf der Helling, Platz aber war für drei.
Brinkmann sah sich um: Viele Arbeiter hatte Rickmann nicht; das würde sich ändern müssen. Dafür aber gefiel ihm der Neubau. Klein war er, aber schlank, nicht zu vergleichen mit den tonnenförmigen Gebilden, die am Strand auf den Hellingen lagen.
Der junge Rickmann warf seinen Hammer beiseite und kam eilig zu Brinkmann. Verlegen rieb er an seinen Händen voller Teerflecke herum und wagte nicht, sie seinem Besucher zu reichen, der im schwarzen Gehrock vor ihm stand.
»Was halten Sie von Klippern?« fragte Brinkmann ohne Umschweife und musterte mit professioneller Genauigkeit die Holzstapel, die neben dem Neubau aufgeschichtet waren, dicke geschwungene Kieferbretter, zwischen jeweils zwei ein Querholz zur Belüftung, oben-

drauf mehrere sandgefüllte Eisenkessel zum Beschweren. Nicht nur auf die Qualität des Holzes, auch auf dessen Lagerung kam es an.
»Wie ein Vogel müssen sie über das Meer fliegen können«, sagte Rickmann schwärmerisch. »Einmal möchte ich einen sehen!«
Brinkmann nickte. Dieser Mann hier war richtig. Am Strand hätte er einen Schiffbauer nach dem anderen fragen können: Der eine hätte von Klippern noch nie gehört, der andere hätte sie in Bausch und Bogen abgelehnt. Alle aber wären sie mißtrauisch gewesen, so wie er vor noch wenigen Jahren. Jetzt wußte er es besser.
»Ich brauche eine Bark«, sagte Brinkmann, »und zwar keine, die aussieht wie alle anderen, sondern eine, die sich der Klipperform nähert. Können Sie so ein Schiff bauen?«
»Ob ich eine schlanke, schnelle Bark bauen kann?« fragte Rickmann, blaß vor Aufregung. »Seit anderthalb Jahren baue ich hier, und seit anderthalb Jahren wünsche ich nichts sehnlicher.«
»Dann«, sagte Brinkmann, »ist es nur eine Frage der Zeit, wann ich wiederkomme. Halten Sie den Platz frei. Entwerfen Sie eine Bark von fünfzig Metern Länge. Bringen Sie die Pläne in mein Kontor.«
Höflich lüftete er den Zylinder und verließ rasch das Gelände. Nun hatte er es eilig.
Rickmann kehrte summend an seinen Arbeitsplatz zurück, bereits großrahmig am Neubau planend. Brinkmann hatte einen makellosen Ruf; wenn er ihn als Reeder gewinnen würde, brauchte er die nächsten Jahre keine Sorgen zu haben. Und Geld hatte er auch, wie es hieß, oder vielmehr seine Frau.
In diesem Punkt irrte er sich zwar, denn der Geldmangel drückte Brinkmann am allermeisten, aber unverdrossen nahm er seine Bittgänge wieder auf, nun unter anderen Voraussetzungen.
Diese aber waren gut. Denn die Konjunktur, die seit einigen Jahren hervorragend war und Massen von Geld hatte in die Stadt strömen lassen, begünstigt durch die politischen und wirtschaftlichen Verhältnisse Europas, beschleunigt durch den Abbau von Zollschranken und Importzöllen, brachte beste Voraussetzungen, um einen wagemutigen Reeder zu Höchstleistungen zu stimulieren.

11. Kapitel (1853–1856)

Nils Hugo af Ehrenswärdt ließ seine Faust krachend auf den großen Tisch fallen, an dem er selbst zusammen mit Friedrich Wilhelm Brinkmann den Vorsitz übernommen hatte. Jähzornig war er immer schon gewesen, und seine Art war den Teilnehmern der Reedereiversammlung durchaus bekannt. Diesmal aber zuckten die gedrängt sitzenden Männer zusammen und rührten sich geräuschvoll auf ihren Stühlen. Die dicken grünen Samtvorhänge vor den Fenstern verschoben sich und ließen das trübe Licht des kalten Frühlingstages einfallen. Im Saal brannten Gaslampen.

Herr von Ehrenswärdt neigte dazu, zu weit zu gehen in seiner Mißachtung der Mitreeder, und was zuviel war, war zuviel. Ein kleiner Mann mit den breiten Schultern des Schmiedes und mit einer fadenscheinigen schwarzen Jacke, die ehemals die gute gewesen war und die er jetzt an der größten Breite seines Rückens fast sprengte, sprang auf. Reeder Brinkmann lächelte ihn ermutigend an. Er hätte, auch ohne den Mann zu kennen, sofort dessen Handwerk erraten. Aber er kannte den Mann natürlich; er hatte für ein neunzigstel Part gezeichnet, und aufgrund dieses hohen Anteils nahm er sich das Recht heraus, für die vielen Stummen und geistig Bewegungslosen zu sprechen, die jede Versammlung zu bevölkern pflegen.

Friedrich Wilhelm Brinkmann war ein Kämpfer für eine Sache, jedoch nie gegen Menschen. Mit Menschen versuchte er stets in Harmonie auszukommen. Es verkürzt die Angelegenheit, wenn auch nicht die Diskussion, fand er und sagte es zu seinen Vertrauten auch laut. Mit Nils Hugo war er wegen seiner Haltung schon oft zusammengeraten. »Bitte«, sagte er in seiner verbindlichen Art und Weise und erteilte dem Schmied mit einer freundlichen Geste das Wort.

»Wir haben«, sagte der gewichtige Schmied mit dröhnender Stimme, die dem Umfang seines Brustkastens entsprach, »dem Korrespondentenreeder und dem Schiffer stets vertraut. Alle acht Schiffe

der Reederei, an denen wir wohl alle hier im Saal Anteile besitzen ...«, er sah sich um und sprach erst weiter, als die meisten Männer nickten, manche sofort, manche widerwillig, einige wenige gar nicht, da sie nur an einem oder zwei Schiffen beteiligt waren, »sind in den letzten drei Jahren fast unfallfrei gefahren, haben gute Dividenden eingefahren und haben den meisten von uns ständige Einnahmen durch die Wartungsarbeiten gesichert. Aber daß Herr von Ehrenswärdt in ein Kriegsgebiet fahren will, das geht zu weit!«
Ein allgemeines Tuscheln brach aus. Die anwesende Versammlung war teils dafür, teils dagegen. Die Männer in den hinteren Reihen, alles Handwerker, die am Bau des Schiffes beteiligt gewesen waren, klatschten. Andere flüsterten laut, um in diesem allgemeinen Lärm überhaupt verstanden zu werden. Man hörte von hohen Gewinnen, die im Kriegsgebiet an den Dardanellen gemacht werden konnten.
Der Schmied setzte sich noch nicht. Er wartete, bis die Mitreeder von selbst und aus Neugier wieder still wurden, und fuhr dann fort: »Mir ist mein Geld zu schade, um es bei den Türken oder den Russen in den Sand zu setzen. Das ist meine Meinung, und das sage ich.«
Die Männer klopften zustimmend auf die Tische, hörten aber sofort auf, als der immer noch grollende Nils af Ehrenswärdt aufstand und sich zu seiner vollen Höhe aufrichtete. »Das Risiko kann und wird niemand abstreiten«, fing er an, »aber ich bin bereit, es zu tragen.«
Diese einfachen Worte machten mehr Eindruck auf die Versammlung, als es ein langes Lamento vermocht hätte. Es konnte demnach nicht so groß sein, dachte jeder im stillen, denn daß der Kapitän freiwillig sein Leben riskieren würde, war kaum glaubhaft.
Die Handwerker unter den Mitreedern fingen an, sich mit dem Gedanken vertraut zu machen. Die ganz Schlauen unter ihnen rechneten sogar aus, daß das Schiff zu den größeren der eventuell zu erwartenden Reparaturen nach Hause kehren würde. Der Verdienst würde sich also nochmals erhöhen ...
»Ich bin dafür«, sagte einer der sonst so bedächtigen Männer, und dies war das Zeichen für die anderen, nun ebenfalls zuzustimmen.
»Jawoll!« schrien vereinzelte Stimmen.
Die Dividendenreeder, nur am Ertrag und nicht an handwerklichen

Tätigkeiten am Schiff interessiert, in Aussehen und Kleidung deutlich von den Handwerkern abgehoben, behielten ihre steinernen Gesichter bei. Die sechs Herren, die in den ersten beiden Reihen saßen, rückten näher zusammen; man lehnte über seinem Sitz, schlug mit den Schößen der grauen oder schwarzen Gehröcke wie die Pinguine mit den Flügeln, flüsterte nach hinten oder nach vorne, nickte und wurde sich endlich einig. Mit einer unauffälligen, hanseatischen Geste hob einer von ihnen die Hand, um sich dem Reeder Brinkmann bemerkbar zu machen. Das Wort wurde ihm erteilt. Er sprach im Sitzen so leise, daß ihn außer seiner unmittelbaren Umgebung kaum einer verstehen konnte.

»Die Gewinne sind momentan bei der Getreidefracht nach England oder Frankreich ganz außerordentlich hoch und dabei völlig ohne Risiko. Ich schlage vor, es dabei zu belassen. Warum Schiffe riskieren?«

»Was? Lauter!« schrien die ganz hinten Sitzenden, aber der Herr war augenscheinlich nicht bereit, sich nochmals zu äußern. Brinkmann stand auf. Er wußte, warum der Sprecher der Dividendenreeder die binneneuropäische Fahrt bevorzugte: er war Getreidehändler. Die Kaufleute von Rostock machten riesige Gewinne, weil ihre schärfsten Konkurrenten, die Getreidelieferanten des Schwarzen Meeres, die sonst Westeuropa zu beliefern pflegten, wegen des Krieges ausgefallen waren.

Aber zu den Gründen eines Mitreeders hatte der Korrespondentenreeder kein Recht sich zu äußern. »Herrn Schuster«, dolmetschte er laut, »scheint es vernünftiger, ein gefahrloses, sicheres Geschäft mit hohem Gewinn innerhalb Europas zu tätigen als eines, das so gefahrvoll ist, daß man nur die Hoffnung auf Wiederkehr haben kann. Unter den jetzigen Umständen sind sogar zwei Fahrten im Jahr nach England möglich.«

Die Stimmung der Männer schlug um. Zwei Touren, das war natürlich schon wieder etwas anderes. Als Brinkmann um das Handzeichen bat, stellte sich eine überwältigende Majorität auf die Seite der Dividendenreeder. Eine schriftliche Abstimmung erübrigte sich. Nils Hugo af Ehrenswärdt zauste nervös seinen immer noch rotblonden Bart. Als die Entscheidung fiel, hatte er plötzlich ein ganzes Büschel Haare in seiner Hand. Er meldete sich zu Wort. »Ich möchte den Schoner ›Schwarzer Stern‹ setzen lassen!«

Mit einer solchen Sensation hatte niemand gerechnet, am wenigsten der Reeder. Im Saal verstummten die Nebengeräusche. Der Reeder sah seinen Kompagnon entgeistert an. Dies bedeutete einen Bruch mit der Gemeinschaft der Mitreeder, eine Kampfansage. Wenn das angekündigte Verfahren beendet war, besaß entweder der Herausforderer ein ganzes Schiff, oder er hatte seinen Anteil verloren. Aufgewühlt versuchte Fiete, sich selber zur Ruhe zu zwingen. Er begegnete dem Blick von Nils. Warum hast du mir das angetan, fragte er ohne Worte. Der Kapitän sagte ebenfalls nichts, aber sein kleiner Finger hob sich minimal und fiel dann wieder zurück. Ruhig Blut, hieß das.

Brinkmann wandte sich nochmals an die Gesellschafter. »Wir haben also einstimmig beschlossen«, faßte er zusammen, »daß unsere Schiffe sich nicht am Krimkrieg beteiligen werden, sondern verstärkt die Konjunktur im innereuropäischen Getreidehandel nutzen. Ausgenommen hiervon ist der Schoner ›Schwarzer Stern‹, der innerhalb der nächsten Tage den Partenreedern schriftlich zum Kauf angeboten werden wird.«

Das war das Ende der Versammlung im Hotel »Der Zar«. Die Männer erhoben sich geräuschvoll und drängten aus dem Raum. Draußen stülpten sie die Mützen über und verließen eilig das Haus, in das sie ihrem Stand nach nicht gehörten. Der Türsteher blickte ihnen mißbilligend nach. In Gruppen blieben die Handwerker vor der Hotelfront stehen und diskutierten. Andere verschwanden in der schräg gegenüberliegenden Kneipe, die die Kutscher der Herrschaften zu versorgen pflegte.

Der Reeder und sein nautischer Geschäftsführer blieben mit zwei der Dividendenreeder zurück; einer von ihnen musterte zerstreut den Stuck an der Decke. Brinkmann wandte sich dem anderen zu, einem Schweriner, den er nicht kannte. Der Mann hatte einen Part eines anderen durch Kauf übernommen und war noch niemals bei einer Reedereiversammlung gewesen. Er betrachtete den Fremden ohne Neugier. Augenscheinlich war dieser unzufrieden.

»Da haben Sie Glück gehabt, daß die anwesenden Herren Ihnen beiden so uneingeschränktes Vertrauen entgegengebracht haben«, nörgelte der Schweriner, dessen Nase so spitz war wie sein Tonfall. »Meiner Meinung nach wurde Ihnen viel zu schnell und zu flüchtig Entlastung erteilt.«
»Zweifeln Sie etwa an unserer Redlichkeit?« fuhr der cholerische Kapitän Ehrenswärdt ihn an. Brinkmann legte beschwichtigend die Hand auf seinen Arm.
»Ich bezweifle gar nichts«, antwortete der Interessent kühl, »aber ich glaube auch nichts. Was ich wünsche, ist die ordnungsgemäße Überprüfung der Geschäfte, an denen ich mich beteilige.«
»Bester Herr . . .«, sagte Brinkmann diplomatisch und hoffte auf eine Hilfe, die ihm der andere jedoch nicht gab, »bester Herr Mitreeder also, unsere Buchführung zeichnet sich durch Korrektheit aus. Sie werden keinen finden, der der Reederei Brinkmann Unregelmäßigkeiten nachsagen könnte. Wir genießen bei der ganzen Versammlung, bei Handwerkern, bei Kunden, Maklern und Korrespondenten unbegrenztes Vertrauen.«
»Bei mir nicht«, sagte der Fremde, »meins müssen Sie erst erwerben.«
»Wie hoch ist Ihr Part?« fragte der Kapitän unverblümt.
»Ein Sechshundertstel.«
»Dann haben Sie auch nur Anspruch auf ein sechshundertstel Teil Vertrauen«, versetzte Ehrenswärdt schroff. »Guten Tag, mein Herr.« Er lüftete seinen Zylinder und schritt zur Tür, leicht schwankend wie alle Seeleute an Land.
»Ein Ton ist das hier in Rostock«, sagte der Schweriner nach einer Weile pikiert, als ob er bestätigt bekommen hätte, was man in Schwerin schon lange wußte, und verließ den Tagungsraum durch die andere Tür.
Brinkmann starrte dem Schweriner Anteilseigner wütend hinterher. Für den winzigen Part so einen Aufstand zu machen! So einer war ihm noch nicht untergekommen. Schweriner!

Nils Hugo af Ehrenswärdt wartete bereits in Fietes Büro, als dieser nachkam. Den Kontoristen mit den Papieren hatte Fiete weit hinter

sich gelassen; die Beunruhigung über den Alleingang seines Kapitäns trieb ihn. Der Lehrling hatte bereits mitbekommen, daß etwas Wichtiges vorging. Mit hochroten, nervös zuckenden Ohrmuscheln eilte er seinem Chef voraus, um ihm die Tür zu öffnen.
»Warum willst du deinen Part loswerden?« fuhr Friedrich Wilhelm seinen Kompagnon an, kaum daß er die Kontortür nachdrücklich hinter sich zugezogen hatte. Der Lehrling blieb enttäuscht zurück. Der Kapitän lümmelte lächelnd im Kontorstuhl des Reeders, die Beine weit von sich gestreckt, und sinnierte aus dem Fenster. Unten waren zwei kleinere Schiffe aufgebockt, das eine fast fertig, das andere noch kaum begonnen. »Krämer«, stellte der Kapitän mit hämischem Vergnügen zu Pentz' Küstenbooten fest und schüttelte den Kopf, daß die viel zu langen Haare flogen.
Wie Pauline, dachte Fiete überrascht. Das hatte er an seinem Partner noch nie gesehen.
Nils stellte die Beine mit einem geradezu militärischen Ruck vor sich. »Ich will nicht meinen Part verkaufen, sondern alle anderen Parten aufkaufen«, sagte er genauso zackig.
»Das Schiff willst du haben?« fragte Fiete verwirrt. »Wozu denn?«
»Diese mecklenburgischen Zauderer«, röhrte Nils mit Verachtung, »werden nie rechtzeitig merken, woher der Wind weht. Die türkische Flotte ist vernichtet, die Engländer und Franzosen kochen, die Russen triumphieren, und das alles auf engstem Raum zwischen den Dardanellen und der Krim. Sollte mich wundern, wenn es da nicht noch mehr zu tun gäbe, als Nachschub zu bringen.«
»An was denkst du?«
Nils' Gesicht verzog sich zu einem breiten, zufriedenen Grinsen, als sei er bereits jetzt der Gewinner. »An eine Blockade. Blockadebrecher waren schon immer die bestbezahlten Leute der Welt.«
»Wie um Himmels willen kommst du darauf?«
»Viel verstehe ich vom Kriegshandwerk nicht«, gab der Kapitän zu, »aber wenn vier feindliche Flotten einander in einem kleinen Binnenmeer umkreisen, an dessen Rand es von Soldaten nur so wimmelt, dann gibt es gar keine andere Taktik: irgendwer schließt einen anderen ein.«

»Und dann?« Fiete lächelte, als ob er um Verständnis bäte. In Mecklenburg hatte es noch nie einen Seekrieg gegeben, und keiner der deutschen Staaten besaß Kriegsschiffe, von einer gesamtdeutschen Kriegsflotte ganz zu schweigen.
Der Kapitän breitete die Handflächen wie das Bild der Unschuld nach beiden Seiten aus. »Ich bin neutral, vergiß das nicht. Ein neutrales Schiff transportiert neutrale Güter, das heißt, was ich will. Und ich will das, was die Armeen brauchen, je nachdem. Es wird sich herausstellen.«
»Und warum nimmst du ausgerechnet den ›Schwarzen Stern‹? Wir hätten doch ...«
»Nein, wir hätten nicht. Der ›Schwarze Stern‹ ist klein, er ist wendig, er segelt mit wenigen Mann. Er ist hervorragend, auch wenn er alt ist. Nur gekupfert werden muß er noch.« Nils lachte verschmitzt. »Auch damit seine Planken nicht auseinanderbrechen.«
Friedrich Wilhelm interessierte sich momentan nicht für das Privatvergnügen seines wichtigsten Schiffers. »Was ist mit der ›Louise‹?« erinnerte er ihn. »Wer soll die führen? Du kannst doch nicht mir nichts, dir nichts einfach aus dem Geschäft ausscheiden, nur weil dir etwas anderes besser paßt!«
Nils grunzte unbestimmt. »Du wirst schon einen finden.«
Fiete pochte erregt mit dem Knöchel auf seinen Schreibtisch. »Aber ausgerechnet die ›Louise‹! Damit steht und fällt die Reederei! Ich kann doch das Flaggschiff nicht von einem Setzschiffer führen lassen! Die sehen alle auf dich als den ältesten teilhabenden Kapitän. Die ›Louise‹ braucht einen Kapitän, der Teilhaber ist. Wenn du die Reederei verläßt, was ist sie dann noch wert?«
Nils stützte den Kopf in die Hand und sah seinen jungen Verwandten amüsiert an. »Gut. Dann beteilige dich am ›Schwarzen Stern‹«, schlug er vor. »Ich bleibe in der Reederei, du hast keine Probleme mit den Mitreedern. Wenn sie fragen: ich habe nur eben das Schiff gewechselt, vorübergehend, solange der Krieg währt.«
Fiete starrte seinen Freund sprachlos an. War das ein Angebot oder eine Falle? Wurde er, der gestandene Reeder, womöglich durch seinen Flaggkapitän am Schnürchen geführt? »Hoffentlich sehen sich

die Mitreeder nicht durch uns betrogen«, sagte er zögernd, ohne den triumphierenden Blick seines Kapitäns zu bemerken. Dieser sagte nichts. »Mein Gott, nimmst du das alles ruhig«, warf Fiete ihm in einem Ausbruch von Zorn vor. In fast gehässiger Weise dachte er plötzlich an den kleinen Jungen zurück, der mit Nelson und seiner Flotte gespielt hatte. Nils war auch ein Spieler, er hatte es immer gewußt.

»Ich nehme es nicht ruhig«, widersprach Nils freundlich und fühlte sich viel jünger als sein Reeder. »Ich freue mich. Endlich mal ein Abenteuer nach meinem Geschmack!«

»Aber meinen Neffen nimmst du nicht mit!« sagte Fiete bestimmt.

In den nächsten Tagen gingen nun die Briefe an die Mitreeder auf die Reise. Dem Kapitän als Herausforderer kam es zu, den Preis für das Schiff festzulegen, der aufgrund des Alters und der geringen Verwendungsfähigkeit im normalen Handelsverkehr gering war. Es kam, wie er sich ausgerechnet hatte. Erstens besaß niemand von den Mitreedern das Geld, um die anderen auszuzahlen, zweitens hätte kein einziger von ihnen ein Schiff zu befrachten verstanden. Nils Hugo af Ehrenswärdt wurde nunmehr fast alleiniger Besitzer eines kleinen, hauptsächlich für die Küste geeigneten Schiffes; der Restbetrag wurde vom Privatvermögen der Brinkmanns aufgebracht. Dadurch verblieb der Segler bei der Flotte der Reederei Brinkmann und erhielt wie alle ihre Schiffe als neues und altes Kennzeichen die goldenen Sterne auf blauem Grund, in allen vier Ecken die Initialen F.W.B.

Das Unterwasserschiff wurde in aller Eile auf Niclas' Werft verkupfert, dann ließ Kapitän Ehrenswärdt Getreide laden und legte unmittelbar danach ab. Mit ihm verschwand auch sein Enkel Hugo, und es wurde nur zu bald klar, daß er mit seinem Großvater gesegelt war.

Ein Vierteljahr später wurde auf mehrfaches, stürmisches Verlangen der Mitreeder eine neue Reedereiversammlung einberufen. Friedrich Wilhelm Brinkmann ließ die üblichen Vorbereitungen treffen, Erträge errechnen, es standen lange Listen zur Verfügung, welches Schiff mit welcher Last nach welchem Ort unterwegs war; kurz, er gab sich redlich Mühe trotz der Extraarbeit, die mit der Sonderversammlung auf ihn und das Kontor zugekommen war. Und dennoch – niemand nahm Einblick in die Listen, die er auf einem Tisch neben der Tür hatte auslegen lassen, wo er jeden der eintretenden Mitreeder mit Handschlag begrüßte und einige Worte mit ihm wechselte. Kaum hatte er die Versammlung eröffnet, sprang der Herr aus Schwerin, Alexander Fink, wie Brinkmann nun wußte, auf. Brinkmann verschluckte mühsam einen lauten Seufzer.

»Uns steht es doch zu zu wissen, wie hoch die Erträge in diesem Moment sind!«

»Erstens, Herr Fink, können Sie das in den ausgelegten Unterlagen nachlesen«, antwortete Brinkmann, »und zweitens ist die Veränderung seit der letzten Versammlung nicht übermäßig groß, denn die Schiffe wurden aufgrund der damaligen Beschlüsse erst auf die Reise geschickt und sind zum Teil noch nicht zurück. Die Unterlagen von denen, die zurück sind und auch schon abgerechnet haben, werden zur Zeit im Kontor überprüft. Es ist nicht ausgeschlossen, daß wir binnen Stunden die ersten Ergebnisse haben werden.«

»Schneller muß das gehen. Die ›Franziska‹ ist doch seit gestern zurück, soviel ich weiß?«

Es war heiß im Raum. Friedrich Wilhelm Brinkmann wischte verstohlen einen Schweißtropfen von der Schläfe und bemühte sich, ruhig zu bleiben. »Die ›Franziska‹ seit gestern, ›Seevogel‹ seit vorgestern und ›Ariadne Delphine‹ seit heute früh. Der Verkauf war bei allen hervorragend. Die Preise für Getreide stehen in England zur Zeit hoch. Die ›Louise‹ erwarten wir morgen früh. Der Warnemünder Lotse ist bereits an Bord.«

Das alles konnte den unzufriedenen Herrn Fink nicht beruhigen. Er behielt fast eine halbe Stunde das Wort, gestützt von präzisen Angaben über Risiko und Gewinn und unterstützt durch den Schmiedemeister, bis er es erreicht hatte, daß die meisten Mitreeder für eine neuerliche Änderung des Fahrtgebietes stimmten. Sogar die Dividendenreeder verloren bei der in Aussicht gestellten Gewinnsumme vorübergehend die Contenance. Die zufällig anwesenden Kapitäne

waren geteilter Meinung. Zwei enthielten sich der Stimme, zwei waren ebenfalls dafür. Friedrich Wilhelm Brinkmann wurde mit seiner Mahnung zur geschäftlichen Vorsicht schließlich sogar niedergeschrien. Die Abstimmung dauerte lange. Jeder Mitreeder hatte entsprechend seiner Beteiligungsquote am Schiff Stimmrecht; es mußte also für jedes der acht Schiffe separat abgestimmt werden.
Mit verbittert zugekniffenem Mund stand Brinkmann am Ende der Versammlung neben seinem Kontoristen und sah ihm über die Schulter.
Auf mehrheitlichen Beschluß, stand da in schwarzer steiler Schrift im Kontorbuch mit Stehpultformat, werden alle Schiffe der Reederei Brinkmann vorübergehend ins Schwarze Meer verlegt. Ihre Aufgabe wird auf nicht absehbare Zeit die Versorgung der englischen und französischen Flotte mit Nachschubgütern sein.
Brinkmann wandte seine Augen vom Journal ab, in dem seine Niederlage so unrühmlich festgehalten war. Nils hatte recht gehabt: er war Alleinbesitzer eines Schiffes und konnte darüber bestimmen, wie er wollte. Dem Reeder Brinkmann aber nutzte es nichts, Miteigentümer an vielen Schiffen zu sein, wenn sein eigener Anteil weniger als die Hälfte betrug. Vor 51 Prozent einhelliger Meinung mußte er sich beugen. Er schwor sich, daß ihm das in Zukunft nicht mehr passieren sollte.
Dieses Mal blieb niemand zurück, um sich beim Reeder zu beschweren. Jeder verließ eilig den brutheißen Raum, zufrieden mit dem geschäftlichen Erfolg. Und glücklich über die Schlappe, die sie mir bereitet haben, dachte Brinkmann und folgte langsam dem Kontorangestellten. Draußen prallte ihm die Sommerhitze entgegen, die sich über Mittag zwischen den Häusern gestaut hatte. Die Mitreeder waren verschwunden, feierten wohl bei Bier ihren Sieg. Brinkmann schnappte nach Luft. Wenn es hier schon so heiß war, wie mochte es erst im Kriegsgebiet sein? Würde sich überhaupt die Ware halten?
Als er eine Stunde später sein Haus betrat, war seine Wut der Sorge gewichen. Es war nichts zu ändern. Er mußte es auf sich zukommen lassen. Die übrigen großen Schiffe von Rostock waren mittlerweile ja auch alle im Schwarzen Meer unterwegs. Die Kapitäne kamen

nach Hause mit Berichten von sagenhaften Gewinnen, die zur Zeit dort zu machen seien. Allein der Zustand ihrer Schiffe zwang sie nach Hause – und das Murren der Seeleute, die nach Zeit und nicht nach Gewinn bezahlt wurden. Vielleicht hatte dieser lärmende Schweriner Fink sogar recht.

»Louise«, klagte er dennoch, als er in die kühle Halle getreten war und seine Frau von oben herunterkommen sah. Er wartete, bis sie ganz unten war, gefolgt von ihrem auf dem Boden schleifenden hochmodischen Kleid. »Die wollen alle die Schwarzmeerfahrt, stell dir das vor!«

»Selbstverständlich«, antwortete Louise, »an Kriegen ist immer zu verdienen. Es überrascht mich, daß du das bisher nicht einsehen wolltest.« Sie drehte sich erwartungsvoll um ihre eigene Achse. »Was sagst du zu meinem neuen Kleid? Die Schneiderin versprach mir hoch und heilig, daß sie den Stoff an keine der anderen Damen in der Stadt abgeben würde. Hoffentlich hält sie ihr Versprechen.« Louise runzelte die Stirn.

»Kriege sind auch gefährlich. Es ist dir vermutlich nicht neu, daß dabei Kanonenkugeln fallen«, sagte Fiete und musterte den knisternden lilafarbenen Stoff, der sicher sündhaft teuer gewesen war und den Louise sich nicht mehr würde leisten können, wenn auch nur annähernd so viele Treffer in ihren Schiffen landeten, wie er befürchtete.

»Die Waren werden ja wohl nicht zwischen den Fronten abgeladen, sondern dahinter, nicht wahr?« fragte Louise süffisant. »Ich glaube, du bist als Befrachter deiner Schiffe noch ängstlicher als sonst.« Sie zog den Saum des Kleides mit einem Ruck an sich, verärgert, daß Fiete es nicht bewundert hatte. Wie früher streifte sie ihren Mann, aber als er sich gewohnheitsmäßig vorbeugte, um ihren Nacken zu küssen, war sie bereits weg.

Friedrich Wilhelm verharrte einen Moment auf der Stelle, blähte die Nüstern. Düfte, dachte er, ein Duft ist so einzigartig wie ein Gesicht. Und diesen hier, süßlich, schwer wie eine Gewitterwolke, mochte er nicht, er hatte sich durch ihn immer niedergedrückt gefühlt. Schon seit einiger Zeit hatte er den Verdacht, daß seine Frau ihn wie eine

Waffe benutzte. Selten war sie mit ihren Worten so offen wie eben.
Beglückt dachte er für einen Moment an die junge Witwe im Hause des Grafen. Ihr Parfüm war wie ein Regenbogen gewesen, schillernd und noch schneller vergänglich. Er hatte es eingeatmet und sich in die Lüfte gehoben gefühlt ...
Durch die einen Spalt weit offene Tür hörte Friedrich Wilhelm das Geschrei seiner Kinder, wenn auch nicht mehr so viel und so aufreizend quengelig wie früher. Seine einzige Tochter, Anna, war immerhin schon sechs Jahre alt und Andreas, der Jüngste, ein auffallend leises Kind, noch stiller als Hans. Und bald war Jacob soweit, daß er in das Geschäft eintreten konnte.
Fiete seufzte leise und betrat sein Kontor. Regenbogenduft ...

Innerhalb der nächsten Wochen wurden die Brinkmannschen Schiffe in der Reihenfolge ihrer Heimkehr entladen, gekielholt, gekupfert, erneut ausgerüstet und wieder beladen. Der Reeder war öfter als jemals unten am Hafen. So genau er die Arbeiten an seinen eigenen Schiffen überwachte, so wenig ließ er die Konkurrenz aus den Augen. In diesen letzten heißen Wochen des Jahres hatten alle Werften Hochbetrieb, die Schiffszimmerleute und ihre Helfer arbeiteten bei Sturmlampen bis tief in die Nacht. Sämtliche einheimischen einigermaßen seefähigen Schiffe wurden für die Schwarzmeerfahrt notdürftig ausgerüstet und losgeschickt.
Aber nicht nur in den Werften, auch im Hafen wurde fast rund um die Uhr gearbeitet. Pausenlos kamen schon fast abgewrackte Küstenschiffe angeschaukelt, bei deren Anblick Brinkmann den Kopf schüttelte. Einen Sturm auf See würden die nicht überstanden haben. Aber kaum an den Leinen fest, eilten schon die Schauerleute an Bord und entluden die neue Weizenernte. Selbst die Seeleute trugen Säcke, und ihr pommersches oder ostpreußisches Platt mischte sich unter das Gebrüll der Talleymänner. Auch russische Schuten kamen nach Rostock. »Wie Hausierer klappern die Schiffer die westlichen deutschen Küstenstädte ab«, erzählte ein Steuermann dem Reeder und spuckte dann aus. Ihre Rechnung ging auf, Brinkmann sah es

mit eigenen Augen. Die Kaufleute der Stadt rissen ihnen die Ladung aus den Händen, selbst wenn die Qualität nicht dem entsprach, was sonst das Land verließ.
Auf Land ging es genauso ungewöhnlich wie in den Häfen zu. Die Kaufleute reisten sogar selbst herum, um per Handschlag Weizen und Roggen aufzukaufen, noch bevor das Getreide überhaupt vom Halm herunter war. Und kaum begann die Ernte, so rollten auch schon die hochbeladenen Wagen durch die Landtore von Rostock, einer hinter dem anderen, und manches Mal stauten sie sich davor. Das dumpfe Rumpeln der vollen Wagen hallte im Kröpeliner Tor wider, das Quietschen der ungeschmierten Achsen wurde um ein Vielfaches verstärkt, die Bauern schrien einander übermüdet an, und mancher träge Ackergaul scheute vor den ungewohnten Geräuschen zurück.
Diesmal zeigten die Bauern den Kneipenbesitzern eine lange Nase. Zeit war kostbar. Kaum entladen, ratterten sie schon wieder nach Hause. Auf der Rückfahrt zwangen die Landwirte ihre Pferde sogar innerhalb der Stadt in Trab, und mancher Rostocker im gewohnten hanseatischen Trott rettete sich noch mit einem Sprung vor den närrischen Landleuten. In ihren Heimatorten waren sämtliche Kräfte aufgebracht worden, um bei der Ernte zu helfen. Noch mehr als sonst kam es darauf an, sich zu beeilen. Erstmals war es nicht das Wetter, das die Erntehelfer bis tief in die Nacht schuften ließ, sondern dieses und jenes Schiff, mit dem die Ladung noch mitsollte und das an diesem oder jenem Tag den Hafen verlassen würde. Für die »Anna«, hieß es da, oder für die »Zwei Gebrüder«. Und jeder wußte, daß damit Schiffe gemeint waren.
Der Weizen bekam nicht einmal mehr Ruhe und Lagertrockenheit in den Speichern von Rostock zugebilligt. Vom Halm direkt aufs Schiff, war die Devise der Getreidehändler. Selbst die Vorpommeraner verkauften ihre Erzeugnisse in Mecklenburg, trotz der Zölle, die aufgeschlagen wurden, und die Kaufleute rissen auch ihnen alles, was verkaufsfähig war, aus den derben, abgearbeiteten Händen.
Für Bauern wie für Getreidehändler und Reeder war die lange Schönwetterperiode dieses Spätsommers Gold wert. Nicht nur

brachten die Landleute das Korn trocken ein, sondern das heiße Wetter bedeutete zu dieser Jahreszeit meistens Ostwind, und den konnten die Seeleute hervorragend gebrauchen. Jeder Tag, den das Schiff früher bei den Armeen im Schwarzen Meer anlangte, brachte Bargeld.

Die Ausfuhrmenge stieg in diesem Jahr in schwindelnde Höhen und die Gelderträge, die nach Rostock zurückgeschwemmt wurden, ebenfalls. Insbesondere die Reedereien, die klug disponiert hatten, scheffelten das Geld.

Friedrich Wilhelm Brinkmann gab eine neue Bark in Auftrag, die allerdings noch nicht aufgelegt werden konnte, denn sowohl Niclas als auch Baumeister Rickmann waren mit Aufträgen eingedeckt. Er widerstand der Versuchung, ein weiteres Schiff zu ordern. Er brauchte Bargeld, wenn die Hausse zu Ende war. Irgendwann würde der Krieg ja aufhören ...

Im November 54 waren die Zeitungen voll mit Nachrichten von der Belagerung der Festung Sewastopol. Friedrich Wilhelm Brinkmann las die Artikel zweimal durch: den Tatsachenbericht, den Kommentar, die ungekürzt wiedergegebenen übersetzten Stellungnahmen aus englischer, französischer, türkischer und russischer Sicht. »Der Schlawiner hat tatsächlich recht behalten«, murmelte er bewundernd und konnte sich nicht vom Frühstückstisch trennen, an dem die Nachricht ihn überrascht hatte.

Seine Frau Louise, die sich wenig für Politik interessierte und auch nur in unregelmäßigen Phasen für die Reederei, dafür gegenwärtig um so mehr für Nils Hugo af Ehrenswärdt schwärmte, wußte sofort, wen ihr Mann meinte. »Nenne ihn doch nicht so despektierlich«, bemängelte sie. »Immerhin wird er in Zukunft sein Leben aufs Spiel setzen für die armen eingeschlossenen Menschen in diesem ... pol.«

»Die Eingeschlossenen interessieren ihn wenig, glaube ich«, stellte Fiete richtig, »und ich hoffe sehr, daß er die Mannschaft auch nicht aufs Spiel setzt. Von Hugo und dem Schiff gar nicht zu reden. Du wirst ihn schon zurückerhalten.«

Während Louise vor Zorn schmale Lippen bekam, verlangte der

vierzehnjährige Jacob, ein spindeldürrer Junge: »Vater, ich möchte auch auf die Krim. Das muß ordentlich spannend dort zugehen.«
»Das fehlte mir noch«, antwortete sein Vater, »einer reicht. Übrigens bist du, Gott sei Dank, zu jung.«
Louises Wut auf ihren Mann war vergessen. Ihr Messer blieb mitten in der Semmel stecken. »Kinder haben im Krieg nichts zu suchen!« sagte sie mit der Stimme, die in der Erregung unversehens von Wohlklang in Schärfe umschlagen konnte.
Die übrigen Kinder sahen neugierig hoch. Hatten sie den sich anbahnenden Streit auch nicht erfaßt, so wußten sie doch genau, daß mit der Mutter in dieser Stimmung nicht gut Kirschen essen war.
»Ich bin kein Kind mehr«, widersprach Jacob trotzig. »In zwei Jahren trete ich in die Reederei als Juniorchef ein.«
Während seine Mutter wie versteinert am Tisch saß, lachte Friedrich Wilhelm gutmütig. Er klopfte seinem Sohn aufmunternd auf die Schulter, um seine Worte Lügen zu strafen. »Ganz soweit ist es noch nicht. Bis du als Juniorchef bezeichnet werden kannst, vergehen noch einige Jahre. Junior ist man zwar von selbst, den Chef aber muß man sich erarbeiten.« Er vertiefte sich in die Zeitung.
»Und außerdem kann er nicht allein alle Schiffe erben«, fiel Friedrich Daniel ein, der zehn Jahre alt war und schon gut rechnen konnte. »Ich will auch einige haben, mindestens zwei.«
»Und ich auch!« schrie Gustav erzürnt und mit vollen Backen. Er war der beste Esser unter den Kindern; Futterverwerter hieß er bei der agrarisch gebildeten Berta in der Küche.
Nur Hans beteiligte sich nicht. Er ließ ein Brötchen mit der Hand über das weiße Tischtuch fahren und brummte laut dabei. Louise besann sich wieder, nahm es ihm kopfschüttelnd aus der Hand und hielt es ihm an den Mund. Der Junge preßte die Lippen zusammen und wich aus. Ohne ein Wort langte er nach einer Schnitte Brot aus dem Korb, schob es auf der Rinde stehend von sich fort und brummte wieder.
»Was machst du denn?« fragte seine Mutter verständnislos und gab das Füttern auf.

»Ich fahre«, sagte Hans in einer kurzen Brummpause, um dann laut aufzuheulen und weiterzubrummen.
»Mit einer Eisenbahn«, erklärte Fiete sachverständig, der hinter seiner Zeitung hervorlugte und sofort wußte, was auf dem Tischtuch vor sich ging. Er hatte es nicht nötig, darüber nachzudenken, daß Weltreisen weder einer Welt noch einer Reise bedürfen. Ein Tisch genügt oder sogar ein Kopf.
»Doch keine Eisenbahn, Vater«, widersprach Hans mit der ganzen Empörung, deren er mit seinen neun Jahren fähig war. »Mit einem Dampfer! Das hört man doch!«
Fiete lächelte in sich hinein. Wie es schien, betrachteten alle Brinkmannschen Jungen die See als ihre Spielwiese in der einen oder anderen Form. Er wurde in seinen zukunftsweisenden Gedanken von seiner Tochter Anna unterbrochen.
»Ich heirate einen Prinzen«, sagte sie voraus, »und arbeite nicht, und Chef werde ich auch nicht.« Sie saß am Tisch in ihrem blausamtenen Kleidchen mit Spitzenkragen und hatte ganz andere Sorgen, in erster Linie zu frühstücken, ohne das Kleid zu beflecken.
»Einen Prinzen«, wiederholte ihre Mutter und überlegte zum ersten Mal, ob das möglich schien. Wenn sie schon dabei war, alt zu werden, wurde es Zeit, sich wenigstens auf andere Weise schadlos zu halten. Ein adeliger Schwiegersohn würde ihr gefallen können. »Warum nicht?«
»Setz ihr keine Flausen in den Kopf«, mahnte Fiete. »Wir sind bürgerlich, und wir werden es bleiben. Ich glaube, wir stellen die Zukunftspläne noch ein wenig zurück. Anna ist noch nicht alt genug zum Heiraten, und ich bin noch nicht tot genug, um euch Jungen die Schiffe zu vererben.«
»Sprich nicht so leichtsinnig«, tadelte Louise ihren Mann und wandte sich dem Gedanken an den zukünftigen adeligen Schwiegersohn wieder zu. Sie fand immer mehr Gefallen daran. »Als Tochter eines der größten Rostocker Reeder ist sie eine sehr gute Partie.« Vielleicht war es ihr sogar möglich, dieses Ziel aktiv zu verfolgen. Immerhin führte sie einen Salon, der in Rostock bekannt war und den außer den Damen ihrer Kreise auch durchreisende oder länger ga-

stierende Künstler besuchten. Selbstverständlich kamen auch die adeligen Damen von den Gütern, soweit sie in der Stadt waren, und mit ihnen manchmal auch ihre Söhne. Dennoch – Anne war vielleicht etwas zu voreilig. »Findest du mich alt, Friedrich Wilhelm?« fragte Louise mit der ihr eigenen Direktheit und überblickte ihre Figur kritisch.
»Selbstverständlich nicht«, brummte Fiete, ohne hinter der Zeitung hervorzukommen.
»Friedrich Wilhelm!« mahnte Louise halb beleidigt, halb bittend.
»Nein, meine Liebe, wirklich nicht«, sagte ihr Mann und ließ die Zeitung sinken. »Du bist jünger als jemals.«
Das war richtig. Niemand konnte Louise ihre achtunddreißig Jahre ansehen. Seitdem die Reederei Brinkmann zu hohem Ansehen in der Stadt gelangt war, hatte im Haus der Personalstand mit jedem Jahr erweitert werden können. Frau Louise besaß dementsprechend kaum noch eine ans Haus gebundene Pflicht, die nicht ebensogut und besser von einem der Mädchen erledigt werden konnte. Ihre ganze Zeit verwandte sie deshalb darauf, sich selber mit Hilfe ihrer Frisöse und der Schneiderin zu verschönen.

Ebenso blühend sah Louise Brinkmann auch im nächsten Sommer bei der Taufe der Bark »Anna Brinkmann« aus, und als sie zusammen mit ihrer Tochter die Flasche an die Schiffswand schleuderte, schienen sie beide sogar eher Schwestern als Mutter und Tochter zu sein. Die Schiffstaufe verlief großartig; wenn Louise etwas gelernt hatte, so dieses: Unnachahmbar anmutig schwang sie den Champagner weit von sich fort, und ihr war noch nie passiert, daß die Flasche womöglich das Schiff verfehlte und dann von einem der Schiffsarbeiter wieder eingefangen werden mußte.
Auch die Stimmung der Eingeladenen war gut, ebenso wie die Nachrichten aus dem Kriegsgebiet. Immer noch wurde die Festung Sewastopol belagert, und es gab kaum Güter, die die Belagerer nicht brauchen konnten, von Seestiefeln über Rum bis zu Nahrungsmitteln, die letzten eine heikle Angelegenheit von besonderer Bedeutung.

Als im Winter der Nachschub von Getreide endlich aufgehört hatte, war das Fleisch an der Reihe: die Engländer benötigten dringend Schweinefleisch, um die Kampfkraft ihrer Matrosen aufrecht erhalten zu können. Jedoch sahen sich die Türken außerstande, den verbündeten Engländern Schweinefleisch zu liefern. Es war sogar fraglich, ob der einfache Mann nicht die Waffen niedergelegt hätte, wenn durchgesickert wäre, daß die Kampfgenossen das verhaßte Tier aßen. Der Heeresleitung gelang es immerhin, dieses wichtigste Problem ihrer Bundesgenossen geheimzuhalten und es wenigstens auf sich beruhen zu lassen. Die Engländer also waren in dieser Hinsicht auf sich allein gestellt. Und die Rostocker, die außer dem Greifen auch die Gans und das Schwein liebten, verstanden gut, wie der englischen Admiralität zumute sein mußte. Sie besorgten die Schweine.

Die »Anna Brinkmann« wurde in fliegender Hast im Hafen aufgetakelt; sie lud jedoch keine lebenden Schweine, sondern Pökelfleisch und ging noch im Herbst auf ihre erste Reise in das Schwarze Meer, wo sie ein ganzes Jahr lang blieb.

Wenn es nach den Rostocker Kaufleuten gegangen wäre, hätte dieser Krieg noch Jahre dauern können. Nur das niedrige Volk jubelte über den Sieg der Verbündeten bei Sewastopol; verständigere Leute ahnten, daß der Sieg fatale Folgen für jeden einzelnen Mecklenburger, Pommern und Ostpreußen haben konnte. Friedrich Wilhelm Brinkmann berief jedenfalls eine neuerliche Reedereisitzung ein, dieses Mal außerordentlich dringend. Einen ebenso dringenden Rückruf sandte er zum Schiffer seines neuen Flaggschiffs »Anna Brinkmann«.

Die Partenreeder kamen im Schlenderschritt. »Es läuft doch bestens«, sagten manche und schlugen sich gegenseitig auf die Schultern. »Der beste Krieg, den wir jemals hatten.«

»Diesmal schicken wir rechtzeitig Winterkleidung, vor allem Stiefel«, beschlossen zwei Kaufleute, während sie an Friedrich Wilhelm Brinkmann vorbeidrängten, ohne ihn wahrzunehmen. Die ihnen folgenden Partenreeder begannen daraufhin, über Stiefel zu beratschlagen; es wurde endlich eine allgemeine Debatte daraus, die der

Kontorangestellte auf einen Wink des Reeders wortgewaltig beenden mußte.
Friedrich Wilhelm Brinkmann legte mit ernstem Gesicht seinen schwarzen Zylinder auf das Rednerpult. »Ich habe die meisten Schiffe bereits aus dem Schwarzen Meer zurückbeordert. Die Friedensverhandlungen deuten auf ein baldiges Ende des Krieges hin.« Die Anteileigner waren sprachlos. Bevor sie protestieren konnten, fuhr Brinkmann fort, und mit jedem Wort spürte er den wachsenden Widerstand der Anwesenden. »Ich denke, daß das Ende der Kriegshandlungen auch das Ende der Schwarzmeerfahrt bedeuten wird«, prognostizierte er kühn. »Wir müssen uns in aller Geschwindigkeit umorientieren. Nun, das ist mein Problem, dafür haben Sie mich ja«, – er lächelte beruhigend in die Runde, ohne einem einzigen wohlwollenden Gesicht zu begegnen, – »aber es ist selbstverständlich meine Pflicht, Sie darauf aufmerksam zu machen.«
Die Hand eines rundgesichtigen Bauern mit den rosagefärbten Wangen desjenigen, der bei der Frühjahrsbestellung selbst aus dem nebelverschleierten Sonnenlicht noch Kraft und Energie schöpft, hob sich zögernd. »Auch die Heiden kochen Suppe nur mit Wasser und die Engländer und Franzmänner erst recht«, sagte er in seiner schleppenden Landessprache, die allen anderen die Möglichkeit bot mitzudenken. »Wer weiß, wann der Frieden kommt. Ich bin dafür, das Geschäft auszukosten, bis zum letzten Pfennig!«
Die Männer murmelten Zustimmung; Brinkmann ballte die Fäuste hinter seinem Pult. Anscheinend sprach der Mann Handwerkern wie Kaufleuten aus dem Herzen. Er hob die Hand, um sich Gehör zu verschaffen. »Aber«, rief er kämpferisch in die Menge, »wenn sie alle auf einmal zurückdrängen auf den Markt, ist es zu spät, gute Geschäfte abzuschließen, das muß man vorher machen, früher. Zur Zeit sind die Erzeuger von Kohle und die Holzhändler noch froh, ein Schiff zu bekommen. Nach dem Friedensvertrag aber können sie die Bedingungen diktieren ... Das sollten Sie bedenken.«
Einer aus den letzten Reihen stand auf und schrie nach vorne: »Wenn mein Part im Krieg tüchtig etwas abwirft, habe ich so viel verdient, daß ich es mir leisten kann, ihn abzuschreiben. Nein, das

Schiff soll so lange unten bleiben, wie auch nur eine Mark dabei verdient werden kann! Ich glaube an den Krieg!«
»Lange soll er dauern! Ein Hurra auf den Krieg!« Herr Fink, der sonst so vornehm tat, kletterte behende auf seinen Stuhl und fing zu Brinkmanns Entsetzen an, die Mitreeder wie einen Chor mit den Händen zu dirigieren.
Sie nahmen seinen Ruf auf, trampelten mit den Füßen und klatschten. Insbesondere die Dividendenreeder, sonst so zurückhaltend und vornehm, verbrüderten sich demonstrativ mit Herrn Fink und dem tollkühnen Handwerker. Wie ein Mann standen sie auf, drehten sich zu dem mutigen Sprecher hinten im Saal um, hoben die Hände über ihre Köpfe und klatschten rhythmisch, bis die übrigen Versammlungsmitglieder das aufreizende Signal aufnahmen. Ein Höllenspektakel tobte durch den Konferenzsaal.
Reeder Brinkmann war machtlos. Hier hätte er den Hünen Ehrenswärdt benötigt. Ihm wurde bewußt, daß er in schwierigen Situationen stets allein war.
Das Klatschen brandete immer noch gegen die nackten unfreundlichen Wände, da öffnete sich die Tür leise einen Spalt, nur breit genug, um einen kleinen Jungen hereinzulassen, der sie vorsichtig sofort hinter sich zudrückte. Brinkmann wollte seinen Augen nicht trauen, als sein Sohn Hans zu ihm hinhuschte. Er beugte sich zu ihm hinunter.
Der zehnjährige Hans im Matrosenanzug hob sich auf Zehenspitzen, die Hände artig auf dem Rücken zusammengelegt, und flüsterte dem Vater mit ernstem Gesicht eine Weile ins Ohr. Die leise Gegenfrage von Brinkmann konnte niemand hören, aber die Männer verstummten nach und nach. Von selbst trat Totenstille im Saal ein, und Friedrich Wilhelm Brinkmann brauchte seine Stimme nicht zu erheben, als er sagte: »Der Krimkrieg ist aus.«

»Ich danke dir, Louise«, sagte er am Abend gerührt zu seiner Frau und küßte sie zart auf den Nacken, was sie sich lächelnd gefallen ließ. »Ich ahnte nicht, daß du wußtest, wie wichtig diese Nachricht war. Sie kam gerade im richtigen Augenblick. Die Männer waren

drauf und dran, die Schiffe wieder in das Kriegsgebiet zurückzuschicken.«
»Ich weiß manches, Friedrich Wilhelm«, widersprach Louise Brinkmann, »und eines insbesondere: was für die Reederei wichtig ist.«
»Ja, das ist wahr«, bekannte Friedrich Wilhelm, der in einer ungewöhnlich gedämpften, aus Erleichterung geborenen Stimmung von der Versammlung zurückgekehrt war. Wer weiß, was aus dem Klipper hätte werden können, wenn er nicht abgebrannt wäre. Im Moment war er bereit, seiner Frau die besondere geschäftliche Voraussicht zuzugestehen, die ihm damals gefehlt hatte. »Es wäre vielleicht besser, wenn du offiziell Teilhaberin würdest«, sagte er mit zärtlicher Stimme, dankbar, daß das Zerwürfnis zwischen ihnen sich im Nichts aufgelöst hatte.
»Ist das dein ernsthafter Vorschlag?« fragte Louise freudig überrascht.
Fiete nickte.
Die Prokura von Louise Brinkmann, geborene Aldag, begann mit dem Tage der Unterzeichnung des Friedensvertrages in Paris.

12. Kapitel (1857-1859)

Friedrich Wilhelm Brinkmann hatte zugleich mit dem Rückruf seiner Schiffe Frachtverträge zu guten Bedingungen abgeschlossen. Die Konkurrenz, die sich ohne vorausschauende Planung nur auf ihr Tagesgeschäft konzentrierte, bemerkte erst nach einiger Zeit überrascht, daß die Preise für Getreide ins Bodenlose sanken.
Die alte Kornkammer Europas, das Schwarzmeergebiet, war aus ihrem Dornröschenschlaf erwacht und warf sich mit der neuen Getreideernte mitten in die kriegsbedingten Trampelpfade des Warenhandels. Plötzlich tauchten auch noch ältere, billige Vorräte von Getreide auf, die ebenfalls auf dem Schiffahrtsweg in das hungrige Mitteleuropa strömten. Die Küstenländer versorgten sich neuerdings aus Kostengründen mit dem Schwarzmeergetreide.
Nur in den Industriezentren Mitteleuropas, genauer Deutschlands, wo der Bedarf an Getreide ebenfalls hoch war und mit zunehmender Industrialisierung immer noch anstieg, stockte zunächst die Versorgung. Die mecklenburgischen und pommerschen Kaufleute erkannten jedoch sehr schnell ihre neue Chance und nutzten dabei die neuen Verkehrsverbindungen. Gewissermaßen unbemerkt durch die Kriegsereignisse war nämlich das Streckennetz der Eisenbahn vergrößert worden. Die Getreidehändler der deutschen Küstenländer stiegen auf die Eisenbahn um.
Plötzlich hatte Rostock zu viele Bruttoregistertonnen, insbesondere gab es zu viele Mittelmeerbarken mit ihrem großen Raumangebot, ihrer kostspieligen Verkupferung im Unterwasserschiff und ihrer alles andere als kleinen Mannschaft.
Ich bitte um unverzüglichen Verkauf meiner Parten! drängten die brieflichen Mitteilungen der besorgten Dividendenreeder, die alle zugleich Angst bekamen.
»Wir können kaufen«, sagte Friedrich Wilhelm Brinkmann zufrieden zu seinem Kompagnon Nils af Ehrenswärdt, der glücklich wie-

der zurück war aus den gefährlichen Gewässern, und legte den Brief des Schweriners zu den anderen gesammelten Verkaufsersuchen. Die Handwerker unter den Mitreedern rührten sich vorerst nicht. An den heimkehrenden Schiffen gab es viel zu tun: zwei Jahre waren sie gefahren ohne gründliche Überholung; jetzt begann die Arbeit, die den Handwerkern den eigentlichen Verdienst bringen würde. Mit zu teuer veranschlagten Reparaturen würden sie sich jetzt endlich schadlos halten können für den gewissermaßen erzwungenen Anteilsbesitz. Das war Usus, jeder wußte davon, niemand regte sich darüber auf.

Nils af Ehrenswärdt saß tiefgebräunt auf seinem Bürostuhl, ordnete linkisch die Papiere, überblickte die Arbeit, die auf ihn wartete, und wünschte sich wieder fort ins Mittelmeer. »Herrlich war es«, sagte er sehnsüchtig, lehnte sich zurück und starrte träumend an die Zimmerdecke. Er sah weder die Holzdielen, deren weiße Farbe abblätterte, noch die Gaslampe, die bereits jetzt, mitten am Tage, ein mildes Licht verbreitete. Ihn fröstelte etwas, und er schauerte zusammen.

»Du wirst doch nicht wieder einen Anfall bekommen?« fragte Fiete erschrocken.

»Nein, nein«, wehrte Nils ab. »Mir ist in eurem Klima hier nur ein wenig kalt, das ist alles.« Er blickte über die Strandwerften und wies aus dem Fenster hinaus. »Du machst dir keine Vorstellungen davon, wie verdreckt dort das Hafenwasser ist, in der Türkei, meine ich. Da schwimmen die Kadaver neben den Schiffen, aufgedunsen und stinkend. Aber jeder ist zufrieden, wenn sie wenigstens dort stinken und nicht in den Straßen. Die Türken sind nicht gewohnt, die Kadaver zu beseitigen. Sie gelten als unrein.«

»Aber noch unreiner werden sie ja wohl, wenn man sie liegen läßt«, entgegnete Fiete mit mecklenburgischer Nüchternheit, rümpfte die Nase und ließ sich dennoch, wie häufig in der letzten Zeit, einfangen durch die Erzählungen seines Freundes aus dem faszinierenden und erschreckenden Orient.

»Ach, das sehen die anders. Und recht haben sie. Weißt du, was ich glaube, Fiete?« fragte der Kapitän. »Wir Schweden sind vielleicht die Türken des Nordens. Ich spüre die Seelenverwandtschaft. Ihr Mecklenburger aber, ihr seid wie die Preußen. Nur hat die Schöpfung bei euch die Tüchtigkeit vergessen.«

Fiete sah seinen Freund an. Locker und unkonventionell war er immer schon gewesen, jetzt aber sah er in der Tat merkwürdiger aus als je: ein grau-roter Wikinger mit türkischen Pumphosen. Aber nicht nur die Haare von Ehrenswärdt waren ergraut, auch seine Gesichtsfarbe war eher grau als rot. Unter der oberflächlichen Bräune stachen Falten scharf hervor, und die Weißfärbung ihrer wie ein trockenes Bachbett in die Haut eingegrabenen Talsohle konnte sich unversehens ausbreiten und die Blässe über das ganze Gesicht verteilen. Kein Zweifel, Nils war krank zurückgekehrt. Fiete war besorgt, aber er versuchte, es sich nicht anmerken zu lassen. »Kann sein«, sagte er wortkarg.

Friedrich Wilhelm vertiefte sich wieder in den Packen schlampig zusammengelegter Papiere, die Nils ihm als Abrechnung präsentiert hatte, und vergaß sofort seine freundschaftlichen Gefühle. »Was ist das denn? Dreißig Piaster für Wächter. Täglich.«

Nils hob beziehungsvoll die Augenbrauen, rührte sich jedoch nicht von seinem Stuhl und antwortete auch nicht.

»Nur aus Neugier«, erklärte Fiete hastig und konnte nicht verhindern, daß er errötete. »Ich will das ja gar nicht kontrollieren. Aber du hast mir die Papiere schließlich übergeben. Du kannst sie auch zurückhaben, wenn du willst.«

Nils winkte großzügig ab und bequemte sich zu einer Antwort. »Ich geriet in eine osmanische Quarantäne. Die hatten irgendwo die Pest im Land.«

Fiete fuhr zusammen. »Die Pest? Und ihr seid da so herumgefahren?«

Nils sah seinen jüngeren Kompagnon belustigt an. »Ja. Warum nicht?«

»Aber ihr hättet euch anstecken können.«

»Wir haben es aber nicht getan. Der Zeitverlust allerdings war enorm – neun Tage, das wäre eine halbe Fahrt gewesen –, und es kostete auch sonst eine Menge Geld.«

Fiete überflog zunehmend empört den Zettel: »Patentgebühr, Untersuchungsgebühr, Visumgebühr für die Mannschaft, tägliche Contumazgebühr für das Schiff, in summa ... Gebühr für die Reinigung der Waren und, und, und ... Sag mal, und das muß man alles zahlen?«

»Ja. Und es war noch wenig. Ich hatte Glück. Eine durchsoffene Nacht mit dem Direktor der Quarantäneanstalt war eine gute Investition.« Nils war mit sich sehr zufrieden, sehr viel mehr als der Reeder, der die Papiere wütend auf den Tisch schleuderte.

»Das soll ich dir glauben? Wenn du trinken willst, mußt du das gefälligst selber bezahlen.«

»Fiete«, sagte Nils besänftigend, »der Orient ist anders. Der Direktor erkannte den ›Schwarzen Stern‹ nach unserer Sauftour als Kriegsschiff an, und das sparte uns eine Menge Geld. Kriegsschiffe, gleich welcher Nation, werden im Gegensatz zu den Handelsschiffen nicht gerupft. Jedenfalls weniger auffällig.« Der Kapitän lachte laut in der Erinnerung. »Sie haben wohl schon schlechte Erfahrungen gemacht mit bewaffneten Schiffen, wenn deren Kapitäne sich übervorteilt glaubten. Zu der Gebühr für die Wächter kam dann übrigens noch die Bestechungsgebühr, damit sie uns nach der Quarantäne wirklich freigaben. Die Weisung des Direktors bedeutete nämlich mehr oder minder, daß jetzt die Wächter das Recht hatten, uns freizulassen, aber in diesem Stadium der Verhandlungen hing das von ihnen ab. O ja, sie haben genügend Mittel, um einen festzuhalten, wenn sie wollen. Selbst als wir mit den Leichen anlegten, hätten sie uns am liebsten an die Kette gelegt ...«, sinnierte er.

»Leichen? Es sind alle zurückgekehrt, denke ich!«

»Gefallene türkische Soldaten«, sagte Nils kurz und stand auf.

Friedrich Wilhelms Neugier schlug erneut in tiefe Beunruhigung um. »Bitte, Nils, kläre mich über alles auf.«

»Es gibt Dinge, die du eigentlich nicht wissen müßtest«, sagte Nils und verzog das Gesicht. »Aber bevor du mich verdächtigst ... – die Russen wollten die türkischen Leichen nicht ins Wasser werfen, und begraben wollten sie sie auch nicht. Wir willigten ein, sie als Rückfracht mitzunehmen, und so schleppten sie sie an Bord. Zerschossen und blutig, wie sie waren, manchmal fanden wir im Tageslicht dann auch mal drei Beine bei einem einzigen Mann, dafür gab es kopflose Männer ... na ja. Aber die Türken bezahlten hohes Kopfgeld ...« Er verzog die Lippen.

Friedrich Wilhelm Brinkmann sagte nichts mehr. Er hatte eine Weile damit zu tun, seinen revoltierenden Magen zu besänftigen. Ausnahmsweise brauchte er einen Kognak. Erst als sie sich zugeprostet und ausgetrunken hatten, faßte sich der Reeder wieder. »Ich glaube kaum, daß wir in diesen Gewässern jemals wieder fahren werden.« Während der Kapitän sich lächelnd den zweiten Schnaps eingoß, verstand Friedrich Wilhelm endlich, daß sein türkisches Abenteuer ein großer Spaß für den Kapitän gewesen war. Er begann zu rätseln, ob Nils sich selbst über die Leichen amüsiert hatte. Leichen als Frachtgut und Bestechung als normale Handelsmethode! Damit wollte er nichts zu tun haben. Recht muß Recht bleiben, das war seine Devise. In diesem selben Moment erschrak er. Sein Vater hatte auch immer eine Devise gehabt. Als Junge war er zuerst gegen die Devise wie gegen eine Mauer gerannt, und dann hatte er angefangen, seinen Vater zu hassen.

»Friedrich Wilhelm«, sagte Nils leise, »möchtest du nach biederer deutscher Art wenig Geld verdienen oder von den Heiden sogar betrogen werden – oder möchtest du dich anpassen und nach ihrer Fasson Handel mit großem Nutzen für dich und deine Geschäftspartner treiben? Ich sage dir – sie verstehen dich nicht, wenn du auf mecklenburgische Art erst lange Kaufverträge schließen willst und bei Ablieferung die Krümel zählst. Es ist selbstverständlich, daß mit jedem Schiff auch Opium und Waffen mitgenommen werden, hin und wieder sogar tote Männer, mag der deutsche Kaufmann darüber auch die Hände zusammenschlagen. Und vor allem: Nichts davon steht in Listen oder wird schriftlich festgehalten! Schreiben können sie gar nicht. Kommst du mit Papier, denken sie an Polizei und verschwinden. Ein Kopfnicken, das ist alles.«

Brinkmann antwortete nicht. Er dachte an Kaufmann Fecht zurück. Ob er immer noch für kleine Jungen Trost und die weite Welt bereithielt?

»Du wirst ausrechnen«, sagte Nils und blickte wieder an die Decke, um dem grauen Mecklenburger Alltag vor dem Fenster zu entgehen, »daß nach Abzug aller Bestechungs- und sonstiger ungewöhnlicher Gebühren als Reinverdienst eine ungeheure Summe Geldes übrigbleibt. Wenn ich einen vertrauenswürdigen Seemann zur Hand gehabt hätte, ich hätte noch ein weiteres Schiff als Blockadebrecher ausgerüstet. Na ja, Kriege wird es immer geben, und mein Enkel wird älter.«
»Willst du damit sagen, daß du Hugo als Blockadebrecher angelernt hast?« fragte Friedrich Wilhelm, dessen Zorn von neuem angefacht wurde. »Deinen eigenen Enkel?«
»Ja«, gab Nils unumwunden zu.
»Was wird Pauline dazu sagen?«
»Keine Ahnung. Hugo wird es ihr erklären. Er ist ihr Sohn, und sie liebt ihn.«
Friedrich Wilhelm Brinkmann setzte sich langsam, ohne seinen Freund aus den Augen zu lassen. Nils war ein eigenartiger Mensch – auf der einen Seite ein idealer Schiffsführer, auf der anderen Seite nicht eben vertrauenswürdig für einen Rostocker Kaufmann.
Nils schien unter seinen buschigen Augenbrauen die Gedankengänge des Reeders mitzuverfolgen. »Suchst du nach einem neuen Kriegsgebiet für mich?« fragte er sanft mit schiefgelegtem Kopf.
Fiete erschrak. Er versuchte, das beunruhigend bohrende Gefühl in seinem Inneren abzuschütteln. »Nein, nach deinem neuen Flaggschiff«, sagte er ruhig. »Kann mein Neffe Hugo den ›Schwarzen Stern‹ führen?«

Die Reederei Brinkmann übernahm die Parten der Dividendenreeder in eigene Regie. Durch geschickten Tausch und Ankauf weiterer Anteile, die die Handwerker losschlagen wollten, gelang es Friedrich Wilhelm Brinkmann, vier Schiffe in den Alleinbesitz der Reederei zu bringen.
»Donnerwetter«, sagte Nils af Ehrenswärdt auf seine unkonventionelle Art und bewunderte unverhohlen den weitblickenden Reeder. »Bei den anderen Reedern werden die ersten Pleiten schon ruchbar,

und du kaufst statt dessen noch. Auf deine Weise bist du so erfolgreich wie ich.« Wie so oft in den letzten Wochen war er plötzlich ins Kontor geplatzt; meist verließ er es nach kurzer Zeit ruhelos.

»Vielen Dank«, sagte Brinkmann, zufrieden mit sich und seiner Geschäftspolitik. »Die haben sich alle übernommen. Ich war während des Krieges vorsichtig; ich habe das Geld lieber zurückgehalten. Dein ›Schwarzer Stern‹ war mir eine Lehre, die ich nicht vergessen habe.«

»Was meinst du?«

»Ich konnte«, sagte Fiete mit gerunzelter Stirn, »nicht so disponieren, wie ich es für richtig hielt. Die Majorität diktierte plötzlich, verstehst du, sie glaubten auf einmal alle, sie wüßten besser als ich, wohin unsere Schiffe auszulaufen haben. Es war pures Glück, daß sie sich nicht verkalkulierten. Damals habe ich mir geschworen, lieber wenige eigene Schiffe als ganz kleine Parten in vielen Schiffen zu besitzen.«

»Man kann aus allem eine Philosophie machen«, stellte der Kapitän fest, »aber diesmal verstehe ich dich.«

»Und weil wir«, fuhr Friedrich Wilhelm fort, »jetzt keine Zustimmung der Reedereiversammlung mehr benötigen, möchte ich dich bitten, auszukundschaften, ob die Amerikafahrt oder auch die Chinafahrt lohnend sein könnten. Meine Nase sagt mir, daß dort etwas zu machen wäre.«

Während der Kapitän verwundert die Augenbrauen hochzog und dann nachgiebig nickte, stand Friedrich Wilhelm auf. »Ich habe die Teedose nie vergessen. Ich möchte gerne wissen, wo sie herkam.«

»Das ist ein ausreichender Grund, ein Schiff nach China zu ordern«, sagte Nils af Ehrenswärdt trocken, bevor er die Zimmertür hinter sich schloß und sich kopfüber in die Vorbereitungen stürzte. Endlich war sein Schiff klar zum Auslaufen. Er verabschiedete sich nur flüchtig vom Reeder.

Brinkmann nahm seine Routinearbeiten wieder auf, froh, daß sein reisesüchtiger Kapitän wieder Schiffsplanken unter den Füßen hatte. Die nächste Nachricht von diesem kam bereits aus Malta, kurz bevor er die Stadt mit Kurs auf das Kap der Guten Hoffnung verließ.

Die meisten Schiffe der Reederei liefen planmäßig innerhalb Europas. Brinkmann hatte langfristige Verträge mit Geschäftspartnern in England, Irland und Norwegen abgeschlossen, bei denen zwar die Frachtgebühren für jedes Jahr freibleibend waren, aber er doch die Option auf die Fracht hatte. Der Rest war jährliche Verhandlungssache.

Die Zahl der Neubauten nahm in Rostock noch nicht ab. Bauverträge mußten erfüllt werden, die während des Krieges unter vielem Drängen und mit Prämien für besonders schnelle Bauausführung abgeschlossen worden waren. Jetzt saßen die erschrockenen Reeder mit ihren halbfertigen Schiffen da, wären sie am liebsten los gewesen und konnten sie doch nicht verkaufen. Kein Mensch brauchte und suchte Frachtraum. Nur die Reederei Brinkmann leistete sich auch noch die Übernahme eines Neubaus, für ein Drittel seines ursprünglich veranschlagten Preises und auch nur, weil er ein Segler war; seine Kinderträume von einem Dampfschiff hatte Friedrich Wilhelm längst in die Warnow geworfen. Die Zeit, oder vielmehr Rostock, war noch nicht reif dafür. Der Reeder, der Werftbesitzer Düwel und die Partenhandwerker waren froh, daß sie ausgezahlt wurden.

Mit dem neuen Schiff »Jacob Brinkmann« trat als neuer Schiffer Jakob Fretwurst aus dem Fischland in die Reederei ein, und die Gleichheit der Vornamen wurde von Anfang an als ein gutes Omen für das Schiff angesehen.

Dort, wo die Brinkmannsche Reederei schon mehrere ihrer Kapitäne herbezogen hatte, rekrutierte sie im allgemeinen auch die Hausmädchen. Die Fischländer Mädchen waren fügsam und duldsam, dienten bis zu ihrer Heirat in der Stadt in großen und mittleren Häusern, um dann in ihre Dörfer zurückzugehen und eine neue Generation von fügsamen, duldsamen Fischländerinnen großzuziehen, jedoch gewissermaßen als Nebenprodukt ihrer eigentlichen Aufgabe: der Erzeugung von Kapitänen und Steuerleuten.

Auch Mine Bradhering stammte aus dem Fischland, aber sonst hatte sie nichts mit den Mädchen von dort gemein. Hätte Frau Louise dies geahnt, hätte sie das Mädchen mit der Geschwindigkeit eines Kometen aus ihrem Haushalt entfernt. Aber sie wußte nichts dergleichen, denn ihr Haushalt lief wie am Schnürchen, und Louise kümmerte sich kaum um ihn.

Mines wichtigste Aufgabe war, sich um den kleinen Andreas zu kümmern, und diese Aufgabe nahm sie mit Sorgfalt, wenn auch nicht mit übermäßiger Liebe wahr. Sie weigerte sich sogar, Guste um Rat zu fragen, die doch schon lange im Haus war und die älteren Kinder versorgt hatte.

»Was mach ich nur mit dir?« fragte sie eines Nachmittags ihren Schützling, als die nachmittägliche Ruhe der Herrschaften wie üblich eine ungesunde Faulheit des Personals erzwang.

»Spazierengehen«, forderte Andreas und lief, um seine Jacke zu holen.

Mine wollte protestieren, besann sich aber. »Auch gut«, sagte sie und machte sich und den Knaben zum Ausgang fertig. »Wir wollen heute etwas Spannendes erleben, willst du?« fragte sie Andreas und machte sich, ohne auf seine Antwort zu warten, auf den Weg.

Eine seltsame und ungewohnte Unruhe lag über den Straßen von Rostock. Auch Andreas spürte es. Er hörte von selbst auf, mit einem Bein auf dem Kantstein, mit dem anderen auf der Fahrbahn zu hopsen. Im allgemeinen verursachte diese unwürdige Gangart sofortige Verärgerung bei Mine bzw. allen ihren Vorgängerinnen. Heute verursachte sie gar nichts. Heute beobachteten er und Mine stumm die Männer, die die Straßen füllten; zu zweit, zu dritt strebten sie einem bestimmten Ziel zu, manchmal auch untergehakt, als ob sie die Fahrbahn sperren wollten. Und das taten sie auch, denn nicht wenige Kutscher mußten ihr Gespann wohl oder übel in der Nebenstraße warten lassen, bis die Männer vorüber waren, mit trotzig erhobenen Köpfen und entschlossenen Gesichtern.

Es erwies sich, daß Mine Bradhering denselben Weg einschlug wie alle diese Männer und einige Frauen.

»Was ist das?« fragte Andreas neugierig, als sie mit allen anderen vor einem unscheinbaren Gebäude ankamen. »Hier bin ich noch nie gewesen.«

»Nein«, antwortete Mine nicht ohne Stolz, »dies ist die Tonhalle der

Arbeiter, und hier haben du und deinesgleichen auch nichts zu suchen. Benimm dich also anständig, du bist hier Gast.«
Andreas nickte und folgte seinem Kindermädchen in den ersten Stock, in dem sich außer einem Rednerpult an der Stirnseite des großen Saales nichts befand, keine Bänke, keine Stühle, keine Vorhänge. Trotzdem war der Saal voll, die Männer drängten sich dicht an dicht; die groben Ärmel ihrer Jacken rieben Andreas' Gesicht wund und rot, und ihm wurde heiß und schwitzig. Aber Mine hatte den Jungen fest in ihrem Griff und zog ihn dicht an sich, als der erste Redner der Versammlung seine Stimme erhob und alle nochmals vorrückten, um ihn besser sehen zu können.
Andreas verstand kaum etwas, die Worte waren ihm so unbekannt, als hätte der Mann in einer anderen Sprache gesprochen, und doch war es das Plattdeutsch, das er kannte. »Was ist ein Arbeiterverein?« fragte er laut in eine zufällige Stille hinein.
Mine hielt ihm hastig den Mund zu, lockerte aber ihren festen Griff, als ein lautes Gelächter unter den Männern anhob; es war, als ob die unbekümmerte Frage die Spannung, die fühlbar im Saal lag, in Luft aufgelöst hätte. Andreas, nur wenig erschrocken, lachte sofort mit, und als er von einem der Arbeiter auf dessen Schulter gesetzt worden war, konnte er auch seine Neugier befriedigen. Viel geschah nicht. Mehrere Männer sprachen vor den anderen über langweilige Dinge. Als sie eine Weile geredet hatten, gab es Unruhe an der Tür. »Polizei«, wurde geflüstert und von Mund zu Mund weitergegeben. »Einzeln!« befahl der Mann am Pult, und dann verließen die Besucher in kurzen Abständen hintereinander die Tonhalle. Andreas blieb auf den Schultern des freundlichen Mannes sitzen, »damit du nicht untergebuttert wirst«, und vor der Tür sicher auf die Füße gestellt.
Ohne die Polizei zu Gesicht zu bekommen, wanderten sie wieder nach Hause.
»Wer war denn der Mann?« fragte Andreas, der sich nicht entscheiden konnte, was spannender gewesen war: der Ritt auf den Schultern des Arbeitervereins oder die Flucht vor der Polizei.
»Ein Werftarbeiter eben«, antwortete Mine, tief in Gedanken ver-

sunken. »Am besten erzählst du deiner Mutter nicht, wo du heute warst. Dann könnte ich dich beim nächsten Mal nicht mitnehmen.« Das wollte Andreas nun um keinen Preis.

Im selben Jahr, in dem Nils af Ehrenswärdt aus China zurückkehrte, in dem der junge Hugo als Schiffer des »Schwarzen Stern« seine ersten beiden schnellen und auch in kaufmännischer Hinsicht erfolgreichen Fahrten zwischen Rostock, Oslo und Liverpool segelte, und in dem die »Jacob Brinkmann« unter Kapitän Fretwurst eine schwere Havarie erlitt, gab Louise eines ihrer abendlichen Feste, an die man sich in den letzten Jahren in Rostock nun schon gewöhnt hatte. Zweimal im Jahr fanden sie statt, einmal im Frühling und einmal im Herbst, und nur diese wurden »das Fest« genannt, während alle anderen Abend- und Nachmittagseinladungen zum Kaffee oder Tee oder zum Künstlertreffen eben schlichte Einladungen waren.
Friedrich Wilhelm Brinkmann verabscheute die Feste; mochte er die ständigen abendlichen Gäste schon nicht gern um sich sehen, so waren die Feste mit ihrem Besucherstrom für ihn ein wahrer Schrekken. Aber er fügte sich. Er selber führte die Reederei in kaufmännischer Hinsicht; Louise regierte den gesellschaftlichen Teil des Reedergeschäftes, denn auch diesen gab es, und manchmal war er von größerer Bedeutung als der andere. Eine Andeutung eines Konkurrenten über einen Zielort seines Schiffes oder die flüchtige Mitteilung über eine Ladung, die in den nächsten Tagen zu disponieren wäre, machte manchmal den Unterschied aus zwischen dem Verlust und dem Gewinn in einem Schiffsjahr.
Um die Einladungen nicht zu offensichtlich zu einer geschäftlichen Zusammenkunft werden zu lassen, sorgte Louise Brinkmann stets für genügend andere Persönlichkeiten aus der Stadt, die nichts mit Schiffen oder deren Befrachtung zu tun hatten. So waren also auch philosophisch tätige Gelehrte, Dichter, Ärzte, Apotheker und sogar hin und wieder ein Geistlicher unter den Gästen.
Von den Kindern des Reederehepaars hatten der neunzehnjährige Jacob sowie sein um ein Jahr jüngerer Bruder Gustav Zutritt zu den Gesellschaftsräumen, während Anna, die darauf brannte teilzuneh-

men, noch zu jung war, um in anderer Form als zur Begrüßung anwesend zu sein. Friedrich Daniel und Hans waren beide in einem Alter, in dem sie sich abkapselten, störrisch den Fremden aus dem Wege gingen und die Gesellschaften verachteten. Andreas zählte ohnehin noch nichts, und er war es auch gewöhnt, seine eigenen Wege zu gehen, soweit ihn seine Kinderfrau ließ. Und das tat sie häufig genug.

Anna kostete die Zeremonie der Begrüßung nach Kräften aus. Auf der zweituntersten Stufe stehend, damit sie größer wirkte, reichte sie den Herrschaften, denen sie vorgestellt wurde, ernst die Hand, machte einen tiefen oder weniger tiefen Knicks, je nachdem, ob der Begrüßte von königlichem Blut oder nur niedrigem Landadel war. Die Eltern und die Gäste lächelten sich verständnisinnig über den Kopf des Kindes hinweg zu. Für Friedrich Wilhelm handelte es sich nur um eine duldbare kleine Eitelkeit seiner Tochter; Louise aber war sehr zufrieden mit ihrer Inszenierung.

Trotz der wenigen Minuten, die sie teilnehmen durfte, präsentierte Anna sich in ihrem besten weißen Kleid. Danach stieg sie majestätisch die Treppe hoch und fühlte sich wie eine Prinzessin, der das Volk soeben gehuldigt hat. In Wahrheit sah man von unten ihre dürren Beinchen und die schlenkernden Arme – ein Kind eben, das noch nicht einmal erkennen ließ, daß es in einigen Jahren eine junge Frau sein würde.

Louise sah ihrer Tochter nach, wie auch einige der anderen Gäste, und fühlte sich bei ihrem Anblick erleichtert, wesentlich glücklicher, als wenn ihr Blick auf ihren stämmigen Sohn Gustav fiel, der bereits so erwachsen wirkte. Darum vermied sie auch, mit ihm allzuviel zusammen gesehen zu werden. Eher noch wurden ihre mütterlichen Gefühle in Anspruch genommen von dem sehr schmalen Jacob, der ständig nervös mit den Augenlidern blinzelte und nicht wußte, wohin mit sich und was er sagen sollte, wenn er angesprochen wurde. Außer durch seinen festen Willen, Reeder zu werden, zeichnete er sich einstweilen noch durch nichts aus. Meistens hielt er sich bei seinem Vater auf.

Louise wandelte gemessenen Schrittes, nach rechts und links

nickend, zu einer Gruppe von Gästen weiter, die sich über die Tagespolitik der deutschen Länder unterhielten.

»Wir müssen uns nach Preußen orientieren«, sagte gerade einer der Herren mit energischer Stimme, »zumal wir ihre nächsten Nachbarn sind.«

»Mit den Wölfen heulen ...«, entgegnete ein anderer, »ausgerechnet mit den preußischen Wölfen. Nein, da lobe ich mir von Oertzen, der führt eine klare Sprache. Man muß sie nicht zu groß werden lassen, das wäre gefährlich für unseren kleinen Staat.«

»Aber er wird schon weicher«, warf ein dritter Gast ein und machte der Hausherrin höflich Platz.

Wenn Friedrich Wilhelm doch nur in die Politik gehen wollte, dachte Louise einen Moment verärgert und versuchte gleichzeitig, die Mädchen im Auge zu behalten, die bedienten, vor allem die Aushilfskräfte. Man wußte ja nie. Aber ihre stille Sehnsucht nach Höherem für ihren Mann wurde jäh unterbrochen, als die überaus ernsten Gesichter von Pastor Bockelmann, dem Stadtphysikus Doktor Stein und Doktor Marburg, ihrem Hausarzt, ihre Aufmerksamkeit auf sich zogen.

Die drei Herren standen in einer Fensternische und sprachen in gedämpftem, jedoch sehr erregtem Ton miteinander. Für sie schien der Plauderton, den man zu solchen Gelegenheiten ebenso wie den Frack anlegt, nicht zu existieren.

Louise näherte sich den Herren; als Hausherrin konnte sie dies tun, ohne daß es ihr als Neugier ausgelegt wurde. Man drängte sich als Hansestädter nicht auf. Aber sie durfte nicht zulassen, daß die Herren zu sehr politisierten oder Berufliches diskutierten. »Darf man teilhaben an Ihrem Gespräch?« fragte sie im Konversationston der Gastgeberin.

Stein schien nachzudenken. »Sie werden es ja doch erfahren«, sagte er schließlich und schnitt bedächtig eine Kerbe in das Ende einer gewaltigen Zigarre. Er schnaufte etwas; diese Kurzatmigkeit hatte sich erst in letzter Zeit entwickelt; trotz seiner langjährigen Tätigkeit als städtischer Arzt konnte er ausgezeichnet diagnostizieren und wußte, was die fehlende Luft in seinem hohen Alter zu bedeuten hatte.

Vom Tage seiner Gewißheit an freute er sich über jede Zigarre, als sei es die letzte. »Diese Krankheit, von der alle Welt spricht, haben wir jetzt tatsächlich auch.«

Während Louise Brinkmann mehr überrascht als entsetzt zusah, wie er die Zigarre wie einen Schlot in Gang setzte und dann das Zündholz unter den Wedeln eines Farns versteckte, faltete der Pastor seine Hände, blickte ins Leere und bewegte die Lippen. Als ein junges Mädchen mit gefüllten Gläsern auf einem Tablett vorbeiging, lösten sich die pastörlichen Hände für einen kurzen Moment voneinander, holten wie der Fangarm einer Krake ein Glas herein und verschränkten sich wieder. Danach senkte der Pastor in stiller Zwiesprache mit Gott den Kopf.

Louise, die sich bisher um die Krankheit überhaupt nicht gekümmert hatte, erschrak, als sie den Pastor im Gebet sah, mehr als durch die Eröffnung des Stadtarztes. Ein Arzt muß ernst wirken, sonst wird er nicht ernst genommen, es ist sozusagen sein Berufskleid, seitdem er Talar und Daumenring nicht mehr trägt. Ein Pastor aber, der in der Öffentlichkeit betet, schlägt Alarm, insbesondere wenn er sich dazu in der Verwirrung noch des Alkohols bedient. Marburg sagte gar nichts, er nippte still Schlückchen für Schlückchen aus seinem Glas, und auch dieser Anblick war ungewöhnlich. Louise Brinkmann sah sich hilfesuchend nach ihrem Ehemann um. Erst dann fiel ihr ein, daß Friedrich Wilhelm Doktor Stein mied, wann immer ihm das möglich war. Sie verzichtete schweren Herzens darauf, ihn herbeizuwinken.

»Erklären Sie bitte«, sagte Louise Brinkmann und übersah bewußt, daß der Pastor das ganze Glas in einem Zuge austrank, um es dann ebenfalls im Farntopf abzuladen. Meine armen Blumen, dachte sie und lauschte dem Mediziner aufmerksam.

»Es hat den Anschein, als ob wir dieselbe Krankheit haben wie die Petersburger. Wir wissen, daß sie dort grassiert. Der Medizinalrat der Stadt hat ein sehr beunruhigendes Schreiben verfaßt, das nach Preußen als Nachbarland gesandt wurde. Sie wissen, äh ...«, Stein schmunzelte und brach dann in ein völlig unangebrachtes leises, meckerndes Lachen aus, das Louise vergebens zu überhören ver-

suchte, »daß Rußland und Preußen sich nach dem Friedensschluß aneinander angenähert haben, jetzt bemühen sie sich beide in kleineren Dingen, na ja, wie dem auch sei, auf alle Fälle haben die Preußen sichere Nachricht über die Seuche bekommen. Und unser vorzüglicher mecklenburgischer diplomatischer Dienst hat die Nachricht sogleich als Eildepesche an den Herzoglichen Hof weitergeleitet.« Stein beendete seine Rede, sah aber im Gegensatz zu ihrem Inhalt recht vergnügt aus.
»Allein – es hat nichts genutzt«, warf Marburg in trockenem Ton ein. Er jedenfalls war nicht bereit, über der Komik der Diplomatie die Gefahren der Erkrankung zu ignorieren. »Jetzt kam sie doch – über See.«
»Wie konnte das kommen?« fragte Louise betroffen, denn Doktor Marburgs Einwurf hatte sich wie eine Anklage angehört. Ob diese berechtigt war, konnte sie nicht entscheiden, aber sie zweifelte nicht am großen Fachwissen ihres Arztes.
»Die Krankheit läßt sich zurückverfolgen auf eine Frau, die vorige Woche mit dem Dampfschiff aus Petersburg anlangte«, erklärte ihr Hausarzt rasch. »Ihre Tochter war die erste, die – ich bitte um Entschuldigung für die offenen Worte – an diesem typischen Brechdurchfall erkrankte.«
»Aber Herr Doktor Marburg«, sagte Louise in leicht vorwurfsvollem Ton, »bedenken Sie, mit dem Dampfschiff!«
Marburg sah die Gastgeberin irritiert an, erwiderte jedoch nichts.
»Es sind ja nicht diese beiden Fremden allein, die auch sicher nichts dafür können«, fügte der Pastor, der die stille Fürbitte beendet hatte, traurig hinzu, »es sind auch die Wirtsleute der ›Goldenen Gans‹, in der sie abgestiegen waren, und die Bewohner der drei Nachbarhäuser, merkwürdigerweise.«
Der Stadtarzt hatte die Zeit zu einem weiteren Trunk genutzt und nicht sonderlich interessiert zugehört. Plötzlich jedoch holte er tief Atem. »Gnädige Frau«, erklärte er lautstark und senkte erst die Stimme, als man sich in der Nähe umdrehte und neugierig herübersah. »Wir wollen hier keinen falschen Akzent aufkommen lassen. Die Krankheit ist zwar dieselbe wie in Petersburg, jedoch kommt sie

selbstverständlich nicht von dort! Über die Theorie der Ansteckung sind wir längst hinaus! Die Frau aus Petersburg und ihre Tochter haben nicht das geringste mit den örtlichen Erkrankungen zu tun, und das Zusammentreffen ihrer Krankheit mit denjenigen in den Nachbarhäusern ist rein zufällig.«

»Ich will Sie nicht erschrecken, gnädige Frau«, sagte Marburg bedächtig, »aber ich sehe die Dinge anders. Ich meine auch, einem verständigen Menschen wie Ihnen soll man solche Nachrichten nicht vorenthalten, obwohl eine vorläufige Nachrichtensperre verhängt wurde. Und warum wohl?« fragte er den Stadtarzt, und dieser konnte durchaus die nadelfeinen Stiche heraushören, die ihm galten. »Doch wohl, weil man eben höheren Orts eine Ansteckung nicht ausschließt!«

»Nein, das stimmt nicht. Und Sie, gnädige Frau, brauchen keine Angst zu haben«, entgegnete Stein entschieden und verzichtete demonstrativ darauf, dem Kollegen vor aller Ohren dessen Impertinenz zurückzuzahlen. »Wir Ärzte hegen eine bestimmte Vermutung über den Ursprung der Krankheit, den ich Ihnen jetzt nicht mehr verschweigen möchte und auch nicht verschweigen kann. Ich bitte jedoch, das Gesagte für sich zu behalten. Wir möchten nicht, daß es in der Stadt publik wird.«

Frau Brinkmann, die das Entgegenkommen des Arztes wohl zu würdigen wußte, nickte hoheitsvoll. Marburg betrachtete skeptisch sein Glas, als ob er dem Inhalt nicht traue.

»Es gibt sogenannte choleraimmune und choleraanfällige Orte«, dozierte der Stadtarzt und holte mit seiner unvermeidlichen Zigarre aus, als ob der choleraimmune Ort im Nebenzimmer läge. »Alles, was Sie zu tun haben, gnädige Frau, ist, diese choleraanfälligen Orte zu meiden. Es hat mit dem Boden zu tun. Wir glauben, daß alluviale Böden ...«

Frau Brinkmann hob die Hand. Stein hielt inne. »Ich denke, das genügt«, sagte die Hausherrin und schauderte leise. »Mehr möchte ich heute abend, an unserem Fest, nicht hören. Vielleicht nächste Woche. Hauptsache ist erst einmal, daß wir nicht betroffen sind.«

Stein trat höflich einen Schritt zurück und verbeugte sich. »Gewiß,

gewiß«, murmelte er und bedauerte, daß er die Dame des Hauses mit diesen niedrigen und häßlichen Dingen belästigt hatte.
Louise lächelte inhaltslos, nickte den Herren förmlich zu und schritt weiter, ihr Glas noch in der Hand. »Sophie«, sagte sie leise und übergab dem älteren Hausmädchen das halbvolle Glas. Ihr war der Appetit vergangen. Brechdurchfall, hatte Marburg gesagt. Wie entsetzlich vulgär!
Als Frau Louise außer Hörweite war, fauchte Marburg seinen Kollegen an. »Blödsinn! Sie wissen genau, daß diese Erkrankung eine Frage der Hygiene ist. Um den Schmutz sollten Sie sich kümmern, nicht um das Alluvium!«
Stein verzog gelangweilt sein Gesicht und suchte zwischen den filigranen Blättern des Farnes hindurch mit den Augen nach einem anderen Gesprächspartner.

Louise Brinkmann vergaß das Gespräch, zumindest wäre es ihr gelungen, wenn nicht ihr eigener Ehemann nach einigen Tagen während des Frühstücks davon angefangen hätte. Wie immer las er beim Essen die Zeitung, und wie immer sog er mit großem Vergnügen Neuigkeiten aus der Druckerschwärze.
»Hör mal«, sagte er nachdenklich, »hier steht: Die in den letzten Tagen der Bevölkerung Rostocks bekanntgewordenen Krankheitsfälle im westlichen Teil des Bußebart rühren wahrscheinlich aus einem vergifteten Brunnen her. Sie haben nichts mit der in Rußland aufgetretenen sogenannten Cholera zu tun und sind auch nicht mit der Cholerine identisch, die in heißen Sommern vorkommt. Der Brunnen wurde geschlossen.« Fiete sah auf. »Merkwürdig, nicht? So karg. Was das wohl zu bedeuten hat?«
Louise dachte verärgert an ihren Farn zurück. Jedesmal nach einem Fest waren mindestens drei Pflanzen nicht mehr zu retten, weil sie mit Kognak getränkt oder mit glühender Asche umgeben worden waren. »Ich weiß nicht«, sagte sie abwesend. »Doktor Stein sagte, wir müßten keine Angst haben, aber Doktor Marburg hatte eine ganz andere Meinung dazu. Von Brunnen sprach er jedenfalls nicht. An das andere kann ich mich nicht erinnern. Ich habe so viel gehört und

gesprochen an diesem Abend. Ich weiß nur, daß ich ihm sehr deutlich sagte, daß die Handelssegler jedenfalls keine Schuld trifft. Ich glaube, er deutete etwas Ähnliches an.«
Fiete schüttelte den Kopf. »Doktor Stein. Na ja. Irgendwie paßt das nicht zusammen«, sagte er mißvergnügt.
Louise wußte ganz genau, daß es keinen Sinn hatte, auf einer Diskussion zu bestehen, in der Doktor Stein eine Rolle spielte. Aber sie hatte es satt, das Thema noch nach jahrelanger Ehe totzuschweigen.
»Was hast du eigentlich gegen ihn?« fragte sie irritiert. »Er ist ein guter Arzt und sehr unterhaltsam.«
Friedrich Wilhelm zögerte nur kurz. »Ich kann ihn selber nicht beurteilen. Aber er hat dazu beigetragen, meine Mutter ins Unglück zu stürzen, und das nehme ich ihm übel. Ihr Vater jagte sie aus dem Haus, als sie in anderen Umständen war. Stein gab ihm recht und fand einen Mann für sie – auf dem Dorf.«
Louise schlug die Hände vor dem Mund zusammen. Es gab solche Dinge, das wußte sie, aber doch nur in den untersten Bevölkerungsschichten, im Pöbel, der sich auf der Straße paart ... Sie senkte die Augenlider. Zu gern hätte sie Näheres gewußt. Aber es war unmöglich.
»Wo sind eigentlich die Kinder?« fragte Friedrich Wilhelm.
»Gustav ist außer Haus. Du weißt, man kann mit ihm nicht reden, wenn er keine Lust dazu hat. Jacob fühlt sich nicht ganz wohl und liegt im Bett, und die anderen sind in der Schule.«
»Sind wir denn so spät dran?« Fiete sah erschrocken auf die Uhr, die auf dem Kaminsims laut tickte, die er aber über den seltsamen Nachrichten nicht beachtet hatte. Für gewöhnlich diktierte in den Privaträumen des Hauses diese Uhr den Tagesablauf. Er faltete trotz seiner Eile die Zeitung sorgfältig zusammen, bevor er sich erhob.
In diesem Moment öffnete sich die Flügeltür, und eines der Mädchen schob sich herein, linkisch und blaß, die Hand blieb an der Klinke haften. »Gnädige Frau«, sagte sie und schien zu hoffen, daß ihr eindringlicher Ton den Blick der Hausherrin auf sie ziehen würde.
»Ja, Guste, was ist denn?« fragte Fiete statt ihrer, denn Louise nippte

nachdenklich an ihrer Kakaotasse, ohne sich um das Mädchen zu kümmern.
»Ich glaube, man braucht einen Arzt für Herrn Jacob.«
Louise fuhr herum. »Was ist denn jetzt schon wieder?« fragte sie scharf. »Ich hatte dich doch gebeten . . .«
»Beruhige dich, Louise!« sagte Fiete zu seiner Frau, und zur Angestellten freundlich: »Danke, Guste, ich werde mich darum kümmern.« Das Mädchen blieb stehen, die Hände sorgenvoll gefaltet und still betend, daß der Hausherr sich beeilen möge.
Sie würde sich nicht nach oben trauen, dorthin, wo Herr Jacob lag. Guste vergewisserte sich vom Speisezimmer aus, daß Herr Brinkmann tatsächlich die Treppe hochstieg, dann eilte sie mit einem erleichterten Seufzer nach unten in die Küche. Was sich dort oben zugetragen hatte, mußte sie jetzt erst einmal loswerden. Hoffentlich gab man ihr nicht die Schuld. Auch das wollte sie mit Berta besprechen.
Guste, ein rotwangiges, blondgezopftes Landmädchen, bereits acht Jahre bei den Brinkmanns in Stellung, klapperte, so schnell sie konnte, die Treppe nach unten und riß die Küchentür auf.
»Guste, Guste«, sagte die Köchin vorwurfsvoll und sah von dem Hecht auf, den sie gerade ausgenommen hatte, »wenn dich die gnädige Frau hört!«
Guste warf sich auf einen Küchenstuhl, stützte den Kopf in beide Hände und sah die Köchin eindringlich an. »Stell dir vor, was passiert ist!« platzte sie heraus.
»Was denn nun schon wieder?« Berta säbelte sorgfältig fingerlange Fettstreifen von einer großen Seite Speck ab, zählte sie, legte sie zur Seite und trocknete endlich mit einem blaukarierten Handtuch liebevoll den Fisch ab. »Immer passiert etwas, wo du bist!« Erst als die kopfschüttelnde Köchin zufällig aufsah, bemerkte sie, daß Guste ganz blaß und verängstigt aussah. Sie legte das große Fleischmesser beiseite, setzte sich und klopfte dem Mädchen ermutigend auf den Arm. »Nun erzähle mal«, sagte die Köchin gemütlich. »So schlimm kann's ja nicht sein.«
»Und wenn er nun stirbt«, sagte Guste mit zitternder Stimme. »Ist das dann meine Schuld?«

»Wer denn, Kind?« fragte Berta resolut. Das Kind neigte zum Überschwang, aber was zuviel war, war zuviel. Es schickte sich einfach nicht für ein Mädchen in Stellung, soviel Aufmerksamkeit zu beanspruchen.
»Der Herr Jacob.«
Berta seufzte tief auf. Sie warf einen Blick auf den Hecht. Die Haut trocknete bereits etwas an. Es wurde Zeit.
»Auf dem Boden lag er«, fuhr Guste fort, die von den Überlegungen der Köchin nichts bemerkte. Sie biß in ihre Fingerknöchel, während Berta, die sich bereits halb erhoben hatte, sich wieder setzte, ohne das Mädchen aus den Augen zu lassen.
»Jetzt erzähle von Anfang an!« forderte sie Guste argwöhnisch auf.
»Die ganze Hose war gelb und braun von seiner eigenen Scheiße, und er stank wie eine Kloake! Berta«, sagte Guste mit fester Stimme, »ich habe nicht gewußt, daß ein Herr so stinken kann.«
»Guste!« rief die Köchin entsetzt aus.
»Doch!« Das Hausmädchen zog hoch und wischte sich anschließend die Nase mit dem Handrücken. In einem solchen Moment kam es nicht mehr auf aufgesetzte Manieren an; in einem Moment, wo zwei Stockwerke über ihr vielleicht ein Mann starb, war sie nur ein Mensch, das Landmädchen Guste Fretwurst aus dem Fischland.
Die Köchin Berta traute ihr nicht ganz. Gustes Phantasie sprudelte leicht. Und dennoch ... Sie lauschte nach oben, wo Rufe und Türenschlagen zu hören waren. »Sie holen den Arzt«, flüsterte sie und deutete mit dem Zeigefinger nach oben. »Bestimmt.«
»Oder den Leichenwagen«, sagte Guste, die völlig ohne Kenntnisse über dergleichen Prozeduren war.
Köchin Berta schnalzte denn auch nur unwillig die Zunge und hatte weiterhin die Augen zur Decke gerichtet. Beide Frauen schraken auf, als das Klingelsignal durch die stille Küche hallte. Guste fuhr zusammen. »Bitte geh du«, hauchte sie und kauerte sich auf ihrem Stuhl zusammen, als ob sie gleich verschwinden wolle.
»Was ist das für ein Unsinn, Guste!« Berta, die dicke gemütvolle Frau, war schon angesteckt worden von Guste. Bereits fing sie an, ebenfalls Gespenster zu sehen. Das Ganze war ja lachhaft! Wahr-

scheinlich war dem jungen Herrn nur schlecht gewesen. Sie schüttelte das junge Mädchen unsanft. »Guste! Du mußt gehen!«
Guste schluchzte laut auf und schniefte wieder. Aber es half ihr alles nichts. Die Köchin nahm sie bei der Hand, zog sie zur Tür und schubste sie hinaus bis vor die Treppe. Das Personal muß zusammenhalten, so hatte sie es immer gehalten, aber manchmal muß man den jungen Dingern auch Manieren beibringen. Dabei war Guste eigentlich ein ordentliches Mädchen. »Nun geh!« ermunterte sie sie.
Guste schleppte sich hoch, mit gesenktem Kopf; ungern verließ sie die weiß-blaue, warme Küche mit den vertrauten feuchten Dünsten, die sich an den hochgelegenen Fenstern wie ein Nebel niederzulassen pflegten. Sie sah sich um. Berta stand unten, die Hände in die Seiten gestemmt, und würde nicht zulassen, daß sie kniff.
»Was ist denn nun?« kreischte im Erdgeschoß Frau Louise mit hysterischer Stimme, und Guste zögerte. Aber zurück konnte sie auch nicht. Sie bekam es mit der Angst zu tun. Die letzten Stufen stürzte sie nach oben.
»Wo bleibst du denn?« Louise Brinkmann war außer sich. Sie knetete unaufhörlich ihre Hände und rannte ziellos in der Eingangsdiele herum. »Der Arzt ist bei ihm.«
Guste knickste in ihrer Verwirrung und wartete auf Frau Louises Befehle, die Hände auf dem Rücken. Aber die Hausherrin sagte nichts, sie starrte die Treppe entlang in das obere Stockwerk, unaufhörlich auf die Fingernägel beißend. Gustes Augen weiteten sich vor Entsetzen, und beinahe hätte sie nervös gekichert.
Als es im Stockwerk über ihnen polterte, Füße scharrten und dann die Stiefel von einem Mann sichtbar wurden, wußte Guste mit klarer Sicherheit, daß der junge Herr tot war. Entsetzt schrie sie auf. Hinter den beiden Männern, die die Trage vorsichtig die Treppe heruntermanövrierten, folgte Friedrich Wilhelm Brinkmann, auch er mit grauem Gesicht, ähnlich wie Jacob, der mit breiten Gurten festgeschnallt worden war. Leblos und schlaff sackte sein Körper auf der Bahre nach unten. Seine bloßen Füße bohrten sich in den Rücken des Mannes, der voranging.
Gustes Nasenflügel blähten sich, ohne daß sie es verhindern konnte,

und sie hielt den Atem an. Fietes Blick fiel auf sie, als er an ihr vorbeiging. »Kümmern Sie sich um meine Frau«, sagte er knapp. »Sie braucht einen Arzt.«
Gustes Gedanken verwirrten sich. Wer benötigte denn nun den Arzt? Und warum war er nicht bei Herrn Jacob, wo er doch augenscheinlich im Hause war? Aber sie nickte gehorsam.
Die Träger nahmen nun keine Rücksicht mehr auf den vornehmen Reederhaushalt. Draußen auf der Straße angekommen, ließ der eine Mann die Griffe der Bahre roh fallen, Jacobs Hacken schlugen hart auf der Straßenpflasterung auf; er stöhnte. Im Nu hatte der Krankenträger den schwarzen Segeltuchvorhang am hinteren Ende des Kastens gelüftet, die Bahre wurde hineingeschoben, und die Männer sprangen auf den Kutschbock. Passanten auf der Straße zögerten, als sie den Wagen sahen, hielten inne und eilten ganz plötzlich in entgegengesetzter Richtung davon, nachdem sie begriffen hatten, was der Wagen zu bedeuten hatte.
Friedrich Wilhelm Brinkmann starrte entsetzt auf die beiden Rappen; daß sie kein einziges weißes Abzeichen trugen, noch nicht einmal einige helle Haare, schien ihm von übler Vorbedeutung. Der Kastenwagen unterschied sich in nichts von einem Leichenwagen, und wahrscheinlich war er auch einer. Aber Doktor Marburg hatte mit solcher Bestimmtheit angeordnet, daß Jacob fortsolle, und auch gleich den Wagen mitgebracht, daß Friedrich Wilhelm dem gar keinen Widerstand entgegengesetzt hatte. In diesem Moment ahnte er, daß Jacob für den Arzt bereits tot war.
Ehe er sich zum Handeln entschlossen hatte, zogen die Pferde an. Der Gehilfe des Kutschers wußte, was der Reeder möglicherweise vorhatte; er beugte sich im Vorüberfahren nach vorne und warf Friedrich Wilhelm Brinkmann mit einem heftigen Stoß an der Schulter um. Während der Wagen, von den galoppierenden Pferden gezogen, ratternd und scheppernd den Strandweg bereits durch das nächste Stadttor verließ, saß der überrumpelte Reeder benommen auf dem Boden und stierte ihm nach.
Am Fuß der Treppe stand Guste wie versteinert. Sie verstand das alles nicht. Aber schrecklich hatte er ausgesehen, der junge Herr.

Doktor Marburg kam von oben. Stufe für Stufe wanderte er langsam herunter, den Blick starr auf die Stufen vor sich gerichtet. Erst als er Frau Brinkmann bemerkte, die sich an die Wand gelehnt hatte, wurde er berufsmäßig lebhaft. »Es mußte sein, gnädige Frau, um Ihretwillen«, erklärte er. »Kommen Sie, ich gebe Ihnen ein Beruhigungsmittel.« Die Hilfe von Guste lehnte er ab. Während der Arzt seine Patientin nach oben führte, schleppte sich Guste mit weichen Knien in die Küche zurück.

Sie öffnete die Tür; diese schlug mit Krachen an die Wand, ohne daß Guste es verhinderte. Köchin Berta fing das junge Mädchen unter Stöhnen auf und schleppte es an den Küchentisch.

»Berta«, sagte Guste mit schriller Stimme klagend, »er war schwarz wie ein Mohr, aber er ist doch kein Mohr, und im Gesicht war er ein Greis. Das war unser Herr Jacob nicht mehr, den sie da hinaustrugen. Die Zunge hing wie ein Lappen aus seinem Mund. Wie bei einem toten Hund.« Und Guste warf ihre Arme über den Tisch und begann herzzerreißend zu schluchzen. Zum ersten Mal in ihrem Leben begegnete sie dem Tod auf diese Weise, und die war anders, als wenn alte Leute auf ihrer kargen Bettstelle in der Kate starben. Dumpf spürte sie, daß sie mit allem diesem auf unfaßliche Weise verknüpft war, und das machte ihr noch mehr Angst.

Berta sah von oben auf ihre Kollegin hinunter, mochte es gar nicht glauben, was sie gehört hatte. Diese Landmädchen erzählten gar zu gerne Geschichten. Das bestätigte sich auch später, als das Personal die Ereignisse sorgfältig durchging; denn die persönliche Bedienerin von Frau Brinkmann – die Zofe, hätte man bei Hofe gesagt und so sagte auch Louise Brinkmann – und auch der Diener von Friedrich Wilhelm Brinkmann stritten energisch ab, daß Jacob gestunken, höchstens doch nur ein wenig gerochen habe. Insbesondere der Diener, Herr Leventhien, lehnte ein Haus mit Gestank auf das entschiedenste ab. Man war sich nur einig, daß Herr Jacob wie ein Toter ausgesehen habe.

Jacob Brinkmann wurde in der dahinpreschenden Kutsche durch Rostock gerüttelt, nicht, daß es für ihn sonderlich geeilt hätte, sondern weil die Fahrer die strikte Anweisung des Stadtphysikus hatten, die an der indischen Cholera Erkrankten auf dem kürzesten Wege, am besten nur nachts und so schnell wie möglich, durch die Stadt zu karren.

Zugleich mit drei anderen Transportkarren für Cholerakranke langte Jacob an der Krankenanstalt an, während gleichzeitig der Leichenwagen schwer beladen vom Hintereingang losschaukelte. Fünfzehn Tote waren das Ergebnis der vergangenen Nacht, einer von vielen, in denen diese tödliche östliche Krankheit ihre Ernte eintrieb. Jacob wurde mehr tot als lebendig hineingeschleppt und gleichgültig in der Reihe der Neuankömmlinge abgelegt, die in der Reihenfolge ihrer Ankunft von übermüdeten Krankenschwestern sortiert – zur einen Seite die Sterbenden, zur anderen Seite die, für die Hoffnung bestand – und von den Helfern in die Räume geschleppt wurden, in denen Betten oder Matratzen gerade frei geworden waren.

Das Krankenhaus roch nach Lysol, das geradezu verschwenderisch verwendet wurde; Schwestern, Ärzte, Helferinnen schrubbten unentwegt sich und andere mit diesem Mittel; wenn sie Zeit hatten, auch Betten, Böden und Schüsseln, aber ob es half, wußte niemand. Während Jacob Brinkmann zunächst unbeachtet und unbehandelt auf einer schmalen Pritsche lag, entleerte er sich sämtlicher Flüssigkeit, die er noch in sich haben konnte, konvulsivisch aus Mund und Darm; als die wässerige, etwas flockige Brühe eine Stunde später immer noch rann, war zu merken, daß der Mensch zum größten Teil aus Flüssigkeit besteht. Mit jedem Tropfen, der verlorenging, wurde er kälter und lebloser.

Erst zwei Stunden später kam er endlich an die Reihe, das merkte er jedoch nicht mehr, denn Krämpfe in den Beinen schüttelten ihn so, daß er sich nach hinten durchbog und nichts mehr wahrnahm außer den Schmerzen, die ihn in eine schläfrige Benommenheit versetzten. Er hatte nicht einmal mehr den Wunsch zu schreien.

Die Schwester, mit kotiger Schürze, strähnigen Haaren und Hoffnungslosigkeit im Gesicht, bückte sich mit einer müden Bewegung und ergriff Jacob Brinkmanns Arm. »Kein Puls mehr«, sagte sie leise.

Sie ließ den Arm fallen, ohne hinzusehen, und wandte sich dem nächsten Sterbenden zu.

Am späten Abend starb Jacob Brinkmann; weder ein Verwandter noch ein Arzt oder der Pastor waren bei ihm, und so anonym, wie er gestorben war, so anonym kam er mit vielen anderen in ein Massengrab. Später hieß es nur noch: Hier liegen die Choleratoten des Jahres 59, aber wer die Toten waren, wußte niemand genau. Nur von manchen konnte man mit einiger Sicherheit behaupten, daß sie an dem und dem Tage ins Spital eingeliefert worden waren, und weil sie nicht mehr auftauchten, mußten sie tot sein.

Unter den hier Begrabenen befand sich auch Nils Hugo af Ehrenswärdt, der in den hitzigen seuchenpolitischen Maßnahmen dieser Wochen irrtümlich für cholerakrank gehalten und in das Spital eingeliefert worden war. In seiner Benommenheit war der Kapitän nicht mehr fähig gewesen zu erklären, daß er Malaria habe, und seine Wirtin war froh gewesen, einen Ausländer loszuwerden, der im Fieberwahn Holz zerbiß und während seiner Schüttelkrämpfe aus dem Bett fiel.

Guste wurde am nächsten Tag entlassen. Weil Frau Louise Brinkmann eine Dame war und Guste nur in Stellung, war ihr Wille, das Dienstverhältnis zu beenden, ausreichend. Guste fragte denn auch nur leise nach dem Grund, in der verzweifelten Hoffnung, daß der Hausherrin dabei das Zeugnis einfallen möge. Wenigstens dieses mußte sie haben, sonst bekam sie nie wieder eine gute Familie.

»Du hast ihn angesteckt«, schrie Louise, die wie rasend im Zimmer herumfuhrwerkte, nicht imstande, auch nur eine Sekunde stillzuhalten, trotz des Beruhigungsmittels von Doktor Marburg. »Du wohnst doch im Bußebart!«

Guste rannte laut weinend durch das Haus nach unten und rettete sich in die Küche zu Berta, der sie um den Hals fiel. »Ich wußte es«, murmelte sie in die Rüschen auf dem Busen hinein, »sie gibt mir die Schuld.«

»Aber Kind«, tröstete Berta mitleidig mit tonloser, leiser Stimme, »sagtest du das nicht auch selber?«

»Ich weiß nicht, was ich sagte«, verteidigte sich Guste und schüttelte mit kindlicher Intensität den Kopf, »ich hatte nur Angst, weil niemand außer mir sich um Jacob kümmerte. Selbst als ich nach Frau Louise rief, sah sie nur ins Zimmer, befahl mir, den Dreck aufzuwischen, Jacob in sein Bett zurückzuschleppen, und dann verschwand sie wieder. Deshalb fürchtete ich mich auch davor, sie ein zweites Mal zu belästigen. Erst im Speisezimmer dann, der Herr Brinkmann ... Ein Glück, daß er da war.«
»Nun, es hat weder dem Jacob noch dir genützt«, bemerkte die Köchin verständig und klopfte der Guste tröstend den Rücken. Dann schob sie sie von sich, tupfte ihr die Tränen von den Wangen und strich ihr die nassen Haare aus dem Gesicht. »Du mußt den Hinterausgang benutzen, damit sie dich nicht sieht. Sonst kriegt sie noch einen Wutanfall.«
Und Guste Fretwurst packte unter leisem Schluchzen ihren Koffer und schlich in der Mittagsstunde hinten aus dem Haus, damit die Hausherrin nicht gestört wurde und ihren Zorn womöglich am übrigen Personal ausließ. Auf das Zeugnis verzichtete sie schweren Herzens. Sogar von Gustav konnte sie sich nicht mehr verabschieden, den sie doch so oft während der Dunkelheit hatte trösten müssen. Aber auch wenn sie nicht geschlichen wäre, hätte niemand sie bemerkt, denn die Dame des Hauses hatte sich in ihrem Privatsalon eingesperrt, der Reeder war verschwunden, und das übrige Haus summte vor Erregung und Empörung: die städtische Desinfektionskolonne mit ihren Schrubbern und Lappen, mit den ätzenden, beißenden Lösungen und den rohen, rücksichtslosen Arbeitern war über das unschuldige Haus hergefallen.

13. Kapitel (1865)

Der Tod von Jacob war für seinen Vater Friedrich Wilhelm Brinkmann ein tiefer Einschnitt. Obwohl so ganz anders als er selbst geartet, hatte er sich gut mit Jacob verstanden, und nie war von etwas anderem die Rede gewesen, als daß Jacob nach ihm die Firma übernehmen sollte. Er hatte daher nicht nur einen Sohn, sondern auch einen künftigen Geschäftspartner verloren, was um so bitterer war, als er seinen Kapitän af Ehrenswärdt nur schwer durch einen anderen gleich wagemutigen und vertrauenswürdigen Mann würde ersetzen können.

In diesem Punkt war Louise ihrem Ehemann keine Hilfe. Sie fand jeden der drei älteren Jungen gut geeignet, möglicherweise Hans am wenigsten, weil er sehr still war. Den »Denker« nannten seine Brüder ihn spöttisch. Und »ein Reeder muß Geschäftsmann sein, kein Gelehrter«, fand Louise und disqualifizierte diesen ihren Sohn insgeheim ab. An ihm war in ihren Augen nichts interessant, außer daß er seit dem vergangenen Jahr verheiratet war. Auch seine Tochter Friederike fand bei ihr nur mäßige Aufmerksamkeit.

Der stämmige Gustav und der schlaue Friedrich Daniel waren da schon geeigneter als Hans, um die Reederei zu übernehmen; Andreas ließ noch keine Vorlieben erkennen, und um die Wahrheit zu sagen, wußte Louise ohnehin fast nichts über ihren jüngsten Sohn; er war hauptsächlich von seinem Kindermädchen und in der Küche erzogen worden. Im übrigen aber betrieb Louise Brinkmann mit Akribie und Sorgfalt die Suche nach einem passenden Schwiegersohn, dem künftigen Ehemann für Anna, und hatte deswegen wenig Zeit, sich um die Reederei zu kümmern.

Friedrich Wilhelm Brinkmann war sehr einsam mit seinen Gedanken. Um so mehr begann er, sich mit höheren, übergeordneten Dingen zu befassen; Louise, hätte sie Zeit gehabt, hätte gesagt: Politik, aber für solche globalen Bezeichnungen war der Reeder zu sehr ein

Mensch der Tat, er nannte es, was es war: Zollbestimmungen. Die machten ihm nämlich große Sorgen. Erst als der Handelsvertrag mit Frankreich im Juni 65 erneuert war, der die niedrigen Einfuhrzölle auf französische Waren sicherstellte, atmete er auf. Nun konnten weiterhin erlesene Weine, Champagner, Stoffe und was sonst noch begehrt war, nach Mecklenburg hineinströmen. Und solange Ware strömte, fuhren seine Schiffe. Fuhren, denn sie segelten nicht nur: seit drei Jahren besaß er den ersten Schraubendampfer Rostocks, gebaut aus seinem Lieblingsmaterial: Eisen. Und dennoch – er mochte ihn nicht: Er qualmte entsetzlich, machte Lärm, fraß Kohlen – und was passierte, wenn sie aufgebraucht waren? So gesehen, waren die Dampfer unzuverlässig. Überhaupt sah er der Zukunft nicht mehr so vertrauensvoll entgegen wie bisher. Zuviel tat sich, was große Umwälzungen bei Kaufleuten und Reedern nach sich ziehen konnte.

Mit abwesender, routinierter Geste zündete er die Zigarre an und trat an das Fenster seines Privatkontors. Schwere grüne Samtvorhänge fielen bis auf den Boden. Wo hatte er solche schon einmal gesehen? Und warum erfüllten sie ihn mit solcher Abneigung? Seiner Frau hatte er freie Hand gelassen in häuslichen Dingen; daß sie aber sein Büro dazurechnete, mißfiel ihm; allerdings nicht so sehr, daß er darum einen Streit heraufbeschworen hätte, er wurde ja nun auch bald fünfzig und liebte seine Bequemlichkeit, innerhalb der Familie noch mehr als im Kontor. Louise war ja so stolz auf ihre moderne Einrichtung. Als größte Reederei von Rostock muß man mit der Zeit gehen, sagte sie und ließ kurzerhand sein schlichtes Mobiliar aus hellem Walnußholz hinausschaffen. Zu karg und zu kleinstädtisch. Man soll sehen, daß wir mit Hamburg und Paris konkurrieren können, im Befrachten wie in der Lebensführung. Und nun stieß er sich ständig die Knöchel an den verschnörkelten Palisanderfüßen seines runden Tisches, rutschte an den Kugeln ab, die dort, mochte der Himmel wissen, warum, befestigt worden waren, wurde von Farnen umfächelt und mußte immerfort bei Lampenlicht arbeiten, weil die Vorhänge zugezogen sein sollten. Das ist jetzt eben so, sagte Louise. Vergiß nicht, die Kunden müssen Vertrauen zu uns haben.

Vertrauen – wie denn? Wir sind ein Spielball der Nationen. Zu klein, um politisches Gewicht zu haben, zu groß, um unbeachtet tun zu können, was dem Land nützlich ist. Im Osten das übermächtige Preußen, das uns so gerne beschützen, auf See der lauernde Däne, der nur zu gern auch ein mecklenburgisches Schiff beim Kapern einstreichen würde, und schließlich Österreich, dem man die mecklenburgischen Sympathien nicht ganz verwehren möchte, leider weit weg. Und dazu noch der eigene Herzog, der trotz erklärter Neutralität mit dem preußischen König Wilhelm befreundet ist ...

Friedrich Wilhelm entdeckte, daß seine Zigarre ausgegangen war, und schüttelte den Kopf über sich selbst. Die Vergangenheit war einfach gewesen – die Zukunft würde wesentlich komplizierter sein. Es ging nicht mehr darum, eine Ware auf ein Schiff zu packen und dieses zu seinem Adressaten zu schicken – nein, die politischen Verhältnisse mußten bedacht werden. Früher hatte man unbekümmert um Politik Geld verdienen können, jetzt konnte sie sich unversehens gegen einen wenden, um so leichter, weil sich das Zentrum der europäischen Politik momentan in Preußen befand. Mecklenburg als Anhänger eines der großen Kontrahenten – oder Mecklenburg als nahrhafter Bissen für alle Großen mit Appetit. So sah es aus, und es war eine düstere Vision.

»Man kommt«, flüsterte das Hausmädchen Lotting durch den Türspalt.

Friedrich Wilhelm Brinkmann straffte sich, glättete sich die Sorgen aus dem Gesicht, legte die Zigarre mit Bedauern weg, stieß den Spucknapf tiefer in die Ecke und ging seinen beiden Besuchern mit großen Schritten entgegen. Stumm wies er auf die Sessel.

»Ich habe Kontakt aufgenommen mit dem Privatsekretär des Herrn von Oertzen«, sagte der eine der Herren kurz und bündig, und Reeder Brinkmann verstand, auch ohne in seinem Gesicht zu lesen, wie groß seine Besorgnis war. »Oertzen bleibt selbstverständlich bei seiner Haltung: Er wird bis zum Äußersten gehen, um den Großherzog bei der Stange zu halten. Er befürchtet keinen Krieg zwischen Österreich und Preußen.«

»Glauben Sie ihm das wirklich?« fragte Friedrich Wilhelm Brink-

mann und sah seinen Besucher forschend an. »Nein, Sie glauben es auch nicht.«
Herr Willow, vor einigen Wochen von den Rostocker Reedern ausgesandt, um den mecklenburgischen Staatsminister vorsichtig und mit aller gebotenen Zurückhaltung zu kontaktieren, ließ seine Lippen verärgert im Bart verschwinden. »An ihm ist nicht zu zweifeln«, sagte er betont.
»Nein, aber am Großherzog.«
Der Begleiter von Willow, ein älterer, sehr zurückhaltender Herr, im Hauptberuf Schiffsmakler und Mitreeder nur einer einzigen Bark, zuckte zusammen. »Bitte«, sagte er gequält, »ich muß doch sehr bitten, Herr Brinkmann.«
»Gewundene Worte hatten wir lange genug, Herr Beythin«, entgegnete Brinkmann scharf, »nun brauchen wir klare Worte und ebenso klare Taten. Das Hinundhertaktieren von Großherzog Friedrich Franz kann uns nicht zufriedenstellen. Einerseits läßt er seine Offiziere sich mit den preußischen verbrüdern, andererseits schickt er seinen Staatsminister aus, um neutrale Politik zu betreiben. Was will er denn nun eigentlich? Etwa ein ›sowohl als auch‹?«
»Das wird er wohl nicht wirklich wollen, Herr Brinkmann«, sagte Willow bedächtig und schmeckte dem Kognak, der in der Zwischenzeit serviert worden war, hinterher. »Noch nicht einmal das ist zu befürchten.«
»Mein Gott, Herr Kollege!« Friedrich Wilhelm Brinkmann fuhr alarmiert in die Höhe. »Glauben Sie im Ernst, daß er für den Anschluß an Preußen votieren wird?«
»Es scheint so«, sagte Willow ruhig. »Er hätte sonst auch einen anderen als Legationsrat von Wickede zum Nachfolger von Bülow machen müssen.«
»Wickede befürchtet für unsere Küsten Schlimmstes«, informierte Beythin seinen großen Kollegen, dem er zwar nicht an Schiffen, jedoch an Wissen um einiges voraus war. »Er ist selbstverständlich dafür, daß wir im Kriegsfall um den Schutz von Preußen ersuchen. Und damit stimme ich voll überein«, sagte der kleine Mann und richtete sich energisch auf. »Was sollte Mecklenburg wohl mit der

wohlwollenden Haltung von Österreich anfangen? Vielleicht Gebirgsjäger schicken lassen?« Er kicherte verschmitzt, unterbrach jedoch hastig, als er merkte, daß er seinen Witz allein auskosten mußte.

»Preußen war für die mecklenburgische Schiffahrtspolitik noch nie ein Gewinn«, entgegnete Brinkmann erregt. »Erinnern Sie sich nicht daran, wie elegant es die Linie Rostock–Petersburg ausgeschaltet hat – nur indem es sich weigerte, den Posttransport freizugeben? Ich bitte Sie!«

Willow war noch ernster geworden, Beythin sah interesselos drein.

»Und in diesem Fall: Handelsvertrag ade; es lebe der preußisch-deutsche Zollverein!«

»Genau das, Brinkmann«, sagte Willow. »Unsere ganzen Bemühungen für die Katz.«

Brinkmann sprang auf und lief umher. »Meine Herren«, sagte er nach kurzer Bedenkpause, »ich muß eingestehen, daß ich momentan nicht weiterweiß. Damit hatte ich nicht gerechnet.«

»Nehmen Sie sich ruhig Zeit«, sagte Willow gemächlich und summte leise ein Lied vor sich hin.

Friedrich Wilhelm Brinkmann lächelte wider Willen. Der Gassenhauer nahm der Situation ein wenig von ihrem Ernst. »Wir wollen ihn nicht haben, den preuß'schen Zollverein, ob sie wie gier'ge Raben sich heiser danach schrei'n«, fiel er lauthals ein und kümmerte sich überhaupt nicht um die mißbilligenden Blicke von Beythin.

»Und nun?« fragte der kleine Mann spitz, als die beiden anderen mit ihrem kindischen Gesang fertig waren.

Brinkmann und Willow sahen sich an und schwiegen. Beythin versank in ein abwartendes Vorsichhinbrüten, er mochte keinem in die Augen sehen. Von ihm würde kein Vorschlag kommen, das war Brinkmann klar. Aber Willow schien auch keine Lust zu haben, das Naheliegende auszusprechen.

»Wir werden also«, sagte Brinkmann deshalb endlich, »wohl oder übel mit der Ritterschaft Kontakt aufnehmen müssen, um deren Stellung zu sondieren.«

»Aber auch die ist klar«, brummte Willow, »die sind scharf auf die

Ausfuhr ihrer Butter und ihres Viehs nach Preußen und Berlin, und im Gegenzug kriegen sie Maschinen und Werkzeuge. Die sind geschlossen auf der Seite des Herzogs. Diesmal bestimmt.«
»Man muß es aber versuchen«, wandte Brinkmann hartnäckig ein. »Wenn die Reeder sich überhaupt von jemandem etwas erhoffen können, dann von denen, die Gelder ins Reedereigeschäft gesteckt haben. Und das sind nicht nur die Schwarzen Bauern ...«
Willow nickte widerwillig.
»Wir müssen alle ansprechen! Vom kleinsten Landjunker bis zu den Ministern.« Brinkmann erwärmte sich rasch für das Vorhaben. Er wandte sich an Willow direkt. »Wer spricht mit wem? Ich selber übernehme mindestens fünf Junker. Ich werde Ihnen eine Liste ausfertigen lassen.«
»Sie sind immer noch der alte Hitzkopf«, sagte Beythin mit einem schiefen Lächeln. »Glauben Sie denn, daß ausgerechnet Sie dafür der richtige Mann sind?«
Brinkmann starrte den Sprecher sprachlos an, dann ging ihm auf, was dieser meinte. »Glauben Sie im Ernst«, schrie er, »daß jetzt der Moment ist, um alte Rivalitäten aufzuwärmen? Jetzt, wo es auf jeden klugen Kopf ankommt, um das Vaterland zu retten?«
Willow breitete die Hände wie zum Segen aus und schnalzte mißbilligend mit der Zunge. »Aber meine Herren«, sagte er. »Wir wollen uns doch nicht streiten. Und kein Mensch zieht in Zweifel, daß Ihr Kopf klug ist«, sagte er zu Brinkmann gewandt.
Beythin aber verzog seine ohnehin nicht schönen Gesichtszüge zu einer hämischen Grimasse. »Ich bin nicht dafür, daß ausgerechnet ehemalige Schmiede mit den Edlen des Landes im Namen von alteingesessenen Reedern verhandeln sollten.« Während Brinkmann versteinerte, sprach er weiter, immer hastiger. Endlich hatte sich die Gelegenheit gefunden, auf die er so lange gewartet hatte. »Und ich weiß mich da einig mit mehreren anderen, mit Bünger, mit Zeltz und mit Pentz Junior.«
Willow zuckte zurück, als habe er auf einen Stein gebissen. Aber er sagte nichts, sondern begann nervös in einem auf dem Tisch liegenden Journal zu blättern.

»Pentz, ausgerechnet Pentz Junior, der als Geselle seine Wanderzeit nicht erfüllte, der als Meister ständig stadtbekannte Intrigen spinnt, wollen Sie mir als Vorbild eines rechtschaffenen, traditionsreichen Reeders vorführen?« fragte Brinkmann und war so erstaunt, daß er seinen Ärger vorübergehend vergaß.
»Rechtschaffen ist er«, verteidigte Beythin sich sofort. »Wäre er sonst Schiffbaumeisterältester geworden?«
Brinkmann, der sich wieder hingesetzt hatte, brach in höhnisches Lachen aus und schlug sich mit den Händen auf die Knie. Willow verzog keine Miene, aber Beythin lächelte spöttisch. »Vertagen wir uns«, schlug Willow vor.
Brinkmann klingelte sofort nach dem Mädchen. Eine weitere Diskussion war sinnlos.
Erst auf der Straße, als sie beide vor ihrer Kutsche standen, machte Beythin den Mund wieder auf. »Sehen Sie«, sagte er rechthaberisch und als Abschluß eines Gesprächs, das sie vor einiger Zeit geführt hatten, »irgendwann kriecht der Pöbel wieder hervor, auch wenn die Lederschürze jetzt wie ein Gehrock aussieht.«

»Warum ausgerechnet jetzt, Louise?« fragte Brinkmann am Abend seine Frau, als er mit der Zigarre im Mund ihr Schlafzimmer betrat.
»Friedrich Wilhelm, bitte, sei nicht so vulgär!«
»Oh, dachte nicht daran«, antwortete Brinkmann, drehte sich um und legte seine Zigarre mit Bedauern im nächsten Aschenbecher des Nebenzimmers ab. Dann kehrte er wieder an das Bett seiner Frau zurück. »Warum jetzt, nach so langer Zeit? Wie vielen Menschen von Rostock geben allein wir Brot und Wohnung?«
»Du müßtest längst selber wissen, daß es damit nichts zu tun hat, Friedrich Wilhelm«, sagte Louise spöttisch und zupfte mit gesenkten Augen an der hochgezogenen Bettdecke herum. »Im Gegenteil, je erfolgreicher du bist, desto mehr ärgern sie sich. Ihr Wohlwollen könntest du dir nur mit einem Bankrott erkaufen.« Louises Stimme verklang ohne Nachhall zwischen den ausladenden Palmenblättern am Kopfende des Bettes, und Friedrich Wilhelm war sich nicht ganz sicher, ob seine Frau allen Ernstes mit diesem Gedanken gespielt

hatte. Obwohl selbstverständlich sich niemand klarer als sie darüber war, welche Konsequenzen ein Bankrott auch für sie haben würde. Nein, allen Ernstes konnte sie ihn nicht wollen.
»Ihr Wohlwollen vielleicht, aber nicht ihre Freundschaft«, entgegnete er ruhig, ohne mit den Gedanken ganz bei der Sache zu sein.
Louise ordnete ihre aufgelösten Locken auf dem weißen Deckbett, fächerte sie verführerisch auf, als ob sie ihren Liebhaber erwarte. Friedrich Wilhelm sah ihr ohne Regung zu. Er war schon lange nicht mehr ihr Liebhaber. »Ihre Freundschaft wirst du nie erhalten. Du bist und bleibst für sie der Schmied. Das hat übrigens nichts mit den Eisenschiffen zu tun. Höchstens, daß es dadurch noch etwas schlimmer wird.«
Friedrich Wilhelm wurde weiß an den Mundwinkeln. »Manchmal weiß ich nicht, ob du auf ihrer oder meiner Seite stehst«, sagte er mit gepreßter Stimme und verließ den Raum.
Louise lächelte ihm nach.

Gustav, nunmehr das älteste von den Brinkmann-Kindern – oder besser gesagt, Söhnen, denn Anna spielte für die geschäftliche Seite der Reederei keine Rolle, sie war eher ein geeignetes Objekt, um sie zur Dynastie zu erweitern, – machte sich nach dem Tod seines Bruders weiter keine Gedanken. Für ihn war es selbstverständlich, daß er später die Reederei übernehmen würde. Der um drei Jahre jüngere Friedrich Daniel bedeutete in seinen Augen nichts, und Hans war, obwohl als einziger verheiratet, unbedarft genug, um sich im Kontor mit dem Abschreiben von Listen zufriedenzugeben. Hans war der einzige von den Brüdern, der bereit gewesen war, nach seinem Schulabschluß ins Kontor zu gehen. Gustav konnte sich nicht vorstellen, warum, und es war ihm auch gleichgültig. Er hielt die Universität von Rostock für standesgemäßer, zumindest als Aufenthaltsort bei Tage, über den er keine Rechenschaft ablegen mußte. »Davon verstehst du nichts«, pflegte er kühl zu antworten, wenn ihn seine Mutter zu fragen wagte, und das stimmte ja auch. Sie begnügte sich damit, stolz zu sein. »Mein Sohn Gustav, der angehende Jurist« und »heute braucht man als Großreederei doch seinen eigenen Justitiar«, hieß es nach außen. Das anerkennende Nicken des Gesprächspartners bestätigte dann aufs neue den Brinkmannschen Weitblick, den man Louise seit ihrer Heirat mit einem Eisenfachmann mitten im Holzbootzeitalter nicht absprechen konnte. Vor allem Louise hatte diesen Aspekt ihrer Eheschließung immer betont, seit er zu beweisen war.

Gustav war zwar schon im achten Semester, aber ein Abschluß war weit und breit nicht in Sicht. Klugerweise bereitete er sich nämlich äußerst gründlich auf seine zukünftige Tätigkeit vor, indem er sogar mehrere Kurse nacheinander im Seerecht belegte. Aber er hatte auch noch andere Vorlieben, die seine Familie allerdings noch weniger als das Studium angingen: die Frauen. Um die Wahrheit zu sagen, so waren diese der Grund, weshalb er auf einem Studium bestanden hatte.

Den Grundstein zu seiner rastlosen Suche nach immer neuen Frauen hatte das Hausmädchen Guste gelegt. Sie war es gewesen, die den zehnjährigen Knaben zu sich ins Bett geholt hatte, um nicht ständig an seinem Bett sitzen und seine Hand halten zu müssen, wenn er abends nicht einschlafen konnte. Damals war sie zwanzig gewesen, und ihr war es nicht unangenehm gewesen, daß seine kleine Hand auf Entdeckungsreise an ihrem Körper gegangen war; sorgsam hatte sie ihm erzählt, wo sie sich just nun befinde: zuerst in der flachen Ebene des Rostocker Umlandes, dann im niedrigen Hügelland weiter südlich, was aber bei ihr näher am Kopf, also eigentlich nördlich lag, bis seine tastenden Finger auf die Kuppe des Hügels hochgeklettert waren, die ganz starr wurde, damit er nicht abrutschte. Dann grabbelte er, zitternd vor Aufregung, weiter an ihrem Hals entlang, ließ seinen Zeigefinger ganz in der kleinen Kuhle zwischen Fleisch und Knochen, den sie aber nicht zu benennen wußte, eintauchen, worauf er unversehens in ihrem Gesicht auf den geschwungenen Lippen landete. Zuweilen verschwand deren weicher Bogen sofort, und seine Finger wurden vom großen Wal Jonas geschnappt und eingesaugt, bis Gustav vor Vergnügen quietschte und aufhörte, sich vor der Dunkelheit zu fürchten. Manchmal aber, wenn Guste vor Kälte zitterte, legte sie seine Hand auf ihren Bauch weit unten, und diese Hand durfte sich dann in den Wäldern zwischen Mecklenburg und Brandenburg verirren, solange sie wollte. In diesem geographischen Gebiet ortete nämlich Guste die Hölle, und die sei heiß, und so würde auch ihr wieder warm werden. Die ganze Zeit redete Guste und redete, nur wenn Gustav in den tiefen Spalt fiel, der die Spree darstellte, und dort strampelte und wühlte, um wieder herauszukommen, das aber lange vergebens, wurde ihre Stimme leiser. Schließlich, wenn er seine Finger auf die kleine Insel im Fluß gerettet hatte, schwieg sie. Endlich, nach langer Zeit, stieß sie einen wohligen leisen Seufzer aus, und dann durfte er Flüsse und Inseln nicht mehr erkunden, nur noch ganz sanft die zwei Hügel auf der Brust.

Lange verstand Gustav das Verlangen nicht, das regelmäßig in ihm erwachte. Seine Mutter Louise hatte ihm eine Ohrfeige gegeben, die einzige, die er je von ihr bekommen hatte, als er bei ihr Auskunft einholen wollte. Weil dieses ausgerechnet vor einem der Feste geschah und Louise nervös war, hatte er ihre brüske Antwort auf ihre Eile zurückgeführt; aber wenige Stunden danach kicherte Guste bei derselben Frage verschämt. Ab da wußte er, daß seine Frage ungehörig gewesen war und nie von jemandem beantwortet werden würde, und so fragte er nie wieder. Statt dessen lernte er allmählich, durch Guste gelenkt, was er zu tun hatte. Als Guste das Haus verließ, war sie achtundzwanzig und er achtzehn, und er hatte es nicht mehr nötig, sich belehren zu lassen. In dieser Hinsicht hatte er ausgelernt, und das wußte auch Guste.

Verzweifelt hatte sie ihm sofort ein Briefchen geschrieben, sehr kurz, eigentlich nur mit ihrer Adresse, damit er ihre mangelhafte Bildung nicht zum Anlaß nehmen konnte, sich von ihr zu trennen. Aber ihre Sorge war unnötig gewesen, er folgte ihr wie ein Lämmchen und besuchte sie auch bei ihrer neuen Herrschaft. Hier aber gesellte sich für Gustav zu seinem Verlangen und zu seinem Trotz gegen seine hartherzige Mutter noch die Abenteuerlust hinzu: sie wußten genau, wäre Guste mit ihrem Liebhaber erwischt worden, wäre sie in hohem Bogen hinausgeflogen. Nicht, daß es Gustav allzuviel ausgemacht hätte, aber es erhöhte eben den Nervenkitzel, nachts die Lieferan-

tentreppe hinunterzuschleichen, durch die düstere Küche und dann die Hintertreppe hoch bis in Gustes Kämmerchen. Und Guste riskierte noch mehr, als Gustav bekannt war.
Mehrere Jahre hatte das Mädchen aus dem wendischen Teil ihres pommerschen Erbes gezehrt, hatte sich von ihrer Urgroßmutter Mittel sagen lassen, mit denen man den Liebhaber fesselt, hatte aber auch gelernt, Maßnahmen gegen unerwünschte Kinder zu treffen. Mit ihren Händen in der Urgroßmutter Hände, beide mit geschlossenen Augen vor dem glimmenden Holzstoß in der verfallenen Kate, hatte die Urgroßmutter aus zahnlosen Kiefern Ratschläge gemurmelt, hatte Sprüche aufgesagt, die vielleicht halfen, und hatte die Zusammensetzung von Tinkturen heruntergebetet, die bestimmt halfen, und schließlich war Guste randvoll mit dem gesammelten Wissen ihrer Ahnen wieder nach Rostock zurückgekehrt. An dem Tag aber, an dem sie alles erfahren hatte, was es zu lernen gab, hatte die Urgroßmutter ihr noch einen letzten Ratschlag gegeben: Irgendwann, einmal nur im Leben eines einfachen Mädchens, ist es richtig, alles dranzusetzen, dieses Kind zu bekommen. »Überlege gut, eine Wiederholung gibt es nicht.« Darüber hatte Guste lange nachgedacht, die Worte ihrer weisen Urgroßmutter um und um gekehrt, und schließlich hatte sie gewußt, was zu tun war.
Eines Tages war es dann soweit: sie konnte Gustav unter Tränen berichten, daß sie ein Kind von ihm erwarte. Er bezweifelte es nicht. Aber er kam nie wieder. Und Guste begriff, daß sie den falschen Mann gewählt hatte.
Aber sie hatte nicht nur slawisches Wissen von ihrer Urgroßmutter überliefert bekommen, sondern auch deren Zähigkeit geerbt. Guste besorgte sich Papier und Federhalter und schrieb einen Brief. Da sie niemanden ins Vertrauen zu ziehen wagte, konnte sie die wenigen Zeilen von niemandem überprüfen lassen, und sie war genötigt, die kleine Bücherei aufzusuchen und nach einem Buch über das Schreiben zu fragen.
»Das gibt es nicht«, entgegnete der greise Bibliothekar und sah die Frau streng an. Guste wurde puterrot und wäre am liebsten im Boden verschwunden, als sich die Köpfe der drei Männer auf sie richte-

ten, die an den Pulten saßen und in Büchern studierten, Männer in Arbeiterkleidung, die aber anscheinend geläufig lesen konnten.
»Nur ein Lexikon Deutsch–Französisch.«
»Dann nehme ich das«, sagte Guste hastig und wußte gar nicht, was das war.
Während der Bibliothekar bedächtig die Registriernummer in ein großes Buch eintrug, beruhigte sich Gustes Herz langsam. Nachdem sie sich nun für ein bestimmtes Buch entschieden hatte, wurde sie nicht mehr wie ein Eindringling betrachtet. Genaugenommen war eine lesende Frau auch nicht sonderbarer als lesende Arbeiter, und die Köpfe der Männer senkten sich wieder.
Diesen Brief öffnete Friedrich Wilhelm Brinkmann beim Frühstück. Louise, gewohnt, daß ihr Ehemann ständig inmitten der Familienrunde Geschäftspost erledigte, las die Gesellschaftsnachrichten in der Zeitung und kümmerte sich nicht um ihn. Friedrich Wilhelm ließ den Brief sinken. Wieder einmal hätte er gerne den Tag draußen aufziehen sehen, und wieder einmal verhinderten die schweren Behänge jeglichen Blick auf die Warnow.
Der Reeder sprang auf, war mit einem Schritt am Fenster und riß den Vorhang zur Seite. »Ich will in Zukunft nicht mehr aus der Zeitung erfahren müssen, ob wir Winter oder Sommer haben!« schnauzte er.
Louise faltete sorgsam die Zeitung zusammen, während sie eine angemessene Antwort überdachte. Als sie endlich bereit war, hatte Friedrich Wilhelm den Raum schon verlassen. Louise schüttelte den Kopf. Die übrigen Briefe lagen noch ungeöffnet auf dem Teller; der einzige, den er gelesen hatte, mußte ihn maßlos aufgeregt haben. Aber er hatte ihn eingesteckt.
Friedrich Wilhelm Brinkmann dachte an Erpressung. Eine Frau, die seinen Sohn Gustav gut kannte, wollte ihn, den Reeder, sprechen, dringend, in einer persönlichen Sache, die für die ganze Familie wichtig sei. Punktum, und sie bat um ein Treffen.
Als erstes schickte Friedrich Wilhelm einen Boten zu Gustav und befahl ihn nach Hause. Mit Unbehagen und ohne sich voll konzen-

trieren zu können, bereitete er sich danach auf seine Mission bei den Gutsbesitzern vor.

Wenige Stunden später bestieg Friedrich Wilhelm Brinkmann seine Kutsche, um im Alleingang Politik zu betreiben. Die adeligen Herren Mecklenburgs mußten mitspielen, er war festen Willens, dieses zu erreichen, zumindest innerhalb des Bereiches, der ihm zugänglich war. Wie ein Handelsreisender, dachte er und ärgerte sich, während sich die Sorge wegen des Briefes vorübergehend verlor. Die Angelegenheit konnte eigentlich nicht so schwierig sein, wie die beiden Abgesandten es vorausgesagt hatten. Die Junker hatten alle, zumeist hier im Küstenbereich, starke finanzielle Interessen in der Schiffahrt. Keiner von ihnen, der keine Anteile in Schiffen besessen hätte, und keiner von ihnen, der sein Getreide nicht über See verfrachten ließ. Noch war die Eisenbahn teurer als der Frachtsegler. Nur wer die Bahnstrecke Ludwigslust–Berlin leicht erreichen konnte, zog diesen Weg möglicherweise vor.
Er spürte, wie die Kutsche über das vertraute Rostocker Pflaster rumpelte, hörte den dumpfen Widerhall unter dem mächtigen Gestein des Stadttors und fühlte, wie die Pferde anzogen, als sie endlich die sandige Überlandstraße erreichten. Der Reeder bannte alle drängenden Gedanken zurück und ließ sich auf das Polster zurücksinken.
Er mochte eine Weile geschlafen haben, als der würzige Duft des Kiefernwaldes durch die Ritzen der Kalesche drang und ihn aufweckte. Der Kuckuck rief so nahe, daß Friedrich Wilhelm sich vorbeugte und aus dem Fenster spähte. Dann klopfte er an das kleine Fensterchen, das ihn mit seinem Kutscher verband.
Der Kutscher zog sofort die Zügel, und sein gehorsames Gespann stand fast auf der Stelle.
»Mir reicht es für heute«, sagte Brinkmann. »Fahr nach Hause. Auf Umwegen.«
»Aber wir sind doch fast da, Herr Brinkmann«, wandte der Kutscher ein. »Sehn Sie, Liesenack blinkt bereits durch die Bäume.«
»Laß blinken und fahr.« Brinkmann lehnte sich wieder auf das harte

Polster zurück. Ihm war ganz einfach die Lust vergangen. »Fahr an die Warnow. Ich will Wasser sehen.«
Die Kutsche ruckte erst nach einiger Zeit an, so als habe der Kutscher überlegen müssen, ob das Verlangen des Reeders überhaupt rechtens sei. Oder er kennt den Weg nicht, fiel Friedrich Wilhelm ein. »Nimm die erste kleine Straße nach links, noch vor dem Wäldchen«, rief er nach vorne. Als das gleichmäßige Schütteln und Rukkeln anzeigte, daß sie auf dem rechten Weg waren, fiel er erneut in Halbschlaf.
Erfrischt wachte er auf, als die Kutsche wiederum anhielt. »Die Warnow, Herr Brinkmann.«
»Es ist gut«, antwortete er leise und lächelte beim Anblick des Wassers und des Bootes da draußen. Trotz seiner besonders hohen Masten fingen die Segel kaum Wind auf; es reichte gerade, um das Boot gegen den Strom zu halten. »Ein Zeesboot«, sagte er versonnen, »ich habe schon lange keines mehr gesehen. Dabei hat das Zeesboot mich zu dem gemacht, was ich bin.«
Seine Gedanken wurden unterbrochen vom Gesicht des Kutschers, das plötzlich das Fenster ausfüllte. Der Mann hatte ein fleckiges Gesicht; verlegen rieb er einen Schweißtropfen fort, der die Schläfe herunterrann. Er spähte mit zusammengekniffenen Augen in den Wagen hinein, war vom flimmernden Sommerlicht geblendet.
»Was ist, Hansen?«
»Ist Ihnen auch gut, Herr Brinkmann?« fragte der Kutscher stokkend.
Brinkmann lächelte. »Ja, doch, Hansen. Sei nicht so ängstlich. Wo bleibt dein Soldatenmut?«
»Hier sind, mit Verlaub, keine soldatischen Heldentaten gefragt, Herr Brinkmann«, widersprach der Kutscher, der nur ein einfacher Mann war, »sondern Courage.«
»Wo ist da der Unterschied?«
»Ich denke«, antwortete Hansen, der inzwischen seinen schwarzen Krempenhut abgenommen hatte und ihn zwischen den Händen drehte, »und das ist er schon, der Unterschied.«
Brinkmann zog das Fenster am Lederriemen ein Stück in die Höhe,

dann ließ er es ganz herunter. Eine gläserne Nähe war ihm nicht nah genug. Und im Moment fühlte er überdeutlich, daß seine eigenen Wurzeln im Volk lagen, nicht in der Geld- und Schiffsaristokratie von Rostock. Das Zeesboot von damals war für ihn entscheidender gewesen als das Eisenschiff von heute. »Du, ein couragierter Mann, denkst«, sagte er staunend, »ein Soldat mit Heldenmut denkt nicht. Also kann nur einer, der denkt, Courage haben; ein Mann ohne Gedanken bestenfalls Mut.« Er schwieg eine Weile, und Hansen störte ihn nicht, sondern wartete weiterhin hutlos in der Sonne. Die Pferde wurden von Fliegen umschwärmt; sie traten immer unruhiger hin und her. »Auch ich«, sagte Brinkmann endlich, »bin ein Mann mit Courage. Was soll ich mit Mut? Hansen, fahr los. Wir fahren nach Liesenack.«

»Ja, Herr Brinkmann«, sagte Hansen mit einem leisen Seufzer und verschwand aus dem Fenster. Im Vorübereilen tätschelte er die Nüstern der beiden Braunen, die die Nacken anspannten und laut prusteten. Entrüstet spielten ihre Ohren, als er sie in die Zügel zwang, dann kauten sie aber willig am Gebiß und traten gehorsam rückwärts, um den Wagen in einen Seitenweg zu bugsieren. Nach Liesenack griffen sie munter aus, die ganze Erleichterung ihres Meisters in den Füßen.

Noch bevor der Reeder die zwei alten Linden, die die lange Einfahrt in das Liesenacksche Gut bildeten, so recht ins Auge fassen konnte, wurde sein Blick bereits durch einen Reiter abgelenkt. Er erkannte ihn nicht, aber er ahnte, wer es war; so konnte auf diesem Gut nur eine Person reiten. »Fahr zu, Hansen«, sagte er leise, aber der Kutscher hörte ihn nicht und hielt Tempo.

Frau von Schröder aber schien ihn zu hören. Ohne sich umzuwenden, zwang sie ihr Pferd, zur Seite zu treten, und wartete ab, bis die Kutsche dicht neben ihr war. Bewundernd verfolgte Friedrich Wilhelm Brinkmann das Manöver. Was sie das an Kraft gekostet haben mag, dachte er und lächelte. Unter einem anderen Reiter wäre die Stute vielleicht durchgegangen.

Hansen wußte, was sein Herr von ihm erwartete. Seine Pferde fielen in Schritt, und der Reeder ließ das Kutschenfenster herunter. Noch bevor er den Gruß, der ihm plötzlich schwer von der Zunge wollte, losgeworden war, reichte ihm die adelige Dame die linke Hand herüber, die er ergriff und festhielt, als wollte er sie überhaupt nicht mehr loslassen. »Es freut mich, Sie wieder bei uns zu sehen, Herr Brinkmann«, sagte sie einfach, »was zieht Sie her? Sind es unsere Pferde oder gar mein Onkel?«

»Nichts von beiden«, erwiderte Brinkmann, »Sie wissen es.«

Frau von Schröder schlug das dünne Netz von Schleier zurück; es war eine Geste, denn das dünne Tuch verbarg nichts, noch nicht einmal die Röte, die ihr Gesicht überzog. Friedrich Wilhelm Brinkmann ahnte, was sie dachte, ihn durchströmte ein breiter Fluß von Glücksgefühlen. Endlich wußte er, was ihn hergezogen hatte. Das dumpfe Unbehagen, das ihn seit Wochen erfüllt hatte, zog plötzlich über den Baumwipfeln fort wie der Regenschleier bei Gewitterende.

»Mein Gott«, stammelte er und kam sich unendlich dumm und unendlich glücklich vor. Er wollte aussteigen, sie vom Pferd reißen, in die Arme nehmen, eine Ewigkeit lang. Er suchte nach dem Griff des Wagenschlags.

»Was ist Ihnen, Herr Brinkmann?« rief Frau von Schröder angstvoll. Hansen fuhr alarmiert in die Höhe, brachte die Pferde zum Stehen und sprang ab. Er kam gerade noch zurecht, um seinen Herrn aus der offenen Tür zu Boden sinken zu sehen. »Die Hitze heute«, sagte er und versuchte mit bebenden Händen dem Reeder den steifen Kragen vom Hals zu ziehen.

»Es hat keinen Zweck«, flüsterte Frau von Schröder und erstarrte im Sattel. Die Stute machte einen Satz.

Hansen richtete sich langsam auf, ohne Hoffnung, denn auch er wußte, wann einer tot war und wann nicht, und die Dame hatte recht. Er zog seinen Kutscherhut vom Kopf.

Brinkmann, die blonden Haare auf einem weggeworfenen rostigen Eisenteil verstreut, lächelte. Dieses Lächeln konnten ihm später auch die Frauen, die ihn zurechtmachten und aufbahrten, nicht mehr nehmen. Frau Louise kam sich erstmals in ihrer Ehe betrogen vor.

Das Hausmädchen Guste nahm an der Beerdigung des Reeders Brinkmann teil, weit hinten, wie es ihr zukam, und sie war da, weil es dem Kind zukam, dem ersten Enkel des Reeders. Allerdings stand sie verborgen durch Taxus und Buchsbaum, und wer sie zufällig beachtet hätte, hätte ihr Interesse einem beliebigen Grab zugeschrieben, gewiß aber nicht dem Heimgang von Herrn Friedrich Wilhelm Brinkmann, dem geachteten Großreeder, in dessen Grabgefolge die wichtigsten Persönlichkeiten von Rostock einherschritten.

Frau Louise Brinkmann war schwarz verschleiert und gramgebeugt. Nichtsdestotrotz war sie in der Lage, hinter dem dichten Tuch zu beobachten, was es zu beobachten gab. Sie überprüfte genauestens, wer von den Reedern erschienen war, wer seinen Prokuristen mitgebracht hatte und welche Korrespondenzreeder angereist waren, wobei sie mit Genugtuung registrierte, daß sich unter ihnen zwei Hamburger und ein Berliner Geschäftspartner befanden. Verärgert war sie allerdings über das Ausbleiben des Reeders Pentz, der auch niemanden von seinem Kontor geschickt hatte. Selbstverständlich waren auch die adeligen Junker der Umgebung in großer Zahl vertreten, vor allem diejenigen, die sich Hoffnung auf Annas Hand machten. Und da Anna wie ein Insekt von Blume zu Blume flatterte, hier etwas auszusetzen, dort etwas zu mäkeln fand, war noch nicht einmal eine Vorentscheidung hinsichtlich eines Verlobten getroffen worden, worüber Louise froh war, weil es die Zahl der Bewerber erhöhte.

Der Sarg aus bester norwegischer Eiche wurde abgesenkt, und Frau Louise ließ aus ihrer behandschuhten Hand ein paar Körner Warnowsand hinterhersickern. Danach sank sie weinend ihrem Sohn Gustav um den Hals, dem nichts weiter übrigblieb, als seine Mutter aufrecht zu halten, unterstützt von Pastor Rademacher, der an eine gewaltige Schenkung dachte, zum Beispiel im Wert einer neuen Orgel.

Während das Trauergefolge sich unter leisem Flüstern auf die zusammengebrochene Witwe konzentrierte, bahnte sich eine schlanke, schwarzgekleidete Frau den Weg durch die Honoratioren bis zum offenen Grab. Sie gehörte nicht dazu, sie hatte in der Kirche ganz hinten gesessen und auf dem Friedhof Abstand zu der Rostokker Verwandtschaft und Bekanntschaft des Reeders gehalten. Die Stimmen verstummten allmählich, während sich die Blicke neugierig auf diese Frau, die niemandem bekannt war, richteten. Und da auch der erste frühherbstliche Starkwind, der die Bäume während der Grabrede geschüttelt hatte, sich legte, hörte jeder, wie die Frau mit klarer, heller Stimme sprach:

»Fiete Ritter, mein geliebter Bruder, ich glaube, du hattest das Leben, das du dir gewünscht hast. Mit einer Ausnahme: Zur See konntest du nie fahren. Ich weiß, daß du Zeesboote über alles liebtest, insbesondere das eine, das du selber gebaut hast. Ich kann es dir nicht zurückgeben – du hast es im Zorn von dir geworfen, als du alle deine Träume in der Ostsee begraben wolltest. Nur dieser Greif ist übriggeblieben, der Rostocker Greif, der wagemutige, unerschrockene Vogel, der jagt, wo er will, und der jagt, was er will. Ihn gebe ich dir jetzt zurück, er soll dich daran erinnern, daß von Träumen immer etwas zurückbleibt, sogar über das eigene Leben hinaus und sogar, wenn man dies gar nicht wahrhaben will.«

Mit behutsamer Geste ließ Pauline den kleinen hölzernen Vogel auf den Sarg fallen, und die Trauergäste reckten unwillkürlich die Hälse, um den kleinen, golden blinkenden Gegenstand zu Gesicht zu bekommen. Aber er war viel zu unscheinbar, um in der Pracht von Kränzen, Blumengebinden, Blüten und Schleifen aufzufallen, und bei den meisten Trauernden hinterließ die Episode überhaupt keinen Eindruck. Nur bei einigen wenigen blieb das fade Gefühl in der Erinnerung haften, daß man dem Reeder vielleicht die falschen Gedenkreden gewidmet hatte.

Hans Brinkmann aber, der unauffällige stille Sohn von Friedrich Wilhelm, löste sich aus der Gruppe um seine Mutter und trat zu seiner Tante Pauline. Er faßte sie sanft um die Schulter, und als er sie fortführte, schien es, als ob sie die hinterbliebene Witwe und er ihr liebevoller Sohn sei. Louise riß sich mit einer energischen Bewegung vom Anblick der beiden los und strebte dem nächstgelegenen Friedhofstor zu, unbekümmert um die Trauergäste, die sich jedoch folgsam in Marsch setzten und hinter ihr zu den Kutschen strömten.

Guste Fretwurst aber, die junge Frau, die immer noch unbeachtet hinter dem Gebüsch wartete, folgte Tante und Neffen mit den Augen, und in ihrem Kopf begann Stückchen für Stückchen der nächste Plan zu reifen, ihrem Kind den Platz zu verschaffen, der ihm gebührte.

Wenige Tage nach der Beerdigung wurde das Testament des Reeders eröffnet. Friedrich Wilhelm Brinkmann mußte sich im klaren darüber gewesen sein, welche Sprengkraft sein Letzter Wille enthielt. Der Notar, Herr Maus, hatte ihn gewarnt, aber Friedrich Wilhelm hatte auf seiner Entscheidung bestanden. »Sie sind menschlich nicht geglückt«, hatte er Maus betrübt erklärt, »ich fürchte, sie werden uns enttäuschen.« Nun hatte der Reeder die Enttäuschung nicht mehr erlebt und auch niemand anders. Um so größer war die Empörung bei den Söhnen Gustav und Friedrich Daniel, deren Positionen innerhalb der Reederei in Zukunft nur diejenigen von höheren Angestellten sein würden, während Hans zum alleinigen Leiter der Reederei bestimmt wurde.

Louise wurde nur von ihrem eisernen Willen auf ihrem Sessel festgehalten. Am liebsten hätte sie ihre Wut gegen diese graue Maus, die eine so unpassende Entscheidung des Altreeders nicht verhindert hatte, laut hinausgeschleudert.

Auf den Gesichtern einiger der älteren Angestellten auf den hinteren harten Stühlen aber erschien ein erleichtertes Lächeln, nicht nur wegen der hoch ausgefallenen Schenkungen, sondern hauptsächlich über die Klugheit des toten Reeders. Aber als Frau Louise hocherhobenen Hauptes aus dem Saal ging, in ihren Augen Tränen des Zorns, senkten sie die Köpfe, weil sie sich mitschuldig fühlten. Nun lastete auf ihnen eine neue Verantwortung.

Hans Brinkmann aber war gar nicht so erstaunt, wie mancher vielleicht vermutet hätte. Er nahm als erstes den Arbeitsraum seines Vaters in Besitz, als zweites, schon am Nachmittag nach der Testamentseröffnung, gab er das neue Firmenschild in Auftrag. Einige

Stunden später wurde es ausgewechselt: Reederei Hans Brinkmann hieß die Firma nun.

Das Besitztum des toten Reeders wurde wenige Tage nach der Beerdigung korrekt und gegen Unterschrift im Hause Brinkmann abgeliefert. Die Hausdame sorgte stillschweigend dafür, daß die gute Kleidung ausgebürstet, gewendet und wieder ausgebürstet wurde. Dabei entdeckte sie in der Innentasche den Brief, der den Reeder kurz vor seinem Tode erreicht hatte, und händigte ihn zusammen mit der Taschenuhr, dem Kneifer und dem Ehering an Frau Louise aus.

Louise Brinkmann war sonderbar berührt. Sein Lächeln und die Korrespondenz mit einer ihr unbekannten Absenderin entzogen Friedrich Wilhelm noch im Tode ihrem Einfluß. Wütend warf sie den Zettel weg.

Teil III

Die Söhne

14. Kapitel (1866–1871)

Der stille Hans entfaltete im ersten Jahr seiner Herrschaft über die Reederei eine Menge Eigenschaften, die vorher geschlummert hatten, die sein Vater aber bereits in ihm gesehen haben mußte, und zugute kam ihm die innigste Kenntnis aller Belange des Geschäftes. Auch Louise mußte dies widerwillig anerkennen.
Hans hatte nur eine einzige Eigenschaft, die seine Mutter zur Weißglut treiben konnte: er war noch verschwiegener als Friedrich Wilhelm. »Viele Köche verderben den Brei«, antwortete er stets, wenn Louise ihn zum Stand der Dinge befragte, bis sie es endlich aufgab. Erstens zählte sie sich ohnehin nicht zu den Köchinnen, und zweitens weigerte sie sich, hinsichtlich ihres Wissensstandes bei den Kindern und den Angestellten eingereiht zu werden. Nur mit seiner Frau Franziska besprach Hans sich, allerdings nur in Bruchstücken und auch nicht, um eine Antwort zu hören, sondern wie um einem Echo zu lauschen. »Die Pünktlichkeit ist das Geheimnis«, sagte er, und Franziska, die an das Essen dachte, trieb ihr Personal behutsam zu größerer Schnelligkeit an.
Eines Tages ließ Hans Gepäck für drei Wochen packen und dann von seinem Kutscher zum Bahnhof fahren. Weder seine Brüder noch seine Mutter hatte er informiert, warum und wohin er fahre. In Hamburg stieg er im Hotel »Zu den vier Jahreszeiten« ab, und dann begann für ihn eine hektische Zeit. Er suchte nacheinander verschiedene Reedereien Hamburgs auf, dazwischen auch die Großbanken der Stadt. Sein Gang, der dem Portier seines Hotels anfangs Sorgen signalisiert hatte, wurde zunehmend aufrechter.
»Der ist in den Honigtopf gefallen«, flüsterte der Portier seinem Kollegen zu.
Und so war es auch. Alle Sorgen schienen von Hans Brinkmann abgefallen zu sein, er wurde plötzlich zu dem jungen Mann, der er dem Alter nach noch war, er scherzte und lachte sogar mit den Angestell-

ten des Hauses, die gutmütig grinsten und den Mecklenburger Ochsen in ihrem Gast zu sehen glaubten.
Genau drei Wochen später entstieg er der Mietskutsche vor seinem Haus. Am nächsten Morgen ließ Hans sich in aller Form bei seiner Mutter melden.

»Mutter«, sagte Hans, der größte der Brinkmann-Söhne, und bückte sich, um dem üppigen gläsernen Behang an der Deckenlampe im privaten Boudoir seiner Mutter auszuweichen, »ich kann eine Reederei nicht führen, wenn ich täglich meine Geschäftspolitik erklären muß, statt nach ihr zu handeln. Es kostet mich zuviel Zeit.«
»Aber auch dein Vater hat sein Geschäft mit einem Partner, meinem Bruder, begonnen ...«, warf Louise ein, ohne zu wissen, auf was ihr Sohn hinauswollte.
»... und sich von ihm getrennt, weil er einen falschen Weg einschlug. Walfänger hat er gebaut, als Handelssegler mit Laderaum gefragt waren. Gustav und Friedrich Daniel wollen zwar keinen Walfänger, aber ihr Weg ist genauso töricht wie damals der von Onkel Niclas.« Hans ging mit großen Schritten durch den Raum, von einer Wand zur anderen, und seine Mutter verfolgte mit zunehmendem Unwillen, daß auch er weder auf die Hängepflanzen noch auf die Möbel Rücksicht nahm.
»Bitte setze dich endlich«, verlangte sie mit der eigensinnigsten ihrer möglichen Tonlagen, »und erkläre mir dann, warum deine Brüder deiner Meinung nach Unsinn machen. Expansion ist in meinen Augen im Gegenteil sehr klug. Stell dir vor: Hans Brinkmann, Reederei, und jeder weiß, daß sie die größte von Rostock ist ...«
Hans knurrte und warf sich dann in den nächsten Sessel. Er war mit rotem Samt bezogen und gewiß nicht für ungestüme junge Männer gedacht, denn es knirschte laut hörbar in seinen Gelenken.
»Hans!« tadelte Louise, aber ihr Einfluß auf ihren Sohn war geringer als auf ihren Ehemann. Er sah noch nicht einmal schuldbewußt aus.
»Sie wollen vergrößern und Segler kaufen. Immer mehr, immer kleiner und immer mehr Holz. Und immer mehr Leute, Personal, wie du sagen würdest.« Hans hob unwillkürlich die Augenbrauen und ver-

zog die Mundwinkel. Louise fühlte ihre Verärgerung wachsen. »Immer mehr Besitzer und immer mehr Stimmberechtigte«, erklärte ihr Sohn eintönig. »Das wollte ich nicht, ich will nicht abhängig sein. Vater war in vielem altmodisch, aber darin nicht.«
Louise seufzte. Es hatte keinen Zweck, viel zu erklären. Jede Generation macht ihre eigenen Fehler, und jede glaubt, soviel anders zu verfahren als die Väter. »Was meinst du mit ›wollte‹? Erkläre mir das bitte. Es klingt so endgültig.«
»Es ist endgültig«, sagte Hans kühl. »Ich habe die meisten Segler verkauft.«
Louise war es, als greife ein Gespenst nach ihr, das Gespenst der Armut, der Anonymität, ja der Nichtexistenz. Sie keuchte laut in ihrem Schrecken.
Hans schwieg und beobachtete seine Mutter.
»Sollen wir ein drittes Mal anfangen?« fragte Louise. »Aber warum?«
»Unsinn!« sagte Hans und stand auf. »Wir haben eine gesunde Familienreederei. Der Verkauf der Schiffe war wichtig. Ich mußte flüssig sein.«
Louise erhob sich automatisch mit ihrem Sohn, verwirrter denn je. Vorübergehend fühlte sie sich wie eine alte Frau. Aber sie fragte nicht mehr. Die neue Generation schien nicht bereit zu sein, die Frauen und Mütter am Geschäftsleben zu beteiligen.

Hans Brinkmann verkaufte in den nächsten Monaten noch einige seiner Schiffe und dazu auch Anteile an Seglern, die für andere Reedereien fuhren. Nur die zwei Eisensegler behielt er. In Rostock begannen bereits Gerüchte über die bevorstehende Liquidation der Firma zu kursieren, die Angestellten wurden unruhig, aber Hans äußerte sich immer noch nicht. Allerdings konnte niemand feststellen, daß Hans sein Geld in anderen Objekten anlegte. Man rätselte.
Am zweiten Todestag ihres Vaters verlangten die Brüder Gustav und Friedrich Daniel nach dem Firmenchef, sie stürmten praktisch sein Kontor, und Hans wußte, daß die Aussprache nun anstand, auf die er sich schon lange vorbereitet hatte. Weniger vorbereitet als

verärgert, ja aufgebracht waren seine Brüder, und Hans lächelte unmerklich. Er saß an dem großen Schreibtisch, den sein Vater ihm vermacht hatte und den jeder der Brüder gern ebenfalls gehabt hätte – als Symbol, nicht zum Arbeiten.
»Glaubst du, daß Vater einen Ausverkauf der Reederei im Sinn hatte?« fragte Gustav ohne Präliminarien mit dem Recht des Älteren.
Hans betrachtete ihn mit Ruhe. Er war der einzige von ihnen, der bereits anfing, etwas dick zu werden, das fette Leben eines begüterten Studenten bekam ihm gut. Mit ihm verstand er sich am wenigsten und gab sich keine Mühe, höflich zu sein. »Ich weiß nicht, was er im Sinn hatte«, gab er provokativ zu. »Gesagt hat er nichts.«
»Das ist das einzige, was du mit ihm gemein hast«, warf Friedrich Daniel patzig ein, der meist keine eigenen Gedanken hatte, doch flugs verstand, zu formulieren, was in der Luft lag. Sein Bruder ging denn auch nicht darauf ein, sondern ließ sich im Besuchersessel nieder.
»Ich verlange ausbezahlt zu werden«, sagte Gustav mit einem hinterhältigen Lächeln.
»Und du?« fragte Hans, lächelte freundlich zurück und wandte sich an Friedrich Daniel. »Willst du auch ausbezahlt werden?«
Friedrich Daniel, der so schlank war wie Hans, dabei aber einen ganzen Kopf kleiner, rückte unentschlossen an seiner Brille. Stets fiel es ihm schwer, eine Sache zu beenden, die er großspurig angefangen hatte. Besonders nervös pflegte er zu werden, wenn er im Mittelpunkt der Aufmerksamkeit stand. Die Familie wußte das.
»Ich will«, fuhr Gustav fort, »die Hälfte des mir zustehenden Erbes sofort haben, mit dem Rest kannst du dir ein Jahr Zeit lassen. Es wird sich gut machen, wenn ich eine ansehnliche Zahl an Schiffsparten in meine neue Reederei einbringe.«
Während Hans ihn überrascht, Friedrich Daniel argwöhnisch ansah, zog Gustav umständlich die Uhr aus seiner Westentasche und betrachtete die Zeiger mißbilligend. Theater, dachte Hans. Dann steckte Gustav sie wieder zurück. »Ja, ihr werdet euch vielleicht wundern, aber ›Pentz und Brinkmann‹ wird es in Zukunft am Fischertor heißen.«
Hans überließ seinen selbstgefälligen Bruder dem verärgerten

Friedrich Daniel. »Wen willst du denn heiraten? Da ist doch nur die Johanna, die alte Jungfer, die niemand haben will!« spottete dieser.
»Sprich gefälligst in anderem Ton von meiner zukünftigen Frau«, verlangte Gustav scharf. »Die Reederei hat eine genauso lange Tradition wie die Brinkmannsche. Und der alte Ernst kann nicht mehr.«
»Seitdem der Sohn tot ist«, sagte Friedrich Daniel gehässig, »hast du dir also freie Bahn ausgerechnet. So ist das also. Als er noch lebte, hättest du die Johanna ja nicht mit der Feuerzange angefaßt!«
»Jeder, wie er kann«, sagte Gustav. »Ich habe mich eine Weile amüsiert, jetzt wird es Zeit, seßhaft zu werden. Hast du etwas dagegen? Außerdem bin ich als Jurist keine unwillkommene Bereicherung einer Reederei«, sagte er selbstbewußt.
Hans beschloß, das Feuer zu schüren. »Ich dachte, ihr wärt ein Herz und eine Seele«, warf er ein und amüsierte sich, als die Brüder sorgfältig vermieden, miteinander den Raum zu verlassen. Gustav schritt in Siegerpose hinaus, während Friedrich Daniel wie von ungefähr an einem Modell des Flaggschiffes verweilte, so lange, bis er sicher sein konnte, daß Gustav das Haus verlassen hatte.
»Sei mir nicht böse«, bat Friedrich Daniel, »Gustav redet immer so viel . . ., und meistens klingt es vernünftig.«
Hans nickte nur, und Friedrich Daniel wanderte, mit den Händen auf dem Rücken, zur Tür hinaus. Abgeguckt, dachte Hans mit einem Seufzer. Er würde froh sein, ihn loszuwerden, bevor er sich zum Klotz am Bein entwickelte.
Ein halbes Jahr danach war die Trennung vollzogen, auch von Friedrich Daniel, der dem Beispiel seines älteren Bruders folgte; vorerst erfuhr niemand, was er mit der stattlichen Summe anfangen wollte. Nach Bremen wolle er auswandern, ließ er Hans mitteilen. Nun, nachdem die Freizügigkeit verwirklicht sei, sehe er dort die größten Möglichkeiten für sich selbst. Hans aber wußte, was den Bruder trieb: Er gehörte zu den ewigen Verlierern. Er floh, wo er hätte kämpfen sollen. In wenigen Jahren würde er auch Bremen verlassen...

»Es ist besser so«, erklärte Hans Louise und seiner Frau Franziska. »Sie hätten nie Ruhe gegeben.«

Franziska, die die Tochter eines Rostocker Ratsherrn war und ihren Mann herzlich liebte, sah es sofort ein, Louise jedoch nicht. Bis in die Tiefe ihrer Seele war sie durch Hans' Federstrich getroffen. Verkleinerung bedeutet Passivität, das Gegenteil von Geschäftspolitik, das hatte sie schon als junges Mädchen begriffen. Andreas, der 17jährigen Gymnasiast, sprach sich weder für noch gegen die Trennung der Brüder aus. Um die Größe einer Reederei zu messen, besaß er keinen Maßstab.

An einem Maimorgen, der auf eine Reihe hektischer Tage folgte, an denen Hans nochmals verreist gewesen war, trat Franziska Brinkmann in einen festlich gedeckten Frühstücksraum. Das blaue Königsberger Porzellan umringte einen Strauß großblütiger später Tulpen, und zu allem Überfluß lag auf jeder Serviette eine weitere Tulpe – nicht einmal am Ostersonntag hatte es das gegeben. Das Mädchen stand an der Wand und lächelte ein wenig verlegen, aber auch schelmisch. Als Frau Franziska sie wegen des verschwenderischen Überflusses vorwurfsvoll ansah, knickste sie. »Der Herr Brinkmann hat das angeordnet.«

In diesem Moment betrat Hans Brinkmann den Raum, schloß seine kleine rundliche Frau in die Arme und flüsterte an ihrem Ohr: »Heute ist ein besonderer Tag für uns. Nach dem Frühstück gehen wir an den Hafen.«

Franziska lächelte ihn versöhnt an, machte den Kindern Friederike und Marcus trotz Personal ein Brot fertig, nicht anders, als es ihre eigene Mutter gemacht hatte, und ermahnte sie, sich sauberzuhalten. »Warum?« wollte Friederike wissen, die nun schon drei Jahre und für ihr Alter sehr verständig war.

»Heute haben wir Geburtstag«, erklärte ihr Vater, »und da mußt du hübsch aussehen.« Darüber hinaus aber weigerte er sich, sich noch ein Tönchen entschlüpfen zu lassen. »Beeilt euch«, sagte er statt dessen und wartete ungeduldig, daß die Kinder das Essen beendeten und die Mäntelchen angezogen bekamen. Franziska verlor aus lauter Hast den Stiefelanzieher, der von allen in der Diele gesucht werden mußte. Die Kinder kicherten, krabbelten in den entferntesten Ecken herum, machten sich schmutzig und vergaßen die Überra-

schung. Nur mit Mühe konnte Frau Franziska sie wieder präsentabel machen. Endlich konnten sie das Haus verlassen.
Schon von weitem sahen sie den Mastenwald, die hohen, kräftigen der Vollschiffe, Barken und Briggs, die im Wind geneigt dalagen, dazwischen die dünneren der Galeassen und Schuten, die in ganz anderem Rhythmus und viel schneller schwankten. Hans beschleunigte seinen Schritt, bis Franziska ihn um der Kinder willen bat, langsamer zu gehen, obwohl es allerliebst aussah, wie die beiden Hand in Hand neben der Mutter einherstapften.
Am Hafen standen viele Menschen; Franziska Brinkmann wunderte sich. Die Leute machten Platz, als das Reederehepaar kam, manche Männer zogen ihre Hüte respektvoll und grüßten leise.
Das Heck des Schiffes, das ihr Ziel war, war mit dicken Tauen an den Pollern festgemacht, der Bug schwojte sachte im Strom der Warnow, von zwei Ankern gehalten. »Franziska Brinkmann«, las die Reedersfrau, ließ ihre Blicke sprachlos über die hohen Aufbauten schweifen und sprang auch nicht zur Seite, als schwarzer Dampf aus dem hinteren Schornstein quoll und sich über die Zuschauer legte. Dem Ruß war es noch nicht gelungen, das um den Schornstein umlaufende blaue Band mit den goldenen Sternen zuzudecken, und auch am Bug sah Franziska die Sternenflagge mit den F.W.B. in den vier Ecken auswehen. Zum ersten Mal spürte Franziska, was es hieß, ein Schiff sein eigen zu nennen, insbesondere weil dieses der erste große Frachtdampfer in Rostock war, und ihre Liebe zu ihrem Mann wuchs und zu den Schiffen auch, und endlich konnte sie gar nicht mehr zwischen ihm und seinen Schiffen unterscheiden. Sie fiel ihm vor den Leuten um den Hals. Hans aber strahlte und winkte jemandem auf dem Schiff zu. Als der Gegrüßte den Zylinder vom Kopf riß und in der Luft schwenkte, sah Franziska, wer der Kapitän war: Vetter Hugo, den sie erst ein einziges Mal gesehen hatte, der aber an seinem Lockenhaar und seinem unbekümmerten Wesen unverkennbar war. »Ho, joho!« schrie er hinunter.
»Unser neues Flaggschiff«, sagte Hans und zog seine Frau über die Gangway, an deren Haltetauen kleine bunte Fähnchen flatterten, abwechselnd der Rostocker Greif, die blau-weiß-rote und die Brink-

mannsche Sternenflagge. Der Reeder riß eine von ihnen ab und überreichte sie mit königlicher Geste seiner Tochter Friederike, die in ihrem weißen Sonntagskleidchen unter dem aufgeknöpften Mantel so richtig nach dem Herzen der Rostocker war.

Jubel brandete unter den schaulustigen Menschen auf, als Hans Brinkmann den wartenden Offizier begrüßte, und unwillkürlich drehte er sich um und winkte ihnen zu, und die kleine Friederike auf seinem Arm schwenkte ihren Blumenhut und mit der anderen Hand die Fahne. Die Menschenmenge unten auf dem Kai schien von demselben Stolz erfüllt zu sein wie die Reedersfamilie, und das Klatschen und die Hurra-Rufe verstummten auch nicht, als sie alle unter Deck verschwunden waren.

Die Mannschaft des Schiffes aber achtete sorgsam darauf, daß niemand aus dem Publikum die Gangway berührte oder gar ein Fähnchen als Andenken mitgehen ließ. Selbst die nagelneuen Festmacheleinen wurden an den Pollern bewacht. Ein Schiffsjunge stolzierte zwischen den beiden hakenbewehrten Eisenklötzen auf einer selbstabgesteckten Strecke hin und her. Er wehrte die neugierigen Stadtjungen, die vor der Menge hin- und herjagten und sachkundige Urteile über den Dampfer fällten, mit ausgestreckten Händen ab. Er war kaum älter als sie, trotzdem gehorchten sie ihm, denn Schiffsvolk war das einzige, was sie wirklich respektierten.

Eine ganze Stunde wanderte die Familie in Begleitung von Vetter Hugo und seinem ersten Offizier auf dem nagelneuen Schiff umher, nur in den Maschinenraum wollte Franziska nicht hinuntersteigen, der war ihr zu schwarz und zu laut. Sie blieb mit dem zweijährigen Marcus oben und verplauderte eine angenehme halbe Stunde, während Hans mit Friederike zusammen die dampfende, zischende und brodelnde Maschine besichtigte.

»Mein Gott«, sagte Franziska und schlug die Hände zusammen, als ihre Tochter die Tür zur Kapitänskajüte aufschlug und hereinbrauste. »Wie siehst du denn aus? Hast du dem Heizer geholfen?«

»Nein, er mir«, sagte Friederike frisch. »Allein kam ich nicht hoch.«

Hugo lachte schallend und zog seine Nichte auf die Knie. Dann versuchte er, den schwarzen Fleck auf ihrem Stupsnäschen wegzureiben. Aber er vergrößerte ihn statt dessen nur und gab nach einer Weile fröhlich auf. Er drückte Friederikes Wange an seine eigene, und sie schmiegte sich an ihn.

»Wo sie das nur herhat?« fragte Franziska und schien ein wenig verlegen.

»Laß man, Franziska«, sagte Hans und war so stolz auf seine Kinder wie auf seinen Dampfer. »Wer immer nur tut, was alle tun, kann nie etwas Einmaliges machen.«

»Ach«, sagte Franziska unvermutet ernst, »manchmal denke ich, es ist zuviel Glück, das kann nicht anhalten, und dann möchte ich ganz, ganz still sitzen und nur versuchen, es festzuhalten. Ich bin froh, wenn Friederike und Marcus nichts Einmaliges machen.«

Hugo, der aufmerksam zugehört hatte, ließ die Kleine auf seinem Knie hopsen, immer höher, bis sie laut aufjauchzte und sich schließlich in seinen Locken festhielt. »Kusine, ich muß dir widersprechen«, sagte er, als die Kleine still und plötzlich erschöpft die Arme um seinen Hals schlang. »Niemand kann festhalten, was ihm nicht gehört. Das meiste, was wir besitzen, leihen wir uns oder bekommen es verliehen: Glauben, Gesundheit, Glück; manchmal nehmen wir auch von Leuten, die es gar nicht hergeben wollen: Arbeitskraft, Kenntnisse, Geld. Wer weiß, wie lange dieses schöne neue Schiff in eurem Besitz bleibt ...«

»Hugo!« sagte Hans konsterniert. In seinen eisgrauen Augen war noch weniger als sonst zu lesen, und das war ein Alarmzeichen. »Was ist das für eine seltsame Sprache? Aufrührerisch. Hast du etwa mit diesen, diesen Liberalen zu tun?« Die letzten Worte brachte er kaum über die Lippen vor Empörung.

Hugo lachte und schien wieder der alte. Er schüttelte den Kopf. Der Reeder entspannte sich. »Es überkam mich so«, erklärte Hugo. »Draußen in der Welt geht so viel vor sich, von dem ihr hier keine Ahnung habt. Nein, ich halte es nicht mit den Liberalen, ich halte es überhaupt nicht mit der Politik. Die ist etwas für Redner, für Schwafler, für Leute ohne Hände.« Der Schiffer hob seine eigenen kräftigen Fäuste und umfing dann schnell Friederike, die ihm vom Schoß zu rutschen drohte. »Aber du sollst wissen, daß man allge-

mein die Mecklenburger für die rückständigsten Leute der zivilisierten Welt hält. Und nun, wo ein einziges Deutsches Reich in die Nähe zu rücken scheint, werdet ihr euch umstellen müssen ... Mecklenburg ist nicht der Nabel der Welt.«
»Ich verstehe nicht ganz, was du meinst, Vetter«, stammelte Franziska, weil Hugo sich anscheinend nicht weiter erklären wollte und ihr Mann beharrlich schwieg. »Und was ist mit dem Schiff?«
»Nichts«, sagte Hugo hastig, um Franziska zu beruhigen. »Wirklich nichts. Ich wollte damit nur sagen, daß alles im Fluß ist. Wer weiß, wann wieder ein Krieg mit den Dänen ausbricht, und dann ...« Er beugte sich vor, immer noch mit Friederike im Arm, und bohrte seinen Zeigefinger sanft in den Matrosenanzug von Marcus, dort wo der Blusenrand den Bauch andeutete. »Peng!« rief er, und was eine Gewehrkugel symbolisieren sollte, rief sofort das Gelächter des Zweijährigen hervor.
»Du kannst gut mit Kindern umgehen, Hugo«, sagte Franziska, die beschlossen hatte, das ernste Thema zu vertagen. Es paßte einfach nicht zu diesem schönen Frühsommertag. Sie erhob sich, verabschiedete sich vom ersten Offizier und vom Vetter und schickte sich an, den Raum zu verlassen.
»Wie kannst du nur, Hugo«, flüsterte Hans dem Kapitän wütend zu und folgte dann seiner Frau. »Es sollte der schönste Tag meines Lebens werden!«
Aber das wurde es ohnehin nicht. Hans nahm sich nicht einmal die Zeit, seinen staunenden und immer noch wartenden Rostockern für den Applaus zu danken, als er mit seiner leichenblassen Tochter über der Schulter das Schiff verließ. Die Zuschauer in den vordersten Reihen ließen bestürzt die Hände sinken. Als die Familie zu Hause war, war Friederike offensichtlich krank.
Franziska brachte sie mit hohem Fieber ins Bett und saß den ganzen Nachmittag und die Nacht bei ihr. Marcus quengelte im Nachbarzimmer, von seinem Kindermädchen betreut, das hoffte, daß er endlich einschlafen würde. Die junge Frau blätterte Bücher auf und zu, erklärte erzieherische Bilder, sang alle Abend- und Morgenlieder, die ihr bekannt waren, wurde immer müder und Marcus immer wa-

cher. Schon im Schlafanzug, entwischte er beinahe seiner Betreuerin, konnte aber noch vor dem Krankenzimmer eingefangen werden. Doktor Marburg wurde mit der Kutsche geholt und verfügte noch im Laufen auf der Treppe, daß der Junge weder zur Mutter noch zur Schwester gelassen wurde. »Und das meine ich auch so«, rief er streng, bevor er im Krankenzimmer verschwand, denn er kannte sich mit weichen Herzen gut aus.
Hans Brinkmann lief vor dem Krankenzimmer hin und her, drei Schritte vor, drei zurück.
»Eine Cholerine«, diagnostizierte Dr. Marburg unentschlossen später im Gespräch mit dem Vater des Kindes.
»Ist sie ...?« fragte Hans und wagte den Rest gar nicht auszusprechen.
Der Hausarzt schüttelte den Kopf. »Wenn es eine echte Cholerine ist, nicht. Wir müssen abwarten. Ich bin mir nicht ganz sicher. Mein Gott«, fuhr er inbrünstig fort, »wenn nur das Wasserwerk endlich fertig wäre. Dann wäre es eindeutig ziemlich harmlos.«
Dem Hausmädchen neben Hans schossen die Tränen in die Augen. Vierundzwanzig Stunden danach, als das Haus immer stiller geworden war, die Dienstboten die Treppen immer leiser hochgeschlichen waren und schließlich nur noch geflüstert hatten, wankte Franziska aus dem Krankenzimmer ihrer Tochter auf die Balustrade des großen Treppenabsatzes. »Hugo«, flüsterte sie, während ihr Ehemann sie auffing, bevor sie zu Boden gleiten konnte, und er verstand, was seine Frau sagen wollte, nämlich daß Hugos Worte fast wie eine Prophezeiung gewesen waren und daß man nicht festhalten darf, was einem nur verliehen worden ist.

Die Beerdigung des kleinen Mädchens wurde weder mit Pomp noch mit Pracht begangen, denn wenn ein Kind gestorben ist, gibt es keine beruhigenden Worte zu sagen, und niemand kann auf vergangene ruhmreiche Taten zurückblicken und tröstend behaupten, daß der Verstorbene ein gutes Leben gehabt habe. Wer nicht alt genug wird, um seine Wünsche überhaupt zu kennen, hat unwissentlich ein Leben ohne Sinn geführt. Da gibt es nur Trauer und Leid.

Man respektierte daher den Willen der Familie, den Leichnam im kleinsten Kreise zur allerletzten Ruhe zu tragen, und so befanden sich auf dem Friedhof nur Familienangehörige, außer einer schwarzgekleideten und verschleierten Frau mit einem quirligen und plappernden Mädchen an der Hand, die niemand kannte.

Es achtete auch niemand sonderlich auf die beiden, aber Hans, dem die muntere Kleine einen Stich im Herzen versetzte, ließ seinen Blick unwillkürlich eine Weile auf ihr ruhen. Warum tust du das, Gott, wenn es dich gibt, fragte er stumm. Dieses Mädchen sieht nicht so aus, als ob es eine rosige Zukunft vor sich haben könnte, ganz im Gegenteil, aber es lebt, und unsere Friederike ... Dann schämte er sich gewaltig und zwang sich, den Blick auf den kleinen Sarg zu richten, der mit Rosen bedeckt war. Es waren nur Rosen als Grabschmuck verwendet worden, und ein verschwenderischer Duft von Süße entströmte der Grube. Ihm fielen die Tulpen ein, die noch gar nicht verwelkt waren, und nun wurde ihm auch das Atmen zur Qual.

Drei Tage später, als Hans Brinkmann seiner Arbeit mechanisch wieder nachging, ließ eine unbekannte Person sich melden. Erst als sie den Schleier zurückschlug, erkannte er sie.

»Guste Fretwurst«, sagte der Reeder verhalten. »Nein, du heißt ja jetzt wohl anders, mit einem Kind.«

Frau Fretwurst, jetzt schon über dreißig Jahre alt und längst nicht mehr das dumme Mädchen vom Lande, schüttelte energisch den Kopf. »Ich habe nie geheiratet«, sagte sie, »ich habe nur den Vater des Kindes geliebt – wenn er auch ein Lump war.«

Hans sagte nichts. Er musterte ausgiebig das Mädchen, das an der Hand der Mutter dastand und ihn seinerseits unerschrocken betrachtete. Der Reeder wußte selber nicht, warum, aber es beschlich ihn langsam das Gefühl, dieses Kind könne eine Bedeutung für ihn haben. Zudem kam ihm irgend etwas an ihm bekannt vor. Er ging in die Knie, bis seine Augen mit denen des Kindes auf einer Höhe waren. »Sag deinen Namen«, befahl er.

»Caroline«, antwortete das Mädchen mit heller Stimme.

Hans kam langsam wieder in die Höhe. »So muß Pauline als Mädchen ausgesehen haben«, sagte er. »Was wollen Sie?«

»Ich möchte, daß Caroline bekommt, was ihr zusteht. Wenn sie schon nicht den Namen ihres Vaters erhalten kann, dann doch wenigstens alles, was für eine gute Erziehung nötig ist.«
Die Frau, die Hans gegenüberstand, hatte kaum noch Ähnlichkeit mit der Guste Fretwurst von damals. Der Reeder mußte es widerwillig anerkennen. Auch sprach sie nicht von Entschädigung, sondern von Erziehung. »Ist sie Gustavs Tochter?« riet er, denn das lag auf der Hand.
»Das ist sie. Eine echte Brinkmann.« Guste erzählte und erzählte. Beinahe fiel sie in den Tonfall von früher, in ihre Märchenstimme von damals, und so hörte Hans auch zu. Erstmals verstand er, daß Märchen, mögen sie auch noch so blutrünstig sein, von der Wirklichkeit weit überholt werden, denn im Leben kommt niemals am Ende ein Märchenprinz, und so war Guste auch nicht wachgeküßt worden. Statt dessen hatte sie sich recht und schlecht als Mädchen in Professoren- und Beamtenhaushalten durchgeschlagen, nichts Besonderes, aber besser hatte es nicht werden können, denn Stellungen bei Herrschaften waren für gefallene Mädchen nicht zu haben. Caroline habe sie stundenweise zu einer Frau in der Nachbarschaft geben müssen und abends dann bei sich gehabt, wenn sie gelernt habe. Was denn gelernt, fragte Hans Brinkmann erstaunt. Schreiben, Lesen, Hochdeutsch, Kenntnisse im Haushalt, alles, was ihr der Arbeiterbildungsverein so habe vermitteln können.
»Und Gustav?« fragte Hans. »Sind Sie nicht mal zu ihm gegangen?«
Das hätte keinen Zweck gehabt, erklärte Guste. Er sei weggelaufen, als er von dem Kind erfahren habe, und es sei wenig wahrscheinlich gewesen, daß er nach seiner Heirat nicht noch viel weiter gelaufen wäre.
Hans lächelte schmerzlich. Guste Fretwurst hatte die Kinder früher leicht zum Lachen bringen können, sie besaß eine erdgebundene Vernunft, eine Sprichwortklugheit, deren Komik im Weglassen lag. Schlagartig begriff er, warum sie als Kinder Guste geliebt hatten.
»Sie bezweifeln doch nicht, daß Gustav der Vater ist?« fuhr Guste den Reeder empört an, weil sie ihn mißverstand. »Ich habe nie ...«
Brinkmann hob gebieterisch die Hand. Der Reeder in ihm bekam

die Oberhand. »Ich habe keine Zweifel«, sagte er. »Lassen Sie mir ein paar Tage Zeit, bis ich überlegt habe, was zu tun ist.«
Guste Fretwurst sah den Reeder mit plötzlich erwachtem Mißtrauen an. »Überlegen Sie nicht zu lange«, bat sie. »Es soll mir nicht noch einmal passieren, daß mir einer wegstirbt, mit dem ich reden will.«
Brinkmann zog die Augenbrauen fragend in die Höhe.
»Ihr Herr Vater«, teilte Guste ihm sachlich mit und versuchte zu berücksichtigen, daß sein Verlust erst wenige Tage alt und gegenwärtig schmerzhafter als ihr eigener jahrelanger Schmerz war. »Ich hatte mich mit ihm verabredet, und bums, da starb er.«
Hans nickte verständnisvoll, ging seiner Besucherin voraus zur Tür und öffnete sie. Guste Fretwurst folgte widerwillig, etwas enttäuscht. »Lassen Sie mir Ihre Adresse da.«
Im angrenzenden Kontor stand Franziska, elend und blaß. Sie wandte sich ab, als sie Caroline an der Hand ihrer Mutter den Raum durchqueren sah.
Erst am Abend faßte Franziska sich soweit, daß sie nach der Besucherin fragen konnte. Den letzten Satz ihres Mannes hatte sie gehört, aber sich keinen Reim darauf machen können. Sie wurde von Mitleid überwältigt, als Hans ihr alles erzählt hatte, und fing wieder an zu weinen. »Und dennoch, was hat sie für ein Glück«, schluchzte sie, und damit war das letzte Wort vorerst gesprochen, denn Franziska weigerte sich in den nächsten Monaten, über kleine Kinder, besonders Mädchen, zu reden. Selbst auf der Straße schrak sie vor ihnen zurück.
So erfuhr sie auch nicht, daß der Reeder Guste Fretwurst ein kleines Gehalt aussetzte, das es ihr möglich machte, ihre Tochter zu erziehen, ohne arbeiten gehen zu müssen. Da aber Guste nicht die Frau war, die Hände in den Schoß zu legen, begann sie sich mit Büchern zu befassen und schuf sich selber eine Gedankenwelt, von der sie vorher gar nicht gewußt hatte, daß es sie gab, und in die sie nun hineinschlüpfte. Um die Reederei Brinkmann aber machte sie einen Bogen, sie hatte, was sie wollte, mehr brauchte sie für sich und ihre Tochter nicht. Hans Brinkmann hatte ebenfalls nicht das Bedürfnis,

mit ihr zusammenzutreffen, und Gustav wußte nichts von seinem Kind.

Während Hans Brinkmann endlich die Bürde seiner Brüder losgeworden war und nun darangehen konnte, die Reederei nach seinem Willen zu formen, blieb Andreas Brinkmann sich selbst überlassen. Die Familie ahnte nicht im geringsten, daß in ihrer Mitte ein junger Mann aufwuchs, der sich mit gänzlich anderen Dingen beschäftigte, als es in ihren Kreisen üblich war. Er sprach auch nicht von dem, was ihn bewegte. Hast du schon mal von Moritz Wiggers gehört, hatte er wohl mal seinen Bruder während des Essens gefragt, aber da dieser Wiggers kein fürs Reedereigeschäft wichtiger Mann zu sein schien, stockte das Gespräch wieder, und Andreas grinste nur ein wenig vor sich hin. Lohnt auch nicht, murmelte er in den Löffel hinein.
Hans war eher daran interessiert, womit sich sein jüngster Bruder nach dem Verlassen der Schule beschäftigen wollte, aber darüber hatte nun Andreas keine Lust Auskunft zu geben. Allgemein vermutete man, daß der jüngste Sohn des Firmengründers sich in der einen oder anderen Form dem Schiffsgeschäft zuwenden werde. Wenn er nämlich zufällig von jemandem aus der Familie gesehen wurde, dann meistens am Strand bei den Werften, und zwar mitten unter den Schiffbauern und Arbeitern. Dies war nun nicht gerade das schlechteste, dokumentierte es doch einschlägiges Interesse, wenn der Junge beim Bau von Fischerbooten und Handelsseglern zusah. Vielleicht hatte er Lust, Schiffbauer zu werden wie sein verschwundener Onkel Christian. Damit begnügte man sich; mehr hätte man auch nicht erfahren, wenn man die Schiffbauer gefragt hätte, diese hätten höchstens ooch gesagt und den Kopf geschüttelt.
Sonderlich gerne mochten sie die Anwesenheit des Reederjungen nämlich nicht. Er war ihnen ein Rätsel, und dieses Rätsel war zu kompliziert für ihre derben Köpfe und harten Fäuste. Am frühen Nachmittag, wenn sie nach dem Mittagsmahl gerade ihr Pfeifchen schmauchten, pflegte er mit einem Satz plötzlich unter ihnen zu stehen und kantig nach diesem und jenem zu fragen. Wie hoch ihr Lohn sei, zum Beispiel, wer besonders viel erhalte und wer beson-

ders wenig, wie viele Arbeitsstunden sie denn nun wirklich hätten, nicht die Zahl, die der Werftbesitzer angebe, und so weiter. Das aber waren Fragen, die sie noch nicht einmal unter sich besprachen; die Älteren unter ihnen sahen den Lohn nicht als Recht, sondern als Zuwendung an, und über Schenkungen rechtet man nicht. Nur die Jüngeren grinsten ein wenig und warfen dem Reederjungen aus Jux auch mal einen Brocken hin. Wenn Andreas aus Verzweiflung und Eifer zudringlich wurde, waren auch sie plötzlich zugeknöpft. Nur zu gut wußte jeder von ihnen, daß es Denunzianten gab, die regelmäßig der Polizei berichteten, wenn jemand aufrührerische Reden führte. Mehrmals hatte es sogar polizeiliche Vorladungen gegeben, nachdem die Arbeiter halbherzige Versuche gemacht hatten, in Rostock einen Arbeiterverein zu gründen, denn es galt immer noch das Verbot von Arbeitervereinen aus der Revolutionszeit von 1848.
Die Klügeren unter ihnen wußten natürlich, daß ein Denunziant nicht in Gymnasiastenmütze und mit dem goldenen Schimmer des Rostocker Geldadels einherkommt, aber wozu darüber reden? Sie begannen Andreas Brinkmann zu übersehen.
Andreas aber war unverdrossen beteiligt, wenn sich die Werftarbeiter in der Tonhalle trafen. Zum ersten Mal hatte er es gewagt, laut zu ihnen zu sprechen, als sie 65 in einen wochenlangen Streik getreten waren. In diesen turbulenten Tagen, in denen es um eine berechtigte Lohnerhöhung gegangen war, hatten die Arbeiter trotz polizeilicher Bewachung ständig Versammlungen in ihrer Halle abgehalten, und jeder, der etwas auf dem Herzen hatte, hatte sprechen dürfen. Mit aufgeregter, sich überschlagender Stimme hatte Andreas sie angefeuert durchzuhalten, und als sie ihm höhnisch zugerufen hatten, daß er ja nicht hungern müsse, hatte er am nächsten Tag eine Kiepe mit Broten mitgebracht und verschenkt. Durch dieses mehr komische als ernsthafte Zeichen seiner Zugehörigkeit zur Bewegung war er den meisten Arbeitern ein Begriff geworden, und sie duldeten ihn immerhin.
In diesen letzten Novembertagen nun wollte sich die Arbeiterschaft endgültig zu einem schlagkräftigen Verein zusammenschließen. Die Flüsterpropaganda einer ganzen Woche hatte mehr Arbeiter als je-

mals am Sonntagmorgen in die Tonhalle geführt. Andreas stand mit glühenden Ohren ganz vorne unter den dichtgedrängten Männern und wartete ungeduldig darauf, daß der Redner des Tages, Ernst Bernhard Richter aus Wandsbek, Mitglied des Allgemeinen Deutschen Arbeitervereins, seine Rede beginnen würde. Neben ihm stand Dr. Witte, der Vorsitzende der Liberalen.
Richter begann, und er sprach von Bebel und Liebknecht, von Lassalle und Buchhagen; er sprach lange, und immer wieder forderte er die Arbeiter und Handwerksgesellen auf, sich ihrer Klasse bewußt zu werden und die Vertretung ihrer Interessen endlich selbst in die Hand zu nehmen. »Mecklenburg hinkt hundert Jahre hinter allen anderen her!« schrie er in seinem Eifer, aber da gab es Buh-Rufe in der Versammlung, denn beschimpfen ließ man sich doch nicht, schon gar nicht von einem Hamburger, und da war es auch egal, daß er ein Arbeiterfunktionär war.
»Moritz Wiggers und seine Genossen tun, was sie können«, rief Dr. Witte zur Verteidigung der Mecklenburger Abgeordneten, und die Aufmerksamkeit wandte sich ihm für einen Wimpernschlag zu, bis die Männer begriffen, daß er längst nicht fortschrittlich genug war, und dann wiederholten sie ihre Schmährufe.
»Fort mit den Liberalen, wir brauchen sie nicht!« Das fanden sie fast alle, und Witte wurde klug und hielt den Mund. Das bekam ihm aber auch nicht sonderlich, denn er und ein weiterer liberaler Kandidat verloren bei der Abstimmung für das neuzugründende Präsidium haushoch gegen einen Zigarrenmacher und einen Holzarbeiter. Und so wurde die Versammlung unter dem Jubel der meisten Anwesenden geschlossen, denn endlich hatten die Arbeiter und Handwerker sich entschlossen, den sozialen Frieden, den die Unternehmer nicht wollten, ihrerseits aufzukündigen, und in einem Aufwasch hatten sie sich von der Bevormundung der Liberalen freigemacht, die in Wahrheit ja eines Sinnes mit den Unternehmern waren, nur hatten sie weniger Geld und waren neidisch.
Andreas hörte, wie der zornige Dr. Witte neben ihm in einem fort murmelte: »Sie werden scheitern, sie werden scheitern ohne unsere Hilfe!« Da drehte sich Andreas zu den Männern hinter ihm um und

schrie, so laut er konnte: »Ein Hurra auf die Arbeiter! Hurra! Hurra! Hurra!« Die Arbeiter warfen ihre Mützen und stimmten ein, und erst nach einiger Zeit wurde ihnen klar, daß sie gebrüllt hatten, als ob sie dem Herzog huldigten. Sie schwiegen nach und nach, und Andreas wurde vor Scham ganz rot im Gesicht und versuchte, sich aus dem Saal zu stehlen. Dr. Witte aber faßte ihn am Ärmel und hielt ihn fest. »Laß man«, flüsterte er leise und mitleidig, und Andreas ärgerte sich noch viel mehr, daß er nun sogar auf die Hilfe eines Liberalen angewiesen war.

Erstmals wurde in der Zeitung ausführlich über eine Versammlung der Sozialisten berichtet, und Rostock hatte in den nächsten Tagen viel Gesprächsstoff. Selbst im Hause der Brinkmanns vergaß man seinen Grundsatz, bei Tisch weder über Politik noch über Krankheiten zu reden.

»Hans, es wird Zeit, daß du in die Politik gehst«, befahl Louise streng. »Unsereins hat eine gewisse Verantwortung für das Allgemeinwohl. Ich bin besorgt, sehr besorgt. Dein Vater wußte, was er Rostock schuldig war.«

Hans aß bedächtig weiter. Ohne aufzusehen, erwiderte er: »Mutter, heute kann niemand mehr gleichzeitig eine Reederei betreiben und Staatspolitiker sein. Früher, zu Vaters Zeit, ging das. Ich habe mich für die Reederei entschieden.«

Andreas hatte aufgehört zu essen. Beinahe verkrampft hielt er seine Gabel und zwang sich, still zu sein. Wenn seine Mutter doch nur einmal an ihn solche Erwartungen gestellt hätte. Aber sie beachtete ihn nicht.

»Dieser sittliche Verfall!« fuhr sie fort und kaute vorsichtig einen butterweich gekochten Steinpilz, denn ihre Zähne bereiteten ihr seit einiger Zeit Kummer. »Wo soll das nur hinführen? Seitdem wir im Norddeutschen Bund sind, geht es mit uns bergab!«

Hans nickte. Die Zollbestimmungen des Bundes hatten dem Rostocker Seehandel sehr geschadet, andererseits ... »Die Zeiten ändern sich, Mutter«, sagte er ruhig. »Seit deiner Jugend haben wir große Errungenschaften in Wissenschaft und Technik gemacht. Eisenschiffe, Eisenbahnen, Automobile, Gaslaternen ...«

»Das ist alles sehr schön, mein Sohn«, entgegnete Louise hochmütig, »aber das berechtigt die Arbeiter nicht, so zu tun, als seien sie die Herren. Es muß alles seine Ordnung haben, und oben muß oben und unten muß unten bleiben. Woran sollte man sich sonst orientieren können?«

»Das wird auch weiterhin so bleiben«, entgegnete Hans zuversichtlich. »Sie werden zur Vernunft kommen.«

Louise Brinkmann saß stocksteif und preßte die Lippen zusammen, als das Mädchen ihren Teller wechseln wollte. Ihre Launen goß sie häufig in den letzten zwei Jahren wie eine bittere Sauce über das Personal. Das Mädchen knickste verwirrt, als es ihr endlich gelungen war, den zart blaurandigen Teller unter Frau Louises Ärmel hinwegzuziehen, ohne daß dieser die Reste von Pilzen und Kartoffeln streifte. »Vor einem Jahr noch hätte die Polizei mit diesen Leuten kurzen Prozeß gemacht«, fuhr Frau Louise fort. »Jetzt läßt man schon zu, daß sie Vereine gründen, sich organisieren nennen sie es ja. Als ob sie überhaupt zur Organisation fähig wären!«

»Aber Mutter!« rief Andreas böse. »Sie sind Leute wie du und ich. Selbstverständlich müssen sie sich organisieren, um ihre Rechte durchzusetzen. Wer sollte es sonst tun?«

Louise ließ ihren Löffel empört in den Kompotteller fallen, und der Kirschsaft spritzte auf das Tischtuch. »Seien Sie nicht so ungeschickt!« fauchte sie das Hausmädchen an, um sich sofort ihrem Jüngsten zuzuwenden. »Gott behüte, daß das Leute sind wie ich! Und willst du damit etwa sagen, daß du es mit denen hältst, in welcher Form auch immer?«

»Jawohl«, bestätigte Andreas stolz und stand auf. »Ihr habt sie jahrhundertelang unterdrückt, und nun haben sie endlich begriffen, daß das Kapital das einzige ist, was ihr ihnen voraushabt. Sie verlangen Gerechtigkeit, und ich solidarisiere mich mit ihnen.«

»Kapital«, murmelte seine Mutter fassungslos, als ob Andreas etwas Unanständiges gesagt hätte. Mit endgültiger Geste schob sie den Teller von sich. Nun hatte sie keinen Appetit mehr, und das Mädchen zog den Teller unglücklich fort. Sie verstand von dem Streit

zwar nichts, aber trotzdem hatte sie das Gefühl, schuld zu haben, daß es Frau Louise nicht geschmeckt hatte.
Hans, der Hausherr am Kopfende des Tisches, blieb ruhig. »Mäßige dich, Andreas! Wir haben nie jemanden unterdrückt. Vater war in jungen Jahren Schmied und hat sich nie dafür geschämt, das weißt du wohl.«
Frau Louise aber sah pikiert drein. Daß diese unglückliche Herkunft ihres verstorbenen Ehemanns in Gegenwart von Kindern und Angestellten erörtert wurde, paßte ihr gar nicht. »Wir haben es nicht nötig, uns vor Arbeitern und solchen Leuten zu verteidigen«, sagte sie, »und wenn mein Sohn es mit denen hält: vor ihm auch nicht!«
Andreas warf wutentbrannt seine Serviette auf den Tisch und verließ den Speiseraum. Seine Mutter blickte ihm mit eisigem Gesicht nach.
»Aber Mutter«, wandte Franziska ein, in völliger Verkennung, daß sie besser geschwiegen hätte, »diese Leute sind doch auch Menschen. Und Andreas meint es bestimmt nicht so ...«
»Hast du schon einmal etwas von Klassen gehört, mein Kind?« fragte Louise süffisant und wartete ab, bis Franziska errötete. »Nun, diese Menschen zählen nicht zu unserer Klasse. Und ich beabsichtige nicht, in meinem Haushalt jemals wieder über die Arbeiterbewegung zu diskutieren, ja, ich werde nicht einmal wissen, daß es eine gibt. Nun möchte ich mein Dessert haben.«
Das Mädchen war froh, daß die strenge Hausfrau das Mißgeschick aus ihrem Gedächtnis gestrichen hatte, und beeilte sich, einen neuen Teller und einen frischen Löffel heranzuschaffen.
Hans schwieg, obwohl er merkte, wie getroffen seine Frau war. Im Ton vergriff seine Mutter sich manchmal, aber nicht im Inhalt. Der Ton war verzeihlich, der Inhalt nicht. Auch für seine Frau wurde es Zeit zu wissen, auf wessen Seite sie stand.
»Übrigens weiß Andreas sehr wohl, was er sagt«, fügte Louise in rechthaberischem Ton hinzu und beendete die mit Hans gemeinsam geschlagene Schlacht. Es störte sie wenig, daß einer der Besiegten das Schlachtfeld vorher verlassen hatte, im Gegenteil.

Gustav Brinkmann und Johanna Pentz heirateten im Juli 1870, und da die Hochzeit bereits im Winter geplant worden war, hatte damals kein Mensch ahnen können, daß sich der Jubel um die Verbindung zweier Reedereien mit dem Jubel über den bevorstehenden Kampf gegen den Erbfeind Frankreich vermischen würde.
Aus der Marienkirche schallten, als die Flügeltüren aufgeschoben worden waren, die erhabenen Klänge der gewaltigen Orgel und geleiteten das neuverheiratete Paar hinaus zur sechsspännigen Kutsche – draußen aber vermischte sich das Hochzeitslied mit dem militärisch geschmetterten: »Sie sollen ihn nicht haben, den freien deutschen Rhein«, das eine Gruppe von vaterländisch entflammten Männern durch Rostocks Straßen trug. Zum ersten Mal seit langem waren die Arbeiter ganz und gar einig mit den Handwerkern, Kleinbürgern und Ackerbürgern, und so mischten sich nicht nur die unterschiedlichen Melodien, sondern auch die berufsbedingte Kleidung der Männer: Gymnasiastenmützen und Zylinderhüte, blaue Arbeiterhosen und schwarze studentische Stiefel, kleinbürgerliche Ausgehjacken und die Uniformen der Landwehr und der Infanterie zogen in buntem Durcheinander auf den Markt. Andreas Brinkmann, der hinter dem Hochzeitspaar auf der Schwelle der Kirche warten mußte und der sich durch die weltliche Musik weitaus höher in den Himmel gehoben fühlte als durch die kirchliche, winkte emphatisch und schrie seine Begeisterung wie alle anderen Rostokker in die morgenfrische Sommerluft hinaus. Schließlich packte sein Bruder Hans ihn am Nacken und schüttelte ihn wie einen ungestümen jungen Hund, bis er still war.
Der Frühsommer war eine Zeit von Feiern und Festen gewesen: in den Dörfern der Umgebung hatten Schützenfeste stattgefunden, in Rostock das Musikfest, zu dem sogar der Großherzog Friedrich Franz gekommen war, selbstverständlich, um es zu eröffnen, aber zur großen Freude seiner Rostocker war er während des ganzen Festes geblieben. Und nun war wie aus heiterem Himmel der Beginn der Kriegshandlungen zwischen Frankreich und Preußen verkündet worden, obwohl die Gäste die Stadt noch nicht einmal alle verlassen hatten.

Gustav nahm beim an die Trauung anschließenden Empfang und beim üppigen Mittagessen in großer Runde geistesgegenwärtig Bezug auf die neueste politische Entwicklung, erwähnte unseren König Wilhelm, verwies auf die nationale Verpflichtung und auf die persönliche Freundschaft zwischen dem preußischen Staat einerseits und Mecklenburg-Schwerin und Mecklenburg-Strelitz andererseits, deutete die abgrundtiefe Furcht der Franzosen vor den Preußen an, rief zur Rache für Napoleon auf und ließ endlich König Wilhelm, Großherzog Friedrich Franz sowie Großherzog Friedrich Wilhelm hochleben. Die Ober, die gerade das Dessert aufgetragen hatten und im Gänsemarsch hinausmarschierten, drehten sich wie ein Mann zum Sprecher des Tages um und klatschten ihm frenetisch zu wie die Gäste. Den nationalen Gefühlen war kaum noch Einhalt zu gebieten.
Am Spätnachmittag, nachdem alles vorbei war, fuhr Gustav mit seiner Ehefrau überstürzt nach Warnemünde ab. Er hatte sich entschlossen, den abends nach Nyborg auslaufenden Dampfer zu nehmen, obwohl damit die Reservierung der Luxuskabine vom nächsten Tag hinfällig war und das Ehepaar zusammen mit den ganz gewöhnlichen Passagieren reisen muße. Erst am Abend des übernächsten Tages kamen sie erschöpft auf Bornholm an, aber Johanna gab Gustav recht: die gewonnene Sicherheit war die Unbequemlichkeit wert gewesen.

Es konnte keinen größeren Gegensatz als zwischen den beiden Brüdern Gustav und Andreas geben, und die Begeisterungsfähigkeit, die dem älteren Bruder fehlte, hatte Andreas in überreichem Maße mitbekommen. Und da nun in diesen heißen Sommertagen die Landesregierung Aufrufe zur Verteidigung des Vaterlandes erließ, Handelsvereine und Kaufmannschaften, Universitätsgesellschaften und Vereinigungen der gelehrten Berufe, Hausfrauenvereine und Rotes Kreuz mit einstimmten und ihrerseits Huldigungsadressen an die mecklenburgischen Großherzöge und König Wilhelm richteten, in den Zeitungen alte Lieder aus der Franzosenzeit und neue Heldenverse abgedruckt wurden, und endlich in den Kirchen die Pastoren

die ausziehenden Krieger in Kirchenlied und Predigt ehrten, kannte die allgemeine Begeisterung des Volkes kein Ende. Andreas beschloß, sich sofort zu den Waffen zu melden.
Mit vielen anderen Freiwilligen wurde er der zweiten Landwehrdivision zugeordnet, die vorerst in Rostock zusammengezogen wurde. Die Verteidigung der weniger bedrohten Ostseeküste war der ersten Landwehrdivision übertragen worden, während die 17. Division nach Hamburg zum Schutz der Nordseeküste in Marsch gesetzt wurde. Die Freiwilligen der zweiten blickten mit neidischen Gesichtern den Soldaten der 17. nach, als sie ihren Zug bestiegen, und selbst die langweilige Küstenwacht der ersten Division schien ihnen besser zu sein als ihre eigene trostlose Ausbildung im Schnellverfahren.
Andreas, der sich zu einem hitzigen jungen Mann entwickelt hatte, brannte darauf, endlich fortzukommen. Zur Erleichterung seiner Familie hob er zum Gruß nicht mehr die geballte Faust, sondern die flache Hand an die Mütze, als er am Sonntag zu Besuch kam. Marcus, dem Andreas in allem ein Vorbild war, wechselte sofort zur aktuellen Handbewegung über. Dann rannte er, um eine passende Kappe zu besorgen. Er fand jedoch nichts Ähnliches und kam betrübt zurück. Andreas versprach, ihm eine aus dem Krieg mitzubringen. »Wenn du Glück hast, erbeute ich eine französische«, flüsterte er seinem Neffen zu.
»Soldat in Rostock zu sein ist ja wohl lächerlich«, vertraute Andreas seiner Schwägerin Franziska zornschnaubend an, kaum daß er am Kaffeetisch Platz genommen hatte.
»Ach, warte nur ab, es geht sicher bald los«, erwiderte Franziska mit bebender Stimme, denn eigentlich wollte sie gar nicht, daß es losging, sondern hoffte inbrünstig, daß der Krieg beendet wäre, bevor auch Hans einberufen würde, aber sie hatte nicht das Herz, dies dem ungestümen Vaterlandsverteidiger zu sagen.
»Wir haben noch nicht einmal das Privileg des Freikorps, die französischen Schiffe zu beobachten«, versetzte Andreas mit Exerzierplatzlautstärke.
Franziska fuhr zusammen und nickte halbherzig. Trotzdem: Sie würde es nie verstehen können, daß es für die Freiwilligen ein Ärger-

nis war, in der städtischen Kaserne mit Holzknüppeln zu exerzieren. Da hatten sie es doch gemütlicher als die Alten, die draußen an der Küste von Rostock, Doberan und Wismar mit dem Gewehr im Anschlag den Franzosen in den Dünen auflauerten. Einige Tage lang waren diese sogar durch Füsiliere und Jäger unterstützt worden, was ihren Wert für die vaterländische Verteidigung noch unterstrichen hatte. Die Franzosen hatten allerdings bisher noch keine Landungstruppen ausgeschickt, und es verdichtete sich in den Kommentaren des Rostocker Anzeigers allmählich die Überzeugung, daß der Feind gar keine mit sich führe.

»Aber der Großherzog soll jetzt mit der Siebzehnten nach Metz, immerhin«, sagte Andreas eifrig. »Hast du es auch gehört?«

Seine Schwägerin schüttelte den Kopf. Wild war sie auf Nachrichten dieser Art nicht gerade, das meiste, jedoch in unregelmäßigen Abständen, erfuhr sie, wenn Hans bei Tisch mit einem der häufigen Gäste sprach.

Am nächsten Morgen aber machte eine brandeilige Nachricht in Rostock die Runde, noch bevor die Zeitungen sie verbreiten konnten: es stimmte, die 17. Infanteriedivision sollte am selben Tag noch nach Frankreich zur Verstärkung der Belagerungsarmee verlegt werden. Nach einigen Stunden wurde diese um eine weitere Nachricht ergänzt: auch die zweite Landwehrdivision.

»Es geht los«, schluchzte Franziska haltlos in ihr Sticktuch hinein. »O Hans, wenn du nur nicht auch noch ...«

»Papperlapapp«, sagte Louise streng. »Das Vaterland fordert, und wir werden opfern müssen, wenn es notwendig ist.«

»Aber nicht Hans!« Franziska, die sonst so Ruhige und Besonnene, weinte, als ob die Nachricht vom Tod ihres Mannes bereits eingetroffen sei. Louise betrachtete ihre wehleidige Schwiegertochter mit überlegenem Lächeln.

»Lächerlich«, murmelte sie, und nur die gerunzelte Stirn ihres Sohnes hielt sie davon ab, es laut zu wiederholen. »Sie werden siegen.«

Hans bot seiner Mutter an, nach Grabow mitzufahren, wo man dem aus Hamburg nach Berlin, Kassel und Homburg fahrenden Zug mit den Mecklenburgern zum Abschied zuwinken wolle. »Wir werden

Andreas immerhin noch sehen können, bevor er in den Krieg zieht«, sagte er leise. Aber nein, Louise wollte nicht.
Das einzige, was sie in den nächsten Wochen für die Armee in Frankreich zu tun bereit war, war, dem Aufruf des großherzoglichen Hofs zu folgen und Kleidung für die vom Herbstregen ständig durchnäßten Soldaten zu spenden. Zwei Güterzüge wurden aus Mecklenburg losgeschickt, und Louise, die Kleidung ihrer sämtlichen Söhne als Spende gebündelt hatte, konnte sich einbilden, daß Andreas' eigene Hosen und sein Regenumhang ihn sogar erreichen mochten.
Darüber kamen natürlich keine Nachrichten, aber die Siegesmeldungen häuften sich, und im Januar wußten die Rostocker immerhin, daß ihre Söhne von Paris nach Orleans verlegt wurden. Ab da konzentrierte sich das Geschwätz der Marktfrauen und der Männer in den Krügen auf diese Gegend, und der eine wußte dies, der andere jenes zu erzählen, und schließlich wußten alle Rostocker genauestens Bescheid über Orleans.
Am letzten Januartag erlebten einige Passanten ein sonderbares Schauspiel vor der Rostocker Post. Ein Postmeister lief wie närrisch hinter seinem Schalter hervor, stellte sich auf die oberste Treppenstufe und schrie mit überschnappender Stimme: »Waffenstillstand! Der Waffenstillstand von Paris!«
Im Nu füllte sich der ganze Platz mit Neugierigen. Und der Postmeister, dessen wichtigster Tag in seinem Leben angebrochen war, verkündete immer wieder und aufs neue, daß der Krieg mit Frankreich aus sei. Frankreich habe kapituliert vor den siegreichen mecklenburgischen Soldaten. Das Telegramm ging von Hand zu Hand, so lange, bis es nur noch ein schmutziger Fetzen Papier war, und obwohl niemand außer dem Postmeister die Morsezeichen entziffern konnte, mußte sich jeder der Umstehenden vergewissern und auch jeder der Neuangekommenen, und immer noch wiederholte der Postmeister das, was er nicht wußte, aber als Staatsdiener befugt war, sich zu denken.
Am nächsten Tag konnte man die Einzelheiten der Zeitung entnehmen, und dann begann man mit Unruhe auf die Rückkehr der Sol-

daten zu warten. Wer war gefallen, wer nur verletzt, und wenn, wie sehr?
Hans und Franziska Brinkmann standen wie Tausende anderer dankbarer Mecklenburger am Exerzierplatz in Schwerin, wo in Anwesenheit des Großherzogs der Feldgottesdienst zu Ehren der siegreichen und zum Gedenken der gefallenen Soldaten abgehalten wurde. Sehen konnte Hans seinen Bruder nicht, aber er wußte, daß er dabei war, und so konnten er und seine Frau dankbar in den Gesang einstimmen, der sich zusammen mit den Glockenklängen sämtlicher Kirchen und dem Kanonendonner des Ehrensaluts fast ein Jahr nach Beginn des Krieges wie eine große dröhnende Glocke über Schwerin legte.
»Und wenn man bedenkt, daß Großvater ein Teil des Sieges zukommt«, sagte Hans träumerisch, als er, seine Frau untergehakt, zusammen mit all den anderen dankbaren Müttern und Vätern, Schwestern und Töchtern den Platz verließ. »Wir können stolz auf ihn und seine Hufeisen sein.«
Stolz waren sie auch alle auf Andreas. »Wir haben unsere Pflicht getan«, verkündete Louise Brinkmann und vergaß vorübergehend Gustav, der sich ins Ausland abgesetzt hatte.
Andreas äußerte sich dazu nicht, und er sprach auch nie mehr von seiner Vaterlandsliebe. »Glaubst du etwa, es war schön?« fragte er mit schmalen, wuterfüllten Augen, als Louise ihn bat, von seinem Feldzug zu erzählen. »Bist du schon in einem Brei von Körpern gewatet, in dem vereinzelte Arme und Beine liegen? Und was würdest du tun, wenn bei deinem Nebenmann die Innereien aus dem Leib gleiten, während er sich an einem Baum festhält und dich darum bittet, ihn zu erschießen? Und wolltest du lieber ein Ritterkreuz oder mich zurückhaben?« schrie er hinter seiner Mutter her, die mit den Händen über den Ohren aus dem Zimmer floh.
Louise, die nicht zulassen wollte, daß er ihre Illusionen raubte, berührte das Thema Franzosenkrieg in seiner Gegenwart nie mehr.

15. Kapitel (1872–1877)

Gustav bewies mit der Leitung der Reederei Pentz und Brinkmann keine schlechte Hand, und sein Schwiegervater konnte allmählich daran denken, sich aus dem Geschäft zurückzuziehen. Gustav hatte mit dem Tage seiner Hochzeit wie geplant mehrere Schiffsparten eingebracht und kurz nach dem Deutsch-Französischen Krieg sein Flaggschiff, die »Peru«, aus Amerika angekauft.

»Kriege bringen mir Glück«, erklärte Gustav seinem Schwiegervater schmunzelnd, und dieser wußte, daß Gustav nicht nur den deutschen, sondern auch den amerikanischen Sezessionskrieg meinte. Die Amerikaner hatten in großen Stückzahlen ihre Barken preisgünstig abgestoßen; ein Teil von ihnen war in Europa gelandet; die »Peru« war durch mehrere Hände gegangen, bis schließlich der Rostocker Greif in ihrer Saling wehte. Die »Peru« war nicht der einzige Ankauf durch Rostocker Reedereien; die Werften aber klagten über Rückgang der Geschäfte.

Ernst Pentz machte sich über seine Reederei denn auch weniger Sorgen als über den nicht zu übersehenden Mangel an Enkelkindern. Sein Sohn Otto war unverheiratet gestorben, und seine Tochter Johanna hatte ihm noch keine geschenkt. Und nun war sie immerhin schon siebenunddreißig Jahre alt, und Pentz senior sah die Aussichten auf Weitergabe der Reederei an die übernächste Generation mit trübem Blick dünner werden. Nachdem er sich die Angelegenheit jedoch zwei Jahre überlegt hatte, fand er, daß Gustav und Johanna ihn gewissermaßen um sein Recht betrögen, und mit der ungekünstelten Direktheit des ehemaligen Schiffbauers und Handwerkers stellte er eines Tages seine Tochter zur Rede.

Johanna Brinkmann befand sich in ihrem Nähzimmer, als ihr Vater sie aufsuchte. Johanna wunderte sich, denn vormittags war gewiß nicht die Zeit, zu der er die Hände in den Schoß legte oder nutzlos im Haus herumwanderte. Sofern er nicht in seinem Kontor oder auf der kleinen Werft arbeitete, befand er sich meistens in der Stadt – Geschäftsverbindungen pflegen, wie er sagte.

»Johanna, ich mache mir Sorgen«, fing er sofort an, kaum daß er die Tür ins Schloß gedrückt hatte. »Es ist eure Pflicht, mir Enkel zu schenken. Noch sehe ich aber keine. Und wenn es so weitergeht, werde ich auch nie welche sehen.« Pentz schob den Unterkiefer vor wie eine Bulldogge und wartete auf die Antwort.

»Ja, Vater«, sagte die Hausfrau mit gesenktem Kopf, und ihr Vater bemerkte zum ersten Mal, daß seine Tochter verhärmt wirkte, sogar traurig.

»Schlägt er dich?« fragte er laut und krempelte im Geiste bereits die Ärmel hoch. Wenn der alte Pentz durch List nichts hatte erreichen können, hatte er allemal seine Fäuste benutzt, jedenfalls in seiner Jugend, und so klein er von Statur auch war, gewonnen hatte er doch oft. Dann aber fiel ihm ein, daß er gar so jung nicht mehr war und daß er auch Rücksicht nehmen mußte – die nun mit ihm verschwägerten Brinkmanns waren schließlich wer.

Johanna lächelte ein wenig wehmütig. »Nein, nein, Vater, er ist gut zu mir«, sagte sie und dann nichts mehr, und das half dem Alten auch nicht weiter.

»An mindestens drei dachte ich. Zwei davon Jungs, bestimmt.«

Johanna brachte nur noch die Kraft auf zu nicken. Tränen stiegen ihr in die Augen.

»Du solltest in ein Bad fahren und einen guten Arzt nehmen«, schlug der Alte großzügig vor. »Laß es kosten, was es will. Je teurer der Arzt, desto besser die Kur.«

Johanna brach in Tränen aus. Und da sie sich keinen Rat mehr wußte, erzählte sie ihm, was sie vom Tage ihrer Hochzeit an bekümmert hatte. Gustav habe kleine rote Geschwüre, erfuhr der überraschte Vater, und wenn sie sich auch überwunden habe, so sei es doch nicht einfach gewesen; jedesmal habe erst die graue, zähe Salbe abgewaschen werden müssen, dann aber habe Gustav trotzdem vor Schmerzen mit den Zähnen geknirscht, nur manchmal allerdings, und nun habe sie zu allem Überfluß die gleichen Geschwüre wie er. Ernst Pentz brüllte vor Zorn laut auf. »Der Schwindler!« schrie er.

»Deswegen wollte er also dich haben. Und ich bin drauf reingefallen!«
Johanna weinte vor lauter Elend weiter und hörte erst auf, als ihr Vater sich beruhigte.
»Warum fragt er keinen Arzt um Rat?«
Das wußte Johanna auch nicht. Nie hatte sie über seine Krankheit mit ihm zu sprechen gewagt. Am Anfang ihrer Ehe, als sie es einmal versucht hatte, hatte Gustav gelacht und abgewinkt. »Als Mann muß man damit rechnen, wenn man nichts anbrennen läßt«, hatte er mit Stolz in der Stimme gesagt, und: »Es ist ein Ehrenzeichen auf dem Schlachtfeld der Liebe.« Seitdem waren die Zeichen seiner geschlagenen Lieben beharrlich schlimmer geworden, mit jedem Monat war eine frische Pustel aufgeblüht. Das hatte Gustav abgestritten. »Nur vorübergehend. Wir müssen da durch.« Aber Johanna wußte, daß es immer einen Schritt vorwärts und zwei rückwärts ging.
Ernst Pentz atmete tief ein, und Johanna bekam erneut Angst vor ihrem Vater. Er neigte schon immer zum Jähzorn. »Vielleicht wird alles wieder gut«, versuchte sie ihn zu beschwichtigen. »Nach zwei Fehlgeburten muß ja ein lebendes kommen, so sagt man.«
»Blödsinn! Wenn einer zwei Schiffe falsch konstruiert, baut er das dritte auch nicht besser.« Der alte Pentz drehte sich um und marschierte hinaus. Er würde seinen Schwiegersohn zur Rede stellen, so wahr ihm Gott helfe. Diesen Betrug lasse er sich nicht gefallen, er nicht.
Johanna blieb regungslos sitzen. Zu gerne hätte sie sich bei einer anderen Frau Rat geholt, aber Freundinnen besaß sie nicht, und Frau Louise zu fragen war undenkbar. Beinahe schämte sie sich, daß sie ausgerechnet ihrem Vater gegenüber mit diesen Frauensorgen herausgeplatzt war. Und besonders traurig war, daß er ihre Sorge gar nicht begriffen, sondern daraus eine ganz andere, eine geschäftliche gemacht hatte. Für ihn sind Schiffe wie Kinder, dachte sie, und das ist nicht schlecht. Aber daß er Kinder wie Schiffe sieht, ist unrecht, er möchte mit ihnen handeln und wuchern und Kapital herausschlagen.

Gustav war auswärts in Geschäften, und bis zum Abend kühlte der alte Reeder wieder ab und überlegte sich die Sache. Zu einem Zerwürfnis mit seinem Schwiegersohn wollte er es nicht kommen lassen, die Reederei lief ja. Und kein Mann konnte einem anderen absprechen, daß er sich von Zeit zu Zeit amüsieren mußte. Johanna hatte auch kein Wort davon erwähnt, daß er es immer noch tat. Pentz dachte an seine eigenen Lieben zurück, fühlte sich so stark wie eh und je, und dabei schlief er im Sessel ein.

Auch die Reederei Hans Brinkmann florierte. Während jedoch Gustav viele kleine Parten in Seglern anlegte, beschränkte sich Hans auf wenige Schiffe, die er selbst voll finanzierte. Die Unterschiede in den Geschäftsgepflogenheiten beider Brüder sprangen dem Besucher bereits beim Betreten der Kontore in die Augen: Bei Pentz und Brinkmann waren die Wände dekoriert mit Kapitänsbildern und Halbmodellen aller Schiffe, die die Reederei jemals besessen hatte, und das waren unzählige. Die meisten waren längst weiterverkauft oder existierten aus anderem Grund nicht mehr. Viele Modelle hatte Gustav aus dem Bestand seines Vaters mitgebracht.
Bei Hans Brinkmann hingen keine Schiffe an der Wand. »Ich weiß, wie sie aussehen«, pflegte er zu sagen, »und für Sie ist die Tonnage, die ich anbieten kann, wichtig, nicht ihr Aussehen. Und meine Pünktlichkeit.« Das stimmte, das wußte jeder. Auf die Dampfer war Verlaß. Wenn sie am 13. Juni angesagt waren, trafen sie am 13. ein, nicht am 14., 15. oder 16.
So nüchtern führte er seine Geschäfte, und ihren wahren Umfang erkannte man an der Anzahl der Angestellten, die sich stetig vergrößerte. Daß sich die Zahl seiner Schiffe auch erhöhte, wußten die Angestellten aus der umfangreichen Korrespondenz, die Schiffe aber kamen kaum einmal nach Rostock, außer den beiden Eisenseglern und den drei kleinen Briggs. Die Dampfer dagegen liefen internationale Routen, zwischen Hamburg und Kiautschou, zwischen Hamburg und New York, zwischen Hamburg und Lima. »Ich orientiere mich an Hamburg und Amerika, nicht an den Schwarzen Bauern«, war sein Motto für die Befrachtung. Überhaupt war Amerika das ge-

lobte Land für Hans Brinkmann. Alles war dort besser, moderner, weiter fortgeschritten. Er hoffte immer noch, daß sein Onkel Christian einst von dort zurückkehren werde; er war felsenfest davon überzeugt, daß Christian in Amerika Schiffe baute.

Die beiden Brüder Gustav und Hans trafen selten zusammen, und wenn, dann meistens privat im Kreise ihrer Familien. Geschäftlich waren sie Konkurrenten, wenn sie auch die Welt unter sich aufgeteilt hatten und ihre Schiffe einander wenig ins Gehege kamen, denn Pentz und Brinkmann befuhren hauptsächlich die Ost- und Nordsee sowie das Mittelmeer. Aber auch privat verstanden die Brüder sich kaum noch, und meistens gab es Streit, wenn sie zusammentrafen.

»Bitte, Hans, versuche doch diesmal, nicht mit deinem Bruder über die Schiffahrt zu reden«, bat Franziska nervös, bevor die Gäste zur Feier des sechzigsten Geburtstages ihrer Schwiegermutter Louise eingetroffen waren. Mehr oder minder die ganze Familie wurde erwartet, mit Ausnahme natürlich von Christian.

Hans versprach es gelangweilt, während er ihr Mieder festzog, aber kurz vor dem Bankett geriet er bereits mit Gustav aneinander. Gustav stieg, an seiner Zigarre paffend, die Freitreppe herunter und strich dabei die Glut am sorgfältig polierten Handlauf ab, ja, er schien sie dort absichtlich auszudrücken. Hans ärgerte sich. »Kein Wunder, daß deine Kapitäne keinen besseren Umgang mit Holz haben«, sagte er säuerlich. »Wenn selbst der Reeder Holz nicht mag...«

Gustav grunzte nur und machte mit der Zigarre eine unbestimmte Geste in Richtung auf den großen Lüster, der im Freiraum zwischen den beiden geschwungenen Treppenteilen hing. »Was macht's«, sagte er jovial, »ich bin gut versichert.«

»Das glaube ich dir«, knurrte Hans und blickte wütend zu seinem Bruder empor. Dieser war in den letzten Jahren so gewaltig umfangreich geworden, fast aufgeschwemmt, daß er den Durchgang blokkierte. »Und die Mannschaften, die du dabei verlierst?« konnte er sich nicht verkneifen zu bemerken. »Geben sich die Frauen und Kin-

der mit der Versicherungssumme zufrieden, wenn du ihnen die Männer und Väter nimmst?«
»Oh, die bekommen kein Geld«, antwortete Gustav überrascht. »Ich habe mein Risiko, und die haben ihres.« Hans sah, wie sich die Augen seines Bruders unter die Speckwülste der Augenbrauen zurückzogen, aber er wußte, auch ohne die Pupillen zu sehen, daß Gustav jetzt wieder plump-schlaue Gedanken wälzte. »Ist das bei dir etwa anders? Fährst du vielleicht auf deinen Schiffen mit?«
»Du weißt genau, daß ich nicht zur See gehe«, antwortete Hans mürrisch.
Gustav lachte hämisch, dann setzte er seinen Weg in das Erdgeschoß fort, wo im großen Saal ein langer Tisch für vierzig Personen gedeckt war. Seitdem Hans sich das neue Haus gebaut hatte, konnte man wenigstens standesgemäß feiern, das gab Gustav vor sich selbst zu, aber im übrigen war er neidisch auf seinen jüngeren Bruder, der sich so früh ins gemachte Nest gesetzt hatte. In ein größeres als sein eigenes.
Ein großer Gong in der Vorhalle wurde geschlagen, und man sammelte sich, um zu Tisch zu gehen. Hans überblickte die Gäste, die Damen im festlichen langen Kleid, die Herren im Gehrock, die Hand höflich unter dem Arm ihrer Tischdame, nach den zugewiesenen Plätzen spähend.
Einigen Lärm gab es schon bei den Kindern, die am untersten Tischende plaziert worden waren und wo Marcus eine laute Debatte mit seiner Betreuerin begonnen hatte. Hans konnte sich denken, worüber. Marcus war der Älteste von der jüngeren Generation und empfand es wahrscheinlich als Zumutung, bei den Kleinkindern sitzen zu müssen. Während Hans die Rückenlehne seines Sessels umklammerte und darauf wartete, daß die Unterhaltung abebbte, dachte er an seine eigene Jugend zurück. Sechs Geschwister waren sie gewesen, und selbst ihr großer Frühstückstisch hatte gerade so eben genug Platz geboten. Und hier waren nun alle Vettern und Kusinen versammelt, und dennoch waren es nur drei Kinder: Marcus sowie Ernst junior und George, Gustavs so spät geborene Kinder, drei und zwei Jahre alt. Einen leisen Seufzer konnte er nicht unter-

drücken: sein eigener Spätling, Dorothea, war jetzt ein Jahr alt und würde auch in Zukunft nie am Tisch mitessen können. Es war sehr unwahrscheinlich, daß sie jemals ein Alter von zwanzig erreichen würde, hatten ihm die Ärzte ernst mitgeteilt. Dorothea war sein und Franziskas mühsamer Versuch, die lebhafte und lebenssprudelnde Friederike zu ersetzen, und vor sich selber gab er zu, daß dieser besser unterblieben wäre. Übrigens fehlte auch das älteste der Kinder, Caroline, ihr kam hier kein Platz zu.
Louise Brinkmann, die alte Dame, die nun schon mehrere Reedereigesellschaften als Nachfolgerin der väterlichen hatte aufkommen und wieder verschwinden sehen, war ergraut, saß aber kerzengerade wie in ihrer Jugend am Tisch. Auch sie ließ ihre Gedanken schweifen, aber im Gegensatz zu Hans war sie ganz zufrieden. Zusammen genommen stellten doch die beiden Reedereien, die zum wesentlichen Teil auch ihr ihre Existenz verdankten, in Rostock eine Großmacht dar. Diese zu erhalten sollte ihre Sorge nicht sein; ihre Arbeit war getan, als sie zwei ihrer Söhne auf einen vernünftigen Lebensweg geschickt und ihre Tochter Anna an einen von Stralwiek, einen weitläufigen Verwandten der von Oertzens, verheiratet hatte. Es war ihr Herzenswunsch gewesen, verwandtschaftliche Bande in die Mecklenburger Adelsfamilien hinein zu knüpfen; prüfend betrachtete sie Anna und ihren Ehemann. Anna sah nicht sehr glücklich aus, aber das mochte daran liegen, daß sie im siebten Monat schwanger war und sich nach den üblichen und anfänglichen Unpäßlichkeiten immer noch nicht besser fühlte als im dritten, was nicht üblich war. Emil von Stralwiek sah ebenfalls aus, als sei er im siebten Monat, dabei war er kleiner als seine Frau, und sein blondes Haar lag schütter wie bei einem Fünfzigjährigen in einzelnen Strähnen verteilt über dem ganzen Kopf. In seinen rötlichen, dünn behaarten Augenbrauen saßen Schweißperlen wie stets. Louise mochte ihn nicht, aber ihrer Ansicht nach hatte ihre Tochter nach ihren Eskapaden keine übergroße Wahl gehabt, und Anna hatte sich dieser Ansicht gefügt. Klug war sie nie gewesen, aber auch nie ohne Instinkt.
Andreas, ihren mißratenen Sohn, übersah Louise geflissentlich. Er war wohl pflichtgemäß erschienen, eingeladen von der verbind-

lichen Franziska, aber Wert legte sie auf seine Anwesenheit nicht, im Gegenteil, sie empfand sie als genierlich. Hier fühlte sie ganz mit den Honoratioren von Rostock und war brüskiert wie sie. Andreas hatte sich nämlich trotz seiner Herkunft immer mehr der sozialdemokratischen Bewegung verschrieben und scheute sich nicht, laut über sein neuestes Vorhaben, eine Zeitung, die der »Mecklenburger Arbeiterfreund« heißen sollte und die er mit zwei anderen Journalisten zusammen herausgeben wollte, zu raisonieren. Auch jetzt drangen an Louises Ohr, geschärft durch das feine Gehör der feindseligen Erwartung, bereits wieder die verhaßten Namen von Lassalle und Bebel. Sie kannte sie natürlich nicht persönlich, wollte auch nichts Näheres über sie wissen, aber in ihrem Denken begannen die beiden Arbeiterführer bereits den Erbfeind Frankreich zu verdrängen, der ihnen drei Schiffe geraubt hatte. Louise klopfte unwillkürlich mit dem Messergriff auf den Tisch, und Andreas, der dies kaum gehört haben konnte, sah zu ihr hin.
Louise schüttelte den Kopf, und ihr Sohn lächelte ihr zu. Andreas wußte genau, was seine alte Dame meinte, er wußte es immer. Er war der Feinfühligste ihrer Söhne, sie gab es mit leisem Groll zu. Aber Feinfühligkeit wollte sie bei einem Sozialisten nicht entdecken, sie bestritt rundweg, daß Sozialisten überhaupt menschlicher Regungen fähig waren. Sie hatten eine Theorie, sonst nichts, und brauchbar war diese für das Leben in ihren Kreisen nicht. Andreas kniff ein Auge zusammen, und beinahe hätte Louise nachgegeben. Es gelang ihr mit Mühe, sich von ihrem charmanten Jüngsten abzuwenden.
Die Schildkrötensuppe wurde nach einigen kurzen und unkonventionellen Begrüßungsworten von Hans Brinkmann aufgetragen. Mit dem Satz: »Nichts ist langweiliger als eine Tischrede, wenn man Hunger hat« hob er sein Glas und setzte sich dann, als seine Mutter Louise ihm zugetrunken hatte.
Das nach einer Weile erneut anhebende Gemurmel signalisierte den aufmerksamen Mädchen, daß die Tassen abgetragen werden konnten. Während sie die Tassen mit leisem Geklapper zusammenstellten und die Gäste, die warm geworden waren, sich angeregt unter-

hielten, konnte Johanna Brinkmann es nicht lassen nachzusehen, wie es ihren Kindern ging. Sie eilte an der Tafel entlang.

»Deine Frau wird auch immer dünner«, bemerkte Louise mißbilligend zu Gustav, der zwar in ihrer Nähe, jedoch nicht nahe genug saß. Sie mußte die Stimme erheben, um seine Aufmerksamkeit zu erwecken, und mehrere der Umsitzenden hörten es ebenfalls. Sie alle verfolgten Johanna Brinkmann mit den Augen, und mancher gab der alten Dame recht.

»So?« fragte Gustav unberührt. »Ich denke, sie hält sich schön schlank. Nicht so wie ich.« Er brach in ein brüllendes Gelächter aus. Hans schwieg um seiner Mutter und der Familie willen. Niemand konnte übersehen, daß Johanna nicht gesund schlank, sondern krankhaft mager wirkte. Ihre Augen lagen so tief in den Höhlen, daß sie die Schatten kaum mehr wegschminken konnte, und wie es schien, bemühte sie sich auch gar nicht darum.

Als Johanna ihre Hände nach dem quengeligen Ernst junior ausstreckte, gaben die weiten Ärmel ihres Kleides dünne, alabasterfarbene Arme preis; einzelne Sehnen schimmerten durch die Haut. Ihr Sohn hatte die Suppe nicht angerührt. »Hast du wieder keine Lust zu essen?« fragte Johanna zärtlich, und der Kleine schüttelte unfroh seinen schmalen Kopf. Sie nahm ihn auf den Arm und kehrte mit ihm auf ihren Platz zurück, wo sie einige Stücke Weißbrot in ihre noch nicht abgeräumte Tasse brockte. Widerwillig leckte Ernst junior die sich auflösenden Krümel von ihren Fingerspitzen, aber dann fand er anscheinend Gefallen daran und lutschte eifrig. Nach einigen Minuten schlief er mit ihren Fingern im Mund ein.

Louise drehte sich ostentativ zur anderen Seite. Immer ähnlicher wurde sie ihrer Mutter, die auch nie bemerkt hatte, was sie nicht hatte sehen wollen. Hans aber beobachtete seine Schwägerin verstohlen, ein wenig neidisch wegen ihrer beiden Söhne. Und mochte sie auch mager und jenseits des blühendsten Alters stehen, ihre Augen waren immer noch wunderschön. Die weiten schwarzen Pupillen waren wie zwei höhlenartige Eingänge zu ihrer harmlosen Seele. Hans hatte Johanna, die so arglos war, im Gegensatz zu ihrem hinterlistigen Vater immer gern gemocht.

Johanna erhob sich vorsichtig mit dem Jungen auf dem Arm. Dann trat sie zu ihrem Mann und flüsterte ihm einige Worte ins Ohr. Gustav nickte gleichgültig.

Hans, der erriet, was Johanna vorhatte, stand ebenfalls auf und wartete höflich, während seine Schwägerin sich von Louise verabschiedete. »Mutter«, sagte sie verhalten, »es tut mir so leid, dein Fest zu stören, aber ich muß nach Hause fahren. Ernst junior schläft, und das tut er so selten …«

Louise Brinkmann hörte sich unbewegt an, was ihre Schwiegertochter als Begründung vorbrachte, dann gestattete sie mit einem Winken ihrer knochigen Hand, daß Johanna sich entfernte. Hans ergriff seine Schwägerin am Arm und zog sie mit sich. »Ich begleite dich.«

In der Halle am Fuß der Treppe hüllte er selbst die junge Frau in ihren Umhang und erschrak, als er ihr ins Gesicht blickte. Vor seinen Augen schien sie zu verfallen. »Hast du einen Arzt konsultiert?« fragte er eindringlich. »Du bist ernsthaft krank.«

Johanna sah ihren Schwager nachsichtig an. »Es ist zu spät.«

Hans biß sich auf die Lippen. Johanna neigte gewiß nicht zu Übertreibungen, sie sprach nicht viel, aber auch nichts Unnötiges. Er wußte nichts zu erwidern.

Johanna gab ihm die Hand zum Abschied, aber ihr Händedruck war kraftlos. »Bitte versprich mir, dich um meine Kinder zu kümmern, später, wenn …« Sie schluckte angestrengt und rang um Fassung. »Gustav gelten Menschen wenig.«

Hans sah der Kutsche nach, die dem Rondell im Bogen folgte und durch das schmiedeeiserne Tor das Brinkmannsche Grundstück verließ. Mit Grauen dachte er daran, wie hellsichtig Johanna ihm ihre Kinder anvertraut hatte. Sie konnte gar nicht wissen, wie sorglos Gustav mit den seinen umging. Oder wußte sie es genauso gut wie er? Womöglich war nicht sie, sondern er der Ahnungslose.

Hans drehte sich um und stieg wie ein müder alter Mann zur Eingangshalle hoch. Auf ihm lastete von diesem Moment an die Verantwortung für die gesamte Familie.

Sein Haß auf seinen Bruder wuchs in Sekundenschnelle, als er im Festsaal mit ansehen mußte, wie sich Gustav inzwischen betrunken hatte. Statt seine kranke Frau nach Hause zu begleiten, zerfloß er wie ein Teigkloß auf seinem Sessel und griff ein ums andere Mal nach hinten zum Tablett des Dieners, der gleich hinter ihm stehenbleiben mußte. Den Kognak schien er in sich hineinzugießen, und mochte er am Anfang wenig gewirkt haben, so hatte er Gustav in den letzten Minuten zu einer lallenden Blamage verwandelt. Louise saß mit dem Rücken zu ihrem Sohn; sie plauderte angeregt mit einem Gast, der ihr schräg gegenübersaß, die anderen Gäste aber warfen verstohlene und erschrockene Blicke.

Hans war nicht bereit, eine solche Ausschreitung innerhalb seines Hauses zu dulden. Er winkte dem Kammerdiener, der im Gegensatz zum angemieteten Personal sofort wußte, was sein Herr wollte. Zusammen mit einem Kollegen von draußen führte er Gustav Brinkmann unauffällig, aber nachdrücklich ab. Gustav, der sich mittlerweile in der mitleidsuchenden Phase der Trunkenheit befand, leistete keinen Widerstand.

Louise nickte ihrem energischen Sohn dankbar zu, kaum daß Gustav entfernt worden war. Trotz ihrer scheinbaren Desinteressiertheit wußte sie jeden Moment, was sich unter ihren Gästen abspielte, und selbstverständlich hatte sie ihren Ältesten im Auge behalten. Hans seufzte und nickte beruhigend zurück. Selten einmal tat seine Mutter selbst etwas. Sie gehörte noch zu der Generation und zu der Gesellschaftsschicht, die tun ließ.

Am nächsten Morgen ließ Hans es sich nicht nehmen, seinen Hausarzt persönlich zu Johanna zu begleiten, und er erzwang am Hausmädchen vorbei den Zutritt zur Kranken. Johanna Brinkmann war zu ermattet, um zu protestieren, und Gustav noch nicht in der Verfassung, es zu tun.

Hans zirkulierte wie ein Tiger durch das in Dunkelgrün gehaltene Empfangszimmer, während er auf den Arzt und sein Untersuchungsergebnis wartete. Seine Stimmung war so düster wie die Umgebung. Nach langer Zeit kam Marburg wieder. »Nun?«

»Ihre Vermutung stimmt, Herr Brinkmann«, bestätigte Marburg mit berufsmäßiger Sachlichkeit. »Und die Vermutung der gnädigen Frau ebenfalls. Es handelt sich um syphilitische Affektionen in fortgeschrittenem Zustand. Ich schlage vor, daß Frau Brinkmann nicht mehr durch Kuren und Reisen gequält wird. Ihre größte Sorge sind jetzt die Kinder, und ich muß leider mitteilen, daß auch der kleine Ernst hochgradig befallen ist.«

Hans Brinkmann breitete hilflos die Hände aus. Daß es so schlimm mit seiner Schwägerin stehen könnte, hatte er nicht vermutet. Ganz zu schweigen von seinem Neffen.

Der Arzt legte ihm die Hand auf den Arm und drückte ihn sachte nach unten. »Es bleibt nicht viel Zeit. Sie sollten sich nicht Ihrem Schmerz überlassen und auch nicht Ihrem Zorn auf Ihren Herrn Bruder, sondern handeln, jetzt, sofort.«

Hans war einen Moment verwirrt. »Wieso auf meinen Bruder?«

»Er hätte Ihrer Schwägerin die Krankheit ersparen können, Herr Brinkmann. Ich dachte, Sie wären sich darüber im klaren. Man kann Syphilis heute heilen, und es ist absolut unnötig, jemanden anzustecken.«

Brinkmann sah seinen Hausarzt an. Er kannte ihn lange, bereits seit seiner eigenen Kindheit. Marburg pflegte nichts zu verschweigen und nicht zu beschönigen. Es lag ihm auch nicht, Gefühle zu verstecken. Und jetzt sah Brinkmann Zorn in Marburgs Gesicht. Er ahnte, warum. Marburg war ein Aufklärer, einer der Unermüdlichen, was städtische Hygiene im Wasserwerk, im Schlachthof und im Hafengebiet anging. Er hatte sich nicht gescheut, sich mit den Behörden anzulegen, obwohl er gegen sie nicht gewinnen konnte. Brinkmann konnte nicht beurteilen, ob Marburg sachlich im Recht war, aber manches sprach dafür. Jedenfalls hatte er seine kühne Meinung mit der Ablehnung seiner Bewerbung als Nachfolger von Stein bezahlen müssen. Einer, der gefällig reden konnte, war vor kurzem neuer städtischer Arzt geworden. Und nun gab Marburg ihm zu verstehen, daß sein Bruder Johanna auf dem Gewissen hatte, getötet ...

Während Marburg den Inhalt seiner Tasche überprüfte und dann seinen Mantel anzog, schwiegen sie beide. Erst an der Tür versetzte Marburg dem Reeder den letzten Schock. »Wer ist der Arzt von Frau Brinkmann?« wollte er wissen. »Es wäre angebracht, die Dosis

ihres gewohnten Opiates zu erhöhen, sonst hält sie die Schmerzen nicht aus. Man muß es ihm mitteilen.«
Hans verstand endlich, warum er Johanna so tief in die Augen hatte schauen können, und jetzt wußte er auch, daß das, was er darin gesehen hatte, nicht ihre Seele gewesen war, sondern der gekaufte Glanz des Opiums.

Während Hans Brinkmann weiter besonnen und unauffällig seine Reederei führte, wurde Gustav nach dem Tod seiner Frau immer hektischer im An- und Verkauf von Schiffen. Es schien so, als ob der Vorgang des Kaufens und Veräußerns für ihn wichtiger geworden sei als der ursprüngliche Zweck. Der makelt ja nur noch, sagten die Rostocker abfällig, und damit meinten sie, daß ihm die Liebe zu seinen Schiffen verlorengegangen war. Es hätte nun auch Faßdauben sein können, die er verkaufte.
Zudem wurde Gustav immer öfter auffällig; der Rostocker Anzeiger erwähnte mit Vergnügen, daß es mit dem Reedereiwesen allgemein schön aufwärts ginge und im besonderen eine gewisse Reederei des öfteren Geschäftserfolge im »Hotel zum Zaren« mit großer Lautstärke feiere. Die Artikel schwankten zwischen Sarkasmus und versteckter Anklage, boten jedoch kaum Handhabe, sich beim Herausgeber zu beschweren, ohne sich lächerlich zu machen. Louise Brinkmann aber regte sich außerordentlich darüber auf. »Wer ist denn dieser A.B., der die Artikel schreibt?« fragte sie ihren Sohn Hans. »Du mußt etwas gegen ihn unternehmen!«
Hans beschloß daraufhin, seinen Bruder Gustav zur Rede zu stellen.
Er fand ihn in seinem Kontor, ausgebreitet hinter dem Schreibtisch. Während Hans sich einen Stuhl holte, fand er Zeit, seinen Bruder zu betrachten. Gustav sah noch aufgeschwemmter aus als vor einigen Monaten; allerdings hatte da Johanna noch gelebt, und das Familienleben schien noch in Ordnung. Jetzt war nichts mehr in Ordnung. Das Büro war unaufgeräumt und ungelüftet, und das Glas neben Gustavs Arm wies eingetrocknete Ränder von vergangenen Tagen auf und duftete süßlich. Als Hans' Blick darauf fiel, sagte

Gustav, die Hand auf der schmerzenden Leber: »Medizin; es geht mir schlecht.«

Hans nickte. Er sah es. »Erinnerst du dich noch, wie Vater manchmal sagte: Je höher der Affe steigt, desto mehr zeigt er den Arsch?«

»Meinst du dich, oder meinst du mich?« fragte Gustav träge und bediente sich aus dem Glas, ohne seinem Bruder etwas anzubieten.

»Wen wohl? Sieh dich doch an! Du machst dich zum Gespött von Rostock. Mutter schickt mich, dich zu bitten, Zurückhaltung zu üben.«

»Freiwillig wärst du nicht gekommen, das weiß ich«, sagte Gustav, »und was Mutter betrifft, so interessiert sie sich gar nicht für mich persönlich. Sie hat sich noch nie um uns geschert, nicht eigentlich, meine ich. Sie soll es also auch jetzt lassen, das kannst du ihr bestellen.«

»Es bekümmert sie, dich ständig in den Gesellschaftsnachrichten zu finden«, sagte Hans hartnäckig. »Mit nichts Gutem.«

Gustav warf sich in seinem Sessel zurück und lachte. »Je bekannter die Familie, desto schwärzer die Schafe. Hat ihr das noch niemand gesagt? Das müßte sie doch beruhigen.«

Hans stand auf. »Im Zusammenhang mit dir beruhigt sie gar nichts mehr, und ich gebe ihr recht.« Er verließ das Haus. Es hatte keinen Sinn, allerdings hatte er sich auch keine große Mühe gegeben.

Von draußen war der Reederei Pentz und Brinkmann noch nichts von der inneren Verwahrlosung anzusehen, nun ja, da mochte sich wahrscheinlich der Alte darum kümmern. Der Reeder blieb sinnend vor dem Haus stehen. Er erinnerte sich noch schwach daran, daß es irgendeinen Erbstreit mit den Pentzens gegeben hatte, sein Vater hatte stets erbost von Ernst und dem alten Johann Peter gesprochen. Und jetzt schien es so, als ob die Familie Brinkmann späte Rache durch ein Trojanisches Pferd an den Pentzens übte. Wie gut, daß Johanna dies nicht mehr erlebt hatte! Und noch eins war gut: Es war ihm immerhin gelungen, Caroline vor den Augen seiner Schwägerin zu verbergen.

Hans zog seine Uhr aus der Tasche. Er hatte noch Zeit, bis sein Kutscher kam, denn die Unterredung mit seinem Bruder war viel

schneller als gedacht erledigt gewesen. Kurzerhand entschloß er sich, Caroline und ihre Mutter zu besuchen, immerhin war das Kind seine Nichte, legal oder nicht.
Guste Fretwurst wohnte mit ihrer Tochter Caroline in zwei Zimmern eines der düsteren Mietshäuser, von denen es so viele in der Stadt gab. Die Treppe ächzte, als Hans sie hochstieg, vorsichtig, denn sie glänzte wie das Meer in der Dämmerung von unzähligen Schichten Bohnerwachs. Nach Wachs roch es auch, durchdringend, aber nicht unangenehm. Hans witterte, während er die letzte Treppe in das vierte Geschoß nahm: dasselbe Fabrikat wie im Reederhaus. Das stimmte ihn zufrieden.
Ein junges Mädchen öffnete ihm die Tür. Sie trug ein hochgeschlossenes blaues Kleid mit weißem Spitzenkragen, und die Flechten waren sorgfältig um den Kopf gelegt und festgesteckt. »Bist du die Caroline?« platzte Hans voll Staunen heraus.
Das Mädchen nickte und hatte immer noch die Tür in festem Griff.
»Willst du mich nicht hereinlassen?«
»Vielleicht, wenn Sie mir sagen, wer Sie sind«, antwortete Caroline besonnen.
Inzwischen war Frau Fretwurst an die Tür geeilt, nachdem sie sich schleunigst die Schürze abgebunden und an einen Türdrücker gehängt hatte. »Entschuldigen Sie meine Kleine«, bat sie lächelnd, »sie ist immer sehr vorsichtig mit unbekannten Menschen.«
Während Hans der Hausfrau durch den schmalen Flur in das Wohnzimmer folgte, stellte er befriedigt fest, daß die Wohnung so makellos sauber wie das Treppenhaus schien, daß Ordnung herrschte und zumindest ein auskömmlicher Wohlstand. Auf dem Wohnzimmertisch lag eine üppig bemessene Spitzendecke, und die zwei Sessel waren in gleicher Weise geschmückt. Vorsichtig nahm er Platz; in Sekundenschnelle ging ihm auf, welchen Wert die Dinge für Menschen besitzen mußten, die nicht so verschwenderisch viel davon hatten.
»Ich wollte mich gerne einmal persönlich vom Wohl meiner Nichte überzeugen«, sagte er, als auch Frau Fretwurst Platz genommen hatte, Caroline mit nachdenklichem Gesicht dicht neben sich.

Guste Fretwurst lächelte ein wenig. Schneller als gedacht hatte der Reeder Stellung bezogen. »Es geht uns gut«, bestätigte sie. »Caroline ist in der dritten Klasse des Lyzeums, und die Lehrer sind sehr zufrieden mit ihr. Ich auch, sie ist ein folgsames Mädchen.«
Und wohl nicht ohne eigenen Willen, ergänzte Hans in Gedanken, dessen Augen schon wieder auf dem Kind ruhten. Das Mädchen blickte ihn mit leiser Abwehr an, aber er sah auch Neugier. Was ist wohl ein Reeder für ein Mensch, dachte sie jetzt sicher. Besonders gut war ihre Erfahrung ja nicht, das war ihm auch klar. Was sie bekommen hatte, konnte sie nur als Mindestmaß an Zugeständnis betrachten, nicht als gerechten Anteil.
»Es tut mir leid, daß es so gekommen ist«, sagte er zusammenhanglos.
Guste wußte, daß er nicht die Schule meinte. »Wir haben das bessere Los gezogen«, entgegnete sie, »ein besseres als Ihre verstorbene Schwägerin, Gott behüte.«
Hans senkte den Kopf. »Es wäre alles anders gekommen, wenn mein Bruder Sie geheiratet hätte«, meinte er traurig.
»Wohl, aber um nichts in der Welt hätte ich die Lustkrankheit gegen das Erbteil meiner Tochter eintauschen mögen, das dürfte Ihnen doch klar sein.«
Hans Brinkmann erschrak. Aber Caroline ließ nicht erkennen, daß für sie die Erwähnung der schrecklichen Krankheit etwas Besonderes, gar eine Sensation bedeutete. Ein merkwürdiges Kind. Und dann fiel ihm noch ein, daß es weit mit der Familie gekommen war, wenn Gustavs Syphilis bereits Stadtgespräch war. Verärgerung stieg in ihm auf. Mühsam schluckte er sie hinunter, denn sie wäre ausgerechnet hier am falschen Platz gewesen. »Welche Zukunftspläne hat Caroline?« fragte er statt dessen.
»Sie möchte gerne die Universität besuchen«, erklärte Guste Fretwurst mit derselben Ruhe, mit der sie ihm auch die Haushaltsschule genannt haben würde.
»Was?« fragte Hans fassungslos.
Zum ersten Mal machte Caroline den Mund auf. Ihre Stimme war hell, aber sie sprach ohne jede Aufregung, und Hans hätte beinahe

versäumt, auf den Inhalt zu achten. »Onkel Andreas sagt, Frauen dürften heutzutage studieren. Ich möchte gerne Juristin werden wie mein Vater.«

Dies mußte Hans erst verdauen. Er schwieg, und auch Frau Fretwurst sagte nichts. In der Ferne schlug eine Kirchenglocke an, und auf der Straße klingelte es; ein Mann rief etwas aus. Ein ganz gewöhnlicher Alltag lief draußen ab, während in dieser kleinen unscheinbaren Wohnung etwas höchst Ungewöhnliches geschehen war.

»Wer ist Onkel Andreas?« fragte Hans ausweichend und dachte bei sich, daß zumindest dieser Punkt leicht zu erörtern sei und ihm etwas Bedenkzeit verschaffen würde. Aber das war keineswegs der Fall.

»Andreas Brinkmann, Ihr anderer Bruder«, gab Guste Fretwurst Auskunft. »Er kümmert sich viel um Caroline, hat mich bestärkt, daß sie auf die höhere Schule gewechselt hat, hat mir auch geholfen, wenn ich den Mut verlor ...« Sie deutete auf einige Bücher, die auf einem Regal standen.

So ein Schlawiner, dachte Hans, hin- und hergerissen zwischen Bewunderung und erneuter Verärgerung. Dann entschied er sich dafür, persönliche Animositäten auszuklammern. »Warum hat mir das niemand erzählt?« fragte er lächelnd.

»Andreas wollte es nicht. Er wollte nicht an mehreren Fronten mit der Familie kämpfen, wie er sagte. Ein Krieg aus politischen Gründen wäre genug. Und er hoffte auch, daß Sie sein Eingreifen nicht als Kritik ansähen, obwohl das naheläge, weil es eigentlich eine Kritik am Herrschaftssystem sei.«

Guste Fretwurst wußte, wovon sie sprach, das war zu spüren. Sie plapperte keine Worte nach, die sie von Andreas gehört haben mochte. Offensichtlich hatte er der kleinen Familie in manchem Nachhilfeunterricht erteilt. Hans war plötzlich seinem kleinen Bruder gegenüber dankbar. Seit wenigen Minuten stand er in ganz anderem Licht da als bisher, und es leuchtete mächtig. Wenn er mit sich selbst sehr kritisch umging, mußte er zugeben, daß Andreas für ihr ehemaliges Hausmädchen sehr viel mehr getan hatte als er, der

große Reeder. Er hatte Geld gegeben, ein wenig Geld aus dem großen Familienvermögen, und niemand hatte es vermißt; Andreas aber hatte Zeit verschenkt, wenn nicht sogar Liebe.
Hans stand auf. Er, der gekommen war, um Dank zu ernten oder wenigstens Zufriedenheit zu sehen, hatte obendrein noch eine Lektion erteilt bekommen, die er so schnell nicht vergessen würde.
Caroline folgte ihm dicht auf den Fersen zur Tür. »Ich habe noch vier Jahre Zeit«, sagte sie, und es klang wie eine Mahnung. Aber in ihren weit offenen Augen stand jetzt Hoffnung, und ihr konnte Hans sich nicht verschließen.
»Ich werde dich nicht vergessen«, versprach er und küßte das Mädchen auf die Stirn. Guste Fretwurst gab er warmherzig die Hand, und dann stieg er nachdenklicher, als er gekommen war, die Treppe hinunter, und jetzt hatte seine Langsamkeit nichts mit dem Bohnerwachs zu tun.

Zu Hause angekommen, ließ er sich bei seiner Mutter melden. Es hatte kaum einen Sinn, ihr noch länger Guste und ihre älteste Enkeltochter vorzuenthalten.
Um seiner Mutter Zeit zu geben, erzählte er ihr die ganze Geschichte langsam und ausführlich, und Louise hörte ihm ohne Zwischenfragen bis zum Ende zu. Erst als sie sich vergebens bemühte, die Zigarette in die Spitze zu stecken, merkte Hans, wie aufgewühlt sie war.
»Es ist gut, daß du dich um meinetwillen bemüht hast«, sagte sie endlich und verbarg mühsam das Zittern in ihrer Stimme, »aber wenn Gustav keine Einsicht zeigt, wollen wir von ihm nicht mehr sprechen. Von anderem auch nicht«, fügte sie hinzu.
Hans zeigte seine Enttäuschung nicht. »Caroline fällt nicht unter ›anderes‹. Es gibt gar keinen Grund, sich ihrer zu schämen, eher müßten wir uns ihres Vaters schämen, und wir können froh sein, wenn sie es nicht tut.«
»Es steht dir nicht zu, dich für einen Brinkmann zu schämen«, tadelte Louise, »und das Mädchen geht uns nichts an, wenn du schon darüber reden mußt. Es ist ausschließlich Gustavs Angelegenheit. Ich kann auch nicht gutheißen, daß du für ihre Erziehung aufgekom-

men bist. Hast du dir überhaupt überlegt, was du damit angerichtet hast? Sie und ihre Mutter, diese Mörderin von Jacob, werden sich jetzt wahrscheinlich sogar gerichtlich darauf berufen, daß die Familie sie im stillen anerkannt hat. Das würde bedeuten, daß sie sich ein Erbteil erstreiten kann. Vermutlich will sie sogar aus diesem Grund Jura studieren. Lächerlicher Gedanke!« Frau Louise Brinkmann, mit den Jahren immer mehr zur Grande Dame der Familie geworden, füllte den Raum allein mit ihrer Stimme. Mochte ihr Sohn auch die Geschäfte führen, sogar unter seinem Namen; als unbestrittene Herrscherin ihrer Dynastie fühlte jedoch sie sich, und mißbilligend blickte sie auf ihren Sohn hinunter. Er hatte sich in die Familienpolitik nicht zu mischen.

Hans wäre gar nicht auf die Idee gekommen, um Machtpositionen zu kämpfen, er warb nur um Sympathie für das Kind. »Die beiden haben noch nie Ansprüche aufgerechnet, und vermutlich werden sie es auch nicht tun«, sagte er schockiert.

»Wenn das Mädchen tatsächlich aus schwärmerischer Bewunderung für ihren Vater diesen absonderlichen Wunsch hat«, sagte Louise säuerlich, »dann spricht das auch nicht gerade für ihren oder ihrer Mutter Realitätssinn. Ich möchte dich ein für allemal bitten, diese Menschen nie wieder zu erwähnen. Am besten belästigst du auch Gustav nicht mit dieser geschmacklosen Angelegenheit.«

»Ich sage dir«, fuhr Hans zornentbrannt in die Höhe, »daß ich der Gerechtigkeit auf die Sprünge helfen werde, bis Frau Justitia Caroline in die Arme geschlossen hat.« Er verließ das Zimmer, ohne die Tür hinter sich zu schließen, den faden Geschmack der Verachtung auf der Zunge.

Seine Mutter blickte ihm mit schmalen Lippen nach, und aus ihrem Gedächtnis tauchte plötzlich die Erinnerung auf, daß es einmal eine Zeit gegeben hatte, in der sie Hans für unfähig gehalten hatte, die Reederei zu leiten. Jetzt wußte sie, warum: er war romantisch. An seiner Fähigkeit in technischer Hinsicht war zwar nicht zu zweifeln, aber der Sinn für Größeres fehlte ihm, gewissermaßen der staatsmännische Aspekt, wenn man die Firma als kleines Reich betrachten wollte. Er war der Geschäftsführer, nicht der König. Er verlor sich in Einzelheiten. Gustav dagegen kannte keine Skrupel, genausowenig wie sie selbst. Sie beschloß, Gustav aufzusuchen.

Zum zweiten Mal an diesem Tag bekam Gustav Besuch. Als er die Kutsche vor dem Haus halten hörte und seine Mutter aussteigen sah, wäre er am liebsten durch die Hintertür verschwunden. Er liebte keine Einmischung in seine Angelegenheiten, und daß Louise es für nötig erachtete, auch noch selbst zu kommen, obwohl sie bereits seinen Bruder geschickt hatte, war in seinen Augen eine glatte Unverschämtheit. Er machte sich nicht die Mühe, seinen Zorn zu verbergen, als Louise ins Kontor rauschte, den gestikulierenden Büroburschen unbeachtet hinter sich lassend. Um so erstaunter war er über ihren ersten Schachzug: sie zog die Dame, ohne vorher Bauern zu beseitigen.

»Ich möchte mit dir ein Abkommen schließen«, sagte Louise, »ich beteilige mich an deinem Geschäft, wenn du aufhörst, Skandale zu verursachen. Was sagst du dazu?«

Gustav sagte noch nichts. Er überlegte mit gezielter Flüchtigkeit, wie immer, wenn er angetrunken war. »Das heißt«, sagte er, um Zeit zu gewinnen, »du bietest mir die finanzielle Beteiligung aus deinem Privatvermögen und willst was dafür haben?«

»Nicht nur stille Beteiligung, wenn es das ist, was du meinst«, sagte Louise rasch, »ich will namentlich an der Firma beteiligt sein: Pentz, Brinkmann und Brinkmann oder Brinkmann, Pentz und Brinkmann.«

»Das erste Brinkmann bist dann wohl du«, sagte Gustav und verbarg sein Grinsen, aber nicht so gut, daß seine Mutter es nicht doch bemerkt hätte.

»Ich bin ja auch die Ältere«, antwortete sie und lächelte zurück. Sie beide hatten es nicht nötig, einander zu umkreisen. »Und was die Skandale betrifft, so wirst du wohl imstande sein, etwas diskreter zu sein. Ich will es dir ja nicht verbieten. Meinetwegen kannst du A.B. auch bestechen, wer immer das ist.«

Gustav winkte ab. »An wieviel dachtest du?« fragte er.

»An den Wert von einem Dampfer«, antwortete Louise und sah

ihren Sohn fest an, »und wenn ich Dampfer sage, meine ich auch Dampfer.«
Gustav schob die Lippen anerkennend vor und nickte, vorsichtig, weil er in der letzten Zeit leicht Kopfschmerzen bekam. »Lumpen hast du dich noch nie lassen. Ich möchte nur wissen, wo du das Geld her hast. Und warum beteiligst du dich nicht bei Hans?«
»Beides ist meine Sache«, antwortete Louise herrisch.
Ihrem Sohn war auch das recht. Er neigte nicht dazu, sich unnötige Schwierigkeiten aufzuhalsen. Er wuchtete sich hoch, streckte seiner Mutter die Hand hin und besiegelte das Abkommen.
»Pentz?« fragte Louise noch leise, als sei ihr eben eingefallen, daß da ja noch ein weiterer Partner war.
Gustav grunzte. »Er ist glücklich, wenn sein Gartenweg grasfrei ist.«
»Um so besser«, sagte Louise und zog ihre Handschuhe an. Auf dem Weg hinaus überdachte sie, daß sie zwei Fliegen mit einer Klappe geschlagen hatte, wenn nicht sogar drei. Ernst Pentz mußte etwas älter als sie selber sein, möglicherweise sogar um etliches. Er sah nicht sehr gesund aus. In jedem Fall würde ihr das Arrangement ermöglichen aufzubauen, was Hans sichtlich versäumte: das Brinkmannsche Großreich. In der Kutsche überlegte sie, wen von den Enkeln sie wohl würde in die Politik schicken können, den stämmigen George oder den kränklichen Ernst junior. Marcus schied bereits aus, er war der einzige, der für die Nachfolge von Hans zur Verfügung stand; bei Gustavs und ihrem Reedereiteil möglicherweise George, aber darüber wollte sie noch nicht nachdenken. Ein Schritt nach dem anderen. Schade übrigens, daß Friedrich Daniel immer noch unverheiratet war und bei seinem unsteten Lebenswandel wohl auch nicht heiraten würde. Zuletzt hatte er sich aus Cuxhaven gemeldet, und sein Firmenaufdruck trug die wohllautende Bezeichnung: Versicherungsmakler, aber was sich dahinter verbarg, wußte Louise nicht. Sie vermutete, nichts Genaues.
Louise Brinkmann hütete sich, dem harmlosen Hans etwas von ihrer neuen Geschäftsbeteiligung mitzuteilen. Süffisant überlegte sie sogar, ob sie es den Gesellschaftsnachrichten überlassen sollte. Aber Hans würde es natürlich falsch verstehen und ihr gratulieren. Als

Franziska beim Abendessen bemerkte: »Du hast ja so gute Laune, Mama«, hätte Louise am liebsten laut herausgelacht. Statt dessen nickte sie nur und hörte dem zwölfjährigen Marcus betont aufmerksam zu.
»Wann fahren wir denn nun endlich, Papa?« drängte er. »Ich will so gerne die Eisenbahn auf ein Fährdampfschiff bugsieren sehen!«
Hans und Franziska sahen einander an. »Du wirst in den sauren Apfel beißen müssen«, meinte Franziska.
»Ich? Wir fahren alle. Wir drei, meine ich.«
Franziska Brinkmann schüttelte unwillkürlich den Kopf. Wie sollte sie Dorothea, die so viel Hilfe brauchte, allein lassen können? Ihr großer Sohn, dem die Tränen bereits in die Augen traten, drängte auf ihren Schoß und legte die Arme um ihren Hals. Bevor sie protestieren konnte, gab er ihr einen essenskrümeligen Schmatz auf die Wange. »Bitte«, flehte er, »bitte, bitte, bitte.« Louise sah beharrlich auf ihren Teller hinunter, aber Franziska verzichtete darauf, Marcus fortzuschieben. Nicht immer konnte die Familienraison wichtiger sein als die Liebe zu einem Kind. Dorothea war genug. Und um ihre feste Meinung zu unterstreichen, umarmte sie Marcus und sagte, ganz gegen ihre innerste Überzeugung: »Gut, Marcus, ich verspreche, daß ich mitkommen werde.«

Einige Wochen später reisten sie mit der Kutsche ab, die die Familie zum Bahnhof brachte. Die Kutsche war voll beladen, dennoch war ein großer Schrankkoffer bereits als Frachtgut auf einem Segler nach Kopenhagen gegangen. Abends kamen sie schweißnaß und geschwärzt in Kleinen an, um am nächsten Morgen frischgewaschen und in sauberer Kleidung in den Zug nach Lübeck umzusteigen. »Vor wenigen Jahren noch«, sagte Hans zu seinem Sohn und lenkte seine Aufmerksamkeit auf den Kondukteur, »hatten sie alle unterschiedliche Uniformen an: dieser hier von der ehemaligen ›Kleinen Lübecker Eisenbahngesellschaft‹ eine andere als der von gestern, der zur ›Großherzoglich Friedrich-Franz-Eisenbahn‹ gehörte. Heute sehen alle gleich aus, denn sie unterstehen der ›Mecklenburgischen Friedrich-Franz-Eisenbahngesellschaft‹. Tja«, sagte er, nun an

seine Frau gewandt, »was mein Bruder Andreas fordert, haben andere längst wahr gemacht.«
»Aber Hans«, sagte Franziska entrüstet, »selbst ich als Frau weiß, daß Andreas etwas anderes meint. Ob die Bediensteten in Grün mit roten Biesen oder in Blau mit gelben Biesen gekleidet sind, ist ihm herzlich gleichgültig.«
»Gibt es noch andere?« wollte Marcus wissen.
Aber während die Lokomotive mit ihren drei Waggons in den Bahnhof einfuhr, bekam er keine Antwort. Sein Vater wedelte mit dem Hut den dichten, stinkenden Rauch vor seinem Gesicht weg, und der Lärm erstickte ohnehin alle Unterhaltung auf dem Perron. Hans deutete auf die Abteile mit der Aufschrift erste Klasse. Dann ging er mit dem Gepäckträger voraus, während Franziska dem Gewühl der gewöhnlichen Fahrgäste auszuweichen versuchte und erst vor dem Abteil stand, als Marcus, die Koffer und die Taschen bereits verstaut waren. Hans wartete schon, suchte mit den Augen nervös nach dem Bahnhofsvorsteher mit der Trillerpfeife und half seiner Frau erleichtert die hohen Stufen in den Wagen hoch. »Wo bleibst du nur?« fragte er ungehalten.
»Ich kam ja vor lauter Marktvolk mit ihren Enten und Hühnervögeln in Käfigen kaum durch«, erwiderte Franziska, und ihr etwas scharfer Ton deutete an, daß sie die Strapaze des gestrigen Tages noch nicht überwunden hatte.
»Papa, erzähle weiter«, forderte Marcus, kaum daß seine Eltern es sich bequem gemacht hatten. Er blieb an der Tür stehen, deren Fenster er heruntergelassen hatte.
»Es gibt noch die preußische Nordbahn«, fuhr Hans fort, »und Bachstein in Berlin hat um eine Lizenz ersucht, die Südbahn bauen zu dürfen. Aber wo du auch hinkommen wirst: überall gibt es andere Uniformen ...«
Marcus hörte längst nicht mehr zu. Ein schwarzer Schwall Rauch folgte ihm nach drinnen, obwohl er so schnell wie möglich das Fenster am Riemen hochzerrte. Seine Mutter nahm das Taschentüchlein an die Nase und unterdrückte ihre Verärgerung. Sie hatte freiwillig die umständliche Fahrt über Land in Kauf genommen, um

über See mit der bequemen Fähre nach Kopenhagen übersetzen zu können, und ihr Ehemann hatte ihr recht gegeben. Aber angenehm war dieses ratternde, fauchende und schmierige Schwärze verteilende Ungetüm auch nicht. »Ob Grete wirklich einen Platz gefunden hat?« Marcus hatte ihr Mädchen nicht entdecken können, das mit einem Billett der dritten Klasse weiter hinten fuhr. »Stell dir vor, sie stünde noch dort, Papa, und wir führen ab.«
Diese Vorstellung aber erweckte keine Heiterkeit bei den Brinkmanns. Das Mädchen wurde unterwegs dringend gebraucht, um sich um die Wäsche zu kümmern und Franziska zu umsorgen. Von einer Achtzehnjährigen wurde erwartet, daß sie sich im Zug zurechtfand.
Bis sie in Lübeck das Deck des Luxusdampfers »Königinn Caroline Amalie« betreten konnten, mußten sie noch zweimal umsteigen, und Franziska war am Ende ihrer Kraft. Unendlich erleichtert ließ sie sich in die Luxuskabine führen, die sie mit nur einer einzigen Dame teilen mußte. Diese stammte aus Altona, bestand darauf, mit dem Zahlmeister dänisch zu reden, obwohl sie sich auf deutschem Boden befanden und der Krieg schon lange vorbei war, und gab sich keinerlei Mühe, ihre Abneigung gegen Deutschsprachige zu verbergen. Franziska war froh, daß sie keine Konversation treiben mußte. Aber die neugierigen Augen der Dänin flogen zwischen Franziska und ihrer Zofe hin und her; sie verstand alles, was gesprochen wurde.
Hans schob Marcus über das Süll in den Salon der ersten Klasse. An Deck war die Abendbrise aufgekommen, und die frühsommerkühle Luft hatte sich über die Passagiere ergossen. Die Reisenden der zweiten Klasse hatten sich für die Nacht bereits mit warmen Mänteln und Decken ausgerüstet, nach der Windrichtung gepeilt und Vermutungen über die Leeseite während der Fahrt angestellt; die Herren, die erster Klasse fuhren, hatten sich gegenseitig vorgestellt und waren plaudernd und rauchend an Deck stehengeblieben. Man wollte das Ablegen aus der bereits lichterhellten Stadt nicht versäumen.
Hans aber gab nichts auf das Ablegen, er kannte die Prozedur schließlich, und seinen Sohn wollte er der ungesunden Nachtluft

nicht aussetzen. Die Kojen des Herrensalons wurden für die Nacht bereits fertiggemacht. Hans Brinkmann belegte diejenige, die am nächsten am Bullauge lag, wartete, daß die Stewards sich zurückzogen und schickte dann Marcus zu Bett, auf den innersten Platz an die Wand. Außer ihm selber würden wahrscheinlich noch drei Herren in dieser Koje nächtigen, sofern das Schiff ausgebucht war.
»Kann Grete nicht zu mir kommen?« fragte Marcus schläfrig und hörte gar nicht mehr, wie sein Vater ihm erklärte, daß das Mädchen nur Zutritt zur Damenkabine habe, während sie ihre Herrin versorge. Als er am nächsten Morgen von seinem Vater geweckt wurde, war Dragör bereits in Sicht. Marcus stürzte sich in die Kleider, empört darüber, daß er so viel versäumt hatte, aber als er dann neben seinem Vater an der Reling stand und Kopenhagen in Sicht kam, vergaß er allen Ärger.
Marcus hing an der Reling und sog die riesige Stadt in sich auf. Eine halbe Stunde dauerte es, bis sie die Vorstädte, die ehemalige Zollstation, verschiedene Brücken und Engpässe mit ihren Signalanlagen und unendlich viele entgegenkommende Schiffe passiert und endlich am Kai zwischen der Knippelsbrücke und der Langenbrücke angelegt hatten.
»Bewundernswert«, flüsterte Hans Brinkmann, als er auf seiner Taschenuhr ablas, daß sie pünktlich auf die Minute angekommen waren. Darüber vergaß er völlig, daß er die ganze Nacht über kein Auge zugetan hatte, während Franziska ihm hohläugig und bleich ausgiebig über ihre eigene Schlaflosigkeit berichtete. Marcus war der einzige, der im Restaurant eine Riesenportion Kopenhagener, die hier aber Wienerbrot hießen, in sich hineinstopfte. Grete beschmierte ihm das fettige Blätterteiggebäck fürsorglich dick mit frischer Landbutter, in Stellvertretung seiner Mutter, die weder essen noch Eßwaren sehen mochte.
»Dabei war die Nacht ganz ruhig«, widersprach Marcus undeutlich mit dicken Backen.
Franziska Brinkmann ruhte den restlichen Tag in der Hotelsuite, und Hans und Marcus durchstreiften ohne Gewissensbisse Kopenhagen, wo sie wollten. Es zog sie beide zum Hafen. Wenn Franziska

erst wieder auf den Beinen war, würde sie in die Geschäftszeile, zum Theater, in die Cafés streben, in den Hafen gewiß nicht.
Am liebsten sah Marcus den Schleppern zu. Schließlich bat er darum, auf einem mitfahren zu dürfen. »Warum nicht?« sagte Hans Brinkmann. Auf einem Schlepper mitten im Hafen konnte selbst ihm nicht schlecht werden. Und so sprangen sie auf die »Thyra«, eine der kleinen Dampfbarkassen, die die Arbeitspferde des Welthafens waren, und entrichteten das Fahrgeld für zwei Stunden. Die Schlepper beförderten Passagiere zu den Schiffen, Sommergäste zu den Badeanstalten, sie schleppten Segelschiffe, und sie fuhren Wasser und Proviant, bei Bedarf auch Postsäcke und Frachtgut. Das alles erzählte dem Jungen der Steuermann in plattdeutscher Sprache, während sein Helfer stumm blieb und Maschine und Pfeife bediente.
Auch Hans war still, aber nur, weil er den Hafenbetrieb kannte und lieber behaglich seine Zigarre qualmte, als sich in ein Gespräch zwischen Fachleuten einzumischen.
Die Schiffe durften nicht segeln, nein, sie mußten im Hafengebiet geschleppt werden, schon seit einigen Jahren; ja, der Hafen sei zu flach, sechs Meter genügten nicht mehr, es würden jetzt acht. Und, ja, das sei die Moddermaschine, die den Schlick ausbaggere; der Schlick werde in den Öresund gesegelt, an eine Stelle, die später zur Badeinsel werden solle. Vor dem Feuer in den Dampfschiffen habe man auch in Kopenhagen früher Angst gehabt, jawohl, jetzt aber schon lange nicht mehr, Brände seien kaum einmal von Dampfern ausgegangen, eher schon von Seglern, deren Koch zu faul gewesen sei, zum Kochhäuschen zu laufen. »Segler«, sagte der Schiffer und winkte verächtlich ab, als ob er sie in den Hafengrund versenken wollte, »die sind doch längst veraltet. Überlassen wir sie den Bauern von Dragör.« Er grinste, und Marcus grinste mit.
Hans hatte wider Erwarten zwei ruhige Stunden, die er zufrieden unter dem weißen Sonnen- und Rußsegel verbrachte, während Marcus beim Barkassenführer am Heck stand, wie dieser in erhöhter Position dicht vor der Fahne balancierend. Die Muße war Hans Brinkmann einen halben Reichstaler wert, und der Schiffer tippte erfreut an seine Mütze. Im Hotel übte Marcus den lässigen Gruß.

»Wenn ich erst in Rostock Barkassenführer bin, muß ich das können.«

»Das stimmt«, sagte Reeder Brinkmann.

Zwei Wochen später kehrten sie alle zufrieden nach Hause zurück: Franziska, weil sie in der Mode einer Weltstadt auf dem laufenden war, Hans, weil er sich davon überzeugt hatte, daß die Interessen und Fähigkeiten seines Sohnes bei allem lagen, was mit der See zu tun hatte, und leicht auf die Reederei gelenkt werden konnten, und Marcus randvoll mit neuem Wissen. Nachts träumte er mehrmals von der Moddermaschine, die neue Schiffermütze hatte er im Arm.

»Wie haben wir uns nur so irren können?« fragte Hans seine Frau, als sie ihm endlich wieder richtig zuhören konnte, entspannt inmitten ihrer Rostocker Behaglichkeit an einem Stickkissen arbeitend.

Franziska sah auf.

»Ja«, sagte ihr Ehemann nachdenklich und rief sich eine Begebenheit ins Gedächtnis, die ihn lange irregeführt hatte. Seine Mutter hatte eine Diskussion darüber ausgelöst, warum ihr Enkel häufig mit den Fingern auf das Tischtuch klopfte, in bestimmtem Rhythmus. »Frühstück macht die Brinkmanns träumerisch und erfinderisch«, hatte sie gesagt. »Erst erträumen sie sich etwas, das sie nicht haben, und die Kleinigkeit, die daran noch fehlt, erfinden sie sich dazu.« Der Vater hatte es anders gesehen, der Sohn nicht widersprochen. »Du kennst ihn nicht, er erfindet nicht. Er ordnet Vorhandenes, bringt es in einen Gleichklang.« Seine Bedenken erreichten den Höhepunkt, als Marcus sich zum Geburtstag eine Trommel gewünscht hatte, und er dachte immer öfter an den seltsamen Carl, den er nie kennengelernt hatte. »Er wird nun doch nicht Musiker«, sagte er erleichtert.

16. Kapitel (1888–1889)

Obwohl das Pentz der Reederei »Brinkmann, Pentz und Brinkmann« sich noch im Namen befand, war die Erinnerung an den alten Ernst Pentz schon fast aus dem Gedächtnis der Rostocker geschwunden. Drei Jahre nach seinem Tod wußten nur noch wenige, daß er mal der Alleinbesitzer gewesen war, dafür aber waren »Brinkmann und Brinkmann« bekannt wie zwei bunte Hunde.
Seitdem Louise Brinkmann Miteignerin bei Gustav Brinkmann war, hatte sich der Bestand von Schiffen nochmals vergrößert, ebenso wie das Fahrtgebiet. Louise, die im Handel per Schiff die Leidenschaft ihres Alters entdeckt hatte, trieb die Erweiterung mächtig voran, was um so leichter war, als mehr und mehr Barken verkauft wurden, in Rostock, aber auch in Hamburg und Bremen. Die jüngste Neuerwerbung war die 1879 bei E. Burchard gebaute Bark »Sonora«, die neu nach Hamburg ging und von Gustav jetzt als knapp neunjähriges Schiff wieder nach Rostock zurückgekauft worden war. Ein schönes Schiff war sie, ein wenig füllig, und das bedeutete viel Laderaum, und zudem war sie das jüngste von allen Brinkmannschen Schiffen. Daher wurde die »Sonora« unter ihrem neuen Namen »Louise« zum Flaggschiff.
Gustav und Louise Brinkmann schwammen mit ihren Ankäufen gegen den Strom, denn viele mußten verkaufen, außer Hans Brinkmann, der hielt, was er hatte. »Kaufen, kaufen!« rief Gustav, wenn man ihn auf seine ungewöhnliche Taktik ansprach, und beschrieb in charakteristischer Weise mit seiner Zigarre einen weiten Bogen, um anzudeuten, daß man überall und alles kaufen werde. Hans entfernte sich stillschweigend, nachdem er dreimal vergeblich, hauptsächlich wegen ihrer Mutter Louise, versucht hatte, Gustav auf das Risiko aufmerksam zu machen.
»Er will nicht zuhören«, sagte er zu Franziska. »Der Mann kann gar nicht mehr zuhören. Ausgerechnet Gustav, der sich früher stunden-

lang Geschichten erzählen ließ.« Er dachte immer noch darüber nach, während er und Franziska auf Louise warteten, die beim Abendessen auf Gemeinsamkeit bestand, Zuschauer oder nicht.
»Hans, mische dich nicht in die Geschäfte anderer Leute, hätte dein Vater gesagt.« Louise Brinkmann nahm nur im Notfall Zuflucht zu Zitaten, und danach erwähnten sie dieses Thema nie wieder. Reedereineuigkeiten von Brinkmann und Brinkmann erfuhr Hans ab da aus der Zeitung.
Es gab öfter einmal etwas darüber zu lesen, meistens natürlich, wann und unter welchem Kapitän dieses und jenes Schiff ausgelaufen war, der Bestimmungsort und wann es dort erwartet wurde. Wie bei allen anderen Reedereien mischten sich unter die Schiffsnachrichten auch die Meldungen von Verlusten oder die zunächst neutrale Mitteilung, daß ein Schiff überfällig war, bis sich der Verdacht seines Verlustes erhärtete.
Ein Vierteljahr, nachdem die »Louise« sich nach England abgemeldet hatte, erschien eine aufsehenerregende Nachricht über sie im Rostocker Anzeiger: sie war vor der holländischen Küste gesunken, dabei hatten sieben Menschen ihr Leben verloren. Zu Hans' Erstaunen wurde einige Zeit danach besonders ausführlich von der Seeamtsverhandlung berichtet.
Hans saß am Frühstückstisch, hörte weder von den Kindern noch von seiner Frau etwas, vergaß seine Semmel und las fasziniert.
Demnach war die »Louise« in der Nähe von Skagen in einen Südoststurm geraten. Das Schiff hatte, wie viele andere auch, ein Leck, mit dem es seit mehreren Jahren fuhr, nichts Besonderes, denn man hatte immer lenz pumpen können. Während dieses Sturms nun schaffte die Mannschaft es plötzlich nicht mehr, und das Schiff mußte vor den Wind gebracht werden. Am anderen Vormittag drehte der Sturm auf ONO und frischte zum Orkan auf. Der Kapitän entschloß sich, vor dem Wind abzulaufen und den Kurs auf Cuxhaven abzusetzen. Das Schiff hatte wegen unerwartet starker Versetzung durch Strom jedoch weder Elbe noch Weser erreicht, sondern war bei langsam im Schiffsinneren steigenden Wasser an der holländischen Küste entlanggesegelt, um dort in einen Nothafen zu laufen oder auf

Sand gesetzt zu werden. Die Wassertiefe war schon beängstigend gering gewesen, ohne daß sie Land sahen, und im Schiff stand das Wasser bereits fast drei Meter hoch, als Kapitän Schulze bei rasch zunehmender Manövrierunfähigkeit die Boote klarmachen ließ. Das größere von beiden, das mit Luftkissen versehen gewesen war, zerschlug sich den Boden an der Reling, das kleinere ohne Luftkissen wurde nur leicht beschädigt ins Wasser gebracht. Während die Leute an Deck versuchten, das große Boot zu reparieren, schlich sich ein Matrose ins kleine Boot, schnitt die Fangleine durch und trieb in die See; er verschwand spurlos. Zehn Mann waren noch an Bord; als sie das große Boot, notdürftig repariert, ins Wasser setzten, wurde es soweit zerschlagen, daß es nur noch auf den Luftkissen schwamm. Trotzdem sprangen fünf Leute hinein und versuchten ebenfalls, die Leine zu kappen. Da das Boot kenterte, mußten sie wieder an Bord. Als das Boot wieder aufgerichtet war, befahl der Kapitän drei Matrosen und den ersten Steuermann hinein, um es zu bewachen, und kletterte auf Bitten des entkräfteten Steuermanns ebenfalls ins Boot; von diesen fünf Seeleuten starben vier nacheinander an Entkräftung und Unterkühlung, der Kapitän wurde mit Müh und Not gerettet. Die restlichen fünf Mann trauten dem Boot nicht, sondern wollten lieber an Bord bleiben, um sich Flöße zu bauen; zwei von ihnen waren schon bald auf ihren Hilfsflößen in der See zu sehen, sie wurden später tot an Land gespült. Die drei auf der »Louise« wurden bald von einem Dampfer abgeborgen.
»Außerordentlich ausführlicher Bericht«, sagte Hans und legte den betreffenden Zeitungsteil aufgeschlagen auf Louises Frühstücksteller. Seine Mutter pflegte in aller Ruhe ihren Tee zu trinken, wenn auch Dorothea garantiert den Tisch verlassen hatte. Das würde etwa noch eine Stunde dauern.
Der Bericht blieb Hans Brinkmann auch deshalb im Gedächtnis, weil er am selben Tage, ohne es zu wollen, ein halblaut geführtes Gespräch zwischen zwei seiner Angestellten in seinem Kontor mithörte. Mehrmals mischte sich der Laufjunge, gerade im Stimmbruch und seiner Stimme nicht sehr sicher, so laut ein, daß es schon fast ungehörig war. Die Gedanken des Reeders schweiften zu seiner ei-

genen Lehrzeit zurück. »Aber warum schreibt immer der A.B. die Artikel über unsere Reedereien?« rief der Lehrling, der, wie alle früheren Lehrlinge auch, August hieß. Hans lächelte über den Besitzanspruch. Aber es war gut so, sein Geschäft war ein Familienbetrieb, und häufig genug waren die Angestellten engere Familienmitglieder als die Blutsverwandten. »Das ist doch wohl merkwürdig! Will der uns ärgern?«

Brinkmann wunderte sich, daß er diese Tatsache bisher übersehen hatte. Es konnte in der Tat kaum mehr ein Zufall sein, wenn A.B. so oft schon Artikel über die Brinkmann-Reedereien geschrieben hatte, daß es bereits seinem jüngsten Mitarbeiter auffiel. Was aber mochte A.B. bezwecken?

Nun, manche Dinge lassen sich am Schreibtisch nicht klären, es war nutzlos, darüber nachzugrübeln. Hans Brinkmann hatte genügend andere Dinge zu erledigen. Als erstes schrieb er einen Brief an Bürgermeister Liebenow, der ihn um eine Stellungnahme gebeten hatte.

»Sehr geehrter Herr Liebenow«, schrieb er. »Ich bin Ihnen dankbar für Ihre Anregung, und mit Ihrem Plan eines Lloyd Rostock rennen Sie bei mir offene Türen ein, um es salopp zu formulieren. Ich fürchte jedoch, wir werden, auch mit vereinten Kräften, das kleinbürgerliche Element in unseren Reeder-Kollegen nicht überwinden können. Sie erinnern sich wahrscheinlich noch gut an meinen Vater und seine vergeblichen Versuche, die Reeder zu einen? Und erinnern Sie sich an Paetow mit seiner Dampfschiffaktiengesellschaft? Nun, natürlich tun Sie das!

Ich denke, heute ist es immer noch so: Jedem sein eigenes Schiff, und wenn es nur ein einziges ist. Selbst Männer mit einem Schiffsanteil nennen sich heutzutage schon Reeder, jedenfalls außerhalb von Rostock, wie Sie so gut wissen wie ich. Ausgeschlossen, daß solche Geschäftsleute bereit wären, zusammen mit zwanzig anderen namenlos in einem Lloyd- oder HAPAG-Großunternehmen zu verschwinden, selbst wenn es mit goldenem Schein die Gewässer der Welt erhellt. Nein, lieber erbärmlich untergehen, dafür namentlich.

Die Rostocker Kaufleute werden immer Einzelunternehmer bleiben, wir wissen es beide. Auch in anderer Hinsicht können sie sich nicht zu gemeinsamem Handeln entschließen, ja sich noch nicht einmal auf etwas Vorhandenes einstellen. Bis heute haben sie noch nicht begriffen, wie wichtig die Verlängerung des Eisenbahnnetzes von Rostock nach Warnemünde war. Sie planen mit der neuen Bahn nur ihre Sonntagsausflüge, nicht ihre Schiffstonnage.
Überhaupt: Eisenbahn. Auch daß die Mecklenburger Gutsbesitzer für den Transport ihrer Erzeugnisse auf die Bahn ausgewichen sind und so viele Schiffe gar nicht benötigen, haben unsere Kollegen noch nicht bemerkt. Mich graust es bereits, wenn ich in die Zukunft blicke: Briggs und Barken zuhauf, dreißig, vierzig Jahre alt, und sie werden immer älter, segeln immer langsamer und unrentabler. Von diesen Seelenverkäufern kaufen manche unserer Kollegen immer noch welche auf und schätzen sich glücklich dabei. Die Konkurrenz in Hamburg und Bremen aber lacht. SIE hat neue Eisenschiffe, ob Segler oder Dampfer: WIR binden unsere Gelder in hölzernen Wracks in spe. Ganz zu schweigen von den vorausblickenden Dänen, die schon seit zwanzig Jahren alles tun, um die Dampfschifffahrt zu fördern: Steuerfreiheit, Zollfreiheit, Monopole für Schifffahrtslinien, was weiß ich alles. Ach, es ist ein Jammer!
Unsere Borniertheit – um uns Rostocker Reeder einmal alle über einen Kamm zu scheren, denn wir, die wir vorausschauend denken, werden natürlich mit den Trägen, mit den Rückständigen zusammen fallen – wird Rostock als Welthandelshafen zugrunde richten.
Hochachtungsvoll, Ihr hoffnungsloser H. Brinkmann«

Während Brinkmann den Briefbogen zusammenfaltete, überdachte er seinen Inhalt, der selbst in seinen Augen überraschend negativ ausgefallen war. Aber einem Mann wie Liebenow gegenüber gab es gar keinen Grund, Zurückhaltung zu üben, im Gegenteil, er mußte scharf zeichnen, um dem Bürgermeister Munition zu verschaffen. Ein wenig spiegelte allerdings sein Schreiben auch die Situation in der eigenen Familie wider. Seitdem Marcus durchgesetzt hatte, daß er auf dem Konservatorium studieren durfte, war sein Blick in die

Zukunft ein wenig getrübt. Statt seinen Sohn zu beteiligen, mußte er sich nach einem fremden Teilhaber umsehen, auf lange Sicht jedenfalls. Bei Gustav sah es nicht viel besser aus. Nach dem Tod von Ernst junior setzte sein Bruder alle Hoffnung auf George. Aber nachdem es heute mehr und mehr üblich wurde, daß die Söhne ihre eigenen Wege gingen, war auch dessen Interesse für die Reederei mehr als zweifelhaft.
Bislang allerdings war George der Kronprinz im Hause Brinkmann und Brinkmann; den dicken Gustav nannte Hans ihn, aber nur heimlich; breitschultrig und groß gewachsen, schlug er seinem Vater nach, und es würde nicht lange dauern, bis er ihn auch an Gewicht schlagen würde. Mit seinen vierzehn Jahren sah er aus wie achtzehn und hatte, nachdem er als Vorschoter allmählich zu schwer geworden war, von seinem Vater ein eigenes Segelboot geschenkt bekommen. Seitdem widmete er sich dem Regattasport, und das war das einzige, das er mit Inbrunst betrieb. Die Schule jedenfalls gehörte nicht dazu. Sein Vater Gustav aber, wenn er sich seltenerweise einmal Zeit nahm und sich zum »Großherzoglich Mecklenburgischen Yachtclub« am Gehlsdorfer Ufer übersetzen ließ, feuerte den Jungen mit lauten Rufen an, schrie »abfallen« und »anluven«, und wenn George ganz das Gegenteil davon tat, weil er es besser wußte, schrie er glücklich und noch viel lauter: »Der Junge ist richtig, der wird mal ein guter Reeder!« Den übrigen Besuchern des Clubs, die zum Teil nichts anderes suchten als Ruhe oder auch in angenehmer Umgebung geschäftliche Gespräche führen wollten, war Gustav Brinkmanns aufdringliches Gebaren peinlich. Es kam soweit, daß niemand mehr mit ihm an einem der kleinen eisernen Tische vor der Balustrade sitzen wollte.
Seinem Bruder Hans wurde die wachsende Absonderlichkeit des Reeders bereits zugetragen. Er erwiderte zwar kühl: »Was kann ich daran machen?« Im stillen aber beschäftigte Gustav ihn natürlich doch, und er empfand die Belastung um so stärker, als seine Mutter ihren Älteren als Teil der Reederei ansah und sich jede Erwähnung seiner Person verbat. Auch Caroline war tabu; statt eines Studiums hatte Hans sie in die Schweiz in ein Pensionat geschickt, wo sie Fran-

zösisch und Englisch gelernt hatte, aber dankbar war sie ihm dafür nicht; im Gegenteil, sie zürnte ihm, und aus ihren spärlichen Nachrichten wußte er nur, daß sie irgendwo im Süden Deutschlands Unterricht erteilte.
So fühlte Hans Brinkmann sich zuweilen von der Fülle seiner Verantwortlichkeiten niedergedrückt: anonymer Herrscher einer Dynastie zu sein, ohne Anspruch auf den Thron zu haben, ist ein undankbares Geschäft.
Um so erstaunter und erfreuter war er, als nach seinem Mittagsimbiß ein Telegramm zu ihm hereingebracht wurde mit dem kurzen Wortlaut: »Ankomme Hamburg mit ›George Brinkmann‹, voraussichtlich 8. Februar. Chris Brinkman.«
Hans ließ das Papier sinken. Es sah ganz danach aus, als ob er endlich seinen vermißten Onkel Christian in die Arme würde schließen können, nach – nun, es mußte an die vierzig Jahre her sein. Er konnte sich gar nicht mehr richtig an ihn erinnern, nur an das, was seine Mutter ihm erzählt hatte. Er schlug in der Zeitung nach und suchte unter den Schiffsnachrichten. Da stand es auch schon: Die »George Brinkmann« seines Bruders war am 8. Oktober von Iquique in Chile ausgelaufen, und die vermutete Ankunftszeit stimmte mit Christians Angabe überein. Er mußte einen Beauftragten in Hamburg haben, der gekabelt hatte. Hans machte mit seiner Arbeit für diesen Tag Schluß und ging nach Hause; wenigstens einmal würde er seiner Mutter eine erfreuliche Nachricht überbringen können.

Christian Brinkmann, der begnadete Schiffskonstrukteur ohne deutschen Befähigungsnachweis, hatte es in der Enge der Mecklenburger Ritterguts- und Domänenmentalität nach dem Bruch mit seinem Bruder keinen Tag mehr ausgehalten, sondern sich unmittelbar danach in Hamburg nach New York eingeschifft.
In Amerika führte er ein aufregendes, aber zufriedenstellendes Leben als Mitinhaber eines Schiffskonstruktionsbüros zusammen mit seinem Freund Ben, und ihre Freundschaft hielt ein Leben lang, auch unter dem Zwang, Erfolg zu haben. Seiner Ehe war nicht ganz soviel Glück beschieden, denn er nahm sie weniger genau als seine Arbeit.

So hatten er und seine Frau sich allmählich und unauffällig auseinandergelebt, und es machte ihr wenig aus, daß Chris häufig auf Geschäftsreisen war. Nach ihrem Tod wurde er noch unruhiger, es schien fast, als ob er im Alter zu seiner kindlichen Leidenschaft zurückgekehrt war, durch die Welt zu reisen, nun aber nicht mehr mit dem Finger auf der Landkarte. Chris jedoch behauptete, er teste Schiffe unter den verschiedensten Bedingungen, die Versuche im Wasserkasten hätten ihn nicht zufriedengestellt.

In Wahrheit floh er, weil er neidisch war, neidisch auf seinen erfolgreichen Sohn Douglas. Der hatte seit drei Jahren das Konstruktionsbüro übernommen, aber dessen Schwerpunkt verlagert. Nicht mehr schnelle Teeklipper, sondern Regattaschiffe wurden nun gezeichnet. Die Vereinigten Staaten waren vom Regattafieber gepackt worden, und sein Sohn glühte am heißesten. Mit der »Puritan« von Edward Burgess hatte der Streit zwischen Vater und Sohn begonnen. Doug war ein Anhänger von Burgess gewesen, als der noch ein Außenseiter gewesen war, während Chris ungewöhnlich heftig versucht hatte, das Klipperprinzip als das Ideal einer Rennyacht darzustellen. Burgess aber baute das flache, breite Schwertschiff der amerikanischen Ostküste. Sein Leben lang hatte Christian den am Bug völligen Schiffstyp verabscheut und, um ihn nicht bauen zu müssen, seine Heimat verlassen. Nun kam sein Sohn mit etwas Ähnlichem, und Christian Brinkman war nicht bereit einzusehen, daß zwischen amerikanischen Schwertbooten und mecklenburgischen Obst- und Kohleseglern Abgründe klafften. Als die »Puritan«, dieser »Bostoner Bananenkutter«, wie ihre Gegner und selbstverständlich auch Chris sie nannten, den America's Cup gewann, begann Chris Brinkman auf Reisen zu gehen.

Douglas, sein Sohn, war ganz froh, wenn der Vater fort war, denn dessen Kenntnisse waren vollkommen veraltet, und er konnte sie nicht gebrauchen. Und was bedeutete schon das Herankarren einer Ladung Tee gegen die Vibration der Nerven beim Cup und seinen zahlreichen Test- und Vorrennen!

Chris hatte über die Jahre hinweg sporadisch Nachrichten über die Reedereien seiner Neffen aufgeschnappt, nicht uninteressiert, aber

auch nicht besonders interessiert. Höchstens hörte er genauer hin, wenn die Rede auf seine Schwägerin Louise kam.
Als er im Hafen von Iquique die Brinkmannschen Farben im Großtopp eines Seglers wehen sah – die drei goldenen Sterne und die F.W.B. in den Ecken waren unverkennbar; bei Gustav auf schwarzem Grund, bei Hans auf blauem –, kam ihm spontan die Idee, die Familie in Rostock zu besuchen. Chris Brinkman ging an Bord und fand den Kapitän in seiner Kajüte. Er erklärte ihm sein Anliegen. Kapitän Voß machte ein paar Ausflüchte, aber andererseits wagte er nicht, einem Mitglied der Familie seines Brotgebers den Wunsch abzuschlagen. Ziemlich schnell nannte er den Preis für die Passage, wodurch Chris Brinkman sofort erkannte, wo den Mann der Schuh drückte. Sie wurden sich handelseinig, und Voß sagte zu, die Kabine seines ersten Offiziers freimachen zu lassen.
Zwei Tage später bezog Chris diese Kabine, frühzeitig genug vor dem Ablegen, um den knurrigen Steuermann seine Sachen abtransportieren zu sehen. Der alte Mann sah ihm mit unbewegtem Gesicht nach. Passagiere verbesserten die persönlichen Einnahmen des Kapitäns; ihre Koje aber mußten die ersten Offiziere räumen: deswegen sahen Kapitäne Passagiere im allgemeinen gern, die Ersten aber nicht. Im vorliegenden Fall allerdings räumte Christian Brinkman ein, daß der Kapitän möglicherweise gerne auf seine Gehaltsaufbesserung verzichtet hätte: ein Familienmitglied als Passagier war wie ein Spion im Dienste des Reeders. Chris lachte leise, warf seine Reisetasche aus feinstem Leder unachtsam auf die Koje und setzte sich daneben.
Mehr als dieses schmale Brett enthielt der Raum praktisch nicht, ein Haken am Schott und ein schmales Bord, das war wirklich alles. Wenn die Tür aufgedrückt wurde, mußte er die Beine anziehen, was ihm schon etwas schwer fiel, oder hochlegen, was ein wenig besser ging. Er hätte die Heimfahrt wesentlich bequemer haben können; es hätte nicht eine New Yorker Schiffahrtslinie gegeben, die es sich nicht zur Ehre angerechnet hätte, den bekannten Konstrukteur und Miteigner von Devil, Brinkman and Sons zu ihren Gästen zu rechnen. Aber dann wäre es kein Brinkmannsches Schiff gewesen …

Chris ließ sich nach hinten sinken, den Blick auf den dürftigen Spalt Licht gerichtet, der durch das Bullauge drang. Er fing an, sentimental zu werden. Sentimentalität war ihm während seiner langen Jahre in Amerika abhanden gekommen, jetzt tauchte sie plötzlich wieder auf. Es wurde Zeit, daß er nach Rostock fuhr.

Während er auf dem Rücken lag, die Hände im Nacken verschränkt, und auf die Decksplanken über sich blickte, die sich geworfen hatten und über deren abblätternde einst weiße Bemalung Rostspuren liefen, drangen in sein Unterbewußtsein dumpfes Rumpeln und das Quietschen von ungeölten Scharnieren. Seit Stunden trugen die Schauerleute Sack um Sack mit Salpetersalz über die Gangway an Deck, wo sie auf Bretterböden gesammelt und vom Ladebaum ins Schiffsinnere versenkt wurden. Anscheinend würde die gesamte Ladung aus Salz bestehen. Und was sollte schließlich dieses dreckige Land sonst auch liefern? Mit Unbehagen dachte er zurück an die halbnackten Indianer da draußen. Wie die Vorarbeiter war auch er nur mit griffbereitem Messer über den Kai gegangen, instinktiv nach allen Seiten sichernd. In der Stadt hatte man ihm eindringlich zur Vorsicht geraten.

Niemand blieb länger als unbedingt nötig in diesem Hafen. Kaum hatten die Kräne ihr entnervendes Geräusch eingestellt, wurden die Luken verschalkt, und die »George Brinkmann« lief aus.

Chris Brinkman war erst wenige Tage an Bord, da wußte er schon, daß Minen-Voß, nach seiner Mutter so geheißen, um ihn von anderen Vossens zu unterscheiden, unbeliebt war. Der alte Steuermann, der es selbstverständlich nicht Brinkman, sondern seinem Kapitän übelnahm, daß er ausquartiert worden war, nannte Voß unverblümt einen Gnatzkopp, und das tat die Mannschaft mehr oder minder offen auch.

Nach einer knappen Woche sahen sie an Steuerbord die hohen Berge der Juan-Fernández-Inseln vorüberziehen. »Die Leute können sich die Trauben direkt in den Mund wachsen lassen. Kein Mensch arbeitet dort.« Der Steuermann deutete mit dem Kinn an, was er meinte, aber Christian blieb skeptisch. Die Phantasie spielt den

nördlichen Menschen gern Streiche, wenn sie glauben, in einem Paradies zu sein. »Möchte trotzdem dort nicht mehr hin.«
»Nein?« fragte Christian Brinkman, träge von der warmen Frühlingssonne, um den Mann am Reden zu halten.
»Nein!« antwortete der Steuermann mit Abscheu. »Die Insel ist fast noch so einsam wie zu Robinsons Zeiten.«
Brinkman mußte lachen. Als ob ein Seemann, der drei Viertel des Jahres die entferntesten Gegenden durchsegelt und den Rest auf dem Fischland verbringt, viele Menschen um sich gewöhnt sei. »Sie sollten mal New York kennenlernen«, schlug er vor, »und damit meine ich nicht den Hafen, sondern die Stadt!«
»Rostock reicht schon.«
Der Passagier bekam den Kapitän nicht oft zu sehen: die Mahlzeiten ließ er sich häufig in seiner Kabine servieren, und wenn dann der Kajütsjunge an die Back kam, sagte er, »er ist knarzig« oder »schmeißt mit dem Stiefel« oder rieb sich nur die Backe, und das bedeutete, daß die Laune des Schiffers gegen den Tiefpunkt ging. Erst am Sonntag nachmittag traf Chris mit Schiffer Voß zusammen, denn da öffnete dieser seine Slappkiste, in der auf Langfahrten alles enthalten war, was der Seemann so an Nachschub benötigt: Tabak und Tonpfeifen, Messer, Zwirn zum Ausbessern der Kleidung, Nadeln, Papier, Tinte und Federn.
»Dreißig Pfennig?« stammelte der Seemann erschrocken, der Christian Brinkman aus der Kapitänskajüte rückwärts entgegenkam. »In Rostock kostet die Platte Kautabak zwei Groschen, und neulich . . .«
»Groschen gibt es nicht mehr. Hier bezahlst du nach neuem Geld, in Pfennig. Und auf meinem Schiff ist das heute der Kurs!« schnarrte Minen-Voß und machte einen Vermerk in der Liste, die auf dem Kajütstisch lag.
»Und am nächsten Sonntag das Doppelte«, sagte der Seemann bitter und leise genug, daß Voß es nicht hörte, wohl aber Christian Brinkman. Er drängte an Brinkman vorbei und blieb im Gang stehen, wo er sich ein schmales Stück von seinem Kautabak abschnitt und in den Mund stopfte. Er war so gierig darauf, daß ihm der Saft aus dem Mund lief, als er über das Süll an Deck stieg.

»Wollen Sie auch etwas?« fragte Voß seinen Gast erstaunt.
»Nicht, wenn der Tabak zehnmal soviel wie in New York kostet«, versetzte Brinkman und registrierte mit Genugtuung, daß der Kapitän den Seitenhieb verstanden hatte.
»Ich tue nur das, was üblich ist«, verteidigte Voß sich und schlug sein Registrierheft mit einem Knall zu. Dann schloß er es sorgfältig in einem Schapp ein und verwahrte den Schlüssel zusammen mit der Uhr in der Westentasche.
Chris Brinkman, dem jegliche Geheimhaltung fremd war, der sogar mit seinen Konstruktionszeichnungen immer schlampig gewesen war, verfolgte mit Staunen das Tun des Schiffers. »Zu dem Preis? Das grenzt an Ausplündern!« sagte er ohne jede Höflichkeit. Überhaupt fand er, daß Voß zunehmend wie ein Krämer aussah, wie einer von den kleinen Trödlern, die man in Rostock zu seiner Zeit nicht gern gesehen hatte. »Ich hätte gute Lust, mich mit meinem Neffen mal darüber zu unterhalten, was üblich ist und was nicht.«
Voß merkte, daß er zu weit gegangen war. Er sprang auf, nestelte erneut an seiner Uhrkette und schloß ein weiteres Schapp auf, in dem Flaschen sichtbar wurden. Mit drängender Eile brachte er es fertig, gleichzeitig seinen Passagier auf den vor dem Tisch festgeschraubten Sessel zu komplimentieren, einzuschenken und ihm zuzuprosten. Danach nahm er beide Hände wie hilflos in die Höhe. »Wissen Sie, Herr Brinkmann«, sagte er, »diese einfachen ungebildeten Seeleute geben ihr Geld an Land aus, wenn man nicht auf sie aufpaßt.« Er blinzelte seinem Gast vertraulich zu, der mit dem Glas in der Hand aufmerksam und höflich zuhörte. Voß beugte sich vor, und seine Stimme wurde leise. »Für Frauen, verstehen Sie? Ach, was sage ich, Frauen! Wenn Sie und ich von Frauen reden, meinen wir auch welche. Erinnern Sie sich noch an die Rostocker Frauen, Herr Brinkmann? Nun, noch einige Wochen, dann ... Aber diese hier, diese Weiber, die rauben jeden Seemann aus.« Kopfschüttelnd über das Los seiner armen Mannschaft, goß er seinem Gast noch ein Glas Süßwein ein. »Vorzüglicher Tropfen«, rühmte er. »Von hier, von einem Winzer aus der Koblenzer Gegend. Hat sich vor dreißig Jah-

ren hier selbständig gemacht. Kennen Sie ihn vielleicht? Paul Führer, nennt sich jetzt Pablo Conquistador.«
Brinkman schüttelte den Kopf. »Interessiert mich auch nicht. Dagegen hat es mich sehr interessiert zu hören, daß Sie es für besser halten, Ihre Seeleute selber auszunehmen, als sie ins Bordell zu lassen.«
Voß schluckte und starrte seinen Gast mitgenommen an. Da Brinkman grußlos ging, erfuhr er nicht, ob den Kapitän die Erwähnung des Bordells oder der saftigen Rendite, oder daß der Reeder jetzt bald alles erfahren würde, so aus dem Tritt gebracht hatte. Aber er konnte es sich denken. Voß war einer von denen, die sonntags mit der Bibel in der Hand die Mannschaft an Deck antreten und danach die fälligen Bestrafungen mit der Peitsche austeilen ließen. »Heuchler!« fluchte Christian und holte draußen tief Luft. Dann ging er an die Reling und sah über das Meer, dessen rollende Wogen von weit her kamen und das, so weit das Auge blicken konnte, leer war. Sie hatten den vierzigsten Breitengrad schon hinter sich, hier fuhr nur noch, wer Kap Hoorn runden mußte.
Der Steuermann, der wie üblich Dienst hatte, trat zu ihm. »Schönes Wetter«, sagte er. »Bisher haben wir Glück gehabt. Aber es kann sich schnell ändern.«
»Sagen Sie«, begann Christian das Thema, das ihm zeit seines Lebens am meisten am Herzen gelegen hatte, »ist dieses Schiff nicht ein bißchen zu alt und zu langsam?«
»Alt ja«, gab der Seemann zu, »sie ist ein Schwesterschiff von ›Mecklenburgs Hauswirthen‹, ein Jahr nach ihr gebaut, 1857 von Dethloff. Aber schlecht nicht.« Dann zuckte er mit den Schultern. »Und Salpeter hat es nie eilig.«
»›Mecklenburgs Hauswirthe‹«, sinnierte Christian, »ich kann mich an sie erinnern. Und ich glaube, sie galt als schwerfällig und langsam.«
»Stimmt.«
»Aber ihr Gebiet war nicht der Südpazifik, sondern Nord- und Ostsee.«
»Stimmt wieder«, gab der Steuermann zu und spuckte ins Wasser,

das sich in diesem Moment unter ihnen hob und durch die Speigatten spülte.

»Wie ist die ›George Brinkmann‹ denn klassifiziert?« fragte Christian neugierig. Beide hatten sie viel, viel Zeit. Es würde für Wochen keine andere Unterhaltung geben als Gespräche, und der Steuermann war ein angenehmerer Zeitgenosse als der Schiffer. Andererseits war ein Passagier für ein Mannschaftsmitglied ein glücklicher Zufall, und er hatte kein schlechtes Gewissen, diesen womöglich von einer wichtigen Arbeit abzuhalten.

»A 1 beim Germanischen Lloyd«, antwortete der Steuermann treuherzig.

Christian Brinkman sah ihn ungläubig an. Aber sein Gesprächspartner meinte es ganz ernst. »Für wie viele Jahre noch?«

»Keine Jahre.« Der Steuermann spuckte wieder aus und schnitt sich dann einen neuen Priem ab, den er zwischen Wange und Zahnreihe schob, bevor er weitersprach. »Letzte Fahrt jetzt. Wir werden im Winter neu klassifiziert.«

So erklärte sich das also. Nach Christians Meinung genügte das Schiff den Anforderungen für dieses gefährliche Gebiet bereits jetzt nicht mehr. Aber er hütete sich, das laut zu sagen, denn der Steuermann schien stolz auf sein Schiff zu sein. Warum sollte er einen netten Gesprächspartner kränken?

»Sie müssen mich jetzt entschuldigen«, sagte der Steuermann und ließ seinen Blick routinemäßig über die Segel schweifen. »Wir müssen die Segel bald nachstritschen. Die Backbordwache kommt in einigen Minuten hoch.« Er tippte an seine Stirn, während Brinkman mit einem Nicken zurückgrüßte, und wanderte langsam nach achtern zum Rudergänger. Dort warf er einen Blick in das Kompaßhaus und überprüfte nochmals die Segelstellung. Jetzt, bei beginnender Dunkelheit, würden beide Wachen zusammen die Brassen und Fallen für die Nacht strecken. Die Toppsegel würde er reffen lassen, um die Fahrt zu verlangsamen.

Christian Brinkman zog sich zum Niedergang zurück, als es sechsmal glaste und er kurz darauf die neue Wache an Deck poltern hörte. Er zog es vor, den Seeleuten nicht im Wege zu sein, wenn sie, wie

Perlen an der Kette aufgereiht, im Takt die Leinen durchholten. Er lächelte ein wenig, weil es ihm Mühe machte, die verballhornten englischen Worte ihres Arbeitsliedes zu verstehen. Die meisten der Seeleute wußten wahrscheinlich nicht, was sie sangen. Aber das machte nichts, der Takt war das wichtigste, und der Vorsänger hielt den Takt gut. Wehmütig hörte Chris das Ende des Liedes an, sah die Männer die Enden aufschießen und über die Coffeynägel hängen, dann ging er nach unten in die Trostlosigkeit der heruntergekommenen Kajüte. Fast bereute er, daß er sich durch das vertraute Reedereizeichen hatte hinreißen lassen.

Dieses Gespräch war das letzte, das Christian mit dem Steuermann in aller Ruhe führen konnte, denn das Wetter verschlechterte sich rapide. Das Kap-Hoorn-Wetter begann, nicht anders als auf seiner Hinreise, mit Schnee- und Hagelschauern, mit böigen und stürmischen Winden. Zuweilen kam Nebel auf; wenn er lange genug anhielt, daß sich auch die See beruhigen konnte, hörte Christian die Wale wie die Nebelhörner am Hudson-River blasen. Meistens aber dauerte die Stille nur kurz, und dabei ging die See hoch. Christian verabscheute dieses für einen Nordländer unnatürliche Wetter; er wurde hochgradig nervös, wenn keine Fahrt im Schiff war, wenn die Bäume, Rahen und Taue trotzdem schlugen und peitschten. Aber er kam an Deck, um die Albatrosse auf den Wogen reiten zu sehen, ähnlich seinem Doug, der als Kind die Berg-und-Tal-Bahn am meisten von allen Vergnügungen auf dem Rummelplatz geliebt hatte. Auch die Seeleute hatten schlechte Laune, denn ständig Rahen und Brassen sichern, wieder trimmen, wieder festsetzen und doch nicht vorwärts kommen, ist am Kap Hoorn nervenaufreibend. Dazu mußte jede Wache zweimal lenzen. Um die Riesenvögel aber kümmerten sie sich nicht, eher noch vermieden sie hinzusehen, um kein Unglück heraufzubeschwören.

Wenige Stunden, nachdem eine große Schule Wale die »George Brinkmann« auf dem gleichen Kurs überholt hatte, klarte es überraschend schnell auf. Die Luft wurde eisig. Schiffer Voß mußte die Wetteränderung sogar in seiner Kajüte gespürt haben, er kam nach

oben und sah sich sorgenvoll um. Sein argwöhnischer Blick schweifte auch über die arbeitenden Männer, und die verständigten sich wortlos und arbeiteten schneller und eifriger, als wenn er unten war, aber als er den Rücken kehrte, hörten sie für eine Weile ganz auf. Weder der Steuermann noch der Bootsmann sagten dazu etwas.
Der Wind frischte schneller zum Sturm auf, als die Freiwache bei »alle Mann« an Deck war. Während Christian, mit beiden Händen am Niedergang, die Seeleute beobachtete, wälzte sich aus Südosten eine schwarze Wolkenbank über das Schiff und überschüttete es mit Hagelböen. Brinkman verzog sich nach unten, spürte aber auch hier, wie das Schiff hart in die Wogen einsetzte, und in den Sekundenbruchteilen nach dem Ende einer Bö hörte er das Holz der Schiffswandungen knarren und ächzen.
Er legte sich auf seine Koje; in dieser Dunkelheit konnte er noch nicht einmal lesen. Schlafen aber auch nicht, und so verfolgte er über Stunden die Geräusche im Schiff. Mit der kühlen Beobachtungsgabe des Konstrukteurs analysierte er, daß das Wasser in der Bilge am Steigen war, denn die Pumpen schlugen immer öfter an, und die Bewegungen der »George Brinkmann« wurden allmählich schwerfälliger. Obwohl der Wind anscheinend nicht weiter zunahm, krachte Woge um Woge auf das Deck. Christian hätte gerne gewußt, wie es da oben aussah, aber hochzugehen würde jetzt sinnlos und gefährlich sein.
Am nächsten Morgen machte Christian sich auf den mühevollen Weg in den kleinen Speiseraum für den Schiffer und seine beiden Vertreter sowie die Passagiere, sofern welche an Bord waren. Aber in der Pantry war das Feuer gelöscht; der Koch zuckte mit den Schultern, als er hineinsah. Immerhin reichte er Chris eine Scheibe Schiffsbrot, verkeilte sich dann aber wortlos wieder zwischen Herd und Schott. Wahrscheinlich gab der Herd immer noch etwas Wärme ab. Auch im Mannschaftlogis gab es keinen, der mit ihm reden wollte. Die Männer lagen angezogen in ihren Hängematten und schliefen bei alldem Lärm tief und erschöpft.
Der Konstrukteur spürte mit Beunruhigung, wie die »George Brinkmann« trotz unveränderten Sturmes und obwohl sie immer noch

vor dem Wind ablief, zunehmend schlingerte. Er ließ sich wieder in seine Kajüte zurückstoßen und zog sich dort unter Fluchen einen weiteren Pullover an, die Beine an das gegenüberliegende Schott gestemmt. Um den Wintermantel überzuziehen, mußte er in den Gang hinaustreten, und er war auch dankbar, nicht mehr mit ansehen zu müssen, wie selbst an der Verkleidung seiner Kabine das Wasser entlangrann und am Boden verschwand. Chris kroch an Deck, mühsam, Hand um Hand.
Der Steuermann hatte sich neben beiden Rudergängern festgebunden, die ebenfalls angelascht waren. Vor fliegender Gischt konnte Christian wenig mehr als das sehen, aber der Steuermann hatte seine Augen überall. Er bemerkte seinen Passagier sofort und schrie ihm etwas zu, was dieser nicht verstehen konnte. Während Welle auf Welle krachend auf das Achterdeck niederfiel, arbeitete sich Christian nach hinten zum Steuerrad.
»Runter!« brüllte der Steuermann, »Sie haben hier nichts zu suchen!«
Brinkman, bereits genauso naß wie die Seeleute, schüttelte störrisch den Kopf; Tropfen spritzten ihm von Nase und Kinn, und ihm war kalt. »Warum liegt sie so tief?« schrie er zurück. »Warum wird nicht gepumpt?«
»Die Pumpen arbeiten nicht mehr!«
»Warum nicht?«
Der Steuermann zuckte die Schultern, beobachtete eine Weile die hohe See achteraus, dann entschloß er sich zum Reden. »Verstopft!«
Christian Brinkman grübelte noch über diese seltsame Erklärung nach, als ein Seemann ungesichert eilig über Deck gekrochen kam. »Acht bis neun Zoll pro Stunde«, rief er dem Steuermann im Heulen des Sturms zu. »Mittschiffs sind an Backbord fünf Knie gelöst und die Zwischendecksbalken gebrochen. Das Wasser strömt dort herein.« Seine letzten Worte wurden durch das Heulen einer Bö ausgelöscht, die stärker als alle vorigen war.
»Was ist mit den Pumpen?«
»Hoffnungslos!« brüllte der Mann, der an Deck saß und sich an einer der aufgespannten Sicherungsleinen festklammerte. »Der Käpt'n

hat sich eingeschlossen.« Mit weit aufgerissenen Augen sah er flehentlich zum Steuermann hoch. Nur von diesem erfahrenen Mann konnte jetzt noch Hilfe kommen. »Die Säcke sind aufgerissen, das Salz hat sich im gesamten Laderaum verteilt.«

»Warschau!« schrie der Steuermann, und Brinkman hatte gerade noch Zeit, um hochzusehen, da brach eine Wasserwand über sie herunter.

Mund, Nase, Ohren, alles voll Wasser, kämpfte Christian, um genug Luft zum Atmen zu bekommen, während er sich an der Sorgeleine festklammerte. Dicht neben ihm wurde eine Spiere heruntergeschmettert, und Christian fühlte, wie sie sich an ihm stieß und dann achteraus wegschwamm.

Unendlich langsam tauchte das Achterschiff wieder auf, jedoch blieb das Deck bis zu den Knien der Männer unter Wasser, übersät von treibenden Takelageteilen des Besans. Lose Rundhölzer wurden von der tosenden See hinter dem Heck angesaugt und verschwanden, andere wirbelten mit dem Wasser auf dem Achterschiff herum, zerschlugen die Nagelbank und die Reling, bis sie im Gewirr von Leinen hängenblieben. Die »George Brinkmann« schwamm mühsam, torkelte auf den Wellen, die eine nach der anderen das Heck überrollten und unter dem Bug hindurchgingen.

Christian Brinkman kam allmählich wieder zu sich und bemerkte, daß der Steuermann längst dabei war, in rasender Fahrt alle nachschleppenden Leinen zu kappen, damit die Spieren freikamen. Sein Blick blieb auf der Stelle haften, auf der sich eben noch der Mann aus dem Laderaum befunden hatte. Jetzt war sie leer.

Für Christian blieb an Deck nichts zu tun, und er kroch wieder zum Niedergang; einige Männer waren dem Steuermann inzwischen zu Hilfe gekommen.

Kaum war er unten, schlugen die Pumpen erstmals seit Stunden wieder an, und Brinkman schöpfte Hoffnung. Wenn sie die in Ordnung gebracht hatten, konnte es so schlimm um das Schiff nicht stehen.

Aber als er den Niedergang zum Laderaum hinabsteigen wollte, schwemmte ihn eine Welle von den Sprossen fort. Dann schwanden seine Sinne in einem Wirbel von rauschendem Wasser und splitterndem Holz, und als letztes dachte er daran, daß der Namenspatron des Schiffes nun nicht einmal wissen würde, in welchem Weltmeer die Reste ruhten.

Am 15. Februar galt die »George Brinkmann« als überfällig, und am 1. März widmete ihr der Rostocker Anzeiger, wie allen vermißten Schiffen, einige kurze Zeilen. In den folgenden Wochen, in denen aus Chile spärliche und unbefriedigende Nachrichten einliefen, aus Patagonien gar keine und zwischen Montevideo und Recife kein einziges Schiff den Kontakt mit dem mecklenburgischen Segler melden konnte, verdichtete sich die Ansicht, daß das Schiff irgendwo bei Kap Hoorn verschwunden sein müsse. Doch sprach sich herum, daß ein chilenisches Küstenwachtboot bei Cabo Pilar an der Magellanstraße ein Namensschild mit der deutlich lesbaren Schrift ». . .stock« gefunden hatte, wobei der Anfang des Wortes mit dem abgebrochenen Holz verschwunden war. In der Nähe davon hatten an Land zwei kleine Weinfässer gelegen. Das war aber schon Ende Oktober gewesen, und kein Faß hält das Wetter am Hoorn und die Indianer länger als eine Woche aus.
Der Rostocker Anzeiger heizte die öffentliche Diskussion an, indem er den Untergang der »George Brinkmann«, wenn es denn nun einer war, fast täglich und von allen Seiten beleuchtete. Häufig auch begnügte er sich, allgemein über die Zustände der Rostocker Flotte zu plaudern, und jeder wußte, was gemeint war.
»Was tut«, stand da, »ein Segler, der einunddreißig Jahre alt ist, in der stürmischsten Gegend der Welt? Kann er nicht sein Gnadenbrot in der Ostsee absegeln? Nein, er kann nicht. Nicht, wenn auf seinem Heck Rostock steht. In Seemannskreisen geht schon der Schnack um: ›Was tut der Rostocker Greif auf dem Meeresboden? Er sucht nach der schwedischen Krone.‹ Für Leser, die mit der Schiffahrt nicht vertraut sind, lösen wir das Rätsel: Die Rostocker Seglerflotte ist überaltert, Schiffsuntergänge sind besonders häufig. Übertroffen wird sie nur noch von schwedischen Schiffen – die Schweden kaufen die ausgemusterten Rostocker Segler auf.«

So oder ähnlich verfuhr die Zeitung über die nächsten Wochen, nicht zuviel, damit die Leser des Themas nicht überdrüssig wurden, aber auch nicht zuwenig.
Zuweilen auch waren nicht die Reeder, sondern verwandte Kreise Gegenstand der spitzen Feder des Schreibers A.B. »Warum«, schrieb er »fahren manche Kapitäne nie in bestimmte Gebiete, die als gefährlich gelten, auch mit nagelneuem und hoch klassifiziertem Schiff nicht? Andererseits gibt es andere, die selbst mit halben Wracks an der Eisberggrenze entlangschrammen und doch heil nach Hause kommen. Ist es die Kunst des Schiffers, oder ist es die Güte des Schiffes, wenn es vierzig Jahre havariefrei fährt? Sollte man vielleicht eher den Kapitän durch Lloyd klassifizieren lassen als sein Schiff?«
Hans Brinkmann, der die Zeitung wie üblich während des Frühstücks las, faltete sie um seiner Mutter willen sorgfältig zusammen und sagte: »Das muß man A.B. lassen, Mut hat er. Der bringt die gesamten Schiffahrtskreise gegen sich auf. Systematisch. Was das wohl soll?«
»Glaubst du wirklich?« fragte Franziska. »Ich kann mir kaum denken, daß einer mit Absicht alle gegen sich aufbringt. Vater erzählte mir, daß sie sogar im Rat darüber sprechen.«
Ihr Ehemann sah sie forschend an. »Im Parlament?«
»Nein, nein, in den Pausen, meinte Vater sicher«, verbesserte Franziska unsicher.
»Ich werde ihn fragen«, sagte Hans und küßte seine Frau zum Abschied auf den Nacken. »Das ist jedenfalls eine interessante Entwicklung, und es fragt sich, ob A.B. vielleicht genau das will.«
Hans Brinkmann aber hatte in den nächsten Tagen keine Gelegenheit, mit seinem Schwiegervater zu sprechen, und dann verlor er die Sache aus dem Auge, denn insgesamt war sie gegenwärtig doch nicht mehr als ein anregendes Thema für einen Herrenabend.
Das blieb aber nicht so, denn im Mai trafen endlich die Wrackteile der »George Brinkmann« ein, die man bei gründlichen Nachforschungen in einer Bucht am Ausgang der Magellanstraße gefunden und diesmal eindeutig identifiziert hatte. Dank ungewöhnlich steter Westwinde waren nämlich gleich mehrere Hölzer zusammen mit

dem Namensschild weit hoch auf Land gesetzt worden. Die Besatzung des Patrouillenbootes hatte nicht mehr klären können, ob da vielleicht noch mehr gewesen war, was wichtig gewesen wäre, um den Ort des Untergangs besser bestimmen zu können; im Begleitschreiben des chilenischen Marineministeriums wurde aufs höflichste bedauert, daß man der Feuerlandindianer immer noch nicht Herr geworden sei und insofern nicht wissen könne, ob Teile der »George Brinkmann« nicht im Rauch ihrer Signalfeuer aufgegangen seien.

Das Großherzoglich-Mecklenburgische Seeamt in Rostock nahm seine Ermittlungen Anfang Juni auf und verstand es, bis zum August jegliches Ergebnis geheimzuhalten. Die Zeitungen mußten sich mit Meldungen und Kommentaren minderer Wichtigkeit begnügen, z.B. mit der Überlegung, ob kalfatertes Schiffsholz für die Signale der Feuerlandindianer überhaupt oder womöglich sogar besseren Rauch abgebe als unbehandeltes nasses Holz.

»Wie im Frühjahr«, stellte Hans Brinkmann fest. »Was sie sagen, wird allerdings immer unwichtiger. Es steckt etwas dahinter. Das Parlament ist aber nicht das Ziel. Dein Vater wußte nichts davon.«

Für Franziska war dies eher beruhigend als enttäuschend; Louise aber horchte auf. »Die Reedereien werden doch wohl nicht zum Gegenstand von Parlamentsuntersuchungen werden«, sagte sie aufgebracht. »Als ob wir uns hätten etwas zuschulden kommen lassen! Allein der Gedanke daran ist haarsträubend.«

»Mutter«, sagte Franziska beschwichtigend, »alle in der Stadt sind neugierig, selbst die Herren Stadträte. Laß sie doch schwatzen. Ein Schwatz im Wandelgang ist ja keine parlamentarische Untersuchung.«

Ihre Schwiegermutter beruhigte sich wieder, Hans aber blieb skeptisch. Er war da gar nicht so sicher, wie er getan hatte. Man munkelte in der Stadt manches.

17. Kapitel (1889–1890)

Die Verhandlung vor dem Großherzoglich-Mecklenburgischen Seeamt fand Ende August statt, und der Saal war brechend voll, obwohl der Termin in winzigen Lettern bei den Todes-, Geburts- und sonstigen Anzeigen gestanden hatte. Für diese Jahreszeit ungewöhnlich viele Seeleute saßen schon lange vor Beginn auf den schmalen Bänken.

Hans Brinkmann kam als Zuschauer, er begleitete seinen Bruder Gustav, der als Zeuge geladen war. Gustav Brinkmann, zu Hause noch voll von Zweifeln über den guten Ausgang der Verhandlung, strahlte vor übersprudelnd guter Laune, als er vor dem Amtsgebäude aus der Kutsche stieg. Er winkte Bekannten zu, warf ihnen atemlos scherzhafte Worte zu und stieg, ohne auf Antwort zu warten, in Siegerpose die Treppe hoch.

Hans, immer noch schmal und im Vergleich zu seinem mächtigen Bruder unscheinbar, ging wie ein unsichtbarer Privatsekretär hinterher. Ungern nur und auf ausdrückliche Aufforderung seiner Mutter hatte er die Aufgabe übernommen, die Einigkeit der Reedereien Brinkmann zu demonstrieren.

Kaum in den Saal getreten, gab es bereits erste Verwirrung: Gustav Brinkmann verlangte einen Sessel. Der Saaldiener weigerte sich. Dies sei nicht üblich, worauf Gustav stumm auf die schmale, leicht gebaute Bank wies. Der Diener nickte zögernd. Von irgendwoher aus dem weitläufigen Gebäude schleppte er nach einigen Minuten einen grüngepolsterten Sessel mit schneckenförmig auslaufenden Lehnen und Löwenfüßen herbei. Darin nahm Gustav Brinkmann Platz, die Beine weit vor sich übereinandergeschlagen, die Hände über dem weitläufigen Bauch gefaltet. So thronte er die ganze Verhandlung über, mit Ausnahme des Zeitpunktes, zu dem er mit der Faust auf den Tisch des Reichskommissars einschlug und dabei den hohen Herrn beinahe traf.

Der leitende Beamte des Seeamtes, Herr Zastrow selbst, begrüßte seinen prominenten Zeugen mit Handschlag und freundlichem Lachen; da die Verhandlung noch nicht begonnen hatte, auch mit dem gewohnten »du« – gemeinsam getragene Verluste in Spielsalons verbinden mehr, als es Gewinne zu tun pflegen. Hans Brinkmann gegenüber verhielt er sich reservierter, denn mit diesem verkehrte er privat nicht.

Grauhaarig und ziemlich groß gewachsen, mit dem goldenen Dienstschild seines Hauses auf dem Revers, eröffnete der Beamte feierlich die Verhandlung. Man spürte sofort: Hier waren Herzog und Kaiser anwesend, um Recht zu sprechen. Zastrow bat ziemlich schnell danach einen seiner Mitarbeiter, den Untersuchungsgegenstand kurz darzustellen.

»Zur Verhandlung kommt«, erklärte der Sekretär vom Blatt, »die Brigg ›George Brinkmann‹, gebaut 1857 bei Dethloff in Rostock, seit drei Jahren geführt von Schiffer Voß, unterwegs von Iquique nach Hamburg mit einer Ladung Salpetersalz, zuletzt gesichtet bei der Robinson-Insel, vermißt seit Mitte Februar, der errechneten Ankunftszeit in Hamburg. Im Besitz der Reederei Gustav und Louise Brinkmann, Rostock, zu achtundsechzig Prozent, zu zweiunddreißig Prozent Geheimrat Alwardt, Rostock.«

Gustav Brinkmann wurde gebeten, allgemeine Angaben über das Schiff zu machen, wann er es angekauft und wer es geführt habe, welche Havarien es gehabt habe und was er sonst noch sagen könne. Der Reeder senkte sein breites Kinn auf die Brust, schloß die Augen und leierte die Daten herunter. Seine langen buschigen Augenbrauen klebten an den Schläfen, und seine Haut war so blaß, daß der klopfende Puls am Hals deutlich zu sehen war. Seit sieben Jahren besitze er es, sagte er, kaum Havarien, er sei zufrieden. Bisher habe er keine einzige größere Reparatur gehabt.

Zastrow, in Rostock gebürtig und ganz zuvorkommender Beamter, soweit es Personen von Stand betraf, lauschte mit geneigtem Kopf auf weitere Erläuterungen, wartete. Als Brinkmann unvermittelt aufhörte, gab er das Wort kommentarlos weiter an einen der Gutachter, wirkte jedoch etwas unzufrieden.

Der Gutachter, Carl Pagel, gelernter Schiffbaumeister und als Sachverständiger hinzugezogen, sah mit Brille und Gehrock wie ein städtischer Beamter aus, und sein fliegenlarvenweißes Gesicht hatte er schon lange nicht mehr der Sonne ausgesetzt. Er hatte auf seinen Einsatz bereits gewartet. Schmächtig von Gestalt, stürzte er übernervös an den extra für ihn reservierten Tisch. Auf diesem waren die angetriebenen Wrackstücke aufgebaut worden, hier stand auch der Kasten des Seeamtes mit Demonstrationsmodellen für Seegerichtsverhandlungen bereits aufgeschlagen, so daß die vielen Schiffsmodelle, für jeden Schiffstyp eines, von allen Zuschauern gesehen werden konnten.
Pagel hielt sich ein Holzteil nach dem anderen vor die Nase und entzifferte das anhängende Schildchen, bis er endlich das gesuchte Stück gefunden hatte und für die Zuschauer hochhielt. »George Brinkmann« stand in ausgewaschener weißer Farbe darauf. »Das Schriftbild, meine Herren, ist dasselbe wie auf dem Rest dieses anderen Schildes«, sagte er, »auf dem wir den Herkunftsort Rostock vermuten, wobei das R und das o fehlen. Es ist daher unwahrscheinlich, daß es sich um ein zufällig gleichzeitig verschwundenes Schiff aus Wladiwostok oder ähnlich endenden Orten handeln könnte, zumal die Indianer, wie mir gesagt wurde, Treibholz sehr bald aufsammeln.«
Die Zuhörer waren fasziniert.
Zastrow unterbrach den Redefluß durch ein Handzeichen. »Wird ein Schiff aus Wladiwostok oder ähnlich endenden Orten vermißt?«
»Kein einziges«, erwiderte Pagel und lauschte nach weiteren Fragen, die nicht kamen. Stehend hielt er sich jedoch zur Verfügung, während der Sachverständige für Navigation, ein Kapitän Plagemann, vortrug.
Mit Hilfe von vermuteten Koppelkursen aufgrund der Wetterverhältnisse im südöstlichen pazifischen Ozean sowie verschiedener anderer Daten präzisierte Plagemann knapp und sachlich den Untergangsort der »George Brinkmann« auf das Gebiet zwischen der Wellington-Insel und Santa Inés. Er ließ sich noch nicht einmal durch das unaufhörliche Wippen der Pagelschen Füße stören.

Mit dieser Ortsbestimmung hielt man sich nicht lange auf, weil kein Zweifel daran bestand, daß die Reste von der fraglichen Brigg stammten. Viel wichtiger war die Auskunft, die die Wrackteile selbst vom Zustand des Schiffes gaben. Pagel suchte erneut und nahm eines zur Hand, das er als Teil der Beplankung angab. »Sehr fest ist es nicht«, sagte er forsch und hob für die Zuschauer einen Zeigefinger, damit sie aufmerkten, »aber nicht nur im Leben trügt manchmal der Schein! Wer etwas von Schiffen versteht, weiß, daß die Planken im Heck des Schiffes zuerst weicher werden und dies noch lange kein Anlaß zur Besorgnis ist.«

Einer der Herren am Gutachtertisch, der Hans Brinkmann unbekannt war, jedoch die Augen aller durch sein kantiges Gesicht, die mennigeroten Haare und die randlose Brille sofort auf sich zog, stand auf und nahm dem Gutachter das Holz aus der Hand. Er demonstrierte wortlos, daß er mühelos Holzfasern aus der Planke herausreißen konnte, eine nach der anderen. »Wenn eine Planke«, sagte er und machte eine kleine Pause, um die Holzschnipsel auf den Fußboden zu pusten, »so morsch ist, dann sind die anderen es auch. Ich habe selten ein Schiff auf Langfahrt in so schlechtem Zustand gesehen.«

Brinkmann neigte sein Ohr widerwillig dem Banknachbarn zu, der ihm unbedingt etwas zuflüstern wollte: »Vorsicht vor dem Mann! Behnke vom Kaiserlichen Seeamt in Berlin.«

Hans Brinkmann nickte und sah sich den Mann noch aufmerksamer an. Das also war Behnke, objektiv wie ein ferner Gott, unbestechlich und offen bis zur Peinlichkeit, wie er gehört hatte. Und welcher Teufel ritt Gustav, daß er im Anblick seiner morschen Schiffstrümmer ein so unbekümmertes Gehabe an den Tag legte?

Gustav wedelte gleichgültig mit der Hand und bekam sofort das Wort. »Meine ›George Brinkmann‹ segelte trocken wie ein Geigenkasten. Voß war sehr zufrieden.«

Zastrow rief kommentarlos wieder Pagel auf. »Aber bedenken Sie«, sagte er in warnendem Ton, »daß Sie gegenwärtig nicht als Gutachter, sondern als Zeuge aussagen. Möglicherweise müssen Sie Ihre Behauptungen auf Ihren Eid nehmen.«

Pagel nickte und eilte sofort vom Gutachtertisch an die Zeugenbank, wo er sich mit auf dem Rücken verschränkten Händen aufstellte. Er, als Großneffe des Baumeisters der »George Brinkmann«, gleichzeitig Mitbesitzer der Werft Pagel, erklärte er geschraubt, habe diese in den letzten zwanzig Jahren doch im Auge behalten, aus Anhänglichkeit gewissermaßen. Die meisten Einzelheiten wisse er noch, er könne sich zum Beispiel an die Havarie bei der Einfahrt nach Marstal im Jahre 81 erinnern, bei der der Schiffsboden eingedrückt worden sei. Dort gehöre unbedingt endlich eine Tonne oder wenigstens eine Spiere hin.
Zastrow unterbrach ihn. »So genau wollen wir es gar nicht wissen. War das Schiff nach der Reparatur denn dicht?«
Pagel zögerte. »Dort, wo der Schaden aufgetreten war, ja.«
»Und sonst?« rief in scharfem Ton Behnke.
»Weitgehend«, sagte Pagel und gestikulierte fahrig mit den Händen. »Sie wissen selbst, daß man ein Holzschiff nie ganz dicht bekommt.«
»O doch, o doch!« Der Zwischenruf stammte von Gustav Brinkmann, dessen Gesicht sich vor Ärger verzogen hatte. Er pochte mit den Fingerknöcheln auf das hölzerne Schneckengehäuse seines Sessels und sagte eigensinnig: »Meine Schiffe sind dicht wie Eisendampfer!«
»Nun«, sagte Zastrow und fühlte sich bemüßigt, den Reeder zu beschwichtigen, aber augenscheinlich wußte er nicht, wie. »Nun.«
Behnke wurde sarkastisch. »Sie haben es mit Fachleuten zu tun, Herr Brinkmann. Außerdem interessiert mich noch etwas anderes. Herr Pagel hat das Schiff im Auge behalten, sagte er. Haben Sie es auch im Auge behalten? Wann waren Sie zuletzt auf dem Schiff?«
»Ach wissen Sie, Behnke«, erwiderte Brinkmann lässig von seinem Thron herunter, »ein Reeder betritt seine Schiffe selten. Dafür hat er Kapitäne und Schiffsjungen eingestellt.«
Behnkes Mundwinkel zuckten, als ob ihn die Sache amüsiere, Zastrow jedoch wurde unruhig. »Vielleicht mögen Sie Schiffe nicht?« fragte Behnke, wie man ein unverständiges Kind zu befragen pflegt. Gustav Brinkmann antwortete ihm nicht. Er spitzte die Lippen, und die Zuhörer in der vordersten Reihe, hauptsächlich neugierige Ree-

dereiangestellte und niedere städtische Beamte, unterdrückten mühsam ihr Grinsen, als sie den populären Gassenhauer erkannten. Zastrow und Behnke sahen sich verständnislos an, während Hans schamrot wurde. Nicht wegen des Liedes, das einen unflätigen Text hatte und allenfalls im Souterrain der Reederhäuser bekannt sein konnte, sondern wegen des Benehmens seines Bruders. Verständnislos überlegte er, ob das Lied ein Affront sein oder fehlendes Interesse signalisieren sollte. Auf jeden Fall ließ es jegliche Höflichkeit, selbst angemessene Sachlichkeit, vermissen. Sollte Gustav jemals während dieser Verhandlung das Wohlwollen des Vorsitzenden und der Gutachter nötig haben, so hatte er es jetzt verspielt.
Zastrow unterbrach hastig die Verhandlung.

Nach der Mittagspause wurde als neu hinzugekommener Zeuge der Schiffbaumeister Wentzel aus Wismar angehört. Die Brigg hatte vor zwei Jahren auf der Rückfahrt von Liverpool nach Rostock eine kleinere Reparatur an der Ruderaufhängung in seiner Werft durchführen lassen müssen. Wentzel unterschied sich von Pagel wie Tag und Nacht. Obwohl er bereits eine lange Fahrt hinter sich hatte, meinte man, in seinen Kleidern noch den Teer zu riechen.
»Ja«, sagte Wentzel langgedehnt, »und als wir die ›George‹ dann aus dem Wasser hatten, sahen wir ja auch, daß die Nähte am ganzen Achterschiff in schlechtem Zustand waren. Das Werg hing heraus und war wohl auch teilweise weg.«
»Haben Sie die Nähte denn kalfatert?«
Wentzel rieb sich die Stirn, als ob er sich erinnern müsse, aber er machte den Eindruck, als ob er eher verlegen als vergeßlich sei. »Nein. Der Schiffer sagte, die ›George‹ käme in Rostock gleich in die Werft. Und bis Rostock sollte sie wohl noch durchhalten, das meinte Herr Voß.«
Zastrow wandte sich an Pagel. »In der Pagelschen Werft wurde sie dann also gründlich überholt, nehme ich an?«
»Nein, eigentlich nicht. Ich glaube, sie hatte eine Order nach Danzig.«
Zastrow brummelte unzufrieden und blätterte in seinen Papieren.

»Aber in der Werft muß sie gewesen sein, sonst wüßten Sie das ja nicht.«
»Ja«, gab der Schiffbauer zu. »Aber die Reederei teilte uns mit, wir sollten uns um die Nähte nicht kümmern, nur um die eine.«
»Herr Wentzel«, fragte Behnke scharf, und der Mann stand unwillkürlich stramm wie ein alter Soldat, der aus dem Halbschlaf geholt wird, »war das Schiff seetüchtig, als es bei Ihnen in der Werft lag?«
Wentzel erschrak sichtlich. Nach einer Weile antwortete er: »Ich kann nicht sagen, daß ich es für richtig seetüchtig hielt ...«
»... aber?«
»Rostock war nicht weit ...«
»Das meine ich nicht, Herr Wentzel«, sagte Behnke freundlich, »Rostock, das war ja nur ein Katzensprung, da kann auch eine Jolle hinsegeln. Nein, ich meine seetüchtig in dem Sinne, daß die Brigg die Ostsee überqueren sollte oder gar die Nordsee.«
Der Wismaraner Schiffbauer war sichtlich erleichtert. »Auf gar keinen Fall. Ich hätte Herrn Voß für jede andere Route als Rostock abgeraten. Mal eben so um die Ecke ...«
Reichskommissar Behnke lächelte. »Jawohl, Herr Wentzel, selbst ich weiß, wo Wismar liegt.« Er setzte sich wieder, und Zastrow fragte unbeeindruckt weiter: »War die ›George Brinkmann‹ denn zwischenzeitlich noch in einer anderen Werft?«
Niemand antwortete. »Herr Brinkmann«, präzisierte der Vorsitzende.
»Mich fragen Sie?«
Hans Brinkmann erkannte mit zunehmendem Entsetzen, daß sein Bruder offenbar vorhatte zu gehen, ohne das Ende der Verhandlung abzuwarten.
»Bin ich denn mein eigener Laufbursche, daß ich das wissen müßte?« schrie Gustav cholerisch, während er aufstand, den Mantel anzog und zuknöpfte.
»Wer sollte es sonst wissen?«
Gustav Brinkmann zuckte mit den Schultern und sah sich um, als ob er es den Herren freistellen wollte, wer dies wissen könnte. Dann entschloß er sich offenbar zu einer Erklärung und öffnete den Mund.

Sein Kehlkopf bewegte sich, die Lippen auch, aber nichts war zu hören. Die Augenbrauen des Herrn am Gutachtertisch hoben sich, die Zuhörer flüsterten. Brinkmann aber kam weder vom Fleck, noch sprach er.

»Es ist«, sagte Zastrow geduldig, »üblich, daß der für die Reederei Verantwortliche Auskunft über derlei Fragen geben kann. Sie können auch gerne jemand anderen benennen, aber beantwortet müssen die Fragen werden.«

Brinkmann mühte sich immer noch ab. »So, so«, schnarrte er endlich erleichtert und äußerte sich dann nicht weiter.

Nach einer Weile gab Zastrow auf. Er reckte den Hals ein wenig, um sich Hans Brinkmann bemerkbar zu machen, und sagte dann: »Ich bemerke, daß Sie unter den Zuschauern sind, Herr Brinkmann, könnten Sie uns möglicherweise etwas Zweckdienliches mitteilen?«

Hans bedauerte. »Ich bin jedoch sicher, daß die ›George‹ seetüchtig war; ohne Zweifel wird es sich feststellen lassen, selbst wenn mein Bruder sich nicht erinnert.«

»So, so, ja.« Zastrow räusperte sich, beratschlagte kurz mit Reichskommissar Behnke und vertagte die Verhandlung dann auf den nächsten Tag.

Während die Zuschauer aus dem Saal drängten, ging Hans wütend zu seinem Bruder. »Was hast du dir eigentlich dabei gedacht?«

Gustav antwortete nicht. Er starrte in die Ferne und schien einer unhörbaren Melodie zu lauschen. Erst als sein Bruder ihn am Arm schüttelte, merkte er auf. »War ich gut?« fragte er.

Hans schüttelte verwundert den Kopf, dann nahm er Gustav am Arm und führte ihn behutsam hinaus zu seiner Kutsche, die schon wartete.

Gustav Brinkmann lehnte den Arzt ab, den sein Bruder kommen lassen wollte. »Wieso?« krächzte er. »Wieso?«

Hans sagte nichts mehr und ärgerte sich, daß er sich wider besseres Wissen eingemischt hatte. Seine Mutter informierte er nicht, aber mit seiner Frau besprach er Gustavs auffälliges Benehmen. Sie beschwor ihn, sich still zu verhalten. »Da kommt nichts Gutes von«, sagte sie.

Am nächsten Morgen war der Saal noch voller, und Hans ahnte, daß die Zuschauer ein Schauspiel erwarteten, das Schauspiel »Gustav Brinkmann und wie er sein rottes Schiff in Grund und Boden segelt«. Am Anfang tat Gustav Brinkmann nichts dergleichen; er erhob sich wie alle anderen, als die leitenden Herren kamen, er gab höflich und ausführlich Auskunft und sah sich bereitwillig die Reste seines Schiffes an. Hans beobachtete ihn jedoch besorgt, weil die Röte in seinem Gesicht langsam zunahm.

Der wesentliche Gegenstand der Verhandlung dieses Morgens war die Begründung für den Untergang des Schiffes: Hatte womöglich ein Navigationsfehler das Schiff zu nah an Land gebracht, oder war der mangelhafte Zustand des Schiffes schuld?

»Was, mangelhafter Zustand?« fuhr Gustav Brinkmann in die Höhe und ballte die Fäuste.

Behnke, als Reichskommissar nicht gewöhnt, daß ein Gegner seinen Ärger so deutlich zeigte, blieb sachlich, war aber eiskalt. »Herr Brinkmann«, sagte er, »alles spricht für eine außerordentlich mangelhafte Pflege des Schiffes; ein erfahrener Schiffbauer bezeichnet es sogar als seeuntüchtig. Was läge näher, als anzunehmen, daß das Salz sich mit Seewasser vollgesogen hat und die ›George‹ allmählich manövrierunfähig geworden ist? Wäre der Mann nicht tot, würde ich beantragen, daß Voß wegen Schlampigkeit in der Schiffsführung das Patent entzogen wird.«

Zastrow, dem längst die Verhandlungsführung entglitten war, brachte noch den Einwand, daß der andere Sachverständige das Schiff immerhin auf Ostseefahrt habe gehen lassen, und überhaupt sei die unterlassene Kalfaterung entschuldbar, weil das Schiff ja immer dicht gewesen sei. Außerdem verbiete die traurige Lage der Schiffahrt jede unnötige Ausgabe, und er könne den Reeder verstehen.

Aber kaum jemand hörte ihm zu. Mit wachsendem Vergnügen beobachtete das Publikum den cholerischen Reeder, der an den Tisch marschierte, an dem der Reichskommissar saß. Brinkmann knallte

seine schwere Faust auf die Akten und schrie unbeherrscht: »Und ich werde dafür sorgen, daß Ihnen das Patent entzogen wird!«
Gutachter, Sekretäre und Saaldiener versteinerten vor Schreck, das Publikum schwieg, holte wie ein Mann tief Atem, und dann füllte sich die Luft mit dem Gesumm, das entsteht, wenn viele Menschen sich leise unterhalten. Hans drängte nach vorne und stieß dabei mit seinem Bruder Andreas zusammen, von dem er gar nicht gewußt hatte, daß er an der Verhandlung teilnahm. »Hast du das gehört?« fragte er entsetzt.

»Ich werde das Seeamt für befangen erklären lassen«, überbrüllte Gustav den Lärm im Saal. Zastrow und Behnke unterbrachen ihre private Verständigung, aber bevor der Hausherr dem Saaldiener ein Zeichen machen konnte, zog Gustav Brinkmann hinaus, in majestätischer Haltung und als hätte er ein großes Gefolge hinter sich. Hans war zu empört über den Eklat, um ihm zu folgen, und Andreas Brinkmann hatte anderes im Sinn.

Mit dem Hut in der Hand bahnte sich Andreas den Weg zu Reichskommissar Behnke, zauberte unterwegs einen kleinen Block und einen Bleistift hervor und fing sofort mit seinen Fragen an. »Herr Behnke«, sagte er respektlos ohne jegliche Titulatur, aber Behnke ließ sich nicht verblüffen. Er betrachtete den Fragenden mit der Neutralität eines Fisches. »Herr Behnke, ist Reeder Gustav Brinkmann ein typischer Vertreter seines Standes?«

»Gegenwärtig scheint er übererregbar zu sein, mein Herr«, antwortete Behnke.

»Sie geben aber doch zu«, sagte Andreas angriffslustig, »daß die Reeder grundsätzlich die Schuld an Havarien abstreiten, selbst wenn das Schiff kaum mehr aus dem Hafen hinauskommt vor Altersschwäche?«

»Häufig kommt es vor«, erwiderte Behnke, den wenig aus der Ruhe bringen konnte, jedenfalls nicht ein Journalist mit tendenziösen Fragen, »daß der Reeder über den Zustand seines Schiffes nicht informiert ist.«

»Weil der Schiffer und der Steuermann Angst haben!« Andreas Brinkmann hatte seine Stimme erhoben, und seine Kalkulation war

richtig gewesen: das Publikum stellte seine Gespräche ein und drängte nach vorne. »Angst, entlassen zu werden«, wiederholte er noch lauter. »Sie haben nur diese Wahl: Untergang oder Entlassung. Natürlich wählen sie nicht die sofortige Entlassung, weil sie die Hoffnung haben, bei einer Havarie gerettet zu werden! Warum werden denn so viele Schiffe auf Land gesetzt? Besonders bei Windstärke sechs und sieben, haben Sie darüber schon mal nachgedacht? Weil ihre Schiffer wissen, daß das Schiff beim nächsten Sturm untergehen wird. Vorsichtshalber setzen sie es also schon bei Starkwind auf Schiet.« Andreas Brinkmann hatte sich heiß geredet. Ohne daß eine der Amtspersonen das Schauspiel beendete, sprang er auf die Bank, an der einige Minuten vorher noch die Gutachter über den Sinn und Nutzen der Kalfaterung im rotten Holz debattiert hatten, und sprach weiter, mehr wie ein Arbeiterführer zur Versammlung der Werktätigen als wie ein Journalist, der dem Vertreter des Oberseeamtes unangenehme Fragen stellt. »Es wird Zeit, gegen die Mißstände im Schiffswesen anzugehen!« fuhr er fort und hob die Faust, während der Gerichtsdiener endlich pflichtgemäß tätig wurde. Er bahnte sich den Weg durch die Menge, mühsam, denn die Männer schlossen dicht zusammen, um kein Wort zu verlieren. Hans Brinkmann fiel es wie Schuppen von den Augen. Jetzt kannte er A.B. »Die Reeder kümmern sich einen Dreck um die Seeleute! Für Geld opfern sie sie unbekümmert. Wenn sie wenigstens den Witwen Entschädigungen zahlen müßten. Aber nicht einmal das müssen sie!« Andreas, der plötzlich an seinen vermißten Onkel hatte denken müssen, verstummte aus Mitleid mit den vielen Tausenden Witwen und Kindern, Eltern und Freunden, die Jahr um Jahr auf grausame Art ihre Lieben in der See verloren.
Voll Ablehnung sah Zastrow zu Brinkmann hoch; Behnkes undurchdringliche Miene signalisierte weder Abwehr noch Sympathie. Aber was er sagte, ließ nicht nur Andreas, sondern auch Hans Brinkmann aufhorchen: »Wenn es stimmt, was Sie sagen, Herr Brinkmann, werden wir eine parlamentarische Untersuchung über die Rostocker Reedereien anstrengen.«
Mehr Zugeständnisse konnte der Reichskommissar vom Kaiser-

lichen Seeamt nicht machen. Andreas sprang herunter und schüttelte Behnke spontan beide Hände. »Vielen Dank«, sagte er mehrmals voller Freude, und Hans sah in ihm wieder seinen jüngeren Bruder, so, wie er ihn als Kind gekannt und am meisten von allen Geschwistern geliebt hatte. Trotzdem – auch Bruderliebe konnte nicht verwischen, daß derjenige, der nach Art eines sozialistischen Agitators gegen die Reedereien Brinkmann gehetzt hatte, ausgerechnet Andreas gewesen war. Hans Brinkmann verließ einsam den Saal; aus dem Augenwinkel nahm er wahr, wie der Gerichtsdiener unschlüssig stehenblieb und nachdachte. Schließlich konnte der Mann nicht wissen, als was der Journalist galt: als Sozialist oder als Bruder des Reeders? Vergeblich wartete der Mann auf einen Wink von oben. Als nichts kam, fing er an, Bänke zusammenzustellen.

Am nächsten Tag gab eine kleine Notiz in der Zeitung den Neugierigen bekannt, daß die Seeamtsverhandlung in Sachen Brinkmann auf unbekannte Zeit vertagt werde. Gott sei Dank, dachte Hans Brinkmann und suchte nach einem Bericht über die vergangenen Verhandlungstage, der ja nur beschämend für die Reedereien Brinkmann ausgefallen sein konnte. Aber er fand zu seiner Erleichterung überhaupt nichts.

An diesem Morgen ließ Brinkmann sich Zeit. Er hatte kurz vor Mittag eine Verabredung mit dem Verleger des Rostocker Anzeigers, dem alten Herrn Blanke, und beabsichtigte nicht, vorher ins Kontor zu gehen. Er kannte Emil Blanke kaum, sah ihn nur hin und wieder bei den nicht vermeidbaren gesellschaftlichen Ereignissen und sprach wenig mit ihm. Sie gehörten nicht derselben Generation an; Brinkmann hatte schon in seiner Jugend immer nur vom alten Herrn Blanke erzählen hören.

Blanke empfing ihn im Arbeitszimmer seines zweistöckigen Verlagshauses. Er ließ dem Gast einen Sherry vorsetzen und eine Zigarre anbieten, lehnte selbst beides ab und setzte eine verwirrend skeptische Miene auf. Hans Brinkmann gelang es in der frostigen Atmosphäre nicht, sich wohl zu fühlen, trotz Zigarre und Sherry. »Sie ahnen sicher«, sagte der Reeder, nachdem er die Bauchbinde sorgsam

von der Zigarre abgenommen und sie endlich zum Brennen gebracht hatte, »warum ich hier bin. Die Berichterstattung über das Rostocker Schiffahrtswesen macht mir große Sorge.«
»Tatsächlich?« äußerte Blanke einsilbig. Über den Jochbögen seiner Wangenknochen spannte sich eine papierdünne Haut, und Hans kam der abwegige Gedanke, daß der Verleger sie zu schonen versuchte, indem er wenig sprach.
»Ja. Sie ist tendenziös, zu tendenziös. Sie lieben anscheinend die Schiffahrt nicht sonderlich?«
»Ich habe keinerlei Gefühle gegenüber der Schiffahrt. Und meinen Redakteuren lasse ich freie Hand. Sie sind die Fachleute.«
Brinkmann schwenkte die Zigarre ablehnend, blickte dem Rauch nach und anschließend aus dem Fenster. Blanke verwirrte ihn. »Das kann nicht sein«, widersprach er. »In allen Bereichen ist die Berichterstattung sehr ordentlich, sie findet fast immer meine Zustimmung. Sie zeigt vaterländische Gesinnung, stärkt unserem Großherzog in kritischen Lagen den Rücken, und sie bemüht sich, dem einfachen Volk gewisse Notwendigkeiten klarzumachen, wenn sie auch manchmal hart erscheinen mögen. Ja, Sie sehen in mir einen eifrigen Leser des ›Anzeigers‹, Herr Blanke.«
Blanke lächelte distanziert.
»Nur eben nicht, was die Schiffahrt angeht«, fuhr Brinkmann in scharfem Ton fort. »Da gebärdet Ihre Zeitung sich wie eines der verbotenen sozialistischen Blättchen.«
»Sie werden«, sagte Blanke mit seiner leisen Stimme, die so scharf klang, daß Brinkmann den Haß beinahe körperlich spürte, der von ihm ausging, »Ihren familiären Zwist doch nicht mit mir austragen wollen. Ich kann Ihnen nur empfehlen, sich mit Ihrem Bruder Andreas auseinanderzusetzen.«
»Also doch«, sagte Hans Brinkmann langsam, »also doch.« Nun, wo er den Beweis hatte, tat es ihm plötzlich leid, hierhergekommen zu sein. Blanke hatte offensichtlich persönliche Gründe, dem Schiffahrtswesen gram zu sein, und sich ausgerechnet des jüngsten Brinkmanns als Werkzeug zu bedienen entbehrte aus der Sicht des Verlegers sicher nicht des Pikanten. Hans verstieß mit Absicht gegen

jegliche standesgemäße Regel und drückte auf barbarische Weise seine halb abgerauchte Zigarre im Aschenbecher aus. Dann erhob er sich. »Wenn ich mich recht erinnere, waren Sie doch auch irgendwie mit den Pentzens verschwägert«, sagte er süffisant, »ich muß also annehmen, daß Ihr Haß auf die Schiffahrt von daher stammt.«
Blanke erhob sich nicht einmal, als der Reeder ging, er starrte ihm nach, bis die gepolsterte Tür leise ins Schloß fiel. Brinkmanns Vermutung stimmte nicht. Nie war er mit den Pentzens verschwägert gewesen. Er wäre es nur gerne gewesen. Pentz aber hatte für seine Tochter einen Reeder vorgezogen. Unwillkürlich fiel Blankes Blick auf das kleine Modell des Verlagshauses mit seinen Hintergebäuden, das neben ihm stand. Trotz Glaskasten und ins Auge fallendem Aufbau auf tischhohen Beinen konnte niemand übersehen, daß es sich nicht um ein Schiffsmodell, sondern eben nur um ein Haus handelte. Und selbst dafür hatte er keinen Erben.
Hans Brinkmann warf im Vorübergehen einen neugierigen Blick in den großen Saal, wo die Druckmaschinen standen und aus dem ohrenbetäubender Lärm ertönte. Die Leute, die dort arbeiteten, waren so sehr an das Geräusch gewöhnt, daß sie sich noch im Flur anschrien, wo es wesentlich leiser war. Er floh. Dies war nicht sein Metier, und er wunderte sich erneut über seinen Bruder.
Am nächsten Tag schon bekam er Gelegenheit, mit Andreas zu reden, eine Unterredung, der er am liebsten aus dem Wege gegangen wäre, aber irgendwo mußte er sich ihr schließlich stellen. »Ich habe jetzt Beweise«, sagte Andreas lautstark zu seinem Bruder, und die Damen und Herren in ihrer Nähe drehten sich neugierig um. Hans nickte, hob sein Glas und trank ihnen lächelnd zu, machte Franziska und Marcus ein beruhigendes Zeichen, dann schob er seinen Arm unter Andreas' Ellenbogen und zog ihn mit sich in eine Nische. »Sei still!« zischte er. Nach dem ersten halblauten Satz von Andreas wußte er bereits, daß dieser nicht als zugelassener Journalist zum Empfang des Bürgermeisters gekommen war, sondern um in unauffälliger Umgebung mit seinem Bruder zu sprechen. »Nicht hier!«
»Wie du willst«, sagte Andreas unbekümmert, steuerte wahllos eine

der Türen an, die vom großen Saal abgingen, und zusammen betraten sie ein kleines Zimmer, das als Bibliothek eingerichtet und von Besuchern zufällig leer war.
Hans trank sein Glas aus und deponierte es auf der tiefliegenden Fensterbank neben zwei vergessenen Büchern. Dann drehte er sich um und erwartete Andreas' Anklage.
»Wußtest du«, fragte Andreas, »wie Gustav seine Schiffe versichert?«
Hans hob nur die Augenbrauen und wartete.
»Bei den fünf zuletzt havarierten«, erklärte Andreas bebend, »habe ich festgestellt, daß sie alle bei verschiedenen Gesellschaften versichert waren. Kannst du dir denken, warum?«
Hans wollte nicht sagen, daß er es sich schon lange vor seinem kleinen Bruder gedacht hatte, und darum sagte er gar nichts, sondern nickte nur.
Andreas blickte nur flüchtig zu ihm hin und begann eine Wanderung durch das Zimmer, wie sie dessen Besitzer angestanden hätte. Seine Kleidung jedoch sah nicht so aus, als ob er aus dem Stand käme, zu dessen Besitztum Bücher gehörten. Hans bemerkte jetzt, wie schäbig sein Bruder gekleidet war. Normalerweise wurde auch er, wie viele andere, vom Gesicht seines Bruders angezogen. Mager war es, fast asketisch, und die strahlend blauen Augen schienen ständig eine Botschaft zu vermitteln. Sein früherer Charme aber war der Leidenschaft gewichen. Jetzt glühte Andreas innerlich und ballte die Fäuste. »Er verdient sein Geld mit dem Tod anderer. Das ist Mord! Übrigens steckt unser verschwundener Friedrich Daniel auch mit drin.«
Hans Brinkmann erschrak. Auf den Versicherungsschwindel war er gefaßt gewesen, nicht jedoch, daß sein Bruder sich zu einer Mordanklage versteigen würde. Von Friedrich Daniel wußte er überhaupt nichts. »Sagen wir so«, fing er vorsichtig an, »Gustav weiß, daß seine Schiffe nicht allzulange mehr seetüchtig sein werden, und versucht berechtigterweise, finanzielle Verluste zu vermeiden, indem er sie versichert.«
»Das ist es doch nicht«, sagte Andreas, blieb dicht vor seinem Bruder

stehen und sah ihm aufmerksam ins Gesicht, »und das weißt du so gut wie ich. Oder bist du auf seiner Seite?«

Hans fühlte sich wie vor einem Richter; er vergaß ganz, daß er der Ältere war und sich normalerweise als Oberhaupt der Familie sah. Aber in den letzten Monaten war nichts normal gewesen. »Richtig ist es nicht, nein«, rang er sich schließlich ab. »Aber du mußt auch versuchen, ihn zu verstehen. Und mich. Um der Familie willen.«

Andreas' verspannte Schultern fielen nach unten, und ungläubig starrte er seinen Bruder an. Nach einer Weile, in der sie beide das Gesumm des Empfangs und das Rauschen eines frühherbstlichen Hagelschauers hören konnten, schüttelte Andreas den Kopf. Dann verließ er grußlos den Bibliotheksraum durch die Terrassentür; die Hagelkörner prasselten in sein Haar und auf das abgetragene Jackett, und Hans wurde plötzlich vom Gefühl gepackt, er sehe seinen Bruder das letzte Mal. Zornig riß er sein abgestelltes Glas wieder an sich und rannte fast in den Festsaal zurück.

Der Schiedsspruch des Seeamtes nach einigen Wochen fand kaum noch Interesse, denn die ganze Sache verlief im Sande. Das Seeamt rügte den Kapitän der »George Brinkmann« wegen zu großer Sorglosigkeit, als er seine letzte Reise angetreten habe, hob jedoch hervor, daß dies sicher nicht aus eigennützigen Gründen geschehen, da er ja selbst umgekommen sei. Daß weder in Wismar noch in Rostock eine umfassende Kalfaterung durchgeführt worden war, entschuldigte man damit, daß die Lage der Schiffahrt bekanntermaßen schlecht sei und man deswegen dem Reeder die zusätzlichen Kosten für das Löschen und erneute Verstauen der Ladung mitten während einer Fahrt nicht zumuten könne.

Reichskommissar Behnke erhob Einspruch. Die Fahrlässigkeit des Schiffers Voß sei erwiesen.

Nach einigen weiteren Wochen wurde aber zur Zufriedenheit der Reederschaft von Rostock das Urteil des Seeamtes vom Kaiserlichen Oberseeamt in Berlin bestätigt.

»Sie wissen, was sich gehört«, sagte Louise Brinkmann behaglich und ließ sich auch nicht durch die Tatsache aus der Ruhe bringen, daß inzwischen in kurzer Folge das dritte Schiff ihrer Reederei untergegangen war.

Die alte Dame, nun bereits in ihrem vierundsiebzigsten Jahr, aber immer noch rüstig, führte die Reederei Brinkmann und Brinkmann mittlerweile in eigener Verantwortung. Ihr Sohn Gustav sei krank, sagte sie, wenn Geschäftsfreunde anfragen ließen. Und das war er tatsächlich, wenn auch niemand seine Krankheit genau umschreiben oder benennen konnte. Meistens lief er in seinem Haus umher und schien ein Orchester zu dirigieren, das niemand außer ihm hörte. Er sprach nicht viel, und wenn, dann nur unter großen Schwierigkeiten, denn meistens mußte er gewissermaßen Anlauf nehmen, um ein Wort herauszubringen. Da ihm dies sichtlich unangenehm war, gewöhnte er es sich an, sein Personal und die wenigen Besucher ebenso wie sein Orchester mit den Händen zu lenken. Häufig geschah dies in herrischer Art und Weise, zuweilen aber auch sanftmütig und unterwürfig. Hans, der seinen Bruder höchstens einmal im Monat besuchte, wurde zu solchen Zeiten von Mitleid gepackt, aber meistens machte Gustav, noch bevor Hans wieder ging, die brüderlichen Gefühle durch aus der Luft gegriffene Beschuldigungen wieder zunichte.

Seinen jüngsten Bruder hatte Hans seit ihrem Zerwürfnis nicht mehr gesehen. Ihm schwante Böses, als er einen Brief von Andreas erhielt. Noch im Stehen öffnete er ihn und sah Zeilen, die schräg nach oben verliefen, die Ränder beschmiert und stellenweise vollgekritzelt; anscheinend in großer Hast geschrieben.

»Lieber Bruder«, stand da. »Sei mir nicht böse, um so weniger, als wir uns immer gut verstanden haben. Deshalb hoffe ich auch, daß du meine Entscheidung, von Rostock fortzugehen, verstehen wirst. Keine Stadt ist groß genug, daß sie einen großkapitalistischen Reeder Brinkmann und einen sozialistischen Arbeiter Brinkmann gleichzeitig aufnehmen könnte. Die Brinkmannschen Reedereien würden immer mein Ziel für den Klassenkampf sein müssen, eben weil ihr die mächtigsten seid und jeder Sieg über euch eine Signalwirkung für die Arbeiter haben würde.

Ich habe, wie du als aufmerksamer Leser der Zeitung bemerkt hast, in den letzten Monaten in den bürgerlichen Schichten Zweifel geschürt, Fragen aufgegriffen, auf die sie allein nie gekommen wären – bornierte Gesellschaft, die sie nun mal ist –, Verärgerung erweckt und überhaupt ihre bürgerlichen Gefühle durcheinandergewürfelt. Gut so – aber nun ist's auch gut. Verleger Blanke hat ohnehin sein Ziel erreicht – übrigens glaubt er, er habe mich benutzt. Soll er; in Wahrheit ist er eine kurze Strecke mit uns gegangen und würde sich totärgern, wenn er es besser wüßte. Wenn du also Schicksal spielen willst – ich stelle es dir anheim ... Aber du wirst es natürlich nicht tun, du treuer Bürger der Seestadt Rostock.
Ich aber bin fertig mit Rostock. Du wirst zugeben, daß dies der größte Beweis brüderlicher Liebe ist, den ich dir geben kann: Verrat an Hunderten gemordeter Seeleute (Onkel Christian ist ja nur einer von ihnen, ein zufälliges Opfer), nur um den Namen Brinkmann nicht zu beschmutzen. Zur Zeit kaue ich an diesem Bissen. Hoffe du zu Gott, daß er nicht zu groß ist für mich; ich kann nicht, ich habe keinen Gott, seit ich begriffen habe, daß er denen am wenigsten hilft, die am wahrhaftigsten beten. Gott ist auf seiten der Bürger, der Junker, der Herzöge; wenn du willst: auch bei den Reedern!
Paß auf unsere Mutter auf: sie wird es zum Glück nie schwer haben, sie kann nicht leiden. Trotzdem.
Ich habe vor, nach Berlin zu gehen. Dort ist gegenwärtig das Zentrum meiner, unserer, der sozialistischen Welt. In diesem Sinne bekommst du von mir auch keinen brüderlichen Abschiedskuß, sondern ...?

Dein Andreas«

Hans ließ den Brief sinken. Vor sich sah er eine hochgereckte Faust – die einzige, die ihm gegenüber gleichzeitig liebevoll und kampfbereit sein würde. Gott gnade ihm, wenn er es mit mehr Fäusten als dieser zu tun bekäme ... Er würde den Brief seiner Mutter nicht zeigen.

Mit zunehmender Sorge betrachtete Hans die Geschäftsführung seiner Mutter, aber er mischte sich nicht ein. Eines Sonnabends

nachmittags suchte ihn der bekümmerte Buchhalter der Firma Brinkmann und Brinkmann auf und legte ihm eine Liste vor. »Was soll das?« fragte Hans Brinkmann mißvergnügt. »Sie wissen, ich kümmere mich nicht um meines Bruders Schiffe.«
»Herr Brinkmann«, sagte der Mann, der bei weitem nicht so unsichtbar wirkte wie Buchhalter normalerweise, »Brinkmann und Brinkmann wird in absehbarer Zeit bankrott sein. Wenn einer etwas retten kann, dann Sie. Für den Fall, daß Sie es auch wollen, habe ich die Unterlagen mitgebracht.«
»Ich werde mit meiner Mutter sprechen«, sagte Hans ausweichend und zog sich die Papiere widerwillig heran, um sich darin zu vertiefen. Bis in die späte Nacht hatte er eine Übersicht gewonnen und mußte sich eingestehen, daß es viel schlimmer stand, als er hatte wahrhaben wollen. Die Reederei war über und über verschuldet, was auch nicht verdeckt werden konnte durch die vielen sich überkreuzenden Aktionen von Verkauf und Kauf alter und dem Bau von neuen Schiffen. Unter dem Strich hatten Brinkmann und Brinkmann ein gewaltiges Minus.
Am Sonntagmorgen versuchte Hans geschlagene zwei Stunden, seine Mutter zu überzeugen, aber sie blieb störrisch und uneinsichtig. »Wir haben so viele Schiffe«, sagte sie. »Es müssen an die dreißig oder vierzig sein. Denk dir allein die Kaufsummen!«
»Mutter!« rief Hans und legte verzweifelt die Hand über seine Augen. Seine Frau hatte recht gehabt. »Sie versteht das Geschäft im Innersten nicht«, hatte Franziska instinktiv mehrmals über ihre Schwiegermutter geurteilt. »Für sie ist nur wichtig, daß viele Schiffe mit der Brinkmannschen Flagge fahren.« Hans gab sich endgültig geschlagen.
Drei Monate später mußte Brinkmann und Brinkmann offiziell die Flagge streichen, indem ein Konkursverfahren eröffnet wurde. Hans ersteigerte aus der Konkursmasse den Dampfer »Louise Brinkmann«, und zum Erstaunen seiner Familie und erst recht der Rostokker ließ er ihn auf den Namen »Caroline« umtaufen. Als seine Mutter ihm heftige Vorwürfe deswegen machte, sagte er nur: »Sei froh, daß ich ihn nicht ›Caroline Brinkmann‹ genannt habe!«

Louise Brinkmann zog sich daraufhin zutiefst beleidigt in ihre Zimmer zurück, wo sie über die Auflösung der Reederei Brinkmann und Brinkmann nachgrübelte und sie doch nicht so richtig begriff. Mit diesem Tag fiel die Rastlosigkeit der letzten Jahre von ihr ab; sie saß still in ihrem Sessel am Fenster, freute sich flüchtig, wenn die Enkel George oder Marcus kamen, und verfiel mit jedem Tag ein wenig mehr, unmerklich für die ihr Nahestehenden, unaufhaltsam fortschreitend für gelegentliche Besucher.

Louise liebte Marcus besonders, im Gegensatz zu George, der mit seinen sechzehn Jahren wie ein Schlachter aussah und sich auch so benahm. Wenn Marcus sich zu ihr setzte, nahm sie seine warmen, kräftigen Hände in ihre kühlen, blaugeäderten und klagte leise: »Warum mußt du Musik studieren, Marcus? Du hast Hände wie einer, der zupackt, wie einer, der weiß, was er will. Ach, es ist ein Jammer.«

»Ja, Großmutter«, sagte Marcus dann zärtlich, »deshalb werde ich auch Dirigent.«

»Du wirst Reeder«, widersprach Louise eigensinnig, und Marcus überließ seine Großmutter ihren Träumen über das Imperium Brinkmann und schlich auf Zehenspitzen erst hinaus, als sie eingeschlafen war.

18. Kapitel (1890–1924)

Louise behielt recht. Obwohl jedermann im Hause Brinkmann kurz vor Weihnachten mit dem Ableben von Dorothea gerechnet hatte, wurde es nicht ihr, sondern Hans' plötzlicher Tod, der eine tragische Lücke in der Familie riß. Hans verunglückte bei dem Versuch, ein Kind auf schneeglatter Fahrbahn vor einem Pferdegespann zu retten. Der Hinterhuf des Pferdes traf ihn so unglücklich am Schädel, daß der Knochen eingedrückt wurde. Nach tagelanger Bewußtlosigkeit starb Hans, ohne zu sich gekommen zu sein.

»Aber er rettete ein Kind«, sagte Louise mit der Betonung auf er, und jedermann war klar, wie sehr sie unter den Umständen des Todes von Friedrich Wilhelm gelitten haben mußte. Aber man sprach weiter nicht darüber, genausowenig wie über die Verfügung von Hans Brinkmann zugunsten von Caroline, getaufte Fretwurst. Von ihr hatte man nichts mehr gehört, lediglich ihre Adresse war bekannt, und die Schenkung geriet denn auch nur zur professionellen Übergabe durch einen Rechtsanwalt.

Frostig war auch die Begegnung zwischen Pauline und der übrigen Familie. Pauline, von allen zu ihrem Ärger Großtante genannt, war mittlerweile achtundsiebzig Jahre alt, an Geist aber jünger als Louise, wenn auch nicht an Beweglichkeit. Ihr Umgang mit Formen und Konventionen war mit den Jahren noch freier geworden. »George«, sagte sie beim Kaffeetrinken nach der Beerdigung und klopfte ihm von hinten mit der Krücke auf die Schulter, »wo warst du eigentlich? Hättest du nicht ein einziges Mal in deinem Leben etwas Nützliches machen können?«

»Was denn, Tantchen?« fragte George überrumpelt.

»Dich vor die Pferde werfen, du Schafskopf! Dann wäre Hans noch am Leben!«

Georges pickeliges Gesicht verzog sich weinerlich.

»Dickerchen«, sagte Pauline, und es konnte sowohl ein Vorwurf sein

als auch ein Ansatz zur Zärtlichkeit. Da niemand es genau wußte, schwieg man und mied die Nähe der wunderlichen Tante.
George aber floh zu seiner Großmutter, und demonstrativ streichelte sie, die noch nie zärtlich gewesen war, seine Wange und begann mit ihm zu flüstern.
Einen ihrer seltenen Besuche machten anläßlich der Beerdigung auch Emil und Anna von Stralwiek, deren Tochter Aline gerade vierzehn Jahre geworden war. Aline hatte offensichtlich die Schüchternheit ihres Vaters mitsamt dem strähnigen Haar geerbt; außer ihrem Adelstitel war an ihr nichts attraktiv. »Aber der reicht«, sagte Louise, die nun häufig geistig abwesend war, aber, wenn zufällig einmal nicht, immer noch das Wichtigste auf einen Punkt bringen konnte. Aline verkroch sich während des offiziellen Teils der Feierstunde irgendwo im Haus, während Anna mit lauter, publikumswirksamer Stimme von ihrem aufregenden Leben in Berlin berichtete. Hin und wieder setzte sie zu dem Lachen an, das sie schon als Kind mit Hilfe ihrer Spiegelübungen zur Perfektion gebracht hatte, so daß es spontan und persönlich wirkte, aber dann griff Emil von Stralwiek schnell nach ihrem Arm, und sie ließ es pietätvoll verklingen. Allmählich hörten ihr alle an der Tafel versammelten Trauergäste zu. Auf sie fiel unversehens der milde Glanz der Reichshauptstadt, und wo Anna bei ihrem Rundgang verweilte, fühlten sich die Anwesenden auf erstaunliche Weise mit Berlin und der übrigen Welt verbunden. So wurde die Trauerfeier dank Anna ein großer Erfolg für Louise Brinkmann.
Geschwätzig, wie Menschen sind, die einander lange nicht gesehen haben, wurde nach diesem und jenem gefragt, »kannst du dich noch erinnern, und weißt du noch ...?« Unter anderem tauchten gesprächsweise natürlich auch schwarze Schafe und Unaussprechliche auf, vor allem, wenn die alte Dame geistig abwesend war. »Weiß man etwas von dieser Caroline Fretwurst?« erkundigte sich Anna, als sie genug Aufmerksamkeit genossen hatte. Niemand schien etwas zu wissen, die Frage blieb unbeantwortet. Andreas, der etwas dazu hätte sagen können, schwieg.
Marcus fuhr im Januar kurz nach Leipzig, um sein Zimmer aufzulö-

sen und seine Wirtin zu beruhigen, dann übernahm er die Reederei. Nach der Tradition benannte er sie sofort um und hätte auch gerne den Namen seines eigenen Sohnes dazugesetzt. Er hatte ihn zwar noch nicht, jedoch plante er ihn schon.
Großmutter Louise wäre entsetzt gewesen, das wußte er, aber bei Urgroßmutter Abigael war er sich im Zweifel. Sie hätte ihn wohl verstanden, dachte er, denn was über sie erzählt wurde, war schon ins Märchenhafte verklärt. Jedenfalls hatte er während seines Studiums ein schwedisches Mädchen kennengelernt, das ihn nach einem Jahr Bekanntschaft nicht nur ins Café begleitete, sondern nachts ungestüm seine Träume durcheinanderwirbelte. Und so befand er sich mit ihr schon in einem umjubelten Konzert in New York – er als Dirigent, sie als Geigerin –, noch bevor er sie gefragt hatte, ob sie ihn heiraten wolle.
Sie wollte, auch wenn er nun nicht mehr ein berühmter Dirigent werden konnte: Anfang 1891 wurden Kersti Johannsdotter und Marcus Brinkmann getraut. Ende des Jahres wurde Agnes geboren. Im Sommer fuhr Marcus wochenlang fort; Kersti grämte sich nicht übermäßig, denn sie hatte genug zu tun, ihr Haus nach ihrem Geschmack einzurichten. Als erstes ließ sie die gotischen Möbel, die grünsamtenen Vorhänge und die Farne entfernen. »Nicht wahr, das ist dir doch recht?« fragte sie ihre Schwiegermutter und lächelte bittend, während die Möbelmänner die veralteten Sachen bereits hinaustrugen.
Franziska nahm den Arm der jungen Frau unter ihren und zog sie aus dem Gefahrenbereich der Transportarbeiter. »Es ist nun mal so, wenn die jungen Leute sich einrichten. Kümmere dich nicht um mich, ich komme schon zurecht, Kersti. Großmutter Louise wird es schwerer nehmen. Sie hängt an diesen Möbeln.«
»Meinst du wirklich?« fragte Kersti, nun doch betroffen. »Dann will ich mich bei ihr entschuldigen gehen. Aber ich kann so nicht wohnen. Wir leben ja nicht mehr im Mittelalter, und wir Schweden wissen das auch.«
»Du brauchst dich nicht zu entschuldigen. Und Louise überlaß mal mir.« So baute Franziska, die sich nie gut mit der alten Dame ver-

standen hatte, einen Schutzwall für die jungen Leute auf. Nie hatte sie sich so sehr mit ihr beschäftigt wie in diesen Sommermonaten. Ihre Aufgabe wurde es auch, ihrer Schwiegermutter zu erklären, wo Marcus war: »Laß man, Mutting«, sagte sie, »du weißt, die Brinkmanns machen ihre besten Geschäfte auf Reisen, nicht zu Hause. Das überlassen sie den Pentzens.« Das war wohl so, aber Louise konnte sich kaum mehr daran erinnern. Mit dem Namen Pentz jedoch verband sie freundliche Erinnerungen. So lächelte sie und nickte ein wenig abwesend. Zu den neuen sachlich kühlen Möbeln sagte Louise nichts. Sie vermied es einfach, die Räume des Reeders aufzusuchen, und blieb in ihren eigenen, die wie eh und je gefüllt waren mit allem, was sie früher geliebt hatte.

Marcus Brinkmann ließ in rascher Folge zwei Dampfer für die Frachtfahrt bei der jungen Neptunwerft von Rostock bauen; die »Ernst Brinkmann« lief als eines der ersten Schiffe aus dem Dock, während die »Gustav Brinkmann« noch im Bau war. Rostock mauserte sich zu einer betriebsamen Stadt, denn auch andere Reedereien, sogar aus dem Ausland, gaben Schiffe in Auftrag. Die Betriebsamkeit hatte nicht nur gute Seiten. Marcus Brinkmann war einer der wenigen Reeder, die sich große Sorgen machten, obwohl er kaum davon sprach; die größte wurde ihm an dem Tag genommen, als ihm auch die »Gustav Brinkmann« übergeben wurde. Während der Taufe aber war die Unruhe unter den Werftarbeitern nicht zu übersehen. »Es brodelt«, flüsterte er seiner Frau ins Ohr, »sieh dir die Gesichter an. Böse sind sie, es wird nicht mehr lange dauern.«

Bei der anschließenden Feier im »Hotel Zaren« waren sich die anwesenden Herren weder über die Gründe, die zu den Arbeiterunruhen geführt hatten, noch über die Lösung des Problems einig. Marcus Brinkmann hielt sich gewohnheitsgemäß mit scharfen Formulierungen zurück. »Du bist zum Diplomaten geboren«, sagte seine Frau manchmal, aber er wollte davon nichts wissen. Bei dieser Feier ließ sich Marcus, was tagespolitische Beurteilung betraf, von seinem Vetter George vertreten.

George war siebzehn Jahre alt und besaß die fundierte Weisheit, die junge Männer stets an den Tag legen, vor allem wenn sie sich in der

Gesellschaft anderer Männer befinden. »Kein Wunder«, nuschelte er undeutlich, »dieser Kaiser Wilhelm, den ich am liebsten gar nicht unseren nennen möchte, bläst es den Arbeitern ja ein.« Viel zu jung dafür, hatte er sofort nach dem Tod seines Vaters mit dessen Zigarren auch die Gewohnheit des Rauchens übernommen, und dem Kognak sprach er bereits wie ein Alter zu. Franziska, die noch den meisten Einfluß auf den Jungen besaß, schüttelte warnend den Kopf, aber er bemerkte es nicht. Die Herren hörten schweigend und mit großzügigem Lächeln zu. In diesen Kreisen war es nicht üblich, sich gegen den Kaiser auszusprechen.

»Schade, daß Bismarcks Einfluß auf Wilhelm II. nicht größer war. Ich weiß nicht recht, was man von Caprivi erwarten kann, aber ein Mann vom Format eines Bismarck ist er sicher nicht«, bemerkte ein Gast nach einer Weile, und das war das äußerste Zugeständnis, das man an Georges freimütige Äußerung machen konnte. In Wahrheit war jeder der Herren seiner Meinung.

»Wissen Sie, daß Bismarck seinerzeit für Schießen plädierte, wenn es hart auf hart ginge?«

»Das war richtig so, und es war sehr ehrlich von ihm, es beizeiten anzukündigen. Die Arbeiter hätten sich zumindest nicht beschweren können, wenn sie tatsächlich in den Kugelhagel geraten wären.«

»Aber Caprivi«, warf George viel zu laut ein, »ist, wie bereits gesagt, kein Bismarck, und unser Wilhelm kein Kaiser, nur ein Wilhelmchen.« George kicherte laut über seinen schwachen Witz, und die anderen Gäste sahen betreten drein.

»Nun, meine Herren, ganz so schlimm steht es sicher nicht«, versuchte Marcus die Stimmung zu retten. »Im Bergarbeiterstreik vor zwei Jahren im Westfälischen waren unsere Kollegen aus der Grubenindustrie aufs höchste beunruhigt und ersuchten um Posten zu ihrem Schutz. Kaiser Wilhelm aber, der einen früheren Kameraden bei den eingezogenen Truppen hatte, fragte bei diesem nach, wie es stehe, und als Antwort kam folgendes Telegramm.« Marcus schmunzelte und versuchte, sich an den genauen Wortlaut zu erinnern: »›Alles ruhig, mit Ausnahme der Behörden.‹ Ich bin sicher, so wird es auch bei uns sein.« Die Herren brachen in lautes Ge-

lächter aus und wandten sich einem anderen Gesprächsthema zu.
Abends, als Kersti bereits im Arm ihres Mannes lag, fiel ihr seine Äußerung wieder ein. »Glaubst du wirklich nicht an einen Aufstand der Arbeiter?« fragte sie.
»Doch, ich denke, er kommt«, sagte Marcus, ohne nachzudenken. »Ganz sicher. Aber keine Angst. Ich bin ja bei dir.« Und weil Kersti dies sofort zu spüren bekam, hatte sie keinen Grund mehr, über ihre Sorgen, die auch die seinen waren, nachzudenken.

Zur selben Zeit, in der Marcus und Kersti die Politik aus ihrem Ehebett bannten, fand eine Versammlung von dreißig Frauen im Theatersaal des ehemaligen ›Tivoli‹ statt. Der Raum war hoch, die Wände nackt, und es blätterte der Putz großflächig herunter. Aber darauf achteten die Frauen nicht. Sie diskutierten, zu zweit, zu mehreren, die Frauen wechselten zwischendurch die Gesprächspartner, und sie hätten noch endlos so weitermachen können, wenn sie nicht durch ein scharfes Klopfen unterbrochen worden wären, das von der Bühne kam.
Dort oben saßen die drei Sprecherinnen der Vereinigung, in der Mitte Caroline Fretwurst. Caroline, die mittlerweile siebenundzwanzig Jahre alt war, unterschied sich von ihren Nachbarinnen dadurch, daß sie sie um Kopfesgröße überragte, aber im übrigen trug sie die gleiche bürgerliche Kleidung wie die anderen. Sie übernahm das Wort. »Es tut mir leid, euch unterbrechen zu müssen«, begann sie, »aber wir haben viel zu bereden und müssen anfangen.« Die Frauen nickten, beendeten ihre Gespräche und suchten ihre Plätze auf. »Es hat sich«, fuhr Caroline fort, »erwiesen, daß die Mitglieder des Sozialdemokratischen Frauenvereins eine Alibifunktion erfüllen; es beruhigt die Genossen Männer, uns Frauen untergebracht zu sehen, und es beruhigt sie auch, wenn wir im übrigen nur harmlos schwatzen.« Während die Frauen im Plenum »jawohl« riefen und einige die Fäuste hoben, wartete Caroline geduldig, bis sie sich Luft gemacht hatten. »Ich schlage vor, daß wir zuerst abstimmen, ob wir bei dem ins Auge

gefaßten Namen bleiben wollen: Sozialistischer Verein Rostocker Frauen.«

»Zu lang«, wurde von unten gerufen. »Warum nicht Sozialistischer Frauenverein?«

Caroline überflog die Köpfe der Frauen, ihre Nachbarin schrieb mit. »Gut«, stimmte Caroline zu und ließ per Handzeichen abstimmen. Die meisten waren für den kurzen Namen, und nach zügiger Beratung der bereits vorbereiteten Statuten hatte Rostock einen neuen Verein.

Im Hauptteil ihrer Versammlung hörten die Frauen einen Bericht über die wirtschaftlichen und sozialen Folgen des vorjährigen Streiks der Bauarbeiter. Wut brodelte hoch, als das ganze Ausmaß des Unglücks bekannt wurde.

Im Plenum stand eine Frau auf. »Und wir sind diejenigen, die am meisten leiden müssen«, rief sie, »wir und die Kinder hungern, wenn die Männer ihre Arbeit verlieren.«

»Du ja nun nicht gerade«, rief eine andere, was allgemeines Gelächter hervorrief, »aber recht hast du.«

»Das ist eine Frage der Solidarität«, sagte Caroline, nachdem sie wieder das Wort ergriffen hatte. »Wir müssen eine Küche organisieren, die offen ist für die Familien der entlassenen Arbeiter. Wer daran interessiert ist, meldet sich nachher bei mir. Ich bin auch dafür, daß wir uns von den Arbeiterfrauen helfen lassen bei der Essensausgabe und dergleichen, ihr wißt schon.« Die Zuhörerinnen klatschten zustimmend. »Was aber viel wichtiger ist: Wie können wir die Schwarze Liste bekämpfen? Der Hunger ist die eine Folge, die Liste aber ist eine andere, und gegen sie gilt es genauso anzugehen wie gegen die anderen Repressalien, denen die Unternehmer die Arbeiter aussetzen!«

Eine Frau im Saal meldete sich und bekam das Wort. Sie war groß und kräftig, mit mächtigem Brustkasten, und ihre Stimme füllte den Saal, als sie bedächtig ihre Meinung kundtat. »Frauen, wir sollten uns nicht ausschließlich um die Angelegenheiten der Arbeiter kümmern, wir haben eigene Probleme. Die Arbeiterfrauen sind – wie sich erwiesen hat – weniger an ideologischen Dingen interessiert als

daran, wie sie die Mägen ihrer Kinder füllen. Und nachdem wir das Problem nun gelöst haben, ist es Zeit, zur Hauptsache zu kommen.« Sie setzte sich wieder, aber die anderen applaudierten nicht, und ihre Gesichter spiegelten unterschiedliche Gefühle wider.
»Genossin«, sagte Caroline mit einem Seufzer, »ich persönlich gebe dir recht. Aber der Kampf für die Rechte der Frauen ist auch immer ein Kampf gegen das herrschende System gewesen, und die tragende Klasse dieses Kampfes ist nun mal die Arbeiterschaft. Bevor wir die Arbeiter nicht mobilisiert haben – mein Großvater hätte bestimmt gesagt: Bevor sie nicht in die Puschen gekommen sind –, ist es undenkbar, auf eigene Faust die Emanzipation der Frauen durchzusetzen! Allein werden wir es nicht schaffen!«
»Mit den Arbeiterfrauen aber auch nicht«, widersprach die Frau im Saal. »Kannst du mir mal sagen, welches Interesse die Arbeiterfrauen daran haben könnten, daß die Mädchen auf die Jungengymnasien und die Frauen auf die Universitäten dürfen? Die lachen uns aus, wenn wir Bildung für alle fordern. Die wollen erst einmal Brot für alle.«
»Eben, eben, also verschaffen wir ihnen Brot«, rief eine Stimme dazwischen, und dieser Meinung schlossen sich die meisten an. »Wenn sie satt sind, werden sie sich auch für Schulen interessieren.«
»Laßt uns abstimmen, ob wir mit ihnen oder ohne sie vorgehen!«
Der Vorschlag wurde angenommen, und entsprechend dem Mehrheitsergebnis kam man wieder zur Beratung über die Schwarze Liste zurück.
»Es gibt keine Methode, die Schwarze Liste mit Gewalt auszumerzen«, sagte eine zierliche Frau mit schwarzem Haarknoten. »Du kannst einem Unternehmer nicht nachweisen, daß er die Einstellung eines bestimmten Arbeiters mit Absicht verhindert, und du kannst ihm auch nicht nachweisen, daß er dabei nach der Liste vorgeht. Und schon gar nicht kannst du verhindern, daß sie wissen, wer streikt. Es ist unlösbar!«
»Wenn man einen Arbeitsplatz einklagen könnte!«
Das brauchte man nicht zu diskutieren, das war undenkbar.
»Aber wir werden das erreichen«, versprach Caroline mit fester

Stimme, denn zum juristischen Fach fühlte sie sich immer noch hingezogen. Sie wartete, denn im Saal gab es einige Unruhe. Einige Frauen erhoben sich und winkten zum Abschied in die Runde; sie wohnten weit draußen und mußten die letzte Pferdebahn dieses Abends erreichen. Man kannte das. »Nächste Woche«, rief die Versammlungsleiterin ihnen zu, dann waren sie fort, und sie nahm den Faden wieder auf. »Ich gebe Ulrike recht. Mit Gewalt geht es nicht. Wie wäre es, wenn wir es im Guten versuchten? Man müßte mal mit ihnen reden.«

Die Frauen schwiegen ungläubig. »Mit einem Mann von Frau zu Frau, nein, von Frau zu Mann reden?« fragte eine nach einiger Zeit.

Caroline nickte. »Wir können es nur noch mit unkonventionellen Wegen probieren, wenn die normalen nicht funktionieren. Etwas Gewaltsameres als Streik gibt es nicht. Den hatten wir, und es hat sich um kein Jota etwas geändert. Die Fronten sind nur noch härter geworden.«

Ulrike stand auf. »Vielleicht hast du recht«, sagte sie nachdenklich. »Aber es müßte jemand sein, der ihnen die Stirn bieten kann, jemand, den sie respektieren würden. Eine der Arbeiterfrauen zu schicken hat überhaupt keinen Sinn. Für die ist ein Unternehmer entweder ein Halbgott – leider immer noch –, oder sie bringt es fertig, ihn aus Wut anzuspucken. Geschähe ihm zwar recht, bringt uns aber nicht weiter.«

Caroline Fretwurst zog ihre Trumpfkarte. »Ich kenne einen Reeder«, sagte sie, »ein Verwandter von mir. Er kann mich immerhin nicht hinauswerfen lassen. Anhören müßte er mich.«

»Um so besser«, sagte Ulrike. »Ich wollte sowieso dich vorschlagen. Du bist redegewandt genug und läßt dich nicht verblüffen.«

Sie beredeten die Sache noch eine Weile hin und her, und endlich wurde beschlossen, Caroline Fretwurst als Abordnung der Sozialistischen Frauen Rostocks zum Reeder Marcus Brinkmann, stellvertretend für die Unternehmer Rostocks, zu schicken.

Der Sommer 91 war in jeder Beziehung hektisch. Großmutter Louise beschwerte sich über den Lärm, der sogar bis ins Haus drang. »Sie

bauen viel«, erklärte ihr Franziska. »Es gibt jetzt mehrere Fabriken in Rostock, und deren Arbeiter müssen irgendwo wohnen.«
»Ach was, Fabriken!« nörgelte Louise, die nie ganz zufrieden sein konnte. »Gebt sie den Schwerinern!«
»Das geht nicht, Großmutter, die Fabriken müssen bei den Werften stehen, und die Arbeiter müssen bei den Fabriken wohnen.«
»Dann müssen wir eben umziehen«, verlangte Louise und fand in ihren früheren Hochmut zurück, was nur noch ganz selten dann geschah, wenn sie einen besonders guten Tag hatte.
Reeder Marcus Brinkmann war derselben Meinung, denn wer auf sich hielt, zog aus der dichtbesiedelten Innenstadt hinaus ins Steintor-Villenviertel. Marcus besaß ein gutes Gespür für die Zeichen der Zeit, nicht nur für Schiffe, auch für andere Dinge. Er hatte sich beizeiten ein großes Grundstück in der Loignystraße gekauft, wenn auch noch nicht bebaut.
Brinkmann begann jetzt zusammen mit einem Architekten, der für seinen Stil berühmt geworden war, Pläne für das neue Haus zu fassen. In gehobener Stimmung saß er in seinem großen Kontorhaus über den ersten Entwürfen, die er bis dahin noch nie gesehen hatte. Repräsentativ sollte das gesamte untere Stockwerk sein, eher auf intime geschäftliche Zusammenkünfte und Unterredungen ausgerichtet als für private Zwecke. Das mittlere Geschoß war für die Familie im engeren Sinne, also für ihn, seine Frau und die bereits eingeplanten Kinder, sowie für zwei Kindermädchen, eins davon ebenfalls erst eingeplant. Im zweiten Geschoß sollten die alten Damen mit Dorothea wohnen nebst einer Bedienung; für ihre Bequemlichkeit war extra ein Aufzug vorgesehen. Unter dem Dach schließlich war genug Platz für diejenigen unter dem Personal, die im Haus wohnten. Um die Küche und die Vorratsräume im Souterrain kümmerte Marcus sich weniger.
Ein vorsichtiges Klopfen störte Brinkmann, und er sagte mürrisch: »Ja!« Wenn man ihn störte trotz gegenteiliger Anweisung, mußte es sich zwangsläufig um etwas Wichtiges handeln. Der Sekretär öffnete genauso behutsam die Tür, wie er geklopft hatte, und schob die Nase durch den Spalt: »Es ist eine Dame da, eine Verwandte von

Ihnen, und weil sie vielleicht auf der Durchreise ist ...« Er verstummte.
»Schon gut, Schmidt«, sagte Brinkmann. »Ich lasse bitten.« Er erhob sich, als sein Besuch eintrat. Mit überrascht geweiteten Augen eilte er Caroline Fretwurst entgegen. »Kusine Caroline«, sagte er herzlich und nahm ihr fürsorglich den leichten Sommermantel ab, dessen schmaler Fuchsschwanz viel zu warm war, dennoch aber aus Gründen der Mode sein mußte. Er küßte ihr bewundernd die Hand. »Du bist ja noch viel schöner geworden, seit ich dich zum letzten Mal gesehen habe, wie lange ist das her, wart mal ...«
»Fünfzehn Jahre«, antwortete Caroline präzise und setzte sich mit einem Nicken auf den ihr angebotenen Platz.
»Das weißt du noch?« fragte Marcus und ließ zurückhaltende Bewunderung durchblicken. Caroline war in ihrer Art genauso schön wie seine Frau, aber in ihr schien eine besondere Energie zu liegen, eine Spannkraft, die er bei Frauen nicht zu spüren gewohnt war und auch nur bei wenigen Männern. Er beschloß, auf der Hut zu sein. Caroline zupfte in Gedanken versunken an den Ärmeln ihrer Bluse, deren puffige Schultern wie stets durch den Mantel eingedrückt waren. Der hohe Kragen und das dunkle Blau gaben ihr zusammen mit dem symmetrisch gescheitelten blonden Haar eine vornehme Strenge, das wußte sie, und sie ließ ihren Anblick bewußt auf den Vetter einwirken. »Ja«, sagte sie plötzlich. »Du hattest damals Geburtstag, und Onkel Hans nahm mich ausnahmsweise mit zu euch.«
»Lieb von ihm«, sagte Marcus mechanisch.
»Es war nur möglich, weil Großmutter Louise in Baden-Baden war.«
Marcus, der nicht wußte, ob dies als Anklage oder als Feststellung zu verstehen war, schwieg. Dann fiel ihm etwas ein. »Ich hatte damals eine Trommel bekommen, glaube ich.«
»Ich weiß nur, daß dein Zimmer so voll war von Spielsachen, daß du bestimmt keine neue Trommel benötigt hättest.« Caroline sah auf und atmete tief ein.
Marcus, der sofort wußte, daß sie jetzt auf ihr Anliegen kommen würde, war der Mühe einer Antwort enthoben. Er zupfte sich den Vatermörder zurecht und ließ kein Auge von seiner Kusine.

»Marcus, ich möchte gerne eine delikate Angelegenheit mit dir besprechen«, eröffnete Caroline die Runde. »Vorher will ich aber gerne die Fronten abstecken, denn du mußt wissen, daß mich die Sozialistischen Frauen schicken. Wir hoffen, daß du etwas zugänglicher bist als die anderen Unternehmer, und wir möchten, daß du vielleicht eine Art Vermittler darstellen könntest zwischen den Unternehmern und den Arbeitern. Andreas sagt, daß du der einzige bist, der in der Familie diplomatische Fähigkeiten hat. Und unter den Unternehmern auch«, fügte sie trocken hinzu. Sie machte eine Pause und sah ihren Vetter an.
Dieser nickte, denn mit sich sprechen ließ er immer. Er hakte sofort interessiert ein. »Du siehst Andreas manchmal?«
Caroline lächelte erstmals herzlich: »Öfter als ihr. Weißt du, Illegitime und schwarze Schafe haben eines gemeinsam: sie müssen auf demselben Ödland weiden.«
Marcus war von seiner Kusine hingerissen.
»Die Arbeiter und ihre Familien leiden zum Teil große Not, und manchmal müssen sie wochenlang hungern.«
»Das stimmt«, bestätigte Marcus harsch. Ungern kehrte er zu Carolines Anliegen zurück. Er hätte lieber eine Stunde mit ihr verplaudert. »Wenn sie nicht arbeiten wollen ...«
»Sie wollen arbeiten. Sie können nicht.«
»Wer hindert sie? Die Werften und Fabriken brauchen immer mehr Arbeiter. Die Industrie blüht.«
Marcus' nüchterne, subjektive Sicht reizte Caroline. »Aber doch nur zu euren erniedrigenden und unwürdigen Bedingungen«, rief sie. »Versteht ihr denn nicht, daß sie sich dagegen wehren? Laßt den Arbeitern doch etwas menschliche Würde. Sie sind keine Arbeitsmaschinen, sondern Menschen, die Liebe und Glück und Haß und Leidenschaft fühlen wie ihr Unternehmer auch! Und was sie möchten, ist nur ein gerechter Anteil am Ertrag für ihre Arbeit, und darauf haben sie ein Recht.«
»Unser Anteil am Einsatz beträgt hundert Prozent, und deswegen erheben wir Anspruch auf hundert Prozent der Einnahmen. Das, liebe Kusine, ist eine logische Folge«, sagte Marcus. »Laß den Arbeiter

losgelöst von den Produktionsmitteln arbeiten, und er wird keinen Pfennig dafür erhalten, weil er nämlich nichts produzieren wird. Der Wert seiner Arbeit steckt darin, daß er Rohmaterial in nützliche Gegenstände verwandelt. Sowohl Material als auch Fertigprodukt gehören dem Unternehmer. Das ist wie beim Bauern auch: wem der Rübensamen gehört, dem gehört auch die Rübe, nicht dem, der den Samen zufällig fallen läßt. Das kann der Opa der Familie sein, aber auch eine Krähe.«

»Du wirst«, unterbrach Caroline ihn empört, »den Arbeiter doch nicht mit einer Krähe vergleichen, deren Anteil am Ergebnis rein zufällig ist!«

»Warum nicht? Er ist zufällig. Vom Unternehmer aus gesehen. Der Arbeiter kann ausgewechselt werden. Was er produziert, entscheidet der Unternehmer. Der Unternehmer kann nicht ausgewechselt werden. Was er produzieren läßt, ist seine sehr persönliche Sache, trägt seine Handschrift ...«

Caroline sah ihren Vetter stumm an. Er schien genau die Meinung zu vertreten, die sie hinreichend kannte und gegen die sie seit mehreren Jahren kämpfte. Insofern war er ein typischer Vertreter derjenigen Unternehmer, die sich als die härtesten, weil mächtigsten Gegner herausgestellt hatten. Solche Leute waren es, die hinter der Direktion der Neptunwerft mit ihren mehr als 1000 Arbeitern standen.

»Die Arbeiter müssen nicht mit Gewalt durchzusetzen versuchen, was wir ihnen freiwillig geben würden«, fuhr Marcus fort, »vielleicht nicht ganz so viel und ganz so schnell, aber immerhin. Außerdem mußt du bedenken, daß es eine ganze Menge sozialer Einrichtungen bereits gibt. Die englischen Arbeiter zum Beispiel würden sich glücklich schätzen, wenn sie nur die Hälfte von den modernen Errungenschaften hätten, die die deutschen Arbeiter besitzen. Und die haben ihnen die Unternehmer eingerichtet.«

»Aber die Arbeiter erkämpft«, konterte Caroline. »Und außerdem kann man von echten Fortschritten nicht reden, wenn sie darin bestehen, daß der deutsche Arbeiter zum Verhungern doppelt so lange braucht wie der englische. Du wirst nicht allen Ernstes behaupten wollen, daß das ›Kaiser-Wilhelm-Kinderheim‹ als soziale Einrichtung ausreichend ist!«

»Das nicht«, gab Marcus zu. »Aber es beweist, daß die Unternehmerschaft, angefangen beim Kaiser« – er lächelte flüchtig – »auf dem richtigen Weg ist. Die Geschwindigkeit, mit der Dinge geschehen, bestimmt immer der Geldgeber, nicht der, der in den Genuß dieser Dinge kommt.«

»Marcus, die Arbeiter brauchen keine Spenden, sondern sie verlangen Gerechtigkeit. Und darüber hinaus möchten sie noch, daß die Unternehmer ihren Anspruch auf Gerechtigkeit anerkennen.«

Caroline strich sich über die Stirn, als ob die Unterredung sie erschöpft hätte. Das traf zwar nicht zu, aber sie war konsterniert, weil sie erkannte, daß diese Unterredung enden würde wie alle Diskussionen zwischen den Unternehmern und ihren Gegnern: wie das Hornberger Schießen. Sie stand auf.

»Caroline«, sagte Marcus versöhnlich, der sich erhoben hatte, um seine Kusine hinauszubegleiten, »weißt du was? Ich möchte dir gerne treuhänderisch Geld übergeben, das du für die Arbeiter verwenden kannst, wie du es für richtig hältst. Es wird keine kleine Summe sein, das verspreche ich dir. Nur soll mein Name nicht genannt werden.«

»Nein«, sagte Caroline mit fester Stimme. Sie legte ihren Mantel über den Arm und ging grußlos.

Der junge Reeder sah ihr nach und verglich dann ihr Gesicht mit dem von Abigael auf einer kleinen kolorierten Zeichnung in einem Elfenbeinrahmen. Beide sahen sich sehr ähnlich, und beider Schönheit war die gleiche. Caroline hätte in der Gesellschaft eine Persönlichkeit darstellen können. Schade, daß sie sich den falschen Idealen gewidmet hatte. Marcus machte sich keine Illusionen. Jemand wie die charakterstarke Caroline würde vom einmal erkannten Weg nicht abweichen.

Caroline mußte erst einmal ihrem Zorn Luft machen. Sie drehte sich um und schmetterte die Tür zum Haus ganz undamenhaft zu. Dann ging sie mit bitterem Lächeln davon.

Caroline hatte bis zum Abend Zeit, sich zu beruhigen; um neunzehn

Uhr war die wöchentliche Versammlung angesetzt. Auf dem Weg dorthin war sie wieder fast sie selbst. Gott sei Dank habe ich nicht angefangen zu spucken vor Wut, dachte sie heiter.
Der Bericht, den sie abgab, war kurz und bündig. »Gescheitert«, sagte sie. »Ein Schlag ins Wasser. Marcus Brinkmann ist nicht anders als alle anderen Unternehmer. Zum Schluß bot er mir noch Geld an für die Arbeiterbewegung, anonym.«
»Wieviel?« wurde mit eifriger Stimme gefragt.
»Das weiß ich nicht. Viel, sagte er. Aber ich habe abgelehnt.«
Dieser Punkt wurde zum ersten Streitpunkt des Abends. Man debattierte hitzig darüber. Caroline und die stämmige Elfriede, die Theoretikerin, wie sie genannt wurde, waren in der eindeutigen Minderheit. Zum Schluß hagelte es Vorwürfe über Caroline. Man meinte, einige tausend Mark – und weniger wären es wohl nicht gewesen, wenn ein Großreeder dazu viel sage, – hätte man gut gebrauchen können.
»Nein«, sagte Caroline genauso entschieden wie dem Reeder gegenüber, »nicht jede Mark ist für uns gut genug. Jedenfalls keine anonyme Bestechungssumme.«
»Heiliger Strohsack! Wir benötigen Geld wie das tägliche Brot, und du schlägst es aus.«
»Wenn ihr glaubt«, sagte Caroline scharf, »daß der Zweck die Mittel heiligt, versteht ihr den Sozialismus aber falsch!«
»Das stimmt nun nicht«, widersprach ein Ruf aus den hintersten Reihen. »Lenin nimmt auch, wo er kann, und wenn du unbedingt eine Begründung brauchst, so sage dir, daß jeder Geldverlust auf der kapitalistischen Seite auch ein Machtverlust ist.«
Caroline Fretwurst schwieg.
»Sag mal, Caroline?« fragte eine der Frauen, die sich sonst selten durch konstruktive Beiträge auszeichnete, mit trügerisch gleichgültiger Stimme, »ist es nicht ein Dampfer eurer Reederei, der ›Caroline‹ heißt? Nach wem wohl?«
Caroline Fretwurst starrte die Fragerin an, ohne zu antworten. Die ganze angestaute Verärgerung des Tages gipfelte in der eben ausgesprochenen Infamie. Plötzlich wußte sie, warum es Arbeiterfrauen

gab, die zuschlugen: auch ihnen fehlten die Worte für eine Empörung, die keine Grenzen kannte. »Willst du etwa behaupten ...«
»Ich will gar nichts behaupten. Man wird ja wohl noch mal fragen dürfen.«
»Man sollte Herrn Brinkmann mal fragen, ob sie das Geld wirklich abgelehnt hat«, flüsterte jemand vernehmlich, aber Caroline konnte von ihrem Platz aus weder erkennen, wer es war, noch, ob die Frage mit Absicht in die Stille hinein gestellt worden war.
»Ich glaube«, sagte Caroline eiskalt, »wir sollten die Vertrauensfrage stellen. Habe ich euer Vertrauen noch oder nicht? Ich bitte um das Handzeichen.«
Zwei Hände hoben sich für Caroline, die Gegenprobe ergab vierundzwanzig gegen sie bei zwei Enthaltungen. Die junge Frau packte schweigend ihre Papiere in die Tasche, stieß den Stuhl zurück, der umfiel, und schritt die Saaltreppe hinunter. Nur das Geräusch ihres auf den Stufen schleifenden Rockes und ihre leisen tappenden Schritte waren zu hören. Die Köpfe der Frauen wandten sich ihr noch nicht einmal zu, als sie an ihnen vorbeiging und den Saal verließ.

Ende des Jahres 93 wurde Rasmus geboren, und seine Geburt erlebte Louise noch, den Einzug in das neue Haus und die Geburt von Heinrich jedoch nicht mehr.
»Ich wußte, daß du der Richtige bist«, hauchte Louise, als Marcus ihr den jüngsten Urenkel vorführte, und weil sie kurz danach die Augen für immer schloß, erfuhr niemals jemand, ob sie den Jungen oder die Reederei gemeint hatte.
Marcus Brinkmann nahm 1903 seinen ersten Liniendienst auf. Die Viehtransportschiffe »Ernst Brinkmann« und »Gustav Brinkmann« fuhren nun nicht mehr in wilder Fahrt, sondern liefen regelmäßig einmal in der Woche die Häfen Ystad, Kopenhagen, Korsör und Kolding an, um Vieh zu laden, das via Warnemünde/Rostock für Berlin bestimmt war. Die Ex- und Importeure, die schon lange regelmäßige Routen gefordert hatten, nahmen diese Dienstleistung sofort an.
Brinkmann schaffte auch eine Bugsierbarkasse für den Hafen an.

Zwei Jahre später kaufte er die Dampfer »Stadt Stralsund«, »Stettin«, und »Rostocker Greif« auf, die im Passagierdienst die Städte Stettin und Kiel über Rostock, Wismar und Kiel verbinden sollten. In der Zeitung ließ er annoncieren:

»Ich beehre mich, meinen geneigten Fahrgästen bekanntzugeben, daß mit dem morgigen Tage untenstehender Fahrplan mit garantierter Zuverlässigkeit eingehalten werden wird:

Dampfschiff ›Stadt Stralsund‹:
Abfahrt von Rostock Ri. Wismar, Lübeck, Kiel: jeden Sonntag und Mittwoch 9 Uhr Vorm.
Dampfschiff ›Stettin‹:
Abfahrt von Rostock Ri. Stralsund, Stettin: jeden Dienstag und Freitag 9 Uhr Vorm.
Der Rostocker ›Greif‹ wird zusätzlich und nach Bedarf eingesetzt.«

»Siehst du, Kersti, wie viele Schaulustige hier sind«, sagte Marcus zufrieden zu seiner Frau, als sie am Kai standen und dem anlegenden Schiff zuwinkten, »die Rostocker werden die Linie sofort annehmen.«
Es stimmte, der ganze Kai stand voll mit Menschen, die unbedingt dabeisein wollten, als der neue Liniendienst seine Fahrten aufnahm. Diese erste Fahrt allerdings war für geladene Gäste reserviert; die Lusttour würde sie in einer fünfstündigen Fahrt an Warnemünde vorbei auf die Ostsee und zurück führen.
Über die Toppen geflaggt und unter mehrmaligem Tuten legte die »Stadt Stralsund« ab und dampfte die Warnow abwärts. Die erste halbe Stunde verging mit einem Umtrunk, mit Erklärungen zur Technik des Schiffes, mit Gesellschaftsverpflichtungen. Kurz vor Warnemünde aber drängte die ganze Gesellschaft nach draußen an die Backbordseite. Die Badeanstalten mit ihren Kabinen, dem Laufsteg und der Treppe ins Wasser kamen in Sicht, erst die für Damen, in gebührendem Abstand dahinter die für Herren. Lebhaftestes Interesse fand die Badeanstalt der Damen.
Auch in Warnemünde standen die Leute dichtgedrängt vor der

Uferzeile, die Kinder schwenkten Fähnchen und die Badegäste Mützen und Sonnenschirme. Rasmus und Heinrich Brinkmann schrien laut und begeistert hinüber, und auf dem Dampfer fielen die Gäste in den kindlichen Jubel ein. Der Reeder nickte zufrieden und wußte, es würde ein Erfolg werden.

Nach einigen Wochen jedoch, in denen der Zuspruch zur Linie immer geringer wurde, die Zeitungen auch nichts Berichtenswertes daran fanden, wurde Marcus Brinkmann unruhig.

»Die Saison geht zu Ende«, mutmaßte Frau Kersti.

Brinkmann schüttelte zweifelnd den Kopf.

»Du wirst sehen«, sagte Kersti zuversichtlich, »wenn der Herbst schön wird, fahren wieder mehr Leute mit.«

»Vater«, unterbrach der zwölfjährige Rasmus das elterliche Gespräch, »wir haben in vierzehn Tagen eine Regatta. Werdet ihr dasein? Ich und mein Vorschoter werden gewinnen.«

Marcus sah seinen Sohn belustigt an. »Woher weißt du das denn?«

»Das ist doch die Brinkmann-Regatta! Du hast den Preis selber ausgesetzt.«

»Ach so«, sagte Marcus überrascht. »Habe ich das? Wenn das so ist... Aber ich weiß nicht, ob ich Zeit habe. Die neue Linie macht noch Probleme, weißt du?«

»Lade doch den Kaiser ein«, schlug Rasmus vor, »dann ist alles in Ordnung, und du hast Zeit!«

Marcus lehnte sich im Sessel zurück und starrte in die Luft. »Wirklich, das könnte funktionieren.«

»Kommt der Kaiser tatsächlich?«

»Nein«, antwortete Marcus, »aber ich denke an den Großherzog. Gute Idee von dir, Rasmus!«

Der kleine Junge rückte stolz seine Deckelmütze zurecht. Ein Lob vom Vater, das war schon was.

Marcus Brinkmann ging sofort daran, die Idee in die Tat umzusetzen. Ein reger Schrift- und Notenwechsel zwischen der Reederei und dem Hof in Schwerin begann, aber natürlich war der Großherzog terminlich außerordentlich in Anspruch gekommen, vor allem durch die Verfassungsquerelen. Man bedauere.

Brinkmann argumentierte. Der dänische König habe ebenfalls durch sein Anwesenheit auf neuen Dampferlinien sein Wohlwollen gegenüber modernen Einrichtungen und Techniken demonstriert. Auch die etwas langsamen Mecklenburger könne man nur auf diese Art überzeugen.
Ob das mit der Langsamkeit auch für ihn, den Großherzog, gelte, fragte man mit einem Augenzwinkern zurück. Unterschrift: Friedrich Franz IV.
Nein, schrieb Brinkmann, das glaube er nicht. Der Großherzog könne allerdings den Beweis am besten antreten, wenn er nun käme.
Der Schriftwechsel dauerte bis zum Frühjahr, und es wurde Mai. Aber dann kam der Großherzog tatsächlich, denn er war wirklich noch jung und neugierig und nicht abgenutzt.
Wie immer bei solchen Ereignissen kannte der Jubel in der Stadt keine Grenzen, nur die Arbeiter hatten nichts zu jubeln und blieben zu Hause. Die Bürger aber säumten die Straßen, durch die der Großherzog in Rostock einfuhr, und sie drängelten sich zu Tausenden am Hafen. Der Dampfer und seine Linienroute wurden aufs neue eingeweiht, als ob sie nicht bereits länger als ein halbes Jahr unbeachtet existiert hätten.

»Endlich«, sagte Marcus nach den nächsten spannungsgeladenen Wochen überglücklich. Jetzt verschmerzte er leicht die Unkosten, die das Fest verursacht hatte.
Die Rostocker fuhren plötzlich nach Kiel und Stettin, als ob diese Orte schon immer ihre bevorzugten Ziele gewesen seien, und sie entdeckten die Vorteile des regelmäßigen Dampferdienstes: keine Erkundigungen mehr, ob das Schiff wirklich ankomme, keine, ob die Abfahrtszeit wirklich eingehalten werde, keine Sorge, ob der Verwandtenbesuch wirklich nach zwei oder drei Tagen beendet werden könne.
Die Fahrgäste hatten außerdem die Möglichkeit, von ihrem jeweiligen Zielhafen nach den preußischen Städten weiterzureisen bzw. ins Königreich Dänemark oder sogar nach Kalmar und Stockholm. Selbst die Fahrt in den Süden des Deutschen Reiches begannen

manche Reisende jetzt lieber mit dem Schiff als mit der kohlenflokkenspeienden Dampflokomotive und dem entnervenden Umsteigen von einer Gesellschaft auf die andere.

Als die Linienfahrt für Personen sichtbar ein Erfolg zu werden begann, fuhr Marcus Brinkmann nach Kopenhagen.

Erstmals sah Kersti ihren unermüdlich kämpfenden Ehemann erschöpft, als er von den Verhandlungen in Kopenhagen zurückkehrte. »Was andere versäumt haben, hat mich nun doppelt soviel Nervenfasern gekostet«, sagte er und befahl, ein sehr heißes Bad einzulassen. Bis zum Hals im Schaum, entspannte er sich wohlig, während Kersti ihm geduldig und aus schwedischer Gewohnheit den Rücken einseifte. »Was die Wissenschaftler nicht alles entdecken heutzutage«, sagte Marcus, »warte, Kersti, ich werde meine Linien ausbauen wie ein Netz von Nerven, und du wirst noch auf unserem eigenen Schiff in dein Dorf fahren können.«

»Ich wüßte viel lieber alles über Kopenhagen als über deine neuesten Zeitungsinformationen. Glaubst du, ich wüßte nicht, woher du deine Wissenschaft beziehst?« fragte Kersti und lachte. »Mein Heimatdorf liegt übrigens im tiefsten Hinterland von Schonen, das weißt du wohl. Ich fürchte, per Schiff werde ich da nie hinkommen. Ist der Feuerschlucker im Tivoli noch da?«

»Ja, aber interessiert dich gar nicht, welches Feuer man mir unter dem Hintern gemacht hat?«

Seine Frau nickte. Aus Erfahrung wußte sie, daß es keinen Zweck hatte, Marcus zu fragen, bevor er reden wollte. Ein Familienerbe, hatte man ihr gesagt.

»Die Gauner haben seit Jahren alles unter sich aufgeteilt«, erzählte Marcus. »Die Linie Kopenhagen–Rostock war längst vergeben, man zeigte mir sogar eine halb verschimmelte Urkunde unseres verstorbenen Herzogs. Ein Däne besaß sie. Stell dir vor, der Herzog hatte es nicht für nötig befunden, uns Rostocker zu informieren, oder der Stadtrat – wer weiß. Auf jeden Fall war der Lizenzinhaber gerade gestorben, und seine Witwe konnte meinem Charme nicht widerstehen.« Er blinzelte zu seiner Frau hoch. »Ich stieg ein. Nun habe ich das Alleinrecht erst einmal für fünf Jahre bekommen.«

Kersti legte den Kopf schief und betrachtete ihren Mann, von dem der Schaum allmählich wich und dessen nackten Körper sie mit unverhüllter Liebe umfing. »War die Witwe das Feuer?« fragte sie leise. Marcus lächelte und zog sie in das Wasser. An ihrem Ohr flüsterte er: »Nein, der Kriegsminister. Er sieht lieber eine dänische Gesellschaft auf dieser Route. Die Passagiere sind leicht gegen Soldaten ausgewechselt.«

Aber Kersti interessierte sich nicht mehr für den Kriegsminister und auch nicht für die Witwe. Und Marcus vergaß seine Verärgerung über den normalen mecklenburgischen Säumniszuschlag von 50 Jahren.

Nun fuhr der »Greif« als Routendampfer einmal pro Woche zwischen Rostock und Kopenhagen. Zehn bis elf Stunden dauerte die Fahrt, und auch diese bequeme Direktverbindung wurde ein florierender Teilbereich der Reederei.

Während Marcus Brinkmann sich um die Geschäfte kümmerte, führte Kersti mit Geschick ihr großes Haus. Sie wurde, ähnlich wie die verstorbene Louise Brinkmann, vor allem durch ihre Feste bekannt. Aber anders als Louise war sie bei ihrem Personal beliebt. Sie mischte sich zwar nicht unter das Volk, machte sich auch mit ihm nicht gemein, denn das hätte es gar nicht gewünscht, aber sie trug durch ihre unbekümmerte schwedische Art einen neuen Ton in die Küche.

Und so kam es, daß eines der Mädchen, zufällig mit schauspielerischer Begabung gesegnet, in ihrer Freizeit vor anderen mit Stolz demonstrierte, wie Frau Kersti den großen Herd in der Souterrainküche abschritt, die Deckel nacheinander von den Töpfen nehmen ließ und hier und dort nach dem Abschmecken eine Prise Salz, Pfeffer oder Paprika hineinwarf, manchmal auch mehr davon. Und das größte Wunder bei allem war, daß ihre Diners vorzüglich schmeckten. Kerstis Küche wurde in Rostock bei den Honoratioren berühmt und ihre Küchengewohnheiten unter den Bediensteten.

Noch eine ihrer Eigenschaften sprach sich herum. Sie gab niemals jemandem die Hand. »Ach ja«, sagten die wissenschaftlich Gebildeten, »man hört ja so viel von Bakterien.« Als Kersti die Begründung zugetragen wurde, lachte sie schallend. »Meine hygienischen Landsleute«, spottete sie.

Allmählich zog sich Marcus Brinkmann den Neid der anderen Reedereigesellschafter und Besitzer zu. Ihm fällt alles in den Schoß, murrten sie. Es dauerte nicht lange, bis die Schwätzereien auch an Marcus' Ohren gelangten, aber sie glitten über ihn hinweg. Zu dem einzigen Freund, den er aus Jugendtagen noch hatte, Otto Bünger, ebenfalls Reeder, sagte er: »Wenn ich keine Neider mehr habe, weiß ich, daß ich etwas falsch gemacht habe.«

Längst beschäftigte ihn ein anderes Problem, das zunehmend wichtiger wurde: die Schiffskonstruktionen gefielen ihm nicht, er hielt sie für veraltet.

Im Frühjahr, wenn die Getreidefahrten aufgehört hatten, war Kohle nicht mehr aktuell, und für Bauholztransporte waren die Schiffe baumäßig nicht geeignet. Durch die Luken paßte das Holz nicht, und um es auf Deck zu transportieren, waren die Dampfer zu rank. »Wenn ich Brennholz transportieren wollte«, sagte Marcus, »aber Langholz ...? Das taugt nichts, Otto.«

Otto, mindestens genauso impulsiv wie Marcus, hatte sich darüber bereits Gedanken gemacht und mit den Schiffbauern der Neptun AG verhandelt. Die Pläne für seine neuen, universell gebauten Frachtdampfer lagen in der Werft vor. Sie würden größere Maschinen als bisher üblich erhalten und mit ihnen größere Kohlenbunker. Es sollte nicht mehr passieren, daß Teile der Deckshäuser und Inneneinrichtung verfeuert werden mußten, um die Schiffe in den Hafen zu bringen.

Marcus Brinkmann ließ sich die Pläne zeigen, war sofort Feuer und Flamme und gab ebenfalls zwei Schiffe in Auftrag. Nach der Fertigstellung der vier Frachtdampfer würde es in Rostock eine wahrnehmbare Konkurrenz zum internationalen Handels- und Passagierschiffsverkehr geben.

Aber es kam anders als geplant. An dem Tag, an dem morgens mit Kreide auf einer Schiefertafel der Beginn der Arbeiten am Schiff

Nummer 126 der Neptunwerft angekündigt wurde, traten zwölfhundert Arbeiter in den Streik.
»Nein«, rief Marcus Brinkmann und raufte sich die Haare, nachdem er telefonisch informiert worden war. Er schnurrte um die eigene Achse und lief in das Zimmer seiner Frau. »Ich habe ihn kommen sehen. Aber warum ausgerechnet jetzt? Warum nicht in zwei Jahren?«
»Russische Revolution«, antwortete Kersti trocken. »Das steckt an.«
Aber Marcus hörte es gar nicht. Er war so aufgebracht, wie Kersti ihren Ehemann selten gesehen hatte. »Und die eigenen Verwandten sind schuld daran«, sagte er bitter. »Stell dir vor: die eigenen Verwandten! Um kluge Köpfe zu mobilisieren, müssen die Arbeiter doch wieder in den oberen Klassen Anleihen machen. Noch nicht einmal Streiks und Revolutionen wachsen auf ihrem eigenen Mist.«
Kersti war zu klug, um ihren Mann auf seine Ungerechtigkeit, vor allem Caroline gegenüber, aufmerksam zu machen. Wenn er wieder abgekühlt war, würde er es selbst bemerken, da war sie ganz sicher. Statt dessen schlang sie die Arme um ihn und küßte ihn herzhaft. »Es wird nicht lange dauern«, sagte sie sanft, »sie hungern die Arbeiter aus, und dann kommen sie wieder. Weil sie Geld brauchen, werden sie bereitwillig Überstunden machen, und wir werden kaum einen Zeitverlust haben.«
Marcus lächelte sie an. »Du bist immer so vernünftig«, sagte er. »Warten wir also ab.«
Mit zwei Monaten Verspätung wurden diese Dampfer ausgeliefert, und Marcus Brinkmann orderte im Verlauf der nächsten Jahre noch weitere Dampfer bei der Neptun AG.

Mit seiner Frau Kersti, die in Rostock allgemein unter Kerstine Brinkmann bekannt war, verbanden Marcus nach zwanzigjähriger Ehe immer noch Liebe, die drei Kinder, das gemeinsam gebaute neue Haus und ein Auto; im Großherzoglich-Mecklenburgischen Yachtclub lag das Motorboot der Familie, das von einem Schiffer und einem Jungen betreut und regelmäßig während der Sommermonate nach Graal-Müritz verlegt wurde, wo man den Urlaub standesgemäß verbrachte.

Ihre gemeinsame Arbeit wurde durch die Ernennung von Marcus Brinkmann zum schwedischen Vizekonsul gekrönt: Ab diesem Tag zierte das schmiedeeiserne Tor zur Villa das Schild mit den drei goldenen Kronen und der Aufschrift Kungelig Svenskt Konsulat. Die Flotte wurde um den Dampfer »Kung Gustav Adolf« ergänzt.
Die Reederei Marcus Brinkmann schien sich gerade auf dem Zenit ihres Erfolges zu befinden, als eine einzige Pistolenkugel, zum denkbar unpassendsten Augenblick abgefeuert, alle Zukunftspläne beendete. Noch nahm man die Angelegenheit nicht ganz ernst, da waren bereits sieben Dampfer in ausländischen Häfen beschlagnahmt, ein Jahr später gingen drei durch Torpedierung verloren; drei weitere Schiffe wurden während des Krieges verkauft, und zwei mußten nach Abschluß der Friedensverhandlungen an Großbritannien abgeliefert werden.
So erfolgreich Marcus Brinkmann als Geschäftsmann auch war, eines fehlte ihm: der zukunftweisende Spürsinn. Hätte er diesen gehabt, hätte sich 1914 nicht ein beträchtlicher Teil seiner Schiffe im später feindlichen Ausland befunden. Es gab auch Reeder, die schlauer waren, die Informationen direkt oder indirekt aus dem Kriegsministerium erhalten hatten.
Drei Schiffe verblieben der Reederei. Marcus Brinkmann hätte sie wieder aufbauen könne. »Aber wozu?« sagte er sich, und seine Frau stimmte ihm zu. Rasmus hatte bei Beginn des Krieges angefangen, Musik zu studieren, und war mittlerweile als Soldat eingezogen, genau wie sein Bruder Heinrich, der ebenfalls keine Neigung zur Schiffahrt besaß.
So, wie Marcus Brinkmann das Reedereigeschäft ohne Selbstzweifel aufgenommen hatte, so konsequent entschloß er sich, zu verkaufen und die Firma zu einem günstigen Zeitpunkt zu liquidieren. Mit Beginn des Jahres 1924 hatte die Reederei Brinkmann aufgehört zu existieren.

Literatur

Dem Roman liegen geschichtliche Fakten bzw. Zitate zugrunde, die im wesentlichen folgenden Werken entnommen wurden:

Kaiser Wilhelm II., Ereignisse und Gestalten aus den Jahren 1878–1918. Leipzig und Berlin, 1922
Otto Vitense, *Geschichte von Mecklenburg.* Gotha 1920.
Johannes Lachs, *Friedrich Karl Raif, Rostock.* Rostock 1965.
Jürgen Rabbel, *Rostocker Windjammer. Hölzerne Segler.* Rostock 1988.
Richard Wossidlo, *Reise Quartier in Gottesnaam.* Heide 1981.
Hans-Günther Wentzel, *Die Zelck-Reeder ... sowie Wichtiges zu ihrer Zeit ...* Hamburg 1989.

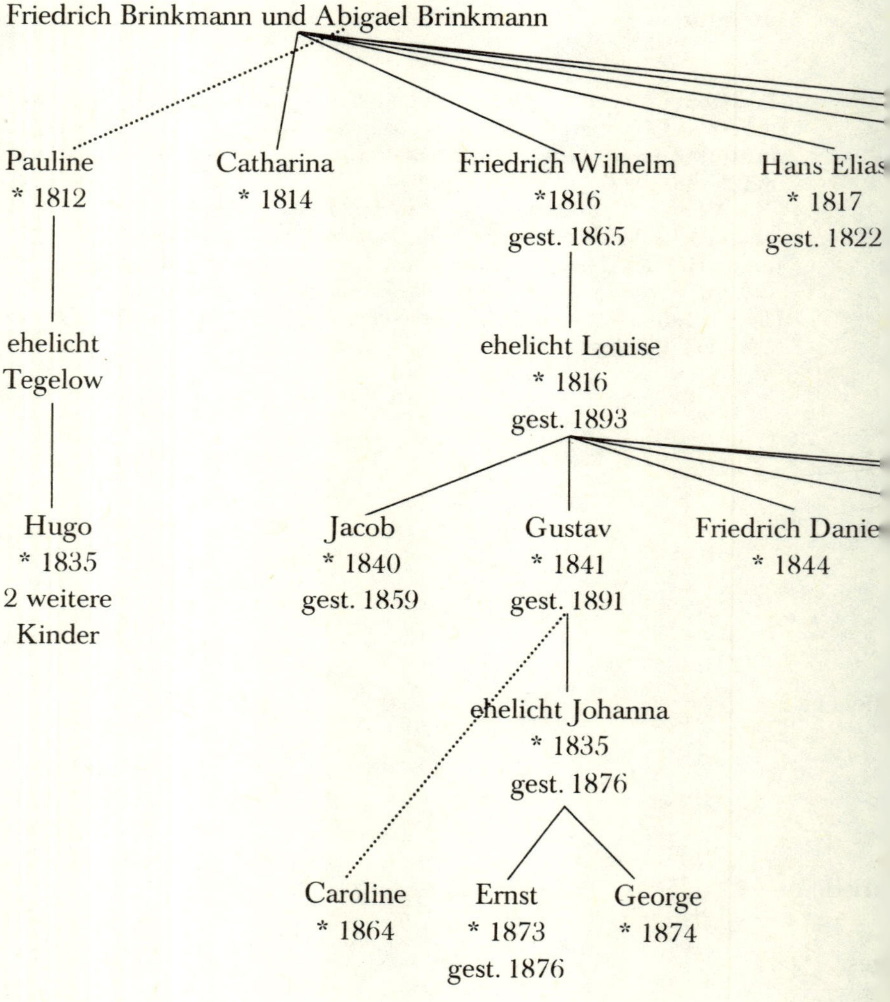
Friedrich Brinkmann und Abigael Brinkmann
Pauline
* 1812
ehelicht
Tegelow
Hugo
* 1835
2 weitere
Kinder
Catharina
* 1814
Friedrich Wilhelm
*1816
gest. 1865
ehelicht Louise
* 1816
gest. 1893
Jacob
* 1840
gest. 1859
Gustav
* 1841
gest. 1891
ehelicht Johanna
* 1835
gest. 1876
Caroline
* 1864
Ernst
* 1873
gest. 1876
George
* 1874
Friedrich Danie
* 1844
Hans Elias
* 1817
gest. 1822

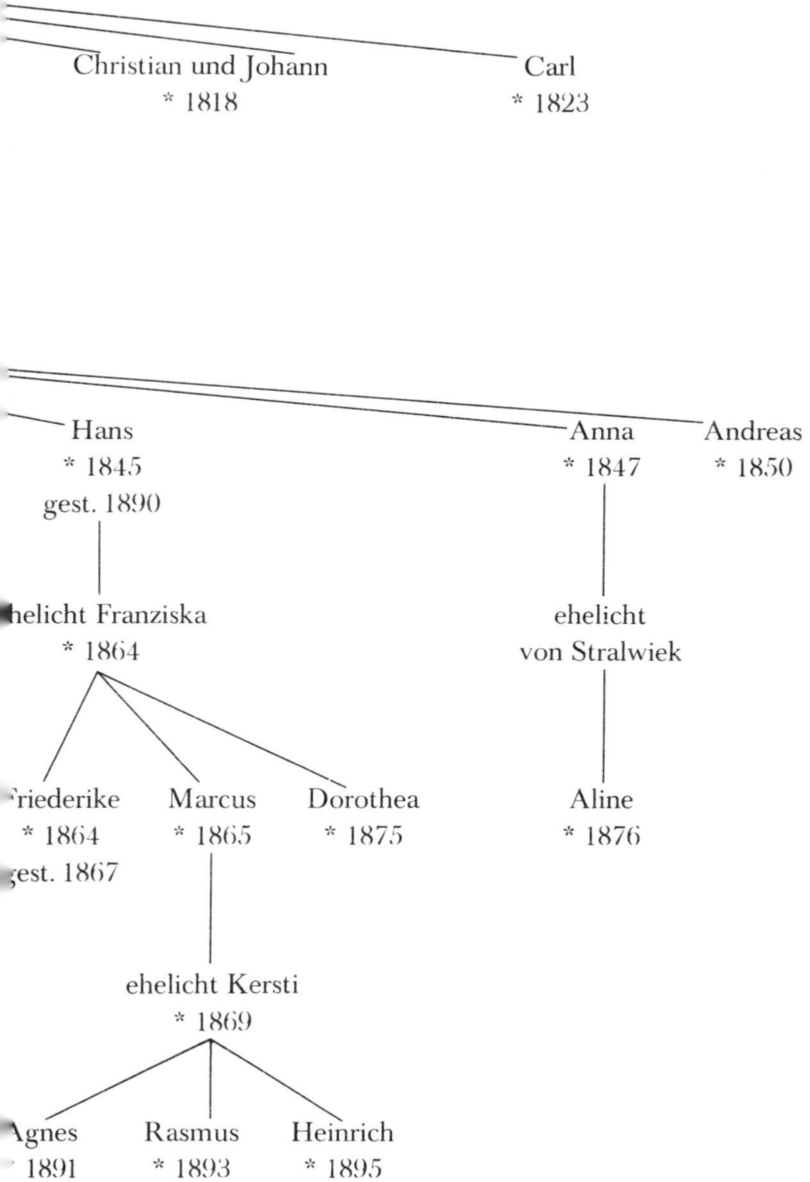
Christian und Johann
* 1818
Carl
* 1823
Hans
* 1845
gest. 1890
Anna
* 1847
Andreas
* 1850
helicht Franziska
* 1864
ehelicht
von Stralwiek
riederike
* 1864
est. 1867
Marcus
* 1865
Dorothea
* 1875
Aline
* 1876
ehelicht Kersti
* 1869
gnes
1891
Rasmus
* 1893
Heinrich
* 1895

Josef Martin Bauer

So weit die Füße tragen

Roman. 31. Aufl. 424 S. Geb. DM 24,–. ISBN 3-431-02718-0.

Der ergreifende Bericht einer Flucht vom Ostkap Sibiriens nach Westen. Ein Welterfolg!

Horst Biernath

Eine Jugend in Ostpreußen

Abschied und Wiedersehen. Zwei Romane in einem Band.
50. Tsd. 500 Seiten. Geb. DM 26,–. ISBN 3-431-02546-3.

Heitere, nachdenkliche, deftige und zarte, unheimliche, selbsterlebte und überlieferte Geschichten, wie sie nur in Ostpreußen zu Hause sein können.

Edith Biewend

Die Leute von Soostenbruch

Roman. 240 Seiten. Geb. DM 32,–. ISBN 3-431-03072-6.

In der Siedlung Soostenbruch, einem fiktiven Ort am linken Niederrhein, spiegelt sich ein Stück deutscher Geschichte von den zwanziger bis in die sechziger Jahre dieses Jahrhunderts. Es ist „Geschichte von unten", aus dem Blickwinkel der sogenannten kleinen Leute.

E. G. Stahl

Die Mücke im Bernstein

Ein Ostpreußenroman. 11. Auflage. 408 Seiten. Geb. DM 26,–. ISBN 3-431-02319-3.

„Ein großer Ostpreußenroman, ein wirklicher Epos, in dem alle großen Themen anklingen. Liebe und Mord. Krieg und Kampf gegen die unwirkliche Natur." *Süddeutscher Rundfunk*

Hans W. Stoermer

Wo ist dein Bruder Kain?

Roman. Vorwort von Herbert Rosendorfer.
224 Seiten. Geb. DM 34,–. ISBN 3-431-03109-9.

Was geschieht, wenn Abel aufsteht und Kain erschießt, den SS-Mörder, der sich jahrzehntelang hinter einer neuen Identität versteckt hat?
Eine legitime Rache. Aber die biblische Tat steht im Konflikt mit dem modernen Staat. Darf Gnade vor Recht ergehen?

Preisänderungen vorbehalten.

Ehrenwirth Verlag München